RUTH RENDELL

Wer Zwietracht sät

Ganz Kingsmarkham ist in Aufruhr. Der geplante Bau einer Umgehungsstraße durch ein zauberhaftes Flußtal und eine Naturschutzzone erregt die Bürger – und die militante Ökoszene. Während sich Dora Wexford den Protesten anschließt, wahrt ihr Mann, Chief Inspector Wexford, eher Distanz. Dann wird in einem Waldstück die Leiche einer jungen Studentin gefunden. Die einzige Spur führt zum Taxifahrer Stanley Trotter, dem aber nichts nachzuweisen ist. Wenig später findet ein Überfall auf die Taxizentrale statt, bei dem sämtliche Unterlagen durchwühlt werden. Wieder ist Trotter der einzige Verdächtige, und wieder fehlt jeder Beweis. Dann geschieht das Unfaßbare: Fünf Personen werden gleichzeitig als vermißt gemeldet, und eine der offenbar Entführten ist Wexfords Frau! Unversehens ist die Polizeiroutine für Wexford zu einem Kampf gegen die Zeit und die eigene Angst geworden, denn zu den Entführungen bekennt sich eine fanatische Umweltgruppe, die ein Ultimatum stellt: Die Bauarbeiten werden unverzüglich beendet, oder die Geiseln sterben …

Autorin

Ruth Rendell wurde 1930 in London geboren. Nach der Schule arbeitete sie zunächst als Journalistin, bevor sie sich ganz dem Schreiben widmete. Seitdem hat sie an die dreißig Romane veröffentlicht. Die vielfach preisgekrönte Autorin lebt heute abwechselnd in Suffolk und London.

Von Ruth Rendell außerdem im Goldmann Verlag erschienen:
Leben mit doppeltem Boden (4590) · Der Herr des Moors (44566) · Die Herzensgabe (44363) · Die Werbung (42015) · Die Tote im falschen Grab (43580) · Alles Liebe vom Tod (43813) · Das geheime Haus des Todes (42582) · Der Krokodilwächter (43201) · Der Liebe böser Engel (42454) · Mord ist ein schweres Erbe (42583) · Der Kuß der Schlange (43717) · Der Mord am Polterabend (42581) · Der Tod fällt aus dem Rahmen (43814) · Die Besucherin (43962) · Die Brautjungfer (41240) · Die Verblendeten (43812) · Mord ist des Rätsels Lösung (43718) · Eine entwaffnende Frau (42805) · Phantom in Rot (43610) · Schuld verjährt nicht (43482) · Urteil in Stein (44225) · Das Haus der geheimen Wünsche/Die Sünden des Fleisches. Zwei Romane in einem Band (41169) · Lizzies Liebhaber. Stories (43308) · Stirb glücklich! Stories (41294)

Als gebundene Ausgabe bei Blanvalet:
Das Verderben (52) · Der Sonderling (50)

Ruth Rendell

Wer Zwietracht sät

Roman

Aus dem Englischen von
Cornelia C. Walter

GOLDMANN

Die Originalausgabe erschien 1997 unter dem Titel
»Road Rage«
bei Hutchinson, Random House (UK) Ltd, London.

Umwelthinweis:
Alle bedruckten Materialien dieses Taschenbuches
sind chlorfrei und umweltschonend.

Der Goldmann Verlag
ist ein Unternehmen der Verlagsgruppe Bertelsmann GmbH.

Taschenbuchausgabe Mai 2000

Umschlaggestaltung: Design Team München
Umschlagfoto: ZEFA/SIS, Connie Hayes
Druck: Elsnerdruck, Berlin
Verlagsnummer: 44672
JE · Herstellung: Heidrun Nawrot
Made in Germany
ISBN 3-442-44672-4

1 3 5 7 9 10 8 6 4 2

Für den Polizeichef und die Beamten
der Polizei von Suffolk

Mein besonderer Dank geht an Chefinspektor
Vince Coomber
von der Polizei von Suffolk für die wertvollen
Ratschläge und die Korrektur meiner Fehler

I

Wexford ging zum letztenmal in Framhurst Great Wood spazieren. So stellte es sich für ihn dar. Seit Jahren ging er nun schon in dem großen Wald bei Framhurst spazieren, sein ganzes Leben lang, und war auch noch gut zu Fuß, kräftig wie eh und je, und würde es auch noch lange bleiben. Nicht er würde sich verändern, sondern der Wald. Vom Wald würde kaum etwas übrigbleiben. Vom Hügelland von Savesbury Hill und Stringfield Marsh, dem Marschgebiet, würde kaum etwas übrigbleiben, und auch die Brede, der Fluß, in den der Kingsbrook bei Watersmeet mündet, wäre nicht mehr zu erkennen.

Ehe sich etwas tat, würden allerdings noch Monate vergehen. Ein halbes Jahr lang würden die Bäume noch stehen, könnte der Blick ungehindert über den Hügel schweifen, gäbe es Otter in der Brede und den seltenen Landkärtchen-Schmetterling in den Niederungen von Framhurst Deeps. Aber er, dachte er, könnte den Anblick nicht länger ertragen.

> Und das wird dann das einstige England sein,
> die Schatten, Wiesen und die Wege,
> Rathäuser und geschnitztes Chorgestühl.
> Es wird darüber Bücher geben; es wird
> in Galerien weiterleben; doch was uns bleibt,
> sind Autoreifen und Beton.

Er ging zwischen den Bäumen umher, den Kastanien, den mächtigen Buchen mit ihren seehundgrauen Stämmen, den Eichen, deren Äste mit grünen Flechten überzogen waren. Die Bäume lichteten sich und standen nur noch vereinzelt auf dem von Kaninchen abgefressenen Gras. Er bemerkte, daß von den Wildblumen als erste der Huflattich blühte. In seiner Jugend hatte er hier die blaue Kaiserkrone gesehen, eine einheimische Pflanze, die es nur im Umkreis von zehn Meilen um Kingsmarkham gab, aber das war schon lange her. Nach meiner Pensionierung, hatte er zu seiner Frau gesagt, will ich in London wohnen, damit ich nicht zusehen muß, wie sie die Landschaft zerstören.

Eine defätistische Haltung, meinte sie. Du solltest dafür kämpfen, daß sie erhalten bleibt. Ich habe noch nichts davon gemerkt, daß sie erhalten bleibt, wenn man dafür kämpft, hatte er erwidert. Dora war im Vorstand von KABAL, der neugegründeten Kingsmarkhamer Initiative gegen die Umgehungsstraße und die Mülldeponie. Man hatte sich bereits einmal getroffen und »We Shall Overcome« gesungen. Der Deputy Chief Constable hatte davon Wind bekommen und gemeint, hoffentlich spiele Wexford nicht mit dem Gedanken, auch einzutreten. Es würde nämlich Probleme geben, Probleme, die womöglich in Unruhen und Gewalt ausarten könnten und in die der Chief Inspector dann, zumindest am Rande, verwickelt sein könnte.

Ein leichter Wind war aufgekommen. Wexford trat aus Framhurst Great Wood auf das offene Feld hinaus und sah zu den Bäumen hinauf, die Savesbury Hill wie ein Ring umkränzten. Von hier aus war kein einziges Dach, kein Turm, kein Silo oder Hochspannungsmast zu sehen, nur ein Vogelschwarm, der auf Cheriton Forest zusteuerte. Die geplante Straße sollte über die Grundmauern der Römischen Villa führen, durch den Lebensraum von Araschnia levana, dem Landkärtchen-Schmetterling, der auf den Britischen Inseln nur hier zu finden war, und dann über die Brede und den Kingsbrook. Falls nicht doch das Unmögliche eintraf und sie einen Tunnel dafür bauten oder Stützpfeiler errichteten. Stützpfeiler würden Araschnia und den Ottern genausogut gefallen wie Beton, dachte er.

Kingsmarkham war nicht die einzige Stadt in England, deren Ortsrand sich allmählich über die Umgehungsstraße hinaus ausgedehnt hatte, so daß sie zu einer ganz normalen Straße geworden war. Wenn das eintraf, mußte eine neue Umgehungsstraße gebaut werden, und wenn diese ebenfalls zugebaut war, vielleicht noch eine. Aber bis dahin war er längst tot.

In diese düsteren Gedanken versunken, ging er zu seinem Wagen zurück, den er im kleinen Weiler von Savesbury abgestellt hatte. Zu seinem Spaziergang fuhr er immer mit dem Wagen. Ob er bereit wäre, zum Wohle Englands auf sein Auto zu verzichten? Was für eine Frage!

So pessimistisch gelaunt, fielen ihm auf der Heimfahrt durch Framhurst und Pomfret Monachorum deshalb all die häßlichen Dinge auf, die Silos, die wie aufrechtstehende eiserne Würste aussahen, die Ställe mit den Legebatterien, wie Stromverteilerstationen, aus denen lauter Kabel sprossen, was sie wie eben gelandete Außerirdische aussehen ließ, die Bungalows mit ihren Gartenmäuerchen aus rotem Backstein und den schmiedeeisernen Gittern und Zypressenhecken. Nietzsche (oder sonst jemand) hatte einmal gesagt, keinen Geschmack zu haben sei schlimmer, als einen schlechten Geschmack zu haben, Wexford war anderer Meinung. An einem guten Tag hätte er die frisch gepflanzten, wohlausgewählten Bäume bemerkt, die neu gedeckten Reetdächer, das grasende Vieh und die paarweise paddelnden Enten, die nach Nistplätzen Ausschau hielten. Aber es war kein guter Tag, jedenfalls nicht, bis er zu Hause ankam.

Seine Frau hatte die Angewohnheit, von dort, wo sie gerade war, herauszukommen und ihn zu begrüßen, wenn etwas Schönes passiert war und sie es kaum erwarten konnte, ihm davon zu erzählen. Er bückte sich und hob eine Karte auf, die durch den Briefschlitz hereingeworfen worden war, sah hoch und bemerkte sie. Sie lächelte.

»Du errätst es nie«, sagte sie.

»Nein, also spann mich nicht auf die Folter.«

»Du wirst wieder Großvater.«

Er hängte seinen Mantel auf. Ihre gemeinsame Tochter Sylvia hatte bereits zwei Kinder, und außerdem kriselte es in ihrer Ehe. Er riskierte es, Dora die Freude zu verderben. »Ein neuer Versuch, die Ehe zu retten?«

»Es geht nicht um Sylvia, Reg, sondern um Sheila.«

Er trat auf sie zu und legte ihr die Hände auf die Schultern.

»Ich sagte ja, du errätst es nie.«

»Nein, hätte ich auch nicht. Gib mir einen Kuß.« Er umarmte sie. »Jetzt ist es doch noch ein guter Tag geworden.«

Sie verstand nicht, was er damit meinte. »Es wäre natürlich schöner, wenn sie verheiratet wäre. Es nützt auch nichts, mir jetzt zu sagen, daß jedes dritte Kind unehelich geboren wird.«

»Das hatte ich gar nicht vor«, sagte er. »Soll ich sie anrufen?«

»Sie sagte, sie sei den ganzen Tag zu Hause. Das Baby soll im September kommen. Ich muß schon sagen, sie hat sich ziemlich lang Zeit gelassen, es uns zu sagen. Gib mir die Karte, Reg. Mary Pearson hat erzählt, ihr Sohn trägt als Ferienjob diese Karten für das neue Taxiunternehmen aus, für Contemporary Cars. Er verteilt sie in allen Häusern von Kingsmarkham. In allen – stell dir das mal vor!«

»›Contemporary Cars‹? Das kann doch kein Mensch aussprechen. Brauchen wir eigentlich noch eine Taxifirma?«

»Eine gute schon. *Ich* jedenfalls. Du hast ja immer den Wagen. Na, geh schon. Ruf Sheila an. Hoffentlich wird es ein Mädchen.«

»Mir ist es gleich, was es wird«, meinte Wexford und fing an, die Nummer seiner Tochter zu wählen.

2

Die geplante Kingsmarkhamer Umgehungsstraße sollte von der Hauptverkehrsader (einer Hauptstraße mit Autobahnstatus) nördlich von Stowerton ausgehen, östlich an Sewingbury und Myfleet vorbeiführen, über das Heideland von Framhurst Heath gehen, am Fuße des Savesbury Hill ins Tal eintreten, den Weiler Savesbury in zwei Hälften teilen, dann über Stringfield Marsh verlaufen und nördlich von Pomfret schließlich wieder auf die Hauptstraße treffen. Die Wohngebiete sollten möglichst wenig in Mitleidenschaft gezogen, Cheriton Forest ausgespart und die Überreste der Römischen Villa knapp umfahren werden.

Die erste Äußerung zum Thema, die in einer Zeitung erschien, stammte von Norman Simpson-Smith vom Britischen Rat für Archäologie. »Die Autobahnbehörde behauptet, die Straße verliefe an der Peripherie der Villa«, sagte er. »Das ist, wie wenn man behauptet, ein neuer Autobahnzubringer in London würde der Westminster Abbey nur geringen Schaden zufügen.«

Bis dahin war Protest lediglich von den Vertretern verschiedener Gruppierungen bei einer von Transport- und Umweltministerium gemeinsam durchgeführten Untersuchung vorgebracht worden. Das waren hauptsächlich Friends of the Earth, der Sussex Wildlife Trust, also die Stiftung zum Schutz der wildlebenden Flora und Fauna in Sussex, und die Königliche Vogelschutzgesellschaft. Weniger gerechnet hatte man mit der Anwesenheit des Britischen Rats für Archäologie, mit Greenpeace, dem World Wide

Fund for Nature, WWF, mit KABAL und einer Organisation, die sich SPECIES nannte.

Nach Simpson-Smiths Kommentar kamen die Proteste allerdings, wie Wexford sich frei nach Shakespeare ausdrückte, wie einzelne Späher nicht, nein, in Geschwadern. Die Umweltgruppen, mit ihnen insgesamt zwei Millionen Mitglieder, schickten ihre Vertreter, die sich das Gelände ansehen sollten.

Marigold Lambourne von der Königlichen Gesellschaft der Insektenkundler vertrat die Interessen sowohl des Scharlachroten Tigerfalters als auch des Landkärtchen-Schmetterlings. »Araschnia ist, wenn auch selten, im Nordosten von Frankreich anzutreffen«, sagte sie, »auf den Britischen Inseln aber nur auf Framhurst Heath. Die Population wird auf etwa zweihundert Exemplare geschätzt. Wenn diese Umgehungsstraße gebaut wird, gibt es bald gar keine mehr. Wir sprechen hier nicht etwa von irgendeiner winzigen Fliege oder Bakterie, die mit bloßem Auge nicht zu sehen ist, sondern von einem prächtigen Schmetterling mit einer Flügelspannweite von fünf Zentimetern.«

Peter Tregear vom Sussex Wildlife Trust sagte: »Diese Umgehungsstraße wurde in den siebziger Jahren ausgeheckt und in den achtzigern genehmigt, doch in der Zwischenzeit hat eine Revolution im globalen Denken stattgefunden. Das Bauprojekt ist für das ausgehende Jahrhundert absolut indiskutabel.«

Eine Frau, die zwischen zwei Plakatbrettern steckte, auf denen »Nein, Nein, Nein zur Vergewaltigung von Savesbury« aufgemalt war, tauchte auf dem Hügel auf, als die Holzfäller anrückten. Es war ein warmer Junitag, und die Sonne schien. Als sie die Plakatbretter abnahm, stellte sich heraus, daß sie darunter vollkommen nackt war. Die Holzfäller, die gejohlt und gepfiffen hätten, wenn die Frau jung oder einem von ihnen als »Strip-Telegramm« geschickt worden wäre, wandten sich ab und hantierten nur noch geschäftiger mit ihren Kettensägen herum. Der Vorarbeiter rief von seinem Mobiltelefon aus die Polizei. Und so gelangte die Frau, eine gewisse Debbie Harper, mit ihrem Foto – ihr ausladender, wohlgerundeter Körper war inzwischen in eine Uniformjacke gehüllt – in alle überregionalen Zeitungen und auf die Titelseite der *Sun*.

Und dann kamen die Baumleute.

Vielleicht waren sie durch Debbie Harpers Foto erst auf das Geschehen aufmerksam geworden. Viele von ihnen gehörten keiner offiziell bekannten Organisation an. Es waren New-Age-Reisende, jedenfalls einige von ihnen, und falls sie in Autos und Wohnwägen angereist waren, stand keins dieser Fahrzeuge auf dem Gelände oder in unmittelbarer Nähe. Debbie Harpers Aktion hatte die Rodungsarbeiten unterbrochen, und bisher waren erst vier Silberbirken gefällt worden. Die Baumleute trieben nach genauer Berechnung der Höhe Stahlbolzen in die Stämme, damit sich das Kettensägeblatt beim Fällen einklemmte. Dann begannen sie sich in den Baumkronen der Buchen und Eichen Behausungen zu bauen, Baumhäuser aus Brettern und Planen. Man erreichte sie über Leitern, die man, sobald die Bewohner sich häuslich eingerichtet hatten, hochziehen konnte.

Es war Juni, als das erste Baumhaus-Camp in Savesbury Deeps entstand.

Debbie Harper, die mit ihrem Freund und drei Kindern im Teenageralter in der Wincanton Road in Stowerton wohnte, gab allen Zeitungen, die sie darum baten, Interviews. Sie war Mitglied von KABAL und SPECIES, Greenpeace und Friends of the Earth, aber dafür interessierten sich ihre Interviewpartner nicht besonders. Sie hatten es darauf abgesehen, daß sie eine Heidin mit großem H war, die die alten keltischen Feiertage beging und Gottheiten mit Namen wie Ceridwen und Nudd huldigte und mit nur drei Blättern bekleidet für *Today* posierte – nicht mit Feigenblättern, sondern mit den für einen englischen Sommer viel passenderen Rhabarberblättern.

»Wir sind gar nicht glücklich darüber, daß sie die Bäume durchbohren«, sagte Dora nach ihrer Rückkehr von einer KABAL-Versammlung. »Dabei kann es offensichtlich passieren, daß die Motorsägen auseinandergehen und den Arbeitern die Arme zerfleischen. Ist doch ein schrecklicher Gedanke, nicht?«

»Das ist erst der Anfang«, erwiderte ihr Gatte.

»Was willst du damit sagen, Reg?«

»Erinnerst du dich an Newbury? Da mußten sie sechshundert Sicherheitskräfte holen, um die Bauunternehmer zu schützen. Und an dem Bus, der die Wachleute hinfahren sollte, hat jemand die Bremsleitung durchschnitten.«

»Hast du überhaupt schon mit jemandem gesprochen, der *für* die Umgehungsstraße ist?«

»Nicht direkt«, sagte Wexford.

»Bist du denn dafür?«

»Nein, das weißt du doch. Aber ich bin nicht bereit, das Autofahren aufzugeben. Ich reiße mich nicht darum, im Stau zu stehen und zu merken, wie mein Blutdruck steigt. Wie die meisten Leute will auch ich beides auf einmal haben.« Er seufzte. »Ich glaube allerdings, Mike ist dafür.«

»Ach, Mike«, sagte sie, doch es klang liebevoll.

Wexford hatte seinen guten Vorsatz gebrochen, nie wieder zum Framhurst Great Wood zu gehen. Das erste Mal wollte er sich ansehen, wie die Wildtier-Experten mitten im Wald neue Dachsbehausungen bauten (mit Rampen und Schwingklappen wie bei Katzentüren). Die Baumhäuser im zweiten Camp waren schon im Bau, was vielleicht reichte, um die Dachse in ihre neuen Behausungen zu treiben. Das zweite Mal war er dort, als die Holzfäller sich weigerten, ihr Leben dadurch aufs Spiel zu setzen, daß sie sich mit Motorsägen an Bäume wagten, deren Stämme mit Nägeln gespickt oder mit Draht umwickelt waren. Einige bereits gefällte Bäume lagen umher. Die Autobahnbehörde beantragte Räumungsbefehle gegen die Baumbewohner, doch inzwischen entstand schon ein weiteres Camp bei Elder Ditches, der Niederung mit den Holunderbüschen, und dann noch eins am Rande von Great Wood.

Wexford erklomm den Savesbury Hill – auch dies, schwor er sich, ein letztes Mal –, von wo aus die vier Camps deutlich zu sehen waren. Eins befand sich fast am Fuß des Hügels, ein anderes eine halbe Meile entfernt bei Framhurst Copses, ein drittes am bedrohten Rand des Marschgebiets und das vierte, am entferntesten gelegene eine halbe Meile vom nördlichen Ortsrand von Stowerton. Die Landschaft sah aus wie immer, außer daß sich auf einem Acker in der Nähe von Pomfret Monachorum die Erdbaumaschinen, die Bagger und Bulldozer drängten. Diese Dinger waren fast immer gelb gestrichen, überlegte er, gelb wie Vanillepudding, der zu lange im Kühlschrank gestanden hatte. Vermutlich hob sich Gelb besser gegen Grün ab als Rot oder Blau.

Auf der anderen Seite ging er wieder bergab und bereute dies sogleich, weil er plötzlich bis zu den Oberschenkeln in Brennesseln versank. Mit ihren haarigen, spitz zulaufenden Blättern konnten sie ihn zwar nicht durch den Kleidungsstoff stechen, doch mußte er die Arme in die Höhe strecken. Die Brennesseln bedeckten eine Fläche vom Ausmaß einer kleineren Wiese, und Wexford überlegte gerade, daß die Straße, wenn sie schon irgendwo verlaufen mußte, gut und gerne hier durchführen könnte, als er den Schmetterling sah.

Daß es sich um Araschnia levana handelte, wußte er sofort. In einem der zahllosen Texte, die in letzter Zeit über Savesbury und Framhurst geschrieben worden waren, hatte er gelesen, daß sich Araschnia von den Brennesseln in Savesbury Deeps ernährte. Er rückte ein wenig näher, bis er etwa einen Meter davor stand. Der orangefarbene Schmetterling hatte ein schokoladenbraunes Muster mit weißen Sprenkeln, und an der Unterseite seiner Flügel verlief gleich einem Fluß ein himmelblauer Rand. Daher der Name Landkärtchen.

Er war allein. Es gab nur zweihundert Stück davon, vielleicht nicht einmal das. In seiner Kindheit hatten die Leute Schmetterlinge mit Netzen gefangen, sie in Gasflaschen getötet, um sie dann mit Nadeln auf Pappe aufzuspießen. Es kam ihm nun abscheulich vor. Noch vor ein paar Jahren wurden Leute, die gegen Umgehungsstraßen waren, als Spinner betrachtet, als bescheuerte Sonderlinge, als Hippies und Aussteiger, und ihre Aktivitäten mit Anarchie, Kommunismus, Umsturz und Chaos gleichgesetzt. Auch das hatte sich geändert. Konservative Bürger des Establishment leisteten ebenso entschlossen Widerstand wie der Mann, den er jetzt zwischen Segeltuchplanen durch eine Astgabel spähen sah. Jemand hatte ihm erzählt, Sir Fleance und Lady McTear seien bei einer von den Supermarktmillionären Wael und Anouk Khoori organisierten Demonstration mitmarschiert.

Wie die meisten Engländer hegte Wexford gewisse Bedenken gegen die Europäische Union, aber hier, fand er, handelte es sich um einen Fall, bei dem er nichts gegen ein striktes Veto aus Straßburg einzuwenden hätte.

Am Monatsende richtete die Britische Gesellschaft der Schmetterlingskundler einen neuen Futterplatz für Araschnia ein – eine Brennesselplantage auf der Westseite von Pomfret Monachorum. Ein Journalist des *Kingsmarkham*

Courier schrieb einen satirischen, aber nicht besonders witzigen Text über die Tatsache, daß man zum erstenmal in der Geschichte des Gartenbaus Brennesseln anpflanzte anstatt sie herauszureißen. Selbstverständlich gediehen die Nesseln von Anfang an prächtig.

Die Dachsumsiedler machten sich an eine ähnliche Umkehrung der üblichen Ordnung. Statt den Lebensraum der Tiere zu bewahren, waren sie gezwungen, ihn zu zerstören. Um einen Dachsbau, der bei weiterem Bewohnen direkt im Verlauf der neuen Umgehungsstraße gelegen hätte, zu öffnen und zu versiegeln, mußten sie zunächst dichtes Brombeergestrüpp wegschneiden. Das Gestrüpp war kräftig gewachsen, was bedeutete, daß es erst einjährig war, aus einem stark zurückgestutzten Stamm herausgesprossen, die stacheligen Ranken schwer beladen mit grünen Früchten. Sie hoben die abgeschnittenen Haufen mit behandschuhten Händen hoch und sahen etwas darunterliegen, das sie zurückschrecken ließ. Einer schrie auf, und ein anderer verzog sich unter die Bäume, um sich zu übergeben.

Bei ihrem Fund handelte es sich um die weitgehend verweste Leiche eines jungen Mädchens.

Die Polizei von Kingsmarkham hatte zwar kaum Zweifel, wer es war, gab aber keine Erklärung über die mutmaßliche Identität ab. Zeitungen und Fernsehen waren es schließlich, die sie – ohne große Zurückhaltung – als Ulrike Ranke, die vermißte deutsche Anhalterin, benannten.

Die neunzehnjährige Jurastudentin an der Bonner Universität, einzige Tochter eines Anwalts und einer Lehrerin aus Wiesbaden, war im vergangenen April nach England gereist, um Ostern im Hause eines Mädchens zu verbringen, das als au pair bei ihren Eltern beschäftigt gewesen war. Die Familie des Mädchens wohnte in Aylesbury, und Ulrike hatte beschlossen, auf die billige Tour zu reisen.

Weshalb sie das getan hatte, war nicht ganz klar. Ihre Eltern hatten ihr ausreichend Geld für ein Hin- und Rückflugticket nach Heathrow und für die Bahnkarte mitgegeben. Ulrike war jedoch per Anhalter quer durch Frankreich gefahren und hatte die Fähre nach Dover genommen. Soviel war bekannt.

»Ich finde das überhaupt nicht rätselhaft«, hatte Wexford damals gesagt. »Ich hätte es eher komisch gefunden, wenn sie getan hätte, was ihre Eltern sagten. Das wäre erstaunlich gewesen, das wäre mir ein Rätsel gewesen.«

»Sie sind doch wirklich ein alter Zyniker«, sagte Inspector Burden.

»Nein, gar nicht. Ich bin nur realistisch, ich mag es nicht, wenn man mich einen Zyniker nennt. Ein Zyniker ist einer, der von allem den Preis kennt und von nichts den Wert. So bin ich nicht, mir gefällt bloß diese scheinheilige Schönfärberei nicht. Wer einmal Kinder im Teenager-Alter hatte, weiß Bescheid. Meine Sheila hat ständig solche Sachen gemacht. Wozu das schöne Geld ausgeben, wenn es auch umsonst geht? Das ist deren Einstellung. Sie brauchen das Geld für Musik und für eine Stereoanlage, für schwarze Jeans und verbotene Substanzen.«

Offensichtlich hatte er recht, denn bei der Leiche des Mädchens, in der Hosentasche ihrer schwarzen Designerjeans, fanden sich fünfundzwanzig Amphetamintabletten und ein Päckchen mit gut fünfzig Gramm Haschisch. Nichts an ihr wies darauf hin, daß es sich um Ulrike Ranke handelte, und sie hatte auch kein Geld bei sich. Ihr Vater identifizierte sie. Der Mann, der sie vor zwei Monaten vergewaltigt und erdrosselt hatte, hatte den Inhalt ihrer Hosentasche nicht für wertvoll erachtet oder aber nichts damit anfangen können. Das Geld, das sie bei sich gehabt hatte, insgesamt fünfhundert Pfund in Scheinen, war weg.

Das Wäldchen von Framhurst war noch nicht durchkämmt worden. Die Gegend rings um Kingsmarkham war überhaupt nicht abgesucht worden. Es bestand kein Grund zu der Annahme, daß Ulrike Ranke hier durchgekommen war. Kingsmarkham lag meilenweit entfernt von der Route, die sie von Dover nach London voraussichtlich genommen hatte. Aber jemand hatte ihre Leiche im Wald an einen Abhang gelegt und sie unter den rasch wuchernden Ranken der Brombeerbüsche versteckt. Nach Meinung des Pathologen und der Gerichtsmediziner war die Leiche nicht bewegt worden, Ulrike war an Ort und Stelle umgebracht worden.

Weil keine Suche stattgefunden hatte, waren auch keine Ermittlungen angestellt worden. Doch sobald die Identität des toten Mädchens bekanntgemacht worden war, rief William Dickson, der Pächter eines Pubs namens Brigadier (er nannte es Hotel), bei der Polizei an, um Auskunft zu geben. Als er Ulrike Rankes Foto im *Kingsmarkham Courier* gesehen hatte, erkannte er in ihr das Mädchen, das Anfang April in sein Lokal gekommen war.

Der Brigadier an der alten Umgehungsstraße von Kingsmarkham gehörte zu jenen Landgasthöfen, die Ende der dreißiger Jahre im Pseudo-Tudor-Stil erbaut worden waren. Die dicken Fachwerkbalken ließen ihn riesig wirken, tatsächlich aber war er nur ein Zimmer tief. Der dahinter liegende Parkplatz wurde von einem überdimensionalen Fertigbau überschattet, der als Tanzhalle gedacht war (Dickson nannte ihn Ballsaal). Der Parkplatz war asphaltiert, doch um das Haus herum und auf dem Hof war Kies gestreut. Sehr unangenehm beim Gehen, bemerkte Vine zu Burden, noch schlimmer als ein Strand mit spitzen, scharfen Steinchen.

»Es war kurz vor Schluß am Mittwoch, dem dritten April«, sagte Dickson, als die beiden Polizeibeamten hereinkamen.

»Warum haben Sie das denn nicht früher gesagt?« wollte Burden wissen.

Er und Detective Sergeant Vine hatten an der Theke Platz genommen. Alkohol war beiden angeboten und von beiden abgelehnt worden. Vine trank ein Mineralwasser, das er bezahlt hatte.

»Was meinen Sie mit früher?«

»Als sie vermißt gemeldet wurde. Ihr Bild war doch in allen Zeitungen. Und im Fernsehen.«

»Ich schau' bloß Lokalfernsehen«, erwiderte Dickson. »Ich seh' immer bloß Sport. Wenn einer im Bargeschäft ist, hat er nicht viel Freizeit. Mir bleibt kaum Zeit übrig.«

»Aber als Sie sie im *Courier* sahen, haben Sie sie sofort erkannt?«

»Klar, war doch ein hübsches Ding.« Dickson sah über seine Schulter, wie um sich zu vergewissern, und grinste dann.

»Flotte Motte.«

»Ach ja? Erzählen Sie uns mal vom dritten April.«

Sie war etwa um zwanzig nach zehn in die Bar gekommen, ein junges blondes Mädchen, »so angezogen, wie sie heute alle angezogen sind«, ganz in Schwarz, aber mit einer besonderen Art von Jacke. Einem Anorak oder Dufflecoat, so genau wußte er es nicht, aber jedenfalls in Braun. Sie hatte eine Schultertasche dabei, eine große, vollgestopfte Schultertasche, keinen Rucksack. Wie kam es, daß er sich nach beinahe drei Monaten noch so gut daran erinnern konnte?

»Na, ich hab' doch ein Foto!«

»Was haben Sie?« fragte Vine.

»Es war gerade ein Frauenabend in Gang«, sagte Dickson. »Eine von den Mädels wollte am Donnerstag im Standesamt von Kingsmarkham heiraten. Sie bat meine Frau, von ihr und ihren Freundinnen am Tisch ein Foto zu machen, und gibt ihr die Kamera, und wie meine Frau das Foto macht, kommt das deutsche Mädel rein. Darum ist sie auf dem Bild mit drauf, im Hintergrund.«

»Sie haben also einen Abzug von dem Foto? Sie sagten aber doch, es war gar nicht Ihr Apparat?«

»Das Mädel – also, die Braut –, die hat uns einen Abzug geschickt. Dachte wohl, wir hätten gern einen, wo es doch im Brigadier aufgenommen war. Wenn Sie wollen, zeig' ich's Ihnen.«

»Und ob wir wollen«, sagte Burden.

Ulrike Ranke stand ziemlich versteckt hinter der lachenden Frauenrunde, zwar nicht im hellsten Licht, doch sie war es eindeutig. Ihr Mantel hätte braun oder grau sein können, vielleicht sogar dunkelblau, doch ihre Jeans waren unzweifelhaft schwarz. Eine Perlenkette war auf dem dunklen Stoff ihrer Bluse oder ihres Pullovers gerade noch auszumachen. Die mit Leder besetzte Leinentasche auf ihrer rechten Schulter sah übervoll und schwer aus. Sie hatte einen ängstlichen Gesichtsausdruck.

»Wie ich das Bild im *Courier* gesehen hab', sag' ich zu meiner Frau, geh, hol mal das Foto, und sobald ich das dann angeschaut habe, war es mir klar.«

»Wieso ist sie hereingekommen? Um etwas zu trinken?«

»Ich hab' ihr gesagt, daß sie nichts mehr kriegt«, sagte Dickson tugendhaft. »Ich hatte schon Schankschluß ausgerufen. Sie wollte aber gar nichts trinken, meinte sie, bloß fragen, ob sie vielleicht mal telefonieren könnte. Hatte eine komische Art zu reden, so mit einem Akzent, konnte manche Wörter nicht richtig aussprechen, aber wir kriegen hier ja alle möglichen Leute rein.«

Burden fand es immer wieder erstaunlich, daß die Briten, die in der überwiegenden Mehrheit keine Sprache außer ihrer eigenen beherrschen, sich über ausländische Besucher mokieren, deren Englischkenntnisse nicht ganz perfekt sind. Er erkundigte sich, ob Ulrike ihren Telefonanruf getätigt hatte.

»Dazu komm' ich gleich«, erwiderte Dickson. »Sie fragte also, ob sie mal das Telefon benutzen könnte – nannte es ›Fernsprechapparat‹, den Ausdruck hab' ich schon lang nicht mehr gehört –, und sagte, sie wollte ein Taxi. Eine Taxifirma wollte sie anrufen, und ob ich eine wüßte. Na klar, wir kriegen hier draußen oft Anfragen wegen Taxis. Ich sagte ihr, neben dem Telefon steht eine Nummer, bei uns steckt nämlich an dem Brett beim Telefon eine Firmenkarte. Sie müßte aber das Münztelefon benutzen, sagte ich, vom Büro aus wollte ich sie nicht telefonieren lassen.«

»Und, hat sie das gemacht?«

»Klar doch. Dann kam sie wieder rein. Die Gäste waren inzwischen alle gegangen, und meine Frau und ich haben aufgeräumt. Dann fing sie damit an, daß sie per Anhalter mit einem Lastwagen von Dover hergefahren war. Der Fahrer hätte gesagt, er würde sie so weit mitnehmen, wie er fuhr, und hat sie hier abgesetzt, weil er über Nacht auf einem Rastplatz geparkt hat. Ich sag' noch zu meiner Frau, die hatte ja Glück, daß er sie *tatsächlich* abgesetzt hat, so ein attraktives junges Ding, wie die war.«

»Sie hatte kein Glück«, bemerkte Burden.

Dickson hob verdutzt den Kopf. »Nein, äh, Sie wissen schon, was ich meine.«

»Sie hat also ein Taxi bestellt? Wissen Sie, bei wem?«

»Bei Contemporary Cars. Die Karte neben dem Telefon war von ihnen. Dort hing auch noch ein Zettel mit ein paar anderen Nummern, aber das war die einzige Firmenkarte.«

»Und ist das Taxi gekommen?«

Zum erstenmal sah Dickson alles andere als stolz auf sich aus; das Bild von Rechtschaffenheit und ernsthafter Integrität verrutschte ein wenig. »So genau weiß ich es nicht. Sie meinte, die hätten gesagt, in einer Viertelstunde, Stan käme in einer Viertelstunde, und als ich etwa eine halbe Stunde später nach oben ins Bett ging und aus dem Fenster sah, war sie weg, also dachte ich mir, er wird schon gekommen sein.«

»Wollen Sie damit sagen?« fragte Burden, »sie hat nicht hier im Lokal auf ihn gewartet? Sie haben sie zum Warten nach draußen geschickt?«

»Hören Sie mal, das hier ist ein Hotel und keine Jugendherberge ...«

»Es ist ein Gasthaus«, erwiderte Vine.

»Hören Sie, meine Frau war schon ins Bett gegangen, die hatte einen harten Tag hinter sich, und ich hab' noch aufgeräumt. Wir hatten einen Wahnsinnstag hinter uns. Draußen war es gar nicht so kalt. Und geregnet hat es auch nicht.«

»Sie war neunzehn Jahre alt«, sagte Burden. »Ein junges Mädchen, eine ausländische Besucherin. Sie haben sie zum Warten hinausgeschickt in die Dunkelheit, um elf Uhr nachts.«

Dickson drehte ihm den Rücken zu. »Das werd' ich mir schwer überlegen«, brummte er, »ob ich euch noch mal mit Auskünften anrufe.«

Am selben Tag wurde Stanley Trotter, Fahrer bei Contemporary Cars und neben Peter Samuels Geschäftsführer der Firma, nach mehrstündiger Vernehmung wegen Mordes an Ulrike Ranke festgenommen.

3

Sheila Wexford wollte ihr Baby zu Haus bekommen. Hausgeburten seien in Mode, und Sheila, meinte ihr Vater mit einer gewissen säuerlichen Zärtlichkeit, habe schon immer den neuesten Moden angehangen. Er hätte es lieber gesehen, wenn sie sich etwa vier Wochen vor dem Entbindungstermin in der besten Frauenklinik der Welt einquartiert hätte, egal, wo sich diese befand. Wenn die Wehen einsetzten, hätte er am liebsten den landesweit besten Geburtshelfer nebst einer Reihe fürsorglicher medizinischer Assistenten und einem Schwarm Hebammen mit hervorragenden Abschlußexamen dabeigehabt. Gleich nach der ersten Kontraktion wäre eine Epiduralanästhesie zu verabreichen und – falls die Wehen länger als eine halbe Stunde anhalten sollten – ein Kaiserschnitt zu machen, möglichst in Schlüssellochgröße.

So jedenfalls, meinte Dora, hätte er es am liebsten.

»Unsinn«, erwiderte Wexford. »Mir behagt bloß die Vorstellung nicht, daß sie es zu Hause bekommt.«

»Sie wird das tun, was sie will. Wie immer.«

»Sheila ist keine Egoistin«, meinte Sheilas Vater.

»Das habe ich auch nicht behauptet. Ich habe nur gesagt, daß sie tut, was sie will.«

Wexford ließ sich den Widerspruch zwischen diesen Begriffen durch den Kopf gehen. »Du fährst doch hin, um ihr beizustehen, oder?«

»Daran hatte ich eigentlich nicht gedacht. Ich bin ja keine Hebamme. Wenn das Baby da ist, fahre ich bestimmt hin.«

»Ist doch komisch, nicht?« sinnierte Wexford. »Da sind wir nun so weit mit sexueller Aufklärung und der Gleichberechtigung gekommen und haben die alten Etiketten und Schlagwörter abgelegt. Männer sind ganz selbstverständlich bei der Geburt ihrer Kinder dabei, und Frauen stillen in aller Öffentlichkeit. Frauen sprechen ganz offen über alle möglichen gynäkologischen Details, während sie früher eher gestorben wären, als sie zu erwähnen. Aber es ist unvorstellbar, daß jemand bei der Vorstellung, ein Vater könnte dabeisein, wenn seine Tochter entbindet, nicht wenigstens zusammenzuckt, oder? Siehst du, jetzt habe ich dich schockiert. Du wirst rot.«

»Aber natürlich, Reg. Du willst doch nicht etwa dabeisein bei Sheilas ...?«

»Wochenbett? Natürlich nicht. Ich würde wahrscheinlich in Ohnmacht fallen. Ich sage ja nur, es ist nicht normal, daß du dabeisein kannst und ich nicht.«

Sheila lebte mit dem Vater ihres Kindes, dem Schauspieler Paul Curzon, in einer schicken Wohnung in London, einer umgebauten Remise hinter der Welbeck Street. Dort würde das Baby auf die Welt kommen. Wexford, dessen Ortskenntnis von London etwas lückenhaft war, sah in seinem Straßenatlas nach und stellte fest, daß die Harley Street in beruhigender Nähe lag. In der Harley Street gab es, wie jeder wußte, jede Menge Ärzte und wahrscheinlich auch Krankenhäuser.

Contemporary Cars war in einem provisorisch wirkenden Fertigbau auf einem ansonsten leeren Platz an der Station Road untergebracht. Früher hatte dort das Railway Arms gestanden, ein zusehends spärlich besuchtes Pub, da dessen ehemalige Gäste die Bierpreise exorbitant und die Promillegesetze drakonisch fanden. Das Railway Arms machte zu und wurde schließlich abgerissen. An seine Stelle wurde nichts Neues gebaut, und es gab Stimmen in Kingsmarkham, die das leergefegte, müllübersäte Areal, von Brennnesseln gesäumt und von dürren Bäumchen umgeben, als Schandfleck bezeichneten. Ihrer Ansicht nach wurde die Lage durch die Ankunft des umgebauten Wohnwagens kaum verbessert, doch Sir Fleance McTear, Vorsitzender sowohl von KABAL als auch der Historischen Gesellschaft Kingsmarkham, meinte, dies sei in Anbetracht der geplanten Umgehungsstraße ja wohl die geringste Sorge.

Peter Samuels, von eigenen Gnaden Hauptgeschäftsführer von Contemporary Cars, erzählte jedem, daß sein Betrieb demnächst an einen festen Firmensitz verlagert würde, aber bisher gab es dafür noch keine Anzeichen. Der frühere Standort des Railway Arms bot ausreichend Parkplätze für Taxis und eine sehr praktische Zufahrt zum Bahnhof. Und in diesen wohnwagenmäßigen Büroräumen mit den wegklappbaren Tischen, der Duschkabine und den herunterklappbaren Betten aus früheren Reisezeiten führte Burden seine erste Vernehmung von Stanley Trotter durch.

Zunächst leugnete Trotter, Ulrike Ranke überhaupt gekannt zu haben. Es half seinem Gedächtnis allerdings auf die Sprünge, daß Vine William Dickson zitierte und den deutschen Akzent des Mädchens erwähnte, und so erinnerte sich Trotter schließlich doch, Ulrikes Anruf entgegengenommen zu haben – an den Anruf erinnerte er sich, nicht aber daran, zum Brigadier hinausgefahren zu sein. Er hatte es zwar selbst vorgehabt, sagte er, aber dann sollte er jemanden vom letzten Zug aus London abholen und gab den Auftrag deshalb an einen der anderen Fahrer weiter, an Robert Barrett.

Schwierig wurde es, als sich Barrett auf Befragen hin nicht mehr an seine Aktivitäten am Abend des 3. April erinnerte, oder nur insoweit, als er sich sicher war, den ganzen Abend Fahrgäste gehabt zu haben; an dem Abend war viel los gewesen. Während der ganzen Woche war schon viel los gewesen – wahrscheinlich hing es mit Ostern zusammen, dachte er. Aber in einem Punkt war er sich sicher: In den ganzen fünf Monaten, die er schon für Contemporary Cars arbeitete, hatte er nie einen Fahrgast vom Brigadier abgeholt.

Burden bat Stanley Trotter, sich auf der Polizeiwache von Kingsmarkham zu melden. Inzwischen hatte er herausgefunden, daß Trotter vorbestraft war und ein ziemlich happiges Vorstrafenregister hatte. Sein erster Gesetzesbruch, vor etwa sieben Jahren begangen, war der Einbruch in einem Geschäft in Eastbourne, sein zweiter, weit schwerwiegenderer, war Raub, ein Begriff, der einen tätlichen Angriff nahelegte. Er hatte eine junge Frau mit der Faust ins Gesicht geschlagen, sie zu Boden geworfen, getreten und dann ihre Handtasche entwendet. Sie war um Mitternacht ganz allein auf der Queen Street nach Hause gegangen. Für beide Straftaten war Trotter ins Gefängnis gewandert und hätte für die zweite eine viel längere Strafe bekommen, wenn sein Opfer mehr als nur einen Bluterguß am Kiefer davongetragen hätte.

Doch für Burden war es ausreichend, oder jedenfalls fast ausreichend. Er hatte Trotter dazu gebracht, zuzugeben, daß er tatsächlich am 3. April um Viertel vor elf zum Brigadier hinausgefahren war. Ursprünglich, sagte er, habe er zuviel Angst gehabt, es zuzugeben. Er fuhr hin, kam kurz vor elf am Pub an, aber dort wartete gar kein Fahrgast. Falls sie überhaupt je dort gewesen war, war sie inzwischen gegangen.

An dem Punkt angelangt, verlangte Trotter einen Anwalt, und Burden blieb nichts anderes übrig, als zuzustimmen. Ein cleverer junger Rechtsanwalt von Morgan de Clerck in der York Street kam umgehend herüber, und als Trotter sagte, er könne sich nicht mehr erinnern, ob er beim Brigadier geklingelt habe oder nicht, belehrte er Burden, sein Mandant habe gesagt, er könne sich nicht mehr erinnern, und das müsse wohl genügen.

Draußen vor dem Vernehmungsraum meinte Vine: »Dickson sagte, sie stand draußen auf der Straße. Trotter hätte gar nicht klingeln müssen.«

»Stimmt, aber er wußte ja nicht, daß sie draußen gewartet hat, oder? Er hätte doch bestimmt gedacht – hätte wohl jeder –, sie wäre im Pub drinnen, und dann selbstverständlich geklingelt. Wollen Sie mir etwa weismachen, er ist um elf Uhr abends am Pub aufgetaucht, und als er niemanden vorfand, ist er gleich wieder umgekehrt und zur Station Road zurückgefahren?«

»*Er* will es Ihnen weismachen.«

Sie setzten Trotters Vernehmung fort. Der Anwalt von Morgan de Clerck nagelte sie bei jeder kleinen Einzelheit fest, während er seinen Mandanten mit einem unendlichen Nachschub an Zigaretten versorgte, obwohl er selbst Nichtraucher war. Trotter, ein dünner, ungesund aussehender, etwa vierzigjähriger Mann mit abfallenden Schultern, war am Ende des Nachmittags bei zwanzig Stück angelangt, und die Luft im Vernehmungsraum war blau vom Rauch. Der Anwalt unterbrach ständig das Gespräch, indem er unablässig fragte, wie lange sie Trotter denn dazubehalten gedächten, und sich schließlich erkundigte, ob gegen ihn Anklage erhoben werden sollte.

Leichtsinnig stieß Burden fast atemlos das Wörtchen »Ja« hervor. Doch erhob er keine Anklage gegen ihn, sondern hielt ihn nur auf dem Polizeirevier von Kingsmarkham fest. Als Wexford davon erfuhr, reagierte er ziemlich skeptisch, aber dann besorgte sich Burden einen Durchsuchungsbefehl, woraufhin Trotters Wohnung in der Peacock Street in Stowerton nach Beweismaterial durchforstet wurde. Dort, in der Zweizimmerwohnung über dem von einem bengalischen Brüderpaar geführten Lebensmittelgeschäft, fanden die Detective Constables Archbold und Pemberton eine Kunstperlenkette und eine Reisetasche aus braunem Segeltuch mit dunkelgrüner Plastikeinfassung.

Für Wexford hatte sie nicht viel mit der Schultertasche auf Dicksons Foto gemeinsam und stimmte auch nicht mit der Beschreibung der Tasche seiner Tochter überein, die Dieter Ranke der Polizei gegeben hatte. Die gefundene war ein viel billigeres Modell und im übrigen braun und grün statt braun und schwarz. Die Rankes waren gutsituiert, beide Eltern in angesehenen Berufen tätig, und Ulrike, ihrem einzigen Kind, hatte es an nichts gefehlt. Die Perlenkette bestand aus sorgfältig ausgewählten, gleichmäßig großen Zuchtperlen, ein Geschenk an Ulrikes achtzehntem Geburtstag, für das ihre Eltern umgerechnet dreizehnhundert Pfund bezahlt hatten.

»Der arme Kerl wird sich die Tasche ansehen müssen«, sagte Wexford und meinte Ranke, dachte aber an sich selbst und seine Töchter. »Er ist ja wegen der amtlichen Leichenschau noch im Lande.«

»Es wird nicht so schlimm sein wie die Identifizierung der Leiche«, meinte Burden.

»Nein, Mike, mit Sicherheit nicht.« Wexford wollte sich dazu nicht weiter auslassen, weil er sonst vielleicht etwas sagte, was ihm später leid tat. »Ich habe erfahren, daß das Verkehrsministerium beim Obersten Zivilgericht den Antrag gestellt hat, die Baumleute zur Räumung zwingen zu dürfen.«

Burden sah hoch erfreut aus. Die Aussicht auf eine Umgehungsstraße hatte ihm immer sehr behagt, vor allem weil er der Meinung war, daß dann die Verkehrsverstopfung in der Innenstadt und auf der alten Umgehungsstraße aufhörte. »Früher hat doch auch niemand so ein Theater gemacht«, sagte er. »Wenn die Regierung beschloß, es wird eine neue Straße gebaut, dann haben die Leute das eben akzeptiert. Sie waren völlig korrekt der Meinung, mit der Wahl ihres Repräsentanten ins Parlament ihre demokratische Pflicht erfüllt zu haben und sich den Regierungsbeschlüssen beugen zu müssen. Sie haben keine Baumhäuser gebaut und sind nicht *flitzen* gegangen – heißt es so, flitzen? Sie haben keine strafbare Sachbeschädigung begangen und Holzfäller verstümmelt, die doch bloß ihre Arbeit machen. Sie haben begriffen, daß so eine Straße *zu ihrem eigenen Wohle* gebaut wird.«

»›Er wußte nicht, was aus dieser Welt noch werden sollte‹«, sagte Wexford. »Das wird mal auf Ihrem Grabstein stehen.« Er warf Burden einen Seitenblick zu. »Morgen ist große Demonstration. KABAL, der Sussex Wildlife Trust, Friends of the Earth und SPECIES, und das Ganze wird angeführt von Sir Fleance McTear, Peter Tregear und Anouk Khoori.«

»Das bedeutet bloß mehr Arbeit für uns. Mehr erreichen sie damit nicht. Die Umgehungsstraße wird trotzdem gebaut.«

»Wer weiß?« sagte Wexford.

Er vernahm Trotter nicht persönlich. Burden gelang es, nachdem ihn Damian Harmon-Shaw von Morgan de Clerck unter Druck gesetzt hatte, die Zeit, die er Trotter festhalten durfte, um zwölf Stunden verlängern zu lassen. Er wußte, wenn die Zeit um war, mußte er entweder Anklage gegen ihn erheben oder ihn laufenlassen, da das Magistratsgericht aufgrund der Beweislage wahrscheinlich nicht überzeugt werden konnte, einen weiteren Befehl zur Haftverlängerung auszustellen.

Die drei Vauxhall und drei VW Golf im Fuhrpark von Contemporary Cars wurden alle untersucht. Peter Samuels hatte nichts dagegen. Jedes der Autos war seit dem

3. April mindestens zehnmal außen und innen gereinigt worden und hatte Hunderte von Fahrgästen befördert. Falls in einem davon je Spuren von Ulrike Rankes kurzer Anwesenheit existiert hatten, ein Haar vielleicht, ein Fingerabdruck, ein Faden von ihrer Kleidung, waren sie inzwischen längst entfernt oder unkenntlich geworden.

»Sie haben überhaupt keine Beweise, Mike«, sagte Wexford, nachdem er sich das Band angehört hatte. »Das einzige, was Sie haben, sind seine Vorstrafen und die Tatsache, daß er zum Brigadier gefahren und, nachdem er dort niemanden angetroffen hat, umgekehrt und wieder nach Hause gefahren ist.«

»Er kennt Framhurst Great Wood. Er hat zugegeben, daß er auf dem Picknickplatz war, als seine Kinder noch klein waren.« Der Umstand, daß Trotter Frau und kleine Kinder verlassen hatte, seine nachfolgende Scheidung, Wiederverheiratung und die blitzschnelle zweite Scheidung hatten Burden ebenfalls gegen Trotter eingenommen. »Er kennt den Weg, der in den Wald hineinführt, und er weiß alles über die Parkmöglichkeiten am Picknickplatz. Die Leiche wurde zweihundert Meter von dort gefunden.«

»Die halbe Bevölkerung von Kingsmarkham kennt den Picknickplatz. Ich war mit meinen Kindern auch schon dort und Sie mit Ihren. Es war doch eigentlich ziemlich ehrlich von ihm, zuzugeben, daß er den Platz kennt. Er mußte ja nicht.«

Burden bemerkte kühl: »Ich weiß, daß er schuldig ist. Ich weiß, daß er sie umgebracht hat. Er hat sie wegen der Perlenkette getötet, dem Schmuckstück, das man am einfachsten loswird, und wegen der fünfhundert Pfund, die sie bei sich hatte.«

»Wissen Sie denn, ob er knapp bei Kasse war?«

»Solche Leute sind immer knapp bei Kasse.«

Zwei Stunden, bevor Burdens Haftverlängerung ablief,

traf Dieter Ranke in Kingsmarkham ein. Burden und Detective Sergeant Karen Malahyde hatten Trotter inzwischen erneut vernommen, aber keine Fortschritte erzielt. Ulrikes Vater wies die braune Segeltuchtasche nach einem flüchtigen Blick zurück. Die billige Perlenkette, die man in Trotters Wohnung gefunden hatte, bewirkte einen Zornesausbruch. Ranke schrie Barry Vine an, entschuldigte sich dann und fing an zu weinen.

»Sie werden meinem Mandanten nun wohl gestatten zu gehen«, sagte Damian Harmon-Shaw mit samtweicher Stimme und lächelte dabei herablassend.

Burden blieb nichts anderes übrig. »Da kommt er nun ungeschoren davon«, sagte er zu Wexford, »dabei weiß ich, daß er sie umgebracht hat. Ich finde das unerträglich.«

»Sie müssen es aber ertragen. Ich werde Ihnen sagen, was wirklich passiert ist, wenn Sie wollen. Als dieser Schurke Dickson sie hinausgesetzt hatte, war es Ulrike da draußen auf der Straße ohne ein anderes Haus in Sicht nicht ganz geheuer. Als nämlich die Lichter am Pub ausgeschaltet waren, gab es dort gar kein Licht mehr, dann war es tatsächlich stockfinster da draußen an der alten Umgehungsstraße. Sie wartete auf das Taxi, aber bevor es kam, hielt ein anderer Wagen an, und der Fahrer bot an, sie mitzunehmen. Ein Wagen oder ein Laster – wer weiß?«

»Und sie wäre ungeachtet aller Gefahren eingestiegen?«

»Im Einzelfall läuft es doch immer anders, nicht wahr? Man hält sich für einen guten Menschenkenner. Man glaubt, jemanden dem Gesicht oder der Stimme nach beurteilen zu können. Es ist dunkel, es ist schon spät, sie friert, sie hat keine Ahnung, wo sie in dieser Nacht schlafen wird, wenn überhaupt, sie weiß nicht, wann sie Aylesbury erreicht. Da kommt in einem warmen, hellerleuchteten Auto ein Mann angefahren, ein netter Mann, nicht jung, ein väterlicher Typ, der keine persönlichen Bemerkungen macht, der sie nicht fragt, was denn so ein nettes Mädchen in dieser finsteren Nacht macht, sondern bloß sagt, er sei auf dem Weg nach London und ob sie gern mitfahren möchte. Vielleicht sagt er auch mehr, etwa, daß er seine Frau in Stowerton abholt, um sie nach London zu fahren. Wir wissen es nicht, aber wir können es uns vorstellen. Und Ulrike, die müde ist und friert und es einem anständigen, älteren Mann doch ansieht ...«

»Großartiges Szenario«, sagte Burden. »Ich habe nur einen Einwand. Trotter war es.«

Doch am folgenden Tag war Trotter wieder in der Arbeit und vollauf damit beschäftigt, gemeinsam mit Peter Samuel, Robert Barrett, Tanya Paine und Leslie Cousins, die aus London eintreffenden Horden von Demonstranten gegen die Umgehungsstraße am Bahnhof abzuholen und zum allgemeinen Treffpunkt zu chauffieren.

Einige gingen auch zu Fuß. Es war nur eine Meile dorthin. Die jungen und mittellosen waren gezwungen, zu Fuß zu gehen. Einige der Aktivisten besaßen buchstäblich keinen roten Heller. Eine relativ wohlsituierte Elite – also die meisten vom WWF, ein paar Friends of the Earth und eine größere Anzahl von unabhängigen, aber sehr engagierten Umweltschützern – bildete vor dem Bahnhof eine lange Warteschlange bei den Taxis von Station Taxis, All the Sixes (so genannt wegen ihrer Telefonnummer, die aus lauter Sechsen bestand), Kingsmarkham Taxis, Harrison Brothers und Contemporary Cars.

Treffpunkt war der Kreisverkehr an der Straße zwischen Stowerton und Kingsmarkham. Gut fünfhundert Leute versammelten sich dort. Mitglieder einer Gruppe namens Heartwood trugen die Äste von den tags zuvor gefällten Bäumen, so daß es aussah, wie Wexford sich frei nach Shakespeare ausdrückte, als käme Birnams Wald nach Dunsinan.

Sie marschierten durch die Stadt in Richtung Pomfret zu dem Bauplatz, an dem die neue Umgehungsstraße beginnen sollte. Stadträtin Anouk Khoori, gemeinsam mit ihrem Mann Geschäftsführerin der Crescent-Supermarktkette, hatte sich von Kopf bis Fuß in passendes Grün gekleidet – bis hin zu grünem Lidschatten und grün lackierten Nägeln.

Das absterbende Laub an den grünen Ästen von Heartwood fiel entlang der Marschroute nach und nach ab und hinterließ eine Spur mitten auf der Straße. Debbie Harper mit ihren beiden Plakatbrettern war auch wieder dabei, doch diesmal trug sie darunter offensichtlich Blue jeans und ein grünes T-Shirt. Nachdem von ihrem Mann keine Einwände gekommen waren – »Ich würde dich gern begleiten«, hatte er gesagt –, marschierte Dora Wexford in den geordneten Reihen der gutbürgerlichen KABAL mit. Deren Mitglieder hatten es ostentativ vermieden, grüne Kleidung zu tragen, oder überhaupt alles, wodurch sie in die Nähe von New Age geraten könnten.

Wexford, der den Marsch aus seinem Bürofenster beobachtete (und seiner Frau zuwinkte, die ihn aber nicht sah), bemerkte einige Neulinge, deren Transparent sie als Mitglieder von SPECIES auswies. Er amüsierte sich eine Weile mit Raten, wofür diese Abkürzung wohl stehen könnte – Sicherheit und Protektion der Erde gegen Chemie und Initiative für die Errichtung etc. oder Sanktuarium zur Prävention der Erdzerstörung und charismatische Integration etc., etc.

An der Spitze marschierte eine ehrfurchtgebietende Gestalt, hochgewachsen, mindestens so groß wie Wexford selbst, der gut über einsfünfundachtzig maß. Er trug kein Transparent, schwenkte keine Fahne, und seine Kleidung unterschied sich beträchtlich von der Einheitskluft, einer Mischung aus Jeansstoff und mittelalterlichem Pilgergewand. Dieser Mann mit dem glattrasierten Schädel trug einen weiten Umhang aus blassem, sandfarbenem Stoff, der beim Gehen mitschwang und flatterte. Etwas erstaunt bemerkte Wexford, daß er barfüßig war. Seine Beine schienen ebenfalls nackt zu sein, jedenfalls soweit man sehen konnte, da die schwingenden Falten des Umhangs den größten Teil verdeckten.

Hätte er sich nicht auf den Anblick dieses Mannes konzentriert, auf sein Profil mit der extrem hohen Stirn, der Hakennase und dem langen Kinn, hätte er vielleicht gesehen, wie einer der Marschierenden plötzlich einen Stein in das Fenster der Concreation-Büros an der Pomfret Road warf.

Dieses umgebaute Haus im georgianischen Stil, in dem die Firma, die die Umgehungsstraße baute, ihren Sitz hatte, war von der Straße durch einen Rasen und eine Autoauffahrt getrennt. Niemand schien zu wissen, wer den Stein geworfen hatte, obgleich es zahlreiche Vermutungen gab. Die etwas konservativeren Demonstranten machten ein Mitglied von SPECIES oder Heartwood dafür verantwortlich. Wexford fragte Dora später danach, doch sie hatte nicht gesehen, wie der Stein geworfen wurde, nur den Aufprall gehört und sich nach dem zertrümmerten Fenster umgedreht.

Die Demonstration verlief danach ohne weitere Zwischenfälle. Drei Tage später wurden den Bewohnern der vier Camps an der geplanten Trasse die Räumungsbefehle zugestellt. Doch bevor der stellvertretende Sheriff von Mid-Sussex die Räumungen durchführen konnte, hatte man schon an zwei neuen Camps zu bauen angefangen, einem in Pomfret Tye und dem anderen in Stoke Stringfield, »unter der Schirmherrschaft« von SPECIES, wie es in deren Pressemitteilung ziemlich wichtigtuerisch hieß.

Das Absperrband am Fundort von Ulrike Rankes Leiche

wurde entfernt, und die Dachsumsiedler nahmen ihre Arbeit wieder auf. Die Britische Gesellschaft der Schmetterlingskundler teilte mit, an einigen Brennesseln in der neuen Plantage seien Eier der Araschnia levana entdeckt worden, aber noch keine Larven geschlüpft.

Es war August, und man war bereits wieder am Roden, als eines Nachts vermummte Plünderer in Kingsmarkham einfielen und die Geschäftsräume von Concreation verwüsteten.

4

Sie drangen in das Gebäude ein und zertrümmerten Fensterscheiben, Computer, Faxmaschinen, Telefone und Fotokopierer. Sie rissen die Schubladen der Karteischränke auf und zerrissen den Inhalt oder warfen ihn in den Reißwolf. Die Polizei war sofort vor Ort, doch noch während die Festnahmen erfolgten, hatte eine andere Gruppe bereits das Hauptbüro des Stadtrats von Kingsmarkham besetzt. Eine dritte wütete in den Geschäften auf der High Street und schlug alles kurz und klein.

Ein paar von den Festgenommenen waren Baumleute, aber die vermummten, die sich schwarze Strümpfe mit Mund- und Augenlöchern über den Kopf gezogen hatten, waren Neuankömmlinge. Sie waren tagsüber eingetroffen und hatten an der geplanten Route für die Umgehungsstraße ein neues Camp aufgebaut, das siebte inzwischen. Allerdings waren zusätzliche Räumungsbefehle angefordert worden.

Am Tag nach dem – wie es später heißen sollte – wilden Wüten von Kingsmarkham richtete Mark Arcturus, ein Sprecher der Kampagnenabteilung von Friends of the Earth, einen dringenden Appell an alle, bei dem Protest weiterhin im Rahmen der Gesetze zu bleiben. »Alles, was wir erreichen können«, sagte er, »geht verloren, wenn die Öffentlichkeit den Protest mit Gewalt und krimineller Zerstörung in Verbindung bringt. Dann verlieren wir die allgemeine Unterstützung, die wir bisher genossen haben und die uns so ermutigt hat. Bis gestern ist unsere Aktion friedlich und zivilisiert verlaufen. Laßt uns dafür sorgen, daß es so bleibt.«

Sir Fleance McTear sagte, KABAL habe sich dem friedlichen Protest verschrieben. »Gewalt können wir nicht gutheißen, nicht einmal für eine so gute Sache.«

Nur der *Kingsmarkham Courier* brachte den Kommentar eines gewissen Conrad Tarling, in dem es hieß, verzweifelte Situationen erforderten verzweifelte Maßnahmen und was der Bevölkerung eigentlich übrigbleibe, wenn die Regierung die Stimme des Volkes ignorierte? Tarling bezeichnete sich als König des Waldes und Anführer der SPECIES-Fraktion auf dem Baugelände. Wexford erkannte ihn auf dem Foto, das die Story begleitete, wieder. Es war der Mann im Umhang, der bei dem Protestmarsch mitgelaufen war.

Eine Gruppe von Arbeitern rückte unter Bewachung an, um die Bolzen und Drähte von den Baumstämmen zu entfernen. Die Baumleute sahen ihnen bei der Arbeit zu und warteten, bis die Wachen, die zeitweilig in Schichten rund um die Uhr aufpaßten, schließlich nach Hause gingen.

Patrick Young von English Nature, der englischen Naturschutzorganisation, verkündete im *New Scientist* die Entdeckung von Psychoglypha citreola, einer seltenen Köcherfliege, in der Brede; die Larven leben in einer mosaikartigen Hülle, dem Köcher, ausgewachsen wird die gelbflügelige Fliege etwa zweieinhalb Zentimeter lang. Daraufhin überlegten die Naturschutzberater der Regierung, ob bestimmte Abschnitte des Flusses zu Gebieten von besonderem wissenschaftlichen Interesse erklärt werden sollten.

»Gemäß dem europäischen Habitat- und Artenschutzerlaß«, sagte Young, »verleiht der Status als Super-Reservat die höchstmögliche Schutzstufe. Der Psychoglypha könnte es immer noch gelingen, die unvergleichliche Schönheit dieses Standorts seltener Arten zu retten. Ihre Entdeckung zeigt nur noch deutlicher, daß es das Verkehrsministerium bisher unterlassen hat, ein angemessenes Umweltprüfverfahren von Brede und Stringfield Marsh durchzuführen.«

An einem heißen Nachmittag gegen Monatsende fing eins der Baumhäuser im Camp von Elder Ditches Feuer. Seine Bewohner, ein Mann und eine Frau, hatten bei SPECIES führende Positionen inne. Das Baumhaus sowie der dazugehörige Baum wurden zerstört, doch nach der ersten Aufregung einigte man sich, daß es sich bei dem Feuer um einen Unfall gehandelt hatte, hervorgerufen durch einen umgefallenen Spirituskocher, mit dem man Tee zubereiten hatte wollen.

»Diese Leute«, sagte Burden zu Wexford, »zerstören mehr von der Umwelt, als sie retten.«

»Einen Baum. Machen Sie sich nicht lächerlich.«

»Recht zu haben wirkt auf den ersten Blick oft lächerlich«, moralisierte Burden. »Wie geht es Sheila?«

»Gut. In drei Wochen soll das Baby kommen. Mir wäre sehr viel wohler, wenn sie es in der Klinik bekäme.« Wexford fuhr fort, eigentlich vor allem, um den Inspector auf die Palme zu bringen: »Ein Freund von ihr hat sich dem Protest ebenfalls angeschlossen. Er heißt Jeffrey Godwin und ist Schauspieler. Ihm gehört das Weir-Theater.«

»Die umgebaute Mühle in Stringfield? Auch so eine Schnapsidee.«

»Er hat das Theater überredet, ein Proteststück zu spielen; nächste Woche ist Premiere. Es heißt *Ausrottung*.«

»Klingt ja höchst amüsant«, sagte Burden. »Na, ich werde jedenfalls keine Karten kaufen.«

Am letzten Augustmontag fuhr die Baufirma Concreation ihre Erdbaumaschinen vom Acker bei Pomfret Monachorum, und der erste Bagger grub seine riesige, gezahnte Schaufel in die grüne Hügellandschaft.

Wexford war ein paar Monate lang etwas besorgt gewesen, nachts manchmal aufgewacht und hatte sich die eisige Leere, den großen, gähnenden Abgrund vorgestellt, der sich vor seinen Füßen auftäte, falls Sheila bei der Geburt sterben sollte. Er hatte zwar nie persönlich von einem Todesfall bei der Entbindung gehört – der einzige Fall in seinem Umfeld war einer Tante zugestoßen, als er vier gewesen war –, machte sich aber trotzdem Sorgen. An das kommende Kind dachte er auch, aber nicht an es selbst, sondern was es für Sheila bedeuten würde, wenn es nicht ganz perfekt sein sollte, an ihren Kummer, der dann natürlich auch sein Kummer sein würde.

Doch er wußte während dieser Monate auch, daß seine Sorgen nichts waren verglichen mit den Ängsten, die ihn an den Tagen kurz vor Sheilas Entbindungstermin quälen würden, und auch an den Tagen danach, denn das erste Baby, heißt es doch, kommt nie pünktlich, und – die Vorstellung war unerträglich – sobald er wußte, daß die Wehen eingesetzt hatten. Diese Ängste standen aber noch bevor, begannen nicht vor dem 4. September. Er schalt sich, doch kein Narr zu sein, sich diese Gedanken zumindest bis zu besagtem Termin aus dem Kopf zu schlagen, denn es hat keinen Sinn, sich zweimal Sorgen zu machen, einmal tatsächlich und einmal wegen der Aussicht auf eine bevorstehende Sorge. »Das meiste, worüber man sich Sorgen macht«, sagte er am Abend des 1. September zu Dora, »tritt nie ein.«

»Ich weiß«, erwiderte sie, »den Leitsatz habe ich dir beigebracht«, und noch während sie es sagte, klingelte das Telefon.

Er meldete sich.

»Hallo, Pop«, sagte Sheila. »Ich hab' gerade das Baby bekommen.«

Er mußte sich setzen. Zum Glück stand ein Sessel da.

»Kannst du mich hören, Pop? Ich hab' das Baby bekommen, und sie ist einfach sagenhaft. Sie heißt Amulet und hat schwarze Haare und blaue Augen. Und weißt du, was – es war alles halb so schlimm.«

»Ach, Sheila …«, sagte er und dann zu Dora: »Sheila hat das Baby bekommen.«

»Und, willst du mir denn nicht gratulieren?«

»Gratuliere, mein Liebling.«

»Sie wiegt drei Komma vier vier Kilo. Keine Ahnung, was das in Pfund ist, dazu müßt ihr euch eine Umrechnungstabelle besorgen. Ich hätte euch anrufen können, als die Wehen losgingen, aber ich wußte, du würdest dir bloß Sorgen machen, und dann ging plötzlich alles so schnell …«

»Hier ist deine Mutter«, sagte er. »Erzähl das alles deiner Mutter.«

Dora redete eine Viertelstunde lang. Als sie schließlich auflegte, erklärte sie Wexford, in zwei Tagen würde sie nach London fahren. »Sie hat mich gebeten, morgen zu kommen.«

»Warum fährst du dann nicht morgen?«

»Ich habe hier zu viel zu erledigen. Ich kann doch nicht einfach alles stehen- und liegenlassen. Außerdem, finde ich, sollte man ihr ruhig ein, zwei Tage Zeit lassen. Damit sie sich an das Baby gewöhnt. Ich habe ja dort nicht direkt etwas zu tun, außer ihnen Gesellschaft zu leisten. Sie hat eine private Hausschwester.«

»Amulet«, sagte Wexford. »Na ja, ich werde mich schon noch daran gewöhnen.«

»Keine Sorge. Man wird Amy zu ihr sagen.«

SPECIES und die anderen Baumleute schwärmten während der Nacht über die Erdbaumaschinen aus, entfernten Metallteile, schnitten Kabel durch, setzten Motoren außer Gefecht und mischten Eisenspäne in den Diesel-Treibstoff.

Einige wurden festgenommen, ein Wachmann wurde auf den Baggern postiert, und James Freeborn, der Deputy Chief Constable von Mid-Sussex, beantragte bei der Regierung Finanzmittel in Höhe von zweieinhalb Millionen Pfund für den Polizeischutz an der geplanten Strecke.

Wexford bat ihn um eine Unterredeung, um die sich plötzlich häufenden Fälle von Ladeneinbruch und Diebstahl in Sewingbury und Myfleet zu besprechen. Vierhundert von der Autobahnbehörde eingestellte Sicherheitskräfte wurden in baufälligen Hütten auf dem früheren Armeestützpunkt in Sewingbury untergebracht. Die Ortsbewohner schoben ihnen die Schuld zu und beklagten sich, sie seien für die Raufereien in den Pubs verantwortlich, und die Busse, die sie zur Baustelle für die Umgehungsstraße fuhren, verursachten Verkehrsstau, Lärm und Luftverschmutzung.

»Paradox, nicht wahr?« sagte Wexford zu Dora. »Wer soll nun der Hüter des Hüters sein? Aber wegen dieser Besprechung werde ich dich nicht zum Bahnhof fahren können.«

»Ich nehme mir ein Taxi. Wenn ich nicht all die Sachen zu tragen hätte, all die Geschenke, auf denen du bestehst, würde ich zu Fuß gehen.«

»Ruf mich heute abend an. Ich will alles wissen über dieses Kind. Ihre *Stimme* will ich hören.«

»Das einzige, was sie in dem Alter von sich geben«, meinte Dora, »ist Geschrei, und davon bekommen wir hoffentlich so wenig wie möglich zu hören.«

Er ging um neun aus dem Haus zu seiner Besprechung. Davor hatte er ihr eigentlich noch sagen wollen, nicht Contemporary Cars anzurufen. Es war zwar nicht besonders wichtig, doch die Vorstellung, daß Stanley Trotter seine Frau chauffierte, behagte ihm nicht besonders. Natürlich konnte es auch ein anderer als Stanley Trotter sein, etwa Peter Samuels oder Leslie Cousins, und selbst wenn es Trotter war, würde er Wexford wahrscheinlich nicht erwähnen, weder seine Festnahme noch Burdens unbegründete Verdächtigungen. Es hing wirklich davon ab, ob Trotter paranoid war und sich ungerecht behandelt fühlte, oder ob er einfach erleichtert war, am Ende freigelassen worden zu sein. Jedenfalls hatte er seine Frau nicht vorgewarnt, doch da er Trotter ihr gegenüber bis dahin noch mit keiner Silbe erwähnt hatte, konnte sie sich, wenn es ganz dumm kam, einfach auf ihre Unwissenheit berufen.

Sein Treffen ging zu Ende, ohne daß man sich auf eine feste Vorgehensweise geeinigt hätte, doch seine Anwesenheit brachte Freeborn offensichtlich auf einen Gedanken. Falls Wexford nachmittags nichts Besseres vorhabe, wolle er den stellvertretenden Chief Constable vielleicht auf eine Besichtigungstour zu den Naturschutzstellen begleiten? Sie sollte vor dieser Umweltprüfung von Brede und Stringfield Marsh stattfinden, und bei den teilnehmenden Gruppen handelte es sich unter anderem um English Nature, Friends of the Earth, den Sussex Wildlife Trust, KABAL und die Königliche Gesellschaft der Insektenkundler.

Wexford fielen eine Menge Dinge ein, die er lieber getan hätte. Er hatte keine Ahnung, weshalb Freeborns Anwesenheit erforderlich war, geschweige denn seine eigene, und erinnerte sich recht wehmütig an seinen Entschluß, nie wieder in die Nähe von Framhurst Great Wood zu gehen, ein Entschluß, den er bereits einmal gebrochen hatte.

Selbstverständlich sagte er zu, es blieb ihm kaum etwas anderes übrig. Vogel-Strauß-Politik nützte in diesen Dingen nicht viel, er mußte dem Bevorstehenden ins Auge sehen wie alle anderen auch. Vielleicht konnte er den Insektenkundlern ja von seiner Entdeckung des Landkärtchen-Schmetterlings erzählen. Als er gerade darüber und über die Frage nachdachte, weshalb manche Tiere, Insekten und sogar einige Pflanzen ungern aus ihrem Habitat versetzt werden, auch wenn dieses nur ein paar Meilen entfernt liegt, kam im Polizeirevier von Kingsmarkham ein Anruf von Contemporary Cars an.

Nicht von Trotter, sondern von Peter Samuel. Es war kurz nach zwölf Uhr mittags. Er war zum Büro in der Station Road zurückgefahren und hatte dort seine Telefonistin gefesselt, geknebelt und an einen Stuhl gebunden vorgefunden, das Büro verwüstet und die Kasse gestohlen.

Barry Vine fuhr mit Detective Constable Lynn Fancourt hin. Die Tür des Wohnmobils stand offen, und Samuel stand davor auf der Treppe.

Die vier Personen drängten sich im Inneren. Tanya Paine, die den Telefondienst mit den Taxis und den potentiellen Fahrgästen versah, saß auf dem heruntergeklappten Bett und rieb sich die Handgelenke. Die Schnur, mit der sie gefesselt worden war, war fest um Handgelenke und Fesseln gezurrt gewesen. Eine Strumpfhose war als Knebel benutzt worden, mit einer zweiten hatte man ihr die Augen verbunden. Sie war unverletzt, wirkte aber verängstigt und ziemlich mitgenommen, eine junge Frau Anfang Zwanzig. Unter der dicken Schminke war ihr Gesicht schreckensbleich, und dort, wo der Knebel und die Augenbinde zusammengeknotet gewesen waren, löste sich ihr kunstvoll frisiertes langes Haar aus dem Nackenknoten.

»Ich hatte gerade einen Fahrgast nach Gatwick gebracht«, sagte Samuel, »und war auf dem Rückweg. Konnte mir nicht erklären, weshalb kein Anruf von Tanya kam. Also, das war noch nie dagewesen, eine ganze Stunde ohne einen Anruf. Ich dachte schon, vielleicht ist das Telefon kaputt. Ich also nichts wie her. Ich komm' ja nie hierher, wissen Sie, immer erst zum Essen, aber nachdem ich die ganzen anderthalb Stunden keinen Anruf bekommen hatte …«

»Schon gut, Sir, danke Ihnen sehr«, sagte Vine. »Dann

wollen wir mal Miss Paine dazu hören. Es war also bloß ein Mann, Miss Paine, ja? Konnten Sie ihn sich ansehen?«

»Es waren zwei«, sagte Tanya Paine. »Die hatten schwarze Masken auf mit Löchern für Augen und Mund. Na ja, eigentlich keine Masken, eher Kapuzen. Wie auf den Zeitungsfotos von den Typen, die in das Büro der Baufirma eingebrochen sind. Und einer hatte eine Knarre dabei.«

»Sind Sie sich da sicher?«

»Klar bin ich mir sicher. Ich hatte Schiß. Ich hatte wahnsinnigen Schiß sozusagen. Die haben die Tür aufgemacht und sind die Treppe rauf und haben die Tür zugemacht, und der mit der Knarre hat sie auf mich gerichtet und gesagt, ich soll da rein. Da bin ich eben rein – sollte ich mich mit dem vielleicht anlegen? Dann mußte ich mich auf den Stuhl setzen, und der eine hat mich gefesselt. Mit vorgehaltener Knarre. Mir blieb gar nichts anderes übrig, der hat mir das Ding unter die Nase gehalten.«

»Um wieviel Uhr war das etwa?«

»Viertel nach zehn, so um den Dreh.«

»Man hat Sie also geknebelt und Ihnen die Augen verbunden?« fragte Lynn Fancourt.

»Keine Ahnung, wieso. Ihre Gesichter konnte ich sowieso nicht sehen, mit den Masken drüber. Die haben mir die Augen verbunden, damit ich überhaupt nichts mehr gesehen hab'. Ich hab' gehört, wie sie rumgelaufen sind. Dann haben sie die Tür hinter sich zugemacht, die Tür da, und dann konnte ich auch nichts mehr hören. Ach ja, und das Telefon hat ein paarmal geklingelt, das hab' ich gehört. Die waren noch eine ganze Weile da, nachdem sie mich festgebunden hatten, also, ganz schön lang, ich weiß auch nicht, wie lang es gedauert hat, bis ich die Tür knallen hörte.«

Der Raum, in dem sie sich befanden, war ursprünglich das Schlafzimmer des Wohnwagens gewesen. Zu den Einbaumöbeln, dem herunterklappbaren Bett, dem Hängeschränkchen und den beiden Klapptischen waren ein Kaminsessel und zwei Holzstühle mit geschwungenen Rükkenlehnen dazugekommen. An einen davon war Tanya Paine gefesselt worden. Hinter der Tür lag die Küche, ausgestattet mit Mikrowellenherd, Kühlschrank und Schränken mit Arbeitsfläche, und anschließend kam der Wohnbereich, der gegenwärtig als Büro diente. Wenn beide Innentüren geschlossen waren, konnte eine im Schlafzimmer eingeschlossene, geknebelte Frau mit verbundenen Augen nicht viel von dem hören, was im Büro vor sich ging.

Vine und Lynn Fancourt sahen sich alles genau an. »Contemporary«, was so viel hieß wie modern, war als Firmenname etwas irreführend. Die beiden Telefone waren die einzigen Zeichen moderner Technologie. Ein Computer oder Safe war nicht vorhanden.

»Wir brauchen keinen Safe«, sagte Samuel. »Zweimal pro Tag bring' ich die Einnahmen zur Bank, einmal zur Essenszeit und dann noch mal um drei.«

»Was war also in der Kleingeldkasse?« wollte Vine wissen und hielt dabei eine leere Blechbüchse hoch, die einmal Cracker enthalten hatte. Er hielt sie mit einem sauberen Taschentuch zwischen Daumen und Zeigefinger, obwohl etwaige Fingerabdrücke durch Samuels und Tanya Paines Herumhantiererei inzwischen unwiederbringlich verschmiert wären.

»Höchstens fünf Pfund«, meinte Samuel, »wenn es viel war. Ich hatte meine Einnahmen dabei, und Stan und Les wohl auch. Die bringen ihr Geld so um die Mittagszeit rein, und ich tu es dann auf die Bank.«

Vine schüttelte den Kopf. So ein Saftladen war ihm schon lange nicht mehr untergekommen.

Tanya Paine kam heraus. Sie hatte ihre Frisur wieder

hergerichtet und neuen Lippenstift aufgetragen. »Ich dachte mir, Sie wollen mich vielleicht in dem Zustand sehen, wie die mich verlassen haben«, erklärte sie, »bevor ich den Schaden wieder behebe. Da waren drei Pfund zweiundvierzig in der Kasse, Pete. Ich hab' nachgezählt, weil ich kurz auf einen Cappuccino und einen Marsriegel rauswollte, wenn Stan wiederkam, und selber kein Bargeld hatte. Genau drei Pfund zweiundvierzig waren es.«

Sie hatten es mitgenommen. Hatten sie noch etwas anderes gesucht? Unter dem Telefonpult war eine Schublade aufgezogen, und auf dem Fußboden lag ein Quittungsblock. Das Mehrwertsteuerheft lag umgekehrt aufgeschlagen da. Aber Polizisten bekommen mit der Zeit einen Blick dafür, ob etwas durchwühlt wurde oder ob es nur so aussehen sollte, als sei es durchwühlt worden. Hier hatte man sich bei der Irreführung nicht einmal sonderlich bemüht. Die beiden maskierten Männer hatten sicher etwas von Contemporary Cars gewollt, aber, wie Vine auf dem Rückweg zum Revier Lynn gegenüber äußerte, jedenfalls nicht die drei Pfund zweiundvierzig und auch kein lebenswichtiges Dokument unter den Mehrwertsteuereintragungen.

»Was haben die dann während der, wie sie sagt, langen Zeit gemacht, nachdem sie sie gefesselt im anderen Zimmer gelassen hatten?«

»Keine Ahnung«, erwiderte Vine. »Wahrscheinlich war es gar nicht so lang, wie sie sagt. Sie hatte Angst, ist ja verständlich, und da kam ihr die Zeit eben lang vor. Es waren wahrscheinlich bloß ein paar Minuten.«

»Sie haben sie also gefesselt, die beiden Türen hinter ihr zugemacht, das bißchen Kleingeld mitgenommen und ein paar Sachen auf dem Fußboden verstreut, damit es so aussah, als hätten sie etwas gesucht? Und sie hatten eine Schußwaffe dabei?«

»Bestimmt eine Spielzeugwaffe oder eine Nachahmung.

Und verletzt wurde niemand, es fehlt bloß eine kleine Summe, kein Sachschaden – und die beiden, die das gemacht haben, finden wir nie, soviel ist klar.«

»Das ist ja eine ziemlich defätistische Einstellung, Sergeant Vine«, sagte Lynn, die erst vierundzwanzig war, frisch aus der Ausbildung kam und noch voller Begeisterung war.

»Vorsicht, Mädchen. Das soll nicht heißen, daß wir uns dort nicht umsehen und nachprüfen, ob die Fingerabdrücke einem uns bekannten Bösewicht gehören. Wir werden uns an die übliche Routine halten, nur war in letzter Zeit recht viel von der Art los, obgleich ich zugebe, die Masken und die Knarre sind mal was Neues.«

Als Burden davon hörte, krallte er sich sofort an der Tatsache fest, daß einer der Fahrer bei Contemporary Cars Stanley Trotter war. Einer der beiden Eindringlinge hätte ebenfalls Stanley Trotter sein können.

»Den hätte Tanya Paine doch erkannt«, meinte Vine. »Und wieso auch, das brauchte er doch gar nicht. Er war doch vor Ort, oder hätte es jederzeit sein können, und konnte suchen, was er wollte, ohne das Mädchen zu fesseln.«

»Wo ist er jetzt?«

»Auch dort, denke ich mal. Um die Mittagszeit kommen sie alle mit ihren Einnahmen. Außer Barrett, der ist gerade in Urlaub.«

Begleitet von der enthusiastischen Lynn Fancourt, fuhr Burden in die Station Road. Tanya Paine bediente schon wieder die Telefone und sah aus, als wäre nichts passiert. Sie schickte sie durch den Küchenbereich zu Trotter, der vor dem Schwarzweißfernseher saß und, einen Teller Pommes frites auf den Knien, einen Hamburger verzehrte.

»Vielleicht würden Sie mir gern erzählen, wo Sie zwischen zehn und zwölf Uhr mittag waren«, sagte Burden.

Trotter biß von seinem Hamburger ab. »Am Taxistand am Bahnhof«, erwiderte er mit vollem Mund. »Und als da nichts mehr los war, nachdem der Zehn-Uhr-Drei durch war, bekam ich einen Anruf von hier, ich sollte einen Fahrgast aus Pomfret abholen. Masters Street Nummer fünfzehn in Pomfret, genau gesagt. Den hab' ich dann zum Bahnhof gefahren, hab' dort jemand mitgenommen, der schon gewartet hatte, und ihn nach Stowerton gefahren, und bis dahin war's dann schon fast halb zwölf, also hab' ich Pause gemacht. Um zehn vor zwölf saß ich wieder am Steuer und bin am Bahnhof rumgestanden, aber als von hier keine Anrufe mehr kamen, dachte ich mir, komisch, ist doch komisch, das war ja noch nie da.«

»Und dann?«

»Bin ich hergekommen, oder?«

»Ich hätte gern den Namen des Fahrgastes, den Sie in Pomfret abgeholt haben.«

»Den weiß ich doch nicht. Wieso auch? Tanya sagte, ich soll zur Masters Street nach Pomfret fahren, und das hab' ich gemacht.«

Burden fragte Tanya Paine nach dem Namen des Fahrgastes. Es war anzunehmen, daß sie ihn notiert hatte. Sie sah ihn verständnislos an.

»Dazu müßte ich sie ja aufschreiben.« Sie hörte sich an, als käme von Hand schreiben der Beherrschung einer schwierigen Sprache, etwa Russisch, gleich. »Pete überlegt, ob er einen Computer anschafft«, sagte sie, »falls er einen gebrauchten findet.«

»Sie haben also keine Ahnung, wie viele Anrufe kommen und von wem?«

»Das hab' ich nicht gesagt. Ich weiß schon, wie viele. Ich notier mir das so ein bißchen.«

Sie zeigte ihm ein Blatt Papier, auf dem mit Bleistift etwa dreißig bis vierzig Striche standen.

»Und was war mit dem Fahrgast, den Sie danach am Bahnhof abgeholt haben?« fragte Burden.

»Den hab ich nach Stowerton in die Oval Road gefahren. Nummer fünf, vielleicht war's auch sieben. Der erinnert sich bestimmt an mich, und der Typ aus Pomfret auch.«

Trotter fixierte Burden mit steinernem Blick. Schuldbewußt sah er nicht aus. Er sah aus, als hätte er nichts zu verbergen. Burden konnte sich nicht vorstellen, in welchem Zusammenhang die Ereignisse des Vormittags bei Contemporary Cars mit dem Mord an Ulrike Ranke stehen könnten, aber darum ging es ja schließlich bei der Polizeiarbeit: Zusammenhänge herzustellen, wo es keine zu geben schien. Er ging wieder ins Büro, in das sich Tanya Paine zurückgezogen hatte. In einen kleinen Handspiegel blinzelnd, trug sie gerade violette Wimperntusche auf, die Lippen geschürzt und die Nasenflügel zusammengezogen.

»Kann es sein«, fragte er, »daß es sich bei einem der beiden Männer, die Sie gefesselt haben, um einen von den Fahrern hier handelt?«

»Wie bitte?« Sie drehte sich um und fuhr sich mit der Zunge über die Lippen.

»Die beiden Männer« – er drückte es anders aus –, »könnte es sein, daß Sie einen von ihnen vielleicht kannten? Hatten Sie irgendwie das Gefühl, daß er Ihnen bekannt vorkam?«

Sie schüttelte den Kopf, verwirrt über die neue Richtung, die die Befragung plötzlich nahm.

»Haben sie etwas gesagt?«

»Der eine schon. Er sagte, ich soll ruhig sein, dann würde mir nichts passieren. Mehr nicht.«

»Dann haben Sie die Stimme des anderen also nicht gehört?«

Wieder dieses verwunderte Kopfschütteln.

»Der andere war also maskiert, und Sie haben seine

Stimme nicht gehört. Sie können nicht mit Sicherheit sagen, daß Sie ihn nicht kennen, stimmt's? Wenn Sie sein Gesicht nicht sehen und seine Stimme nicht hören konnten, hätte es durchaus jemand sein können, den Sie sehr gut kennen.«

»Ich weiß gar nicht, was Sie meinen«, sagte Tanya Paine. »Jetzt bin ich ganz durcheinander. Die haben mich gefesselt und geknebelt, und es war ganz *furchtbar*, und ich will jetzt eine Psychotherapie. Ich bin ein Opfer.«

»Das läßt sich arrangieren, Ms. Paine«, sagte Lynn beschwichtigend.

Burden nahm Lynn Fancourt mit nach Stowerton, wo sie feststellten, daß in der Oval Road Nummer fünf an dem Morgen niemand mit dem Taxi vom Bahnhof hergebracht worden war. In Nummer sieben war niemand zu Hause, also war Trotters Fahrgast entweder bereits wieder ausgegangen oder Trotter log, eine Alternative, der Burden den Vorzug gab. Eine Frau in Nummer neun sagte ihnen, ihr Nachbar heiße Wingate, sie habe aber keine Ahnung, ob er morgens vom Bahnhof in Kingsmarkham abgeholt worden sei oder wo er sich gegenwärtig aufhielt.

Der Fahrgast aus Pomfret – falls es ihn überhaupt gab – war vielleicht noch in London oder wohin ihn der Zug auch gebracht hatte, doch nachdem inzwischen über drei Stunden vergangen waren, konnte es gut sein, daß er wieder zurück war. Lynn klingelte in der Masters Street fünfzehn, einem einstöckigen Wohnhaus aus den zwanziger Jahren mit Blick über die geplante Umgehungsstraße.

Die Frau, die die Tür öffnete, war gerade mit Renovieren beschäftigt gewesen. Sie hatte zartrosa Glanzfarbe an Händen, Jeans und Hemd und Streifen davon in den Haaren. Sie sah unwirsch und verschwitzt aus. Nein, einen Ehemann habe sie nicht. Falls Burden ihren Lebensgefährten meine, der heiße John Clifton und sei in der Tat heute morgen mit dem Zehn-Uhr-Einundfünfzig nach London gefahren. Ein Taxi habe ihn nach Kingsmarkham zum Bahnhof gefahren, aber sie habe ihn keins bestellen hören und habe auch keine Ahnung, welche Firma es gewesen sei und wer den Wagen gefahren habe. John habe ihr einen Abschiedsgruß zugerufen und gesagt, er würde jetzt gehen… »Was ist mit ihm?« fragte sie plötzlich beunruhigt.

»Nichts, Miss…«

»Kennedy. Martha Kennedy. Sind Sie sicher, daß ihm nichts zugestoßen ist?«

»Wir interessieren uns für den Taxifahrer«, sagte Lynn.

»Wenn das so ist, dann entschuldigen Sie mich jetzt bitte. Ich will diese blöden Türen fertig streichen, bevor John nach Hause kommt.«

Burden sagte, sie würden später wieder anrufen. Die Tür wurde ihm ziemlich abrupt vor der Nase zugeschlagen. Auf der Rückfahrt nach Kingsmarkham begegneten sie Wexford, der auf dem Weg nach Pomfret Tye zu dem Treffen und der Besichtigungstour mit dem Deputy Chief Constable und den Naturschützern war.

Der Tag, der grau und verhangen begonnen hatte, war nun noch so geworden, wie es allen Landschaftsliebhabern für die Besichtigung von Naturwundern vergönnt sein sollte. Oder vielleicht nicht vergönnt, sondern versagt, damit das sanfte Lüftchen, der Sonnenschein, der blaue Himmel und das üppige Grün den lieblichen Weiden, die bald verschwinden sollten, keine allzu schmerzliche und nostalgische Note verliehen. Es wäre besser für alle Beteiligten, dachte Wexford, wenn der Tag grau und kalt und der Himmel von der Farbe des Betons wäre, der sich bald über diese Hügel, Niederungen und Marschgebiete breiten und auf stahlgrauen Pfeilern die Kräuselwellen der Brede überbrücken würde.

Heute waren sicher die Schmetterlinge unterwegs, der Amerikanische Fuchs und die kleinen Perlmutterfalter sowie die Araschnia und Wildbienen auf dem Augentrost und dem Heidekraut. Goldhähnchen saßen in den Tannen von Framhurst Great Wood. Bei einem Picknick mit Dora und den Mädchen hatte er einmal ein Pärchen von ihnen gesehen und mit Sheila, wenn auch vergeblich, nach ihrem Nest gesucht, das wie ein kleines Hängekörbchen aussieht. Dora – er hatte sie eigentlich in der Mittagspause anrufen wollen, obwohl er sie ja schon gebeten hatte, ihn abends anzurufen. Er hatte es dann doch nicht getan und beschlossen, noch zu warten. Inzwischen hatte sie bestimmt das neugeborene Kind gesehen, seine Enkelin Amulet. Allein im Wagen, mußte er über den Namen laut lachen.

Zu seiner großen Erleichterung war Freeborn noch nicht eingetroffen. Falls der Deputy Chief Constable als erster angekommen wäre, hätte er bestimmt eine süffisante Bemerkung darüber gemacht, selbst wenn Wexford pünktlich oder sogar zu früh dagewesen wäre. Mit einem gewissen Mißvergnügen stellte er fest, daß Anouk Khoori, eine Frau, mit der er in jüngster Vergangenheit aneinandergeraten war, als Vorsitzende des städtischen Autobahnausschusses die örtliche Behörde vertrat. Sie war entzückend gekleidet in ein gelbes T-Shirt, grüne Reithosen und grüne Gummistiefel, das blonde Haar mit einem schwarz-gelben Tuch hochgebunden, und umgarnte Patrick Young von English Nature, sah ihm lächelnd tief in die Augen und ließ die Hand mit knallrot lackierten Nägeln auf seinem Ärmel ruhen. Ihr Lächeln erstarb, als sie Wexfords Anwesenheit bemerkte, und sie bedachte ihn mit einem äußerst knappen, frostigen Blick.

Wexford sagte mit seiner besten unerschütterlichen Polizeistimme: »Guten Tag, Mrs. Khoori. Schönes Wetter haben wir heute.«

Die Insektenkundler stellten sich vor, und Wexford erzählte ihnen von der Araschnia. Anekdoten zum Thema seltene Schmetterlinge, die an ungewöhnlichen Orten gesichtet worden waren, wurden durch das Eintreffen von Freeborn in Begleitung von Peter Tregear unterbrochen.

Der Deputy Chief Constable bestand darauf, wie ein Grundschullehrer die Anwesenden abzuzählen. »Wenn wir vollzählig sind, können wir ja jetzt anfangen.«

»Wir gehen aber doch wohl nicht zu Fuß, oder?« sagte Anouk Khoori.

Wexford konnte es sich nicht verkneifen. »Die Straße ist ja noch nicht gebaut.«

»Und wird auch nie gebaut, wollen wir hoffen«, entgegnete Young, als ob die Erdbaumaschinen nicht in diesem Moment schon ein paar Meilen weiter auf der anderen Seiten von Savesbury Hill am Werk wären. »Wir müssen positiv denken. Lassen Sie uns nicht vergessen, daß die Hoffnung zu den Kardinaltugenden gehört.«

Der Spaziergang, den die Gruppe machte, war nicht besonders lang. Man nahm den Weg quer über die Wiesen von Pomfret Tye, und bei Watersmeet, wo der Kingsbrook in die Brede floß, konnte Young die anderen darauf hinweisen, daß sich tief unten im klaren, goldenen Wasser das mosaikartige, röhrenförmige Gehäuse der Gelben Köcherfliege an einen runden, glänzenden Kieselstein klammerte. Mrs. Khoori war enttäuscht. Für ihren Geschmack war es nicht groß genug.

Nach einer knappen halben Meile am Fluß entlang konnte Wexford die alte Mühle ausmachen, die Jeffrey Godwin ins Weir-Theater umgewandelt hatte. Dora wollte das Stück *Ausrottung* sehen, und bestimmt würde Sheila deswegen auch herkommen… Er lenkte sich von diesen Gedanken wieder ab. Janet Braiswick von den Insektenkundlern ging neben ihm her, und er erzählte ihr von den

Goldhähnchen und daß er als kleiner Junge scharlachrote Tigerfalter gesammelt hatte. Sie sagte, in ihrer Kindheit in Norfolk habe sie in den Niederungen von East Anglia ein einziges Mal einen Schwalbenschwanz gesehen.

Sie gelangten zu den Brennesselfeldern bei Framhurst Deeps und setzten die Schritte nun vorsichtig; selbst Anouk Khoori wurde still und gespannt. Die Sonne schien heiß, es war richtiges Schmetterlingswetter, und sie warteten und beobachteten fast andächtig, doch das Landkärtchen zeigte sich nicht. Es erhob sich überhaupt kein Schmetterling aus dem hohen Gras und den Margeriten, die die Wiesen wie sommerlicher Schnee weiß überdeckten.

Die abgetragenen Dachsbaue wurden eingehend in Augenschein genommen, denn an dieser Stelle sollte die Umgehungsstraße verlaufen, quer durch die Araschnia-Nesseln, durch die Ausläufer des Waldes bis in den Stringfield Marsh. In der Ferne sah Wexford das neueste Camp, die Ansammlung von Baumhäusern, die die Bewohner errichtet hatten. Räumungsbefehle waren zwar beantragt, aber noch nicht ausgestellt worden. In der Zwischenzeit hatten die Baumbewohner im Umkreis von einer halben Meile jede Eiche, Esche und Linde mit Stacheln bewehrt. Vielleicht wollte Sir Fleance McTear einer möglichen Kontroverse über diese Stacheln aus dem Weg gehen – oder der Entrüstung von Mrs. Khoori, die bekanntermaßen jeglichen Protest mißbilligte, der sich nicht auf das geschriebene oder gesprochene Wort beschränkte, denn er schlug vor, umzukehren und einen kleinen Umweg durch das Gebiet, das für die neuen Dachsbaue vorgesehen war, zu machen.

Sie waren so weit entfernt, daß sie die Anfänge der Aushebungsarbeiten an der geplanten Umgehungsstraße nicht hören, geschweige denn sehen konnten. Und viel zu weit entfernt, als daß sie die Wachmänner sehen konnten, die zum Schutz der Bauarbeiter im Bus hergefahren worden waren, oder die beobachtenden Baumleute, die Zeugen. Es war nichts weiter als ein Naturspaziergang, dachte Wexford, eine Erinnerung an vergangene Schultage, als man die Kinder von Kingsmarkham auf diese Wiesen geführt hatte, damit sie die Libellen und Wasserkäfer beobachten konnten. Er fragte Janet Braiswick, wann sie das letzte Mal in einem englischen Teich Kaulquappen gesehen hatte, doch sie wußte es nicht mehr, wußte nur noch, daß es mindestens dreißig Jahre her war, als sie noch ein kleines Kind gewesen war.

Um fünf waren alle wieder zurück in Pomfret. Sir Fleance schlug vor, in einer Konditorei im Ort einen Imbiß einzunehmen oder wenigstens eine Tasse Tee, falls niemand etwas essen wollte, doch der Vorschlag wurde nicht sehr begeistert aufgenommen. Das Gesehene hatte alle niedergeschlagen und betrübt gemacht. Selbst Freeborn wirkte, wie Wexford feststellte, gedämpft. Er und Anouk Khoori lebten draußen auf dem Land, gingen aber normalerweise nie hinaus ins Grüne. Heute waren sie dazu gezwungen gewesen, und das, was sie gesehen hatten, seine bloße Existenz, seine Vergänglichkeit hatte ihnen eine merkwürdige Furcht eingeflößt.

> Und das wird dann das einstige England sein,
> Die Schatten, Wiesen und die Wege…

Sie hätten es lieber nicht gesehen, denn dann hätten sie sich einbilden können, es existierte nicht, genau wie er, Wexford, sich gedacht hatte, er würde nicht mehr dort hingehen, damit er sich ebenfalls etwas vormachen konnte. Meide diesen Ort, fahre an jenem Weg nicht vorbei, wende den Blick ab, bis es keine Wege zum Vorbeifahren mehr gibt und keine Orte, die man meiden kann…

Nun konnte er eigentlich auch nach Hause fahren. Da

fiel ihm ein, daß er zu Hause allein sein würde. Nun ja, er hatte genügend Lesestoff. Er konnte mit einem der Essays von George Steiner anfangen, von denen jetzt alle Welt so angetan war. Und schließlich gab es immer noch den Fernseher, und dazu einen kleinen Single Malt Whisky. Etwa um sieben würde Dora anrufen. Sie erwartete sicher nicht, ihn lange vor sieben zu Hause zu erreichen, aber danach würde sie telefonieren, denn wer auch immer für Sheila kochte, und das tat bestimmt jemand, würde um halb acht das Essen auf den Tisch stellen.

Im Haus war es heiß und stickig. Der Tag hatte sich eher wie Juli als wie Anfang September angefühlt. Er öffnete die Terrassentür, rückte einen Stuhl an den Gartentisch und ging wieder ins Haus, um sich ein kühles Bier und das Buch mit den Essays zu holen: *Der Garten des Archimedes.* Mußte man am Anfang anfangen, oder konnte er aufs Geratewohl darin schmökern? Er fand es in Ordnung, einfach aufs Geratewohl darin zu schmökern.

Der Wind schlug die Terrassentür zu. Nun konnte er das Telefon nicht hören, aber Dora rief ja sowieso nicht vor – na ja – zehn vor sieben an. Um Viertel vor sieben überlegte er, ob er etwas essen sollte. Was denn? Wenn Jenny Burden einmal wegfuhr, ließ sie ihrem Mann selbstgekochte tiefgekühlte Mahlzeiten da, eine für jeden Tag, den sie fort war. Wexford wäre nicht imstande, seine Frau einer derartigen Sklaverei zu unterwerfen, aber er kochte nicht gern, im Grunde konnte er gar nicht kochen. Bei ihm gab es Brot und Käse und Pickles und danach vielleicht eine Banane und Eiscreme. Als erstes eine Tomatensuppe aus der Dose. Die Lieblingssuppe jeden Mannes, behauptete Burden…

Als es zehn nach sieben war und Dora immer noch nicht angerufen hatte, begann er sich Gedanken zu machen. Keine Sorgen, nur Gedanken. Sie war eine pünktliche, zuverlässige Frau. Vielleicht waren gerade Gäste auf einen

Drink vorbeigekommen, und sie konnte nicht einfach hinausschlüpfen. Er würde seine Mahlzeit verschieben, bis er mit ihr gesprochen hatte, und schaltete das Gas unter der Suppe ab.

Um Viertel nach sieben klingelte das Telefon.

»Dora?« sagte er.

»Nicht Dora, hier ist Sheila. Wo warst du denn? Ich hab' andauernd angerufen. Ich hab' in deinem Büro angerufen, da warst du aber nicht, und dann hab' ich es andauernd zu Hause probiert.«

»Entschuldige. Vor sieben habe ich keinen Anruf erwartet. Wie geht es dir? Und wie geht es dem Baby?«

»Mir geht's prima, Pop, und dem Baby geht's richtig gut, aber wo steckt Mutter?«

»Was soll das heißen?«

»Mutter. Wir haben sie spätestens um eins erwartet. Wo ist sie?«

5

Er hatte alles getan, was man unter solchen Umständen tut: die Krankenhäuser angerufen, beim Polizeirevier nachgefragt, welche Verkehrsunfälle es an dem Tag gegeben hatte – nur einen Auffahrunfall auf der alten Umgehungsstraße – und mit seiner Nachbarin gesprochen.

Mary Pearson hatte Dora seit dem Nachmittag des vergangenen Tages nicht mehr gesehen, allerdings morgens ein Auto vor dem Haus parken sehen. Um Viertel vor elf mußte das etwa gewesen sein, meinte sie. Vielleicht ein paar Minuten früher.

»Das war dann für den Elf-Uhr-Drei-Zug«, sagte Wexford.

»Da hat sie sich ja recht viel Zeit genommen.«

»Das tut sie immer. War es ein schwarzes Taxi?«

»Es war ein roter Wagen, die Marke weiß ich nicht. Mit Autos kenne ich mich leider nicht aus, Reg. Ich habe sie aber nicht einsteigen sehen.«

»Haben Sie den Fahrer gesehen?«

Das verneinte Mary Pearson. Allmählich merkte sie, daß etwas nicht stimmte. »Soll das heißen, Sie wissen nicht, wo sie ist, Reg?«

Falls er es eingestand, redete in einer Stunde die ganze Straße darüber. »Sie hat es mir bestimmt gesagt, und es ist mir wieder entfallen«, sagte er und fügte hinzu: »Keine Sorge«, als ob sie sich Sorgen machte und er nicht.

Bei Kingsmarkham Cabs hatten sie schwarze Taxis, mit denen war Dora also nicht gefahren. Und Contemporary Cars hatte sie nicht nehmen können,weil die von Viertel nach zehn bis kurz nach zwölf mittags außer Gefecht waren. Soviel zum Thema Vorsicht, zu der er sie hatte ermahnen wollen, die aber nicht notwendig gewesen war …

Er rief bei All The Sixes, Station Taxis und allen anderen ortsansässigen Firmen an, die er im Telefonbuch finden konnte. Keine davon hatte Dora an dem Morgen abgeholt. Allmählich beschlich ihn ein etwas unwirkliches Gefühl, das einen jedesmal überkommt, wenn etwas völlig Unerwartetes und möglicherweise Schreckliches passiert.

Wo war sie?

Nun wünschte er, er wäre diskret gewesen und hätte Sheila irgendeine Lüge über den Aufenthaltsort ihrer Mutter aufgetischt, denn nun mußte er sie wieder anrufen und sagen, er hätte keine Ahnung, was passiert sei, er hätte keinen blassen Dunst. Aufgrund seiner altmodischen Vorstellungen von Frauen kurz nach der Entbindung dachte er, ein Schock wäre womöglich gefährlich, würde ihren Milchfluß stoppen und die Angst könnte ihre Erholung verzögern. Nun war es zu spät.

Sheila jammerte in den Hörer: »Was soll das heißen, du weißt nicht, was passiert ist, Pop? Wo ist sie? Sie hatte bestimmt einen schrecklichen Unfall!«

»Ausgeschlossen. Dann wäre sie im Krankenhaus, und dort ist sie nicht.«

Er konnte hören, wie Paul etwas Beruhigendes sagte. Dann begann das Baby zu schreien, kräftige, drängende, abgehackte Schreie.

Das kann nicht wahr sein, wollte er eigentlich sagen, das kann doch nicht passieren. Wir träumen denselben Traum, wir haben den gleichen Alptraum, aus dem wir bestimmt bald aufwachen. Doch er mußte stark sein, der *pater familias*, der Fels in der Brandung. »Sheila, ich tue hier, was ich kann. Deine Mutter ist nicht verletzt, und deine Mutter ist nicht tot. Dann wüßte ich Bescheid. Ich rufe dich an, sobald ich mehr erfahre.«

Er ging in die Küche und schüttete die Suppe in den Ausguß. Es war beinahe halb neun und dämmerte, bald würde es dunkel werden. Ein ovaler, orangegelber Mond kletterte hinter den Dächern empor. Er überlegte, was er wohl dächte, wenn es sich um die Frau eines anderen handelte. Die Antwort war einfach: daß sie ihn verlassen hatte und mit einem anderen Mann fortgegangen war. Das taten Frauen andauernd, Frauen jeden Alters, nach vielen oder auch nach wenigen Ehejahren. Als Polizist würde er so einen Ehemann fragen, ob so etwas denn möglich wäre. Erst würde er sich entschuldigen und sagen, es tue ihm leid, aber er müsse die Frage stellen, und sich dann nach ihren Freunden erkundigen, nach einem ganz bestimmten Freund.

Der Ehemann wäre zunächst entrüstet, indigniert. Meine Frau doch nicht, meine Frau würde niemals... Und dann würde er überlegen, sich an ein unachtsames Wort erinnern, einen seltsamen Telefonanruf, eine gewisse Kälte, eine ungewohnte Wärme.

Aber hier ging es um Dora. Um *seine* Frau. Es war unmöglich. Er stellte fest, daß er genauso wie der Mann in seiner Erfahrung reagierte, in seiner kleinen Phantasie. Meine Frau würde niemals... Nun, Dora würde *tatsächlich* niemals, und damit war der Fall erledigt. Er war verrückt, an so etwas zu denken, und schämte sich. Er konnte sich an keine seltsamen Anrufe erinnern oder an untypisches Verhalten, unvorsichtige Kälte oder gekünstelte Wärme. Nicht nur war sie standhaft und unbeirrbar wie Cäsars Weib, sie würde es auch gar nicht wollen.

Er schenkte sich einen Fingerbreit Whisky ein, goß ihn dann aber wieder in die Flasche zurück. Vielleicht mußte er heute noch Auto fahren. Statt dessen hob er den Hörer ab und wählte Burdens Nummer.

Sieben Minuten später traf Burden bei ihm ein. Wexford war dankbar. Ihm kam ein komischer Gedanke: Wenn sie Italiener oder Spanier wären, hätte Burden die Arme um ihn gelegt und ihn an sich gedrückt. Das tat er natürlich nicht, aber er sah so aus, als ob er den gleichen Gedanken gehabt hätte.

Wexford kochte ihnen Tee. Heute abend vorsichtshalber kein Alkohol. Er erzählte Burden die ganze Geschichte und beschrieb, was er bisher unternommen hatte, die Krankenhäuser, die Taxifirmen, die Verkehrsunfälle überprüft.

»Zum Bahnhof fahren hat keinen Sinn«, meinte Burden. »Dort ist sowieso nie jemand. Die Zeiten sind vorbei, als noch jemand die Fahrkarte überprüfte und einen durch die Schranke gehen sah. Ich nehme an, sie hat sich sogar ihre Fahrkarte aus einem Automaten geholt?«

»Das macht sie immer. Es gibt jetzt einen neuen, der Kreditkarten nimmt.«

»Was sagt Sylvia?«

An seine ältere Tochter hatte Wexford überhaupt noch nicht gedacht. Um ehrlich zu sein, in den letzten zwei bis drei Stunden hatte er ganz vergessen, daß sie existierte. Eine Woge von Schuldgefühlen überflutete ihn. Er bemühte sich immer verzweifelt, ihr die gleiche Aufmerksamkeit zukommen zu lassen wie Sheila, sie genauso zu brauchen, sie auch so zu lieben. Das führte manchmal dazu, daß er ihr *mehr* Aufmerksamkeit schenkte und mehr Beachtung zukommen ließ, aber in der gegenwärtigen Krise hatte sich all das verflüchtigt, war verschwunden, als hätte er nie einen derartigen Entschluß gefaßt, und er hatte sich wie der Vater eines Einzelkindes verhalten. Schroff erwiderte er: »Ich rufe sie an.«

Es klingelte und klingelte. Dann schaltete sich der Anrufbeantworter ein, Neils Stimme mit der üblichen Floskel.

Wexford war ungehalten. Seinen Namen und Datum und Uhrzeit seines Anrufs würde er nicht nennen – so ein Unsinn! –, sondern sagte einfach: »Ruf mich bitte an, Sylvia. Es ist dringend.«

Dora war *sicher* bei ihnen. Allmählich wurde ihm alles klar. Etwas Entsetzliches war passiert, ein Unfall, oder eins der Kinder war krank geworden. Nach Sylvias Kindern hatte er in den Krankenhäusern nicht gefragt. Er hatte Dora schon öfter gesagt, sie solle sich ein Taxi nehmen, und dann war sie zu ihnen gegangen – ja, war von einem von ihnen abgeholt worden. Sylvia hatte ein rotes Auto, einen knallroten VW Golf...

»Wäre sie denn einfach so weggegangen?« fragte Burden. »Ohne Ihnen Bescheid zu sagen? Wenn Sie sie nicht erreichen konnte, hätte sie Ihnen keine Nachricht hinterlassen?«

»Vielleicht nicht, wenn etwas« – Wexford sah zu ihm hoch – »Schlimmes passiert ist.«

»Sie meinen, sie hätte es Ihnen ersparen wollen? Woran denken Sie, Reg? Daß jemand schrecklich verletzt ist? Oder *tot*? Einer von Sylvias Jungen?«

»Ich weiß nicht...«

Das Telefon läutete. Er riß den Hörer hoch.

»Was gibt es denn Dringendes, Dad?« Sylvia klang kühl und entspannt, viel zufriedener als sonst.

»Sag mir erst, ob bei euch alles in Ordnung ist?«

»Uns geht's gut.«

Er konnte nicht sagen, ob ihn der Mut verließ oder sein Herz einen Freudensprung machte. »Hast du deine Mutter gesehen?«

»Nein, heute nicht. Wieso?«

An dieser Stelle mußte er es ihr wohl sagen.

»Es gibt bestimmt eine ganz einfache Erklärung.«

Er hatte diese Worte tausendmal gehört, hatte sie sogar

selbst schon ausgesprochen. Er sagte, er würde sie wieder anrufen, sobald er etwas Neues wisse.

»Danke, daß Sie nicht gefragt haben, ob sie mich vielleicht verlassen hat«, sagte er, an Burden gewandt.

»Auf den Gedanken bin ich gar nicht gekommen.«

»Ich frage mich, ob sie beschlossen hat, doch zu Fuß zum Bahnhof zu gehen.«

»Was ist dann mit dem roten Auto?«

»Mary hat nur ein rotes Auto gesehen. Sie wußte nicht, ob es ein Taxi war. Sie hat Dora nicht einsteigen sehen. Es hätte irgendein Auto sein können, das eben dort parkte.«

»Was wollen Sie damit sagen? Daß sie sich zu Fuß auf den Weg zum Bahnhof gemacht hat und ihr unterwegs etwas zugestoßen ist? Daß sie in Ohnmacht fiel oder ...«

»Oder angegriffen wurde, Mike. Angegriffen, ausgeraubt und liegengelassen. Hier sind in letzter Zeit seltsame Dinge geschehen: die vermummte Bande von Randalierern, der Einbruch bei Concreation, die Geschichte mit Contemporary Cars heute morgen.«

»Wollen Sie die Strecke abfahren, die sie wahrscheinlich gegangen ist?«

»Ich glaube schon«, sagte Wexford.

Während seiner Abwesenheit würden seine Töchter anrufen, doch da war jetzt nichts zu machen. Burden chauffierte. Die einzige Route, die Dora genommen haben konnte, führte durch dichtbebaute Straßen. Es gab kein Stückchen offene Landschaft, keine Brachfläche, keinen Durchgang und nur einen Fußweg als mögliche Abkürzung. Morgens war es dunstig gewesen, doch um halb elf war die Sonne hell und stark durchgekommen. Bestimmt waren Leute unterwegs gewesen, auf der Straße oder in ihren Vorgärten.

Bevor sie die Queen Street erreichten, stellte Burden den Wagen ab, und sie erkundeten den Fußweg. Er führte hinter Werkstattgebäuden und Gärten hindurch und war auf beiden Seiten von Bäumen gesäumt. Ein halbwüchsiges Pärchen lehnte küssend an einem Gartentor. Sonst war nichts und niemand zu sehen. Burden fuhr die High Street hinunter, bog in die Station Road und dann die Zufahrt zum Bahnhof ein.

»Es kann nicht sein, oder?« sagte Burden und wendete auf dem Bahnhofsvorplatz.

»Ich müßte eigentlich erleichtert sein.«

»Nehmen wir mal an, sie ist zu Fuß gegangen, und das ist sie wohl, wenn keine von den Taxifirmen sie gefahren hat – hätte sie da auf dem Weg jemanden treffen können, der ihr etwas mitgeteilt hat, das so schlimm oder wichtig war, daß sie dadurch abgehalten wurde, nach London zu fahren?«

»Das ist doch wieder genau die Idee, die ich in bezug auf Sylvia hatte, oder?«

»Na ja, hätte es so sein können?«

Wexford überlegte. Er betrachtete beim Vorbeifahren die Häuser, deren Bewohner er und Dora teilweise gut oder aber nur flüchtig kannten, die aber keine Freunde waren. Die United Reform Church, die Warren-Grundschule, eine Ladenzeile, dann Straßen durch reines Wohngebiet. Irgendeine Bekannte kommt aus einem dieser Häuser gelaufen, ruft Dora etwas zu, drängt sie ins Haus, schüttet ihr ihr Herz aus, bittet sie flehentlich um Hilfe ... Verwehrt ihr die Benutzung des Telefons? Vereitelt ihren Besuch bei dem neuen Enkelkind, der langersehnten Enkeltochter? Fordert *elf Stunden* lang ihre Aufmerksamkeit? »Nein, Mike, so hätte es nicht sein können«, erwiderte er schließlich.

All die Geschichten, die er je über Leute gelesen hatte, die plötzlich verschwunden waren, all die Fälle von Vermißten, die ihm je untergekommen waren ... sie fielen ihm nun ein. Die Frau, die mit ihrem Freund in einen Supermarkt gegangen war, ihn an der Fischtheke hatte warten lassen, um sich selbst an der Käsetheke anzustellen, und nie wieder gesehen wurde. Der Mann, der Zigaretten holen gegangen war, aber nie zurückkehrte. Das Mädchen, das sich abends in einem Hotel in Brighton eingemietet hatte, am nächsten Morgen aber weder in ihrem Zimmer noch sonst irgendwo zu finden war. All die anderen, die einfach nicht da waren, wo sie zu einer bestimmten Zeit hätten sein sollen, die ohne einen Hinweis spurlos verschwunden waren.

Trotzdem – es war erst elf Stunden her. Ein Tag, dachte er, ein ganzer verlorener Tag. Als er wieder zu Hause war, klingelte das Telefon. Sheila. Nein, es gab nichts Neues. Er sagte ihr – wie absurd –, was er auch Mary Pearson gesagt hatte, sie solle sich keine Sorgen machen.

»Sag jetzt bloß nicht, es gibt bestimmt eine ganz einfache Erklärung, Pop.«

»Das hat deine Schwester gesagt. Vielleicht hat sie recht.«

Burden bot an, über Nacht bei ihm zu bleiben.

»Nein, fahren Sie nach Hause. Ich werde sowieso nicht schlafen können, ich gehe wahrscheinlich gar nicht erst ins Bett. Danke, daß Sie gekommen sind.«

Er sprach es nicht aus, was er dachte. Er ließ Burden gehen, sah ihn wegfahren und ging in das dunkle Haus zurück und machte Licht. Bestimmt ist sie tot, sagte er erst zu sich und dann zu dem leeren Zimmer.

»Bestimmt ist sie tot.«

Er korrigierte sich: Sie war entweder tot oder aber schwerverletzt. Und noch nicht gefunden. Irgendwo lag sie. Es gab keine andere Erklärung für die Tatsache, daß sie weder ihn noch eins der Mädchen angerufen, noch ihm irgendwie eine Nachricht hatte zukommen lassen. Dann dachte er an den Zettel, der ihm vielleicht doch hinterlassen worden war, den Zettel, der womöglich vom Kaminsims geweht oder hinter ein Möbelstück gefallen war. Er kroch überall auf dem Boden herum und suchte nach dem Stück Papier, das alles erklären würde. Aber natürlich gab es keinen Zettel. Wann hätte Dora ihm je Zettel hinterlassen?

Er schenkte sich den kleinen Whisky, den er in die Flasche zurückgegossen hatte, wieder ein. Jemand anders konnte ihn herumchauffieren, wenn es sein mußte. Heute abend mußte es nicht sein, das wußte er gewissermaßen intuitiv.

Alle wußten Bescheid. Wegen seiner Anrufe vom Vorabend und weil Burden vor ihm im Büro war, wußten es alle. Sie rechneten nicht mit ihm, doch er ging trotzdem ins Büro, weil er nicht wußte, was er sonst hätte anfangen sollen.

Er hatte etwa eine Stunde im Sessel geschlafen. Dann stand er auf, duschte und machte sich eine Tasse Instantkaffee. In Krankenhäusern darf man zu jeder Uhrzeit anrufen, also rief er ein paar davon an, mit denen er bereits am Vorabend gesprochen hatte. Eine Dora Wexford war nicht eingeliefert worden. Er rief beide Töchter an und stellte fest, daß sie die halbe Nacht miteinander telefoniert hatten. Um Sheila Beistand zu leisten, wollte Sylvia nach London fahren, sobald sie jemanden gefunden hatte, dem sie ihre Söhne überlassen konnte, da sie wegen der Sommerferien noch nicht wieder in der Schule waren. Ob Dad vielleicht wollte, daß Neil bei ihm übernachtete?

Das wollte Dad nicht, drückte es aber höflich aus: »Nein, danke, mein Liebes. Das ist sehr lieb von dir.«

Er saß seit etwa einer Stunde an seinem Schreibtisch im Revier, ohne etwas Besonderes zu tun, als Barry Vine hereinkam, um ihm zu sagen, gerade habe jemand angerufen, um einen Jungen als vermißt zu melden, einen Teenager.

Vine, der es normalerweise nicht eilig hatte, einen einsachtzig großen Vierzehnjährigen, der seit vierundzwanzig Stunden vom Haus seiner Großmutter abgängig war, als vermißt zu erklären, war der Meinung, die Umstände rechtfertigten spezielle Aufmerksamkeit.

»Was für Umstände?« fragte Wexford.

»Der Junge war auf dem Weg nach London. Er wollte mit dem Taxi zum Bahnhof fahren.«

»Mein Gott«, sagte Wexford leise.

»Soll ich die Großmutter herbestellen, Sir?«

»Wir fahren zu ihr.«

Die Rhombus Road lag zwei Straßen von der Oval Road entfernt, in der Burden mit Lynn Fancourt am Vortag den Fahrgast überprüft hatte, der laut Trotter am Bahnhof in Kingsmarkham in sein Taxi eingestiegen war. Inzwischen hatte Wingate Trotters Aussage bestätigt: Er hatte sich um etwa elf Uhr am Bahnhof ein Taxi genommen, nachdem er mit dem Zehn-Uhr-Achtundfünfzig-Zug gekommen war, und war um zwanzig nach elf in der Oval Road abgesetzt worden. Wexford und Vine fuhren an seiner Haustür vorbei, bogen links ab und dann wieder links und parkten vor dem Haus Nummer zweiundsiebzig in der Rhombus Road.

Es war eine Straße mit lauter kleinen Reihenhäusern, die wie so viele in Stowerton Ende des neunzehnten Jahrhunderts für die Arbeiter in den Kalksteingruben und ihre Familien errichtet worden waren. Inzwischen waren sie, für junge Paare und Erstkäufer erschwinglich, von ihren Bewohnern gekauft worden. Die meisten Haustüren waren in verschiedenen leuchtenden Farben gestrichen, bepflanzte Blumenkästen standen auf den Fenstersimsen, und die Vorgärten waren betoniert worden, damit jeweils ein Auto dort parken konnte.

Vor der Nummer zweiundsiebzig stand kein Auto; das

Haus war zwar nicht gerade schäbig, besaß aber noch die ursprüngliche Tür mit Glasfenster und die Schiebefenster. Vor dem Haus befanden sich Blumenbeete voller Chrysanthemen und wilden Astern und ein Kiesweg. Die Tür wurde ihnen von einer Frau geöffnet, die viel zu jung aussah, als daß sie die Großmutter eines Vierzehnjährigen hätte sein können. Ihr gekräuseltes, dunkles Haar wurde von zwei Spangen aus einem blassen, sommersprossigen Gesicht gehalten, das aussah, als sei es noch nie mit Make-up in Berührung gekommen. Jeanslatzhosen hingen lose um ihre Taille und über das karierte Hemd. In ihren aufgerissenen Augen lag ein verängstigter Ausdruck.

»Kommen Sie bitte herein. Ich bin Audrey Barker. Ryan ist mein Sohn.«

Sie gingen in ein kleines, pieksauber aufgeräumtes Wohnzimmer, in dem es nach Lavendelpolitur roch. Die Frau, die sich aus ihrem Sessel erhoben hatte, war in den Siebzigern, gedrungen, weißhaarig und trug einen violettgrüngemusterten Tweedrock und ein lavendelfarbendes Twinset.

Wexford sagte: »Mrs. Peabody?«

Sie nickte. »Meine Tochter ist heute morgen gekommen. Sobald sie von dem Schlamassel hörte, in das wir hier geraten sind, ist sie hergekommen. Es geht ihr nicht gut, sie kommt gerade aus dem Krankenhaus, deshalb hat Ryan auch bei mir gewohnt, weil sie doch im Krankenhaus war, aber als wir nicht wußten – ich wollte sagen, sobald wir wußten ...«

»Setzen Sie sich doch, Mrs. Peabody, und erzählen Sie uns alles der Reihe nach, ja?«

Audrey Barker antwortete an ihrer Stelle. »Es war einfach so, meine Mutter dachte, Ryan sollte gestern nach Hause fahren, und ich habe ihn erst heute erwartet. Wir hätten uns telefonisch abstimmen sollen, aber das haben wir nicht. Ryan selbst war der Meinung, es sollte gestern sein.«

»Wo wohnen Sie, Mrs. Barker?«

»Im Süden von London, in Croydon. Man fährt mit dem Zug von Kingsmarkham und steigt in Crawley oder Reigate um. Man muß gar nicht nach Victoria hinein. Ryan hatte es schon ein paarmal gemacht. Er ist fast fünfzehn und ziemlich groß für sein Alter, größer als die meisten erwachsenen Männer.«

Offenbar dachte sie, sie würden ihr Vorwürfe machen, obwohl ihre Gesichter völlig ausdruckslos waren. »Er hätte zu Fuß zum Bahnhof gehen können«, sagte sie.

»Das sind über drei Meilen, Audrey. Er hatte doch seine Tasche zu tragen.«

Vine brachte sie wieder auf den vorigen Morgen zurück. »Ryan wollte also nach Hause fahren, Mrs. Peabody, und Sie fanden, er sollte ein Taxi zum Bahnhof nehmen. Ist das richtig?«

Sie nickte. Langsam ballte sie die Fäuste und behielt sie auf dem Schoß. Es war eine beherrschte Geste, ein Versuch, die Panik in Schach zu halten. »Der Bummelzug fährt um elf Uhr neunzehn«, sagte sie. »Mit dem Bus wäre er eine Stunde zu früh dort gewesen, und der nächste wäre zu spät gekommen. Ich sagte, dann nimm doch ein Taxi. Ich würde ihm das Geld für die Fahrt spendieren. Er ist erst einmal mit dem Taxi gefahren, und das war mit seiner Mum.« Ihre Stimme zitterte ein wenig. Sie räusperte sich. »Er wußte nicht, was er sagen sollte, also hab' ich angerufen. Es war kurz vor halb elf, fünfundzwanzig Minuten nach zehn. Ich bestellte bei dem Mann ein Taxi für Viertel vor elf. Damit Ryan Zeit hatte, sich seine Fahrkarte zu kaufen. Schön viel Zeit, ich mag keine Hetze. Ach, wäre ich doch mitgefahren – warum bin ich nicht mit, Audrey? Ich war bloß zu knauserig, für die Rückfahrt zu zahlen.«

»Das ist doch nicht knauserig, Mum. Das ist nur vernünftig.«

»Wen haben Sie angerufen, Mrs. Peabody?«

Sie überlegte. Eine Hand kam hoch und bedeckte kurz ihren Mund. »Ich sagte zu Ryan, er solle es machen. Anrufen, meine ich. Aber er wollte nicht, er sagte, er wüßte nicht, was er sagen sollte, also hab' ich nicht darauf bestanden. Ich sagte, such mir die Nummer im Buch raus, in den Gelben Seiten, dann rufe ich an. Er gab mir die Nummer, und ich rief an.«

»Heißt das, er hat die Nummer aufgeschrieben? Oder Ihnen das Telefonbuch gebracht und draufgedeutet, oder was?«

»Er hat sie mir einfach gesagt. Ich nahm den Apparat auf den Schoß, und er sagte die Nummer, und ich wählte sie.«

»Können Sie sich noch daran erinnern?« fragte Wexford, wohlwissend, wie hoffnungslos es war, und registrierte ihr verwirrtes Kopfschütteln. »Es war nicht zweimal die Sechs, zweimal die Sechs, zweimal die Sechs, oder?«

»Nein«, erwiderte sie. »Das hätte ich mir gemerkt.«

»Haben Sie den Wagen gesehen? Und den Fahrer?«

»Natürlich. Wir haben im Hauseingang gewartet, Ryan und ich.«

Das paßte zu ihnen, dachte Wexford, gestiefelt und gespornt dazustehen, diese beiden unerfahrenen Taxipassagiere, die alte Frau und der Junge, er konnte es sich bildlich vorstellen. Man darf den Fahrer nicht warten lassen, hast du das Geld bereit, Ryan, und eine Fünfzig-Pence-Münze als Trinkgeld? Da ist er ja. Du willst zum Bahnhof, mehr brauchst du nicht zu sagen, und jetzt gib Granny ein Küßchen...

»Er kam ganz pünktlich«, sagte Mrs. Peabody, »und Ryan nahm seine Tasche und so ein – na, wie sie sie jetzt alle über der Schulter tragen, so ein Ruck-Dingsda, und ich sagte, alles, alles Liebe an Mum, und jetzt gib mir ein Küßchen, und das tat er dann auch. Er mußte sich tief runterbeugen, um mir einen Kuß zu geben, und dann umarmte er mich und ging davon.«

Sie begann zu weinen. Ihre Tochter legte ihr den Arm um die Schultern und drückte sie fest an sich. »Du bist doch nicht schuld, Mum. Das behauptet doch niemand. Es ist bloß alles so verrückt, es gibt gar keine Erklärung.«

»Es muß eine Erklärung geben, Mrs. Barker«, sagte Vine. »Sie sagen, Sie haben Ryan nicht vor heute erwartet?«

»Morgen fängt die Schule wieder an. Ich dachte, er würde einen Tag vor Schulbeginn kommen, aber er und meine Mutter dachten, zwei Tage vorher. Wir hätten telefonieren sollen, ich weiß auch nicht, warum wir's nicht getan haben. Ich hab' angerufen, als ich aus dem Krankenhaus zurückkam. Das war am Samstag, und ich war mir sicher, Ryan sagte, er käme Mittwoch nach Hause, aber jetzt glaube ich, er sagte, ich bin den ganzen Mittwoch über zu Hause oder so ähnlich.«

»Sie machten sich also keine Sorgen, als er nicht auftauchte?« sagte Wexford.

»Ich machte mir erst heute morgen Sorgen, als ich als erstes Mum anrief, um mich nach seinem Zug zu erkundigen. Das war ein Schock, kann ich Ihnen sagen.«

»Es war für uns beide ein Schock«, sagte Mrs. Peabody.

»Ich habe dann den nächsten Zug hierher genommen. Ich weiß auch nicht, warum, es kam ganz instinktiv, ich wollte hier bei Mum sein. Sagen Sie, wo ist er? Was ist mit ihm passiert? Er ist nicht besonders kräftig, aber sehr groß, er ist auch nicht dumm, er weiß, was er tut, er würde nie mit einem Mann mitgehen, nur weil der ihm was verspricht. Ich meine Geld oder Süßigkeiten, du liebe Güte, er ist schließlich schon *vierzehn.*«

Dora ist eine erwachsene Frau, dachte Wexford, eine

Frau mittleren Alters, die weiß, was sie tut, die nicht mit einem Mann mitgehen würde, nur weil der ihr etwas verspricht...

»Haben Sie ein Foto von Ryan?«

Am Waldrand von Framhurst Great Wood waren Arbeiter unter Aufsicht eines Baumexperten den ganzen Tag damit beschäftigt, die Metallbolzen aus den Stämmen der Eichen, Linden und Eschen herauszuziehen, die in Kettensägehöhe hineingetrieben worden waren. Einer von ihnen verletzte sich dabei so schwer an der linken Hand, daß er in Windeseile ins Stowerton Royal Hospital gefahren werden mußte, wo man zunächst befürchtete, er würde zwei Finger verlieren. Die Baumleute hoch oben in den Ästen waren friedlich und ruhig, doch die im Baumkronen-Camp von Savesbury Deeps bewarfen die Arbeiter mit Flaschen, leeren Coladosen und Stöcken. Von der Spitze einer stattlichen Platane leerte jemand einen Eimer Urin über dem Kopf des Baumexperten aus.

Seit der Mittagszeit hatten sich Wolken zusammengezogen, und um drei Uhr setzte der Regen ein. Zunächst fiel er in feinen Tropfen, trommelte leise auf unzählige schlaffe, sommermüde Blätter und nahm dann an Stärke zu, bis er schließlich zur Sintflut wurde. Die Elfen, wie sie von manchen genannt wurden, verkrochen sich in ihre Baumhäuser und zogen die Planen vor, während andere in den Tunnel hinunterstiegen, den sie als Verbindung zwischen Framhurst Bottom und Savesbury Dell gegraben hatten. Blitze erleuchteten jedes Elfennest im hohen Astwerk, und ein kräftiger Windstoß rüttelte die Bäume, so daß ihre Stämme wie Blumenstengel schwankten.

Über dem ganzen Panorama aus Wäldern, Hügeln und grünen Tälern (aus der Luft betrachtet) fegte der regenschwere Wind in großen, grauen Böen, die im Blitzstrahl hell glänzten. Der Donner grollte und krachte dann mit dem Geräusch eines fallenden Baumes oder wenn schwere Gegenstände aus großer Höhe aufeinandergeworfen werden.

Die Arbeiter und der Baumexperte gingen nach Hause. In Kingsmarkham machte sich Wexford ebenfalls auf den Heimweg: auf einen kurzen Besuch, um in verzweifelter Hoffnung nachzusehen, ob auf seinem Anrufbeantworter vielleicht eine wichtige oder sogar entscheidende Nachricht war.

Zu Hause fand er seine beiden Töchter vor. Auf Sylvias Schoß lag die drei Tage alte Amulet. Sheila sprang auf und warf sich ihm in die Arme.

»Ach, lieber Pop, wir dachten, wir sollten hier bei dir sein. Wir hatten beide gleichzeitig denselben Gedanken, stimmt's, Syl? Wir haben nicht gezögert, wir haben gar nicht lang überlegt. Paul hat uns hergefahren. Ich hab' nicht mal die Kinderschwester mitgebracht – na, konnte ich auch schlecht, oder? Wo hätten wir sie denn untergebracht? Und ich kenn' mich ja nicht richtig aus mit Babys, aber Syl schon, das ist also okay. Und du, du Armer, du bist bestimmt total außer dir wegen Mutter!«

Er beugte sich über die Kleine. Sie war ein hübsches kleines Mädchen mit einem runden Gesichtchen wie Rosenblätter, winzigen, wohlgestalteten Zügen und Haaren so dunkel wie die von Sylvia und früher Doras. »Hübsche blaue Augen«, sagte er.

»In dem Alter haben sie alle blaue Augen«, sagte Sylvia.

Er küßte sie und sagte: »Danke, daß du gekommen bist, mein Liebes«, und zu Sheila gewandt: »Und du, Sheila, danke dir«, obwohl er sie nicht bei sich haben wollte, sie bedeuteten nur eine zusätzliche Komplikation, und ihm, undankbarer Kerl, der er war, war bei ihrem Anblick der Mut gesunken. Viele würden alles darum geben, nicht nur eine, sondern zwei so hingebungsvolle Töchter zu haben. »Ich muß noch mal ein paar Stunden ins Büro«, sagte er. »Ich wollte nur sehen, ob eine Nachricht angekommen ist.«

»Gar nichts«, sagte Sheila. »Ich hab' nachgesehen, gleich als ich ankam.«

Wenn man Kinder hat, gibt es keine Privatsphäre mehr. Sie betrachten es als selbstverständlich, daß alles, was einem gehört, auch ihnen gehört, persönliche Dinge, die Geheimnisse des Herzens und materieller Besitz. Daran sollte er sich inzwischen gewöhnt haben. Doch wie lieb sie waren, seine Töchter, wie gut sie es mit ihm meinten.

»Sollten sie in so einer Situation nicht auf dich verzichten können?«

Die Bemerkung war typisch für seine ältere Tochter. Er ging darüber hinweg, sah sie aber freundlich an. Wie unterschiedlich sie waren, die beiden. Meistens fiel es ihm gar nicht auf, aber jetzt sah er in Sylvia unverkennbar ihre Mutter, die gleichen Gesichtszüge, die gleichen mandelförmigen, dunklen Augen, härter bei Sylvia, so wie Sylvia auch größer und allgemein eine etwas stattlichere Frau war. Doch diese Ähnlichkeit... Er mußte nach Atem ringen und verwandelte es in einen Husten.

Sheila nahm seinen Arm und sah ihn aufmerksam an. »Was können wir für dich tun, Lieber? Hast du schon zu Mittag gegessen?«

Er log und bejahte. Sie war der Inbegriff der erfolgreichen jungen Schauspielerin, die gerade ein Baby bekommen hat, sie war es tatsächlich und spielte gleichzeitig die Rolle, in ihrem Kasack aus Musselin und der weißen Hose, mit der Glasperlenkette, dem hellen, offen wehenden Haar und dem sanften Make-up in fruchtigen Tönen. Doch Sylvia in ihrer Jeans und dem locker fallenden T-Shirt, die mit ungewohnter Zärtlichkeit auf das Baby auf ihren Knien hinuntersah, wirkte eher wie die Mutter des Kindes.

»Dann bis später, ihr beiden«, sagte Wexford und stürzte durch den Platzregen wieder zu seinem Wagen.

Sie hatten für seine Frau und Ryan Barker eine Suchaktion eingeleitet, die sich hauptsächlich auf Erkundigungen in und um den Bahnhof von Kingsmarkham konzentrierte. Bei sämtlichen Taxibetrieben waren bereits Ermittlungen durchgeführt worden. Den Fahrern war Ryan ebensowenig bekannt wie Dora, und das Bahnhofspersonal – bestehend aus drei Schalterbeamten und vier Stationsschaffnern – erinnerte sich auch nicht an die beiden.

Bis fünf Uhr hatten Vine und Karen Malahyde zusammen mit Pemberton, Lynn Fancourt und Archbold nur eins als sicher eruiert: Weder Dora Wexford noch Ryan Barker waren am Morgen des vorigen Tages am Bahnhof von Kingsmarkham eingetroffen. Irgendwo zwischen ihrem Ausgangspunkt und dem Bahnhof hatten sie sich in Luft aufgelöst.

Burden war es, zu dem nachmittags um fünf der Roxane Masood betreffende Anruf durchgestellt wurde.

»Ich möchte meine Tochter als vermißt melden.«

Etwas Kaltes berührte ihn im Nacken und lief ihm am Rückgrat hinunter. Fast hätte er gesagt, sie sei bestimmt gestern vormittag mit dem Taxi zum Bahnhof gefahren. Doch die Anruferin kam ihm damit zuvor.

»In Pomfret, sagten Sie? Wir kommen.«

Es war ein Cottage am unteren Ende der kurzen Hauptgeschäftsstraße, ein altes Haus in Leichtbauweise, mit Fledermausgauben und kleinen vergitterten Fenstern. Der Regen strömte von der Traufe des strohgedeckten Daches. Wasserpfützen standen auf dem Weg und überschwemmten das winzige Rasenstück. Wexford und Burden mußten drinnen erst einmal auf der Fußmatte stehenbleiben und die tropfnassen Regenmäntel ablegen, so heftig hatte es zwischen Wagen und Haustür gegossen.

Sie war Anfang Vierzig, dünn und wirkte ernst, hatte große, dunkle Augen und kastanienbraunes Haar, das ihr in einer struppigen Mähne auf die Schultern hing. Sie trug ein Kleidungsstück, das zu anderen Zeiten als Nachthemd bezeichnet worden wäre, weiß, durchscheinend, bodenlang, mit Volants und Spitzen besetzt. Die bemalten Folkloreperlen um ihren Hals zerstreuten jedoch diesen Eindruck.

»Mrs. Masood?«

»Kommen Sie herein. Meine Tochter heißt Masood, Roxane Masood. Sie trägt den Namen ihres Vaters. Ich heiße Clare Cox.«

Das Innere des Hauses sah aus, als wäre es in den frühen siebziger Jahren renoviert und eingerichtet und dann konserviert worden. Überall stand indisches und afrikanisches Kunsthandwerk herum, die Wände waren mit bedrucktem indischen Baumwollstoff und Messingglöckchenketten behängt, und es roch intensiv nach Sandelholz. Das einzige Bild steckte in einem polierten Holzrahmen mit Perlmuttintarsien.

Das Foto, das größte Foto, das Wexford je gesehen zu haben glaubte, zeigte ein junges Mädchen, das fast zu schön war, um echt zu sein. Wenn man es sich ansah, verstand man plötzlich jene Märchen, in denen der Prinz oder der Schweinehirt das Abbild eines unbekannten Mädchens gezeigt bekommt und sich umgehend verliebt. »Dies Bildnis ist bezaubernd schön, wie ich noch keines je gesehn«, sang Tamino. Ihr Gesicht war vollkommen oval, mit hoher Stirn und einer kleinen, geraden Nase, ihre Augen riesig und schwarz mit geschwungenen Brauen, ihr langes, in der Mitte gescheiteltes Haar war wie ein schimmernder schwarzer Schleier, schwer und glatt und fein wie Seide.

Das alles ging Wexford erst später durch den Kopf. Im Augenblick wandte er sich rasch von dem Porträt ab und bat Clare Cox, nachdem er sich vergewissert hatte, daß es sich um Roxane handelte, ihm die Ereignisse des Vortags zu schildern.

»Sie hatte vor, nach London zu fahren. Sie hatte einen Termin bei einer Modellagentur. Sie hat zwar Kunst studiert, aber dafür interessierte sie sich nicht. Sie wollte Fotomodell werden und hatte schon alles versucht, sämtliche Agenturen hatte sie abgeklappert. Die meisten wollten nichts von ihr wissen; sie sei zu schön, hieß es, und nicht dünn genug, sie ist aber *extrem* dünn, glauben Sie mir ...«

»Gestern früh, Miss Cox«, half Burden ihr nach.

»Ja, gestern früh. Sie wollte nach London zu dieser Agentur fahren und sich danach mit ihrem Vater treffen. Er hat ein Geschäft in Ealing, er ist sehr gut situiert und führt sie manchmal in sehr elegante Lokale aus, das kann ich Ihnen sagen.« Sie sah Burdens Blick und nahm sich zusammen. »Sie ist gar nicht aufgetaucht. Jemand anders hätte hier angerufen, um sich nach ihr zu erkundigen, aber er natürlich nicht. Er nahm an, sie hätte es sich anders überlegt, stellen Sie sich vor.«

»Woher wissen Sie dann, daß ...?«

»Er hat dann schließlich doch angerufen. Vor einer Stunde. Ein Bekannter von ihm sagte wohl, er könnte ihr einen Auftrag als Fotomodell verschaffen. Ich hoffe, er meint's ehrlich, sagte ich, man hört ja so schreckliche Sachen, über Pornoringe und so was, und ich sagte, warum fragst du sie nicht selbst, und er sagte, dann gib sie mir mal, und daraufhin kam alles raus. Sie war gar nicht bei ihm gewesen.«

»Haben Sie bei der Modellagentur nachgefragt?«

Sie streckte die Hände vor sich aus und zog die Schultern hoch. Ihre Stimme war nur ein dünner Schrei. »Ich weiß ja nicht mal die blöde Adresse!«

»Gestern früh«, sagte Wexford, »fuhr sie also mit dem

Taxi zum Bahnhof Kingsmarkham? Mit welchem Taxi?« Er war sich sicher, daß sie es nicht mehr wußte. »Haben Sie gehört, wie sie angerufen hat?«

»Nein, aber ich weiß noch, wann und wen sie angerufen hat. Sie fährt viel mit dem Taxi, ihr Vater gibt ihr Taschengeld, und zwar ganz schön großzügig, kann ich Ihnen sagen. Sie hat immer die gleiche Firma genommen, seit die angefangen haben. Sie rief dort kurz vor elf an. Sie kennt das Mädchen, die dort arbeitet, die den Telefondienst macht, Tanya Paine meine ich. Sie waren Schulkameradinnen.«

»Roxane konnte gestern aber gar nicht zu Contemporary Cars, Miss Cox«, sagte Burden. Er überlegte, wie er es ausdrücken sollte. »Dort waren die Telefone kaputt. Sie waren außer Betrieb. Sie hat bestimmt eine andere Firma angerufen.«

»Nein, das hat sie nicht«, sagte Clare Cox. »Ich war oben in meinem Atelier und habe gemalt. Das ist mein Beruf, ich bin Malerin. Sie kam rein und sagte, das Taxi käme in einer Viertelstunde und sie würde den Zug um elf Uhr sechsunddreißig nehmen. Ich weiß auch nicht, warum, aber ich sagte, ist gut, sagte ich dann, wie geht's Tanya, und sie sagte, keine Ahnung, ich hab' nicht mit Tanya gesprochen, da war ein Typ am Telefon.«

»Sie sagen also, sie rief Contemporary Cars um – wann? – um fünf vor elf an? Und da meldete sich jemand?«

»Natürlich meldete sich jemand. Und das Taxi holte sie um zehn nach elf ab. Ich sah sie einsteigen und hab' sie seither nicht mehr gesehen.«

6

Um zehn Uhr abends kam Wexford schließlich nach Hause zu Töchtern und Enkelin. Doch er war froh, so beschäftigt gewesen zu sein; es hatte ihn auf andere Gedanken gebracht. Sylvias hartnäckige Behauptung, er müsse erschöpft sein, irritierte ihn, er ließ sich seinen Unwillen jedoch nicht anmerken. Wieder ließ sie sich darüber aus, wie unfair es sei, daß er alles selbst machen müsse, wenn etwas geschehen sollte, was ihn auf der Suche nach einem kleinen Whisky ins Eßzimmer trieb. Im oberen Stockwerk schrie Amulet wie am Spieß.

»Meine Nachkommenschaft läßt mich noch zum Trinker werden«, sagte er zu sich selbst.

Dann dachte er sich, wie schön, wenn Dora jetzt hier wäre und er es zu ihr sagen könnte. Es war schon Jahre her, seit er daran gedacht hatte, es tatsächlich so in Worten ausgedrückt hatte, daß es schön wäre, seine Frau zu sehen. Wie schnell, überlegte er, zerstört ein Unglück oder ein potentielles Unglück das, was wir als normal betrachten, verschiebt die Perspektive, führt uns die Wahrheit vor Augen. Auf einmal verstand man diejenigen, die sagten, ich werde nie wieder grob zu ihr sein, nie unbesonnen, sie nie als selbstverständlich betrachten, wenn sie bloß...

Nachdem sie sich von Clare Cox verabschiedet hatten, waren er und Burden mit Vine und Fancourt bei Contemporary Cars angerückt. Sie hatten sich noch einmal gründlich umgesehen und dann Peter Samuel, Stanley Trotter, Leslie Cousins und Tanya Paine mit aufs Revier genommen.

Burden betrachtete Trotter mit einem Blick, mit dem ein Nazijäger wohl Mengele angesehen hätte, nachdem er ihn in seinem Versteck in einem Vorort von Asunciòn aufgespürt hatte: mit Genugtuung und Rachedurst und ein wenig Schadenfreude.

Wer hatte Roxane Masood zum Bahnhof gefahren? Wer hatte Ryan Barker chauffiert?

»Ich hab's Ihnen jetzt doch oft genug gesagt«, meinte Peter Samuel. »Wir haben zwischen Viertel nach zehn und Mittag gar keine Anrufe gekriegt. Konnten wir auch gar nicht, wo doch Tanya außer Gefecht war.«

Tanya Paine wurde allmählich aggressiv. »Ich hab' mir das nicht ausgedacht, wissen Sie. Ich hab' mich nicht selber gefesselt. Ich bin Opfer, und Sie behandeln mich wie eine Kriminelle.«

»Ich brauche den Namen oder zumindest die Adresse des Fahrgastes, den Sie nach Gatwick gefahren haben«, wandte sich Burden an Samuel. »Ich verstehe nicht, wie Sie es alle so hingenommen haben, anderthalb Stunden lang keinen Anruf zu bekommen. Kamen Sie denn nicht auf die Idee, zurückzufahren und nachzusehen, was los ist?«

»Wir waren beschäftigt«, sagte Trotter. »Sie wissen doch, wo ich war, auf dem Weg von Pomfret zum Bahnhof und dann nach Stowerton, das wissen Sie alles. Ich war direkt *erleichtert,* daß keiner angerufen hat, das sag' ich Ihnen.«

»Es war jedenfalls nicht außergewöhnlich«, sagte Leslie Cousins. »Ich erinnere mich, wir hatten früher schon dutzendmal Flaute.«

Burden fuhr ihn an. »Ich will die Adressen Ihrer sämtlichen Fahrgäste, bitte sehr.« An alle gewandt, sagte er: »Ich will, daß Sie mal gründlich nachdenken. Haben Sie irgendeine Ahnung, oder gar einen Verdacht, wer es gewesen sein könnte, der in Ihr Büro kam und Tanya gefesselt hat?

Jemand, mit dem Sie schon mal gesprochen haben? Der wußte, daß vor zwölf Uhr mittags nie jemand zum Büro zurückfuhr?«

Peter Samuel fragte, ob sie etwas dagegen hätten, wenn er rauchte. Der stämmige, schwere Mann mit dem Dreifachkinn und den geplatzten Äderchen an den Wangen war wahrscheinlich kaum über vierzig, sah aber älter aus. Er hatte die Zigarettenschachtel herausgezogen, noch bevor jemand antworten konnte.

Burden sagte ziemlich unwirsch: »Wenn Sie sich dann besser konzentrieren können.«

Trotter fragte gar nicht erst, ob jemand etwas gegen sein Rauchen hätte. Kaum hatten sie ihre Zigaretten angezündet, fing Tanya Paine gekünstelt zu husten an. Cousins, der jüngste von allen und ein Altersgenosse von Tanya, verdrehte grinsend die Augen. Er sagte, jeder ihrer Fahrgäste könnte wissen, daß sie nie vor Mittag ins Büro zurückfuhren.

»Ein Stammkunde könnte es merken. Einer von uns hätte ja was sagen können. Warum nicht? Ist doch nicht schlimm, oder? Ich meine, es muß ja nur einer von uns sagen, wir sind so beschäftigt, daß keiner vor zwölf zum Büro zurückfährt.«

Endlich rückte Samuel damit heraus, daß er schon gelegentlich einem Fahrgast erzählte, er habe keine Funkverbindung zum Büro, sondern arbeite mit einem Autotelefonsystem. Aber nur, wenn der Fahrgast danach fragte. Manchmal wollte jemand zum Beispiel nach der Rückfahrt am Zug abgeholt werden und fragte, ob er per Mobiltelefon direkt aus dem Zug anrufen könne. »Dann sag' ich's ihnen. Ich sage, sie sollen im Büro anrufen, dann würde Tanya sich bei einem von uns melden, je nachdem, wer gerade frei ist.«

»Sie meinen, jeder, den Sie schon mal gefahren haben, könnte es wissen?«

»Nicht *jeder*«, entgegnete Samuel. »Nur die, die danach gefragt haben.«

Danach durften sie nach Hause gehen, und Vine begann, zusammen mit Lynn Fancourt und Pemberton, im Umkreis des Bahnhofs von Kingsmarkham eine Haus-zu-Haus-Befragung durchzuführen. Allerdings standen dort gar nicht viele Häuser. Das Büro von Contemporary Cars befand sich auf einem leeren Grundstück ohne viele Gebäude darum herum, auf der einen Seite begrenzt von der leeren Backsteinwand des Busbahnhofs, auf der anderen von einem hohen, schmalen Gebäude, in dem im Erdgeschoß ein Schuster und in den oberen Etagen eine Praxis für Aromatherapie, ein Kopiergeschäft und ein Friseursalon untergebracht waren. Draußen, ein Stückchen innerhalb des Maschendrahtzauns, der das Grundstück umgab, wuchsen dünne, knorrige Bäume, Pappeln und Holunder aus den mannshohen Nesseln empor.

Gegenüber war eine Reihe von Cottages, dahinter ein Pub namens Engine Driver, dann kam ein Eisenwarenladen mit Abholmarkt und dann der Parkplatz am Busbahnhof.

Zwei Stunden später waren sie kaum schlauer als am Anfang. Hausfrauen, Einkaufskunden, Autofahrern auf dem Weg zum Zug, oder Pubbesuchern fallen keine zwei Männer auf, die ein Auto abstellen und die Treppenstufen zu einem Wohnmobil hochgehen, außer sie hätten einen bestimmten Grund. Es konnte gut sein, daß die Männer ihre Masken erst nach dem Betreten des Büros von Contemporary Cars aufgesetzt hatten, denn Tanya Paine hätte sie sowieso erst gesehen, nachdem sie die zweite Tür aufgemacht hatten.

Wexford überlegte, daß Frauen um ein Vielfaches *auffälliger* waren als Männer. Hätte es sich bei den Eindringlingen um Frauen gehandelt, wären sie vielleicht jemandem aufgefallen. Würde sich das ändern, wenn sich der Abstand zwischen den Geschlechtern weiter verringerte? Wären Frauen in Männerkleidung, kurzhaarige, ungeschminkte Frauen in Jeans und dunklen Jacken ebenso leicht zu ignorieren?

Er ging zu Bett und stand wieder auf, als alles still war. Schlaf war unmöglich, daran war nicht zu denken. Sheilas Schlafzimmertür stand nur angelehnt, und er blieb einen Augenblick in der Tür stehen und beobachtete die Schlafende, die das ebenfalls schlafende Baby neben sich im Arm hielt. Ein solcher Anblick hätte ihm sonst tiefe Freude geschenkt. Zum erstenmal im Leben begriff er, wie es sich anfühlte, wenn man seinen Kummer und sein Entsetzen am liebsten laut herausbrüllen würde. Beim Gedanken an die Reaktion seiner Kinder, falls er es tatsächlich täte, an ihre Angst und ihr Erschrecken, mußte er beinahe lächeln. Er setzte sich unten im Dunkeln in einen Sessel.

Lesen war genauso unmöglich wie Schlafen. Er dachte über die Taxifirma nach, über Contemporary Cars, und wußte nun ganz sicher, was sich zugetragen hatte. Die beiden Männer organisierten zusammen mit ein paar Komplizen eine Geiselnahme. Sie hatten Tanya Paine außer Gefecht gesetzt, um gut anderthalb Stunden lang ungestörten Zugang zu den Telefonen zu haben – oder so lange die Aktion dauerte. Höchstwahrscheinlich waren sie nicht besonders wählerisch, was die Identität ihrer Geiseln anging. Es brauchten bloß drei Leute zu sein, die zwischen halb elf und halb zwölf bei Contemporary Cars ein Taxi bestellten. Die drei, die sie bekamen, genügten.

Ryan Barker, oder stellvertretend für ihn seine Großmutter, hatte um fünf vor halb elf aus Stowerton für den Zug um elf Uhr neunzehn angerufen, Dora aus Kingsmarkham vermutlich um halb elf für den Elf-Uhr-Drei-Zug, und Roxane Masood um fünf vor elf für den Elf-Uhr-Sechsunddreißig-Zug. Wieso gab es eine Lücke von fünfundzwanzig

Minuten, bevor sie wieder einen Anruf entgegennahmen? Weil keine Anrufe kamen? Weil keiner von einer Einzelperson kam und sie sich außerstande fühlten, mit zwei Fahrgästen fertig zu werden? (Der Ausdruck »fertig werden« ließ ihn zusammenzucken.) Weil nur zwei Fahrer mit ihnen zusammenarbeiteten? Es war auch möglich, daß einer der beiden bereits fuhr und dem anderen das Telefon überließ...

Und dann? Ryan Barker war die Strecke zum Bahnhof vielleicht nicht so vertraut. Sein Fahrer hätte ihn im, sagen wir, Umkreis von fünf Meilen fast überallhin fahren können, bevor er etwas gemerkt hätte. Aber Roxane Masood hätte es nach fünf Minuten schon gemerkt und Dora noch früher. Wexford konnte nicht glauben, daß seine Frau es einfach so hingenommen hätte und geweint oder gefleht hätte. Sie hätte versucht, etwas zu unternehmen. Sie wäre allerdings nicht soweit gegangen, aus dem Wagen zu springen, das nicht.

Er ballte die Fäuste und preßte die Augen fest zu. Sie hätte zweifellos verbal protestiert. Hätte angedroht auszusteigen. Sie hatten bestimmt Vorkehrungen getroffen, um diese Möglichkeit auszuschalten. Bestimmt hatte ein Komplize auf sie gewartet, etwa beim ersten Halt an einer roten Ampel, an einem Stoppschild, einer Straßenkreuzung. Die hintere Tür geht auf, der Komplize steigt ein, wieder heftiges Herumgefuchtel mit einer von diesen Spielzeug- oder nachgemachten Waffen...

Ja, so wurde in allen Fällen vorgegangen. Aber warum? Was wäre die Alternative? Drei Leute am hellichten Tag entführen, die zufällig gerade auf der Straße unterwegs waren? Es müßte am hellichten Tag geschehen, denn nach Einbruch der Dunkelheit war niemand mehr unterwegs. Heutzutage doch nicht. Die Leuten blieben zu Hause vor dem Fernseher sitzen, und wenn sie schon ausgingen, fuhren sie mit dem Auto. Sogar zum Trinken blieben sie zu Hause, so daß ein Pub nach dem anderen schließen mußte. Wie das Railway Arms. Bier war teuer, und bei der heutigen Promillegrenze konnte man sowieso nicht mit dem Auto zum Pub fahren. So, wie es die Entführer angestellt hatten, kam kein Verdacht auf, kein Widerstand, kein Kampf, bis die Strecke einem unvertraut vorkam, und dann, mit Beihilfe des Komplizen, wäre es schon zu spät.

Ein anderer Grund für die Lücke von fünfundzwanzig Minuten könnte die Tatsache sein, daß sie es auf Frauen abgesehen hatten, weil Frauen körperlich schwächer waren. Und selbst in Ryan Barkers Fall war es ja eine Frau gewesen, die angerufen hatte. Wenn sie ihnen gesagt hätte, der Fahrgast sei ein vierzehnjähriger Junge, hätte sie das wohl nicht abgeschreckt. Also hatten sie ein Mädchen, einen halbwüchsigen Jungen und eine Frau mittleren Alters als Geiseln, und die letztgenannte war zufällig seine Frau.

Sie waren *bestimmt* entführt worden! Einen anderen Grund gab es nicht.

Blieb noch die Frage nach dem »Warum«. Keiner der drei hatte viel Geld, jedenfalls nicht richtig viel Geld. Er und Dora waren mehr oder weniger gut situiert, Roxanes Vater war wohlhabend, doch bezweifelte Wexford, daß er in die Kategorie der Millionäre einzuordnen war, und Ryan Barkers Familie schien in beschränkten, wenn nicht sogar ärmlichen Verhältnissen zu leben. Was für ein Lösegeld war also zu erwarten?

Nachts machte er sich irgendwann eine Tasse Tee und schlief im Sessel eine Stunde ein. Etwas später kochte er Kaffee, ging nach vorn an die Haustür und sah zu, wie der Morgen dämmerte. Am Horizont wurde der dunkle Himmel allmählich bleich, ein blitzender Streifen, der nicht direkt Licht war. Oben stieß Amulet einen kurzen Schrei aus, bevor sie von Sheilas Brust beruhigt und getröstet wurde. Dunkle Wolken verschoben sich, und klar und kalt zeigte sich nun das blaßgrün glänzende Licht.

Als die Morgendämmerung über der geplanten Trasse einsetzte, rückte der zweite Sheriff von Mid-Sussex, Timothy Jordan, mit seinen Hilfsbeamten im Camp von Savesbury Deeps ein. Es war das größte Camp, und die Bewohner hatten den Räumungsbefehl schon vor einiger Zeit erhalten.

Die Protestierenden waren entweder oben in den sieben Baumhäusern oder schliefen in Hängematten, die zwischen den in dieser Gegend vorherrschenden Eichen, Eschen und Linden gespannt waren. Noch vor Sonnenaufgang hatte Jordan sie mit einem Kreis von Polizisten in gelben Mänteln eingekesselt. Er weckte sie, indem er mit Hilfe eines Megaphons verkündete, er habe eine richterliche Verfügung, die ihm die Inbesitznahme des Geländes zusicherte, und sie hätten es zu räumen. Das Megaphon war wegen des lautstarken morgendlichen Vogelgesangs nötig: tschaktschak, tirili, ti-pitti-pi.

Währenddessen holte eine Flotte von Bussen die Sicherheitskräfte vom alten Armeestützpunkt in Sewingbury ab und beförderte sie zu dem Gelände nördlich von Stowerton, wo in einer halben Stunde die Erdaushebungen beginnen sollten. Im Geheimtunnel von Framhurst Great Wood, über dessen Existenz nur sie Bescheid wußten, wie die Mitglieder von SPECIES glaubten, erhoben sich sechs Leute, die regelmäßig dort schliefen, von ihrem Nachtlager. Das andere Tunnelende mündete am Fuß von Savesbury Hill.

Die letzten der sechs, die herauskrochen, waren ein selbsternannter Berufsdemonstrant namens Gary und eine Frau, die, seitdem beide fünfzehn waren, seine Gefährtin gewesen war und die er als seine Frau bezeichnete. Niemand kannte ihren Namen, aber alle nannten sie Quilla.

Gary hatte seinen blonden Bart nie gestutzt, und inzwischen hing er ihm fast bis zur Taille hinunter. Mit seiner Kleidung hätte er eigentlich besser ins Jahr 1396 gepaßt – damals hätte sie weniger Kommentare hervorgerufen. Seine Hose war unter dem Knie kreuzweise geschnürt, darüber hing ein brauner Leinenkittel. Quilla trug ein langes Baumwollkleid. Sie machten noch einmal kehrt, um Dekken zu holen, denn es war ein kühler Morgen, als sie sich plötzlich mit einem Schäferhund konfrontiert sahen. Die Hilfsbeamten und die Polizei hatten von der Savesbury-Seite her den Tunnel durchquert.

Sobald Gary und Quilla im Freien waren, schickte Timothy Jordan einen Experten, bekannt als der menschliche Maulwurf, in den Tunnel, um zu überprüfen, ob er leer war, und postierte dann an jedem Ausgang einen Wachmann. Ein anderer Hilfspolizist, genannt die menschliche Spinne, erklomm den höchsten Baum bis zu dem Häuschen in den obersten Ästen. Ein Regen aus Holzstücken, Blechdosen und Flaschen prasselte auf ihn herunter und behinderte eine Zeitlang sein Weiterkommen. Auf der Erde begannen Jordans Männer, die Leute aus den Rundzelten zu zerren und ihre Sachen herauszuholen, bevor sie die Zeltstangen einrissen.

Irgendwie hatten die ruhigeren oder besser organisierten Protestgruppen davon Wind bekommen, denn eine rasch wachsende Anzahl von ihnen versammelte sich außerhalb der Sicherheitsmarkierung: KABAL, SPECIES und Heartwood. Als sie einen der großen, struppigen Hunde aus der Tunnelmündung kommen sahen, stimmten sie leise einen wütenden Sprechgesang an. In der Baumkrone oben traf die menschliche Spinne auf eine Frau am Eingang zu ihrer Behausung, und während die beiden in fünfzehn Meter Höhe miteinander rangen, skandierte die Menge: »Schande, Schande, Schande!«

Ergeben und schweigend sammelten Gary und Quilla ihre achtlos aus dem Tunnel geschleuderten Habseligkeiten ein. Sie sahen aus, als würden sie sich gleich auf eine Pilgerfahrt nach Canterbury aufmachen – der Ablaßprediger und die Frau von Bath. Da keiner der beiden je einen Gegenstand aus Plastik angefaßt, geschweige denn besessen hatte, stopften sie ihre Kleider, Decken, Töpfe und Pfannen in altmodische Jutesäcke. Quilla begann das Madrigal »April in meiner Geliebten Gesicht« anzustimmen, und die anderen vertriebenen Demonstranten stimmten ein in die Melodie, wenngleich nicht immer in den Text.

Im Baum oben war die Frau, auf die die menschliche Spinne losgegangen war, entweder ohnmächtig geworden oder hatte, was wahrscheinlicher war, eine Ohnmacht vorgetäuscht und hing nun schlaff zwischen den beiden Männern, die sie stützten und anfingen, sie über eine Leiter herunterzulassen – ein waghalsiges Unterfangen, da ihr passiver Widerstand dabei keine Hilfe war.

»Schande, Schande, Schande!« skandierte die Menge.

Gary und Quilla sangen:

»April in meiner Geliebten Gesicht,
Und Juli in ihrem Augenlicht,
In ihrem Busen liegt September,
Doch kalt im Herzen ist Dezember.«

Inzwischen war die Sonne aufgegangen, eine feurige Kugel zwischen schwarzen Wolkenstreifen. Der Gesang der Vögel klang etwas gedämpfter: tschak-tschak, ti-pitti-pi … Ein scharfer Windstoß fegte durch die Baumkronen.

Kaum war sie auf der Erde angelangt, sprang die scheinbar Ohnmächtige quicklebendig aus den Armen der Männer, die sie heruntergetragen hatten. Sie war in Lumpen gekleidet, die teils lose wehten, teils wie bei einer Mumie um sie herumgewickelt waren, und als sie nun dastand und in einer triumphierenden oder aufmunternden Geste vor der Menge die Arme hob, strömten und flatterten ihre ramponierten Gewänder im Wind. Sie lief zu Quilla hinüber und umarmte sie weinend.

»Wir gehen zum Camp bei Elder Ditches«, sagte Gary. »Ich hab' die Schnauze voll von Tunnels. Du kannst uns zeigen, wie man ein Baumhaus baut, Freya. Dann bauen wir ein großes Baumhaus für uns drei.«

»Ich bin ein Baum«, rief Freya und breitete wieder die Arme aus.

»Hier sind wir alle Bäume«, sagte Gary.

Während Wexfords Töchter ihm die Art Frühstück kredenzten, die er sonst nie aß, ihn bemutterten und ihn beknieten, doch auszuruhen, ging Burden eine halbe Stunde früher als nötig aufs Revier. Stanley Trotter ging ihm nicht mehr aus dem Sinn. Kein Argument der Welt konnte ihn davon überzeugen, daß Stanley Trotter nicht bis zum Hals und darüber in dieser Sache drinsteckte. Der Kerl hatte Ulrike Ranke auf dem Gewissen und war nun an einem Entführungskomplott beteiligt. Es handelte sich wahrscheinlich um einen Ring von Perversen. Das deutsche Mädchen war vor ihrer Erdrosselung vergewaltigt worden, und für Burden sah es ganz so aus, als würde sich die Sache zu einem komplizierten Sexualverbrechen auswachsen.

Er saß seit zehn Minuten an seinem Schreibtisch, als vom Empfang ein Anruf zu ihm durchgestellt wurde. »Der Chefredakteur des *Kingsmarkham Courier* möchte einen leitenden Beamten sprechen. Der Chef ist noch nicht im Haus.«

»Dann muß er mit mir vorliebnehmen«, sagte Burden.

»Er sagt, wenn nicht den Chef, dann Sie.«

Der Chefredakteur, der seinen Posten seit einigen Jahren

innehatte, war ein gewisser Brian St. George. Burden hatte ihn ein paarmal getroffen, wodurch sich St. George offenbar berechtigt fühlte, ihn mit seinem vollen Vornamen anzureden.

»Ich habe da einen komischen Brief bekommen, Michael. Kam gerade mit der Post. Es war der erste, den meine persönliche Assistentin aufgemacht hat.«

Wenn St. George eine PA hatte, dachte Burden, dann war *er* aber Sherlock Holmes. »Was heißt das, ein komischer Brief?«

»Vielleicht ist es ja nur ein Witz, aber irgendwie glaub' ich das nicht.«

Bemüht, in seiner Stimme keinen Sarkasmus durchklingen zu lassen, bat Burden St. George, ihm den Inhalt des Briefes zu schildern.

»Meinen Sie nicht, es wäre vielleicht besser, Sie kommen vorbei, Michael?«

»Sagen Sie mir erst, was drinsteht.« Plötzlich hatte Burden ein beunruhigendes Gefühl; Intuition nannte Wexford das. »Vorsicht beim Anfassen! Lesen Sie ihn mir vor, ohne ihn anzufassen, wenn das geht.«

»Okay, Michael. Wird gemacht. Komisch, nicht? Ein Brief, heutzutage. Also, ein Anruf, ein Fax, eine e-mail, was weiß ich, aber ein Brief! Ich frage mich, ob der auch noch von einem reitenden Boten abgeliefert wurde.«

»Würden Sie ihn bitte vorlesen?«

»Ach ja. Also. ›Sehr geehrter Herr, wir sind Sacred Globe und retten die Erde mit allen in unserer Macht stehenden Mitteln vor der Zerstörung. Wir haben fünf Personen in Gewahrsam genommen: Ryan Barker, Roxane Masood, Kitty Struther, Owen Struther und Dora Wexford…‹ Da irren die sich doch, oder? Das ist doch die Frau von Ihrem Chef, nicht? Seit wann wird die denn vermißt?«

»Weiter.«

»Okay. ›… Owen Struther und Dora Wexford. Im Augenblick sind sie in Sicherheit. Sie werden sie nicht finden. Wir werden uns heute melden, um Ihnen den Preis für sie zu nennen. Informieren Sie alle überregionalen Zeitungen und die Polizei von Kingsmarkham zur größtmöglichen Verbreitung. Hier spricht Sacred Globe, zur Rettung der Welt.‹«

Leise sagte Burden, während Wexford ins Zimmer trat: »Wir kommen jetzt zu Ihnen und nehmen das an uns. Sagen Sie in der Zwischenzeit keinem etwas davon. Haben Sie verstanden? Keinem.«

7

Das Blatt Papier – DIN-A4, 80 Gramm Papiergewicht – war von der Art, wie man es in jedem Bürobedarfsgeschäft stapelweise kaufen kann. Früher wäre der Brief von Hand geschrieben, später getippt worden – und getippt war fast genauso verräterisch wie handgeschrieben. Heute, per Computer, war die Feststellung der Herkunft nahezu unmöglich. Ein Experte könnte wahrscheinlich sagen, welche Software benutzt worden war, welches Textverarbeitungsprogramm, aber das war schon alles. Es gab keine Schreibfehler mehr, keine Großbuchstaben anstelle von kleinen, keine verrutschten Buchstaben, keine abgebrochenen Zahlentasten.

Vielleicht gab es Fingerabdrücke, doch das bezweifelte er. Der Schreiber hatte das Blatt zweimal der Länge nach gefaltet. Der Umschlag, in dem es gekommen war, lag daneben. Laserdrucker können keine Umschläge bedrucken, doch es ist kein Problem, Adreßetiketten auszudrucken. Das Ganze, fand er, war scheußlich anonym.

Sie saßen um Brian St. Georges Schreibtisch herum, den Brief vor sich mitten auf der ledernen Schreibunterlage. St. George war außerordentlich zufrieden mit sich und versuchte gar nicht mehr, seine Selbstgefälligkeit zu bemänteln. Er lächelte, immer noch erstaunt, verwundert über die unverhoffte Story, die ihm da in den Schoß gefallen war.

Er war ein leichenblasser, ausgemergelter Mensch mit scharfgeschnittenem Gesicht und Trommelbauch, der ihm wie ein halbvoller Sack von den Knochen hing. Sein blaßgrauer Anzug mit den kalkweißen Nadelstreifen hatte eine chemische Reinigung bitter nötig. Eine Frau kann sich ein

Sweatshirt oder ein Hemd mit offenem Kragen unter dem Anzug durchaus leisten, bei einem Mann dagegen erweckt es den Anschein, er sei nur halb angezogen, und es war schon lange her, daß St. Georges Sweatshirt so weiß wie am Anfang seiner Existenz gewesen war. Er konnte kaum die Finger von dem Brief lassen. Sie bewegten sich darauf zu, und er zog sie wieder zurück, wie ein Junge, der ein Insekt ärgern will. »Ich nehme doch an, daß ich ihn fotokopieren kann?« fragte er.

»Sie können sich von ihrer PA eine handschriftliche Kopie davon machen lassen«, erwiderte Burden. »Aber er darf nicht berührt werden.«

»Die sind es nicht gewohnt, handschriftlich zu kopieren.«

»Dann machen Sie es eben selbst.« Wexford war, soweit er sich erinnern konnte, dem Chefredakteur des *Kingsmarkham Courier* noch nie begegnet, und was er sah, gefiel ihm nicht besonders. »An welche überregionalen Zeitungen hatten Sie denn gedacht, denen Sie das da zukommen lassen wollten?«

»Na, allen«, sagte St. George, plötzlich nervös, das Schlimmste befürchtend.

»Das können Sie tun, aber mit der strikten Auflage, daß erst etwas erscheinen darf, wenn wir grünes Licht geben. Das gilt selbstverständlich auch für den *Courier.*«

»Ja, aber Moment mal, Publicity ist in einem solchen Fall doch das Beste. Sie brauchen Publicity. Die Chance, diese Leute zu finden, ist viel größer, wenn jeder weiß, was los ist.«

»Absolut gar nichts, bis wir grünes Licht geben. Das ist hoffentlich klar. Es handelt sich hier um eine sehr ernste Angelegenheit, wahrscheinlich die ernsteste, mit der Sie je zu tun haben werden. Mr. Vine wird hierbleiben und dafür sorgen, daß meine Anordnungen befolgt werden.«

»Es ist Ihre Frau, nicht wahr?«

Wexford gab keine Antwort. Er hatte den Brief auf dem Schreibtisch gelesen: »…Ryan Barker, Roxane Masood, Kitty Struther, Owen Struther…« Und dann, als er zum Namen seiner Frau gekommen war, hatten ihn die vier Silben wie ein Schlag getroffen: harte, schwarze Buchstaben, die ihm vom Blatt entgegensprangen. Unwillkürlich hatte er die Augen zugemacht. Er hoffte nun, daß er nicht zurückgeschreckt war, womöglich einen Schritt rückwärts gemacht hatte, aber wahrscheinlich doch. Er spürte, wie ihm das Blut aus dem Gesicht wich, als zöge es sich wie eine zurückgehende Flut ins Zentrum seines Körpers zurück, und mußte sich plötzlich setzen.

Seine Stimme hatte ihm nicht gehorcht, aber nun war sie wieder da, tief und kräftig. »Wer außer Ihnen selbst hat diesen Brief gesehen, Mr. St. George?«

»Sagen Sie ruhig Brian. Das tun alle. Außer meiner PA Veronica hat ihn niemand gesehen.«

»Und dabei soll es auch bleiben. Mr. Vine wird mit Veronica sprechen. Absolute Verschwiegenheit ist das oberste Gebot. Sie werden mit diesen überregionalen Zeitungen sprechen, und wir halten heute nachmittag eine Besprechung mit den Chefredakteuren ab.«

»Okay, wenn Sie das so haben wollen. Ich finde es zwar jammerschade, beuge mich aber dem Unvermeidlichen.«

»Wir werden British Telecom bitten, an Ihre Telefonapparate Fangschaltungen zu legen«, sagte Burden, während er den Brief mit behandschuhten Fingern hochhob und in ein Plastiksäckchen steckte. »Wie viele Anschlüsse haben Sie?«

»Nur zwei.« St. George sagte es in einem Ton, als hätte er lieber »fünfundzwanzig« gesagt.

»Diese Leute von Sacred Globe haben die Absicht geäußert, heute wieder Kontakt aufzunehmen. Alles, was über

Telefon in dieses Büro kommt, muß aufgezeichnet werden. Ich werde Ihnen zu Mr. Vines Ablösung zu gegebener Zeit einen Beamten herüberschicken.«

»Meine Güte, Sie nehmen die Geschichte aber ernst«, sagte St. George immer noch lächelnd.

Wexford stand auf. Er sagte: »Sie werden wohl wissen, daß jeder Versuch der Rechtsbeugung strafbar ist.«

»Was schauen Sie denn so? Ich bin ein gesetzestreuer Mensch, schon immer gewesen, aber ich darf doch wohl noch meine Meinung äußern, und meiner Meinung nach machen Sie einen gravierenden Fehler.«

»Das zu beurteilen überlassen Sie besser mir.« Wexford fielen ein halbes Dutzend fiesere Kommentare ein, die er sich aber schenkte. Auf dem Weg die Treppe hinunter kam ihnen eine junge Frau entgegen. Ihr schwarzes, gelocktes Haar reichte bis zur Taille, und ihr knallroter Rock maß vom Bund bis zum Saum knapp dreiundzwanzig Zentimeter. Vermutlich die persönliche Assistentin.

»Ich werde mich nicht hier aufhalten«, sagte Wexford. »Ich fahre sofort zum Chief Constable. In der Zwischenzeit müssen wir an unseren sämtlichen Telefonen Fangschaltungen legen lassen.«

»Ja. Ich frage mich, wie viele BT wohl schafft. Bestimmt keine unbegrenzte Anzahl. Wer sind eigentlich diese Struthers, Reg? Kitty und Owen? Warum wurden die nicht als vermißt gemeldet?«

Donaldson öffnete den Wagenschlag, und sie stiegen hinten ein. Wexford gab eine der Nummern des Hauptquartiers der Polizei von Mid-Sussex in Myringham in sein Mobiltelefon ein und bat, zum Chief Constable durchgestellt zu werden. Er sah den Chief Constable selten, meistens hatte er mit Freeborn, seinem Stellvertreter, zu tun. Montague Ryder war ein reservierter, etwas hochmütiger Mensch, der plötzlich zugänglich wirkte, als er, auf Wexfords Beteuerung hin, es sei dringend, ans Telefon kam und einem baldmöglichst stattfindenden Treffen zustimmte.

»Ich fahre gleich hinüber, nachdem wir Sie abgesetzt haben, Mike. Ich finde es gar nicht so merkwürdig, daß die Struthers noch nicht als vermißt gemeldet wurden, Mike. Sie sind wahrscheinlich ein alleinlebendes Ehepaar. Ich nehme an, sie wollten in Urlaub fahren. Ich habe mich schon gefragt, was es mit der Pause zwischen Doras Anruf um halb elf und Roxanes um fünf vor elf auf sich hat, und hier ist die Antwort. Es gab gar keine Pause, die Struthers werden wohl um Viertel vor elf ein Taxi bestellt haben. Wahrscheinlich haben sie Contemporary Cars angerufen, um einen der Züge zwischen dem elf Uhr neunzehn und vielleicht dem zwölf Uhr drei zu erreichen...«

»Vielleicht wollten sie auch nach Gatwick. Wenn es ein Urlaub war, hätten sie ja auch fliegen können.«

»Stimmt. Wie auch immer, wenn sie ein leeres Haus zurückgelassen haben, wer würde mitbekommen, daß sie verschwunden sind? Falls jemand von der Familie dort war, würde er nicht damit rechnen, von ihnen zu hören. Ungewöhnlicher wäre, wenn man sie *tatsächlich* als vermißt gemeldet hätte. Seltsam daran ist, daß es zwei Leute waren, und einer davon vielleicht ein Mann in den besten Jahren.«

»Sie meinen, solche Leute zu entführen, ist schwieriger, als...« Burden versuchte, taktvoll zu sein, und scheiterte kläglich. »Äh, als jemanden, der – die – der allein ist.«

»Ja.«

»Vielleicht ist es ein älterer Mann. Die beiden könnten ja schon in den Siebzigern sein. Ich lasse das nachprüfen. Vielleicht reicht schon das Telefonbuch. Struther ist kein geläufiger Name hier in der Gegend. Sollen wir der Mutter und der Großmutter des Jungen und der Mutter des Mädchens etwas davon sagen?«

»Noch nicht.«

»Was wollen die, Reg? Was ist ihr Preis?«

»Ich glaube, ich weiß es.«

Wexford wandte das Gesicht ab, und Burden sagte nichts mehr. Er stieg aus und ging ins Polizeirevier. Dort schlug er, obwohl andere es für ihn hätten tun können, selbst im Telefonbuch unter Struther nach. Es gab zwei Struths, fünfzehn Strutts, aber nur einen Struther: O. L. Struther, Savesbury House, Markinch Lane, Framhurst.

Er tippte die Nummer ein. Viermal das Freizeichen und dann natürlich einer von diesen verdammten Anrufbeantwortern. Burden haßte die Dinger. Wenigstens war die Ansage auf diesem hier nicht so läppisch wie auf manchen, auf denen es hieß: »Rufen Sie noch mal an, wenn dabei Geld rausspringt« oder »Wenn du mich zum Abendessen ausführen willst, na, dann los.« Die Stimme konnte von einem älteren oder alten Mann stammen, bestimmt nicht von einem jungen. Das Englisch, das gesprochen wurde, war sehr korrekt, sogar pedantisch. Höflicherweise wurde die Frau zuerst genannt.

»Weder Kitty noch Owen Struther sind im Moment in der Lage, Ihren Anruf entgegenzunehmen. Wenn Sie eine Nachricht hinterlassen möchten, sprechen Sie bitte nach dem Signalton und nennen Sie Namen, Datum und Uhrzeit. Danke.«

Burden fand es einen Versuch wert. Er hinterließ eine Nachricht, in der er darum bat, falls jemand da sei – was unwahrscheinlich, aber nicht unmöglich war –, solle er oder sie bei der Polizei in Kingsmarkham anrufen, es sei dringend. Dann nahm er British Telecom in Angriff.

Das regionale Kriminaldezernat für Kapitalverbrechen – bestehend aus einem Chief Inspector, einem Inspector, sechs Detective Sergeants und sechs Detective Constables, alle mit Spezialausbildung – war in einem unscheinbaren Gebäude in Myringham untergebracht, das früher einmal ein Auktionshaus gewesen war. Es war aus braunem Backstein gebaut und hatte leicht gotisch anmutende Fenster. Der Eingang befand sich auf der Seite. Durch die Fenster waren gewöhnlich Computerbildschirme zu erkennen, auf die Leute starrten.

Wexford war auf dem Weg zum Polizeihauptquartier daran vorbeigefahren, einem insgesamt viel eindrucksvolleren Bau, der in den achtziger Jahren errichtet worden war, als die Architektur nach zehn beklagenswerten Jahren allmählich eine Wende zum Besseren genommen hatte. Das Hauptquartier an der Sewingbury Road besaß ein gewagtes Dach, eine Art stufenförmiges Mansardendach mit einem großen, quadratischen Turm in der Mitte, geschwungenen Seitenflügeln und einem von Pfeilern getragenen Portikus. Auf der Rasenfläche davor stand eine Statue von Sir Robert Peel, dem Begründer der Polizei in London, der angeblich zwischen Herbst 1833 und Sommer 1834 zehn Monate lang ein Haus in Myfleet bewohnt hatte.

Der Chief Constable hatte im Turm eine Suite, deren Vorzimmer mit den üblichen Computerschreibkräften voll besetzt war. Eine der Damen stand von ihrem Gerät auf, führte ihn zu der messingbeschlagenen Mahagonitür und klopfte an. Wexford hatte vor Aufregung einen Kloß im Hals, obwohl er nicht im geringsten wegen Montague Ryder nervös war. Es war eher so, daß ihm gegenwärtig alles, was passierte, mit schweren Vorahnungen beladen schien und jeder Augenblick der vergehenden Zeit ihm unheilschwanger vorkam.

Der Raum war riesig, wie der Aufenthaltsraum in einem guten Landgasthof, war mit Lehnsesseln, Sofas und niedrigen Tischchen eingerichtet, und auf einer antiken Anrichte stand eine große Vase mit Dahlien und wilden

Astern. Fenster, die weniger dazu gedacht waren, Licht und frische Luft hereinzulassen als dazu, hinauszuschauen und das Panorama zu genießen, gaben den Blick frei auf grüne Höhen, tiefe Täler und das sanft geschwungene Hügelland in der Ferne.

Montague Ryder erhob sich von seinem Platz am Schreibtisch und kam mit ausgestreckter Hand auf Wexford zu. »Gerade habe ich mit Michael Burden telefoniert«, sagte er. »Er hat mich recht umfassend ins Bild gesetzt. Ihr Zögern war richtig, aber jetzt müssen wir sofort die Eltern informieren. Das bleibt uns nicht erspart.«

Er war ein kleiner, fast zierlicher Mann, der aber robust wirkte, und um einiges kleiner als Wexford. Üppiges, gleichmäßig hellgraues Haar bedeckte seinen Kopf wie eine ordentliche Kappe, und seine Augen hatten den gleichen klaren, taubengrauen Ton. »Das mit Ihrer Frau ist ja schlimm«

Wexford nickte. »Ja, Sir.«

»Wollen Sie sich nicht setzen?«

Ein grünes Ledersofa bot ihnen beiden Platz. Jeder ließ sich an einem Ende nieder, dem anderen gegenüber. Auf dem Schreibtisch in der Nähe stand das Foto einer hübschen, hellhaarigen Frau mit einem etwa zehnjährigen und einem achtjährigen Kind. Wexford merkte, daß er gar nicht hinsehen konnte. Er sagte: »Diese Leute von Sacred Globe werden heute wieder Kontakt aufnehmen. Wie und wo, wissen wir nicht.«

»Burden sagte es mir schon. Sie hatten ganz recht, jegliche Zeitungsverlautbarungen zu untersagen. Ich werde mit den Pressevertretern für heute nachmittag ein Treffen anberaumen. Dabei brauche ich Sie aber nicht.«

Wexford zögerte kurz und sagte dann: »Ich nehme kaum an, daß Sie mich überhaupt brauchen, Sir, nicht wahr? Ich meine, nachdem ich Sie über die Tatsachen informiert habe. Sie werden mich in dem Fall doch nicht ermitteln lassen.«

Ryder stand auf. Er gehörte offensichtlich zu den Menschen, die nie lang stillsitzen können, er war einer, der ständig auf und ab ging, ein Unruhegeist, ein Mensch, der zuviel Energie auf die alltäglichen Dinge des Lebens verwendete und den am Ende jedes Tages wahrscheinlich die Erschöpfung übermannte. Er sagte: »Möchten Sie Kaffee? Ich lasse welchen kommen.«

»Nein danke, Sir, für mich nicht.«

»Auch gut. Ich trinke sowieso zuviel von dem Zeug.« Er hockte sich auf eine Sessellehne. »Sie gehen natürlich davon aus, daß ich Sie von dem Fall abziehe, weil Ihre Frau darin verwickelt ist. Wenn die Dinge anders lägen, würde ich das auch tun, aber hier geht es nicht.« Vielleicht zum erstenmal überhaupt versuchte er sich daran, Wexfords Vornamen zu benutzen. »Es geht nicht, Reg. Wir ziehen das regionale Kriminaldezernat hinzu, aber auch dann habe ich noch zu wenig hochrangige Beamte, um auf Sie verzichten zu können. Ich brauche Sie. Ich beauftragte Sie mit der Leitung der Ermittlungen.«

Der erste Anruf von einer überregionalen Zeitung traf um halb elf ein. Die verlieren ja keine Zeit, dachte Burden und verwies den Anrufer – und die beiden anderen, die innerhalb von Minuten ankamen – an das Büro des Chief Constable in Myringham. Er war der Ansicht, je früher man mit der einschränkenden Pressekonferenz anfing, desto besser.

Wo würde er ankommen, der Telefonanruf von Sacred Globe? Er nahm doch an, daß es ein Anruf sein würde. Die Post war schon da, und zweimal wurde nicht ausgetragen. Eine Nachricht per Fax oder e-mail wäre zu riskant, da deren bloße Existenz schon einen Hinweis auf den Übermittler enthielt. Es müßte also ein Anruf sein. Beim Polizeirevier? Beim *Courier*? Irgendwie rechnete er nicht damit. Vielleicht bei einer von diesen hartnäckigen überregionalen Zeitungen oder bei einer örtlichen Behörde, dem Bürgermeisteramt, sogar im Polizeihauptquartier. Nein, dort nicht. Bei irgendeiner Stelle, von der sie es am wenigsten annehmen würden, aber bei jemandem, der die Nachricht mit Sicherheit weiterleiten würde …

Bei einer von Wexfords Töchtern?

Er würde an Wexfords Privattelefon sofort eine Fangschaltung einrichten lassen. Und dann würde er mit Karen Malahyde zusammen nach Savesbury House, dem Wohnsitz der Struthers, fahren. Falls dort jemand seine Nachricht erhalten hatte – gemeldet hatte sich jedenfalls keiner. Wahrscheinlich war niemand dort. Er wußte nicht, wo das Haus war, konnte es sich nicht bildlich vorstellen, aber große Landhäuser gab es hier in der Umgegend wie Sand am Meer, und bestimmt würde er es erkennen, sobald er es vor sich hatte. Falls die Struthers Nachbarn hatten, hatte vermutlich einer von ihnen etwas gesehen.

Vom Gesicht her sah Karen wie eine gewissenhafte Polizeibeamtin aus. Voriges Jahr hatte sie ihre Beförderung zum Detective Sergeant erhalten. Ihr Ausdruck war ernst, ihre dunklen Augen blickten direkt und unverblümt, doch ihr Gesicht wirkte zu blankgerieben, ihr Haar war zu radikal gestutzt, als daß man sie attraktiv hätte nennen können. Jedenfalls oberhalb des Halses. Darunter besaß sie sämtliche Attribute eines Laufstegmodells – eine perfekte Figur und, wie Burdens Sohn einmal gesagt hatte, todschicke Beine. Burden selbst dachte nicht in diesen Kategorien an Frauen und war von Wexford, der ihn, vielleicht ironisch, für seine politische Korrektheit loben wollte, zu seiner Zurückhaltung beglückwünscht worden. Karen selbst war für Kingsmarkham fast zu politisch korrekt, besonders was ihren Umgang mit Männern betraf. Ihm war es egal, ob sie ihn mochte oder nicht, obwohl er doch annahm, daß sie ihn leiden konnte.

Als hervorragende Fahrerin war sie es, die die beiden chauffierte. In der Savesbury Lane wurden sie vom Polizeikordon angehalten, denn die Hilfspolizisten waren immer noch damit beschäftigt, Baumhäuser zu räumen und Bewohner herauszutreiben. Als der Sergeant im gelben Mantel merkte, wen er vor sich hatte, wollte er eine Ausnahme machen und sie durchlassen, doch Karen kehrte bereitwillig um und nahm einen anderen Weg über die Nebenstraße von Framhurst.

Von allen Siedlungsräumen in der Umgegend von Kingsmarkham wäre das Dörfchen Framhurst am stärksten betroffen. »Siedlungsräume« war ein Ausdruck der Autobahnbehörde, der bei Wexford ein grimmiges Lachen hervorgerufen hatte, denn Framhurst bestand lediglich aus einer Dorfstraße, einer Kreuzung, drei Geschäften und einer Kirche. Die Schule, 1834 erbaut, war vor langer Zeit in ein Wohnhaus umgewandelt worden, das seine Bewohner etwas launig Lescuela nannten.

Eins der Geschäfte war eine altmodische Fleischerei in Familienbesitz, deren Kunden von überallher aus der Nachbarschaft kamen, das andere ein Gemischtwarenladen mit Zeitungsladen und Videothek und das dritte eine Konditorei mit gestreifter Markise und Tischen auf dem Bürgersteig draußen. An der Stelle, wo sich die Verbindungsstraße zwischen Pomfret und Myfleet kreuzte, stand eine Ampel. Niemand wußte genau, wieviel man in den Häusern entlang der Dorfstraße von der neuen Umgehungsstraße sehen würde, doch es bestand kein Zweifel, daß die Aussicht vom Hügel, auf den die Dorfstraße führte, zerstört wäre. Das ganze Tal breitete sich dort unten vor einem aus – Wälder, Marschland, der runde, baumgekrönte

Savesbury Hill und die Brede, die sich wie ein langer, gekräuselter Streifen weißer Seide durch das helle und dunkle Grün wand.

Burden sah hinunter. Natürlich waren die Baumleute von hier oben aus nicht zu sehen. Man konnte die in Flüchtlinge verwandelten Pilger nicht erkennen, die sich mit ihren Bündeln zu neuen Ufern aufmachten. Eines nun nicht mehr allzu fernen Tages würde eine sechsspurige Straße mit Mittelstreifen das gesamte Panorama verändern, würde wie ein weißer Verband über einer langen, nie verheilenden Wunde liegen.

Sie hatten einige Mühe, das Haus ausfindig zu machen. Hinter Buschwerk und hohen Bäumen verborgen, war es von der Straße aus nicht zu sehen. Das nächstgelegene Nachbarhaus war ein Cottage am Ortsrand von Framhurst. Sie fuhren an dem Haus vorbei, merkten dann, daß sie zu weit gefahren waren, und kehrten um. Ein Schild am Torpfosten war von den Ranken einer wilden Klematis überwuchert. Karen mußte aussteigen und die Blätter beiseite schieben, um den Namen freizulegen: »Markinch Hall« stand in beinahe unleserlichen Buchstaben dort, und »Savesbury House« war kühn in Druckschrift darübergeschrieben.

»Interessant«, sagte Burden. »Ich frage mich, ob die von – wie heißt es gleich – Sacred Globe Schwierigkeiten hatten, das Haus zu finden.«

»Bestimmt haben Mr. und Mrs. Struther am Telefon den Weg erklärt.«

Da das Tor offenstand, fuhren sie hinein und die mit einer Kulisse aus Zypressen, hohen Erlen und Platanen gesäumte Kiesauffahrt hoch. Backstein- und Fachwerkgemäuer kam allmählich ins Blickfeld, als die Bäume sich lichteten und ihr Grün den verschiedenen Rot-, Gelb- und Violettönen eines gutgepflegten Gartens wich. Das Haus wirkte wie aus zwei einzelnen Häusern zusammengesetzt, das eine ein altes und malerisches Giebelhaus mit vergitterten Fenstern, das andere ein großes Gebäude im georgianischen Stil mit Portikus. Die ganze Anlage mußte immens sein, dachte Burden, groß genug für mehrere Familien, mit zusätzlichen Nebengebäuden oder dahinter liegenden weiteren Flügeln.

Es gibt zweierlei Arten von Gärten, behauptete seine Frau. Die meisten sind voll mit dem üblichen Zeug aus dem örtlichen Gartencenter, die anderen, die Ausnahmen, enthalten Pflanzen, die man sonst selten zu sehen bekommt, Pflanzen, die ihr Vater »exquisit« nannte, die nur lateinische Namen haben. Die Gartenanlage von Savesbury House gehörte zur letzteren Kategorie. Burden hätte Schwierigkeiten gehabt, auch nur eine der Blumen, Beetpflanzen und Kletterpflanzen zu benennen, fand jedoch die Wirkung sehr attraktiv. Die Sonne, die auf den Regen vom Vortag gefolgt war, ließ das unbekannte Gewächs, das seine Blüten über die georgianische Fassade breitete, leicht süßlich duften.

Die schwarze, abgegriffene Bogentür mit Metallbeschlägen im neugotischen Stil sah aus, als hätte man sie seit Königin Victorias goldenem Jubiläum nicht mehr geöffnet. Als Burden sich ihr näherte, den Blick auf einen verschnörkelten, schmiedeeisernen Glockenzug geheftet, kam ein Mann seitlich ums Haus herum. Er sah Burden abschätzig an, schürzte beim Anblick von Karen verächtlich die Lippen, sah wieder zu Burden und fragte: »Was wollen Sie? Wer sind Sie?«

Er bediente sich eines Tonfalls, den die meisten Briten lächerlich und die Amerikaner unverständlich finden, eine vornehm-gedehnte Aussprache, die nie allein durch den Internatsbesuch erworben wird, sondern vom siebten Lebensjahr an der elterlichen Unterstützung und vorbereitenden Formung bedarf.

Burden sah für Nettigkeiten keinerlei Veranlassung. Er sagte: »Polizei« und zog seinen Dienstausweis hervor.

Der Mann – jung, nicht älter als Mitte Zwanzig – besah sich Burdens Foto und dann wieder das Orginal, als sei er davon überzeugt, es mit einem Schwindel zu tun zu haben. An Karen gewandt, sagte er: »Haben Sie auch einen oder sind Sie nur zum Spaß mitgekommen?«

Karen zeigte gewisse Warnsignale, die zwar Burden, nicht aber dem jungen Mann bekannt waren. Ihre Augen flackerten und starrten dann unverwandt. »Detective Sergeant Malahyde«, sagte sie und hielt ihm ihren Ausweis unter die Nase.

Er trat ein wenig zurück. Er war groß, gutgebaut und trug eine Reithose und einen Reitrock mit Schößen über einem weißen T-Shirt. Seine Gesichtszüge wären für einen Künstler oder Fotografen die ideale Vorlage für den Archetypus der englischen Oberschicht: gerade Nase, hohe Wangenknochen, hohe Stirn, entschlossenes Kinn und einen Mund, den man früher als wohlgestalt bezeichnet hätte. Selbstverständlich hatte er strohblondes Haar und stahlblaue Augen. »Na gut«, sagte er. »Was habe ich ausgefressen? Welche Ordnungswidrigkeit habe ich begangen? Bin ich ohne Licht gefahren, oder habe ich eine junge Dame sexuell belästigt?«

»Dürfen wir eintreten?« fragte Burden.

»Oh, das denke ich eigentlich nicht, Sie?«

»Ja, ich denke schon, Mr. Struther. Sie sind doch Mr. Struther, oder nicht? Der Sohn von Owen und Kitty Struther?«

Einen Augenblick lang verwirrt, erwiderte er Burdens Blick schweigend. Dann ging er zur Eingangstür und stieß sie auf. Die Tür öffnete sich mit einem langgezogenen Knarren. Über die Schulter gewandt, fragte er mit gekünstelter Beiläufigkeit: »Ist etwas mit meinen Eltern?«

Burden und Karen gingen hinter ihm ins Haus. Die Eingangshalle hatte eine niedrige Decke und Fachwerkwände; es war ein riesiger, weitläufiger Raum mit gefliestem Steinfußboden, auf dem schwarze, holzgeschnitzte Möbel herumstanden, die aussahen, als hätte Elizabeth I schon auf ihnen gesessen oder von ihnen gegessen. Sie mußten sich alle unter dem Türsturz durchbücken, um in ein Wohnzimmer zu gelangen. Der Raum war voll geblümter Chintzbezüge, indischer Teppiche und zierlicher Beistelltischchen, und alles war makellos sauber und duftete süß.

»Wohnen Sie hier, Mr. Struther?« Ungebeten nahm Burden Platz.

»Sehe ich aus wie einer, der zu Hause bei Mummy wohnt?«

»Darf ich dann fragen, wo Sie wohnhaft sind?«

»In London. Wo denn sonst? In den Fitzhardinge Mews, West Eins.«

Natürlich hatte er eine Adresse im nobelsten Stadtbezirk, dachte Burden. »Dann nehme ich an, Sie kümmern sich um das Haus, solange Ihre Eltern im Urlaub sind?«

Das verblüffte ihn. Er sah auf Karens Beine und schürzte die Lippen. »So was in der Richtung«, erwiderte er. »Es kommt mich nicht besonders hart an, meinen Urlaub hier zu verbringen. Meine Mutter hat Angst vor Einbrechern und mein Vater eine Phobie wegen der Kanalisation, ergo …! Könnten wir jetzt zum Thema kommen?«

»Waren Sie gestern vormittag hier«, fragte Karen, »als ein Fahrer von Contemporary Cars Ihre Eltern abholte, um sie nach Kingsmarkham zum Bahnhof zu bringen?«

»Vielmehr nach Gatwick zum Flughafen. Ja, warum?«

»Wohin wollten sie fliegen?«

»Sie meinen wohl, wo sie jetzt sind. In Florenz. Einer Stadt, die Ihnen zweifellos besser unter dem Namen Firenze bekannt ist.«

»Wenn Sie in ihrem Hotel anrufen, Mr. Struther, werden Sie feststellen, daß sie dort nicht sind. Sie sind dort nie angekommen.« Burden hatte schon sagen wollen, Kitty und Owen Struther seien entführt worden, wartete aber noch damit. Die feindselige Haltung des Mannes war beinahe mit Händen zu greifen. »Wenn Sie dort anrufen, werden Sie erfahren, daß Ihre Eltern vermißt werden.«

»Ich höre wohl nicht recht. Das glaube ich nicht.«

»Es ist aber so, Mr. Struther. Sagen Sie mir bitte Ihren Vornamen?«

»Ich möchte mir aber doch verbitten, daß Sie mich damit anreden. In solchen Dingen bin ich altmodisch. Mein *Taufname* ist Andrew. Ich heiße Andrew Owen Kinglake Struther.«

»Wissen Sie, wo Ihre Eltern logieren, Mr. Struther?«

»Aber sicher weiß ich das, und ich betrachte Ihre Frage als unverschämt. Sie haben gesagt, was Sie zu sagen hatten, ich habe Ihre absurde Nachricht zur Kenntnis genommen, und jetzt ziehen Sie gefälligst ab.«

Burden beschloß, es aufzugeben. Er war nicht verpflichtet, diesen Mann zu überzeugen, daß seine Eltern entführt worden waren. Er hatte sich alle Mühe gegeben. Ein wenig später würde Andrew Struther zweifellos im Polizeirevier anrufen, nachdem ihm Burdens Neuigkeit in Gatwick und Florenz bestätigt worden war, aber statt sich zerknirscht nach weiteren Einzelheiten zu erkundigen, würde er herausfordernd wissen wollen, weshalb ihm die ganze Geschichte nicht schon früher dargelegt worden sei.

Als sie wieder in die Eingangshalle traten und über die Steinfliesen gingen, waren von oben rasche Schritte zu hören, und ein Mädchen kam die Treppe herunter, gefolgt von einem Schäferhund. Sie war etwa in Struthers Alter, hatte ein blasses Gesicht und rote Lippen und eine wirre, purpurrote Haarmähne, sie trug Jeans und ein babydollartiges Oberteil. Der Hund war jung, schwarz und gelbbraun gefärbt, ähnlich wie die Hunde des Hilfspolizisten, und hatte dichtes, glänzendes Fell. Am unteren Treppenabsatz blieb das Mädchen stehen, die Hand an dem geschnitzten Geländerpfosten.

»Die Bullen«, sagte Andrew Struther.

»Das ist doch ein Witz.«

»Nein, aber frag bloß nicht. Du weißt, wie schnell ich mich langweile.«

Der Hund setzte sich am Treppenabsatz hin und starrte herüber. Burden und Karen gingen hinaus, aber die Eingangstür knallte hinter ihnen zu, bevor sie sie schließen konnten. Burden enthielt sich jeden Kommentars, und sie fuhr schweigend davon. Die Sonne hatte sich hinter die Wolken verzogen, und feiner Regen spritzte auf die Windschutzscheibe, so spärlich, daß es keiner Scheibenwischer bedurfte. Er überlegte, wo Sacred Globe sich wohl melden könnte, welche Stellen sie wohl kannten – eine chirurgische Gemeinschaftspraxis, ein Krankenhaus, ein Geschäft im Zentrum. Sobald sie das taten, kam die Geschichte ans Licht, und danach gab es kein Halten mehr, trotz aller Pressekonferenzen auf höchster Ebene. Irgendwie hatte er das Gefühl, sie würden an einer Stelle anrufen, an die er nicht gedacht hatte und die er nicht überwachen konnte. Bei British Telecom war man zwar sehr entgegenkommend, konnte aber nicht an jedem denkbaren Telefon eine Fangschaltung einrichten, und außer BT war niemand dazu befugt.

Karen fand fast direkt vor Clare Cox' Cottage einen Parkplatz, genau da, wo das Parkverbot aufhörte, und stellte den Wagen dicht hinter einem schwarzen Jaguar ab, der erst im vorigen Jahr zugelassen worden war. Dessen Besitzer – Burden erriet es, bevor es ihm gesagt wurde – machte ihnen die Tür auf. Es war ein kleiner, proper aussehender Mann in einem etwas unpassenden Jeansanzug. Seine wächserne Haut war cremefarben, Haar und Schnurrbart waren schwarz wie Tinte, und Burden fand, er sah aus wie ein von einem jungen Künstler porträtierter Hercule Poirot.

»Ich bin Roxanes Vater, Hassy Masood. Bitte, kommen Sie herein. Ihrer Mutter geht es nicht besonders gut.«

Obwohl offensichtlich aus Asien stammend oder mit asiatischen Vorfahren, sprach Masood mit West-Londoner Akzent. Der von Clare Cox geschaffene Hintergrund aus indischem Kunsthandwerk und zentralasiatisch anmutenden Teppichen und Wandbehängen entsprach zwar seinem Äußeren, aber nicht seiner Stimme, Art und, wie sich herausstellte, seinem Geschmack. Im Wohnzimmer schüttelte er mißbilligend den Kopf, verdrehte die Augen und rief wild gestikulierend aus: »Was für ein Gerümpel! Ist es zu fassen?«

»Wir würden gern Ms. Cox sprechen, wenn das möglich ist«, sagte Karen.

»Ich hole sie. Von meiner Tochter gibt es wohl noch nichts Neues, oder? Ich bin gestern abend hergekommen. Ihre Mutter war völlig aufgelöst.« Er lächelte gezwungen und kniff dabei die Augen zusammen. »War ich übrigens auch. In so einer Situation sollten Familien doch zusammenstehen, finden Sie nicht?«

Burden sagte nichts.

»Ich wohne natürlich nicht hier. Man gewöhnt sich einfach an große, geräumige Zimmer, meinen Sie nicht? Ich würde mir hier beengt vorkommen. Ich wohne im Posthotel in Kingsmarkham. Meine Frau kommt mit unseren beiden Kindern und meiner Stieftochter heute nachmittag nach.«

»Ms. Cox, bitte, Mr. Masood.«

»Selbstverständlich. Bitte nehmen Sie Platz. Machen Sie es sich bequem.«

Sie stellten fest, daß sie beide wie gebannt das Porträt betrachteten. Roxane war der Sprößling zweier nicht sonderlich gutaussehender Menschen, deren geschickt kombinierte Gene eine seltene Schönheit hervorgebracht hatten, die von beiden gleichermaßen weit entfernt war. Und doch waren es die schwarzen, schimmernden Augen ihres Vaters, die von der Wand herabblickten, und seine sahnige, glatte Haut, die diese zarten Wangenknochen, das gerundete Kinn und die makellosen Arme bedeckte.

»Das Foto da«, sagte Clare Cox beim Eintreten, als sie den Blick der beiden bemerkte. »Es ist kein besonders gutes von ihr. Ich hab' versucht, sie zu malen, aber ich konnte ihr nicht ganz gerecht werden.«

»Das könnte niemand«, sagte Masood. »Nicht einmal« – er suchte nach einem geeigneten Namen, und es fiel ihm nur ein höchst unpassender ein – »Picasso könnte es.«

Clare Cox bot einen jämmerlichen Anblick. Durch das ununterbrochene Weinen war ihr Gesicht geschwollen und aufgedunsen und ihre Stimme heiser geworden. Immer noch lagen Tränen auf ihren roten, geschwollenen Wangen. Sie warf sich in einen Sessel mit violett-rotem Überwurf und lehnte sich in absoluter Verzweiflung zurück. Burden, dem nach dem Erlebnis mit Andrew Struther Bedenken gekommen waren, spürte nun, daß es richtig war, die Eltern zu informieren. Hoffnung, auch vergebliche Hoffnung, war besser als so etwas.

Karen sagte ihnen, was geschehen war, die bloßen Tatsachen, und daß Roxane zumindest für den Augenblick in Sicherheit war. Sie war weder tot noch verletzt, noch Opfer eines Vergewaltigers. Masood und Roxanes Mutter waren zunächst nur dazu fähig, bestürzt vor sich hin zu starren.

Dann sagte Masood: »Entführt?«

»Anscheinend. Zusammen mit vier anderen. Sobald wir

etwas erfahren, informieren wir Sie. Das verspreche ich Ihnen.«

»Aber momentan«, sagte Karen, »wissen wir weiter nichts. Wir würden gern eine Fangschaltung an Ihrem Telefon einrichten lassen.«

»Das heißt, Sie … jemand kommt und … ein Ingenieur?«

»Nein, BT macht das, ohne daß jemand herkommen muß.«

»Aber die – diese *Entführer* – könnten *hier* anrufen?«

»Wir wissen nicht, wo oder wann der Anruf eintrifft, aber ja, wir nehmen an, daß eine telefonische Nachricht kommt.«

In ruhigen Worten erläuterte ihnen Burden, wie wichtig es war, daß sie Stillschweigen bewahrten. Niemand durfte etwas erfahren. »Ihre Frau und Ihre Kinder auch nicht, Mr. Masood. Niemand. Sie dürfen nur wissen, daß Roxane vermißt wird.«

Dieselbe strikte Anweisung gab er Audrey Barker und ihrer Mutter in der Rhombus Road in Stowerton. Auch sie wurden um ihr Einverständnis gebeten, Mrs. Peabodys Telefon überwachen zu lassen. Audrey Barker hatte auf die Mitteilung, daß ihr Kind vermißt wurde, völlig anders reagiert als Clare Cox. Keine Spur von Tränen, doch ihr Gesicht war blasser als vorher, ihre Augen wirkten größer, und sie sah aus, als hätte ihr dünner, hagerer Körper noch mehr Gewicht verloren. Burden fiel wieder ein, daß sie krank gewesen und erst vor kurzem aus dem Krankenhaus gekommen war. Sie sah aus, als sollte sie besser dorthin zurückkehren.

Mrs. Peabody war ziemlich durcheinander. Es war alles zuviel für sie. Sie nahm die Hand ihrer Tochter und hielt sie mit beiden Händen fest. Immer wieder beteuerte sie: »Aber er ist doch ein großer Junge, er ist groß für sein Alter. Er würde nie zu einem Fremden ins Auto steigen.«

»Er glaubte nicht, daß es ein Fremder war, Mutter.«

»Er wäre nicht eingestiegen, dazu ist er zu groß, so was weiß er doch, er ist groß für sein Alter, Aud, du weißt es.«

»Kann ich die andere Mutter mal besuchen?« fragte Audrey Barker. »Könnten wir uns vielleicht treffen? Sie sagten, ein junges Mädchen ist auch entführt worden. Wir könnten doch eine Selbsthilfegruppe gründen, die andere Mutter und ich, und vielleicht die anderen Frauen – haben die auch Familie?«

»Das wäre im Augenblick nicht sehr klug, Mrs. Barker.«

»Ich will ja nichts falsch machen, aber ich dachte nur… es hilft doch schon, darüber zu reden und Erfahrungen auszutauschen.«

Du hast doch noch gar keine Erfahrung gemacht, dachte Burden düster, und wir wollen bei Gott hoffen, daß es dir erspart bleibt. Laut wiederholte er dann das bereits Gesagte, daß es nämlich zum gegenwärtigen Zeitpunkt nicht ratsam sei.

»Sie wollen nicht, daß du dich einmischst, Aud«, sagte Mrs. Peabody.

»Diese Leute, die meinen Sohn haben, was wollen die eigentlich?«

»Das erfahren wir hoffentlich heute«, erwiderte Karen.

»Und wenn sie es nicht kriegen, was werden sie ihm dann antun?«

Auf dem Polizeirevier warteten sie auf den Anruf von Sacred Globe. Beim *Kingsmarkham Courier* warteten sie, nachdem Barry Vine von den Detective Constables Lambert und Pemberton abgelöst worden war. Es war gerade erst Mittag. Ein seltsam zusammengewürfeltes Grüppchen, das da entführt und irgendwo gefangengehalten worden war, dachte Wexford. Er machte sich diese Gedanken, um sich von seinen schrecklichen Ahnungen abzulenken, um sich Dora nicht leibhaftig vorzustellen und sich auszumalen, wie ihr wohl zumute war. Ein zweiundzwanzigjähriges, potentielles Fotomodell, das aussah wie eine Prinzessin aus Tausendundeiner Nacht, ein hochaufgeschossener, vierzehnjähriger Schuljunge und ein Ehepaar, das, falls Burden nicht übertrieb, zur ländlichen Gesellschaft einer anachronistischen, aber immer noch erstaunlich einflußreichen Elite gehörte – und seine Frau.

Mit dem Jungen und dem Mädchen würde sie sich besser verstehen, dachte er, als mit diesen beiden, deren geistiger Horizont womöglich nicht über Jagdgesellschaften, paternalistische Wohltätigkeitsaktivitäten und sonntagsvormittägliche Sherrypartys hinausging. Doch dann fiel ihm ein, daß die Struthers ja immerhin auf dem Weg nach *Florenz* gewesen waren. Ein gutes Haar mußte doch zu finden sein an einem Paar, das dort seinen Urlaub verbringen wollte statt auf der Jagd nach dem Schottischen Moorhuhn.

Dora würde sich schon zu helfen wissen. »Eure Mutter weiß sich schon zu helfen«, hatte er nicht ganz aufrichtig zu seinen Töchtern gesagt. Und sie glaubten ihm, wie immer, wenn er sozusagen *ex cathedra* sprach. Die Zweifel waren alle in ihm selbst. Er kannte die Gemeinheit dieser Welt, sie nicht. Doch er kannte auch Dora. Sie wäre bestimmt vernünftig und praktisch, sie hatte einen prächtigen Sinn für Humor und würde es sich zur Aufgabe machen, die jungen Leute zu trösten. Falls die fünf alle zusammen waren. Er hoffte, daß sie zusammen waren und nicht jeder für sich irgendwo eingesperrt.

Ob sie wußten, wer sie war? Sie gehörte nicht zu den Frauen, die sagen: »Wissen Sie überhaupt, wer ich bin?« Oder etwa: »Wissen Sie eigentlich, wessen Frau ich bin?« Ob ihnen der Name bekannt vorkam? Nur wenn sie es ihnen verriet, dessen war er sich sicher. Seinen Namen kannten nur Leute, mit denen er schon einmal zu tun gehabt hatte. Aber falls sie es ihnen gesagt hatte, könnte es durchaus sein, daß der Anruf bei ihm zu Hause ankam. Sie würden damit rechnen, daß er dort war, nicht hier. Sie würden Dora fragen, und sie würde ihnen sagen, er sei zu Hause und warte darauf zu hören, was mit ihr los sei.

Um eins ließen Burden und er sich Sandwiches kommen. Er versuchte zu essen, brachte aber nichts hinunter. Die Entführung der eigenen Frau war eine großartige Methode, um abzunehmen, bloß wäre ihm Fettleibigkeit dann lieber. Sobald die verschmähten Sandwiches abgeräumt waren, ging er hinunter, um nachzusehen, wie weit die Fortschritte beim Einrichten der Ermittlungszentrale schon gediehen waren.

Vor etwa fünf Jahren war ein Anbau des Polizeireviers als Sportraum ausgestattet worden. Man war damals auf dem Höhepunkt der allgemeinen Fitneßwelle und hielt es für ratsam, zumindest die jüngeren Mitglieder des Teams so oft wie möglich an Laufbändern, Fahrrädern, Skiern und Stufentrainern arbeiten zu lassen. Wexford hatte irgendwo gelesen, daß die meisten Leute, die mit Sport anfangen, maximal sechs Wochen durchhalten, und so war es gewesen. In letzter Zeit war der Sportraum ausschließlich als Federballplatz genutzt worden, doch wie Burden sich, ohne ein Wortspiel zu beabsichtigen, ausdrückte: das müßte nun eben ohne langes Federlesens weggeräumt werden.

Dann erfolgte der Einzug der unvermeidlichen Computer, Modems und Telefone. Er ging umher, sah sich um, ohne wirklich genau hinzusehen, und merkte sehr wohl, daß alle Augen auf eine neue und seltsame Art auf ihm ruhten.

Er war zum Opfer geworden.

Seit ihr Sohn zur Schule ging, unterrichtete Jenny Burden wieder Geschichte an der Gesamtschule von Kingsmarkham. Sie fand es schade, daß das europäische System hier nicht angewandt wurde und die Schulen um acht anfingen und um zwei aufhörten. Vielleicht wurde das System im Rahmen der Europäischen Union irgendwann eingeführt, einer Organisation, für die ihr Gatte nichts übrighatte, die Jenny jedoch für eine gute Sache hielt. Vorab mußte sie jemanden finden, der sich zwischen halb vier, wenn Mark Schluß hatte, und vier Uhr, wenn sie fertig war, um ihn kümmerte.

Donnerstags lagen die Dinge aber anders, nicht nur an diesem Donnerstag, dem ersten Schultag nach den Ferien, wo ihre letzte Unterrichtsstunde um halb eins endete und sie nach Hause konnte. Das Schönste daran war, daß sie schon zu Hause war, wenn ihre Freundin Mark um halb vier vom Nachmittagsunterricht brachte und er hereinrannte und sie stürmisch umarmte. In der Zwischenzeit saß sie, nach der einzigen Mittagsmahlzeit der Woche ohne Pommes frites oder Pizza, gemütlich im Sessel und las Roy Jenkins' *Gladstone*.

Sie ärgerte sich ein bißchen, als das Telefon klingelte. Die Leute sollten sie während dieser schönen, ruhigen zweieinhalb Stunden nicht anrufen, der einzigen Zeit, die sie für sich hatte. Doch sie meldete sich trotzdem, sie hatte es sich nie angewöhnen können, das Telefon einfach läuten zu lassen. »Hallo?«

Eine Männerstimme. Ganz gewöhnlich, sagte sie später, so akzentfrei, wie eine Stimme nur sein konnte, etwas monoton, unmöglich zu erraten, ob jung oder schon etwas älter. Nicht alt, da war sie sich sicher. Eine stumpfe, schleppende Stimme, vielleicht absichtlich ohne Dialekteinschlag oder irgendeine Besonderheit in der Aussprache.

»Hier spricht Sacred Globe. Hören Sie genau zu. Wir haben fünf Geiseln: Ryan Barker, Roxane Masood, Kitty Struther, Owen Struther und Dora Wexford. Ich werde

Ihnen gleich unseren Preis für sie nennen. Wenn der Preis nicht gezahlt wird, werden sie nacheinander alle sterben, das ist klar. Aber das wissen Sie.

Wir fordern den Baustopp der Umgehungsstraße. Alle Arbeiten an der Umgehungsstraße von Kingsmarkham sind sofort einzustellen und dürfen nicht wieder aufgenommen werden. Das ist unser Preis für diese fünf Personen.

Wir werden uns wieder melden. Vor Einbruch der Dunkelheit wird eine weitere Nachricht geschickt. Hier spricht Sacred Globe, zur Rettung der Welt.«

8

»Haben Sie richtig geraten?« fragte Burden.

»Ich fürchte, ja.«

Wexford las sich gerade die Niederschrift von Sacred Globes telefonischer Botschaft durch, die Jenny so präzise wie möglich erstellt hatte. Darin war nichts, was ihn überrascht hätte, es war schlichte Routine, doch die Drohung, die Geiseln zu töten, falls der »Preis« nicht gezahlt wurde, sprang ihm immer noch von der Seite entgegen.

Inzwischen war sein neues Team eingetroffen, und bald wurde es Zeit, das Wort an sie zu richten. Außer Burden waren vom örtlichen Dezernat noch die Detective Sergeants Barry Vine und Karen Malahyde anwesend sowie die vier Detective Constables Lynn Fancourt, James Pemberton, Kenneth Archbold und Stephen Lambert. Das regionale Kriminaldezernat Myringham hatte ihm von der vierzehnköpfigen Belegschaft fünf Beamte geschickt: Inspector Nicola Weaver und Detective Sergeant Damon Slesar mit Detective Constable Edward Hennessy sowie Detective Sergeant Martin Cook mit Detective Constable Burton Lowry.

Nicola Weaver hatte er erst vor zehn Minuten kennengelernt. Eine Frau mußte auch heute immer noch sehr gut sein, um in ihrem Alter schon so weit oben zu sein. Sie war bestimmt nicht älter als dreißig. Eine kräftige, nicht besonders große Gestalt mit einem ausdrucksvollen Gesicht und schwarzem Haar, das zu einer strengen Frisur geschnitten war, die Ponyfransen im rechten Winkel zu den Seitenhaaren, und sie trug einen Ehering. Ihre Augen waren von einem klaren Smaragdgrün, und wenn sie lächelte, was selten vorkam, zeigte sich ein makellos weißes Gebiß. Sie hatte ihm die Hand geschüttelt, ein fester Händedruck, und aufrichtig gesagt: »Ich freue mich, hier zu sein.«

Slesar, etwas angespannt und knochig, war ein dunkler, gutaussehender Typ, einer von diesen großen, sehr schlanken Menschen, die alles essen können, ohne zuzunehmen. Sein extrem kurzes Haar war mattschwarz wie Lampenruß, seine Haut olivfarben wie bei einem Waliser oder Bewohner von Cornwall. Wexford hatte das Gefühl, ihn schon einmal irgendwo gesehen zu haben, ihm begegnet zu sein, wußte aber im Moment nicht mehr, wo. DC Hennessy war sein genaues Gegenteil, stämmig, mittelgroß, mit einem rundlichen Gesicht, rötlichem Haar und den hellen, haselnußbraunen Augen einer orangegelben Katze. Der andere Sergeant, Cook, war untersetzt und schwergewichtig und hatte helle Augen und einen scharfen Blick. DC Lowry war ein schlanker, eleganter Schwarzer und sah aus wie der typische Cop aus einer Fernsehserie.

Karen Malahyde begrüßte DS Slesar wie einen alten Freund – oder mehr als das? Jedenfalls bedachte sie ihn nicht mit dem kurzen, kühlen Blick und dem knappen Nicken wie die meisten männlichen Neulinge, sondern lächelte, flüsterte ihm etwas zu und setzte sich neben ihn. Ob er Slesar in ihrer Gegenwart begegnet war? War das die Lösung? Irgendwie glaubte er es nicht so recht. Die Kollegen witzelten schon darüber, daß Karen anscheinend nie einen Freund hatte.

Als erstes sagte er ihnen, was einige, aber nicht alle, bereits wußten, daß sich nämlich seine Frau unter den Geiseln befand. Nicola Weaver, die es offensichtlich nicht wußte, sagte etwas zu ihrem Nachbarn Barry Vine und quittierte seine Antwort mit einem erstaunten Blick.

Wexford informierte sie über die beiden Botschaften, wobei er die an den *Courier* zuerst erwähnte, nach der die Pressekonferenz beim Chief Constable stattgefunden hatte, bei der sich alle landesweiten Zeitungen hatten verpflichten müssen, erst nach Aufhebung der Nachrichtensperre darüber zu berichten. Die zweite Nachricht hatte Inspector Burdens Frau zu Hause erhalten, sagte er und ließ eine Kopie von Jennys Niederschrift auf der Leinwand zeigen.

»Ich glaube und hoffe, daß es sich hier um einen Fall handelt, bei dem sich jemand für schlauer – und seiner Meinung nach witziger – hält, als ihm guttut. Wir hätten damit rechnen können, daß die Nachricht bei mir zu Hause ankommt, weil meine Frau ihren Entführern vielleicht gesagt hat, wer sie ist und wer ich bin. Die Wahl von Inspector Burdens Haus hat uns überrumpelt, und das haben sie beabsichtigt. Wir sollten uns möglichst nicht noch einmal überrumpeln lassen.

Aber bei aller Schlauheit war der Anrufer vielleicht auch unklug. Woher wußte er über Mike Burden Bescheid? Woher wußte er, wer er ist? Vielleicht hat Mike schon einmal mit ihm zu tun gehabt, und es ist unwahrscheinlich, daß es sich dabei um eine – wie soll ich sagen? – gesellschaftliche Beziehung gehandelt hat.« Kurzes Gelächter unterbrach ihn. »Das müssen wir noch genauer untersuchen«, fuhr er fort. »Zweifellos hat Sacred Globe seine Nummer aus dem Telefonbuch, aber wir müssen herausfinden, woher sie wußten, wessen Nummer sie nachschlagen mußten.

Die Geiseln wurden willkürlich ausgewählt. Soviel wissen wir. Deshalb nützt es auch nicht viel, Ermittlungen über ihr Umfeld anzustellen. Dadurch finden wir nicht heraus, wo sie sind oder wer sie gefangenhält. Wir müssen am anderen Ende anfangen, bei Sacred Globe selbst. Das ist unser Ausgangspunkt, und damit anzufangen ist jetzt oberstes Gebot. Das bedeutet, Kontakt zu sämtlichen Initiativgruppen aufzunehmen, die im Moment gegen den Bau der Umgehungsstraße protestieren.

Die meisten – vor ein paar Tagen hätte ich gesagt, alle – sind legale Vereinigungen von ehrlichen Leuten, die friedlich gegen etwas protestieren, was sie für eine Ungeheuerlichkeit halten. Aber in solchen Situationen gibt es auch immer die anderen, diejenigen, die Spaß daran haben, Unfrieden zu stiften, zum Beispiel die Randalierer, die eines Samstagnachts vor einem Monat in Kingsmarkham eingefallen sind und von denen viele, vielleicht wie unsere Geiselnehmer, vermummt und scheinbar nicht zu identifizieren waren.

Jemand von diesen Gruppen, etwa von SPECIES oder KABAL, wird uns helfen können. Vielleicht ist sogar jemand von Sussex Wildlife oder Friends of the Earth – beides legale, engagierte Verbände – bei anderen Protestaktionen mit auffälligen Elementen in Kontakt gekommen. Mit diesen Leuten müssen wir reden und eventuellen Hinweisen rasch nachgehen. Die Baumleute und die anderen in den Camps müssen ebenfalls befragt werden. Sie sind vielleicht unsere wertvollsten Informationsquellen.

Ich sagte vorhin, daß das Umfeld der Geiseln offensichtlich wenig Bedeutung hat; andererseits möchte ich Sie aber auf die Verbindung zwischen Tanya Paine, der Telefonvermittlung bei Contemporary Cars, und der Geisel Roxane Masood hinweisen. Miss Masood und Miss Paine scheinen miteinander bekannt, wenn nicht gar eng befreundet gewesen zu sein. Ihre Bekanntschaft war der Hauptgrund für Miss Masood, diese spezielle Taxifirma anzurufen. Das will nichts heißen, wahrscheinlich war es nur Zufall, aber es ist ein kleiner Hinweis, der nicht vernachlässigt werden sollte.

Der Chief Constable konferiert augenblicklich mit der Autobahnbehörde. Was bei der Besprechung herauskommt, weiß ich nicht. Eins weiß ich allerdings, so sicher ich mir in dieser Angelegenheit sein kann. Die Regierung wird nicht sagen: ›Okay, vergessen wir das mit der Umgehungsstraße, laßt die Geiseln frei, dann bauen wir das Ding eben irgendwo anders.‹ Das wird mit Sicherheit nicht geschehen. Das soll aber nicht heißen, daß es keine Zwischenlösung geben kann. Wir müssen abwarten und hören, was er zu sagen hat, wenn er von seinem Treffen zurückkommt.

Weil Zeit ein wichtiger Faktor ist, müssen wir bis dahin in den Bereichen, die ich gerade dargelegt habe, anfangen. Also vor allem herausfinden, wer Sacred Globe ist, was für Mitglieder, was für Leitfiguren sie haben. Und wir müssen auf die Nachricht warten, die, wie uns gesagt wurde, vor Einbruch der Dunkelheit geschickt wird.

Gibt es noch Fragen?«

Nicola Weaver stand auf. »Ist die Sache als terroristischer Zwischenfall einzuordnen?«

»Kaum«, erwiderte Wexford. »Jedenfalls nicht beim gegenwärtigen Stand der Dinge. Soviel wir sagen können, hat Sacred Globe ja nicht vor, die Regierung gewaltsam zu stürzen.«

»Hat da nicht einmal eine Gruppe oder ein Einzeltäter Bomben in neugebaute Wohnsiedlungen geworfen?« Wieder war es Inspector Weaver. »Ich meine bombardiert, um den Bau neuer Häuser zu verhindern? Die Leute könnte man sich doch mal ansehen.«

»Und was ist mit dem Kerl, der Betonigel gebaut und sie auf der Autobahn verteilt hat?« Das war DC Hennessys Beitrag. Er fügte hinzu: »Damit sollten gleichzeitig zerquetschte Igel gerächt und Autos zerstört werden.«

»Jeder von denen kann uns auf eine Spur führen«, sagte Wexford.

Mit einem leichten Stirnrunzeln wandte sich Damon Slesar von Karen Malahyde ab, die ihm offensichtlich etwas zugeflüstert hatte, und fragte: »Ich habe gehört, daß Inspector Burdens Frau an einer hiesigen Schule unterrichtet. Könnte es sein, daß einer von diesen Sacred-Globe-Leuten vielleicht bei ihr im Unterricht war oder Elternteil eines Schulkindes ist?«

»Auch ein Punkt«, sagte Wexford. »Gut mitgedacht. Auf die Art hätte er erfahren können, wessen Frau sie ist.« Kaum hatte er es gesagt, kam ihm seine eigene Frau in den Sinn, und ihm schien, als stünde sie leibhaftig vor ihm. Blinzelnd sprach er weiter: »Das ist auch eine Spur, die Sie gleich nach dem Verlassen dieses Raumes aufnehmen müssen. Sprechen Sie mit Inspector Burden und erkundigen Sie sich, wo seine Frau bis vor fünf Jahren unterrichtet hat und wo sie inzwischen unterrichtet. Gut. Das ist alles. Ich hoffe, Sie freuen sich alle darauf, heute abend Überstunden machen zu dürfen.«

Es war immer noch nicht später als vier Uhr. Vor Einbruch der Dunkelheit, wiederholte Wexford bei sich, vor Einbruch der Dunkelheit würde die dritte Nachricht kommen. Jetzt, Anfang September, wurde es bestimmt nicht vor acht Uhr dunkel, wenn mit dem Ausdruck die Zeit der Abenddämmerung direkt nach Sonnenuntergang gemeint war. In den folgenden vier Stunden konnte die Nachricht so gut wie überall eintreffen. Es gab die gleichen Möglichkeiten wie vorher, und vorher hatten sie sich ja getäuscht.

Jenny hatte mit bemerkenswerter Geistesgegenwart unverzüglich die Nummer 1471 eingetippt, bei der eine Tonbandstimme dem Teilnehmer die Nummer des Anrufers mitteilt, doch der Anrufer hatte zuvor die Nummer eingegeben, die diese Prozedur löscht, so daß nichts dabei herauskam. Heutzutage konnte jeder Anruf zurückverfolgt werden, wenn die Nummer des Anrufers bekannt war, nur daß höchstwahrscheinlich aus einer Telefonzelle angerufen worden war und es diesmal bestimmt eine andere war. Ob sie sich hier in der Nähe aufhielten, überlegte er, oder hundert Meilen weit weg? Wurden die Geiseln zusammen oder getrennt gefangengehalten?

Er fragte sich, obwohl er wußte, daß er es nicht sollte, daß er das Thema nicht antippen, sich davor hüten sollte – wen sie zuerst umbringen würden? Wenn die Sache nicht so lief, wie sie wollten – und wie konnte sie? –, wer wäre dann zuerst dran?

Der einzige Anruf, der während der folgenden Stunde im Zusammenhang mit den Geiseln kam, war der von Andrew Struther, Owen und Kitty Struthers Sohn, von Savesbury House in Framhurst.

Burden war ziemlich überrascht, als er die Stimme eines vernünftigen Mannes hörte, der sich vernünftiger Worte bediente und sich sogar entschuldigte. »Es tut mit leid, ich fürchte, ich war ein bißchen unhöflich. Doch diese Geschichte, daß meine Eltern vermißt sein sollen, kam mir durch und durch unglaubhaft vor. Allerdings – ich habe im Excelsior in Florenz angerufen, und dort sind sie nicht. Sie sind gar nie angekommen. Ich mache mir nicht direkt Sorgen …«

»Vielleicht sollten Sie das aber, Mr. Struther.«

»Verzeihung, ich kann Ihnen nicht ganz folgen … War es nicht einfach eine Verwechslung?«

»Das glaube ich nicht. Am besten wäre es, Sie kämen hierher, dann informieren wir Sie über die Tatsachen, soweit wir sie bisher kennen. Ich hätte das heute morgen schon getan, aber Sie waren« – Burden bemühte sich, höflich zu sein – »nicht sehr zugänglich.«

Struther versprach zu kommen. Er wußte nicht, wo sich das Polizeirevier von Kingsmarkham befand, und Burden ließ ihm die Wegbeschreibung geben. Durch Framhurst über die Kreuzung, geradeaus und dann immer den Wegweisern nach bis Kingsmarkham …

Die beiden DCs Hennessy und Fancourt waren zum Bauplatz der Umgehungsstraße gefahren, um die Baumleute in den Camps von Elder Ditches und Savesbury zu befragen, und Burden sollte später zu ihnen stoßen. Inspector Weaver und Archbold nahmen KABAL und SPECIES unter die Lupe: wo ihre Hauptquartiere waren, wie viele Mitglieder sie landesweit hatten, worin ihre Aktivitäten bestanden und ob es dabei auch schon mal um Gesetzesbruch ging.

Von Sheila kam ein Anruf für Wexford; Sylvia gehe nun nach Hause, teilte sie ihm mit. Neil hatte sich mit der Neuigkeit gemeldet, daß ihr jüngerer Sohn Robin Windpocken habe. Sie gehe nach Hause, wolle aber am nächsten Tag wiederkommen, sobald sie sicher sei, daß sich das Windpockenvirus oder die -bakterien nicht auf Amulet übertragen könne. Wexford hatte es aufgegeben, sich mit ihnen zu streiten, zu protestieren und den beiden zu sagen, sie sollten doch heimgehen. Er brummte nur: »Ja, mein Liebling, ist gut, wie du meinst« und fügte hinzu, er wisse noch nicht, wann er nach Hause käme. Die Botschaft käme sowieso nicht bei ihm zu Hause an. Sacred Globe wußte sicher gut, daß er sein Haus im Moment nicht sehr oft von innen sah.

Soeben hatte er Peter Tregear von Sussex Wildlife Trust das Versprechen abgerungen, ihn um halb sechs aufzusuchen, als Andrew Struther auftauchte, begleitet von seiner Freundin, die er Wexford als Bibi vorstellte. Beide trugen Sonnenbrillen, obwohl es kein sonniger Tag war. Das Mädchen hatte eine von diesen verspiegelten Brillen auf, in der man sein eigenes Gesicht sah. Sie trug ein rotweißgestreiftes Fischerhemd, das so knapp war, daß sich bei jeder Bewegung ein paar Zentimeter sonnengebräunte Taille zeigten. Sie schien sich ihres guten Aussehens und ihrer verführerischen Art höchst bewußt zu sein und verrenkte ihren Körper zu provokanten Posen. Wexford überließ Burden die beiden. Er war der Ansicht, sie schuldeten Burden eine Entschuldigung, bezweifelte aber, daß er sie bekommen würde.

Vielleicht weil Burden gesagt hatte, er solle sich Sorgen machen, hatte Struther ein Foto seiner vermißten Eltern mitgebracht. Darauf standen sie im hellen Sonnenlicht auf einer verschneiten Skipiste. Beide lächelten und hatten die Augen zusammengekniffen. Es wäre schwierig gewesen, die Orginale anhand des Fotos zu identifizieren, doch Burden nahm an, daß das nicht nötig sein würde. Er sah einen großen Mann im dunkelblauen Skianzug und eine um einiges kleinere Frau in Rot. Soweit man es unter den Wollmützen erkennen konnte, hatten beide helles, allmählich ergrauendes Haar und waren kräftig, aufrecht und sehnig. Owen Struther mochte vielleicht fünfundfünfzig sein, seine Frau ein paar Jahre jünger.

»Ich muß Sie bitten, Stillschweigen zu bewahren«, sagte Burden. »Wir betrachten die Sache als sehr ernst. Ich glaube, ohne Übertreibung sagen zu können, wenn etwas zur Presse durchsickert, wird dies zu einer Strafverfolgung wegen Behinderung polizeilicher Ermittlungen führen.«

»Was geht hier vor?« fragte Struther.

Burden sagte es ihm. Die anderen Geiseln nannte er nicht. Er verspürte plötzlich einen starken Widerwillen dagegen, Wexfords Frau zu erwähnen.

»Unglaublich«, sagte Struther.

Das Mädchen kreischte. Sie richtete sich unbeholfen auf, vergaß ihre provokativen Posen und nahm die Brille ab. In den haselnußbraunen, fast goldenen Augen lag ein animalischer Blick, emotionslos, aber gierig und entschlossen.

»Warum ausgerechnet sie?« wollte Struther wissen.

»Zufall. Eine willkürliche Auswahl. Es hat bereits Drohungen gegeben. Todesdrohungen, falls die Bedingungen nicht erfüllt werden.«

»Welche Bedingungen?«

Burden sah keinen Grund, es ihm länger zu verschweigen. Man würde es allen nächsten Angehörigen der Geiseln sagen müssen. So gern er sich davor gedrückt hätte, sagte er: »Daß der Bau der Umgehungsstraße eingestellt wird.«

Struther fragte: »Welcher Umgehungsstraße?«

Er wohnte in London und las vielleicht keine Zeitung oder sah nicht fern. Solche Leute gab es. »Ich glaube, man kann die geplante Trasse vom Fenster Ihres Elternhauses aus sogar sehen.«

»Ach, die neue Straße? Gegen die andauernd demonstriert wird?«

»Genau.« Burden beobachtete, wie Struther die Information verdaute, nickte und erstaunt dreinsah. »Danke, Mr. Struther«, sagte er. »Wir halten Sie auf dem laufenden. Denken Sie daran, daß ich sagte, Sie sollen mit niemandem darüber sprechen, ja? Es ist äußerst wichtig.«

Benommen und wie im Traum sagte Struther: »Wir sagen nichts.« Und dann: »Menschenskind, jetzt begreife ich es allmählich. Meine Güte.«

Beim Hinausgehen mußte ihm Peter Tregear begegnet sein, der gerade hereinkam. Der Sekretär des Sussex Wildlife Trust durfte nichts von den Entführungen erfahren, nur daß es eine subversive Gruppe namens Sacred Globe gab. Was wußte er von ihnen? Hatte er schon einmal von ihnen gehört?

»Ich glaube nicht«, antwortete Tregear. »Es gibt so viele von diesen Gruppen und Splittergruppen. Es ist nie so ganz einfach. Haben Sie schon einmal ein Buch über die Französische Revolution gelesen?«

Wexford sah ihn erstaunt an.

»Oder über den spanischen Bürgerkrieg. Ich erwähne diese weltbewegenden Ereignisse deshalb, weil in beiden, bei der russischen Revolution übrigens auch, die Sachlage alles andere als einfach und eindeutig war. Es gab nicht nur zwei Seiten, will ich damit sagen, sondern Dutzende von Splittergruppen und Fraktionen, es war fast unmöglich, da durchzublicken. So ist die menschliche Natur nun mal, nicht wahr? Kann die Dinge nicht simpel lassen, die Leute müssen sich immer herumstreiten und sich gegenseitig vernichten. Die geringste Meinungsverschiedenheit, und schon bilden sie ihr eigenes Kollektiv. Da lobe ich mir die Tierwelt.«

»Sie denken also, die Mitglieder von Sacred Globe waren Teil einer anderen Gruppe, entzweiten sich aber dann wegen der Regeln oder irgendwelcher Zielsetzungen, wollten vielleicht mehr Aktionen und weniger Gerede, oder sogar mehr Gewalt, und spalteten sich dann ab und gründeten ihre eigene Gruppe.«

»Oder sie spalteten sich nicht ab«, sagte Tregear. »Blieben drin *und* gründeten ihre eigene Gruppe.«

»Bevor Mark geboren wurde«, sagte Jenny, »unterrichtete ich erst an der Sewingbury High-School, wie sie damals hieß, und später an der Gesamtschule in Kingsmarkham. Ach ja, und ein bißchen Teilzeitunterricht an der St.-Olwen-Privatschule habe ich auch gegeben, als Mark drei war und vormittags in die Kindertagesstätte ging.«

Wexford hatte sie im Büro ihres Mannes aufgesucht, wo sie sich seit dem Anruf aufgehalten hatte. Ihr kleiner Sohn war bei seinem Schulfreund und dessen Eltern und Geschwistern.

»Ich habe jetzt einem halben Dutzend Leuten alles gesagt, was ich von dem Anruf noch weiß«, hatte sie gesagt, als Wexford eintrat. »Bald erzähle ich noch Dinge, die ich gar nicht wissen *kann.*«

»Bloß das nicht«, hatte er gesagt. »Wir haben Sie jetzt genug gelöchert. Jetzt wollen wir wissen, wie es kam, daß er Sie angerufen hat.« Er hörte schweigend zu, als sie ihre Lehrerfahrung auflistete. »Wußten Ihre Schüler, wer Mike ist, was Mike beruflich macht?«

»Ich nehme es an. Einige schon. Kinder sind heute nicht mehr so wie damals, als wir jung waren, Reg.« Nun schmeichelte sie ihm aber, wenn man bedachte, daß sie gut und gern zwanzig Jahre jünger war als er. Sie lächelte ihn an. »Wir hätten unseren Lehrern doch nie persönliche Fragen gestellt. Da hätten wir was erleben können. Heute ist das anders. Sie möchten es nämlich wirklich wissen. Sie interessieren sich auf eine Art für Leute, die wir nie kannten. Ich jedenfalls nicht. Auf der Gesamtschule reden sie mich mit Vornamen an.«

»Und würden sie Sie auch nach Ihrem Mann fragen? Was er beruflich macht?«

»Ach, andauernd. Die Schüler, die ich vor fünf Jahren hatte, vor zehn Jahren, und die jetzigen. Außer daß heute *alle* wissen, daß er Polizist ist.«

»Und damals? Sagen wir, vor sieben Jahren? Ich denke an die damals Siebzehn- und Achtzehnjährigen. Fällt Ihnen irgendeiner ein, der speziell danach gefragt hat?«

»Ich glaube, damals wußte es so gut wie jeder, Reg. Sie haben sich alle für meine Hochzeit interessiert – Sie wissen doch noch, was wir für eine große, pompöse Hochzeit hatten, alles das Werk meiner Mutter –, und damals stand ja auch in der Zeitung, was Mike beruflich macht.« Sie sah ihn besorgt an. »Wo steckt Mike eigentlich?«

»Irgendwo auf der Baustelle der neuen Straße. Warum fragen Sie?«

»Ich hatte gehofft, er kommt nach Hause. Aber er

kommt nicht, stimmt's, erst in ein paar Stunden? Kann ich jetzt gehen, Reg? Ich muß Mark abholen.«

Erst in ein paar Stunden... Es war eigentlich das Ende eines normalen Arbeitstages, aber Burden wußte, daß er für ihn erst halb vorbei war. Augen, die einen aus den Tiefen des Waldes und der Waldbäume anstarrten, waren ein Motiv, das in der Kinderliteratur immer wieder auftauchte. Solche Beschreibungen las er immer seinem Sohn vor, doch die Augen in dem Kinderbuch gehörten Tieren, und hier waren es Menschenaugen. Er spürte sie gleichsam auf den Zweigen über ihm und aus dem dürren Gestrüpp unter ihm. Ein Vorhang aus Sackleinen wurde vom Eingang eines Baumhauses zurückgezogen, und ein Mann trat wortlos heraus und starrte nur mit ausdruckslosem Gesicht hinunter.

Sie hatten den Wagen in einer Haltebucht neben dem Feldweg stehenlassen und marschierten erst den grünen Reitpfad entlang und schlugen dann den Weg ein, der sich durch einen Hain mannshoher junger Birkenbäumchen wand. Lynn Fancourt kannte den Weg besser als Burden und um vieles besser als Hennessy, der so vorsichtig ausschritt, als führte man ihn durch den unerforschten Regenwald. Zwitschernde Vögel versammelten sich in den Baumkronen und setzten sich zur Nachtruhe zurecht. Burden meinte, vor ihnen den Klang einer Gitarre zu hören, doch bald verstummten die Musik und die klagende Stimme, und es waren nur noch leise Vogellaute zu vernehmen.

Als sie die Birken hinter sich gelassen hatten und zu den mächtigen Bäumen kamen, sah er die Augen. Man hatte sie kommen hören, ihre Schritte auf den knackenden Zweigen, dem Laub vom letzten Jahr und dem trockenen Gras, und deshalb war die Gitarre beiseite gelegt worden. In den Bäumen setzten sich alle zurecht, um sie zu beobachten.

Burden hatte immer geglaubt, nur Tieraugen könnten in der Dunkelheit leuchten, doch diese Augen glänzten genauso. Mit ihrer Ankunft, stellte er gerade fest, hatten sie drei Leute unterbrochen, die offensichtlich mit dem Bau eines neuen Baumhauses beschäftigt waren, als der Mann auf der Plattform plötzlich zu sprechen begann.

»Kann ich Ihnen helfen?« Er sagte es wie ein Verkäufer in einem Laden, mit dem gleichen Maß an freundlicher Höflichkeit, sah aber überhaupt nicht wie ein Verkäufer aus, eher wie eine Führerfigur, hochgewachsen und mit gebieterischer Miene, in einen Umhang gehüllt. Er hätte ein General sein können, der vor dem Beginn des Kampfes das Schlachtfeld inspizierte.

Fancourt sagte ganz korrekt: »Kriminalpolizei Kingsmarkham. Wir hätten gern kurz mit Ihnen gesprochen.«

»Was sollen wir denn jetzt schon wieder getan haben?«

»Wir führen eine Befragung durch«, sagte Burden. »Das ist alles. Wir würden nur gern mit Ihnen reden.« Er deutete ein Winken an. »Es hat nichts mit diesem Camp zu tun. Es dauert auch nicht lange.«

»Warten Sie.« Der Mann im Umhang verschwand in seinem Baumhaus. Viel hätte er nicht tun können, dachte Burden, falls er nicht mehr herauskam. Inzwischen starrten weniger Augen herüber. Er sah zu dem Baumhaus hinauf, das gerade gebaut wurde. Auf der festen Grundlage zweier riesiger Äste und des entästeten Stammes einer vor langer Zeit gekappten Buche war ein hölzernes Gerüst errichtet worden. Eine Frau in einem merkwürdigen langen Kleid kletterte unbeholfen den Stamm herunter und begann in einer am Boden stehenden Segeltuchtasche nach Werkzeug zu kramen. Sie reichte dem Mann mit dem langen blonden Bart, der halb heruntergestiegen war, einen Hammer hinauf. In diesem Augenblick kam ihr Anführer – irgendwie erriet Burden, daß er es war – ohne seinen Umhang hinter dem Vorhang hervor und kletterte seine Leiter hinunter. In Jeans, Sweatshirt und Turnschuhen sah er plötzlich wie ein normaler Mensch aus.

Oder vielleicht doch nicht ganz. Zunächst einmal war dieser Mann außergewöhnlich groß und außergewöhnlich langbeinig und hatte langfingrige, schmale Hände. Sein Kopf war kahlgeschoren, und seine Gesichtszüge glichen denen, die Burden auf Bildern von Indianerhäuptlingen gesehen hatte: herb und rasiermesserscharf, Haut und Knochen ohne Fleisch. »Conrad Tarling.« Er nickte, als er es sagte, ein Ersatz für den Händedruck. »Man nennt mich den König des Waldes.«

Burden fiel darauf nichts Passendes ein.

»Würden Sie sich bitte ausweisen?«

Ein kurzer Blick auf die Dienstausweise, dann wieder ein Nicken.

»Wir haben ziemlich viel durchgemacht, hatten eine Menge Probleme«, sagte Conrad Tarling in einem Tonfall, als hätte er gerade ein halbes Jahr Flüchtlingslager hinter sich. »Wonach wollen Sie denn fragen?«

Lynn Fancourt sagte es ihm. Während sie es erklärte, setzte das Hämmern ein. Der Mann, der das Baumhaus baute, hatte inzwischen mehrere Holzbretter an der Balkenkonstruktion befestigt. Lynn hob die Stimme. Sie mußte schreien, um den Lärm zu übertönen, und Burden ging hinüber zu der Stelle, wo die Frau in dem langen Kleid stand.

»Wären Sie so freundlich, damit erst einmal aufzuhören?«

»Warum?« fragte der Mann im Baum.

Burden hatte noch nie einen so langen Bart gesehen, außer auf Abbildungen in Kinderbüchern: der Zauberer, der Holzfäller. Er wußte gar nicht, wieso er ständig an Kinderbücher denken mußte. »Polizei«, sagte er. »Wir haben ein paar Ermittlungen durchzuführen. Warten Sie noch zehn Minuten, ja?«

Als Antwort wurde ein Hammer aus dem Baum geschleudert, allerdings nicht in Burdens Richtung oder in seine Nähe. Die Frau in dem langen Kleid hob ihn auf und sah Burden finster an. Er hörte Lynn Fancourt mit normaler Stimme fragen, ob Tarling schon einmal von Sacred Globe gehört habe oder jemanden im Camp kenne, der vielleicht etwas darüber wisse, als plötzlich ein Mädchen in mumienartig gewickelten Stoffen von irgendwoher auftauchte, vielleicht aus einer Baumkrone oder unter den Bäumen hervor, in ihre Gruppe hineinplatzte und schreiend mit den Armen fuchtelte.

»Ihr verjagt uns von unserem Land, ihr reißt uns aus unserem Heim, und jetzt kommt ihr auch noch her und wollt, daß wir uns gegenseitig verraten. Es ist wohl nicht genug, daß ihr unser Land kaputtmacht, unsere Erde, jetzt müßt ihr auch noch die Menschen kaputtmachen. Nicht bloß den Körper, nicht bloß dadurch, wie ihr mich heute in der Morgendämmerung bewußtlos die Leiter hinuntergetragen habt, nicht bloß das, obwohl ich hätte runterfallen und mein Leben lang behindert sein können, nicht bloß das, nun wollt ihr auch noch unsere Seelen kaputtmachen. Ihr wollt, daß wir unsere Freunde verraten, und damit zerstört ihr den guten Geist!«

Burden brach das nachfolgende Schweigen. »Ihre Freunde verraten?« fragte er.

»Sie ist aufgeregt«, sagte Tarling. »Ist ja kein Wunder. Ich nehme nicht an, daß Sie das waren. Es waren die Hilfspolizisten. Woher es wohl kommt, wenn wir Sie alle über einen Kamm scheren?«

»Das gilt umgekehrt ja wohl genauso, Mr. Tarling.«

Tarling begann einen Vortrag über Umweltthemen zu halten, über das ökologische Gleichgewicht und die Gefahr von Emissionen. Burden nickte ein paarmal, ließ ihn dann stehen und ging nach Hause. Von dort rief er im ehemaligen Sportraum an, um anzukündigen, wo man ihn abends finden konnte. Sie hatten abgesprochen, sich ständig gegenseitig über ihren Aufenthaltsort auf dem laufenden zu halten.

»Sie waren nicht gerade kooperativ«, sagte er zu Jenny, als er mit seinem Sohn am Tisch saß und ein schnelles Abendessen zu sich nahm. »Ich habe es wahrscheinlich irgendwie falsch angepackt. Diese Quilla – woher kriegt eine Frau eigentlich so einen Namen? Wofür steht das überhaupt? –, die hat mir einen Namen genannt. Und die andere, diese Freya, ist ein bißchen aufgetaut und hat mir eine Adresse genannt. Ich habe den starken Verdacht, daß beide nicht existieren.«

»Ich vermute, du mußt noch mal weg?« Jenny sagte es neutral, überhaupt nicht in genervtem Ton.

»Na, was denkst du denn? Daß wir uns hier einen netten Abend machen und uns einen Krimi im Fernsehen anschauen?«

»Mike«, sagte Jenny, »mir ist da etwas eingefallen – besser gesagt, *jemand* ist mir eingefallen. An der Gesamtschule, bevor Mark auf die Welt kam.«

Er hörte auf zu essen.

»Ich will mich eigentlich gar nicht daran erinnern, weil es so – na ja, ist es nicht schlimm, daß mutige Leute mit moralischen Werten und hohen Idealen in unserer Gesellschaft als Umstürzler und Terroristen abgestempelt werden? Und daß andere, die nie in ihrem Leben etwas für den Frieden oder die Umwelt oder gegen Grausamkeit getan haben, geachtet und respektiert werden?«

»Niemand redet von Terroristen«, sagte Burden.

»Du weißt schon, was ich sagen will. Möchte ich jedenfalls schwer hoffen. Ich habe dich doch dazu gebracht, die Dinge etwas mehr von meiner Warte aus zu sehen, oder?«

»Ja, mein Liebes. Entschuldige. Ich bin ein bißchen müde.«

»Ich weiß. Mike, in der Schule war ein Junge – das ist jetzt sechs Jahre her, er war damals siebzehn, also wäre er jetzt dreiundzwanzig. Er war ein Verfechter der Rechte des Tieres, also ein Tierschützer, wobei es damals hauptsächlich noch um den Kampf gegen Pelzhandel und die Rettung bedrohter Arten ging. Er war Idealist, und ich glaube nicht, daß er jemandem etwas getan hätte, obwohl, wenn ich recht überlege, aus den Rechten der *Menschen* hat er sich eigentlich nicht viel gemacht. Er verließ die Schule und zog irgendwo in den Norden, und später, nachdem Mark schon geboren war, erzählte mir eine der Lehrerinnen, die ich zufällig traf, er sei zu einer Gefängnisstrafe verurteilt worden, weil er in einer Zoohandlung eine Menge Tiere oder vielleicht auch Vögel gestohlen und irgendwo freigelassen hatte. Und das Seltsame war, daß er darum bat, zehn weitere derartige Straftaten, die er begangen hatte, auch zu berücksichtigen. Da dachte ich...«

»Warum hast du mir das nie erzählt?«

»Es hätte dich nicht interessiert.«

Burden sagte ruhig: »Nein, du dachtest, ich würde sagen ›Geschieht ihm recht‹ oder ›Solche Leute sind eine Bedrohung für die Gesellschaft‹. Wie hieß er?«

»Royall, Brendan Royall.«

Sein kleiner Sohn fing an zu lesen. Burden war noch keinem Kind begegnet, das, anstatt vorgelesen zu bekommen, jetzt seinen Eltern vorlesen wollte, die das vier Jahre lang Abend für Abend für ihn getan hatten. Er hatte allerdings auch keine solchen Eltern oder besonders viele Kinder gekannt. Er küßte seine Frau und legte ihr in einer zärtlichen Geste die Hand auf die Schulter.

»›Mäusekuchen könnte ich aber wirklich nicht essen‹«, las Mark. »Mummy, du hörst gar nicht zu.«

Mäusekuchen, sagte Burden im stillen vor sich hin, Mäusekuchen. Was sich diese Schriftsteller alles ausdachten. Eine erschütternde Vorstellung für einen Tierschutzaktivisten wäre das, zweifellos eine Quelle der Betrübnis für diesen Brendan Royall… Er fuhr zu Clare Cox. Der Jaguar stand noch vor dem Haus. Hassy Masood war anscheinend mit seiner zweiten Familie zurückgekommen, denn die Haustür wurde von einem jungen Mädchen im Sari geöffnet.

Das winzige Wohnzimmer war gerappelt voll. Masood, der seinen Jeansanzug gegen einen aus feinem, dunkelgrauem Wollstoff getauscht hatte, stellte sie nacheinander vor. »Meine Frau, Mrs. Naseem Masood, meine Söhne, John und Henry Masood. Meine Stieftochter, Ayesha Kareem, Mrs. Masoods Tochter aus erster Ehe mit Mr. Hussein Kareem, der leider schon verstorben ist. Roxanes Mutter, Miss Clare Cox, die Sie ja bereits kennen.«

Burden wünschte einen guten Abend. Etwas an Hassy Masood ermüdete ihn, noch bevor er überhaupt angefangen hatte. Im Gegensatz zu ihrer Tochter trug Naseem Masood westliche Kleidung, ein knallenges rotes Kostüm mit kurzem Rock, jede Menge teuren goldenen Modeschmuck mit roten Steinen und dazu hochhackige, weiße Schuhe. Ihr schwarzes, zu Lockenranken gedrehtes Haar war beinahe so lang wie der Bart von Gary, dem Baummenschen. Ihre Tochter war groß und gertenschlank, hatte kupferfarbene Haut, merkwürdig hellbraune Augen, eine lange Nase und geschwungene Lippen und sah aus, als wäre sie einem Gedicht von Omar Khayyám entsprungen. Bei ihrem Anblick mußte Burden an das einzige Stück Dichtung denken, das er kannte, und die Verse über Brot und Wein und du an meiner Seite in der Wildnis kamen ihm wieder in den Sinn. Die beiden kleinen Knaben, blaß, adrett und schwarzhaarig, starrten ihn auf eine Art und

Weise an, die er bei seinem eigenen Sohn als ungehörig empfunden hätte.

Clare Cox lag ausgestreckt auf dem Sofa und hatte die Augen geschlossen. Sie machte eine Handbewegung in seine Richtung, vielleicht grüßend, aber wohl doch eher verzweifelt. Sie trug dasselbe nachthemdartige Kleidungsstück, in dem er sie bisher jedesmal gesehen hatte und das ihn an Quilla erinnerte, denn inzwischen war es schmutzig und hatte auf der Vorderseite einen Fleck, vielleicht von ihren Tränen.

»Verzeihen Sie die Störung, Miss Cox«, begann er, »aber Sie verstehen ja, unter diesen Umständen …«

Masood fiel ihm ins Wort. »Also, was können wir Ihnen zur Erfrischung anbieten, Mr. Burden? Einen Drink? Ein Sandwich? Ich bezweifle, daß Sie heute schon Zeit hatten, eine Stärkung zu sich zu nehmen. Ich selbst trinke natürlich keinen Alkohol, hielt es aber für angemessen, Miss Cox mit einem Vorrat an Wein und Brandy auszustatten, und kann Ihnen deshalb ohne große Umstände …«

»Nein, danke«, sagte Burden. »Also, Miss Cox, es dauert nur einen Augenblick.«

Sie schlug die Augen auf. »Wollen Sie mich unter vier Augen sprechen?«

»Das wird nicht nötig sein.«

Nachdem er das gesagt hatte, begriff er, daß er sie so von den anderen hätte befreien können, doch er hatte nicht schnell genug geschaltet. Er dachte nur, wenn Hassy Masood gehorcht hatte, wußte seine Frau nichts über Sacred Globe, allerdings konnten die Fragen, die er stellen mußte, allen Eltern einer vermißten Person gestellt werden.

Sie seufzte. Das Mädchen namens Ayesha schaltete den Fernseher ein und setzte sich etwa fünfzehn Zentimeter davor auf den Fußboden. Mrs. Masood nahm ihre Söhne bei der Hand, legte dann einen Arm um jeden und zog sie an sich. Masood, der aus dem Zimmer gegangen war, kehrte mit einem Tablett voller Gläser mit, wie es aussah, Orangenlimonade zurück.

Nachdem er auch dieses Getränk zurückgewiesen hatte, fragte Burden: »Was können Sie mir über die Freundschaft Ihrer Tochter mit Tanya Paine sagen?«

»Nichts. Sie kannte sie eben.«

Clare Cox hatte das Gesicht abgewandt und drückte es in ein Kissen. Das Mädchen auf dem Fußboden schlürfte geräuschvoll ihre Orangenlimonade.

Burden fragte: »Waren sie zusammen auf der Schule?«

Einen Augenblick lang glaubte er, sie würde nicht antworten. Dann drehte sie sich um und setzte sich halb auf. »Sie gingen auf die Gesamtschule in Kingsmarkham, waren aber keine engen Freundinnen, sie kannten sich eben. Roxane ist intelligenter als sie. In Kunst und Englisch war sie in der besten Gruppe.«

»Ich glaube nicht, daß er das wissen will«, ließ sich Naseem Masood vernehmen.

Clare Cox sprach überstürzt. Es war eine Möglichkeit, es rasch hinter sich zu bringen und ihn loszuwerden. »Roxane hatte einen Job – sie hat ihn als Ferienjob angefangen – in dem Kopierladen in der York Street, und da traf sie Tanya einmal zufällig, weil die nebenan arbeitete, und von da an trafen sie sich regelmäßig auf einen Kaffee. Dann fing Tanya bei Contemporary Cars an, und Roxane kündigte, um Fotomodell zu werden, aber immer wenn sie ein Taxi brauchte, rief sie Tanya an.«

Während sie sprach, waren die Augen aller Anwesenden, außer denen des Mädchens auf dem Fußboden, zu dem Porträt an der Wand gewandert. Das schöne Gesicht erwiderte ihre Blicke.

Mrs. Masood wandte sich als erste ab. Nachdem sie die maximale Information aus dieser Unterredung erhalten hatte, hatte sie offensichtlich beschlossen, daß es ihr reichte. Sie stand auf und strich sich den Rock glatt und zog ihn nach unten.

»Wir sollten jetzt ins Hotel zurückfahren, Hassy«, sagte sie. »Die Jungs wollen ihr Abendessen, und Ayesha wächst und muß ordentlich essen.« Sie wandte sich an Burden. »Dieses Posthotel ist ein sehr gutes Hotel für so eine Gegend.«

Er fragte Clare Cox nach Tanyas Adresse und bekam den Namen eines Häuserblocks in der Glebe Road genannt. Tanya, nahm Clare Cox an, wohnte mit drei anderen zusammen. Er wartete, bis die Masoods gegangen waren, wobei Ayesha trotz ihrer Größe und Erwachsenenkleidung unter Tränen mit dem Fuß aufstampfte, weil man sie von der Mattscheibe wegholte.

»Haben Sie niemanden, der über Nacht bei Ihnen bleiben könnte?« erkundigte er sich.

»Ach Gott«, sagte sie, »wenn ich bloß einmal in Ruhe gelassen würde.« Sie rieb sich mit den Fingerspitzen die Augen, obwohl gar keine Tränen darin waren. »Mr. Burden? Sie sind... äh, Sie heißen doch Burden?«

»Ganz richtig.«

»Ich wollte Ihnen noch etwas über Roxane sagen. Ach, es hilft nicht viel, es ist nichts Wichtiges, aber es macht mir solche Sorgen, und...«

»Worum geht es?«

»Es ist... glauben Sie, daß sie sie irgendwo eingesperrt haben, wo es – ach Gott – in einem kleinen Raum, oder vielleicht sogar in einem Schrank? Sie leidet nämlich unter Klaustrophobie. Ich meine, also, sie hat wirklich Platzangst, ernsthaft, nicht so, wie wenn manche Leute sagen, sie fahren nicht gern Aufzug. Sie darf nirgends eingesperrt werden, das hält sie nicht aus...«

»Ich verstehe.«

»Unser Haus ist zwar sehr klein, aber hier geht es für sie, wenn alle Türen offen sind. Sie läßt immer ihre Zimmertür offenstehen. Einmal habe ich es vergessen und sie aus Versehen zugemacht, und sie geriet in einen fürchterlichen Zustand...«

Was sollte er sagen? Ein paar beruhigende Sätze, die allerdings wenig Trost boten. Doch ihre Frage beschäftigte ihn, als er ins Auto stieg und wieder nach Kingsmarkham fuhr. Sacred Globe hielt das Mädchen wohl kaum in einer geräumigen Wohnung mit Verandatüren gefangen, die auf Rasenflächen und Terrassen hinausgingen. Wahrscheinlich eher an einem kleinen, engen Ort; dabei mußte er an Fälle denken, von denen er gelesen hatte, bei denen Menschen in Schuppen oder Tanks oder Truhen oder in Kofferräumen eingesperrt worden waren. Litt Dora Wexford eigentlich an Klaustrophobie? Hatte eine von den anderen Geiseln eine Phobie, und wie stand es überhaupt mit Allergien und besonderen Diätbedürfnissen? Das herauszufinden schien keinen Sinn und Nutzen zu haben...

Er traf Tanya Paine allein zu Hause an. Einsame Abende widmete sie offenbar ihrer Schönheitspflege, denn um ihren Kopf war ein Handtuch gewickelt, ihre Fingernägel waren frisch lackiert, und im Zimmer roch es ziemlich widerlich nach irgendeinem Enthaarungsmittel.

Zuerst hielt sie ihn für einen besorgten Sozialarbeiter, der sich erkundigen wollte, ob sie auch die von ihr gewünschte Therapiebehandlung bekam. Er merkte, daß sie total ichbezogen war, sich für niemanden außer sich selbst und für nichts außer ihre unmittelbaren eigenen Belange interessierte. Das war in gewissem Sinn ein Vorteil, denn es stand außer Frage, ihr etwas von den Entführungen zu sagen.

Fast jeder andere hätte gefragt. Sie ließ sich von seinen Fragen nicht überraschen, bestätigte, was Clare Cox gesagt hatte, rückte aber keine weiteren Informationen heraus. Für sie war Roxane anscheinend bloß ein Mädchen, das sie kannte, kein Mädchen, das sie sehr beschäftigt hätte; eine Kameradin, mit der sie ein bißchen rumalbern konnte (wie sie sich ausdrückte), eine, mit der man sich auf einen Kaffee und ein Gebäckstück traf. Sobald sie konnte, lenkte sie das Gespräch wieder auf ihre Therapeutin, bei der sie bisher einmal gewesen war, von der sie aber nicht so überzeugt war, wie sie gehofft hatte. »Sie hat mich nicht mal gefragt, was für eine Kindheit ich hatte. Finden Sie das nicht komisch? Ich war ganz drauf eingestellt, ihr von Mum und Dad zu erzählen, aber sie hat überhaupt nicht danach gefragt.«

Das Klingeln des Telefons ersparte Burden eine Antwort. Später hatte er keine Ahnung, woher er es gewußt hatte, wie ihm fast im selben Augenblick, da sie den Hörer abnahm, blitzartig die Erleuchtung kam, was es war und wer da anrief.

Vielleicht lag es an dem Tonfall, in dem sie »Was?« sagte, oder an ihrem Gesichtsausdruck; ihr fiel buchstäblich die Kinnlade herunter, und ihre Augen weiteten sich. Er stand auf, hatte in ein paar Schritten das Zimmer durchquert, sah sie an und nahm ihr den Hörer aus der Hand. Offensichtlich erleichtert, ihn loszusein, ließ sie ihn wie eine Schlange oder heiße Kohle in seine Hände fallen.

Ein paar Sätze waren bereits gesprochen worden. Burden konzentrierte sich so aufs Zuhören, wie er noch nie zugehört hatte.

»... Globe. Sie kennen die Geiseln, die wir haben. Sie kennen unseren Preis.«

Es war, wie Jenny gesagt hatte, eine stumpfe, schleppende, akzentfreie, monotone Stimme.

»Bis morgen früh brauchen wir die öffentliche Zusicherung, daß die Bauarbeiten an der Umgehungsstraße von

Kingsmarkham eingestellt werden. Unsere Ansprüche sind nicht exorbitant. Wir sind nicht drakonisch. Ein Moratorium wird genügen. Stellen Sie die Arbeiten für den Zeitraum der Verhandlungen ein.

Wir brauchen aber eine öffentliche Zusicherung über die Medien, und zwar bis morgen früh um neun. Wenn nicht, stirbt die erste Geisel, und die Leiche wird Ihnen vor Einbruch der Dunkelheit zugestellt.

Leiten Sie diese Nachricht an die Polizei und die Medien weiter.«

Burden sagte nichts. Er wußte, es würde nichts nützen, und er wollte auf keinen Fall, daß die Person, der die Stimme gehörte, erfuhr, daß es nicht Tanya Paine war, die ihm lauschte.

»Ich wiederhole, leiten Sie diese Nachricht an die Polizei und die Medien weiter. Die Nachrichtensperre wurde nicht von uns angeordnet. Merken Sie sich das. Wir wollen Publicity. Hier spricht Sacred Globe, zur Rettung der Welt. Danke.«

Der Hörer wurde aufgelegt, das Summen setzte ein, und Burden wandte sich um und sah, daß Tanya Paine ihn mit offenem Mund und geballten Fäusten anstarrte.

9

Das zweite Treffen fand abends um neun im ehemaligen Sportraum statt. Der Chief Constable und sein Stellvertreter waren beide anwesend, doch führte Wexford den Vorsitz. Seine Mitarbeiter hatten eine Menge an Informationen zusammengetragen, von denen die wertvollste jedoch, wie sich herausstellte, von Burden kam, der mit Brendan Royall eine konkrete Spur aufgetan hatte und durch reinen Zufall dort gewesen war, als Sacred Globe bei Tanya Paine angerufen hatte.

»Warum bei ihr?« wollte Nicola Weaver wissen.

»Das ist mir immer noch schleierhaft«, sagte Burden, »und dann die Wörter, die er benutzte, ›drakonisch‹ und ›exorbitant‹ und ›Moratorium‹. Ich weiß ja selbst nicht genau, was ›drakonisch‹ eigentlich bedeutet. Und die Gute ist nicht besonders hell im Kopf.«

Die Nachricht, die Burden so akkurat wie möglich in den Computer eingegeben hatte, stand in riesenhaft vergrößerten Lettern vor ihnen auf der Leinwand.

»Aber das ist doch unerheblich, oder?« meldete sich Damon Slesar zu Wort. »Es besagt doch im Grunde nur, falls es bis neun keine öffentliche Bekanntmachung gibt, wird eine von den Geiseln …« Er hatte »abgemurkst« sagen wollen, als ihm offensichtlich Wexfords Frau einfiel, denn er änderte es rasch zu »ist eine von den Geiseln in Lebensgefahr. Das könnte sie doch korrekt weitergeben.«

»Trotzdem, es war ein glücklicher Zufall für uns, daß Sie dort waren, Mike«, sagte der Chief Constable. »Oder hätten die vielleicht wissen können, daß Sie dort waren?«

»Das glaube ich nicht, Sir. Ich habe es niemandem gesagt.«

»Was ist mit der Stimme, Mike?« fragte Wexford.

»Es war möglicherweise dieselbe Stimme, die die vorherige Nachricht an meine Frau übermittelt hat. Andererseits glaubt Jenny, die Stimme, die sie gehört hatte, sei akzentfrei und nicht verstellt gewesen, wogegen ich mir ziemlich sicher bin, daß sie es diesmal war. Lauter lange Wörter, aber mit einer Spur Cockney-Dialekt. Sie wissen ja, wie man manchmal einen Schauspieler im Fernsehen Cockney sprechen hört. Es klingt gut – das lernen die per Kassette, und zwar nicht schlecht –, aber trotzdem nicht ganz echt, es ist nicht das Original. Was wir hören, ist Fernseh-Cockney, und wir haben uns daran gewöhnt und akzeptieren es. Jedenfalls klang die Stimme wie bei einem, der sein Cockney per Kassette gelernt hat, der mit künstlich tiefer Stimme und ohne Modulation spricht. Insgesamt also *zu* perfekt, wenn Sie verstehen, was ich sagen will.«

Danach hatten Lynn Fancourt und Hennessy etwas über den Namen zu berichten, den sie im Camp von Elder Ditches aufgeschnappt hatten. Eine Frau namens Frances Collins, bekannt als Frenchie, die in Brixton wegen einer Schlägerei festgenommen worden war, war von Freya genannt worden, der vertriebenen Baumbewohnerin, die sich allerdings derart rachsüchtig über sie äußerte, daß Lynn den Verdacht hatte, sie wolle ihr etwas heimzahlen oder eine alte Rechnung begleichen. Doch dem Hinweis mußte nachgegangen werden.

Karen Malahyde, die im Camp von Framhurst Copses Erkundungen eingezogen hatte, war zwei Hinweisen auf der Spur, die sie zu einem Haus in Flagford führten, wo seit langem Aktivisten verschiedener Schattierungen zusammenlebten. Slesar und Hennessy wurden auf die Geschichte mit Brendan Royall angesetzt, und Barry Vine sollte Stanley Trotter noch einmal vernehmen.

Der Chief Constable berichtete, was er an dem Tag erreicht hatte. Gegen den Willen aller Beteiligten – doch ihnen blieb keine andere Wahl – sollte die von Sacred Globe gestellte Bedingung erfüllt und öffentlich bekanntgemacht werden.

»Es geht mir gegen den Strich«, sagte Montague Ryder. »Das wissen Sie. Das spüren Sie alle. Aber ›Moratorium‹ ist der richtige Ausdruck dafür, ein guter Ausdruck, mehr wird es nicht sein. Die Umgehungsstraße wird am Ende doch gebaut werden.«

Es hätte eine ganz andere Stimmung im Sportraum geherrscht, wenn Dora Wexford nicht unter den Geiseln gewesen wäre. Die anderen mochten es nur fühlen oder intuitiv ahnen, doch ihr Gatte war sich darüber im klaren. So ernst die Angelegenheit auch war, unter anderen Umständen hätte eine gewisse Heiterkeit geherrscht, etwas bissiger Humor, spöttisches Lästern. Nun aber war man vorsichtig, sogar ein bißchen verlegen, und alle hatten auf die eine oder andere Art Angst.

Kein einziges Gesicht erhellte ein Grinsen, und als man auseinanderging, waren keine Witze oder Sticheleien zu hören. Der Chief Constable und sein Stellvertreter fuhren gemeinsam davon. Damon Slesar, der Seite an Seite mit Karen wegging, verabschiedete sich ganz betont von Wexford, indem er sehr respektvoll sagte: »Also dann, gute Nacht, Sir.«

Sie gingen auf eins ihrer beiden Autos zu, sahen sich dabei aber nicht an und sprachen auch nicht miteinander. Burden bot Wexford wie erwartet an, ihn nach Hause zu begleiten und, falls er es wünschte, bei ihm zu übernachten, was Wexford erneut ablehnte, sich aber herzlich bedankte.

Nicola Weaver holte ihn ein, als er auf den Parkplatz trat. Ihm fiel auf, daß sie müde aussah. Jemand hatte ihm erzählt, sie hätte zwei Kinder unter sieben und einen nicht besonders kooperativen Ehemann. Ihre Augen hatten einen merkwürdig dunklen smaragdgrünen Ton – wie der Malachit an ihrem Fingerring. »Ich wollte Ihnen da noch etwas sagen, was Sie vielleicht wissen sollten«, sprach sie ihn an. »Wahrscheinlich wissen Sie es schon, aber – also, der weitaus größte Anteil an Entführungsopfern hier im Land, die überwiegende Mehrheit, taucht unversehrt wieder auf. Bei Kindern ist es was anderes, aber bei Erwachsenen sind es fast hundert Prozent.«

»Ich wußte es schon – trotzdem danke, Nicola.« Er würde ihr nicht sagen, daß sie an dem Tag bereits die fünfte war, die ihm diese Tatsache mitteilte.

»Nicky«, sagte sie. »Was würde es ihnen denn nützen, jemanden umzubringen? Das ist doch eine leere Drohung.«

»Sie haben sicher recht«, erwiderte er. »Gute Nacht.«

Sie stieg in ihr Auto und er in seins. Es war eine dunkle, mondlose Nacht. Ein paar winzige Sterne konnte er sehen, unendlich weit entfernte Stecknadelköpfe auf schwarzem Samt. Ein paar Verszeilen kamen ihm in den Sinn, und er sagte sie sich beim Heimfahren vor.

Setebos, Setebos und Setebos,
Denket, er lebet im kalten Mond.
Denket, er schuf ihn mit der Sonne als Paar,
Doch nicht den Sternen,
Die Sterne kamen von anderswo.«

Ein weißer Sportwagen parkte in seiner Auffahrt. Er erkannte ihn: Er gehörte Paul Curzon, Amulets Vater, und als er nach oben ging, sah er, daß Sheilas Zimmertür geschlossen war. Die beiden waren dort drin mit ihrem Baby.

Statt ihm weh zu tun, freute es ihn, es gab ihm ein friedliches, fast tröstliches Gefühl.

Falls er überhaupt Schlaf finden konnte, war es besser, es nicht sofort zu versuchen, sondern später in der Nacht. Wenn er sich jetzt hinlegte, wäre er nach einer Stunde wieder wach und könnte nicht mehr einschlafen. Statt dessen wäre er in den langen Nachtstunden allen möglichen entsetzlichen Ängsten ausgeliefert. Und doch übermannte er ihn, nach kurzem Kampf verlor er sich in ihm und glitt in einen Traum von Dora, von Dora und sich selbst, als sie noch jung waren.

Warum ist man in Träumen eigentlich immer jünger, und mehr noch, auch die, die einem nahestehen? Kein Buch hatte ihm je die Antwort darauf liefern können, kein auf Träume spezialisierter Analytiker, denn Träume sind kein Ausdruck unserer Wunschvorstellungen, sonst wären sie sicher voll Freude und Optimismus. In seinen Träumen waren seine Töchter noch klein, seine Frau war jung, und er, obwohl er, der Träumer, sich selbst nicht sah, *fühlte* sich jung. Diesmal gelangte er an einen Turm, der sich gleich einer Festung aus einer weiten, leeren Ebene erhob, und sie beugte sich aus einem der oberen Fenster und streckte die Arme nach ihm aus.

Ihr Haar war sehr lang, wie sie es in den ersten Jahren ihrer Ehe getragen hatte. Es hing wie in dem Märchen von Rapunzel über das Fenstersims und auf das Gemäuer des Turmes hinunter, nur daß Doras Haar dunkel war, schwarz wie ein Rabenflügel. Er trat nahe an den Turm heran und griff mit beiden Händen nach ihrem Haar, natürlich nicht in der Absicht, daran hochzuklettern – sogar im Traum wußte er, daß echte Menschen das nicht taten, im übrigen war er auch viel zu schwer dazu. Sie lächelte immer noch herunter, als plötzlich etwas Schreckliches passierte. Das Gewicht ihres Haares oder auch sein fester Griff danach zog sie zu sehr nach unten, so daß sie mit einem Schrei vornüberwankte und aus dem Fenster in die Tiefe stürzte. Er wachte auf, ihren Schrei weiter ausstoßend, als schrien sie gemeinsam ihren Protest hinaus.

Niemand kam. Sein Zimmer lag so weit von Sheilas entfernt, daß sie nichts hörte. Außerdem war der Schrei wie die meisten Schreie im Traum erstickt und gedämpft herausgekommen. Er blieb eine Weile in der Dunkelheit liegen und stand dann auf, um etwas umherzugehen. Nachts sind wir alle verrückt, hatte einmal jemand gesagt. Mark Twain vielleicht. Es stimmte – oder traf es in seinem Fall nicht zu? Schließlich hatte er allen Grund, verrückt zu werden.

Morgens würde die Bekanntmachung gebracht werden. Wahrscheinlich über Rundfunk und Fernsehen, später dann in den Zeitungen. Aber was war, wenn sie nicht gebracht wurde? Was war, wenn die Zusicherung, die Montague Ryder bekommen hatte, nichtig wurde, weil eine übergeordnete Entscheidung sie beeinflußte, weil jemand – im Innenministerium? Im Umweltministerium? – der Ansicht war, man erwecke damit den Eindruck, als gäbe man den Forderungen von Terroristen nach?

Nicky Weaver hatte ihm gesagt, was er bereits wußte: Es war höchst unwahrscheinlich, daß den Geiseln etwas zustoßen würde. Andererseits basierten diese Annahmen auf Statistiken von Entführungen, mit denen Geld erpreßt werden sollte. Diese Typen von Sacred Globe waren aber Fanatiker, Geld spielte für sie keine Rolle. Wenn sie töteten, wen würden sie zuerst töten?

Hör auf, gebot er sich, hör auf. Sie werden keinen umbringen. Jedenfalls nicht Dora, falls sie die jüngste oder die älteste Geisel aussuchten. Er sah auf die Uhr und wünschte sofort, er hätte es nicht getan. Es war noch nicht einmal zwei. Wenn er schon an etwas denken mußte, dann an mögliche Verbindungen zwischen diesem oder jenem Verdächtigen, zwischen diesem Verdächtigen und jenem Ort – nur daß es eben keine Verdächtigen gab. Der Ort – das war vielleicht ein Blickwinkel, den sie bisher vernachlässigt hatten und nicht mehr vernachlässigen sollten.

Er wußte nicht mehr weiter. Wo sollte er anfangen? Immer bei den Menschen. Finde einen Verdächtigen, und schon bist du auf dem Weg, einen Ort zu finden. Wenn die Bekanntmachung nun nicht kam... Der Chief Constable hatte zugesichert, daß sie kommen würde. Er machte Licht und versuchte zu lesen. Ein Buch über die Geschichte des amerikanischen Bürgerkriegs, das ihm Jenny Burden geliehen hatte; es war gut geschrieben, akribisch recherchiert und enthielt zahlreiche Beschreibungen von den Greueltaten in jenem schrecklichen Konflikt, von Wunden und langsamem Dahinsterben.

Immer wieder sah er die verängstigte Dora vor sich. Sie war stark, aber Angst würde sie haben. Das ginge jedem so. Teilweise wurde er vom Gedanken an das Mädchen abgelenkt, an Roxane Masood, deren Mutter gesagt hatte, sie leide unter Klaustrophobie. In einem winzigen Raum eingeschlossen zu sein, würde Dora auch nicht mehr ausmachen, als in einem Bankettsaal eingesperrt zu sein, aber die junge Klaustrophobe...

Ungefähr um vier verfiel er in einen unruhigen, nervösen Schlaf. Als er kurz vor sechs aufwachte und über die Ereignisse des Vorabends nachdachte, fiel ihm wieder ein, wo er Damon Slesar schon einmal begegnet war. Es war dieses »Also dann, gute Nacht, Sir«, das ihn wieder darauf brachte. Jenes gekünstelte »Also dann«, gleichsam als Entschuldigung vorangestellt.

Es war auf einer Tagung gewesen, an der er eigentlich mehr aus Neugier teilgenommen hatte, denn es ging dort um die Unterschiede zwischen britischer und kontinentaleuropäischer Polizeiarbeit. Die Vortragenden kamen aus Frankreich, Deutschland und Schweden. An Slesars Anwesenheit war natürlich nichts Ungewöhnliches, außer daß die meisten anderen Teilnehmer einen höheren Rang bekleideten als er. Wexford fand es in vieler Hinsicht bewundernswert, daß sich ein Mann seines Alters und Dienstgrads so umsichtig informierte. Am Samstag abend sah er ihn wieder, diesmal im örtlichen Pub, wo Wexford mit einem *commissaire* zu Abend speiste, den er von einer Ermittlung her kannte, die ihn einmal nach Südfrankreich geführt hatte. Slesar saß mit einigen Kumpels am Nebentisch und trank Whisky.

Nachdem er selbst sich strikt an Mineralwasser gehalten hatte und danach mit Commissaire Laroche zu seinem Wagen ging, sah er plötzlich Slesar auf sein eigenes Auto zusteuern. Er hätte nie damit gerechnet, Slesar könnte nach einem derartigen Zechgelage noch versuchen, Auto zu fahren. Und doch war er, in Begleitung der beiden Freunde, mit denen er zusammengesessen hatte, gerade dabei, die Fahrertür aufzuschließen.

Wexford war es fast unwillkürlich herausgerutscht. »Lieber nicht!«

Slesar sah ihn mit glasigem Blick an. Sein Gesicht machte einen aufgelösten, unkoordinierten Eindruck, die Muskeln zuckten unkontrolliert. Er sagte: »Es geht schon.«

Mittlerweile standen bestimmt ein halbes Dutzend Leute um sie herum. Wexford behielt den leichten, fast jovialen Ton bei. »Kommen Sie, ich nehme Sie mit. Ihr Auto kann morgen früh jemand abholen.«

Slesar schien allmählich zu merken, wie viele Zeugen es bei diesem Zwischenfall gab. Sein dunkles Gesicht lief rot an. Man konnte es im Schein der Straßenlaterne deutlich sehen.

»Sie haben recht, Sir«, sagte er. »Jim soll mich fahren.«

Er tippte dem Mann hinter sich leicht schwankend an die Schulter und stützte sich dabei an seinem Auto ab. Er sah Wexford an und sagte: »Also dann, gute Nacht, Sir.«

Ein vernünftiger Mensch. Ein Mensch, der einen Tadel einstecken und trotzdem gut gelaunt bleiben konnte. Wexford war froh, daß ihm die Geschichte wieder eingefallen war, soweit er überhaupt über irgend etwas froh sein konnte, und freute sich, daß Slesar zu seinem Team gehörte. Er stand auf und ging im Morgenmantel nach unten, einem dunkelroten Ding, eher aus einer Art Samt als aus Frotteestoff, das ihm Sheila einmal zum Geburtstag geschenkt hatte. Paul war in der Küche und machte sich eine Tasse Tee, das wache, aber nicht weinende Baby in die linke Armbeuge gebettet.

Wexford fragte sich, ob es für einen Schauspieler heutzutage überhaupt gut war, derart blendend auszusehen. Paul Curzon war vielleicht ein halbes Jahrhundert zu spät geboren. Ihr schwarzes Haar hatte Amulet von ihm geerbt, oder vielleicht von Dora... Wexford streckte die Arme nach dem Kind aus, denn er war nicht besonders erpicht darauf, jemanden mit einem Baby im Arm mit dem kochenden Teekessel hantieren zu sehen.

»Wie steht's?«

Wieviel wußte Paul? Nur, daß Dora vermißt wurde? »Es gibt noch nichts Neues«, sagte Wexford.

Die ersten Lokalnachrichten aus dem Nachrichtenstudio Südost kamen kurz vor sieben. Vielleicht gab es vorher schon etwas im Radio. Er hatte keine Lust, es in Gesellschaft einer anderen Person zu hören – oder nicht zu hören. Er wollte allein sein.

»Du hattest doch nichts dagegen, daß ich über Nacht geblieben bin, oder? Sie fehlen mir – na ja, Sheila fehlt mir, und das Baby möchte ich gern kennenlernen, damit sie mir auch fehlt.«

Wexford brachte ein kurzes Lachen zustande. »Ich bin froh, daß du es getan hast.« Da fiel ihm etwas ein. »Weißt du was, Paul, nimm sie doch mit nach Hause, nimm sie *beide* mit nach Hause.«

»Aber du brauchst sie doch hier. Sie behauptet, du brauchst sie hier. Sie sagt, sie weiß gar nicht, was mit dir passieren würde, wenn sie nicht hier wäre.«

Wexford schüttelte den Kopf. Mißverständnisse deprimierten ihn immer. Und es war noch schlimmer, wenn sie zwischen Menschen vorkamen, die einander nahestanden, die meinten, die Gedanken des anderen zu kennen. Er würde hart bleiben müssen. »Ehrlich gesagt, belastet es mich noch zusätzlich, daß sie hier ist. Mach nicht so ein Gesicht. Sie ist mir sehr wichtig, ich liebe sie von Herzen, und das ist noch untertrieben, aber solange sie mit ihrem Baby hier allein ist, mache ich mir ständig Gedanken, ob sie wohl zurechtkommt und was sie macht, und das fehlt mir jetzt gerade noch, Paul. Ich sehe sie doch nie. Außer nachts bin ich doch nie hier. Nimm sie mit nach Hause. Bitte.«

Paul reichte ihm eine Tasse Tee. »Zucker?«

»Nein, danke. Bring ihr eine Tasse hinauf und sag ihr, daß du sie mit nach Hause nimmst.«

»Okay. Von Herzen gern. Nichts lieber als das. Wenn du dir sicher bist ...«

»Ich bin mir sicher.«

Er hatte vergessen, wie unendlich tröstlich es war, ein Baby umherzutragen. Ein dummes Gefühl überkam ihn, der Gedanke, wenn er nur stundenlang mit diesem warmen, knuddeligen Kind an die Brust gepreßt im Haus herumlaufen könnte, wäre alles besser, würde er sich weniger Sorgen machen, wäre er weniger empfänglich für schreckliche Vorstellungen. Die großen, blauen Augen sahen ruhig zu ihm hinauf. Hatten so kleine Babys eigentlich immer so lange, dichte Wimpern? Ihre Haut war wie Sahne und Perlmutt zugleich.

Er trug sie ins Wohnzimmer und sah aus dem Fenster in die aufgehende Sonne und dann ins Eßzimmer, wo er durch die Terrassentür in den Garten voll langer Schatten blickte. Sie spitzte das Mündchen und blinzelte, als er ihr erzählte, daß er jetzt auf Nachrichtenstudio Südost warte und daß eine Stunde noch nie so langsam vergangen sei.

Paul kam wieder, um sie ihm abzunehmen. »Frühstück«, sagte er, und an Wexford gewandt: »Sie ist heute nacht nur einmal aufgewacht.«

»Was hat Sheila gesagt?«

»Sie fährt mit mir nach Hause, verspricht aber nicht, daß sie bleibt.«

Radio 4 hatte ihm nichts zu berichten. Er ließ den Apparat eingeschaltet, weil es besser war, Stimmen, Musik und die Wettervorhersage zu hören als nur die Stille. Da fiel ihm eine Möglichkeit ein, die Zeit zu vertreiben: duschen, rasieren und anziehen. Als er damit fertig war – er hatte versucht zu trödeln –, war es erst Viertel vor sieben.

Er stellte den Fernseher und das Radio an. Zu dieser Tageszeit redeten sie nur über Geld und Geschäfte und über den unvermeidlichen Sport. Er hörte es am Briefkasten klappern, als die Tageszeitungen durchfielen. Auf den Titelseiten war nichts, ebensowenig im Innenteil. Er mußte immer daran denken, daß das Thema für die überwiegende Mehrheit der Bevölkerung der Britischen Inseln eigentlich keinen Nachrichtenwert hatte. Man interessierte sich nur dafür, wenn man in der Nähe wohnte – oder ein Fanatiker war. Es wäre nur von Interesse, wenn sie etwas *wüßten*, wenn sie von den Geiseln und den Forderungen und Bedingungen erfahren hätten. Das würde den Libanon und die Europäische Währungsunion von den ersten Seiten und aus der Hauptsendezeit verbannen.

Nachrichtenstudio Südost, da war es endlich: die hübsche, dunkle junge Frau sprach erst über einen Besuch, den Prinzessin Diana einem Krankenhaus in Myringham abstatten wollte, und dann...

»Die Autobahnbehörde gab gestern abend bekannt, daß alle Bauarbeiten an der Umgehungsstraße von Kingsmarkham ausgesetzt werden sollen. Dies geschieht aufgrund einer Umweltprüfung von Brede und Stringfield Marsh, die unter dem Europäischen Habitat- und Artenschutzerlaß durchzuführen ist, bevor die Arbeiten fortgesetzt werden können.

Zwar handelt es sich mit Sicherheit nur um eine vorläufige Aussetzung, doch sie kann sich über einige Wochen hinziehen. Wir sprachen mit Patrick Young von English Nature. Ist das eine gute Nachricht für die Protestgruppen, Mr. Young, oder lediglich...?«

Wexford schaltete ab. Eine große Welle von mehr als nur Erleichterung, von einer Art Glück, hatte ihn überströmt. Er hielt die Hand an den Mund, wie Kinder es tun, nicht nur, wenn sie etwas Unüberlegtes gesagt, sondern auch wenn sie es nur gedacht haben. Daß er über den Sieg dieser Leute *erleichtert* sein konnte! Daß es ihn mit Freude erfüllte!

Es war sowieso alles Unsinn. Was dachte er sich eigentlich? Dora war immer noch in ihrer Gewalt, und er war der Lösung kein bißchen näher, er wußte jetzt genausowenig, wer Sacred Globe war und wo sich ihr Hauptquartier befand, wie vor vierundzwanzig Stunden.

Die Nachricht verbreitete sich rasch. Als Burden mit Lynn Fancourt im Camp von Pomfret Tye mit den Ermittlungen begann, waren die Baumbewohner bereits beim Feiern. Jemand – Sir Fleance McTears Name wurde genannt – hatte sie mit einem recht passablen Sekt versorgt. Am Rand der

Heide war ein Feuer entfacht worden, um das alle im Kreis herumsaßen, »We shall overcome« sangen und Schaumwein tranken.

»Es verstößt ganz klar gegen die Gemeindeverordnung«, wandte sich Burden säuerlich an Lynn, »Lagerfeuer anzuzünden. Diese sogenannten Naturfreunde, Ökologen oder wie sie sich sonst schimpfen, das sind immer die schlimmsten.«

Er erkannte das Paar wieder, dessen Baumhaus im Sommer abgebrannt war, wies sie wegen des Feuers zurecht und begann mit seinen Fragen. Sie wollten wissen, ob er die Nachricht denn nicht toll finde, Mann, und ob er nicht meine, das Wort »Aussetzung« sei Blödsinn? In Wirklichkeit, Mann, heiße das doch, daß man die Umgehungsstraße ganz aufgebe und die »Aussetzung« bloß dazu diene, das Gesicht zu wahren, oder nicht?

Weder Lynn noch er kamen besonders weit, etwaige Hinweise über Sacred Globe aus ihnen herauszulocken, und so fuhren sie weiter nach Framhurst Great Wood. Dort trafen sie zu Burdens Überraschung und beträchtlichem Mißvergnügen auf Andrew Struther und die rothaarige Bibi, die, mit einigen Baumleuten ins Gespräch vertieft, auf einem Baumstamm saßen.

Struther sprang auf und machte ein schuldbewußtes Gesicht. »Oje, ich weiß, was Sie jetzt denken, es tut mir schrecklich leid, aber es ist nicht so. Ich habe wirklich nichts ausgeplaudert.«

»Würden Sie mal hier herüberkommen, Mr. Struther?«

Bibi schien seinen Weggang zum Anlaß zu nehmen, die Baumleute etwas besser kennenzulernen. Sie stand vom Baumstamm auf und folgte einem jungen Mann, der nichts als ein Paar kurze Hosen und einen großen Strohhut trug, zu einer Leiter, die am Stamm einer mächtigen Kastanie lehnte. Er bedeutete ihr, vor ihm hinaufzusteigen, und rückte dicht auf, als sie unter wildem Gekicher die ersten Schritte nach oben machte.

Burden sagte: »Darf ich fragen, was Sie hier tun, Mr. Struther? Haben Sie unter diesen Leuten etwa Freunde? Gestern gaben Sie uns zu verstehen, Sie wüßten nicht einmal, daß eine Umgehungsstraße geplant ist.«

»Das war gestern.« Struther war rot angelaufen. »Man kann innerhalb von vierundzwanzig Stunden tatsächlich einiges erfahren, Inspector, wenn man es darauf anlegt. Ich dachte, in Anbetracht dessen, was mit meinen Eltern passiert ist, sollte ich wenigstens etwas erfahren.«

»Ich hoffe, Sie haben diesen Leuten nichts erzählt.«

Nun erntete Burden einen gekränkten Blick. »Nein, habe ich nicht. Ich hab' höllisch aufgepaßt. Ich habe extra darauf geachtet. Man hat mir gesagt, ich darf nichts sagen, also habe ich auch nichts gesagt.«

»Was machen Sie dann hier? Ich glaube nicht, daß *Sie* eine Umweltprüfung vornehmen.«

»Ich dachte, wenn ich mit denen rede, fällt vielleicht irgendein Hinweis dabei ab, wer so was tun könnte, wer womöglich – äh, eine Art Terrorist ist.«

Es war in der Tat genau das, was er und der Rest des Teams ebenfalls wissen wollten. Aus Struthers Mund hörte es sich merkwürdig schwach an.

»Das würde ich an Ihrer Stelle uns überlassen, Sir«, sagte Burden. »Es ist unsere Arbeit, verstehen Sie? Gehen Sie nach Hause. Später wird jemand bei Ihnen vorbeikommen.«

»Wirklich? Und worum soll es da gehen?«

»Das heben wir uns für später auf, Mr. Struther, wie ich schon sagte.«

Das Mädchen war in einem Baumhaus verschwunden. Struther suchte aufgeregt nach ihr und fing an zu schreien: »Bibi, Bibi, wo bist du? Wir gehen nach Hause, Liebling.«

Die Baumleute sahen ihm gleichgültig zu.

Karen Malahyde hatte die Frau namens Frenchie Collins im Haus ihrer Mutter in Guilford ausfindig gemacht. Nicky Weaver, Damon Slesar und Edward Hennessy bearbeiteten das dürftige Material, das die Führungsriege von SPECIES herausgerückt hatte, und Archbold und Pemberton spürten per Telefon und Computer landesweit Umweltaktivisten auf. Wexford hatte für halb drei eine Besprechung anberaumt. Mit dem Chief Constable und seinem Stellvertreter hatte Wexford bereits gesprochen und mit Brian St. George telefoniert.

Der Chefredakteur des *Kingsmarkham Courier* klang teilnahmslos, und Wexford konnte sich auch denken, warum. Wenn man ihm gestattet hätte, die Geschichte zu bringen, gleich nachdem am Morgen des Vortags der Brief von Sacred Globe gekommen war, hätte er sie gerade noch in die Zeitungsausgabe dieser Woche setzen können. Jetzt, am Freitag, war es dafür zu spät. Wenn es nach ihm ginge, würde man von Sacred Globe, den Geiseln oder der Polizei erst wieder am folgenden Mittwoch hören. »Ich glaube immer noch, Sie machen einen Fehler«, sagte er. »Wenn so etwas passiert, hat die Öffentlichkeit ein Recht darauf, es zu erfahren.«

»Wieso denn?« fragte Wexford grob. »Was für ein Recht? Wer sagt das?«

»Eins der Grundprinzipien des Journalismus«, sagte St. George wichtigtuerisch. »Das Recht der Öffentlichkeit auf Information. Die Presse zu knebeln, hat noch nie gut getan. Mich juckt es ja nicht, mir ist es piepegal, bloß möchte ich hier noch einmal ausdrücklich erklären, daß Sie meiner Meinung nach einen äußerst gravierenden Fehler machen.«

Der Chief Constable dagegen sagte: »Wir halten es geheim, Reg, so lange wir können. Ehrlich gesagt, ich bin überrascht, daß es klappt. Aber nachdem es klappt, lassen wir es vorerst dabei.«

»Heute ist Freitag, Sir. Ich habe irgendwie das Gefühl, die Presse interessiert sich gar nicht so besonders dafür. Die denken wahrscheinlich, es ist Verschwendung, eine derartige Meldung am Wochenende zu bringen.«

»Wirklich? So habe ich es noch gar nicht gesehen.«

»Die hätten gern«, sagte Wexford, »daß die Nachrichtensperre am Sonntag abend aufgehoben wird. Tolle Sache für die Zeitungen am Montag morgen.« Er unterdrückte ein Seufzen. »Mit Ihrer Genehmigung, Sir, würde ich die Familien der Geiseln gern über die ... äh, die Bedingungen und die Drohung informieren. Ich finde, das sind wir ihnen schuldig. Ich werde es selbst tun.«

Zuerst Audrey Barker und Mrs. Peabody. Er würde allein nach Stowerton fahren, dann zu Clare Cox nach Pomfret und schließlich zu Andrew Struther, sobald die Besprechung vorbei war. Der Chief Constable schien die Idee gut zu finden. Der Presse konnte man es vorenthalten, nicht aber den Angehörigen – das wäre weder fair noch human.

Seine eigene Familie war ebenso darin verwickelt wie die Masoods, die Barkers und die Struthers, und heute morgen hatte er Sheila beim Abschied versprochen, sie auf jeden Fall anzurufen, ob es etwas Neues gab oder nicht. Er würde sich täglich melden, zweimal pro Tag. Bevor er abfuhr, rief er Sylvia an, um ihr mitzuteilen, daß ihre Schwester wieder nach London gefahren war, daß alles in Ordnung war, daß es ihm gutging, daß es aber nichts Neues gab.

Zehn Minuten vor der angesetzten Zeit hatten sich alle im ehemaligen Sportraum versammelt, alle außer Karen Malahyde, die immer noch irgendwo Frenchie Collins hinterherjagte, und Barry Vine, der allmählich begann, Burdens Ansicht über Stanley Trotter zu teilen. Als Wexford eintrat, verstummten alle. Nicht nur aus Respekt und Höflichkeit, das wußte er. Sie hatten über ihn geredet und über

Dora. Zum erstenmal stellte er fest, daß er sich wünschte, womit er anfangs gerechnet hatte, nämlich, daß der Chief Constable einen anderen mit der Leitung dieses Falles betraut hätte.

Nicky Weaver – die viel weniger müde und genervt aussah als noch am Vorabend und frisch und energisch wirkte – hatte eine ganze Reihe von diskussionswürdigen Hinweisen von SPECIES und KABAL vorliegen. Ein Mitarbeiter von SPECIES, inzwischen offensichtlich bekehrt, war vor langer Zeit einmal wegen Sabotage an einem Atomkraftwerk im Gefängnis gewesen. Dieser Mann hatte ihr eine umfassende Namensliste von Leuten gegeben, von denen er behauptete, es seien Anarchisten.

»Warum hat er es Ihnen gesagt?« wollte Wexford wissen.

»Keine Ahnung. Weil er wahrscheinlich im Moment ausschließlich für gewaltfreien Widerstand ist. Jemand hat mit ihm eine Besichtigungstour im Kraftwerk von Sizewell gemacht, und er war so beeindruckt, daß er jetzt andere Saiten aufzieht.«

»Es sieht so aus, als hätten wir in den Camps getan, was wir konnten«, sagte Wexford. »Jetzt soll sich der Computer mit all den Namen beschäftigen, die wir bekommen haben, und die Querverbindungen ziehen, falls es welche gibt. Durch die Aussetzung der Bauarbeiten haben wir Zeit gewonnen, und das ist wichtig. Irgendwann sollte heute wieder eine Nachricht von Sacred Globe eintreffen.

Sie haben es nicht versprochen. In der Nachricht von gestern abend haben sie uns nicht zugesichert, daß eine weitere folgen würde, aber irgend etwas kommt bestimmt. Wir haben Fangschaltungen an so vielen Telefonen in Kingsmarkham, Pomfret und Stowerton, wie BT uns bereitstellen konnte. BT hat uns bestens bedient, in der Hinsicht gibt es keine Klagen. Aber die von Sacred Globe sind eitel und arrogant. Das sind solche Leute immer. Die werden uns gratulieren wollen, daß wir so vernünftig waren, uns ihren Forderungen zu beugen. Sie werden anrufen oder sich sonst irgendwie melden. Es ist ihnen bestimmt nicht entgangen, daß die Aussetzung der Bauarbeiten zeitlich begrenzt ist. Es ist eine Aussetzung, eine Verschiebung sozusagen, kein totaler Baustopp.

Wenn ich mich nicht sehr täusche, werden sie eine volle Garantie verlangen, daß der Bau der Umgehungsstraße von Kingsmarkham gestrichen wird. Und die können wir ihnen natürlich nicht geben. Die können wir ihnen niemals geben, egal, was passiert.«

Nicky Weaver hob die Hand.

»Nicky?«

»Diese Garantie – also, ich dachte mir, das ist doch etwas, was niemand, keine Behörde jemals geben würde oder könnte. Wenn zum Beispiel die Garantie gegeben wird und daraufhin die Geiseln freigelassen werden, könnte man die Garantie sofort widerrufen. Und selbst wenn es ehrlich gemeint wäre, selbst wenn die Behörde versprechen würde, die Umgehungsstraße nicht zu bauen, könnte sie nach einem Regierungswechsel, oder auch nur unter einem anderen Verkehrsminister, sofort gebaut werden. Wie will Sacred Globe das eigentlich umgehen?«

»Ich nehme an, die leben für den Augenblick«, sagte Wexford. »Beschaffen sich eine Garantie, und wenn die fünf Jahre hält, war es doch ein Erfolg. Wenn es dann später ein Bauvorhaben für eine Umgehungsstraße gibt – nun, dann fangen sie vielleicht wieder von vorn an. Nichts auf dieser Welt ist sicher, habe ich recht?«

Er glaubte zu sehen, wie ein Zittern sie durchlief, aber vielleicht war es auch bloß seine Einbildung.

10

Von Stowerton Dale bis Pomfret Monachorum lag Schweigen über der geplanten Umgehungsstrecke. Für Anfang September war es ziemlich kalt und windig mit einem Hauch von Sibirien in der rauhen Brise, und von Zeit zu Zeit brach ein scharfer Regenschauer hernieder. Die Vögel, die in der Morgendämmerung ihr tschak-tschak, tirili, tipitti-pi gesungen hatten, waren nun verstummt und würden keinen Laut mehr von sich geben, bis sie sich zum Schlafen niederhockten. In den Camps hatte sich die vormalige Euphorie wieder gelegt und der Enttäuschung Platz gemacht. Die Baumleute diskutierten, überlegten, planten und fragten sich vor allem, wie es weitergehen sollte.

Die schweren Erdbaumaschinen waren wieder auf der Wiese abgestellt worden, wo sie zuvor versammelt gewesen waren. Die Busse, die die Sicherheitskräfte zum Bauplatz gebracht hatten, waren an dem Tag nicht gefahren, und die Wachmänner in den heruntergekommenen Hütten auf der Luftwaffenbasis redeten über ihre möglicherweise bevorstehende Entlassung.

Kinder aus Stowerton, die bislang von den Wachen daran gehindert worden waren, kletterten nun über die Erdhügel und spielten Guerillakrieg in der Bergregion. KABAL setzte eine Krisensitzung an, auf der eine Entscheidung getroffen wurde: Lady McTear und Mrs. Khoori sollten eine Petition an das Verkehrsministerium aufsetzen, die alle Mitglieder (und eventuelle andere Befürworter) unterschreiben sollten und in der stand, daß in Anbetracht einer notwendigen Umweltprüfung gemäß EU-Erlaß und wegen einmaliger

Naturphänomene im geplanten Verlauf der Trasse die Bauarbeiten an der Umgehungsstraße nie wiederaufgenommen werden sollten.

Als Mrs. Peabody jung war, räumte man das Schlafzimmer auf und steckte das Kind in ein frisches Nachthemd, bevor der Arzt kam. Wenn jemand von der Behörde kam, putzte man das ganze Haus. Wenn man »in die Stadt« ging, warf man sich in Schale. Solche Gewohnheiten sind nicht totzukriegen, und es war offensichtlich, daß die Entführung des Enkels nicht ausreichte, um Mrs. Peabody von ihrer Konditionierung abzubringen. Sie gehörte zu den Frauen, die noch ihr eigenes Totenbett frisch beziehen würden.

Er empfand tiefes, schmerzliches Mitgefühl mit ihr in ihrem rosafarbenen Twinset und der Perlenkette, dem Faltenrock und den blitzblanken Schuhen. Sogar Lippenstift hatte sie aufgelegt. Im Wohnzimmer waren sämtliche Kissen aufgeschüttelt und die Zeitschriften auf dem Beistelltischchen fächerförmig ausgebreitet. Ihr Gesicht konnte sie zwar pudern, doch ein Lächeln für ihn brachte sie nicht zustande, sondern nur ein mattes »Guten Tag«.

Ihre Tochter, wie Clare Cox einer Generation angehörend, die die Dinge ganz anders betrachtete, sah aus, als hätte sie sich seit Erhalt der Nachricht nicht mehr gewaschen oder gekämmt. Er kannte sich mit nervösem Auf- und Abgehen aus, er hatte in den vergangenen Tagen und Nächten selbst viel Zeit damit zugebracht und dachte sich, daß sie in diesem Haus stundenlang hin- und hergegangen war. Es war offensichtlich, daß sie nicht stillsitzen konnte, obwohl sie krank aussah und wirkte, als könnte sie eine lange Erholungsphase gut gebrauchen.

»Ich muß hier vor Ort bleiben«, erklärte sie ihm. »Ich sollte eigentlich nach Hause fahren, ich habe dort alles liegenlassen, aber zu Hause wäre es noch schlimmer.« Sie sprang auf, ging quer durch den Raum ans Fenster und blieb dort stehen, immer wieder nervös die Fäuste ballend. »Sie sagten am Telefon, Sie hätten uns etwas mitzuteilen.«

»Es sind doch keine schlechten Nachrichten?« Mrs. Peabody war ein wahres Wunder an Selbstbeherrschung, fand er und überlegte, was sich wohl in ihren Nächten abspielte, wenn die Schlafzimmertür geschlossen war. »Sie sagten doch, es sei nichts Schlimmes.«

Er berichtete ihnen von der Forderung, daß die Arbeiten an der Umgehungsstraße gestoppt werden müßten. Audrey Barker lief wieder durchs Zimmer und nickte dabei immer wieder schweigend, als hätte sie es sich schon gedacht oder wäre jedenfalls nicht überrascht. Doch Mrs. Peabody sah so verdattert drein, als hätte er behauptet, die Geiseln würden freigelassen, wenn sich die gesamte Bevölkerung von Kingsmarkham bereit erklärte, Suaheli zu lernen oder einen Hubschrauber zu steuern.

»Was hat denn unser Ryan damit zu tun? Das ist doch Sache der Regierung.«

»Da bin ich ganz Ihrer Meinung, Mrs. Peabody«, pflichtete Wexford ihr bei, »aber das ist nun mal die Bedingung.«

»Sie *haben* doch aufgehört«, sagte Audrey Barker und trat dicht an ihn heran. Ihre Hände ballten sich wieder zusammen. »Es kam im Fernsehen. Haben sie deswegen aufgehört?«

»Die Bauarbeiten sind ausgesetzt worden, ja.«

Mrs. Peabody schien tief beeindruckt. Er konnte sehen, wie sie das Gesagte verdaute und sich zurechtlegte, ehe sie es verstand. »Und alles wegen unserem Ryan?« sagte sie. »Na ja, und den anderen. Wegen unserem Ryan und den anderen.«

Sie schüttelte voller Verwunderung den Kopf. Das war Berühmtheit, so fühlte es sich an, aus der Unscheinbarkeit herausgehoben zu werden, in die Zeitung zu kommen, den eigenen Namen im Fernsehen zu sehen. »Unser Ryan«, wiederholte sie.

Ihre Tochter warf ihr einen verärgerten Blick zu. Zu Wexford sagte sie: »Wenn die Arbeiten eingestellt worden sind, warum ist er dann noch nicht zurückgekommen?«

Warum nicht? Warum war keiner der anderen zurückgekommen? Es war vier Uhr nachmittags, die Aussetzung war vor neun Stunden gemeldet worden. Und Sacred Globe hatte sich nicht gemeldet. Die Nachricht, die Burden zufälligerweise gehört hatte, war die letzte gewesen. Sie war vor vierundzwanzig Stunden durchgegeben worden.

»Ich weiß nicht. Ich kann es Ihnen nicht sagen, weil ich es nicht weiß.«

Sie hatte vergessen, daß seine Frau sich unter den Geiseln befand. »Aber was unternehmen Sie denn, um sie zu finden? Warum sind Sie jetzt nicht da draußen und suchen nach ihnen? Es muß doch Möglichkeiten geben.« Sie zog jetzt an ihren Händen, als wollte sie sie von den Handgelenken reißen. Sie waren bereits mit blauen Flecken übersät, die sie sich wohl selbst zugefügt hatte. »Ich würde ja selbst losgehen und ihn suchen, bloß weiß ich nicht, wie. Sie kennen sich doch aus, das müssen Sie, es ist ja Ihre Arbeit. Was tun Sie denn für sie? Die bringen Ryan vielleicht um, die foltern ihn vielleicht – ach Gott, ach lieber Gott, was tun Sie eigentlich?«

Bestürzt legte Mrs. Peabody eine kleine, faltige Hand auf den Arm ihrer Tochter. »So darfst du nicht reden, Aud. Das tut nicht gut, wenn man so unhöflich ist.«

»Daß sie gefoltert werden, ist ausgeschlossen, Mrs. Barker.« Das war zumindest etwas, dessen er sich sicher sein konnte, zumindest wenn er nicht zu sehr darüber nachdachte. »Ich glaube auch nicht, daß eine der Geiseln getötet wird. Wenn Sacred Globe sie umbringt, schwächen sie ihre Verhandlungsposition.« Jedes Wort, das er aussprach, war wie ein Messerstich. Er keuchte beinahe. »Das verstehen Sie doch bestimmt.«

Sie wandte sich ab und fauchte ihn gleich wieder an: »Warum haben die sich dann nicht bei Ihnen gemeldet, seit die Arbeiten eingestellt sind?«

Es war die gleiche Frage, die Clare Cox ihm eine halbe Stunde zuvor gestellt hatte, als er bei ihr in Pomfret gewesen war. Da sie allein war, die Masoods machten – kaum zu glauben – einen »Tagesausflug«, um Leeds Castle zu besichtigen, hatte sie versucht zu malen, um sich abzulenken. Jedenfalls waren Farbflecke auf dem Kittel zu sehen, den sie über eins ihrer fließenden Kleider gezogen hatte.

»Warum haben die nicht getan, was sie versprochen haben?« hatte sie ihn gefragt.

Diesmal wiederholte er im Geiste die an Tanya Paine übermittelten Worte, die Burden sich gemerkt hatte: *Stellen Sie die Arbeiten für den Zeitraum der Verhandlungen ein. Wir brauchen aber eine öffentliche Zusicherung über die Medien, und zwar bis morgen früh um neun. Wenn nicht, stirbt die erste Geisel, und die Leiche wird Ihnen vor Einbruch der Dunkelheit zugestellt …*

Für den Zeitraum der Verhandlungen … Doch es war kein Angebot gekommen, keine Bitte um irgendeine Art von Unterredung. Die Nachricht enthielt auch nichts über eine Rückgabe der Geiseln, nur darüber, daß man sie töten würde, falls die Arbeiten an der Umgehungsstraße nicht ausgesetzt wurden. Überhaupt keine Rede davon, was getan werden mußte, bevor die Geiseln zurückkommen konnten.

»Wir halten Sie auf dem laufenden, sobald sich etwas tut«, versicherte er Audrey Barker.

Während er es sagte, klingelte das Telefon. Sie nahm den Hörer ab und wurde durch die Stimme am anderen Ende sofort ruhiger. Ihr Gesicht nahm ein wenig Farbe an. Sie antwortete einsilbig, aber sanft, fast zärtlich. Als er sich nach Framhurst aufmachte, kam ihm der Gedanke, daß er weniger über sie und ihren Sohn wußte als über all die anderen Geiseln. Sie und ihre Mutter hatten etwas an sich, was ihn daran hinderte zu fragen, und ihr Kummer verstärkte diesen Eindruck noch zusätzlich.

Wer und wo war zum Beispiel Ryans Vater? Lebte zu Hause in Croydon noch jemand mit ihnen? Vielleicht war Mrs. Peabody verwitwet, aber das wußte er nicht. Audrey Barker war zu einer Operation im Krankenhaus gewesen, doch er wußte nicht, was oder wie ernst es war oder ob sie inzwischen überhaupt ganz genesen war. Wer war der Anrufer, mit dem sie gesprochen hatte? Vielleicht tat dies alles aber auch nichts zur Sache, vielleicht handelte es sich einfach um ihre Privatangelegenheiten, die unter den gegebenen Umständen niemanden etwas angingen.

Hatte er seine Mitarbeiter nicht angewiesen, daß die persönlichen Hintergründe der Geiseln für sie und die Untersuchung nicht von sonderlichem Interesse sein sollten?

Der Regen hatte sich inzwischen verstärkt, als er in die Gegend gelangte, die nun unumstößlich mit der Umgehungsstraße verbunden war. Der sprichtwörtliche Besucher vom Mars hätte hier nichts geahnt, keinen Hinweis auf bevorstehende Zerstörung, Luftverschmutzung oder Umweltschäden entdeckt. Ausgetretene Wege wanden sich zwischen überwucherten Böschungen und hohen Hecken hindurch, der Wind seufzte in den oberen Ästen der Buchen, der Wald schlief ruhig unter dem sanften Geplätscher des Regens, und ein paar noch grüne Blätter flatterten zu Boden.

In Framhurst saßen etwa ein Dutzend Baumleute auf dem Gehsteig unter der gestreiften Markise der Konditorei und tranken Coke oder eine Tasse Tee. So sahen Robin Hoods getreue Gesellen wahrscheinlich aus, dachte Wexford, nicht in orangeroten Kniebundhosen und ausgefransten grünen Kitteln wie in den Trickfilmen, sondern in der mittelalterlichen Version von Jeans mit braunen Kapuzenhemden darüber, bärtig, schmutzig, aber seltsamerweise die Vertreter derer, die England bewahren wollten. Aber warum sahen sie immer so aus? Warum waren es nie Männer in grauen Anzügen? Er fuhr etwas langsamer, als er an ihnen vorbeikam, und beschleunigte dann in Richtung Markinch Lane.

Savesbury House war beeindruckend. Burden hatte es beschrieben als halb Kaserne, halb architektonischen Mischmasch, aber Wexford fand die Kombination der verschiedenen Stile reizvoll und typisch englisch. Die Auffahrt verlief zwischen hohen Bäumen, deren Äste sich gen Himmel reckten. Dann verbreiterten sich die Rasenflächen, und die Blumenbeete mit den seltenen Rabattenpflanzen mit den unaussprechlichen Namen kamen zum Vorschein. Wenn man sich an den Rand dieser Rasenflächen stellte und das Laub beiseite schob, konnte man bestimmt das gesamte großartige Panorama von Savesbury und Stringfield sehen und den Fluß, der sich unter einem dahinschlängelte.

Ein Hund kam von der Seite des Hauses her angetrottet, als Wexford aus dem Wagen stieg. Das Tier näherte sich ihm mit verhaltener, stummer Bedrohung. Es war ein Schäferhund, der das für diese Rasse oft typische einschüchternde Verhalten an den Tag legte, die Lefzen zurückzog und eine gepflegte Doppelreihe glänzender weißer Zähne entblößte.

Wexfords Vater hatte zu den Menschen gehört, von denen es heißt, sie könnten »mit Hunden alles anstellen«. Er selbst hatte diese Fertigkeit nicht ganz erworben, obwohl vom väterlichen Talent einiges auf ihn übergegangen war – durch Assoziation oder durch Gene, vielleicht weil er einfach keine Angst hatte –, und er streckte die Hand nach dem Ungeheuer aus und sagte lässig hallo. Er mochte keine Hunde, er hatte die verschiedenen Hunde, die Sheila ihm und Dora zum »Hüten« aufgehalst hatte, während sie verreist war, nie leiden können. Aber sie mochten ihn. Sie scharwenzelten immer um ihn herum, wie dieser hier, der seine Nase in seine Manteltasche steckte, als er sich zu ihm hinunterbeugte.

Das bleiche Mädchen namens Bibi öffnete ihm, eine Zigarette im Mundwinkel, die Tür. Er hatte sie und Andrew Struther schon einmal aus der Ferne gesehen, als die beiden zu Burden ins Polizeidezernat gekommen waren. Ihr Gesicht, das Burden und Karen Malahyde nur als attraktiv bezeichnet hatten, erinnerte ihn an eine Comicfigur, die der Künstler als schön, aber biestig darstellen will, etwa die Schneekönigin oder Cruella De Vil. Ihr rotes Haar war von einer höchst seltsamen Farbe, eher purpurn als mahagonifarben, wobei er nicht glaubte, daß es gefärbt war.

Sie ergriff den Hund am Halsband und sagte besänftigend: »Komm her, Manfred, komm zu Mutter, mein Schätzchen«, als hätte Wexford das Vieh mit Nadeln traktiert.

Burden hatte behauptet, innen sei Savesbury House wunderschön möbliert und »pieksauber«. Zwei Tage in Andrew Struthers und Bibis Obhut hatten diesen Zustand gründlich geändert. Ein Teller mit Hundefutter aus der Dose oder etwas Ähnlichem stand mitten auf dem Fußboden in der Eingangshalle, daneben ein Napf mit Wasser. Manfred hatte zwischen den Mahlzeiten Knochen abgenagt, und Wexford wäre fast über einen halben Oberschenkelknochen gestolpert, der auf der Schwelle zum Salon lag. Drinnen standen auf den Regalen und Tischen Tassen und Gläser herum, und auf dem Sitzpolster eines Sessels war ein Teller mit einem halbaufgegessenen Sandwich. Mehrere große Aschenbecher waren bis zum Rand gefüllt. Im Zimmer roch es muffig, und ein unangenehmes Gemisch aus Zigarettenqualm und alten Markknochen lag in der Luft.

Andrew Struther kam ins Zimmer und wäre beinahe ebenfalls über den Knochen gefallen. Bevor er überhaupt ein Wort zu Wexford sagte, herrschte er das Mädchen an: »Kannst du diesen dämlichen Manfred nicht endlich in Pflege geben? Du hast gesagt, das machst du. Du hast es fest versprochen, als ich erlaubt habe, daß er *nicht mehr als zwei Tage* hier bleiben kann. Stimmt's? Weißt du das noch?«

Das Gesicht, das er Wexford nun zuwandte, war mißmutig und bekümmert, allerdings ein sehr gutaussehendes, wie aus Marmor gemeißeltes Gesicht, leicht gebräunt und einen Ton dunkler als das buttergelbe Haar. Er und das Mädchen waren heute wie die Baumleute in Grün und Braun gekleidet – elegante Elfen und Waldgeister, die bei Ralph Lauren einkauften. Seine Eltern, überlegte Wexford, waren unter den Geiseln mit Abstand die reichsten. Daneben wirkte Dora direkt arm, und die beiden anderen sahen aus wie Sozialhilfeempfänger.

»Chief Inspector Wexford, so sagten Sie doch?«

»Ganz recht. Ich glaube, Sie kennen die Bedingung bereits, die diese Leute gestellt haben.« Er erinnerte sich an die aufschlußreiche Erklärung, die er bei Mrs. Peabody erhalten hatte. »Sacred Globe, wie die sich nennen, hat sich noch nicht dazu bereit erklärt, die Geiseln nach Aussetzung der Arbeiten an der Umgehungsstraße freizulassen, nur zu verhandeln. Allerdings haben sie bis jetzt noch keine Anstalten in Richtung Verhandlungen gemacht.«

»Warum sagen Sie das?« fragte das Mädchen verdrießlich. »›Wie die sich nennen‹ – warum sagen Sie das?«

Wexford erwiderte beharrlich: »Leute, die derartige Taten begehen, verdienen weder Respekt noch Würdigung, meinen Sie nicht?«

Als Bibi darauf nicht antwortete, schnauzte Struther sie an: »Ich will ja schwer hoffen, daß du mit dieser Bande von Arschlöchern nicht auch noch *sympathisierst*, die meine Mutter und meinen Vater entführt haben.«

Sein zart gebräuntes Gesicht war knallrot angelaufen. Wexford hatte selten gesehen, daß sich Gelassenheit so rasch in rasende Wut verwandeln konnte. Struther machte einen Schritt auf das Mädchen zu, und für einen Augenblick glaubte Wexford, eingreifen zu müssen, aber Bibi behauptete sich, stemmte die Hände in die Hüften und funkelte ihn herausfordernd an.

»Ach, was soll's?« rief Andrew Struther aus. »Aber der Hund muß aus dem Haus, gleich morgen früh. Ist das klar? Und hier wird aufgeräumt. Meine Mutter kommt nämlich zurück – kapierst du das? Meine Mutter kommt bald zurück. Ist es nicht so, Chief Inspector?«

»Ich hoffe es sehr.« Obwohl Wexford seine eigene Anweisung wieder einfiel, daß das Privatleben der Angehörigen nicht von Interesse war, mißachtete er sie erneut. »Was macht Ihr Vater beruflich, Mr. Struther?«

»Aktiengeschäfte.« Andrew Struther sagte es sehr knapp. »So wie ich auch«, fügte er hinzu.

In der Eingangshalle kaute Manfred auf einem Stuhlbein herum. Wexford wußte nicht, ob er es irrtümlich für einen Knochen hielt oder ganz einfach Stilmöbel mochte, und er wollte sich auch nicht damit aufhalten, es herauszufinden. Gemächlich fuhr er die baumbestandene Auffahrt hinab. Während er im Savesbury House gewesen war, hatte es aufgehört zu regnen, und eine blasse, dunstverhangene Sonne erschien in einem blauen Dreieck zwischen den Wolken. Sein Autothermometer zeigte die Außentemperatur in

Celsius und Fahrenheit an: 13 und 56, nicht gerade atemberaubend für diese Jahreszeit.

Fünf Minuten später war er auf der Dorfstraße in Framhurst. Die meisten Baumleute hatten die Konditorei verlassen, nur zwei saßen noch da. Der Lokalbesitzer hatte die Markise hochgerollt, vielleicht als der Regen aufgehört hatte, und optimistisch mehr Tische und Stühle auf den Gehweg gestellt. Auf zweien davon, an einem Tisch, auf dem eine einzige Teetasse stand, saßen ein Mann mit dem längsten Bart, den Wexford je gesehen hatte, einem goldenen Bart, der aussah wie ein Strang Stickseide, und eine ungepflegte junge Frau in der Art von Kleidung, wie sie Clare Cox bevorzugte, einem schmutzigen Baumwollkleid mit einem Tupfentuch um die Taille.

Er konnte sie deshalb so deutlich sehen und so genau beobachten, weil die Konditorei sich an der Ecke einer Kreuzung befand, von der die eine Abzweigung nach Sewingbury, die andere nach Myfleet führte, und hier Framhursts einzige Verkehrsampel zu bewundern war. Als er heranfuhr, hatte die Ampel gerade auf Rot geschaltet. Den Mann hatte er (anhand von Burdens Beschreibung) bereits als Gary identifiziert und die Frau als Quilla, als diese plötzlich aufsprang, vom Gehsteig sprang und sich direkt vor ihm auf der Straße aufpflanzte. Schulterzuckend kurbelte Wexford das Seitenfenster herunter.

»Was wollen Sie?«

Sie schien etwas verblüfft, daß er nicht wütend war, und zögerte, beide Hände ans Gesicht haltend. Er wartete ab. Hinter ihm waren keine anderen Autos, vor ihm war auch keins. Sie hielt ihr Gesicht dicht ans Autofenster.

»Sie sind Polizist, stimmt's?«

Er nickte.

»Aber keiner von denen, die ins Camp gekommen sind, um mit uns zu reden?«

»Chief Inspector Wexford«, sagte er.

Sie schien überrascht oder erschrocken, auf jeden Fall verunsichert. Vielleicht lag es ja nur an seinem Dienstgrad, der höher war, als sie erwartet hatte.

»Kann ich Sie mal sprechen?«

Er nickte. »Ich stelle den Wagen ab.«

Um die Ecke an der Straße nach Myfleet gab es eine Parklücke.

Er ging zu dem Tisch, an dem sie neben dem Bärtigen nun wieder Platz genommen hatte. »Sie heißen Quilla«, sagte er, »und Sie sind Gary. Trinken wir zusammen eine Tasse Tee?«

Sie schienen erstaunt, beinahe abergläubisch betroffen, daß er ihre Namen kannte, als existierte ein Namenstabu, das er verletzt hätte. Er gab ihnen eine einfache Erklärung. Gary lächelte zaghaft. Man könne hier sitzen, bis man schwarz würde, sagte Wexford, bevor jemand herauskomme und einen bediene. Er ging in den Laden, und umgehend erschien ein etwa fünfzehnjähriges Mädchen, um ihre Bestellung entgegenzunehmen.

»Ich könnte etwas Heißes im Magen gut brauchen«, sagte Quilla. »In unserem Geschäft friert man dauernd. Man gewöhnt sich dran, aber ein heißes Getränk ist immer willkommen.«

»Möchten Sie etwas essen?«

»Nein, danke. Wir haben Chips gegessen, als die anderen hier waren. Das war vorhin, als wir Sie durchfahren sahen. Der König sagte, Sie seien Polizist.«

»Der König?«

»Conrad Tarling. Er kennt jeden – also, er kennt alle vom Sehen. Die anderen sind wieder ins Camp zurück, aber ich sagte, ich würde schauen, ob Sie zurückkommen, und Gary hat mir Gesellschaft geleistet.«

»Sie wollen mir etwas sagen?«

Dann kam eine große Kanne Tee mit drei Tassen und Untertassen, dazu Süßstoff in Päckchen und die Art Flüssigkeit in Plastikbechern, die wie Milch aussieht, aber von keiner Kuh stammt. Wexford fand so etwas mitten auf dem Land eine Schande und sagte es auch.

»Dann lassen Sie's eben«, sagte das Mädchen. »Was anderes haben wir nicht.«

»Gegen solche Sachen kämpfen wir auch«, sagte Gary. »Wir sind gegen alles, was unnatürlich ist, auch gegen alles, was synthetisch, umweltverschmutzend und manipuliert ist. Diesem Kampf haben wir uns verschrieben.«

Anstatt zu sagen, daß es im modernen Leben außerordentlich schwierig sei, Natürliches von Synthetischem zu unterscheiden, falls es überhaupt noch etwas Natürliches gab, fragte Wexford die beiden, seit wann sie schon professionelle Protestierer seien.

»Seit wir beide fünfzehn sind«, antwortete Gary. »Das sind jetzt zwölf Jahre. Ich hab' Baugewerbe gelernt, aber wir hatten nie Arbeit – äh, bezahlte Arbeit. Die Arbeit, die wir machen, ist ziemlich schwer.«

»Wovon leben Sie dann?«

»Nicht von Sozialhilfe. Es wäre nicht recht, sich von der Regierung und den Steuerzahlern aushalten zu lassen, wo wir doch alles ablehnen, was die glauben und wonach sie leben.«

»Das wäre sicher nicht recht«, sagte Wexford, »aber es ist ein ungewöhnlicher Standpunkt.«

»Wir brauchen nicht viel. Wir fahren nicht viel herum, und unser Dach über dem Kopf bauen wir uns selbst. Wenn man uns braucht, arbeiten wir als Erntehelfer. Ich mache ab und zu Bauarbeiten und mähe Gras. Sie bastelt Strohpuppen und verkauft sie, und Schmuck macht sie auch.«

»Ein schweres Leben.«

»Für uns das einzig mögliche«, sagte Quilla. »Ich hab' gehört – äh, ich weiß nicht, wie ich es sagen soll.«

»Was haben Sie gehört? Daß wir nach Verdächtigen suchen?«

»Hat Freya gesagt. Freya ist die Frau, die die Hilfspolizisten gestern beinahe vom Baum runterfallen ließen. Sie sagte, Sie suchen einen Terroristen.«

Wexford trank seinen Tee aus, den der Nachgeschmack der lactosefreien Sojamilch ruinierte. »So kann man es auch ausdrücken.«

»Was soll der denn ausgefressen haben?«

»Das kann ich Ihnen nicht sagen.«

»Okay. Aber wenn Sie jemanden suchen, dem ein Menschenleben egal ist, der die abscheulichsten Dinge tun würde, nur um einen Käfer oder eine Maus zu retten, dann kann ich Ihnen sagen, wen Sie suchen müssen. Brendan Royall heißt er. Brendan Royall.«

11

Es war der einzige Name, der ihnen zweimal genannt worden war, und zwar von zwei völlig verschiedenen Quellen. Brendan Royall war Jenny Burdens ehemaliger Schüler, der Junge, der »sich aus den Rechten der Menschen nicht viel machte«, aber elf Straftaten begangen hatte, die mit Diebstahl und der nachfolgenden Befreiung von Tieren in Verbindung standen.

Für Quilla – ihr Nachname war Rice, wie sich herausstellte – war Brendan Royall der Erzfeind, der Aktivist, der nicht nur der Protestbewegung einen schlechten Ruf gab, sondern im Rahmen seines Kampfes Dinge tat, die im Widerspruch zu dem standen, wofür sie eintrat. Ihre Entrüstung über den Fall, den Jenny erwähnt hatte, hatte sie offensichtlich zu dem Gespräch mit Wexford bewogen.

»Sie sind gestorben, all die armen Kreaturen, die er angeblich *befreite*. Die Vögel konnten nicht fliegen, und er hatte keine Ahnung, was er ihnen zu fressen geben sollte. Er transportierte die Tiere hinten im Lieferwagen auf der Autobahn, als die Ladetür aufging. Es war das reinste Blutbad, es war entsetzlich. Ich glaube, das kümmerte ihn gar nicht, für ihn gehe es ums Prinzip, sagte er.«

»Komisch, daß er nicht hier ist«, meinte Gary. »Ich hab' eigentlich die ganze Zeit damit gerechnet, daß er auftaucht, seit wir hier sind und das Camp aufgebaut haben. Auf so was steht er, wissen Sie.«

Quilla nickte eifrig. »Nicht so sehr, weil die Landschaft kaputtgemacht wird, eher wegen der Insekten und dem ganzen Getier. Wegen dem Landkärtchen-Schmetterling und der Gelben Köcherfliege. Der würde hundert Leute umbringen, um eine Gespensterheuschrecke zu retten. Ich hab' mal gehört, wie er sagte, Menschen seien zu nichts nütze, die seien bloß Schmarotzer.«

Wexford bot ihnen an, sie zum Baumcamp zurückzufahren. Zuerst lehnten sie ab, sie könnten doch zu Fuß gehen, sie wollten sich nicht verpflichtet fühlen, aber es hatte wieder angefangen zu regnen, und Wexford sagte, das sei aber schade, nachdem er sowieso in die Richtung fahre. Quilla sagte, sie habe keine Ahnung, wo Brendan Royall im Moment sei. Eigentlich müßte er *hier* sein und irgendeine Demo an der Brede organisieren, sie verstehe gar nicht, wieso er nicht hier sei. Als Gary das letzte Mal von ihm gehört hatte, sei er in Nottingham gewesen, aber Quilla meinte, sie sei ihm später noch einmal irgendwo begegnet, als es um den Bau eines Wieseltunnels unter der A134 in Sussex ging. Das Problem sei, daß er wie sie selbst im Grunde keinen festen Wohnsitz habe.

»Seine Eltern wohnen irgendwo hier in der Gegend«, sagte Quilla. »Ich hab' irgendwie im Kopf, daß er hier zur Schule gegangen ist.«

»Stimmt«, sagte Gary. »So war's. Ob er hier gewohnt hat, weiß ich nicht, aber er hat mir mal erzählt, sein Großvater hätte früher ein großes Haus in der Nähe eines Ortes namens Forby gehabt, das er hätte kriegen sollen, bloß hat ihn sein Vater dann übers Ohr gehauen.«

»Genau das würde er sagen.«

»Er wollte es in ein Heim für illegal importierte Tiere umwandeln. Es war ein riesiges Anwesen auf einem großen Grundstück. Aber dann kam sein Dad daher und hat es verkauft. Sein Dad gab Brendan einen Teil von dem Geld, aber das reichte ihm nicht. Er wollte das Haus oder das ganze Geld – für die gute Sache.«

Es war fast sechs, als Wexford wieder im Revier eintraf.

Von Sacred Globe hatte man noch nichts gehört. Die anderen hätten ihn auf seinem Mobiltelefon erreichen können, wenn etwas gekommen wäre. Trotzdem hatte er gehofft...

»Dieser Brendan Royall ist bisher die konkreteste Spur, die wir haben«, sagte er zu Burden. »Er ist genau der Typ, den wir suchen, besessen von dem, was die alle NATUR nennen, in Großbuchstaben, und mit einer absoluten Mißachtung für Menschenleben.« Als er es sagte, zuckte er zusammen, doch Burden tat, als bemerkte er es nicht. »Gary Wilson sagt, er versteht gar nicht, warum der nicht hier ist und mitprotestiert, aber ich schon. Glaube ich zumindest.«

»Sie meinen, weil er einer von Sacred Globe ist? Er ist deswegen nicht in einem Baumcamp, weil er irgendwo anders die Geiseln gefangenhält?«

»Warum nicht? Ich will, daß alle alles liegen und stehen lassen und diesen Brendan Royall verfolgen. Einer – von mir aus Sie – sollte mit Jenny sprechen und sehen, ob sie sich erinnern kann, wo die Eltern Royall wohnten. Oder wohnen. Es ist erst sechs Jahre her, der Kerl ist heute erst dreiundzwanzig. Und dann das Haus des Großvaters. In Forby weiß bestimmt jemand Bescheid. Das dürfte nicht schwer sein. Also, Mike, wir rufen alle hier zusammen und verteilen die Aufgaben.«

Das dritte Treffen des Tages fand um halb sieben statt. Alle waren von ihren – wie sich herausstellte – größtenteils fruchtlosen Erkundungen zurückgekehrt. Karen Malahyde war in der Sozialwohnung in Guilford gewesen und von einer müden alten Frau weitergeschickt worden, die sagte, sie wolle ihre Tochter nie wieder sehen. Frenchie Collins hatte sie schließlich in einem schäbigen Zimmerchen in Brixton krank im Bett angetroffen. Auf einer Afrikareise hatte sie sich eine Infektion geholt und war noch längst nicht wiederhergestellt. Karen sah keinen Grund, dies zu bezweifeln oder ihr nicht zu glauben, daß sie fünfundzwanzig Kilo abgenommen hatte.

Barry Vine hatte mit KABAL gesprochen und DS Cook und sein DC mit dem Heartwood-Kollektiv, dessen Führerin, eine kühne junge Frau, Burton Lowry gefragt hatte, ob er heute abend schon etwas vorhabe. Lowry erwiderte kühl, er mache Jagd auf Geiselnehmer, worauf sie meinte, na ja, dann ein andermal, und ihm einen langen, vielsagenden Blick zuwarf. Von alldem erfuhr Wexford aber nichts. Er informierte sie über Brendan Royall, die Eltern, das Haus des Großvaters und die elf Straftaten.

»Machen Sie es untereinander aus, wie Sie es angehen. Ich werde noch einmal mit Mrs. Burden sprechen, aber Sie können nach Belieben vorgehen. Ich brauche Ihnen wohl nicht zu sagen, daß wir von Sacred Globe kein Wort mehr gehört haben.

Nur eins noch. Fangen Sie gleich heute abend an. Aber bleiben Sie nicht zu lang dran. Wichtig ist, die Sache für morgen vorzubereiten. Wir stehen alle ziemlich unter Druck und brauchen unseren Schlaf. Selbstverständlich ist sämtlicher Urlaub gestrichen, und morgen sehen wir uns hier in aller Frühe. Versuchen Sie also, heute nacht genug zu schlafen. Das wäre alles.«

Er sah Nicky Weavers smaragdgrüne Augen aufblitzen. Vielleicht irrte er sich, aber ihr Blick schien ihm voller Einfühlungsvermögen und Anteilnahme. Er fand sie anziehend. Sie gehörte eigentlich nicht zu der Art von Frauen, die er sonst bewunderte, sie war eher beängstigend anders als die süßen, jungen, hübschen Mädchen, was es um so schlimmer machte. Wieso mußte er dieses Gefühl, das ihm nichts als Schuldgefühle und Reue einbrachte, gerade jetzt bekommen, wo er sich doch nichts auf der Welt mehr wünschte, als Dora wiederzuhaben? Doch es war unausweichlich, dieses erschreckende Gefühl, wie wunderbar es wäre, wenn Nicky ihn nach Hause begleitete, mit ihm etwas trank, ihm beim Reden zuhörte, seine Hand nähme – und dann?

Jemand hatte ihm erzählt, sie liebe ihren Mann abgöttisch, der ihr ziemlich zugesetzt hatte, doch nicht mehr zu arbeiten, solange die Kinder klein waren, und sie seither für ihre Weigerung bestrafte, indem er selbst keinen Strich tat. Sie mußte für die Abende ein Kindermädchen engagieren, denn Weaver, obwohl er im allgemeinen nichts dagegen hatte, zu Hause zu bleiben, war dazu nicht zu bewegen, wenn es bedeutete, seine eigenen Kinder zu hüten. Trotzdem ließ Nicky nichts auf ihn kommen...

»Wachen Sie auf«, sagte Burden. »Sie wollten doch mitkommen und bei mir etwas zu Abend essen und Jenny Löcher in den Bauch fragen – schon vergessen?«

»Ich weiß. Ich komme.«

»Brendan Royall oder nicht, ich bin überzeugt, daß Trotter irgendwie in die Sache verwickelt ist. Heute früh habe ich noch mal mit ihm gesprochen, und Vine ebenfalls, in dem Schweinestall, in dem er haust. Ich weiß, er hat das Mädchen umgebracht, diese Ulrike Ranke, und meine Theorie ist, daß er sich als Killer verdingt. Ist ja verständlich, einer tötet, gewöhnt sich daran und tötet wieder, aber diesmal für Geld...«

»Trotter hat das Mädchen nicht ermordet, Mike.«

»Ich wollte, ich wäre mir da so sicher wie Sie.«

»Nein, das tun Sie nicht. Das wollen Sie überhaupt nicht. Sie wollen, daß ich diesen ganzen Mist über Trotter und das Mädchen ernst nehme, bloß wissen Sie verdammt gut, daß ich das nicht tun werde. Und was seine andere Berufung anbelangt, wo kommt hier eigentlich ein Killer ins Spiel? Es ist noch niemand umgebracht worden.« Wexford merkte, daß Burden ihn vorsichtig, beinahe zärtlich beobachtete. »Menschenskind, sehen Sie mich doch nicht so an! Ich sag's noch einmal, es ist noch niemand umgebracht worden, und wenn, dann wird bestimmt nicht Trotter dahinterstecken. Trotter war wie die anderen Typen von Contemporary Cars ein Idiot, der von Geschäftsführung etwa genausoviel Ahnung hat wie ich von der Gelben Köcherfliege, und von Umweltdingen weiß er auch nicht mehr als meine Enkelin Amulet. Also, vergessen Sie ihn, ja? Hören Sie auf, mit ihm Ihre Zeit zu vergeuden. Wir haben anderes zu tun.«

Jenny legte die Arme um ihn und gab ihm einen sanften Kuß. Erst muß einem die Frau entführt werden, bevor Frauen wirklich nett zu einem sind, dachte er ironisch. Er setzte sich bei den Burdens ins Wohnzimmer und ließ sich von Mark vorlesen. Schließlich hatte er noch nie von einem Fünfjährigen vorgelesen bekommen. Das Leben war voller neuer Erfahrungen.

Es war *Der Wind in den Weiden*, etwas altmodisch, aber das tat der Sache keinen Abbruch, und als Mark fertig war, sagte er sehr höflich: »Ich hoffe, es macht Ihnen nichts aus, Mr. Wexford, aber Dachs erinnert mich an Sie.«

Es machte ihm nichts aus. Mike brachte ihm ein großes Glas Whisky, das er akzeptierte, da das Angebot vorausgegangen war, ihn nach Hause zu fahren.

Es gab Lachsmousse, geschmortes Hähnchen und Apfel-Brombeer-Streusel zum Dessert. Bestimmt tischten sie das alles ihm zuliebe auf, denn er hielt es für unwahrscheinlich, daß Burden jeden Abend so speiste. Jenny erzählte ihm alles, was sie über Brendan Royall noch wußte, jedes Wort, das er ihr gegenüber je geäußert hatte, sämtliche Prinzipien und Lebenstheorien, die er ihr dargelegt hatte. Speziell zur Sache fiel ihr wieder ein, daß Royall das Haus seines Großvaters erwähnt hatte. In einer etwas paranoiden Schimpfkanonade war es darum gegangen, daß er um sein Erbe betrogen worden sei, und er hatte vage Drohungen ausgestoßen – sie, seine Lehrerin, hatte versucht, ihn zu beschwichtigen –, er werde es denen schon noch heimzahlen.

»Die Royalls wohnten irgendwo außerhalb von Stowerton, nördlich von Stowerton, daran erinnere ich mich noch. Ein kleiner Landbesitz oder ein … ich glaube, es war eine Art Wildgehege. Im kleinen Maßstab allerdings nur.«

»Und nun bekommt es bestimmt einen prächtigen Blick auf die Zufahrt zur Umgehungsstraße.«

»Ich vermute, sie sind umgezogen, nachdem das großväterliche Haus verkauft war. Brendan sagte immer, er würde es seinem Vater schon noch heimzahlen, und prahlte herum, er würde die Hälfte des Erlöses schon noch bekommen – und sobald er es hätte, würde er die Schule hinschmeißen.«

»Hat er sich eigentlich schon in der Schule für Tiere eingesetzt?«

»Nicht, daß ich wüßte, Reg. Aber damals hat man im Biologieunterricht ja auch noch keine Tierversuche gemacht.«

»Schon gut. Das habe ich verdient mit meiner blöden Frage. Sie sagten, seine Eltern hatten ein Tiergehege, da fiel mir das ein.«

»Ich weiß es wirklich nicht mehr. Aber ich glaube, es war eher wie ein … heißt das nicht Streichelzoo? Mit Kaninchen und einem Pony und ein paar Ziegen.«

Wexford lächelte. »Hat er einen Anteil vom Erlös des großväterlichen Hauses bekommen?«

»Keine Ahnung. Aber als er siebzehn war, hat er tatsächlich mit der Schule aufgehört.«

Wexford gab Nicky Weaver telefonisch diese neuen Informationen durch, doch Nicky wußte bereits das meiste davon. Der Großvater hatte in einem Haus namens Marrowgrave Hall bei Forby auf recht großem Fuße gelebt, und aus dem Tiergehege oder Streichelzoo war inzwischen eher eine Art Erlebnispark geworden.

»Machen Sie aber nicht mehr zu lange, Nicky«, sagte Wexford. »Denken Sie dran, was ich übers Schlafen gesagt habe.«

»Ich weiß. Ich gehe jetzt nach Hause. Meine Kinder sind allein, das heißt – in zehn Minuten sind sie allein.«

»Sie sollten vielleicht auch allmählich ans Schlafen denken, Reg«, sagte Burden, der seine letzten Worte mitgehört hatte. »Es ist fast zehn. Ich fahre Sie mit Ihrem Wagen nach Hause, und Jenny fährt hinterher und nimmt mich mit zurück.«

»Habe ich tatsächlich so viel getrunken?«

»Wer zählt denn mit? Aber, wenn Sie's wissen wollen, es waren zwei doppelte Whisky und drei Gläser Burgunder.«

»Dann fahren Sie mich, Mike. Und vielen Dank.«

Ihm hätte schwindlig sein müssen, doch er fühlte sich stocknüchtern. Nachdem er die Haustür aufgeschlossen hatte und hineingegangen war, machte er die Tür hinter sich zu und blieb einen Moment im Dunkeln stehen, um sich bewußt zu werden, wie still und leer es war. Sylvia war weg, Sheila war weg. Er war jetzt allein. Er ging ins Wohnzimmer und ließ sich, immer noch im Dunkeln, auf einem Sessel nieder.

Die Mitglieder, oder wie man sie nennen mochte, von Sacred Globe würden wegen Entführung, Bedrohung, erzwungener Gefangennahme, Freiheitsberaubung – an den genauen Wortlaut der Anklage erinnerte er sich nicht – langjährige Haftstrafen bekommen. Es würde ihre Haftzeit nicht wesentlich verlängern, wenn sie die Geiseln töteten. Andererseits – wenn sie sie töteten, wäre niemand mehr da, der die Entführer beschreiben könnte.

Er mußte an Roxane Masood denken, die junge Klaustrophobe, an Audrey Barkers Fragen und an das Ehepaar, das nach Florenz in Urlaub hatte fahren wollen. Doch an Dora zu denken ging nicht, jetzt nicht, er hätte laut geschrien, wenn er es sich gestattet hätte.

Warum gehen wir eigentlich immer abends zu Bett? Die meisten von uns jedenfalls. Wenn es Zeit wird, selbst wenn wir gar nicht müde sind. Warum schlafen wir nicht im Sessel, variieren die Schlafenszeiten, denken: Jetzt ist es Zeit!, fallen ins Bett und schlafen ein? Weil es im Leben eine Routine geben muß, einen Rahmen, an dem wir unser Leben festmachen können. Es war die Routine, die einen bei Verstand bleiben ließ, einem zu diesem und jenem Zeitpunkt etwas zu tun gab, einen bestimmte Orte aufsuchen und konkrete Dinge tun ließ. Wich man von diesem Pfad ab, war man dem Wahnsinn ausgeliefert.

Er ging nach oben, schlüpfte in seinen Pyjama und den Morgenmantel aus karmesinrotem Samt und legte sich so auf das Bett. Das Buch über den Bürgerkrieg lag auf dem Nachttisch, und er überlegte, daß er es jetzt wirklich gern nehmen und durch das geschlossene Fenster schleudern würde. Das Geräusch von zerberstendem Glas würde für kurze Zeit seltsam wohltuend auf ihn wirken. Leider gehörte es Jenny.

Jenny... Ihre Geschichte über Brendan Royall paßte mit der von Gary Wilson zusammen. Das mußte nicht unbedingt heißen, daß Royall etwas mit Sacred Globe zu tun hatte. Gary und Quilla könnten ja selbst an Sacred Globe beteiligt sein und ihm die Sache mit Royall als Ablenkungsmanöver erzählt haben. Einmal angenommen, keine Außenseiter standen mit Sacred Globe in Verbindung, angenommen, sie standen allein da. Man war immer davon ausgegangen, daß Aktivisten in anderen oder benachbarten Bereichen etwas über Sacred Globe wußten oder sogar mit ihnen verbunden waren, doch das war nicht unbedingt gesagt. Es konnte sich dabei auch um ein paar einzelne Leute handeln, die gegen Umweltzerstörung waren und sich aufgrund eines gesprochenen Wortes, einer gemeinsamen Leidenschaft, einer spontanen Entscheidung zusammengetan hatten.

Aber nein. Normalerweise verhalten sich gesetzestreue Leute nicht so. Und Amateure bräuchten eine Person, oder mehrere, um sich zu dieser Form von aktivem, gewaltsamem Protest zu organisieren. In Wahrheit handelte es sich vielleicht um eine Mischung aus glühenden Amateuren und skrupellosen Berufsdemonstranten, womit er wieder an seinem Ausgangspunkt war: daß jemand dort oben in den Bäumen oder jemand bei KABAL oder SPECIES oder einer der anderen Organisationen, die in Kingsmarkham zum Kampf gegen die Umgehungsstraße angetreten waren, etwas wußte oder einen Anhaltspunkt oder eine unbestimmte Verbindung zu ihnen hatte.

Wieso hatte Sacred Globe keine Nachricht mehr geschickt? Wieso dieses Schweigen, ein Schweigen, das mittlerweile schon mehr als vierundzwanzig Stunden andauerte?

Sie hatten einen Brief geschickt, und sie hatten zweimal telefonisch Kontakt aufgenommen. Abgesehen von den Methoden, die ihnen nicht offenstanden, weil sie eine Identifizierung erleichtern würden – welche Verständigungsmöglichkeit blieb ihnen denn noch übrig?

Die persönliche, von Angesicht zu Angesicht. Beim letztenmal hatten sie etwas von Verhandlungen gesagt, und jetzt, dachte er, hatten sie vor, einen Vertreter zu schicken. Das nächstemal würde die Nachricht mündlich überbracht werden. Was wäre, wenn plötzlich jemand in einem Sacred-Globe-T-Shirt hier hereinspazierte? In der Hand eine weiße Waffenstillstandsfahne? Wer auch immer geschickt wurde, hatte mit sofortiger Festnahme zu rechnen, und doch …

Er mußte aufhören, daran zu denken. Er mußte schlafen. Über diesen Dingen zu brüten, war das Verkehrteste, was er dafür tun konnte. Er sollte lieber eine der anerkannten Methoden ausprobieren, eine Variante des Schäfchenzählens. Er zog den Morgenmantel aus, drehte sich um und begann, die Namen sämtlicher Häuser in Jane Austens Romanen aufzuzählen: Pemberley, Norland, Netherfield Hall, Donwell Abbey, Mansfield Park…

Während er überlegte, wie Lady Catherine de Burghs Haus hieß, schlief er ein. Es lag am Alkohol und an purer Erschöpfung. Noch während er in den Schlaf glitt, wußte er, daß er nicht lang anhalten würde.

Der Mond, der in der vergangenen Nacht verdeckt gewesen war, zeigte sich in den Zwischenräumen der dünnen Wolkendecke, in einem klaren Meer von Dunkelheit. Es war ein weißer Vollmond mit einem grünlichen Schimmer, und sein Licht strahlte grell und kalt. Wexford glaubte, das Mondlicht, das einen schillernden Pfad durch den Spalt zwischen seinen halbgeschlossenen Gardinen warf, habe ihn aufgeweckt. Ein Streifen Mondlicht lag ihm wie ein weißer Arm über Gesicht und Hals.

Er stand auf und zog die Vorhänge zu, bis sie sich berührten. Hätte er vor dem Schlafengehen daran gedacht, wäre er vielleicht nicht aufgewacht. Mehr als die eine Stunde, die er geschlafen hatte, würde er vielleicht in dieser Nacht nicht bekommen. Er sah sich im perlgrauen Licht im Schlafzimmer um. Überall waren Doras Sachen. Haarbürsten und eine Flasche Parfum auf dem Frisiertischchen, ein Tuch über der Rückenlehne eines Stuhles, auf ihrer Seite des Bettes eine Schachtel mit Taschentüchern und ihre andere Armbanduhr, die sie nie trug. Beim Schließen der Schranktür hatte er aus Versehen einen Zipfel ihres Rockes eingeklemmt. Der blasse, seidige Stoff, eine bloße Handvoll, schimmerte im Halbdunkel. Er öffnete die Tür, schob den Stoff zurück, bewegte einen Kleiderbügel auf der Stange, roch ihr Parfum und machte die Tür wieder zu.

Er lag wieder im Bett, als er plötzlich das Geräusch hörte und sofort wußte, daß er es vorhin schon gehört hatte, vor einer Minute, und daß es das Geräusch gewesen war, das ihn geweckt hatte, nicht das Mondlicht.

Er richtete sich auf, um zu horchen. Da war es wieder. Ein Knirschen, das sich mehrmals wiederholte, Schritte auf dem Kiesweg. Er stand auf und griff nach seinen Sachen, die er vorhin ausgezogen hatte, nach Hose und Socken. Über einer Stuhllehne hing ein Pullover mit Rundhalsausschnitt. Er zog ihn sich über den Kopf, ging lautlos an die Schlafzimmertür und öffnete sie leise. Von unten kam wieder ein Geräusch, ein anderes Geräusch, ein Klikken, ein Drehen, ein Loslassen. Jemand machte sich an der Hintertür zu schaffen.

Sie war von innen verriegelt. Für wen hielten die ihn, ein Polizist, der seine Hintertür die ganze Nacht offenließ? Es war Sacred Globe, daran hatte er keinen Zweifel. Wie er sich gedacht hatte, schickten sie einen Vertreter, diesmal zu ihm, in sein Haus, bei Nacht. Auf der Digitaluhr auf Doras Seite sah er, daß es zwölf Uhr zweiundfünfzig war.

Da das Mondlicht nicht durch die dichten Gardinen vor dem Fenster am Treppenabsatz drang, war es ziemlich dunkel. Beim Warten gewöhnten sich seine Augen allmählich daran. Jetzt konnte er die Umrisse der Fenster und den bleichen Hof des Mondes ausmachen und über das Treppengeländer den Hausflur, das Fenster dort und die offene Tür zum Wohnzimmer sehen. Unter dem Fenster am Treppenabsatz, von der Seite des Hauses her, war wieder ein Schritt zu hören und dann noch einer. Sie hatten es an der Hintertür versucht und kamen jetzt nach vorn zurück. Tapp, tapp, ziemlich leichte Schritte, aber gleichzeitig laut. Lautlosigkeit zählte nicht zu ihren Prioritäten, soviel war sicher. Wer sie auch waren, was sie auch wollten, vor ihm hatten sie keine Angst.

Wie würden sie es anstellen, daß er sie hereinließ? Vermutlich, indem sie an der Haustür klingelten. Warum hatten sie es dann aber erst an der Hintertür versucht? Plötzlich begriff er. *Sie hatten natürlich Doras Schlüssel.*

Sie hatten natürlich einen Schlüssel für die hintere Tür und einen für die Haustür, und aus irgendeinem Grund hatten sie es hinten zuerst versucht, doch die Tür war von innen verriegelt gewesen.

Und jetzt die Haustür.

Er wollte nicht gleich gesehen werden. Er ging zur Vorderseite des Hauses und sah aus dem Fenster, doch das Vordach über dem Eingang blockierte ihm die Sicht. Als er leise zurückschlich, hörte er, wie sich im Haustürschloß ein Schlüssel umdrehte. Die Tür ging auf, und jemand betrat das Haus. Dann wurde die Tür leise, fast verstohlen, wieder geschlossen.

Mit Licht hatte er zuallerletzt gerechnet. Er hörte einen Schalter klicken, ohne sich klarzumachen, was es war, dann strömte Licht zum Treppenabsatz hoch. Er machte einen entschlossenen Schritt aus dem Schlafzimmer an die Treppe, bereit, ihnen entgegenzutreten.

Im Hausflur stand Dora und sah herauf.

Er hielt sie in den Armen und wollte gar nicht mehr loslassen vor lauter Angst, sie könnte wieder verschwinden. Ein Traum konnte es nicht sein, denn sie war so alt, wie sie in Wirklichkeit war, und auch er hatte sein richtiges Alter. Sie lachte etwas gequält, als er ihr sagte, in seinen Träumen seien sie beide immer jung, doch dann brach ihr Lachen jäh ab, und sie fing an zu weinen. Er hielt sie fest und preßte ihr nasses Gesicht an seine Wange.

»Was kann ich für dich tun? Was möchtest du gern? Soll ich dich hinauftragen? Früher konnte ich das mal. Soll ich es versuchen?«

»Wie Rhett Butler«, sagte sie unter Tränen. »Ach, Reg, sei nicht so albern.«

»Ich bin ein Idiot. Ich weiß. Ach Gott, ich bin ja so glücklich.«

Trocken, aber mit bebender Stimme erwiderte sie: »Ich bin auch nicht gerade tief deprimiert.«

»Einen Drink«, sagte er, »aber einen harten. Hast du was Richtiges gegessen? Ich werde dich nicht fragen, was passiert ist, heute abend nicht. Die gesamte Polizei von Mid-Sussex wird dich morgen ausfragen wollen, aber heute abend nicht.«

Sie trat ein wenig zurück und sah ihn fragend an. »Warum warst du nicht im Bett, Reg? Was ist passiert?«

»Ich dachte, du wärst ein Vertreter von Sacred Globe, und den wollte ich nicht in der Kardinalsrobe empfangen.«

»So nennen die sich also? In gewissem Sinn bin ich das auch«, sagte sie, »obwohl man mich nicht als offiziell bezeichnen würde. Ich weiß nicht, warum ich freigelassen wurde. Das hat man mir nicht gesagt. Sie haben mir bloß wieder diese eklige Kapuze über den Kopf gestülpt und mich hierhergefahren.«

»Du brauchst jetzt nicht darüber zu sprechen. Mein Gott, seit Anbeginn der Welt hat sich kein Mensch so über den Anblick eines anderen gefreut… Was möchtest du gern? Sag's mir.«

»Na ja, vor allem möchte ich ein Bad nehmen. Die Waschgelegenheit dort war nicht gerade berühmt. Ich möchte baden, und ich möchte, daß du mir einen schönen Gin Tonic ins Bad bringst, und dann möchte ich schlafen.«

Als er mit ihrem Drink wiederkam, sah er, daß alle ihre Kleider auf einem Haufen auf dem Schlafzimmerboden lagen. Das hatte sie noch nie gemacht, dachte er. Heimlich grinsend und dann lauthals lachend vor Glück hob er jedes einzelne Kleidungsstück auf und ließ alles in einem großen, sterilen Plastiksack verschwinden.

Halb sieben Uhr morgens war zu früh, um den Chief Constable anzurufen, doch Wexford rief ihn trotzdem an.

Montague Ryder hörte sich an, als sei er bereits seit Stunden wach und hätte schon zweimal die Parkanlage in Myringham umrundet. »Sie wissen sicher, ich brauche es Ihnen nicht zu sagen, daß wir uns mit Ihrer Frau eingehend unterhalten müssen; sie muß uns alles sagen, was sie weiß. Es muß mitgeschnitten und wahrscheinlich wiederholt werden, um sicherzugehen, daß nichts ausgelassen wird.«

»Ich weiß, Sir, und sie weiß es auch.«

»Genau. Gut. Die Zeit drängt, und je rascher wir anfangen, desto besser. Aber wecken Sie sie nicht, Reg. Lassen Sie sie bis neun schlafen, wenn sie will.«

Sie hatte tief geschlafen, als er sich aus dem Schlafzimmer schlich, um den Anruf zu machen. Er selbst hatte nicht viel geschlafen, nur unruhig gedöst, weil er immer wieder aufwachte, um nachzusehen, ob es wahr war, ob sie wirklich wieder da war und neben ihm im Bett lag. In der Küche unten machte er Tee, preßte Orangen aus und brühte obendrein auch noch Kaffee. Die Zeit verging wie im Flug. Er mußte an den vorigen Morgen denken, an dem er Amulet herumgetragen und auf die Nachrichten gewartet hatte, an dem sich die Zeit hingezogen hatte und stehenzubleiben schien. Die Zeit reiset in verschiednem Schritt mit verschiednen Personen. Ich will euch sagen, mit wem die Zeit den Paß geht, mit wem sie trabt, mit wem sie galoppiert und mit wem sie stillsteht...

Sylvia war die erste Tochter, die er anrief, weil er zuerst Sheila anrufen wollte.

»Du hättest mich gestern nacht anrufen sollen«, beklagte sich Sylvia.

»Nein, das hätte ich nicht. Es war ein Uhr. Sie schläft jetzt, aber heute abend kannst du sie besuchen kommen.«

Sheila meldete sich mit trauriger Stimme. Er erzählte es ihr.

»Ach, Pop«, sagte Sheila, »das ist ja absolut wahnsinnig wunderbar, du Lieber. Soll ich Amulet holen und gleich zu euch kommen?«

Als er um halb acht wieder hinaufging, war Dora wach und saß aufrecht im Bett. Sie schlang die Arme um ihn und drückte ihn an sich. »Ich habe dort ausgiebig geschlafen, also war ich gar nicht müde. Außer die anderen bei Laune halten und schlafen gab es dort ja sonst nicht viel zu tun.«

»Weißt du, wo du warst?«

»Ich habe keinen blassen Schimmer«, sagte sie. »Ich wußte natürlich, das würdet ihr als erstes wissen wollen – und das wußten die auch. Sie haben von Anfang an peinlich genau darauf geachtet.«

Er brachte ihr das Frühstück hoch, und sie entschied sich

für Kaffee. Unter der Dusche sang er aus vollem Halse Bruchstücke aus Liedern von Gilbert und Sullivan. Sie lachte über ihn, was ihm sehr behagte.

»Aber, Reg, sag mir eins«, begann sie, als er in dem karmesinroten Morgenmantel wieder ins Zimmer kam, »wer leitet die Ermittlungen? Du doch bestimmt nicht, das würden sie nicht zulassen, nachdem ich doch eine der Geiseln bin.«

»Doch. So ist es.«

Er erklärte es ihr, und sie sagte »du Armer« und fuhr fort: »Gestern abend sagtest du, du hättest einen Vertreter von ihnen erwartet, und ich sagte, in gewissem Sinne sei ich das auch. Sie haben mir eine Botschaft mitgegeben, weißt du. Das war das einzige Mal, daß einer von denen etwas gesagt hat. Sie haben mir Handschellen angelegt, mich herausgeholt und mir die Kapuze übergestülpt.« Sie erschauderte leicht. »Einer von ihnen hat gesprochen. Es war ein ziemlicher Schock. Bis dahin war es mir vorgekommen, als wären sie taub oder taubstumm. Er nannte es ›die nächste Botschaft‹. Ergibt das einen Sinn?«

Er nickte.

»Also, er sagte, sie hätten die Aussetzung der Arbeiten zur Kenntnis genommen, aber eine Aussetzung sei nicht genug. Sie verlangten den kompletten Baustopp. Die Verhandlungen beginnen am Sonntag, sagte er.«

»Wie sollen die Verhandlungen beginnen?« fragte Wexford.

»Keine Ahnung.«

»Mehr haben sie nicht gesagt?«

»Das war alles.«

Wexford, Burden und Karen Malahyde. Kein Vernehmungsraum. Alle außer Dora hatten sich dagegen gesträubt, doch sie sagte, es hätte ihr nichts ausgemacht, sie stünde eigentlich ganz gern im Mittelpunkt des Interesses, und sie hätte außer im Fernsehen noch nie einen Vernehmungsraum von innen gesehen. Doch sie ließen den Recorder in den ehemaligen Sportraum bringen und dazu vier bequeme Sessel, damit es eher nach Party als nach Vernehmung aussah. Der Chief Constable kam eigens herüber, schüttelte Dora die Hand und sagte, sie sei eine tapfere Frau.

»Wo soll ich anfangen?« fragte sie, nachdem sie Platz genommen hatte, die dritte Tasse Kaffee des Tages neben sich. »Vermutlich am Anfang, ja?«

»Ich glaube nicht«, erwiderte ihr Gatte. »Du sagtest ja selber, am wichtigsten ist im Moment der Ort. Sag uns alles, was du über den Raum weißt, in dem ihr gefangengehalten wurdet.«

»Aber du weißt doch, ich habe keine Ahnung, wo wir waren.«

»Aus dem, was du uns sagst, finden wir es hoffentlich heraus.«

»Das heißt dann doch, daß ich am Anfang beginnen muß, weil ich ja nach der Fahrt dort hinkam. Ich weiß aber nicht, welche Strecke er gefahren ist oder wie lange es gedauert hat. Aber ich vermute mal, wir sind eine Stunde gefahren, mehr nicht, und einen Teil der Zeit waren wir auf einer breiten Straße, möglicherweise einer Autobahn.«

»Hätte es vielleicht London sein können?« fragte Karen. »London oder etwas außerhalb von London?«

»Kann sein, daß es in den südlichen Vororten war, Sydenham oder Orpington, irgendwo in der Gegend, aber ich weiß es nicht, ich habe wirklich keine Ahnung. Ich war nicht lange genug im Wagen, als daß es der Norden von London hätte sein können. Es hätte fast überall in Kent oder Hampshire sein können, oder an der Küste.«

Dora sah sehr blaß aus, fand ihr Mann. Und obwohl sie tief geschlafen hatte, waren es nur sechs Stunden gewesen, und sie sah müde aus. Er hatte sie eigentlich schnurstracks zu Dr. Akande ins Gesundheitszentrum fahren wollen, doch sie hatte sich geweigert, hatte ihn fast ausgelacht. Beim Anziehen hatte er jedoch gesehen, wie sie schwankte und sich an einem Stuhl festhalten mußte.

Mißbilligung war bei Inspector Burden keine ungewöhnliche Regung, und er mißbilligte die ganze Angelegenheit. Dora hätte zum Arzt gehen, gründlich untersucht werden und wahrscheinlich ein Beruhigungsmittel, wenn nicht gar ein Sedativ bekommen sollen. Von Therapie hielt er persönlich gar nichts – obwohl er sich pro forma zur Gesprächstherapie bekannte, weil es bei der Polizei so üblich war –, glaubte jedoch fest an den Grundsatz, daß ein Opfer erst sehr viel später vom Schock überwältigt wurde, als man erwarten würde. Dora würde einen Schock bekommen und danach zusammenbrechen.

Sie hatte einen grauen Rock und eine graugelbkarierte Bluse angezogen, etwas alte Sachen, bequem und vertraut. Als sie zu Sheila aufgebrochen war, hatte sie ein neues Kostüm aus karamelfarbenem Leinen angehabt. Nachdem sie es vier Tage getragen hatte, war es – weil aus Leinen – zerknittert und faltig geworden, und jetzt wollte sie es nie wieder sehen. Die anderen Kleider in ihrem Koffer hatte sie nicht mehr zu Gesicht bekommen, seit ihr die Kapuze über den Kopf gestülpt worden war, denn sie hatten das Gepäckstück weggeschafft. Soweit sie wußte, war es immer noch in ihrem Besitz. Sie hatte nur die Handtasche mitnehmen dürfen, nicht aber den Koffer und auch nicht die Geschenke, die sie für Sheila eingepackt hatte.

Sie hatte eine Kaffeepause gemacht, und als sie wieder anfing, schien sie erst zu merken, daß alles aufgenommen wurde. Ihre Stimme wurde plötzlich gekünstelt, und sie sprach langsamer.

»Die Kapuzen, die wir aufhatten – wir alle hatten sie bisweilen auf – waren wie kleine Säcke mit Augenlöchern, und das Sackleinen war mit, ich glaube, schwarzer Sprayfarbe besprüht worden. Oder in Farbe getaucht. Meine Kapuze war ziemlich dick und schwer. Sie haben sie mir erst abgenommen, als ich drinnen war.«

»Sprich ganz natürlich«, sagte Wexford. »Vergiß den Apparat.«

»Entschuldige. Ich werd's versuchen.«

»Nein, ist schon gut, du machst es großartig.«

»Also dann, ihr werdet wissen wollen, was drinnen bedeutet, und das kann ich euch nicht sagen.« Sie warf einen Blick auf den Recorder und räusperte sich. »Aber es war ein Stück unter der Erde, glaube ich. Ich mußte zwei Stufen hinuntergehen, um hineinzukommen. Wie ein Kellergeschoß war es, aber nicht so tief wie ein Weinkeller. Habe ich das richtig erklärt?«

»Ich finde es absolut klar«, sagte Burden.

»Ihr müßt wissen, daß ich mich bemüht habe, mir von Anfang an alles zu merken, die Größe und Form von allem, und die ganze Zeit überall, wo ich war, Hinweise aufzunehmen. Ich dachte mir, es könnte nützlich sein, und das war es auch.«

»Gut gemacht, Mrs. Wexford«, sagte Karen. »Sie sind ein Genie.«

Dora lächelte. »Warten Sie es ab. Die Ergebnisse standen in keinem Verhältnis zu meinen Absichten. Der Junge war schon dort, als ich ankam. Ryan Barker heißt er, aber das wißt ihr vermutlich. Er war schon im Raum und saß auf einem der Betten. Saß einfach da und starrte vor sich hin. Es war ein ziemlich großer Raum, etwa ein Drittel der Größe dieser Sporthalle und länglich, es gab aber nur ein Fenster, und zwar recht weit oben an einer der Stirnseiten. Aber nicht allzu weit oben, weil die Decke recht niedrig war. Ich würde sagen, keine sieben Fuß. Reg hätte sich den

Kopf nicht angestoßen, es aber befürchtet. Ich kann Raummaße nicht in Metern angeben, aber ich würde sagen, es waren etwa dreißig mal achtzehn oder zwanzig Fuß.

Dann war da die Tür, durch die ich hereingekommen bin, und noch eine, die zu einer winzigen Toilette mit Klo und Waschbecken führte. Im Raum standen vier Betten, schmale Klappbetten. Später brachten sie noch eins herein, ich glaube, weil sie eigentlich nur vier Geiseln nehmen wollten und es dann fünf waren…«

»Wie kommen Sie darauf?« fragte Karen.

»Ich soll doch keine Meinung äußern, oder? Na schön, wenn ihr meint, es könnte etwas nützen. Ich hatte das Gefühl, sie dachten, bei den Struthers wäre es nur einer, und dann waren es plötzlich beide. Später sagte Owen Struther, seine Frau habe ein Taxi gerufen, also dachten sie sich wohl, sie würden eine alleinreisende Frau abholen. Jedenfalls brachten sie ein fünftes Bett herein. Außer den zwei Küchenstühlen waren die Betten das einzige Mobiliar.«

»Was für eine Art Raum war es?« fragte Wexford.

»Du meinst, wie alt, wie verwohnt, ob es eine Art Küche oder eher wie ein Wohnzimmer war, ja? Also, ein Wohnzimmer war es bestimmt nicht. Die Wände waren schief, der Putz blätterte ab, und die Stromversorgung war ziemlich primitiv, überall waren Kabel zu sehen. Unter dem Fenster war ein altes Spülbecken, so ein großes Becken wie in einem Wirtschaftsraum, es gab aber keine Wasserhähne. An einer der Längsseiten standen rohe Holzregale, die aber leer waren. Es kam mir vor wie eine Garage, nur daß es kein Garagentor gab, durch das ein Auto hätte hereinfahren können. Es hätte auch eine Werkstatt sein können. Ich habe über diese Möglichkeit lange nachgedacht und bin zu dem Schluß gekommen, daß es früher einmal eine kleine Fabrik hätte sein können.«

»Haben Sie aus dem Fenster geschaut?« Das war Karen.

»Bei der ersten Gelegenheit. Außenrum war es mit einer Art Kiste verkleidet. Ich kann es nur so beschreiben: Es sah aus wie ein Kaninchenstall, in dem das Kaninchen aber nicht viel Licht abbekommen hätte. Das Fenster ließ sich öffnen – wenn es nicht blockiert gewesen wäre –, ich meine, man konnte es aufmachen, und davor war dann dieses Gebilde, eine Kiste aus Holz und einem Drahtnetz, das wie Maschendraht aussah. Ich bin gleich am ersten Tag auf das Becken geklettert und habe versucht hinauszuschauen, dabei habe ich etwas Grünes gesehen. Grün und Backstein und ein Betonbrocken wie von einer abgebrochenen Treppenstufe, das ist alles. Es hätte auf dem Land sein können oder ein Garten in einem Vorort. Eins kann ich mit Sicherheit sagen, es war kein Blick auf einen Hof im Stadtzentrum.«

»Ließ sich ausmachen, in welche Himmelsrichtung das Fenster ging?«

»Die Sonne schien nachmittags herein. Es zeigte nach Westen. Ich würde sagen, direkt nach Westen. Ich sagte ja schon, es gab einen kleinen Raum mit Waschbecken und Klo. Das war interessant, er war nämlich ganz neu. Ich meine, er war noch unbenutzt. Die Wände waren weiß gestrichen, und das Waschbecken und die Toilettenschüssel waren nagelneu, nur daß es keinen Toilettensitz und Deckel gab. Ein Fenster gab es auch nicht. Es sah aus, als ob es früher eine Art Vorratskammer gewesen wäre, die so billig wie möglich umgebaut worden war, als hätte man das Ganze für *uns* installiert, das heißt, mit der Absicht, dort Geiseln unterzubringen.

Wir blieben vier Tage und drei Nächte in dem Hauptraum. Jedenfalls ich, und Ryan auch. Die anderen wurden nach einer Weile weggebracht. Soll ich jetzt noch einmal von vorn anfangen?«

»Erst machen wir eine Pause«, sagte Wexford.

»Meinst du wirklich?«

»Meine ich wirklich. Ich gebe das, was du uns gesagt hast, an die anderen weiter und will mal sehen, ob es irgendwelche Geistesblitze hervorruft. In einer Stunde fangen wir dann wieder an.«

Um elf kamen drei Kinder aus Stowerton mit einer Tüte voller Knochen auf dem Polizeirevier an. Sie hatten sie, wie sie dem wachhabenden Sergeanten erzählten, in einem der vorübergehend verlassenen Erdhaufen in Stowerton Dale entdeckt. Ein Kind äußerte die Meinung, es seien Knochen aus der Römerzeit, die anderen meinten, sie seien neueren Datums, die Überbleibsel des Massakers eines Massenmörders.

»Manfred scheint ja recht fleißig gewesen zu sein«, sagte Wexford, als er davon erfuhr, und berichtete von Bibis Schäferhund.

»Die müssen analysiert werden«, sagte Burden resigniert.

»Vermutlich. Das sieht doch jeder, daß es hauptsächlich Rippchen sind und ansonsten die Überreste von geschmortem Ochsenschwanz.«

»Was meinten sie damit, daß am Sonntag die Verhandlungen beginnen?«

»Hätten Sie mich das bloß nicht gefragt.«

Karen Malahyde saß bei der kaffeetrinkenden Dora. Sie meinte, Mrs. Wexford solle nicht noch mehr Kaffee trinken, sie habe doch schon drei Tassen gehabt, und sagte es ihr sehr freundlich und höflich. Dora sagte, na gut, und sie solle sie doch bitte Dora nennen, dieses Mrs. Wexford könne sie nicht mehr haben, und ob Karen vielleicht etwas Orangensaft für sie habe? Wenn es kein frischgepreßter sein müßte, meinte Karen, ließe sich schon etwas auftreiben, die Sorte, die »aus Konzentrat hergestellt« war.

Dora schlief in dem recht bequemen Sessel ein, wachte aber bei Karens Rückkehr wieder auf. Was Karen wohl meine, weshalb sie ihren Koffer nicht mit zurückgeschickt hatten? Und die Geschenke, die sie für Sheila mitgenommen hatte, Babysachen, einen Kimono und Bücher? Was hätten sie denn damit anfangen können?

»Wir sollten abwarten und darüber reden, wenn Mr. Wexford und Mr. Burden wieder hier sind, Mrs. ... äh, Dora.«

»Sie haben sicher recht. Man weiß nur, daß es echter Orangensaft ist, wenn Fruchtfleisch drin ist, stimmt's?«

Wexford und Burden kamen zusammen zurück, und Burden schaltete den Recorder ein.

»Ich habe gerade wegen meines Koffers gefragt«, sagte Dora. »Es ist zwar nicht so wichtig, irgendwie ist gar nichts wichtig, außer daß ich wieder da bin und die anderen Geiseln noch nicht, aber was wollten sie damit? Es ist bloß ein ganz normaler, mittelgroßer, dunkelbrauner Hartschalenkoffer mit meinen Initialen drauf. Und dann noch die anderen Sachen, die ich dabeihatte, die Geschenke für Sheila und das Baby.«

»Es ist möglich«, sagte Burden, »daß sie es in der Eile, Sie loszuwerden, einfach vergessen haben.«

»Können wir jetzt noch einmal von vorn anfangen?« Wexford rückte seinen Sessel von einem Sonnenstrahl weg, der durch eins der hohen Fenster drang. »Können wir mit letztem Dienstagmorgen anfangen?«

»Gut.« Dora lehnte sich zurück und schob ihre angewinkelten Beine unter sich. »Ich mußte mir einen Wagen bestellen. Es gibt da eine Taxifirma namens All the Sixes, und die habe ich angerufen, weil man sich ihre Nummer leicht merken kann. Es war fast halb elf, und ich wollte mit dem Zug um elf Uhr drei fahren, hatte also noch reichlich Zeit. Jedenfalls bekam ich bei All the Sixes nur eine von diesen nervtötenden Ansagen. Ihr wißt schon, ›Bitte bleiben Sie am Apparat‹, wo die Stimme bei ›bitte‹ nach oben geht und bei ›Apparat‹ wieder. Und dann kommt ›Sie werden gleich bedient‹, und dann schallt einem *Eine kleine Nachtmusik* entgegen. Also habe ich einen von den Reklamezetteln hergesucht, die sie uns geschickt haben, und Contemporary Cars angerufen.«

»Die Stimme, die sich gemeldet hat«, sagte Karen, »wie war die?«

»Eine Männerstimme. Ganz gewöhnlich, ziemlich flach und schleppend. Ohne Akzent. Relativ jung. Es war übrigends genau halb elf. Während ich sprach, sah ich zufällig auf die Digitalanzeige am Videorecorder. Gleich danach war er da – etwa sieben Minuten später, glaube ich.«

»Können Sie ihn beschreiben?«

»Nicht sehr präzise. Ich habe viel darüber nachgedacht. Ich kann nur sagen, er war nicht besonders groß, ungefähr einssiebzig, stämmig, und er hatte einen Bart. Er hatte einen etwas steifen Gang und O-Beine. Ach ja, und er roch. Er hatte einen seltsamen Geruch an sich.«

»Meinen Sie Körpergeruch? Schweiß? Einen süßlichen Geruch nach gebratenen Zwiebeln?«

»Nein, nicht so. Eher wie Nagellackentferner. Aceton heißt das doch, nicht?« Sie sah von einem zum anderen, plötzlich viel lebhafter. Die Aufregung, über alles reden zu können, hatte ihre Müdigkeit vertrieben. »Wie Nagellack oder Nagellackentferner, nicht direkt unangenehm, nur merkwürdig.

Als es an der Haustür klingelte, holte ich meinen Koffer und die Päckchen – äh, die Einkaufstüten aus dem Wohnzimmer, bevor ich aufmachte. Ich rechnete damit, daß er sie mir zum Auto tragen würde, wißt ihr. Aber als ich die Tür öffnete, stand er mit dem Rücken zu mir am Gartentor. Ich hätte ihn wahrscheinlich rufen sollen, ihm sagen, er solle mir den Koffer abnehmen, aber ich tat es nicht, ich sagte nur guten Morgen oder hallo oder irgend etwas, und er nickte. Ich stellte den Koffer und die Päckchen auf den Fußabstreifer vor der Tür, zog die Tür hinter mir zu und schloß ab.

Inzwischen saß er bereits im Auto auf dem Fahrersitz. Es kam mir nicht seltsam vor, ich fand ihn nur einfach ziemlich rüpelhaft. Er hatte mir nicht einmal die Wagentür aufgehalten. Ich warf nur einen kurzen Blick auf sein Profil, bevor ich einstieg, aber sein Gesicht war zum größten Teil von diesem schwarzen, gelockten Bart bedeckt. Das ganze Auto roch nach ihm. Er hatte recht langes, dichtes, dunkles, lockiges Haar und einen Pullover oder ein Sweatshirt in einem ungefähr graublauen Farbton.«

»Was für ein Wagen war es?« fragte Burden.

»Klein, rot, ein VW Golf, glaube ich. Wie das Auto meiner Tochter Sylvia.« Dora fügte trocken hinzu: »Wenn ich Detektiv wäre und einen Grund gehabt hätte, mißtrauisch zu sein, hätte ich mir die Nummer aufgeschrieben, aber ich bin keiner und habe es nicht getan.«

Burden lachte. »Hatten Sie sich angeschnallt?«

»Was für eine Frage! Natürlich habe ich mich angeschnallt. Vergessen Sie nicht, wessen Frau ich bin.« Dora schüttelte ungehalten den Kopf. »Den Koffer hatte ich auf dem Sitz neben mir, die Päckchen standen auf dem Boden. Er nahm die übliche Strecke zum Bahnhof, aber in der Queen Street fuhr er dann einen Umweg. Der Verkehr hat sich dort etwas gestaut, wie meistens, und ich dachte mir nichts dabei. Taxifahrer machen heutzutage alle möglichen Schlenker, um den Verkehr zu umgehen.

An der Kreuzung zwischen York Street und Old London Road blieben wir an der roten Ampel stehen. Die Ampel dort an dem Fußgängerüberweg wird per Knopfdruck betätigt. Inzwischen ist mir natürlich klar, daß er absichtlich an diese bestimmte Kreuzung gefahren ist. Die Ampel wird von den Fußgängern geschaltet. Jemand wartete dort und drückte auf den Knopf, als der Wagen sich näherte, es wurde rot, und wir blieben stehen. Die hintere Tür auf der Beifahrerseite wurde geöffnet, und der Mann stieg ein.

Es ging alles so schnell, ich hätte mich gar nicht wehren oder schreien können. Vor allem war ich ja in den Sicherheitsgurt eingezwängt, und ihr wißt, wie lange es dauert, bis man sich aus einem fremden Gurt befreit hat, es ist nicht das gleiche wie im eigenen Wagen. Den Kerl konnte ich mir auch nicht genau ansehen, nur mit einem flüchtigen Blick feststellen, daß er jung und groß war und einen Strumpf über dem Gesicht trug.«

»Heißt das, er stand mit einem Strumpf über dem Gesicht an der Ampel?«

»Es war sonst niemand auf der Straße«, erwiderte Dora, »aber ich glaube, ich habe gesehen, wie er sich mit einer Hand den Strumpf über das Gesicht zog, während er mit der anderen die Autotür öffnete. Ich konnte sein Gesicht also nicht sehen, nur daß es wie Gummi aussah. Aber das wäre wohl auf den Strumpf zurückzuführen, oder?

Er stülpte sich eine Kapuze über den Kopf und dann eine über meinen. Zunächst einmal konnte ich überhaupt nichts sehen, ich wehrte mich und versuchte zu schreien und merkte dann, daß mir Handschellen angelegt wurden. Das war nicht sehr angenehm. Nein, schlimmer, es war… es war fürchterlich.«

»Möchtest du wieder eine Pause machen, Dora?« fragte Wexford.

»Nein, es geht schon. Ihr könnt euch denken, daß ich schreckliche Angst hatte. Ich glaube, ich habe noch nie im Leben solche Angst gehabt. Schließlich war ich noch nicht in besonders vielen angsterregenden Situationen gewesen – wahrscheinlich war ich bisher recht behütet. Ich konnte auch gar nichts machen. Es war ein bißchen besser, als ich etwas sehen konnte. Er hatte die Kapuze zurechtgerückt und sie heruntergezogen.

Es gelang mir, kurz hinauszusehen, und ich stellte fest, daß wir auf der alten Umgehungsstraße waren. Er zeigte auf den Boden und bedeutete mir, ich sollte da hinunter. Wohl damit ich von draußen nicht gesehen werden konnte und selbst nichts sah. Ich gehorchte ihm, ist ja klar, und hockte mich auf den Boden.

Ich glaube, ich war ungefähr eine Stunde im Auto. Vielleicht auch länger, aber weniger als eine Stunde war es bestimmt nicht. Ich habe mich nicht mehr gewehrt, es hatte ja keinen Sinn. Ich hatte schreckliche Angst. Es hat jetzt keinen Zweck, das zu sagen, also werde ich nicht ins Detail gehen. Ich hatte Angst, irgendwie die Beherrschung zu verlieren, und das wollte ich auf jeden Fall vermeiden. Ich bemühte mich, ruhig zu bleiben, tief durchzuatmen, aber das ist nicht leicht, wenn man mit einer Kapuze über dem Kopf auf dem Boden hockt.

Der Wagen bog irgendwo ein, fuhr durch ein Tor oder auch nur in eine enge Straße oder vielleicht hinter eine Fabrik oder Lagerhalle, ich weiß es einfach nicht. Aber er fuhr viel langsamer und bog mehrmals rechts oder links ab. Dann hielten wir an. Die Kapuze saß immer noch so, daß die Augenlöcher hinten waren. Ich glaube, er hat sie nur am Anfang zurechtgerückt, um mir zu zeigen, daß sie Augenlöcher hat. Jedenfalls konnte ich rein gar nichts sehen, nur eine stickige Schwärze, und meine Hände steckten vor mir in Handschellen.

Jeder von ihnen packte mich an einem Arm, und dann wurde ich herausgeführt. Ich glaube, auf der rechten Seite war der Fahrer, denn er schien nicht viel größer als ich, und sein Arm fühlte sich ziemlich dick und schwammig an. Und der Geruch, den er an sich hatte … Der auf der anderen Seite hielt meinen Arm sehr fest, man könnte sagen, im eisernen Griff. Ich hatte den Eindruck, daß es lange, dünne, kräftige Finger waren. Er roch nach gar nichts. Ich kann nicht sagen, ob es Landluft oder Stadtluft war, die Temperatur war jedenfalls die gleiche wie zu Hause.

Ich spürte und hörte, wie eine schwere Tür aufgeschlossen und geöffnet wurde, dann wurde ich hineingeführt. Nicht gestoßen oder geschleudert oder so etwas, ich ging einfach die paar Stufen hinunter und hinein, wurde zu einem der Betten geführt und hingesetzt. Erst nahmen sie mir die Kapuze ab und dann die Handschellen, behielten ihre eigenen Kapuzen aber auf. Der eine hatte braune Hände mit Wurstfingern und der andere lange Finger. In dem Moment sah ich Ryan. Sie gingen, machten die Tür zu und schlossen hinter sich ab.«

»Wir machen jetzt Mittagspause«, sagte Wexford, »und dann will ich, daß du dich ausruhst.«

Am besten wäre es gewesen, wenn er seine Frau zum Mittagessen ausgeführt hätte. Wexford überlegte hin und her, wie sich dies bewerkstelligen ließe, selbst wenn es bedeutete, daß Burden und Karen Malahyde ebenfalls mit von der Partie waren. Aber er wußte im Grunde, daß das nicht ging. Heute nicht, nicht unter diesen Umständen, nicht im La Méditerranée, dem neuen Restaurant des Olive and Dove, zu einer schönen Flasche Wein, Crevettensalat, Seezunge *meunière* und Crème Caramel. Ein andermal. Nächste Woche, aber heute nicht. Er ließ ein paar Sandwiches mit Räucherlachs, Cheddar und Pickles, Schinken und Zunge kommen.

Sie sah schon besser aus. Darüber zu reden schien ihr gutzutun. Trotz Müdigkeit und Schock *mußte* es ihr ja guttun. Darum ging es doch in der Psychotherapie, mit Leuten zu reden, die einem nicht nur zuhörten, sondern nichts lieber taten, als einem zuzuhören. Es war viel besser für sie, als alles für sich zu behalten und sich, vollgepumpt mit Akandes Sedativen, ins Bett zu legen.

Er gestattete ihr noch eine Tasse Kaffee. Über Kaffee wurde eine Menge Unsinn geredet, über die aufputschende Wirkung und das Koffein, aber nie hörte man, daß Kaffeetrinken jemandem tatsächlich geschadet hatte. Sie trank ihren mit Sahne und Zucker, was sie zu Hause nie getan hätte. Die Ruhepause, die er zaghaft angemahnt hatte, hatte sie abgelehnt.

Burden schaltete den Recorder ein. Er war es, der die erste Frage stellte. »Sie waren mit Ryan Barker allein im Raum, ist das richtig?«

»Eine Zeitlang, ja. Er hatte schreckliche Angst, er ist erst vierzehn. Ich sagte ihm, er soll sich keine allzu großen Sorgen machen. Wenn sie uns etwas hätten antun wollen, hätten sie es bereits getan. Ich glaube, inzwischen begriff ich, daß wir Geiseln waren, obwohl ich keine Ahnung hatte, worin das Lösegeld bestehen sollte. Ryan sagte, ihm sei klar, daß er eigentlich tapfer sein müßte – mannhaft, meinte er wohl –, und später sagte er, sein Vater sei als Soldat im Kampf gefallen, auf den Falklandinseln, aber ich sagte, nein, das müsse er nicht, er könnte ruhig laut herumflennen, wenn er wollte, dann kämen sie bestimmt und wir könnten sie fragen, was wir eigentlich dort sollten. Wohlgemerkt, ich fürchtete mich ja selbst zu Tode, es tat mir aber gut, daß er da war, denn vor ihm durfte ich es nicht zeigen.

Jedenfalls blieben wir nicht lange allein, denn bald wurde Roxane hereingebracht. Ich nehme an, ihr wißt, daß Roxane Masood eine der Geiseln ist?«

»Roxane Masood, und Kitty und Owen Struther sind die anderen«, bestätigte Karen.

»Stimmt. Roxane war weit weniger passiv als ich, das

kann man wohl sagen. Sie wehrte sich, als sie sie hereinbrachten, und als sie ihr die Kapuze und die Handschellen abnahmen, versuchte sie, auf sie loszugehen.«

»Wer brachte sie herein?«

»Der Fahrer und ein anderer Mann. Auch so ein großer, größer als der Fahrer, aber nicht so groß wie der, der mit mir im Auto gewesen war. Soweit ich sehen konnte, war er Ende Zwanzig, vielleicht dreißig. Er war es, der Roxane die Handschellen abnahm, und der Fahrer nahm ihr die Kapuze ab.

Roxane ging mit den Fingernägeln auf ihre Augen los, obwohl sie die Kapuzen aufhatten. Der Dünne versetzte ihr einen gewaltigen Schlag auf den Kopf, so daß sie stürzte. Sie fiel auf das Bett und war eine Zeitlang ohnmächtig, glaube ich. Ich ging zu ihr und nahm sie in den Arm, bis sie wieder zu sich kam und anfing zu weinen. Aber das lag daran, daß er ihr wirklich weh getan hatte. Anders als bei Kitty Struther.

Etwa eine halbe Stunde später brachten sie die Struthers herein. Er ist so ein unerschütterlicher Typ. Er erinnerte mich an Alec Guinness in *Die Brücke am Kwai.* Ihr wißt schon, sehr steif und aufrecht und so typisch englisch, einer, der sich weigert, etwas mit seinen Entführern zu tun zu haben, so einer war das. Der andere Mann, der mich gebracht hatte, der mit dem Gummigesicht, brachte auch Kitty herein. Sie spuckte ihn an, als ihr die Kapuze abgenommen wurde. Er machte gar nichts, sondern wischte es sich einfach ab.

In einem Buch habe ich einmal gelesen, wie überrascht einer war, eine richtig feine, damenhafte Frau vulgär daherreden zu hören, in einer Situation … na, so wie hier. Er hätte nicht geglaubt, daß sie solche Ausdrücke überhaupt kannte. Das war auch mein Eindruck von Kitty Struther. Das Spucken und dann die Wörter, die sie benutzte. Vermutlich war es Hysterie, aber sie schrie und kreischte und trommelte mit den Fäusten auf die Matratze. Als Owen sie dann zu beruhigen versuchte, schlug sie auf ihn ein. Ich glaube, sie wußte gar nicht, was sie tat, aber sie schrie ganz schön lange. Wir anderen saßen nur da und guckten entsetzt. Und dann begann sie mit diesem leisen, furchtbaren Gewinsel. Sie rollte sich wie ein Embryo zusammen und vergrub ihr Gesicht und schlief schließlich ein.«

Dora hielt inne, seufzte und hob leicht die Schultern hoch. »Ihr möchtet jetzt sicher alles wissen, was ich über die anderen Leute sagen kann, die uns gefangengehalten haben.«

»Würden Sie sich das bitte ansehen, Dora.« Burden hatte ein Foto hervorgeholt, das er ihr nun entgegenhielt. »Könnte der da der Dunkle sein, der Fahrer? Vergessen Sie den Bart, Bärte können im Handumdrehen angeklebt oder abgerissen werden. Könnte das da Ihr Fahrer sein?«

Dora schüttelte den Kopf. »Nein. Ganz sicher nicht. Der Mann hier ist dünn und älter. Irgendwie weiß ich, daß der Fahrer nicht sehr alt war, und er war kräftiger.«

Als Karen auf eine Tasse Tee mit ihr hinausgegangen war, fragte Wexford: »Wer ist das denn?«

Burden steckte das Foto weg. »Stanley Trotter«, erwiderte er. »Der riecht auch. Heute haben wir ein paar Neuigkeiten reinbekommen. Ich wollte Sie nicht damit belästigen, Sie hatten sowieso schon viel am Hals. Von der Polizei in Bonn, Bonn in Deutschland.«

Wexford überlegte. »Wo Ulrike Ranke zur Universität ging?«

»Genau. Erinnern Sie sich an die Perlenkette? Das Geschenk zu ihrem achtzehnten Geburtstag, die Zuchtperlenkette, für die ihre Eltern dreizehnhundert Pfund gezahlt haben?«

»Natürlich erinnere ich mich.«

»Nun, sie hat sie verkauft. Hatte Geld wohl nötiger als Schmuck. Die Bonner Polizei hat sie gefunden und auch den Juwelier, der ihr siebzehnhundert D-Mark dafür gegeben hat.«

»Nicht besonders großzügig«, sagte Wexford, nachdem er es im Kopf umgerechnet hatte.

»Nein. Hat sie sich für zwanzig eine neue gekauft, um sie notfalls ihren Eltern zeigen zu können? Sicher ist, daß sie eine gekauft hat, denn wir wissen, daß sie auf dem Foto im Brigadier eine Perlenkette trug. War das die Kette, die …?«

»Es ist nicht Trotter, Mike«, sagte Wexford. »Er ist nicht ihr Killer, und auch nicht Doras Fahrer.«

13

Auf dem Schild am grasüberwachsenen Seitenstreifen stand: »Euro-Fun, der einzige internationale Erlebnispark in Sussex«. Die Schrift war weiß auf blauem Untergrund, und darunter hatte jemand nicht besonders kunstvoll ein kleines Reh oder eine Gemse, eine Windmühle und etwas, was wohl den Schiefen Turm von Pisa darstellen sollte, gemalt. Damon Slesar fuhr den Wagen schwungvoll durch die offenstehenden Tore – beziehungsweise den einen offenen Torflügel, denn der andere war aus den Angeln gehoben und lehnte am Zaun – und fuhr den Feldweg hoch, der im Winter in zwei schlammige Furchen verwandelt sein würde.

Der Erlebnispark war in eine Reihe von Koppeln aufgeteilt, durch die sich planlos der Feldweg wand. Der Eindruck, den man aus der Ferne gewann, war durch die vielen Bäume abgemildert, die einige der schlimmsten Exzesse von »Euro-Fun« gnädig verdeckten, doch die meisten traten zutage, als das entfernte Panorama zur nahen Kulisse wurde. Der Name des jeweils dargestellten Landes stand auf Schildern, die von hohen spiralförmig rotweißgestreiften Pfosten herunterhingen. Das ganze Anwesen war mit den Jahren ziemlich heruntergekommen, und es gab nur wenige Besucher. Fünf Leute, drei Erwachsene und zwei Kinder, spazierten etwas verdattert in dem als Dänemark bezeichneten Bereich herum und beäugten skeptisch ein hölzernes Puppenhaus mit grünem Dach und eine Nachbildung der kleinen Meerjungfrau aus Plastik, die am Rand eines mit blauer Folie ausgeschlagenen Teiches voll abgestandenem Wasser saß.

Was die Besucher hier eigentlich tun sollten, war nicht ganz klar. Vielleicht nur spazierengehen, gucken und staunen. Ein Mann und eine Frau taten genau das – ihrem Gesichtsausdruck nach zu schließen, besonders letzteres –, während sie zwischen einigen vom Regen arg mitgenommenen Wachstulpen im Schatten einer monströsen rotweißen Plastikwindmühle herumwanderten. Ein paar Kinder unter zehn Jahren saßen auf den Stufen vor einer Berghütte und starrten eine Kuckucksuhr an. Der Kuckuck war vorn aus dem Zifferblatt herausgekommen, und nachdem die Mechanik kaputtgegangen war, war er reglos und mit offenem Schnabel in ewiger Kuckuckspose steckengeblieben.

»Waren Sie mit Ihren Kindern schon mal hier?« fragte Damon Slesar.

»Du meine Güte«, sagte Nicky Weaver. »Das hätte noch gefehlt. Ach, schauen Sie mal, das Parthenon! Ist das denn zu fassen?«

Es sah aus wie aus Asbest, war aber wahrscheinlich aus Gipskartonplatten, und die Säulen bestanden aus weiß gestrichenen Abflußrohren. Eine Puppe, die eigentlich in ein Schaufenster gehörte und in einen weißen Faltenrock und ein schwarzes Jäckchen gekleidet war, stand vor der Akropolis und klampfte auf einem Saiteninstrument. Nebenan war Spanien mit Stier und Matador aus Pappmaché, und dann kamen der Kartenschalter und der Parkplatz. An den Parkplatz grenzte ein weitläufiger Bungalow, der dringend einen neuen Anstrich brauchte.

Der Mann, der nun herauskam, war mittleren Alters und trug einen Pullover mit Zopfmuster und eine graue Cordhose. Er gehörte zu den Männern, die auf dem Kopf praktisch keine Haare mehr haben, dafür aber um so mehr auf Oberlippe und Wangen. Bei ihm war das Haar grau und struppig, ein dichter, hängender Schnurrbart und leicht gelockte Koteletten.

»Das wäre dann für zwei, die Dame, ja? Parkplatz geradeaus.«

»Polizei«, sagte Nicky und zeigte ihm statt des erwarteten Bargeldes ihren Ausweis. »Ich suche Mr. oder Mrs. Royall.«

Polizeiliche Ermittlungen waren ihm nicht fremd. Das merkte Nicky als gute Polizistin. Er schlug sich mit der Faust auf die Brust und sagte: »James Royall, zu Ihren Diensten, Madam. Was kann ich für Sie tun?«

Nicky wußte, daß er dieses »Madam« nicht aus Höflichkeit oder Unterwürfigkeit sagte, sondern als Witz meinte, als Parodie auf die Art, wie Polizisten sich ausdrücken, wenn sie eine höherrangige Kollegin ansprechen. James Royall war ein Scherzbold.

»Ich möchte mit Ihnen über Ihren Sohn sprechen. Brendan – ist das richtig?«

»Ich kann aber doch hier meinen Posten nicht verlassen, Madam, oder?«

Damon Slesar drehte den Kopf von einer Seite zur anderen.

»Ich seh' keinen Andrang, Sie etwa? Die Leute stehen hier nicht direkt Schlange.«

»Wir möchten jetzt *gleich* mit Ihnen reden, Mr. Royall«, sagte Nicky. »Ob Sie Ihren Posten verlassen oder jemanden finden, der Sie vertritt, ist für mich unerheblich.«

Das Schalterhäuschen hatte einen Innenraum. Nicky öffnete die Tür, ging hinein und forderte James Royall auf, ihr zu folgen. Es gab zwei Küchenstühle und einen zum Schreibtisch umfunktionierten Tisch. An den Wänden waren Regale angebracht, auf denen Dutzende, womöglich Hunderte von Gegenständen aus dem Erlebnispark standen: Figuren, Plastiktiere, Baumstücke, ein Puppenhaus, ein Boot, alles kaputt, alles offensichtlich auf Reparatur wartend.

Royall nahm den Telefonhörer und sprach hinein: »Mag, kannst du mal runterkommen? Ich hab' hier unerwartet zu tun.« Er sah in Damons Richtung. »Was soll mit dem gnädigen jungen Herrn denn sein?«

»Wir müssen unbedingt mit Ihrem Sohn Kontakt aufnehmen, Mr. Royall. Wissen Sie, wo er ist?«

»Fragen Sie mich was Leichteres«, meinte Royall achselzuckend. »Da sind Sie hier an der falschen Adresse, wissen Sie. Zwischen ihm und mir und seiner Mum, herrscht, sagen wir mal so, *Entfremdung*. Anders ausgedrückt, wir reden nicht miteinander.«

»Und woran liegt das, Mr. Royall?«

Er richtete den Blick auf Nicky, deren Erscheinung und Tonfall, vielleicht auch Rang und Beruf, ihn offensichtlich amüsierten. Seine Mundwinkel unter dem schlaff herabhängenden Schnurrbart hoben sich zu einem kaum merklichen Lächeln.

»Na ja, Madam, ich weiß ja nicht, ob Sie das überhaupt was angeht, aber weil ich so ein gutmütiger Kerl bin, sag' ich's Ihnen. Zunächst mal war mein Sohn Brendan aus irgendeinem mysteriösen, mir unerfindlichen Grund der Meinung, wenn ich das Grundstück von meinem Alten geerbt hätte, müßte ich es ihm in Bausch und Bogen überlassen. Netter Ausdruck, finden Sie nicht? In Bausch und Bogen. Hat aber trotz dem Bogen nichts mit Schießerei zu tun. Da kennen Sie sich besser aus, Madam. Die zweitausend Mäuse, die ich ihm aus dem Verkauf des besagten Grundstücks gegeben hab', waren ihm nicht genug, i wo. Also kam er immer wieder an und wollte mehr. Dem hat aber unser Europark nicht gepaßt. Der Stier und der Matador unter anderem, die gingen ihm auch gegen den Strich ...«

»Und die Maulwürfe, Schatz«, ertönte eine Frauenstimme vom Eingang her.

»Ach ja, und die Maulwürfe, Mag. Du hast recht. Nachdem wir nicht unbedingt scharf drauf waren, daß es hier aussieht wie in den Alpen, wo wir unsere Schweizer Sektion doch schon hatten, waren wir doch glatt so frech und haben den Kammerjäger bestellt, ohne den gnädigen jungen Herrn vorher zu fragen, und damit – könnte man sagen – waren wir vollends untendurch.«

Mrs. Royall, die zum Empfang von Kundschaft gerufen worden war und diese nun um keinen Preis wieder loslassen wollte, stand unschlüssig in der Tür und blickte ab und zu über die Schulter, damit auch ja kein Auto und keine Besuchergruppe unbemerkt an ihr vorbeischlüpfen konnte. Zu Nicky sagte sie in einem ziemlich hiflosen Ton: »Ich bin Brendans Mutter.«

»Können Sie uns sagen, wo Ihr Sohn sich aufhält, Mrs. Royall?«

»Wenn ich das bloß könnte. Es macht mich sehr, sehr traurig, von meinem einzigen Kind abgeschnitten zu sein, und das nur wegen seiner Leidenschaft für die Tiere. Wir sind auch tierlieb, sagte ich zu ihm, aber man muß auf dieser Welt auch praktisch sein.«

Royall machte das Geräusch, das normalerweise »pah!« geschrieben wird. »Dem geht es nicht um Tiere, sondern um Geld. Und du weißt verdammt genau, wo er ist. Seine zukünftigen Perspektiven im Auge behalten, sich an die ranschmeißen, die sich jetzt da eingenistet haben, wo sein Großvater mal gewohnt hat, das tut er.«

»Und wo wäre das, Sir?«

»In Marrowgrave Hall, *Madam*. Als ich nämlich vor sieben Jahren an meine Cousine, Mrs. Panick, verkauft hab' und einen Riesenbatzen vom Erlös weitergegeben hab' an diesen geizigen, habgierigen Affenliebhaber...«

»Ach, Jim!« heulte Mrs. Royall auf.

Als sie wegfuhren, kam gerade wieder ein Auto an, diesmal mit österreichischem Kennzeichen. Nicky überlegte, was die Passagiere wohl von der Sektion halten würden, die ihrem Heimatland gewidmet war, von dem Plastikpferd mit goldener Schabracke, der Mozartbüste und der Spieluhr, die bei Einwurf einer Zehn-Pence-Münze Wiener Walzer dudelte.

»Es waren nicht die gleichen Leute, die Roxane oder Kitty und Owen hereinbrachten«, sagte Dora. »Oder – anders gesagt – bei dem Großen bin ich mir nicht so sicher, er könnte es gewesen sein, aber der Fahrer war es diesmal nicht. Dieser Mann war größer, allerdings nicht so groß wie der Große, und dünner, und ich glaube, er war auch jünger.

Der Große war überhaupt der einzige, dessen Gesicht ich einmal gesehen habe, und auch nur unter einem hellbraunen Feinstrumpf. Der Strumpf war ziemlich dick, 20den, wenn ihr damit was anfangen könnt.

Der Mann war weiß, mitteleuropäisch, wie man sagt, und sein Gesicht hätte scharf geschnitten oder auch gummiartig sein können. Ich wäre nicht in der Lage, ihn zu identifizieren. Wenn ihr mir Fotos zeigt, könnte ich sagen, er sieht ein bißchen so aus oder so oder so, aber mit Sicherheit könnte ich es nicht sagen. Ich habe keine Ahnung, was für eine Augenfarbe er hat. Nur bei einem habe ich die Augenfarbe genau gesehen.

Vom Fahrer habe ich schon erzählt. Mehr kann ich über ihn nicht sagen. Ich habe nie einen von ihnen sprechen hören, sie haben nie mit uns gesprochen. Der dritte, der, der Roxane mit hereingebracht hat – es gab noch einen vierten, aber der tauchte erst am nächsten Tag auf –, der dritte hatte eine Tätowierung am Arm.«

»Eine *Tätowierung*?«

Wexford und Burden hatten den gleichen Gedanken. Die Spur aus dem Kriminalroman, sogar aus dem altmodischen

Kriminalroman, das unauslöschliche Merkmal, das alles aufdeckt! Aber so etwas jetzt, heute, in der Wirklichkeit?

»Er hatte eine Tätowierung am Arm?« fragte Wexford. »Bist du sicher?«

»Ganz sicher. Ich habe sie erst am nächsten Tag gesehen. Erst am Mittwoch. Es war ein Schmetterlingstattoo, in Rot und Schwarz, aber ich glaube, das sind alle Tätowierungen. Ich erzähle mehr darüber, wenn ich an die Stelle komme, ja?«

»Gut.«

»Wie ich schon sagte, war da noch ein vierter Mann«, fuhr sie fort. »Er war einer von denen, die uns am nächsten Tag das Frühstück brachten. Der war auch groß, so groß wie der erste Große, und zu dem fällt mir, ehrlich gesagt, nichts ein. Er trug sogar Handschuhe, damit ich nicht sehen konte, wie seine Hände aussahen. Es war einfach eine große, maskierte Gestalt, dünn, aufrecht, mit athletischem Gang, eigentlich beängstigend, obwohl ich inzwischen aufgehört hatte, mich zu ängstigen. Ich wurde wütend, wißt ihr, und Wut vertreibt die Furcht. Ich könnte keinen von ihnen identifizieren, und ich glaube, die anderen Geiseln auch nicht.«

»Aber diesen vierten, den mit den Handschuhen, haben Sie doch erst am nächsten Tag gesehen, am Mittwoch?«

»Stimmt. Ich hätte noch nicht von ihm anfangen sollen. Ich hätte noch nichts von der Tätowierung sagen sollen. Das war jetzt eine freundliche Rüge, stimmt's?«

»Ich würde nicht im Traum dran denken!« Karen Malahyde lachte. Nach kurzem Zögern fragte sie: »Warum haben die Sie freigelassen?«

»Keine Ahnung.«

»Sie sagten, einer von denen hat etwas zu Ihnen gesagt?«

»Das war gestern abend, etwa um zehn. Inzwischen war ich mit Ryan allein, nur wir beide. Die anderen hatte man weggebracht. Der Große mit den Handschuhen kam mit Tattoo herein. Ich saß auf meinem Bett – wie meistens. Sie gaben mir ein Zeichen, ich sollte aufstehen und die Hände ausstrecken, und das tat ich. Und dann legten sie mir Handschellen an.«

Wexford stieß einen leisen Schrei aus und machte gleich ein Hüsteln daraus. Immer wieder ballte er die Fäuste. Dora sah ihn an und machte ein reuiges Gesicht.

»Dann brachten sie mich hinaus. Ich wehrte mich nicht und protestierte auch nicht. Ich wußte ja, was sie in so einem Fall machten – äh, mit derjenigen, die sich getraut hatte. Ich habe mich nicht einmal von Ryan verabschiedet. Ich dachte ja, ich komme wieder. Dann stülpten sie mir die Kapuze über. Und in dem Moment sagte Tattoo etwas zu mir. Es war nur etwa eine Minute, nachdem ich herausgeführt worden war, aber – na ja, es war eine schlimme Minute. Ich dachte, sie würden mich töten. Gut, also weiter. Es war wie ein Schock, als ich seine Stimme hörte.«

»Wie war sie?«

»Seine Stimme? Cockney, es klang aber nicht natürlich. Es hörte sich an wie ein einstudiertes Cockney.«

Burden warf Wexford einen Blick zu und nickte. Der Mann an Tanya Paines Telefon hatte einen Cockney-Akzent gehabt, der sich angehört hatte wie mit Kassette einstudiert. Er sagte zu Dora: »Was genau hat er gesagt?«

»Ich will versuchen, mich genau zu erinnern. Also – ›Sagen Sie ihnen, die Aussetzung wurde zur Kenntnis genommen. Aussetzung ist nicht genug. Die Bauarbeiten müssen ganz gestoppt werden. Sagen Sie ihnen, die Verhandlungen beginnen am Sonntag.‹ Dann sagte er, ich solle es wiederholen, was ich auch tat. Vor Aufregung versagte mir die Stimme, aber dann kam sie wieder. Ich wußte ja, wenn sie mir eine Nachricht mitgeben, schicken sie mich bestimmt nach Hause.«

»Haben Sie dich in ein Auto gesetzt? Hast du das Auto gesehen?«

»Noch nicht. Sie drehten die Kapuze herum, damit ich nichts sehen konnte. Ich konnte von dem Ort, an dem wir uns befanden, genausowenig sehen wie damals, als ich ankam. Sie setzten mich auf den Rücksitz eines Wagens und schnallten mich an. Die Fahrt dauerte ungefährt anderthalb Stunden. Ich hätte die Kapuze gern umgedreht, um etwas sehen zu können, aber mit dem Gurt und den Handschellen ging das nicht. Als der Wagen anhielt, öffnete der Fahrer die Tür, kam herüber und nahm mir die Kapuze ab. Es war zwar dunkel, aber ich konnte sehen, daß es derselbe war, der mich vorher schon gefahren hatte, der kleinere, dunkle, bärtige. Der so roch. Er roch immer noch. Er hatte sich eine dunkle Brille aufgesetzt, eine Sonnenbrille.

Er nahm mir die Handschellen ab, schnallte den Gurt los und half mir aussteigen. Er gab mir meine Handtasche – ich hatte sie seit Mittwoch nicht mehr gesehen. Er sagte nichts, seine Stimme habe ich nie gehört. Das Auto stand neben dem Kricketplatz, also etwa eine Meile von unserem Haus. Ich glaube, er parkte dort, weil auf der einen Seite nur ein Feld ist und auf der anderen die Methodistenkirche und der Friedhof. Damit niemand etwas sehen konnte, vermutlich.

Es war nach Mitternacht, und alle Straßenlaternen waren ausgeschaltet. Er stieg wieder ein und ließ mich stehen. Ich versuchte, das Nummernschild zu erkennen, aber es war zu dunkel. Was die Marke und Farbe betrifft – es war ziemlich hell, es hätte ein cremiger Grauton sein können oder Grau oder Hellblau. Er schaltete die Scheinwerfer erst ein, als er ein gutes Stück entfernt war. Die Nummer fing mit einem L an und hatte eine Fünf und eine Sieben in der Mitte. Danach ging ich nach Hause. Meine Hausschlüssel waren in der Tasche. Ich versuchte hinten aufzuschließen, aber die Tür war von innen verriegelt, also ging ich ums Haus herum nach vorn. Aber, Entschuldigung, ihr habt mich gefragt, wieso sie mich gehen ließen, darauf habe ich noch gar nicht geantwortet. Nur um die Nachricht zu überbringen? Das kann doch nicht alles sein. Ich weiß ehrlich nicht, warum.«

»Also gut«, sagte Wexford, »das reicht für heute. Wenn du willst, kannst du mir zu Hause noch mehr erzählen, aber die offizielle Vernehmung ist jetzt vorbei. Du hast uns eine Menge Anhaltspunkte gegeben.«

Das Haus war so häßlich, wie es nur in der Spätphase des viktorianischen Stils hatte gebaut werden können. Es sei bemerkenswert, wie Hennessy zu Nicky Weaver sagte, daß es offensichtlich als Wohnhaus geplant war und nicht als Anstalt. Hauptsächlich verwendetes Baumaterial war Backstein in einem gelblichen Khakiton, dessen eklige Farbe nur gelegentlich von roten Ziegeln unterbrochen wurde. Acht Schiebefenster waren knapp unterhalb des flachen Schieferdaches angebracht. Weiter unten befanden sich weitere acht, allerdings etwas tiefer gesetzt; die drei ebenerdigen Fenster, die sich jeweils zu beiden Seiten des haargenau in die Mitte gebauten Eingangs befanden, wiesen gotische Spitzbögen auf. Es hatte eine häßliche, gedrungene Haustür ohne verschönernde Holztäfelung und Vordach, die nicht einmal etwas zurückversetzt war. Immerhin, Marrowgrave Hall war ein Haus von enormen Ausmaßen, wie Damon Slesar feststellte, als er außen herumging, denn das ganze Vordergebäude wiederholte sich hinten, nur daß sich hier das Dach in der Mitte etwas neigte.

Das einzige Nebengebäude war eine Garage, ein vom Haus getrennt stehender Fertigbau. Hennessy spähte durch das einzige Fenster an der Rückseite ins Innere, sah jedoch außer einem Stapel leerer Säcke nichts. Nicky läutete an der Haustür. Eine Frau von enormem Umfang öffnete ihr; sie gehörte zu jenen so unglaublich dicken Menschen, bei denen man sich wundert, daß sie das tägliche Hin- und Herhieven dieser Fleischmassen überhaupt aushalten. Sie war wahrscheinlich noch in den Vierzigern und hatte ein bleiches Mondgesicht, einen schlaffen Mund und spärliches, dünnes, rötliches Haar. Ein geblümtes Zelt, das ihr bis auf die dick bandagierten Knie und Schienbeine reichte, umhüllte sie.

»Mrs. Panick?« fragte Nicky.

»Sie sind von der Polizei, ich sag's ja. Wir haben Sie schon erwartet. Man hat uns angerufen.«

»Können wir hereinkommen?«

Es roch nach Essen. Es war eigentlich ein recht angenehmer Geruch, besonders wenn man Hunger hatte, eine Mischung aus Vanille und verbranntem Zucker und etwas Fruchtartigem. Gelegentlich gesellte sich ein Hauch von Käse dazu, während sie einen düsteren Flur entlanggeführt wurden, dann gebratener Speck, und als sie schließlich die gewölbeartige Küche betraten, rochen sie alles gleichzeitig, eine berauschende Mischung: kräftig, scharf, beinahe saftig. Sie kamen naturgemäß langsam voran, da Patsy Panick nur mit Mühe vor ihnen herwalzte. In der Küche blieb sie stehen, hielt sich an einem Stuhl fest und rang nach Atem.

Ein älterer Mann saß an einem langen Holztisch und verzehrte eine Mahlzeit, vermutlich sein Mittagessen, obwohl es erst kurz nach halb zwölf war. Er war annähernd, wenn auch nicht ganz so dick wie seine Frau. Frauen und Männer legen Gewicht ganz unterschiedlich zu, und während es sich bei seiner Frau mehr oder weniger gleichmäßig über den ganzen Körper verteilte, hatte es sich bei Robert Panick nur am Bauch konzentriert, angesammelt und zu einem Riesenhügel vermehrt. Auf dem Rückweg durch Forby machte Slesar später die Bemerkung, er hätte irgendwo gelesen, daß sich Thomas von Aquin eine große Ausbuchtung in seinen Arbeitstisch hätte schneiden lassen müssen, um des angelischen Doktors mächtigem Bauch Platz zu schaffen. Robert Panick hätte in seinem Tisch auch eine Ausbuchtung brauchen können, da aber niemand auf diese Idee gekommen war, war er gezwungen, etwa einen halben Meter vom Tisch entfernt zu sitzen und sich, so weit es sein Umfang gestattete, nach vorn zu beugen, um sein Essen verzehren zu können.

Dieses hatte offensichtlich aus einem Teller mit gebratenem Fleisch, vielleicht Leber und Bauchspeck, dazu Pommes frites, Erbsen und geröstetem Brot bestanden. Mehr davon brutzelte noch in zwei Pfannen auf dem Herd. Ein Teller mit Mrs. Panicks halbverzehrter Mahlzeit stand ebenfalls auf dem Tisch, und zerstreut führte sie beim Näherkommen eine Gabel davon an den Mund.

»Gib ihnen doch was zu essen, Patsy«, forderte Panick sie auf, der die Anwesenheit der anderen ansonsten nicht zur Kenntnis genommen zu haben schien. »Ein paar von den Schokoladenkeksen mit Geleefüllung, oder wir haben auch noch gefrorene Marsriegel im Tiefkühlschrank.«

»Nein, danke«, lehnte Slesar stellvertretend für alle ab. »Sehr freundlich von Ihnen, trotzdem nein, danke. Wir wollten Sie etwas zu dem Haus fragen. Sie haben es vor ungefähr sieben Jahren von einem gewissen James Royall gekauft, nicht wahr?«

»Stimmt, mein Lieber. Nur, daß es sechs Jahre her ist. Jimmy ist mein Cousin. Sein Daddy, der hier gewohnt hat, das war mein Onkel. Uns hat dieses Haus schon immer gefallen, stimmt's, Bob? Ein hübsches altes Haus, eine echte Antiquität, und als sich dann die Chance bot, es zu kaufen – na ja, nachdem Bobs Geschäft so gut gelaufen war und er gerade verkauft hatte, haben wir uns gesagt, wieso eigentlich das Geld nicht für unser Traumhaus verjuxen?«

Ihr Mann nickte bekräftigend und reichte ihr, nachdem er das Röstbrot bis auf den letzten Krümel vertilgt hatte, für einen Nachschlag den Teller herüber, in den der größte Teil des Inhalts der beiden Pfannen wanderte. Mrs. Panick ließ sich sodann vor ihrem eigenen Teller nieder, woraufhin der Stuhl ein langes, schmerzliches Knarren von sich gab.

»Sie haben doch nichts dagegen, wenn ich weiteresse, oder? Wollen Sie nicht doch was essen? Ein schönes Stück Victoria-Biskuitkuchen? Hab' ich heute morgen selbst gebacken. Na gut, wenn Sie meinen. Unsere Ansprüche sind sehr bescheiden, wissen Sie, wir haben auch kein Auto. In Pomfret ist ein sehr netter Feinkostladen, der zweimal wöchentlich liefert. Da dachten wir uns, wir könnten uns das Haus und die Instandhaltung doch leisten, und wir schaffen es ja auch ganz ordentlich, stimmt's, Bob? Wohlgemerkt, ich glaube, mein Cousin Jimmy hat uns einen Sonderpreis gemacht, wo wir doch verwandt sind.«

»Und der Sohn, Brendan«, sagte Nicky. »Ich nehme an, den kennen Sie auch?«

»Kennen? Der ist für uns fast wie ein Sohn. Also, Neffe zweiten Grades, das ist doch lachhaft. Der ist für uns wie ein eigener. Und mit Jimmy und Moira will der nichts zu tun haben, sag' ich Ihnen. Er sagt, sein Dad sei ein Tierquäler und hätte ihn auch noch um sein Erbe betrogen, und das stimmt, mein Onkel John hat oft gesagt, Brendan soll das Haus kriegen, wenn er mal nicht mehr ist. Sein Dad hat ihm ein bißchen von dem Geld gegeben, das wir ihm gezahlt haben, aber das meiste hat er für seinen Europark ausgegeben. Trotzdem, ich hab' zu Brendan gesagt, mach dir mal keine Sorgen, sag' ich, eines Tages gehört es dir.«

»Das heißt?«

»Daß wir es ihm vererben.«

»Sie sehen ihn also ab und zu?«

»Sehen? Der kommt jedesmal auf einen Sprung vorbei, wenn er in der Gegend ist. Ich sag' zu Bob, Brendan hat uns zu seinen Eltern gemacht, nachdem seine eigenen nichts taugen. Wir sind – was will ich sagen? – ja, Ersatz. Wir sind die Ersatzeltern von Brendan. Ich glaub', der weiß auch, daß er hier immer was Gutes zum Essen kriegt. Jetzt hast du doch das ganze Gebratene gegessen, Bob, und ich muß mir was anderes suchen.«

»Es ist aber doch noch Nachtisch da, oder?« sagte Panick in einem Tonfall wie jemand, der den Filialleiter einer Bank fragt, ob es denn möglich sei, daß sein Konto im Minus ist.

»Natürlich gibt's Nachtisch. Wann hab' ich dir je ein Essen ohne Nachtisch serviert? Kein einziges Mal in unserer ganzen Ehe. Aber bei mir ist da noch ein leeres Eckchen, das gefüllt werden will, und ich glaube fast, ich muß mich jetzt auf die französische Art über den Camembert hermachen, bevor es den Nachtisch gibt, stimmt's?«

»Wissen Sie, wo Brendan im Augenblick ist, Mrs. Panick?«

»Na, bei Mum und Dad wird er nicht sein, mein Lieber. Soviel ist sicher. In Nottingham vielleicht? Dort war er vor ein paar Wochen, nein, stimmt ja gar nicht, eher vor einem Monat, hatte irgendwas mit Schmetterlingen und Fröschen zu tun. Er liebt Tiere, unser Brendan. Das ist sein Beruf, wissen Sie, Tiere retten, so ähnlich wie im Tierschutzverein. Und da kam er uns besuchen, und an dem Abend hatten wir zufällig Fasan, tiefgekühlt natürlich, die Jagdsaison fängt ja erst nächsten Monat an, aber trotzdem gar nicht schlecht, und ich hatte eine gute Brotsauce dazu und Orangensauce, obwohl man das eigentlich nicht zu Fasan macht, und Ofenkartoffeln und Speckklöße als Beilage zum Sattwerden und danach Schokoroulade mit dicker Sahne.

Schlag fünf kam er quietschvergnügt die Auffahrt bei uns hoch und stellte sein Wohnmobil direkt vor dem Küchenfenster ab, damit er die Küchendüfte abbekommt, sagte er.«

»Er lebt in einem Wohnmobil?« fragte Hennessy und bemühte sich, nicht allzu erschüttert zu klingen.

»Na ja, richtig heißt es Winnebago, mein Lieber. Er ist immer auf Achse, man weiß eigentlich nie, wo er gerade steckt.«

»Hat er keine feste Adresse?«

»Fest kann man nicht direkt sagen. Außer, Sie meinen die hier.«

»Wir wären Ihnen sehr verbunden, wenn Sie uns benachrichtigen würden, falls er hier auftaucht.«

»Darauf können Sie sich verlassen«, versicherte Patsy Panick, womit Nicky überhaupt nicht gerechnet hatte.

»Wo hast du denn jetzt den Nachtisch versteckt, Patsy?« wollte Bob wissen.

Auf der Rückfahrt durch Forby, das einmal zum fünftschönsten Dorf in England erkoren (oder verflucht) worden war, sagte Nicky Weaver: »Fandet ihr nicht auch, die waren zu schön, um wahr zu sein?«

»Niemand ist zu schön, um wahr zu sein«, erwiderte Hennessy in Wexfords Manier, den er bewunderte. »Was wollen Sie damit sagen, Madam – daß die uns was vorgespielt haben?«

»Wohl kaum. So, wie die auf das Essen losgegangen sind, wird Brendan nicht lange auf seine Erbschaft warten müssen.«

»Ist das nicht das letzte, daß der in einem Winnebago wohnt?« bemerkte Damon. »Unser Pech.«

»Was? Heißt das, Sie sind neidisch auf seinen Winnebago oder sauer, weil es bedeutet, daß er immer auf Achse ist?«

»Beides«, sagte Damon.

Vier Männer, einer davon tätowiert, einer roch nach Aceton, einer trug Handschuhe. Ein roter Golf, ein Kellerraum, eine neu installierte Toilette, Kapuzen aus farbbesprühtem Sackleinen, Handschellen, ein heller Wagen mit dem Kennzeichen L, einer Fünf, einer Sieben. Ein Mann mit einstudiertem Cockney-Dialekt. Diese Informationen präsentierte Wexford den Mitarbeitern seines Teams, die nicht in Nottingham oder Guildford waren, um vier Uhr anläßlich einer Besprechung im ehemaligen Sportraum. Die anderen berichteten ihm von einem Mann mit Verfolgungswahn, der sich mit seinen Eltern verkracht hatte, und von einem Winnebago, dem Nicky Weaver inzwischen nachspürte.

»Ich würde wirklich gern wissen, ob Brendan Royall eine Tätowierung hat«, sagte Wexford. »Vermutlich können uns das seine Eltern sagen.«

Etwas schüchtern bemerkte Lynn Fancourt, sie wolle ja nicht ungebildet erscheinen, aber was denn ein Winnebago sei?

Burden erklärte ihr, es sei die Luxusausführung eines Wohnmobils, etwa so ähnlich wie ein Bungalow auf Rädern. Damit konnte Royall durch das ganze Land streifen und über Nacht auf einem Rastplatz parken, wenn er wollte.

Dann spielte ihnen Wexford die Bänder vor. Nachdem das erste seit etwa fünf Minuten lief, tauchte unverhofft der Chief Constable auf. Er setzte sich und hörte zu. Als es vorbei war, begleitete er Wexford in dessen Büro hinauf.

»Ihre Frau hat uns bestimmt noch eine Menge zu sagen, Reg.«

»Ich weiß, Sir, aber ich scheue mich ein bißchen …«

»Ja, ich verstehe, was Sie sagen wollen. Ich übrigens auch. Was meinen Sie, würde eine Therapie ihr vielleicht helfen?«

»Ehrlich gesagt, Sir, mit mir zu reden *ist* für sie Therapie.

Nur zu reden und mich zuhören zu lassen. Heute abend sprechen wir weiter.«

Der Chief Constable warf einen Blick auf seine Uhr, wie manche Leute, wenn sie gleich über Zeit sprechen wollen. Er sagte: »Wissen Sie noch, wie Sie zu mir gesagt haben, die Zeitungen hätten kein besonderes Interesse, wenn die Nachrichtensperre in bezug auf diese Geschichte an einem Freitag oder Samstag aufgehoben werden würde? Daß ihnen Sonntagabend am liebsten wäre?«

Wexford nickte.

»Dann heben wir sie morgen auf.«

»Na gut. Wenn Sie meinen.«

»Jawohl. Dann haben wir die ganze Meute hier, dann kommen massenweise Anrufe von wegen, man hätte die Struthers in Mallorca und Singapur gesehen, dann kommen die Leute daher und behaupten, der Kellerraum befinde sich im Nachbarhaus – aber trotzdem, vielleicht bekommen wir auch Hilfe. Und wir brauchen jetzt mehr Hilfe, Reg.«

»Ja, Sir. Das weiß ich.«

»Manchmal denke ich, es wäre besser, wir würden uns mehr ans kontinentaleuropäische System halten, wie sie es zum Beispiel in Frankreich handhaben. Die Ermittlungen geheimhalten, mehr in Undercover-Aktionen operieren, Zurückhaltung üben, nicht gleich alles der Öffentlichkeit mitteilen. Presse, Öffentlichkeit und die Familien der Opfer während der Ermittlungen auf Abstand halten. Sobald man die Öffentlichkeit einbezieht, steht man stärker unter Druck.«

Die Schatten jener Tagung über die kontinentaleuropäischen Methoden der… »Sie alle erwarten sofortige Ergebnisse«, sagte Wexford.

»Genau. Und dann passieren die Fehler.«

Danach fuhr Wexford nach Hause. Entlang der High

Street kam er an einer träge dahinzottelnden Reihe von rucksackbepackten Baumleuten vorbei, die nach dem besten Plätzchen für Autostopp suchten, um irgendwohin, egal wohin zu fahren. Sie fuhren also ab, jedenfalls einige von ihnen. Solange die Umweltprüfung im Gange war, gingen sie eben woanders protestieren.

Der rote Golf vor seinem Haus brachte sein Herz zum Stocken. Doch es war natürlich Sylvias Wagen. Er war dermaßen mit dem Fall beschäftigt, daß er nicht einmal mehr den Wagen seiner eigenen Tochter erkannte. Er schloß auf und ging ins Haus, fand aber nicht eine, sondern alle beiden Töchter dort vor. Dora hatte Amulet auf dem Arm. Erst da fiel ihm ein, daß sie das Baby ja zum erstenmal sah.

»Brauchst keinen Schreck zu kriegen, Pop«, sagte Sheila. »Ich übernachte bei Syl.«

»Ich könnte nie etwas anderes als Freude empfinden, wenn ich dich sehe«, log er und fügte mit einem Lächeln in Sylvias Richtung hinzu: »Euch alle beide.«

»Überschlag dich nicht.« Sylvia stand auf. »Wir gehen ja schon. Wir wollten bloß unbedingt Mutter sehen. Waren wir denn nicht toll? Wir haben keinem etwas davon gesagt. Sheila kennt ja jede Menge Journalisten, sie hätte leicht was ausplaudern können, aber wir waren *stumm* wie die Fische.«

»Ihr wart prächtig«, sagte Wexford. »Am Montag könnt ihr darüber reden, soviel ihr wollt.« Er warf Sheila einen strengen Blick zu. »Ich habe noch nie von einer Frau gehört, die mit einem einwöchigen Baby derartig in der Gegend herumzieht wie du. So, jetzt gebt mir beide einen Kuß, und dann hinaus mit euch.«

Nachdem sie weg waren, umarmte er Dora. Er spürte, daß ihr Herz heftig pochte und die Hand, die sich nach oben auf seine Schulter schob, zitterte.

»Willst du einen Drink? Oder etwas zu essen? Wenn du

Lust hast, führe ich dich zum Abendessen aus. Es ist schon spät, aber nicht zu spät für La Méditerranée.«

Sie schüttelte den Kopf. »Als ich nach Hause kam, fing ich an zu zittern. Karen hat mich herchauffiert und ist noch mit hereingekommen und hat mir eine Tasse Tee gemacht, aber sobald sie weg war, fing das mit dem Zittern an. Dann kamen die Mädchen. Sheila ist die ganze Strecke von London mit dem Taxi hergefahren. Ich will nicht wieder anfangen zu zittern. Es ist sehr beunruhigend.«

»Würde es dir helfen weiterzureden? Ich meine, über diesen Raum und die Leute?«

»Ich glaube schon.«

»Ich muß es aber aufnehmen.«

»In Ordnung. Jetzt bin ich schon verwöhnt«, witzelte sie, aber ihr Lachen klang ein wenig angestrengt. »Ich werde mich in Zukunft nur noch unterhalten wollen, wenn ich sicher weiß, daß es auf Band aufgenommen wird.«

14

»Wenn sie nichts gesagt haben«, fragte er sie, »wie bekamen sie dann heraus, wer ihr alle wart?«

Unter ihren Augen waren dunkel verschmierte Stellen, und um den Mund herum hatte sie Falten, die er dort noch nie gesehen zu haben glaubte. Wenigstens hatte das Zittern aufgehört. Ihre schmalen Hände lagen ruhig in ihrem Schoß. Und ihre Stimme klang fest.

»Nachdem die Struthers hereingebracht worden waren, kam Tattoo zurück und brachte jedem von uns ein Stück Papier. Es waren Zettel, die von einem linierten Schreibblock abgerissen worden waren. Er sagte nichts, doch wie ich schon sagte, sprach ja keiner von ihnen. Kitty Struther lag auf dem Bett und weinte und stöhnte, sie wolle doch aber in ihren Urlaub fahren. Es war bizarr. Da waren wir also in dieser furchtbaren Situation, und sie flennte andauernd über ihren verdorbenen Urlaub. Tattoo legte das Papier einfach neben sie, aber ihr Mann nahm es und füllte es für sie aus.

Es stand einfach ›Name‹ drauf, und wir nahmen an, daß sie unsere Namen wissen wollten. Owen Struther sagte, das seien doch Kriminelle und Terroristen, und Kriminellen würde er keinen Gefallen tun, aber als Roxane ihm erzählte, daß sie sie geschlagen hatten – inzwischen hatte sie einen großen Bluterguß an der Wange –, tat er es doch. Er sagte, seiner Frau zuliebe würde er einen Kompromiß machen. Wir schrieben alle unsere Namen nieder, und nach einer Weile kam Tattoo wieder und sammelte die Blätter ein.«

»Du hast ihnen also nicht gesagt, wer du bist?«

Sie sah ihn forschend an. »Ich schrieb Dora Wexford hin, wenn du das meinst. Ach so, jetzt verstehe ich. Ich sagte nicht, daß ich mit dir verheiratet bin. Ich dachte, das wissen sie – aber nein, vielleicht doch nicht.«

Wie viele Leute würden seinen Namen erkennen? Nicht allzu viele. Im Zusammenhang mit früheren Fällen war er zwar ein paarmal im Fernsehen aufgetreten, um zu Zeugenaussagen aufzurufen und die Bevölkerung um Mithilfe zu bitten, aber in solchen Sendungen merkt sich doch niemand die Namen der Polizeibeamten oder von Leuten, deren Foto in die Zeitungen kommt.

»Vergiß nicht, sie haben nie mit uns gesprochen, Reg«, sagte sie. »Und wir haben im großen und ganzen auch nicht viel zu ihnen gesagt. Na ja, außer Roxane. Und als sie uns das erste Mal etwas zu essen brachten, bedankte sich Kitty, und Roxane mußte lachen, aber dann packte Tattoo sie bei den Schultern und schüttelte sie, bis sie aufhörte. Aber wir anderen sagten kaum ein Wort zu ihnen. Ich glaube, sie haben nie erfahren, daß der ermittlungsführende Beamte mein Mann ist.«

Bis Freitagnachmittag dann schon, dachte er, da erfuhren sie es, und deshalb ließen sie sie frei. Es war ihnen zuviel, die Vorstellung, daß seine Frau unter den Geiseln war, es war eine Komplikation, auf die sie gut verzichten konnten. Es mußte ein Schock für sie gewesen sein. Außerdem war Doras Freilassung eine sichere Möglichkeit, ihm die Botschaft zu übermitteln. Aber wie hatten sie es herausgefunden?

»Du sagtest, Tattoo schlug Roxane Masood, als sie versuchte, ihn und Gummigesicht anzugreifen, stimmt's? Warum hat er – oder die anderen – Kitty Struther nicht geschlagen?«

Dora überlegte. »Kitty hat ihn ja nicht angegriffen, sie hat nur geschrien und gekreischt.«

»Sie hat ihn angespuckt. Die meisten Menschen fänden das wohl ziemlich provokativ. Später nahm Tattoo sich Roxane vor und schüttelte sie, und das nur, weil sie gelacht hat, als Kitty sich bei ihm für das Essen bedankte.«

»Ich weiß nicht, Reg, das kann ich nicht beantworten. Ich weiß nur, daß sie Roxane nicht leiden konnten. Weißt du, sie war von Anfang an aufsässig. Owen Struther redete dauernd davon, man dürfe nichts Versöhnliches tun, ›dem Feind kein Pardon gewähren‹, wie er es nannte. Er war noch nicht alt genug, um im Zweiten Weltkrieg gekämpft zu haben, obwohl er sich anhörte, als wären wir alle Kriegsgefangene, aber es war Roxane, die am meisten Widerstand zeigte. Nicht beim erstenmal, aber am zweiten Abend, als man uns das Essen brachte, diesmal der Fahrer und Gummigesicht, warf sie nur einen Blick darauf und sagte: ›Was ist denn das für ein Fraß?‹ und warf es auf den Boden. Es waren kalte Bohnen in Tomatensoße und Brot, eigentlich leidlich genießbar, wenn man Hunger hatte wie wir, aber sie warf es auf den Boden. Gummigesicht schlug sie wieder, und diesmal war sie entschlossen, sich zu wehren. Es war furchtbar, aber Owen Struther schaltete sich ein, und sie hörten auf. Er machte gar nicht viel, er befahl ihnen nur aufzuhören und legte die Hand auf Roxanes Schulter. Na ja, er hat eine recht gebieterische Art, es funktionierte. Kitty fing wieder an zu weinen, und er setzte sich zu ihr, streichelte ihr über den Kopf und hielt ihre Hand. Dann kam Tattoo wieder herein und wischte alles auf.«

»Habt ihr in der Nacht alle in dem Kellerraum geschlafen?«

»Etwa um zehn kamen Gummigesicht und Tattoo herein, knipsten das Licht aus und drehten die Birne aus der Fassung. Ach ja, und in der Toilette auch. Sie traten übrigens immer zu zweit auf. Immerhin waren wir zu fünft, obwohl ich bezweifle, daß Kitty oder ich viel gegen sie hätten ausrichten können. Es war stockfinster dort drinnen; allerdings drang nach einer Weile durch den Kaninchenverhau am Fenster ein bißchen Licht herein.«

»Künstliches Licht, meinst du?«

»Licht, das eventuell von einer Straßenlaterne oder der Außenbeleuchtung an einem Haus oder Hauseingang stammte. Der Mond war es nicht, obwohl wir Donnerstagnacht Mondlicht hatten. Jedes Bett hatte eine Decke, aber kein Kissen. Es war nicht kalt. Keiner von uns zog die Kleider aus – wie konnten wir? Na, gut, ich zog Rock und Jacke aus. Und nun wirst du lachen...«

»Wirklich?« sagte er. »Das glaube ich kaum.«

»Doch, Reg. Ich hatte eine Zahnbürste in der Handtasche. Am nächsten Tag nahmen sie mir die Tasche ab, aber bis dahin hatte ich sie noch. Ich hatte am Tag davor drei neue Tuben Zahnpasta gekauft, es war eins von diesen Angeboten, die es jetzt überall gibt, man kauft drei und bekommt gratis eine Zahnbürste und eine kleine Tube Zahnpasta dazu, alles in einem Plastiketui für die Reise. Na ja, ich weiß auch nicht, wieso, aber ich hatte sie in meine Handtasche gesteckt, und da war sie nun. Wir teilten sie uns alle. Hätte mir je einer erzählt, ich würde meine Zahnbürste einmal mit vier Fremden teilen, hätte ich ihm nie geglaubt.

Wir lagen alle in der Dunkelheit da, als Owen Struther plötzlich davon anfing, es sei die oberste Pflicht eines Gefangenen zu fliehen. Aus der Toilette gab es keinen Ausweg, also blieb nur die Haupttür und das vergitterte Fenster mit dem Kaninchenverhau davor, aber er behauptete, das Fenster sei eine Möglichkeit. Am nächsten Morgen wolle er das Fenster untersuchen.

Solange Licht brannte, hatte Ryan Barker kaum ein Wort gesagt, aber im Dunkeln schien er ein bißchen Mut zu fassen. Jedenfalls sagte er, er würde gern zu fliehen versuchen und helfen. Owen meinte: ›Braver Mann‹ oder etwas ähnlich Blödes, worauf Ryan sagte, sein Dad sei Soldat gewesen. Es war, als ob er im Dunkeln Selbstgespräche führte. Er sagte, sein Dad sei in irgendeinem Krieg Soldat gewesen, in welchem, sagte er da noch nicht, und für sein Land gestorben. Es war ziemlich seltsam, ihn das im Dunkeln sagen zu hören. ›Mein Dad ist für sein Land gestorben.‹

Und dann weinte Kitty wieder. Owen solle ›sie festhalten‹, wie sie sagte, was uns anderen ein bißchen peinlich war, und es ging ja auch gar nicht. Die Betten waren nur zwei Fuß breit. Sie lag da und jammerte, er müsse sich um sie kümmern, er müsse für sie sorgen, sie sei ja so allein, sie habe ja solche Angst.

Ich dachte schon, ich könnte bestimmt nicht einschlafen, aber nach einer Weile ging es doch. Dabei versuchte ich, nachzuvollziehen, wie sie es angestellt hatten, mit den Taxis von Contemporary Cars zu fahren, meine ich. Mit vieren war es ziemlich leicht zu bewerkstelligen. Es waren außerdem mehr als vier, aber darauf komme ich noch. Während ich mir das ausrechnete, muß ich wohl eingeschlafen sein, aber als das Bett neben mir zitterte, wachte ich auf. Komisch – oder vielleicht auch nicht –, aber seit ich mit dir darüber rede, hat *mein* Zittern aufgehört. Ich fühle mich eigentlich ziemlich gut.

Dort drin habe nicht ich gezittert, sondern Roxane. Weil Roxane vor Angst schlotterte, zitterte ihr Bett. Ich streckte die Hand nach ihr aus, und sie hielt sie ganz fest und entschuldigte sich, aber sie könne einfach nicht aufhören. Es war keine Angst, keine Angst wie bei Kitty, sondern Klaustrophobie.«

»Aha«, sagte Wexford. »Ja.«

»Heißt das, du weißt es?«

»Ihre Mutter hat mir gesagt, sie leide unter schwerer Klaustrophobie.«

»So war es. So ist es. Sie flüsterte mir zu, bei Licht ginge es, aber im Dunkeln müsse sie sehr darunter leiden. Es hätte ihr nichts ausgemacht, wenn die Tür offen gewesen wäre, aber das war natürlich nie der Fall.

Sie war in vieler Hinsicht wirklich ein äußerst vernünftiges Mädchen, Reg, aber mit ihrer Verwegenheit tat sie sich selbst keinen Gefallen. Wir schoben unsere Betten näher aneinander. Daß ich ihr die Hand hielt, schien ihr zu helfen, also hielt ich sie weiter fest, und nach einiger Zeit schliefen wir beide ein.

Morgens wurde uns von Handschuh und Gummigesicht das Frühstück gebracht. Da sah ich Handschuh zum erstenmal. Er hatte eine Waffe dabei.«

»Er hatte eine Waffe?« wiederholte Wexford. »Eine Handfeuerwaffe?«

»Wenn du damit eine Pistole oder einen Revolver meinst, ja. Es hätte auch eine Spielzeugpistole oder eine Nachahmung sein können, ich kenne mich da nicht aus, und Owen, der da sicher Bescheid weiß, behauptete später, sie sei nicht echt gewesen. Also war die Waffe, die Gummigesicht im Auto dabeigehabt hatte, wohl auch nicht echt.

Sie wurde später noch benutzt. Ach, mach nicht so ein Gesicht, es ist ja niemand verletzt worden.« Dora griff nach seiner Hand. »Die Glühbirnen haben sie nicht wieder reingedreht, auch später nicht. Es war nicht besonders hell dort drinnen, obwohl draußen die Sonne schien. Das Licht drang nie richtig durch die Gitterstäbe und den Kaninchenverhau. Handschuh hat das Fenster entriegelt und aufgemacht. Das war keine so großzügige Geste, wie sich das jetzt anhört, denn es war unmöglich, etwas durch die Stäbe zu zwängen, das dicker war als ein Arm. Jedenfalls bekamen wir auf diese Weise etwas Frischluft in den Raum.

Zum Frühstück gab's Weißbrot – du weißt schon, Mother's Pride oder so, dieses Zeug in Scheiben –, je eine

Orange und ein Stück trockenen Kuchen, so eine Art Muffin, kleine Portionsbehälter mit Marmelade, wie man sie in Hotels bekommt, fünf Becher Instantkaffee und drei Plastiktöpfchen mit diesem lactosefreien Sojamilchzeug. Ich vermute, wir bekamen so eine reichhaltige Mahlzeit, weil es dann bis zum Abend nichts mehr gab. Owen redete einen Haufen Unsinn von wegen, wir sollten den einzigen Löffel, den wir gekriegt hatten, bearbeiten und einen Schraubenzieher daraus machen – er hatte vor, die Türangeln abzuschrauben –, aber dann kam Gummigesicht wieder und überprüfte alles, bevor er die Tabletts mitnahm. Soll ich dir jetzt vom Rest des Tages erzählen?«

»Nein, mein Liebes, jetzt schicke ich dich ins Bett. Ich bringe dir noch was Heißes zu trinken, und morgen reden wir weiter.«

Er blieb eine Weile allein sitzen und versuchte, sich zu erinnern; sie hatte etwas gesagt, das bei ihm die Alarmglocken hatte schrillen lassen. Schließlich fiel es ihm wieder ein. Die lactosefreie Sojamilch, das war es, dieser Milchersatz, der den Geiseln zum Frühstück serviert worden war. Er hatte es doch mit Gary und Quilla am gestrigen Nachmittag zum Tee gehabt, und es hatte einen unangenehmen Geschmack im Mund hinterlassen. Das alles schien hundert Jahre zurückzuliegen, so viel war inzwischen geschehen.

Aber diese beiden hatten gewußt, daß er Polizist war, allerdings nicht seinen Namen. Als er ihnen gesagt hatte, er hieße Wexford, war Quilla, wie er sich nun rückblickend erinnerte, zusammengezuckt. Wegen seines Dienstgrads, hatte er damals gedacht, aber angenommen, es war wegen des Namens?

Am Freitag nachmittag ungefähr um halb sechs hatte er Quilla und Gary draußen vor der Konditorei in Framhurst seinen Dienstgrad und seinen Namen genannt. Und vier

Stunden später wurden Vorkehrungen zu Doras Freilassung getroffen.

Es war unbekanntes Terrain für ihn, völlig unvertraut, neu, unerprobt. Zeitweilig hatte er das Gefühl, einen Weg durch einen dunklen Wald zu suchen, in dem nur exotische Bäume standen, die Hindernisse unidentifizierbar waren und wilde Tiere ihn auf undefinierbare Weise bedrohten. Die Geiselnahme, die Auslöseforderung politischer Natur, das alles waren Dinge, mit denen er nie gerechnet hatte, konfrontiert zu werden, und wenn man ihn gefragt hätte, hätte er den Vorschlag gemacht, damit eine andere, möglichst weit entfernte Stelle zu beauftragen.

An diesem Sonntag morgen hatte er anscheinend einen undurchdringlichen Teil des Waldes erreicht, den er gleichwohl würde durchdringen müssen. Er wußte nicht recht, worin sein nächster Schritt bestehen sollte. In den Computern lagerten nun Mengen an Informationen und die genauen Einzelheiten über jede bisher verfolgte und erfaßte Spur, der genaue Hintergrund – man könnte auch sagen, Lebenslauf – jeder Person, die im Rahmen der Ermittlungen benannt worden war, zufällig und mit Querverweisen versehene Aktivitäten, mögliche Örtlichkeiten und »konspirative Wohnungen«, Vernehmungsprotokolle. Und die Kassetten. Und dann noch der Brief an den *Kingsmarkham Courier* und die Niederschriften der späteren Botschaften. Insgesamt konnte er nichts Konkretes erkennen, was ihm das Gefühl gegeben hätte, der Zeitpunkt würde näherrücken, an dem er einen bestimmten Ort haargenau bestimmen oder eine oder mehrere Personen ins Visier nehmen könnte.

Er hatte DS Cook und DC Lowry losgeschickt, um Quilla und Gary aufzuspüren und nach Kingsmarkham auf das Revier zu bringen. Falls sie überhaupt noch im Camp von Elder Ditches waren, dachte er, und nicht wie viele andere am Vortag aufgebrochen waren. Dora hatte noch geschlafen, als er sich zum Gehen fertig machte, und er überlegte, was wäre, wenn Sheila anrufen sollte. Sheila, die bei Sylvia übernachtet hatte, wollte auf dem Nachhauseweg vorbeikommen, jetzt gleich oder sobald das Taxi ankam, und bis zu seiner Rückkehr bei ihrer Mutter bleiben. Er war mit dem Gefühl aus dem Haus gegangen, eine Sorge loszusein.

Blind im finsteren Wald, war er dennoch zu einer Entscheidung gelangt. Sämtliche Angehörigen der Geiseln sollten herbestellt und im ehemaligen Sportraum versammelt werden, zusammen mit den gerade verfügbaren Mitgliedern seines Teams, und über den gegenwärtigen Stand der Ermittlungen unterrichtet werden sowie darüber, daß die Geschichte am Montag morgen veröffentlicht wurde. Was immer der Chief Constable über die kontinentaleuropäische Praxis sagen mochte, sie hatten die Angehörigen der Geiseln bereits mit einbezogen und mußten dies nun beibehalten. Als er sie alle so dasitzen sah, fragte er sich, ob er sich richtig verhalten hatte – aber woher wußte man, was richtig war, wenn so ein Fall noch nie dagewesen war?

Er erinnerte sich, daß Audrey Barker ihn gefragt hatte, ob sie zu der anderen Mutter Kontakt aufnehmen könne, um mit ihr eine Selbsthilfegruppe zu gründen. Er hatte abgelehnt, vor allem, um das Risiko, daß etwas durchsickerte, auf ein Minimum zu reduzieren. Jetzt konnten sie sich treffen, wenn sie wollten, um vielleicht im gemeinsamen Gespräch Trost zu finden. Doch er hatte bemerkt, daß sie jetzt, wo sie Gelegenheit zum Austausch hatten, alle für sich saßen und einander nur gelegentlich mißtrauische Blicke zuwarfen.

Mrs. Peabody war nicht gekommen, und so war ihre Tochter das einzige Mitglied der Gruppe ohne Unterstützung. Einsam saß sie da, mit gesenktem Kopf, die Hände im Schoß gefaltet, das Gesicht kalkweiß. Sie schien von Verzweiflung eingehüllt, einem Kummer, den die Mitteilung, daß ihr Sohn in Sicherheit war, nicht hatte zerstreuen können. Im Gegensatz zu ihr wirkte Clare Cox direkt hoffnungsfroh. Sie sah praktisch und resolut aus, und vor allem sah sie *anders* aus. Jacke und Rock, und dazu ein Paar schwarze Pumps veränderten ihre Erscheinung. Ihr Haar war mit einem schwarzen Seidenband nach hinten gebunden. Masood, im schicken, violett schimmernden dunklen Anzug, begleitete sie, allerdings ohne seine Zweitfamilie. Wexford bemerkte mit dem Höchstmaß an Belustigung, das er gegenwärtig für irgend etwas aufbringen konnte, daß sie sich an den Händen hielten.

Andrew Struther, der Bibi ab und zu etwas ins Ohr flüsterte, sah müde und abgespannt aus. Das Mädchen trug weiße Shorts und ein bauchfreies, rotes Turnhemdchen. Er dagegen war formell gekleidet – weißes Hemd und Krawatte, Leinenjackett und dunkle Hose. Sie hielten sich ebenfalls an den Händen, aber auf viel demonstrativere Art als Roxanes Eltern, auf eine fast lüsterne Art. Bibis Hand hatte die seine zärtlich umfaßt und führte sie auf ihren blaßgoldenen Schenkel. Sie hatte keinerlei Kummer, warum auch? Ihre Eltern hatte man ja nicht entführt.

Wexford stieg auf das improvisierte Podium, um das Wort an die Anwesenden zu richten. Er sagte ihnen, daß die Fakten des Falls, die am vorigen Mittwoch der Presse präsentiert worden waren, von diesem Abend an nicht mehr der Nachrichtensperre unterlagen. Danach stand es den Medien frei, sie zusammen mit den anderen Informationen zu verwenden, die ihnen die Kriminalpolizei Kingsmarkham heute zur Verfügung stellen werde.

Sie wußten ja wohl bereits, daß Sacred Globe seine Frau freigelassen hatte. Sie war es gewesen, die ihnen so umfangreiche Auskünfte über den gegenwärtigen Zustand der Geiseln hatte geben können und ihnen sagte, daß sie, als sie am Freitag freigelassen wurde, alle gesund und munter gewesen waren. Sie hatte auch die Nachricht von Sacred Globe mitgebracht, daß die Verhandlungen heute, also am Sonntag beginnen sollten, bisher hatte man aber noch nicht gehört, was sie sich vorstellten. Auch, fügte er hinzu, könne er nicht versichern, daß diese mutmaßlichen Diskussionen von einer Art wären, auf die sich die Polizei oder auch die Angehörigen der Geiseln einlassen könnten.

Sie hörten zu. Er fragte sie, ob sie irgendwelche Fragen hätten. Ihm war klar, daß er nicht ganz offen zu ihnen gewesen war, oder vielleicht war er auch nicht ganz offen zu sich selbst gewesen. Diese Sache mit »gesund und munter« – stimmte das überhaupt? Inzwischen glaubte er, daß er deswegen davon abgesehen hatte, Dora noch mehr auszufragen, und die weitere Befragung verschoben hatte, weil es Dinge gab – besonders was Roxane Masood und bis zu einem gewissen Grade auch die Struthers betraf –, die er vor dem Gespräch mit diesen Leuten gar nicht hatte wissen wollen. Ihre Befürchtungen hatten sich etwas zerstreut. Gab es einen Grund, zu diesem Zeitpunkt noch mehr Ängste zu schüren?

Audrey Barker hob wie ein Schulmädchen im Klassenzimmer die Hand – besser gesagt, wie ein Schulmädchen in einem Klassenzimmer früher, zu seiner Zeit.

»Ja, Mrs. Barker?«

Ihre Augen in dem angespannten, gestreßten Gesicht sahen aus wie bei jemandem, der gerade etwas Furchterregendes gesehen hatte. Ein Gespenst vielleicht, oder einen blutigen Auffahrunfall auf der Autobahn. »Können Sie mir ein bißchen mehr über Ryan sagen?« fragte sie. Es war die Stimme einer Frau, kurz bevor sie in Tränen ausbrach. »Wie es ihm ging, ich meine, wie er damit fertig wird?«

»Am Freitag abend war er wohlauf. In guter Verfassung.« Wexford fügte nicht hinzu, daß der Junge von da an allein gewesen war. »Die Geiseln werden anscheinend ordentlich ernährt, da gibt es kein Problem. Sie haben eine Waschgelegenheit, Betten und Decken.«

Fragt mich nicht, ob sie alle zusammen sind, betete er im stillen. Fragt mich nicht, wo das Mädchen ist. Aber das tat niemand. Clare Cox schien davon auszugehen, daß Roxane ebenfalls in dem Raum war, als Dora wegging.

Nachdem er seine Hand aus Clares gelöst hatte, schrieb Masood etwas in ein kleines, ledergebundenes Notizbuch. Er sah hoch und fragte: »Können Sie uns bitte sagen, wer sich um sie kümmert?«

»Es scheint sich um fünf Männer oder vier Männer und eine Frau zu handeln.«

»Und inzwischen haben Sie vielleicht schon einen Anhaltspunkt, was ihren Aufenthaltsort betrifft?«

»Wir haben Anhaltspunkte, ja, viele Anhaltspunkte. Diesen Hinweisen wird ständig nachgegangen. Bisher haben wir noch keine gesicherten Erkenntnisse, wo die Geiseln festgehalten werden, nur daß es innerhalb eines Umkreises von sechzig Meilen sein muß. Die morgige Bekanntgabe könnte uns da beträchtlich weiterhelfen.«

Die Frage mußte ja kommen. Das tat sie immer. Andrew Struther stellte sie.

»Ja, das ist ja alles schön und gut, aber warum haben Sie nicht mehr getan, um sie zu finden? Wie viele Tage sind es jetzt schon? Fünf? Sechs? Was haben Sie eigentlich genau unternommen?«

»Mr. Struther«, erwiderte Wexford geduldig, »alle Beamten hier in der Gegend arbeiten intensiv daran, Ihre Eltern und die anderen Geiseln ausfindig zu machen. Sämtlicher Urlaub ist gestrichen. Vom regionalen Kriminaldezernat wurden zusätzlich fünf Beamte zugezogen.«

»Unmögliches erledigen wir sofort«, ließ sich Masood vernehmen, als wäre der Ausspruch geistreich und neu. »Wunder dauern ein bißchen länger.«

»Wir müssen hoffen, daß ein Wunder nicht erforderlich sein wird, Sir«, erwiderte Wexford. »Wenn es keine weiteren Fragen gibt, möchten Sie sich vielleicht eine Weile untereinander besprechen. Es wurde der Vorschlag gemacht, eine Selbsthilfegruppe zu gründen, was momentan vielleicht nützlich wäre.«

Sie waren aber noch nicht fertig mit ihm. Die andere Frage, die er fast schon umgangen geglaubt hatte, wurde ihm plötzlich ausgerechnet von Bibi gestellt.

»Ist ja reichlich komisch, nicht, also, ich meine, es ist schon ein bißchen seltsam, daß es Ihre Frau war, die freigelassen wurde? Wie erklären Sie sich das?«

Die Art Wut, die er sich nie anmerken lassen durfte, kroch in ihm hoch, die Wut, die ihn förmlich spüren ließ, wie sein Blutdruck anstieg, wie das Blut in den Adern pochte. Er holte Luft und sagte ruhig und in dem Augenblick vollkommen wahrheitsgemäß: »Ich kann es mir nicht erklären. Ich kann nur hoffen, daß die Wahrheit darüber und über alles andere bald ans Licht kommt.« Noch ein langer, tiefer Atemzug, dann fügte er hinzu: »Sie sind natürlich alle auf den Ansturm der Medien vorbereitet. Von Polizeiseite aus gibt es keine Einschränkung, was Sie der Presse sagen dürfen oder wem Sie Interviews geben.« Er hob den Kopf und sah alle ernst an. »Nur Mut! Bleiben Sie optimistisch!« Sie starrten ihn an, als hätte er sie beleidigt. »Ich danke Ihnen für Ihre Aufmerksamkeit«, sagte er.

Er trat vom Podium und verspürte ein heftiges Verlangen – dem er nicht nachgeben durfte –, von diesen Leuten wegzukommen.

Sie standen unschlüssig herum, dachte er, als erwarteten

sie Erfrischungen. Dann geschah etwas Merkwürdiges. Die beiden Mütter wurden förmlich voneinander angezogen. Bis dahin hätte er schwören können, daß sich die beiden nichts zu sagen hatten, daß sie kaum das Gefühl hatten, in derselben Notsituation zu stecken, doch als hätten seine Worte ihnen ihre gemeinsame Sorge erst bewußt gemacht, gingen sie aufeinander zu, und ihre Augen trafen sich. Als befolgten sie die Bühnenanweisungen desselben Drehbuchs, streckte jede die Arme aus, und sie umarmten einander, fielen einander buchstäblich in die Arme.

Männer würden das nie tun, dachte er. Soviel Unbeholfenheit, soviel Verlegenheit blieb Frauen erspart. Er stellte nun bei sich selbst eine gewisse Verlegenheit fest, was ihn überraschte und sogar beinahe amüsierte, während Masood in die andere Richtung schaute und Struther etwas zu dem Mädchen sagte, worauf dieses kichern mußte.

Wexford hüstelte taktvoll. Man würde sie auf dem laufenden halten, versprach er, und sie sollten daran denken, daß am nächsten Morgen alles in den Medien bekanntgegeben wurde.

Karen hatte Dora in sein Büro gebracht, da es eine angenehmere Umgebung als der ehemalige Sportraum war. Die gute Nachtruhe hatte ihr Aussehen verbessert, und der matte, angestrengte Gesichtsausdruck war verschwunden. Etwas von ihrer natürlichen Lebhaftigkeit war zurückgekehrt, und sie hatte sich sorgfältig in Rock und Oberteil gekleidet, die er beide noch nicht kannte, blau und beige, Farben, die ihr schmeichelten.

Burden war ebenfalls schon im Zimmer und hatte gerade den Recorder eingeschaltet. Nachdem sie erst ein wenig steif und durch das Gerät gehemmt gewesen war, sprach Dora inzwischen so unbeschwert, als wäre es überhaupt nicht vorhanden.

»Zehn Uhr dreiundzwanzig«, sagte Burden, »Chief Inspector Wexford ist eingetreten.«

Das schien Dora zu amüsieren, und sie mußte lächeln. »Wo war ich stehengeblieben? War ich schon bei dem ersten Vormittag?«

»Dem Mittwochvormittag, vierter September«, sagte Burden.

»Richtig. Ich nenne sie einfach weiterhin Fahrer, Handschuh, Gummigesicht und Tattoo, wenn das in Ordnung ist.«

Lächeln und Nicken allerseits bestätigte es. »Ach ja, und der fünfte, der – wie sagt man? – nicht Transvestit. Jetzt weiß ich's – Hermaphrodit.«

»Was?« sagte Burden. »Das ist doch nicht Ihr Ernst?«

»Ich weiß nicht, ob es ein Mann oder eine Frau war. Ich sagte doch, keine Gesichter und keine Stimmen. Es war klug von ihnen, nicht zu sprechen, nicht wahr?«

»Schlaue Schurken schweigen still«, sagte Burden. »Das kennen wir hier schon. Bitte weiter, Dora.«

»Die anderen hatten schwarze Turnschuhe an, aber der Hermaphrodit trug diese klobigen Schuhe mit breiten Kuppen und dicken Sohlen – heißen die Doc Marten's? –, und ich fragte mich, ob dadurch die Füßer größer wirken sollten – falls es eine Frau war, meine ich. Er oder sie bewegte sich wie eine Frau, ein bißchen anmutiger als die anderen, etwas besonnener, leichter – ach, ich weiß nicht, kann man so was überhaupt erkennen?

Sobald wir an dem Morgen allein gelassen wurden, nahm Owen sich Ryan vor – also, er setzte sich neben ihn und begann, auf ihn einzureden. Es ging wieder um seine Fluchttheorie, und ich glaube, er suchte sich Ryan aus, weil er zwar noch nicht einmal fünfzehn, aber außer ihm das einzige männliche Wesen war. Und Ryan ist einsachtzig groß. Mir gefiel das nicht, denn auch wenn er so groß wie ein Mann ist, ist er doch in vieler Hinsicht noch ein Kind.

Owen redete Ryan immer wieder zu, doch mannhaft zu sein. Es läge an ihnen, uns Frauen zu verteidigen, weil sie Männer seien, das gehöre zu ihrer Rolle im Leben, und das Wichtigste für Ryan sei, niemals Angst zu zeigen, und lauter solchen Schwachsinn. Ich ließ ihn reden und ging in die Toilette, um mich, so gut es ging, von Kopf bis Fuß zu waschen. Ich verbrachte viel Zeit dort drinnen, um mich sauberzuhalten, abgesehen davon war es auch eine Möglichkeit, sich die Zeit zu vertreiben.

Roxane wusch sich ebenfalls dort, und wir benutzten beide meine Zahnbürste. Als ich zu Kitty sagte, die Toilette sei frei, nahm sie kaum Notiz von mir. Vorher war sie auf und ab gegangen und hatte mit den Fäusten an die Wand getrommelt und so weiter, aber dann war sie auf ihr Bett gesunken. Sie hatte etwas Kaffee zu sich genommen, aber nichts gegessen, und schien inzwischen einfach der Verzweiflung erlegen zu sein.

Es war seltsam – ihr Mann, so aktiv und entschlossen und voller Energie, ganz der wagemutige Offizier aus einem alten Kriegsfilm, und sie dagegen so schwächlich, als hätte sie gerade einen Nervenzusammenbruch. Na ja, das Spucken und das vulgäre Gerede, das war vorübergehend, das hatte sich mittlerweile gelegt. Unbegreiflich, wie zwei Menschen, die verheiratet sind und das vermutlich schon seit vielen Jahren, so unterschiedliche Lebenseinstellungen haben können.«

»Wie sahen diese Fluchtpläne aus?« wollte Wexford wissen.

»Darauf komme ich noch zu sprechen. Den Vormittag verbrachte ich damit, mich mit Roxane zu unterhalten. Sie erzählte mir von ihren Eltern. Ihr Vater ist ein ziemlich reicher Unternehmer; er wurde in Karatschi geboren, kam aber schon als Kind hierher und hat sich von ganz unten hochgearbeitet. Sie ist sehr stolz auf ihn, wohingegen ihr ihre Mutter eher leid tut. Ihre Mutter wollte Mr. Masood nie heiraten, obwohl er es gern gehabt hätte. Roxane konnte sich noch daran erinnern, wie er ihre Mutter bedrängt hatte, als sie selbst schon zehn Jahre alt war. Aber für Clare – sie nennt sie Clare – ging die Karriere vor, und sie behauptete, die Ehe sei nicht mehr zeitgemäß, obwohl es mit ihrer Karriere anscheinend nicht weit her ist. Dann heiratete Mr. Masood eine andere und bekam noch mehr Kinder. Roxane macht das sehr viel aus, sie ist eifersüchtig, sie kann ihre Stiefmutter nicht leiden. Ich fürchte, sie freut sich diebisch darüber, daß ihre Stiefmutter Übergewicht hat, während sie selbst natürlich gertenschlank ist.

Sie erzählte mir, daß sie Fotomodell werden will und ihr Vater ihr dabei hilft, und dann kamen wir auf ihre Klaustrophobie zu sprechen. Sie sagte, die hätte sie, seit ihre Großmutter – also Clares Mutter – sie als Kleinkind zur Strafe einmal in einen Schrank gesperrt hat. Also, wenn das stimmt, ist es an sich schon schrecklich – man kann so etwas ja kaum begreifen –, aber ich fragte mich doch, ob das wirklich der Grund sein könnte. Solche psychologischen Dinge sind doch immer etwas komplexer, oder?

Na ja, ich sollte mich bei ihr nicht zu sehr aufhalten. Sie litt zwar unter Klaustrophobie, aber sie kam in dem Raum gerade so zurecht. Nur fragte ich mich, wie sie es schaffen würde, wenn es mit dem Modellstehen klappte und sie in kleinen Hotelzimmern wohnen müßte. Aber vielleicht wird ja eine zweite Naomi Campbell aus ihr, und sie steigt nur in Suiten ab.

Wir bekamen kein Mittagessen. Sie ließen sich stundenlang überhaupt nicht blicken. Owen Struther untersuchte den ganzen Raum und nahm Ryan mit, wobei er sich besonders das Fenster und die Tür ansah. Das Fenster stand offen, es war aber trotzdem unmöglich, viel zu erkennen, nur Grün und das graue Ding, offenbar eine Art Betonstufe. Owens Arm war zu dick und paßte zwischen den Gitterstäben nicht hindurch, aber Ryan konnte seinen durchquetschen. Das nützte aber nicht viel. Als er seinen Arm durch die Gitterstäbe steckte, konnte er gerade mal das Holz vom Kaninchenverhau berühren. Er sagte, er könne Regen auf der Hand fühlen, aber wir sahen ja, daß es regnete…«

»Konnten Sie den Regen hören?« fragte Burden.

»Sie meinen, wie er auf das Dach trommelte? Nein, nichts dergleichen. Ich hatte den Eindruck, daß es mindestens ein oder eher zwei Stockwerke über dem Kellerraum gab. Es war keine Scheune oder freistehende Garage.

Ich komme noch einmal auf Owen Struther zurück. Er war der Meinung, daß wir nur dann fliehen könnten, wenn sie bei uns drinnen waren, um uns unser Essen zu bringen oder unsere Tabletts zu holen, denn dann wäre die Tür unverschlossen. Zu, aber nicht abgeschlossen. Er und Ryan wollten es mit Roxanes Hilfe versuchen. Ich glaube, er hielt nicht viel von meinen potentiellen Kräften, und von seiner armen Frau war natürlich nichts zu erwarten.

Roxane sollte einen von ihnen ablenken. Ich weiß nicht, wie er sich das dachte, vielleicht daß sie auf einen losging, aber wir wußten ja schon, wie das enden würde. Aber das war ihm wohl egal. Er war wie besessen. Sie wollten sich einen Zeitpunkt aussuchen, zu dem der Hermaphrodit dabei war, weil sie ihn oder sie leichter überwältigen könnten. Das wäre ja alles schön und gut gewesen, wenn die alle paar Minuten hereingekommen wären, aber wie ich schon sagte, hatten wir sie seit Stunden nicht gesehen. Überhaupt war der ganze Fluchtplan gar nicht durchführbar. Solange Roxane mit dem einen beschäftigt war – und vermutlich verprügelt wurde –, wollte Owen sich um den anderen kümmern, und Ryan sollte durch die Tür hinaus fliehen.

An dem Punkt schaltete ich mich ein und fragte ihn, ob ihm eigentlich klar sei, daß Ryan erst vierzehn war. Erstens konnte er ja noch nicht einmal Auto fahren. Was, um alles in der Welt, sollte er denn da draußen tun, Gott weiß wo? Also wurde der Plan geändert, und Owen sollte hinausrennen, während Ryan und ich uns um den anderen kümmerten.

Am Ende hat es dann doch nicht geklappt. Es war eine Katastrophe. Aber dazu komme ich später, ja?«

Auf den Britischen Inseln wachsen etwa fünfundzwanzig verschiedene Sorten von wilden Brombeeren. Die meisten Leute meinen, es gebe nur eine Sorte, aber wenn man sich die Unterschiede in der Blattform ansieht, ganz zu schweigen von Größe, Form und Farbe der Beeren, erkennt man, wie verschieden sie sind. Die zierlich wirkende junge Frau in dem verwaschenen Trainingsanzug, die Brombeeren sammelte, sie in einen Weidenkorb füllte und ebenso viele aß, wie sie sammelte, informierte Martin Cook ungefragt über diese Tatsachen.

»Ist ja interessant«, sagte Cook. »Und was machen Sie dann damit?«

»Daraus koch' ich mit Holunderbeeren und Holzäpfeln ein Herbstkompott.« Sie taxierte Burton Lowry mit einem bewundernden Blick. Das war Cook schon gewöhnt. Seinen Detective Constable fanden schwarze und weiße Frauen gleichermaßen attraktiv. »Sie sind aber vermutlich nicht wegen einer Lektion in Elfenküche hier, oder?«

»Ich suche Gary Wilson und Quilla Rice.«

»Die finden Sie hier nicht, die sind weg. Die wollten Sie wohl ein bißchen schikanieren, was? Ich fürchte, da müssen Sie mit mir vorliebnehmen.«

Cook ignorierte die Bemerkung. Eine Weile würde er solche Provokationen ignorieren, aber nicht sehr lange. »Und was wäre Ihr Name?«

Die junge Frau zuckte die Achseln. »Der könnte alles mögliche sein. Meine Mutter wollte mich Tracy nennen, und mein Vater gefiel Rosamund, aber im Endeffekt nannten sie mich dann Christine. Christine Colville. Und Ihrer?« Als sie keine Antwort erhielt, sagte sie zu Lowry: »Möchten Sie eine Brombeere?«

»Nein, danke.«

Cook wandte sich ab und spähte in den dichten Wald. In der Ferne waren schon die ersten Baumhäuser von Elder Ditches zu sehen. Er konnte jemanden erkennen, der mit einem Musikinstrument in der Hand auf einer Lichtung saß, doch es war alles still. »Ist hier jemand« – er wußte kaum, wie er sich ausdrücken sollte – »äh, trägt hier jemand die Verantwortung?«

»Soll ich Sie zu unserem Anführer bringen?«

»Wenn Sie einen haben, ja.«

»Und ob wir einen haben«, sagte sie. »Den König des Waldes. Haben Sie noch nie von ihm gehört?«

Der Name fiel Cook wieder ein. Er erinnerte sich an den Kommentar im *Kingsmarkham Courier*. »Heißt er Conrad Tarling?«

Sie nickte. Dann hob sie ihren Korb hoch und drehte sich auffordernd zu ihnen um. »Folgen Sie mir.« Beim Gehen zupfte sie Holunderrispen von den Büschen, die vor den hohen Bäumen eine Fläche von etwa einem halben Hektar bedeckten. Cook und Lowry gingen hinter ihr her.

»Die Holzäpfel hole ich ein andermal«, sagte sie. »Sie haben vermutlich noch nie was vom König im Walde gehört, oder?«

»Sie sagten doch gerade, es sei Tarling.«

»Doch nicht der«, meinte sie verächtlich. »In Italien, am

Lago Nemi, in den alten Zeiten. Der Mann hieß der König *im* Walde. Er ging immer um einen Baum herum, nervös und voller Angst, mit einem Schwert bewaffnet, immer auf der Hut, weil er wußte, andere Männer würden kommen und ihn bekämpfen, würden versuchen, ihn zu töten, so daß der Mörder der nächste König werden konnte.«

»Ach ja?« machte Cook.

Aber Lowry sagte: »Er war ein Priester und ein Mörder, und früher oder später würde er ermordet und derjenige, der ihn tötete, an seiner Stelle Priester werden. Es war das Gesetz des heiligen Hains, des Sacred Grove.«

Christine Colville lächelte, doch Cook sagte: »Des was?« Für ihn hörte es sich fast wie Sacred Globe an. Sie sah aufmerksam in sein verdutztes Gesicht und fing an zu lachen. Cook hatte nicht den leisesten Schimmer, wovon sie und Lowry geredet hatten, war sich aber ziemlich sicher, daß zumindest sie ihn verulkte. Als sie die Bäume erreicht hatten und darunter standen, stellte Christine Colville ihren Korb ab, hob den Kopf und stieß einen Pfiff aus. Es klang wie ein Vogelruf – pu-wii, pu-wii.

Gesichter tauchten zwischen den Ästen auf.

»Hier will jemand mit dem König sprechen«, sagte sie.

In dem Moment zeigte sich Conrad Tarling selbst, wie herbeigerufen von dem Zauberwort »König«, dem Sesam öffne dich. Er kam auf allen vieren aus einem Baumhaus auf die Plattform gekrochen. Bis zur Taille war er nackt, und sein kahlrasierter Kopf glänzte bläulich.

»Polizei«, sagte Cook. »Ich möchte mit Ihnen reden.«

Tarling zog sich hinter das Stück Plane zurück, das seinem Rabenhorst als Haustür diente. Cook überlegte gerade, was er jetzt tun sollte, als Tarling wieder auftauchte, diesmal von oben bis unten in seinen sandfarbenen Umhang gehüllt. Einen Augenblick lang dachte Cook, er würde sich aus dieser beträchtlichen Höhe nun gleich herunterschwingen, eine Hand über der anderen von Ast zu Ast, ein Fuß über den anderen auf hervorstehende Stellen auf dem knorrigen Stamm. Doch statt dessen schnippte er mit den Fingern einem unsichtbaren Wesen zu, und innerhalb von Sekunden hatten Christine und ein Mann in kurzen Hosen und Anorak eine Leiter an den Baum gelehnt.

Als er direkt vor Cook auf der Lichtung stand, überragte er diesen um gut fünfzehn Zentimeter. Sein Kopf war ziemlich klein, sein Hals lang. Das Gesicht war interessant, hart, scharf geschnitten, wie aus Holz geschnitzt.

Cook fragte ihn nach Gary Wilson und Quilla Rice, doch der König des Waldes verlangte von ihm, sich auszuweisen, bevor er ein Wort sagen wollte. Nachdem er Cooks Dienstausweis eingehend studiert hatte, fragte er in hochtrabender Manier, weshalb sie von der Polizei gesucht wurden.

»Wir möchten ihnen ein paar Fragen stellen.«

Tarling lachte. Inzwischen hatte er ein Publikum, denn ein halbes Dutzend Elfen hatten sich auf die Plattformen vor ihren Baumhäusern gehockt, um zuzuhören, während Christine Colville und ihr Gefährte im Anorak sich dicht neben ihnen im Schneidersitz ins Gras setzten.

Tarlings Stimme war sehr tief und leise, aber volltönend. Was er sagte, konnte man wahrscheinlich bis nach Pomfret hören, dachte Cook bitter.

»Das behaupten Sie immer. Die Worte des Totalitarismus. Ein paar Fragen. Eine kleine Vernehmung. Ein Quentchen Inquisition. Und dann Spiel und Spaß in der Zelle – ist es das?«

»Wo stellen Sie und Ihre Leute eigentlich Ihre Fahrzeuge ab?«

Wieder Gelächter, diesmal in Richtung seiner Zuhörer. »So ein häßliches Wort, nicht? ›Fahrzeug‹. Polizeiwort nenne ich das, wie ›Verfahren‹ und ›Ermittlung‹. Diejenigen unter uns, die *Fahrzeuge* haben, stellen sie auf einem

Feld ab, das uns – freundlicherweise, möchte ich betonen – von Mr. Canning zur Verfügung gestellt wurde, einem Engel des Lichts im Vergleich zu anderen Exemplaren seiner Gattung, der wie wir gegen diese verdammenswerte Umgehungsstraße kämpft.«

»Verstehe. Und wo ist das Feld dieses Engels?«

»Zwischen Framhurst und Myfleet. Golands Farm. Aber Quilla und Gary haben es nicht benutzt. Sie haben nämlich gar kein *Fahrzeug*. Sie sind bestimmt per Anhalter gefahren, wie meistens.« Indem er den Korb hochhob und seine Aufmerksamkeit einem Holunderbusch zuwandte, fügte Tarling etwas weniger aggressiv hinzu: »Sie kommen in ein bis zwei Wochen zurück. Nur zu Ihrer Information, wie *Sie* vermutlich sagen würden: Sie sind zur SPECIES-Demo nach Wales gegangen und kommen bald wieder. Niemand glaubt, daß diese Umweltprüfung das Ende vom Lied ist, wissen Sie. So einfach liegen die Dinge nicht.«

»Und Sie?«

»Wie bitte?«

»Haben Sie ein« – Cook verwarf das anstößige Wort – »ein Auto?«

Cook mochte mit dem Werk von Lewis Carroll nicht vertraut sein, Lowry war es. Auch Wexford hätte das Zitat wiedererkannt, doch für Cook hörte es sich wie wirres Gerede an. Er wandte sich angewidert ab. Tarlings Worte und das darauffolgende Gelächter der Baumleute folgten ihm nach.

»›Laß es ja dabei bewenden,
Daß du dreimal fragtest hier!‹
Sprach der Vater, ›doch jetzt enden
Muß die Rücksicht hier bei mir,
Denn so dumm auf dieser Erde
Fragt nicht mal 'ne Hammelherde!‹«

Auf dem Rückweg zum Wagen sagte er zu Lowry: »Sie mit Ihrer Hochschulbildung gehen mir allmählich ganz schön auf den Senkel.«

»Wieso, was habe ich denn getan?« fragte Lowry indigniert.

Barry Vine saß mit Pemberton im Wagen. Sie waren im Camp von Savesbury Deeps gewesen, hatten anscheinend aber weniger herausbekommen als Cook. Die meisten Baumleute waren fort, viele hatten sich auf Pilgerfahrt zu anderen Schändungen und Ungerechtigkeiten gemacht.

»Ihr Ausdruck?« fragte Cook streitlustig.

»Nein, von denen«, erwiderte Vine mit einem Achselzucken.

»Ich fahre jetzt nach Framhurst, im Dorf eine Tasse Tee trinken.«

Ein überraschter Blick war die Antwort. Vine erklärte es.

»Ich möchte wissen, woher sie dieses Gesöff haben, diese sogenannte lactosefreie Sojamilch. Gibt es die im Supermarkt oder ist sie nur in Restaurants und nicht im Einzelhandel erhältlich? Und wenn wir uns gestärkt haben, fahren Jim und ich los und knöpfen uns mal Farmer Canning vor.«

Inzwischen wußte Nicky Weaver eine Menge über Brendan Royalls Winnebago. Sie kannte das Kennzeichen, wußte, daß er weiß und drei Jahre alt war und daß Brendan normalerweise, aber nicht immer, allein darin war.

Ihre beste Information war, daß er am gleichen Morgen von einem Streifenwagen, auf Geschwindigkeitskontrolle unterwegs, auf der M25 in Richtung M2 gesehen worden war. Dies schwächte allerdings die Bedeutung der telefonischen Meldung etwas ab, die sie soeben von DS Cook aus dem Camp bei Elder Ditches erhalten hatte, daß Royall nämlich auf einer SPECIES-Demo in Wales anzutreffen sei.

Sie hatte die Demo natürlich überprüft und festgestellt, daß sie in Neath in der Nähe von Glencastle Forest stattfinden und am Dienstag beginnen sollte. Gott gebe, daß sie die Geiseln bis Dienstag gefunden hatten...

Falls Royall tatsächlich vorhatte, dorthin zu fahren, war er in der falschen Richtung unterwegs gewesen. Es war unwahrscheinlich, daß er sich in die Nähe seiner Eltern begeben würde, doch sollte sie das nicht einfach voraussetzen. Andererseits war es so gut wie sicher, daß er den Panicks einen Besuch abstatten würde.

Sie ging zwischen den Schreibtischen im ehemaligen Sportraum umher, sah auf Computerbildschirme, immer wachsam, falls etwas Neues hereingekommen war. Inzwischen wußten alle über die SPECIES-Demo genau Bescheid. Es war ein wichtiges Ereignis im Kalender der Protestierer. Sollte die Polizei dort unter all den Aktivisten präsent sein?

Sie warf einen Blick aus einem der hohen Fenster auf der Parkplatzseite. Gerade fuhr ein Wagen heran, den sie nicht kannte, ein kleiner weißer Mercedes, wahrscheinlich um Dora Wexford abzuholen. Im regionalen Kriminaldezernat Myringham hätte sie alle an- und abfahrenden Autos gekannt und die unbekannten näher ins Visier genommen. Hier waren ihr nahezu alle unbekannt... Allerdings konnte es nicht schaden, die Nummer aufzuschreiben. Vorsicht ist besser als Nachsicht. Sie notierte sie, als der Wagen an der Rückseite des Gebäudes um die Ecke bog und aus dem Blickfeld verschwand.

»Nur um das klarzustellen«, sagte Burden. »Sie haben Handschuh, den mit den Handschuhen, seltener gesehen als die anderen. Sie sahen ihn am Mittwoch morgen beim Frühstück, aber dann erst wieder, als Sie weggebracht werden sollten. Ist das richtig?«

»Nicht ganz. Ich sah ihn am Mittwoch und dann erst wieder am Freitag, allerdings schon um die Mittagszeit.«

»Gut. Jetzt zu den Mahlzeiten. Was haben sie Ihnen zu essen gegeben? Nein, das meine ich vollkommen ernst. Das Essen könnte uns einen Anhaltspunkt geben, wo Sie waren.«

»Sie wollen wissen, was sie uns am Mittwoch abend zu essen gegeben haben?«

»Zunächst einmal, ja.«

»Ich glaube nicht, daß das sehr viel nützt. Es gab drei große Pizzen, gebacken, aber kalt, wieder dieses Weißbrot, fünf Scheiben Schmelzkäse und fünf Äpfel. Die Äpfel waren ziemlich angestoßen. Ach ja, und wieder Instantkaffee und dieses lactosefreie Zeug. Wenn wir etwas anderes trinken wollten, bedienten wir uns einfach aus der Leitung. Und weil wir keine Tasse und kein Glas hatten, mußten wir den Mund unter den Wasserhahn halten.«

Dora trank einen Schluck von dem Tee, den Archbold gebracht hatte, und nahm sich mit der Genüßlichkeit einer Person, die sich bis vor kurzem mit kalter Pizza und vorgeschnittenem Brot über Wasser gehalten hatte, einen Schokoladenkeks.

»An dem Abend waren es Tattoo und der Hermaphrodit. Tattoo und Gummigesicht waren wahrscheinlich am kräftigsten und am ... äh, am skrupellosesten von allen, zumindest war das mein Eindruck, aber der Hermaphrodit war auf jeden Fall am schwächsten, und ich sah sofort, als sie hereinkamen, was Owen vorhatte.

Was Roxane tat, war nicht absichtlich, ich meine, es gehörte nicht zum Aktionsplan, es war einfach spontan. Sie sprang auf und sagte zu Tattoo, daß sie mit ihm reden wollte. ›Ich will mit Ihnen reden‹, sagte sie. Und dann sagte sie: ›Und ich will, daß Sie mit uns reden.‹ Er stand bloß da und sah sie an. Ich glaube jedenfalls, daß er sie ansah –

das erkennt man ja nicht, wenn jemand so eine Kapuze trägt.

›Sie haben uns den ganzen Tag nichts zu essen gebracht‹, sagte sie, oder so ähnlich. ›Sie haben uns den ganzen Tag ohne etwas zu essen hier sitzen lassen. Was Sie da tun, ist unerhört‹, sagte sie. ›Was haben wir denn verbrochen? Wir sind unschuldige Menschen. Wir haben niemandem etwas getan. Sie geben uns kaum etwas zu trinken‹, sagte sie, ›und das hier ist das erste Essen seit zehn Stunden. Was haben Sie eigentlich vor?‹ sagte sie. ›Was wollen Sie?‹ Er sagte kein Wort, er stand bloß da, dicht neben ihr.

Der Hermaphrodit hatte das Tablett, ein großes, schweres Tablett mit dem ganzen Essen darauf. Ich konnte sehen, wie Owen sich einstimmte und Ryan auch, der arme kleine Kerl, wie zu einem Abenteuerspiel. Die Tür war zu, aber nicht abgeschlossen. Roxane – ach, was für ein mutiges Mädchen – sah Tattoo direkt ins Gesicht, auf seine Maske, die ganz nah vor ihrem Gesicht war, und sagte: ›Antworten Sie mir. Antworten Sie mir, Sie Dreckskerl!‹

Er versetzte ihr einen Schlag. Er schlug ihr mit aller Kraft auf den Kopf. In dem Moment verrutschte sein Ärmel, er trug ein Hemd mit ziemlich weiten Ärmeln, und ich sah die Tätowierung, einen Schmetterling, auf seinem linken Unterarm. Als Roxane rückwärts auf das Bett fiel, stürzte sich Ryan auf den Hermaphroditen. Der Hermaphrodit ließ das Tablett fallen, und das Essen flog in alle Richtungen, umgedrehte Pizzen auf das nächstbeste Bett, Äpfel kullerten über den Fußboden, und das Tablett knallte mit einem entsetzlichen Lärm hinunter. Ryan hatte ihn oder sie bei den Schultern gepackt, Tattoo wirbelte herum und zog eine Waffe. Owen hatte die Tür aufbekommen, es aber nicht nach draußen geschafft.

Alles passierte gleichzeitig, es ist ziemlich schwer, es zu ordnen, jedenfalls ging die Waffe los. Ich kann immer noch nicht sagen, ob sie echt war oder nicht. Es gab einen lauten Knall, und was immer da herausgefeuert wurde, landete im hölzernen Fensterrahmen. Könnte eine selbstgebastelte Pistole einen solchen Krach machen?«

»Möglich«, sagte Burden. »Alle Waffen machen Krach.«

»Ich glaube nicht, daß sie auf jemanden gerichtet war. Kitty kreischte sich die Seele aus dem Leib. Sie lag auf ihrem Bett, hämmerte mit den Fäusten auf die Matratze und kreischte. Vielleicht lag es daran oder vielleicht auch an der Waffe, jedenfalls zögerte Owen, und Sie wissen ja, was man über den Zögernden sagt. Der Hermaphrodit versetzte Ryan einen wohlgezielten Tritt, richtig hoch und kräftig, der ihn direkt in die Magengrube traf, und Ryan hielt sich den Bauch und flog durch die Luft. Roxane preßte die Hände vors Gesicht und stöhnte. Ich tat überhaupt nichts, fürchte ich, sondern saß bloß da. Ich war wie gebannt, seitdem die Waffe losgegangen war.

Tattoo mußte Handschellen dabeigehabt haben, die er Owen jetzt anlegte. Es war ziemlich erstaunlich, daß von den beiden Kerlen die ganze Zeit keiner ein Wort sprach. Owen brüllte und fluchte und drohte ihnen mit allen möglichen Strafen. ›Die stecken euch für den Rest eures Lebens in den Hochsicherheitstrakt‹, solche Sachen. Ryan wälzte sich wimmernd auf dem Boden, Roxane stöhnte, und Kitty kreischte, aber die beiden waren absolut still. Ich muß schon sagen, es war unheimlich, es war viel wirkungsvoller als alles, was sie hätten sagen können.

Sie wirkten gar nicht menschlich. Menschen sind Menschen, weil sie sprechen, und diese beiden waren zu Maschinen geworden. Sie waren Science-fiction-Geschöpfe. Na, genug mit dem philosophischen Drumherum. Ich sage euch jetzt, was als nächstes geschah. Ich nehme an, sie hatten immer Handschellen dabei, denn nun legten sie Ryan welche an und Kitty das andere Paar, die währenddessen leise vor sich hinschluchzte. Tattoo bugsierte Roxane in die Toilette und schloß die Tür ab.

Da bekam ich Angst, weil ich ja wußte, wie ihr in abgeschlossenen Räumen zumute ist. Aber ich dachte, wenn ich denen das erzähle, wird alles nur schlimmer, nicht besser. Also sagte ich nichts. Tattoo blieb bei uns, während der Hermaphrodit wegging und Kapuzen für die Struthers holte. Die Kapuzen wurden übergestreift und die Struthers weggeführt, und danach sah ich die beiden nie wieder. Das war etwa um halb acht am Mittwoch abend.«

Burden unterbrach ihren Bericht erneut. »Sie haben sie nicht wiedergesehen?«

Dora schüttelte den Kopf, merkte dann, daß die Bewegung ja nicht aufgenommen wurde, und sagte: »Nein, nie wieder.« Sie fuhr fort: »Aber ich habe keinen Grund anzunehmen, daß ihnen etwas zugestoßen ist. Ich glaube, sie wurden einfach an einen anderen Ort gebracht, den Tattoo für sicherer hielt. Während sie hinausgeführt wurden, schluchzte Kitty die ganze Zeit ununterbrochen.

Mit Ryan war mehr oder weniger alles in Ordnung, er war nur sehr durcheinander. Später bildete sich ein schlimmer blauer Fleck auf seinem Bauch. Er rappelte sich auf und sagte etwas von wegen, das hätte er wohl besser gelassen. Aber um Roxane machte ich mir große Sorgen. Hinter der Tür war es schrecklich still, und ich dachte, sie sei vielleicht in Ohnmacht gefallen. Ich überlegte sogar, die Tür einzutreten. Habt ihr schon einmal versucht, eine Tür einzutreten?«

Das hatten alle. Allen war es gelungen, es war jedoch nicht leicht gewesen. Nicht wie im Fernsehen, wo ein Ruck und ein Tritt genügten.

Wexford fragte: »Hast du es versucht?«

»Ja, weil es nämlich nicht still blieb. Sie fing an zu kreischen und an die Tür zu hämmern. Es war nicht wie Kittys Kreischen, das hier war echtes Entsetzen. Ich drückte mit der Schulter gegen die Tür und trat dagegen. Vielleicht wäre es mir auch gelungen, aber kurz darauf kamen Gummigesicht und Tattoo herein. Sie schoben mich aus dem Weg, Gummigesicht hob mich einfach hoch und ließ mich aufs Bett plumpsen. Guck nicht so, Reg. Ich habe mir nichts getan.

Sie ließen Roxane heraus, aber nicht sofort. Erst geschah etwas ganz Gemeines. Sie sahen sich an, diese beiden – na ja, die maskierten Köpfe drehten sich herum –, und ich hatte plötzlich das Gefühl, als wüßten sie Bescheid, als machte es ihnen, oder jedenfalls einem von ihnen, Spaß. Sie hatten Roxanes Angst vor geschlossenen Räumen entdeckt und *freuten sich.* Sie standen da und hörten zu, wie sie gegen die Tür hämmerte und flehte.

Schließlich schlossen sie auf. Sie stolperte heraus und fiel bitterlich schluchzend auf ihr Bett. Es war furchtbar, es war wirklich scheußlich. Aber das Leben dort ging ja weiter. Ich umarmte sie und versuchte, sie zu trösten.

Dann fanden Gummigesicht und Tattoo meine und Kittys Handtaschen – Roxane hatte keine, in dem Alter haben sie so etwas nicht –, und nahmen sie mit. Ryan mußte, ich weiß auch nicht warum, seine Handschellen anbehalten. Sie wurden ihm erst am nächsten Morgen entfernt; das war sehr unangenehm und schmerzhaft für ihn.

Wir drei fanden uns einfach mit der Situation ab, machten das Beste daraus. Ich hob das Essen auf, das nicht richtig unappetitlich oder sonstwie verdorben war. Die Pizzen waren in Ordnung, und die Äpfel habe ich gewaschen. Ich brachte die beiden dazu, sich zu mir zu setzen und, so gut sie konnten, zu essen, und dann unterhielten wir uns. Wir machten eine Art Spiel, bei dem jeder eine wahre Geschichte über ein Familienmitglied erzählten sollte. Es war ja dunkel, die Glühbirnen hatten sie nicht wieder zurückgebracht.

Nun, ich brachte den Ball ins Rollen, indem ich eine Geschichte zum besten gab, und dann erzählte Roxane eine über ihre Tante, die als Kind einmal Gershwin begegnet war. In New York. Und Ryan erzählte, daß sein Vater bei einer örtlichen Leichtathletikmeisterschaft gewonnen hatte. Aber das wollt ihr wahrscheinlich gar nicht wissen. Dann legten wir uns schlafen. Auch Roxane, obwohl ihr das Gesicht sehr weh tat. Es war schlimm geschwollen und voll blauer Flecken, und an der Schläfe hatte sie sogar eine Schnittwunde. Am nächsten Tag sollten sie sie wegbringen, aber das wußte ich zu der Zeit noch nicht.

Ich war die einzige, die nicht irgendwie verletzt worden war, und hatte deshalb ein schlechtes Gewissen. Eigentlich lächerlich, aber ich glaube, in so einer Situation fühlt man sich dann einfach schuldig...«

DC Edward Hennessy ging kurz vor vier auf den Parkplatz hinaus. Zufällig war sein Wagen neben dem von Chief Inspector Wexford geparkt. Auf dem Asphalt zwischen den Autos stand ein dunkelbrauner Hartschalenkoffer mit den seitlich eingravierten Initialen D.M.W., daneben zwei große, volle Tragetaschen aus Plastik, eine grüne und eine gelbe.

Hennessy faßte nichts an. Er ging wieder hinein, klopfte an die Tür zu Wexfords Büro und erzählte es ihm. Dora Wexford war noch dort und machte gerade eine Aufnahmepause. Sie sprang auf. »Das muß mein Koffer sein«, sagte sie. »Es hört sich auch so an, als wären es meine Tüten.«

Sie hatte recht. Die Tragetaschen enthielten ihre Geschenke für Sheila: Babykleidung, ein Schultertuch, ein Kimono für die stillende Mutter, zwei neue Romane, ein Flakon mit Parfum und einer mit Körperlotion. Sie identifizierte den Koffer als den ihren und sah zu, wie man ihn öffnete und ihre unberührten, sorgfältig zusammengelegten Kleider zutage förderte. Obenauf lag ein Blatt Papier, auf dem in Druckschrift Sacred Globes nächste Botschaft stand.

Keine Verzögerungen mehr, bitte. Die Medien sind sofort zu informieren. Dies ist der erste Schritt zu unseren Verhandlungen. Hier spricht Sacred Globe, zur Rettung der Welt.

15

Der Inhalt des Koffers war, soweit Dora erkennen konnte, wie sie ihn gepackt hatte. »Das fragen sie einen doch am Flughafen immer«, witzelte sie. »›Haben Sie Ihren Koffer selbst gepackt? War er irgendwann unbeaufsichtigt?‹ Ja, auf die erste Frage und weiß der Himmel, auf die zweite.«

»Ich glaube, ich habe den Wagen hereinfahren sehen«, sagte Nicky Weaver zu Wexford. »Ein weißer Mercedes. Aus irgendeinem Grund – weiß Gott, welcher Schutzengel mich dazu inspiriert hat – habe ich die Nummer notiert. L570 LOO.«

»Das war wohl auch das Auto, mit dem sie Dora nach Hause gebracht haben. Der L-fünf-sieben-Wagen.«

»Ganz schön dreist, die Bande, was?« Burden klang fast bewundernd. »Nicht wie die üblichen Schurken.«

»Wollen wir hoffen, daß sie schlauer sein wollen, als für sie gut ist.«

»Mir gefällt das nicht«, sagte Wexford, und als die anderen ihn fragend ansahen: »Mir gefallen ihre Witze nicht, und mir gefällt nicht, daß unsere Entscheidung, die Nachrichtensperre aufzuheben, mit ihrer diesbezüglichen Forderung zusammenfällt. Es läßt sich ja nun nicht mehr ändern, obwohl es jetzt so aussieht, als würden wir nur das erfüllen, was sie verlangen.«

Dora hatte inzwischen mit Karen Malahyde eine Tasse Tee getrunken. Als ihr Koffer und ihre Päckchen wieder aufgetaucht waren, hatte sie zunächst ganz überwältigt gewirkt, beinahe als bewiese Sacred Globe dadurch übernatürliche Kräfte, und ihrem Mann fiel wieder ein, was sie über Science-fiction-Gestalten gesagt hatte, die nicht menschlich waren. Er nahm ihr gegenüber Platz, und der Recorder wurde erneut eingeschaltet.

»Können wir jetzt zu dem Donnerstag kommen, Dora?«

»Na ja, ich bin eigentlich noch bei Mittwochnacht. In der Nacht passierte etwas. Zwei von ihnen kamen herein, während wir schliefen, oder jedenfalls dachten sie, wir würden schlafen. Roxane und Ryan schon, aber ich tat nur so; ich fand, es wäre sicherer.

Ich sah und hörte, wie die Tür geöffnet wurde und zwei von ihnen hereinkamen. Ich glaube, es waren Handschuh und Tattoo, bin mir aber nicht sicher. Sie trugen ihre üblichen Kapuzen. In dem Moment machte ich die Augen zu, weiß also nicht, was sie suchten, was sie da taten. Jedenfalls gingen sie ein paar Minuten im Raum herum, und bevor sie gingen, kamen sie her und sahen auf uns herunter, vermutlich um zu prüfen, ob wir schliefen. So etwas merkt man ja immer, man spürt es, nicht wahr?

Also, Donnerstagmorgen«, fuhr Dora fort. »Roxanes Gesicht war mit Blutergüssen übersät und ihr linkes Auge ziemlich zugeschwollen. Es sollte zwar keinen Unterschied machen, aber irgendwie hat es auf mich noch schlimmer gewirkt, weil sie es einem so schönen Mädchen angetan hatten.

Gummigesicht und der Fahrer brachten uns das Frühstück. Wieder Weißbrot, trocken, und eine Scheibe von irgendeinem Büchsenfleisch der billigsten Sorte wie Spam, und drei Packungen Kartoffelchips. Wahrscheinlich, damit wir den ganzen Tag durchhielten, denn wir bekamen wieder nichts bis zum Abend. Auch nichts zu trinken, außer Leitungswasser.

Das Tablett holten sie aber wieder. Diesmal schrie Roxane sie nicht an. Sie fragte nur, wann sie uns gehen ließen, was sie von uns wollten, wir lange das noch weitergehen sollte. Ihr müßt wissen, wir hatten ja keine Ahnung, daß sie sich Sacred Globe nennen und die Umgehungsstraße stoppen wollen, wir wußten nichts von ihren Drohungen und alldem. Roxane wollte es unbedingt wissen. Natürlich bekam sie keine Antwort. Wie gesagt, sie sagten nie etwas. Sie schienen es nicht einmal zu hören, obwohl das schwer zu sagen ist, wenn einer Gesicht und Kopf bedeckt hält.

Am Nachmittag fing Roxane plötzlich an, an die Tür zu hämmern. Ryan wirkte sehr gedämpft, seit sie ihn am Vorabend zu Boden geworfen hatten, und hatte Bauchschmerzen, aber kaum hatte sie angefangen, machte er auch mit. Sie trommelten an die Tür und traten dagegen; das ging eine gute halbe Stunde so.

Schließlich ging die Tür auf, und Gummigesicht kam mit Tattoo herein. Ich hatte große Angst, das gebe ich zu, weil ich damit rechnete, daß sie Roxane nun verprügelten und Ryan auch. Aber nichts dergleichen geschah. Tattoo packte Roxane und drückte ihr einfach die Arme auf dem Rücken zusammen. Sie schrie und kreischte, doch er nahm davon keine Notiz. So legte er ihr die Handschellen an, mit den Armen nach hinten. Gummigesicht stieß Ryan aus dem Weg, und als der sich ein bißchen wehrte, packte er ihn und sperrte ihn in die Toilette.

Sie hatten eine Kapuze dabei, die sie Roxane über den Kopf stülpten. Dann haben sie sie weggeführt. Sie führten sie einfach weg, ich habe keine Ahnung, wohin, oder was mit ihr passierte. Sie sprach noch mit mir, sie sagte: ›Alles Gute, Dora.‹ Durch die Kapuze klang es etwas gedämpft, aber das sagte sie. Ich habe sie nie wiedergesehen.« Dora hielt inne. Mit einem leichten Achselzucken schüttelte sie den Kopf. »Ich habe sie nie wiedergesehen«, wiederholte sie. »Vielleicht haben sie sie zu den Struthers verlegt, wo die auch waren, ich weiß es einfach nicht. Nur, daß ich etwa zehn Minuten später zum erstenmal Schritte über mir hörte, aber das muß nichts damit zu tun gehabt haben, wohin sie Roxane brachten.«

»Von einem Paar Füße oder von mehreren?«

»Keine Ahnung. Mehreren, glaube ich. Nach einer Stunde wurde Ryan wieder aus der Toilette gelassen. Tattoo und der Fahrer kamen herein und ließen ihn heraus, und danach waren wir beide allein. Wir saßen einfach herum und machten Wortspiele. Ich glaube, ich habe mich noch nie im Leben so nach etwas gesehnt wie nach Schreibblock und Stift – oder meinetwegen nach Scrabble oder Monopoly. Nach einer Weile unterhielten wir uns einfach. Er erzählte mir Dinge, die er wahrscheinlich noch nie jemandem erzählt hatte.

Sein Vater ist im Falklandkrieg gefallen. Sie waren erst drei Monate verheiratet, seine Eltern. Sie war schwanger, als sie die Nachricht bekam, und sieben Monate später kam er auf die Welt. Der Grund für ihren Krankenhausaufenthalt war eine Cervix-Biopsie – das ist die Operation, bei der sie ein Stück des Gebärmutterhalses entfernen, wenn Krebsverdacht besteht. Für sie war es das zweite Mal. Sie hatte eigentlich vor, wieder zu heiraten, und wollte noch Kinder – sie ist erst sechsunddreißig –, aber nun wird sie wahrscheinlich keine mehr bekommen können. Tut mir leid, das wollt ihr ja gar nicht hören, es ist auch irrelevant. Es schien mir einfach eine ziemliche Belastung für so einen vierzehnjährigen Jungen, ihm das alles anzuvertrauen.

Jedenfalls vertraute er sich *mir* an, und so verbrachten wir den Abend. Am Freitag morgen brachten sie uns das Frühstück erst spät. Vermutlich waren sie vorher bei den anderen gewesen, ich meine, bei Owen, Kitty und Roxane, wo immer die waren. Es waren wieder Tattoo und Gummigesicht. Sie brachten uns altbackene Brötchen, Marmelade in Portionspackungen und je einen Apfel.

Ryan und ich hatten beschlossen, sie zu fragen, was mit Roxane geschehen war, obwohl wir nicht mit einer Antwort rechneten. Wir haben trotzdem gefragt und keine Antwort bekommen. Ich glaube, es war der längste Tag meines Lebens. Ryan verstummte vollkommen, vielleicht fand er, er hätte am Abend vorher zuviel gesagt, vielleicht war es ihm peinlich. Jedenfalls gab er keine Antwort, wenn ich mit ihm redete. Er lag auf dem Rücken auf seinem Bett und starrte an die Decke. Zum erstenmal begann ich im Ernst zu denken, wir würden nie wieder freikommen, es würde noch wochenlang so weitergehen, und dann würden wir umgebracht.

Mittags erschien Handschuh. Wir hatten ihn seit Mittwochmorgen nicht mehr gesehen. Ich hielt ihn zuerst für Gummigesicht, aber er ist viel schmaler gebaut als Gummigesicht. Tattoo war bei ihm. In dem Moment sah ich Handschuhs Augen. Ich sagte ja, daß ich nur von einem die Augen gesehen habe, nicht? Nun, es waren Handschuhs Augen. Die Löcher in seiner Kapuze mußten größer gewesen sein als bei den anderen. Jedenfalls konnte ich seine Augen ziemlich deutlich sehen. Sie waren braun, ein klares, tiefes Braun. Er trat einen Augenblick dicht an mich heran, sah mich intensiv an, als versuchte er… äh, etwas an mir zu überprüfen, und in dem Moment sah ich seine Augen. Das nützt aber nicht viel, oder? Die halbe Bevölkerung hat wahrscheinlich braune Augen.

Und an dem Abend ließen sich mich frei. Das habe ich ja schon alles erzählt. Ach ja, zuerst gaben sie uns noch etwas zu essen, wenn das von Interesse ist. Spaghetti mit Tomatensauce aus der Dose, natürlich kalt, Brot und wieder Marmelade. Tattoo und der Hermaphrodit brachten es uns. Ich hatte mich schon auf eine weitere Nacht dort eingestellt, als sie hereinkamen und mich mitnahmen. Ryan blieb allein zurück. Wie gesagt, was mit den anderen geschehen ist, weiß ich nicht.«

Wexford stand auf, als Barry Vine den Kopf zur Tür hereinsteckte und fragte, ob er ihn kurz sprechen könne. »Es geht um die Lebensmittel, Sir«, sagte er, als sie draußen waren. »Und es ist alles ziemlich negativ. Erinnern Sie sich an die lactosefreie Sojamilch in der Konditorei in Framhurst?«

»Natürlich.«

»Ich weiß auch nicht, wieso ich es mir in den Kopf gesetzt hatte, daß dieses Zeug in ganz Südengland nur dort verkauft wird... Jedenfalls können Sie das vergessen, es ist nämlich überall erhältlich. Im Supermarkt kann man es kaufen. Das habe ich dank der Sonntagsöffnungszeiten eingehend überprüft. Man kriegt es bei Crescent in Kingsmarkham und in allen ihren anderen Filialen auch. Landesweit.«

»Und wieder führt eine heiße Spur ins Nichts«, sagte Wexford.

Im Hause des Chief Constable außerhalb von Myfleet saß Wexford im Wohnzimmer, aß Pistazienkerne und trank einen Single-Malt-Whisky. Donaldson, der ihn herchauffiert hatte und ihn auch wieder zurückbringen würde, saß im selben Moment im Wagen, verzehrte ein Schinkensandwich und trank eine Dose Lilt. Keiner hatte mehr Zeit für eine richtige Mahlzeit.

Wexford war gekommen, um die Freigabe der Geiselgeschichte an die Medien zu besprechen. Gleich morgen. Morgen früh. Sie hatten sich schon geeinigt, wie es vonstatten gehen sollte, wie eingeschränkt und wie frei es sein sollte, hatten den Zeitpunkt der Bekanntmachung und die zu ergreifenden Abschirmmaßnahmen durchdiskutiert. Und jetzt wollte Montague Ryder über Dora sprechen. Er hatte sich sämtliche Bänder angehört, das letzte davon zweimal.

»Sie hat es sehr gut gemacht, Reg, außerordentlich gut. Sie ist eine gute Beobachterin. Und doch …«

Ich hasse dies »und doch«, überlegte Wexford und zitierte damit irgend jemanden. Cleopatra? Rasch sagte er: »Es steckt viel drin, und dann auch wieder nicht.« Aber hätten Sie es so gut gemacht? Oder ich? Ihm kam der leicht frauenfeindliche Gedanke – was normalerweise überhaupt nicht seine Art war –, daß viele Frauen, die er kannte, unter Doras Belastungsprobe zusammengebrochen wären, schlappgemacht hätten, es ihnen die Sprache verschlagen hätte. »Die waren schlau, Sir«, sagte er. »Schlau und dreist. Das mußten sie sein, sonst wären sie nicht das Risiko eingegangen, sie freizulassen.«

»Ja. Seltsam, nicht? Denken wir immer noch, es war deswegen, weil sie herausbekamen, wer sie ist?«

Wexford nickte etwas unsicher. Gleichzeitig mit den Augenbrauen des Chief Constable wurde die Macallan-Flasche gehoben, und er geriet in Versuchung, lehnte aber ab. Er hätte den ganzen Abend weitertrinken können, doch wozu? Er mußte heute abend vernünftig sein und morgen hellwach und auf dem Posten.

»Wissen Sie, woran ich denke, Reg?«

»Ich glaube, ja, Sir.«

»An Hypnose. Würde sie sich dazu bereit erklären?«

Es war eine ganze neue, erst vor kurzem in Mode gekommene Methode, Informationen und Beobachtungen hervorzulocken, die tief vergraben lagen und wahrscheinlich vergraben bleiben würden, wenn sie nicht durch andere Mittel als durch freien Entschluß und die Absicht der Betroffenen zutage gefördert wurden. Wexford hatte nicht viel Erfahrung damit. Er wußte, beziehungsweise hatte gehört, daß es oft funktionierte. Er verspürte plötzlich eine starke Abscheu dagegen, Dora dem auszusetzen. Warum sollte sie diese … diesen *Angriff* erdulden müssen?

Sich ihren eigenen freien Willen entreißen lassen, diese Unwürdigkeit.

»Ich weiß nicht, ob sie sich dazu bereit erklären wird«, sagte er. Seltsamerweise hatte er keine Ahnung, wie sie reagieren würde. Würde sie schockiert oder interessiert reagieren, würde sie eher davor zurückschrecken oder sich vielleicht sogar davon angezogen fühlen? »Ich muß Ihnen sagen« – es fiel ihm sehr schwer, dies gegenüber einem Mann in einer so viel höheren Rang- und Machtposition auszudrücken, doch wenn er es nicht täte, könnte er nicht schlafen – »ich muß Ihnen sagen, Sir, daß ich nicht die Absicht habe, sie zu überreden.«

Montague Ryder lachte, doch es klang liebenswürdig. »Mal angenommen, ich frage sie?« sagte er. »Angenommen, ich frage sie heute abend, und wenn sie zustimmt, holen wir morgen den Psychologen und lassen sie hypnotisieren? Hätten Sie etwas dagegen?«

»Nein, ich hätte nichts dagegen«, erwiderte Wexford.

16

Das Fernsehen stahl der Presse die Schau und brachte die Kingsmarkhamer Kidnapping-Affäre in den ITN-Nachrichten um acht Uhr fünfundvierzig und auf BBC 1 um neun Uhr fünfzehn, beide Male mit dem Vorspann: »Soeben erhalten wir die Nachricht...«

Zum späteren Zeitpunkt saß Dora bereits im Bett mit einem Gin Tonic und der Andeutung ihres Mannes, am Montag stünde ihr möglicherweise die Begegnung mit einem Hypnosetherapeuten bevor. Inzwischen bedauerte Wexford, die Namen der Geiseln bekanntgegeben zu haben, beziehungsweise den Namen einer ganz bestimmten ehemaligen Geisel. Doch selbst er war nicht darauf gefaßt, als es morgens um sieben bei ihm an der Haustür klingelte und plötzlich drei Reporter und vier Kameraleute davorstanden.

Die beiden Tageszeitungen, die er abonniert hatte, waren schon gekommen. Beide brachten die Story auf der Titelseite. Die eine war irgendwie an ein Foto von Roxane Masood geraten, das nun, zusammen mit ein paar Aufnahmen vom Bauplatz der geplanten Umgehungsstraße, einer originalgetreuen Abbildung von Sacred Globes erstem Brief und einem Foto von ihm selbst – das verhaßte Porträt, auf dem er breit lächelnd einen Bierkrug hochhielt, eine Archivaufnahme – beide seriösen Tageszeitungen beherrschte. Er überflog gerade einen Text, als der Klang der Türglocke ihm vibrierend ans Trommelfell schlug.

Zum Glück war er angezogen. Er sah sich schon auf einem weiteren Foto, angetan mit dem karmesinroten

Samtmorgenmantel. Bevor er die Tür öffnete, wußte er bereits, wer es war. Die Kette war vorgelegt, seit Doras Rückkehr legte er sie wohlweislich immer vor, so daß die Tür sich nur fünfzehn Zentimeter öffnen ließ. Seine Großmutter, aus Pomfret gebürtig, hatte ihre Haustür für ungebetene Besucher immer nur ein kleines Stück aufgemacht und geschnauzt: »Nein, danke, heute nicht.« Obwohl er noch sehr klein gewesen war, als sie gestorben war, erinnerte er sich daran, verkniff es sich nun aber, ihre Worte zu wiederholen. »Zehn Uhr früh Pressekonferenz auf dem Polizeirevier«, sagte er.

Blitzlicht leuchtete auf, und Kameras klickten. »Vorher hätte ich gern ein Exklusiv-Interview mit Dora«, sagte einer von ihnen unverschämt.

Und ich deinen Kopf auf einem Teller. »Guten Morgen«, sagte er und machte die Tür zu. Das Telefon klingelte. Er raunzte die Worte seiner Großmutter in den Hörer: »Nein, danke, heute nicht« und zog den Stecker heraus.

Ein Fotograf war ums Haus herumgegangen und spähte durch sein Küchenfenster. Zum erstenmal war er froh über die Jalousien, die Dora letzten Sommer hatte anbringen lassen. Er ließ sie herunter, zog die Vorhänge zu, machte Tee, schenkte eine Tasse für Dora und eine für sich ein und brachte sie nach oben. Sie saß aufrecht im Bett und hatte das Radio eingeschaltet. Nachrichten über die Kingsmarkhamer Kidnapping-Affäre – mittlerweile schon ein stehender Begriff – hatten alles andere verdrängt: Palästina, Bosnien, parteipolitische Rangeleien und die Prinzessin von Wales.

»Ist in der Garage eine Leiter?« fragte er sie.

»Ich glaube schon. Wieso um alles in der Welt willst du das wissen?«

»Sei nicht überrascht, wenn gleich ein Kopf am Fenster auftauchen sollte. Die Medien sind hier.«

»Ach, Reg!«

Am Vorabend hatte der Chief Constable ihr einen Besuch abgestattet. Sie hatte müde im Morgenrock auf dem Sofa gelegen, und obwohl sie über sein Kommen unterrichtet gewesen war, hatte sie sich nicht angezogen. Wexford war froh darüber. Er begrüßte ihre unabhängige Haltung und erwartete sich eine weitere Kostprobe davon, wenn nun die Bitte an sie herangetragen wurde. Bestimmt würde sie ablehnen. Sie würde es höflich, sogar entschuldigend formulieren, doch sie würde sich nicht dazu bereit erklären, sich von irgendeinem Seelenklempner in Trance versetzen zu lassen.

Sie erklärte sich dazu bereit.

Und jetzt sagte sie es wieder, freute sich offensichtlich sogar darauf. »Ich muß jetzt aufstehen. Ich werde doch heute morgen hypnotisiert.«

Soweit er zurückdenken konnten, hatte es noch nie so viele Presseleute in Kingsmarkham gegeben. Nicht einmal bei einem Serienkiller. Nicht einmal bei dem Mord an Davina Flory und ihrer Familie. Sie hatten ihre Autos überall geparkt, und Scharen von Verkehrspolizisten waren unterwegs, schrieben Nummern auf und verteilten Strafzettel. Bald kämen die Radkrallen zum Einsatz.

Er konnte sich den Einfall der Horden im Cottage in Pomfret, in Mrs. Peabodys Häuschen in Stowerton und den Ansturm auf Andrew Struther in Savesbury House lebhaft vorstellen. Er konnte es sich vorstellen, auch ohne dort zu sein. Sie mußten sich eben nach Kräften verteidigen, und vielleicht hatte es auch sein Gutes, vielleicht nützte diese Riesenpublicity ja etwas.

Um neun waren die Telefonleitungen des Polizeireviers von Kingsmarkham bereits von auskunftwilligen Anrufern überlastet. Er sah einem der schwerbeschäftigten Telefonisten über die Schulter und betrachtete den Computerbildschirm, der die eintreffenden Informationen zeigte. Roxane Masood war gar nicht entführt, sondern in Ilfracombe gesehen worden; Ryan Barker war tot, und seine Leiche könnte gegen ein Lösegeld von zwanzigtausend Pfund freigegeben werden. Die Struthers waren in Florenz, Athen und Manchester gesehen worden sowie auf einem Boot im Hafen von Poole und hatten aus dem Oberfenster einer Fabrik in Leeds herausgeschaut. Dora Wexford war gar nicht entführt, sondern als Spionin, Lockvogel und Detektivin eingeschleust worden. Roxane Masood sollte auf Barbados den Sohn einer Frau heiraten, die für eine noch zu verhandelnde Summe die ganze Geschichte erzählen würde …

Wexford seufzte. Sämtlichen Anrufen dieser Leute mußte nachgegangen werden, und alle würden sich entweder als Verwechslung oder als Irreführung herausstellen. Wenn nicht doch ein authentischer dabei war, der sie auf eine heiße Spur führen würde …

Er hatte Dora, mit Riesenhut und zeltartigem Mantel fast völlig verhüllt, aus dem Haus in einen Wagen gebracht, den Karen Malahyde chauffierte. Nach allem, was Dora durchgemacht hatte, wollte sie auf keinen Fall etwas über dem Gesicht tragen, und er hatte sie nicht weiter bedrängt. Die Presseleute waren dem Wagen ein Stück weit nachgelaufen und hatten fotografiert. Als er aus dem ehemaligen Sportraum kam, wo er sie ihre Kassetten noch einmal anhören und das Gesagte überprüfen ließ, wurde er in seinem Büro bereits von Brian St. George erwartet.

Der Chefredakteur des *Kingsmarkham Courier* war zutiefst gekränkt. Im altbekannten grauen Nadelstreifenanzug und dem schmutzigen weißen Sweatshirt kam er auf Wexford zu und schob sein Gesicht dicht an ihn heran. Sein Atem roch nach Parodontose. »Sie mögen mich nicht, stimmt's?«

»Wie kommen Sie darauf, Mr. St. George?« Wexford trat ein paar Schritte zurück.

»Sie haben sich für die Aufhebung der Nachrichtensperre über diese Geschichte den verdammt schlechtesten Wochentag ausgesucht. Einen Sonntag! Und mir bleiben noch fünf Tage, bis der *Courier* erscheint. *Fünf Tage.* Bis dahin ist die Story doch gestorben.«

»Das hoffe ich sehr«, sagte Wexford.

»Und nur, um mir eins auszuwischen. Letzten Donnerstag wäre doch auch gegangen, oder man hätte bis nächsten Mittwoch warten können, aber nein, es mußte unbedingt ein Sonntag sein.«

Wexford schien zu überlegen. »Samstag wäre noch schlimmer gewesen.« Und während sich die Zornesröte über St. Georges Gesicht breitete, bemerkte er unerschütterlich: »Wenn Sie mich jetzt entschuldigen, ich habe zu tun. Auch ohne die Vorteile der überregionalen Zeitungen werden Sie bestimmt eine Menge Anrufe aus der Bevölkerung bekommen, und wir hätten bitte gern alles direkt hierher übermittelt.«

Craig Tarling, der ältere Bruder von Conrad Tarling, verbüßte gegenwärtig eine zehnjährige Gefängnisstrafe wegen seiner Aktivitäten für den Tierschutz.

»Das ist kein sehr verbreiteter Name«, sagte Nicky Weaver. »Ich habe ihn im Computer entdeckt und gleich überprüft.«

Damon Slesar sah sie skeptisch an. Sie waren auf dem Weg nach Marrowgrave Hall, und er saß am Steuer. »Ein Mensch ist doch nicht für das verantwortlich, was seine Angehörigen tun«, sagte er. »Mein Vater baut an der alten Umgehungsstraße Obst und Gemüse an, und meine Mum spinnt Garn aus Tierhaar. Die Leute schicken ihr tütenweise die Felle ihrer Haustiere.«

»Dagegen ist nichts zu sagen. Das ist doch völlig in Ordnung.« Nicky klang ziemlich scharf. Ihre Mutter arbeitete halbtags bei einem Gemüsehändler – in ihrer übrigen Zeit kümmerte sie sich mit um die Weaver-Kinder –, und Nicky gefiel sein Ton nicht. »Auch Obstanbau. Sie sollten über Ihre Familie nicht so reden.«

»Okay, okay, ich entschuldige mich. Sie kennen mich doch, mein Witz geht manchmal mit mir durch. Was hat dieser Bruder denn ausgefressen?«

»Den Plan ausgeheckt – ganz allein, muß man vielleicht dazu sagen –, fünfzig Brandbomben zu zünden. Seine Ziele waren Kaninchen- und Hühnerfarmen, Fleischereien, eine Landwirtschaftsschule und eine Agentur, die unter anderem Zirkuskarten verkaufte. Auf Straußenfarmen hätte er es bestimmt auch abgesehen gehabt, bloß ist das schon fünf Jahre her, und die gab es damals noch nicht.«

»Was ist schiefgegangen? Ich meine, für ihn, wie haben Recht und Ordnung schließlich obsiegt?«

»Ein Verkäufer fand es etwas merkwürdig, daß ein einziger Mann sechzig Zeitzünder kauft, und hat es der Polizei gemeldet.«

Vor der gelbschwarzen Sonne erhob sich am Horizont die Ruine von Saltram House, wo Burden in einer der Brunnenzisternen vor langer Zeit die Leiche eines vermißten Kindes gefunden hatte. Nicky fragte Damon, ob er von der Geschichte gehört hatte, es war etwa um die Zeit herum passiert, als Burdens erste Frau gestorben war, doch er verneinte kopfschüttelnd, einen zerknirschten Blick in den braunen Augen.

Der Wagen bog in die Einfahrt ein. Im fahlen Licht der Morgensonne sah Marrowgrave Hall kaum weniger abstoßend aus und wirkte mehr denn je von der Außenwelt abgeschieden und verrammelt. Nicky stieg aus und blieb einen Augenblick stehen, um die Fassade zu betrachten, die Fenster und das Mauerwerk im Farbton von getrocknetem Blut und gebranntem Lehm.

»Was ist?« fragte Damon.

»Nichts. Es kommt mir nur so untypisch vor, daß Leute wie diese Panicks hier wohnen. Ein schöner, großer Bungalow mit Meeresblick in Rustington würde eher zu ihnen passen.«

Im Sonntagsstaat, Bob im dunklen, glänzenden Anzug, Patsy in einem geblümten Seidenzelt, saßen die Panicks gerade zu Tisch. Vielleicht taten sie das immer, und wenn sie doch einmal aufstanden, dann nur um eine Mahlzeit wegzuräumen und mit den Vorbereitungen für die nächste zu beginnen. Patsy nahm eine große, weiße Leinenserviette mit an die Tür und wischte sich immer noch den Mund ab, als sie ihnen öffnete. Wieder watschelte sie vor ihnen den Korridor zur Küche hinunter. Heute roch es nach Frühstück von der Art, die in den Cafés am Meer als »komplettes englisches Frühstück« bezeichnet und fast so spät serviert wird, daß es als Brunch gelten könnte, doch die Panicks stellten zweifellos ihre eigenen gastronomischen Regeln auf. Am Tisch Bob Panick gegenüber saß die Frau namens Freya, Elfe, Baumhausexpertin und vor kurzem noch Bewohnerin des Camps in Elder Ditches.

Sie bildete einen seltsamen Kontrast zu ihren Gastgebern, denn sie war ebenso dünn, wie diese fett waren, und so unkonventionell gekleidet wie diese formell. Gesicht und Hände waren von ungesund kalkweißer Farbe, doch wie der Rest von ihr aussah, ließ sich unmöglich feststellen, da sie von Kopf bis Fuß in eine Art uralten, ausgebleichten Sari gehüllt war. Sie hatte das ausgefranste und ramponierte Stück mehrfach um sich herumgewickelt, was jedoch nicht dazu beitrug, ihrer ausgemergelten Gestalt Volumen zu verleihen. Allerdings futterte sie ebenso herzhaft wie die Panicks. Vor ihr stand ein Teller mit

Frühstücksspeck, Rührei, Röstbrot, Bratwürsten, gebratenen Pilzen, Tomaten und Kartoffelchips, dasselbe, was Bob und Patsy vor sich hatten.

Beim Eintritt der beiden äußerte sie keinerlei Anzeichen von Aufregung oder Erschrecken, falls nicht der lange, abschätzende Blick, den sie Damon Slesar zuwarf, auf Angst hindeutete. Aber wahrscheinlich fand sie ihn bloß attraktiv, wie Nicky später zu ihm sagte. Patsy meinte, sie hätten doch sicher nichts dagegen, wenn sie sich wieder an ihr Essen setzte, und ob es denn nicht komisch sei, daß die Polizei immer dann kam, wenn sie gerade beim Essen waren?

»Ich glaub' ja doch, die haben Hunger«, sagte Bob mit vollem Mund. »Gib ihnen was gegen den Kohldampf. Da ist noch ein schönes Stück Schinken von gestern abend, und wenn es ihnen nichts ausmacht, sich selbst was abzuschneiden – damit sie dich nicht schon *wieder* beim Essen stören –, wär das mit ein bißchen Körnerbrot und Pickles doch was Leckeres.«

»Für uns nichts, danke«, sagte Nicky.

Damon sagte in einem, wie sie fand, unnötig freundlichen Ton, das sei aber sehr nett von ihnen, rehabilitierte sich in ihren Augen dann aber, indem er Freya fragte, ob sie mit den Panicks befreundet sei.

Patsy, die sich aus der Pfanne noch etwas Frühstücksspeck holte, antwortete auf die Frage: »Inzwischen *ja.* Ich hoffe doch, alle, die hierher kommen und unsere Gastfreundschaft genießen, können als unsere Freunde gelten, was meinst du, Bob?«

»Da hast du recht, Patsy. Gibt's noch ein Würstchen für mich?«

»Aber natürlich. Und tu Freya auch eins auf. Eigentlich ist Freya Brendans Freundin. Seine ganz spezielle Freundin, stimmt's Freya?« Die winzigen, tief in den Fleischfalten versunkenen Äuglein der Frau zwinkerten wie Lichter am Ende eines Tunnels. »Brendan hat sie gestern abend hergebracht, schnell was gegessen und mußte dann gleich wieder los.«

Nicky dachte an Mrs. Panicks Zusage, sie zu informieren, falls und sobald Brendan Royall auftauchte. Sie hatte sich über das Versprechen gewundert und wunderte sich nun nicht, daß es nicht gehalten worden war. »Wohin denn?«

Die Frau namens Freya reagierte, als ob ihr ihre in den letzten zehn Minuten arg strapazierte Geduld nun reißen würde. Sie warf Messer und Gabel hin, wodurch ein Fettspritzer mitten auf der Serviette landete, die in Bob Panicks Hemdkragen steckte. »Wieso lassen Sie ihn eigentlich nicht in Ruhe? Was hat er denn getan? Nichts. Wissen Sie, was eine Besucherin aus dem Weltall denken würde, wenn sie auf diesen Planeten käme? Sie würde euch alle für Psychopathen halten. Nicht genug, daß ihr den ganzen Planeten versaut, ihr bestraft auch noch die Leute, die das verhindern wollen.«

Bob Panick schüttelte fast kummervoll den Kopf und nahm sich noch etwas Brot.

Seine Frau wandte sich im Plauderton in die Runde: »Das meinen sie doch im Fernsehen, wenn sie sagen, die nächste Sendung enthält Kraftausdrücke. Ist Ihnen das schon mal aufgefallen?« Lächelnd zwinkerte sie Damon Slesar zu. »Das ist für mich immer das Zeichen, rauszugehen und uns eine Tasse Tee und eine Packung Plätzchen zu holen. Brendan«, wandte sie sich an Nicky, »ist gerade rüber zum Bauplatz der Umgehungsstraße gefahren, meine Liebe.«

»Warum mußt du denen das jetzt sagen?« rief Freya. »Was hast du davon, möchte ich mal wissen? Du brauchst überhaupt nicht mit denen zu reden, weißt du das? Du hast nichts getan. Und Brendan auch nicht. Brendan redet nie mit denen, der sagt gar nichts, der schweigt einfach, von dem könntest du dir ruhig eine Scheibe abschneiden. Wieso läßt du dich von denen verarschen? Brendan würde kein Wort mit denen reden, der würde die Klappe halten.«

»Und wo ist Brendan jetzt?« schaltete sich Nicky geduldig ein.

»Er sagte, er wollte sich da was ansehen – was war es gleich, Bob?«

Bob Panick rieb sich nachdenklich die Stirn. »Da sind so Leute von Europa da, es hat irgendwas mit dem Gemeinsamen Markt zu tun, die machen da so ein Umweltdings. Er ist mit dem Winnebago hingefahren.«

Die Umweltprüfung. Die wollte Brendan Royall sich natürlich aus nächster Nähe ansehen und wahrscheinlich die ganze Prozedur fotografieren, nachdem er vorher auf Golands Farm geparkt hatte.

Die Wiesen waren hier abschüssige Hänge, auf denen Schafe weideten, die Hecken waren dicht und dunkelgrün, und die Bäume standen in Gruppen zusammen. Der plötzliche Anblick eines Feldes, vollgeparkt mit Autos, Kombiwagen und Anhängern, von denen wenige in makellosem Zustand und die meisten nachgerade schäbig waren, stand dazu in krassem Widerspruch. Das Farmhaus, das sie sich als malerischen Fachwerkbau vorgestellt hatten, sah eher wie eine umfunktionierte Kapelle aus.

Derartige Umbauten waren im Süden Englands recht häufig anzutreffen, da die Pfarrgemeinden immer kleiner wurden. Sie boten große, geräumige Wohnhäuser, wenn man sich nicht an den Kirchenfenstern und einem gewissen, wie Wexford sich ausdrückte, »Ruch von Heiligkeit« störte. Dieses hier, genannt Golands Farm, war aus rotem Backstein mit einem grauen Schieferdach und zahlreichen unpassenden Blumenkästen. Jedes der heruntergekommenen Nebengebäude, die nun zwischen hohe, unerbittlich wirkende Futtersilos eingeklemmt waren, hätte das ursprüngliche Farmhaus gewesen sein können.

Nachdem Damon neben dem Tor geparkt hatte, gingen sie zwischen den Autos der Baumleute hinein und trafen auf Barry Vine, in Betrachtung eines leeren Winnebago versunken.

Von der Polizei in Neath war ein Fax eingetroffen, von Chief Inspector Gwenlian Dean. Menschenmengen sammelten sich zur SPECIES-Konferenz, doch bisher war alles friedlich verlaufen. Der Protestmarsch sollte im Freien abgehalten werden, und zahlreiche Delegierte waren mit Wohnwagen und Zelten abgereist, doch die leitenden Funktionäre wohnten im Hotel, wo am nächsten Morgen die Jahreshauptversammlung stattfinden sollte. Gary und Quilla waren noch nicht eingetroffen oder jedenfalls noch nicht ausfindig gemacht worden. Gwenlian Dean würde sich wieder melden, sobald sie etwas Neues zu berichten habe.

Wexford ging in den ehemaligen Sportraum, um dem Chief Constable bei der Pressekonferenz unter die Arme zu greifen. Beim Eintreten wurde er fotografiert, hatte aber nichts dagegen. Hauptsache, das allgegenwärtige Foto mit dem Bierkrug, das ihn ständig verfolgte, wurde durch ein neues ersetzt.

Montague Ryder gab eine vernünftige, wohlgesetzte und plausible Darstellung der Geschehnisse und der polizeilichen Maßnahmen.

»Sie müssen doch ungefähr eine Ahnung haben, wo sie sind«, sagte eine junge Frau mit messerscharfem Blick und langem, blondem Haar. »Nach so viel Zeit müssen Sie doch irgendeine Spur haben.«

»Wir haben zahlreiche Vermutungen.« Dem Beispiel des Chief Constable folgend, bemühte sich Wexford um einen ruhigen Ton. »Es ist Ihnen aber doch klar, daß wir zur Zeit noch keine dieser Vermutungen bekanntgeben können.«

»Sind sie in der Gegend von London oder irgendwo in Südengland?«

»Die Frage kann ich nicht beantworten.«

Und dann kam die unvermeidliche Frage, die ihn zur Weißglut brachte, diesmal von einem dicken Reporter im grauen Anzug mit schulterlangem, strubbeligem, grauem Haar. »Wie kommt es, daß sie ausgerechnet Ihre Frau freigelassen haben?«

Ryder antwortete an seiner Stelle mit einem schlichten: »Das wissen wir nicht.«

»So, so, die müssen aber doch einen Grund gehabt haben. Weil sie herausgekriegt haben, daß sie Ihre Frau ist? Glauben Sie, die hatten Angst, Ihre Frau weiter festzuhalten? Sie ist doch nicht krank, oder? Ist sie Diabetikerin oder muß sie vielleicht regelmäßig Medikamente einnehmen?«

»Nein, nein«, sagte Wexford, der sich beruhigt hatte. »Nichts dergleichen. Überhaupt nichts dergleichen.«

Burden hatte Christine Colville bei sich im Büro, da er völlig zu Recht glaubte, daß sie beim Anblick eines Vernehmungsraums sofort den Beistand eines Rechtsanwalts fordern würde. Sie war ihm gegenüber weniger aggressiv und hochnäsig als vorher zu DS Cook und schien mehr als bereit, ihm Conrad Tarlings Geschichte zu berichten.

»Sie sind Anthropologin, Miss Colville, nicht wahr?«

Sie warf ihm einen langen Blick der Art zu, die man gemeinhin als vernichtend bezeichnet. »Ich bin Schauspielerin. Das heißt nicht, daß ich von allem, was außerhalb der Schauspielkunst liegt, keine Ahnung habe.«

Er nickte. »Momentan ohne Engagement, vermute ich mal?«

»Dann vermuten Sie mal. Mitnichten ohne Engagement. Abgesehen davon, daß ich mich *mit meinen Freunden* für diesen Protest engagiere, spiele ich am Weir-Theater in Jeffrey Godwins Stück mit.«

Da fiel es ihm wieder ein. Wexford hatte etwas davon gesagt. Ein Stück über die Umgehungsstraße, die Umwelt und die Aktivisten. Wie hieß es? Er würde sie nicht danach fragen. Ach richtig, *Ausrottung.*

»Dann haben Sie wohl eine große Rolle?«

»Die weibliche Hauptrolle.«

Die einzige Liebesaffäre seines Lebens – damals, nach dem Tod seiner ersten Frau und vor seiner Wiederheirat – hatte er mit einer Schauspielerin gehabt. Sie war jedoch schön gewesen, eine Frau mit einem weißen Körper, roten Haaren, einem Erdbeermund und traubengrünen Augen. Ganz anders als dieses kleine, kompakte und stämmige Geschöpf mit dem runden, braunen Gesicht und dem dunklen, drahtigen Haar, das nicht länger als zwei Zentimeter war.

»Sie haben mir vom König des Waldes erzählt.«

»Und dann haben Sie mich abgelenkt«, schoß sie blitzschnell zurück. »Conrads Familie lebt in Wiltshire. Manchmal, wenn er sie besuchen will, geht er zu Fuß hin. Es sind achtzig Meilen von hier, aber er geht zu Fuß. Vor hundert Jahren hat man das auch gemacht, man ist riesige Strecken gewandert, aber heute macht das keiner mehr. Nur Conrad.«

»Er hat doch ein Auto«, wandte Burden skeptisch ein.

»Das benutzt er kaum. Meistens verleiht er es. Conrad ist so eine Art Heiliger, müssen Sie wissen.«

König, Gott, Anführer und jetzt Heiliger. »Stimmt. Und weiter?«

»Sein Bruder Colum sitzt im Rollstuhl. Er wird nie wieder gehen können. Er hat seine Kraft und seine *Beweglichkeit* für die Sache der Tiere hingegeben. Und der andere Bruder, Craig, sitzt wegen seines Engagements für den Kampf im Gefängnis.«

»Sicher«, sagte Burden. »Der hatte vor, ein paar hundert unschuldige Menschen in die Luft zu jagen.«

»Menschen sind nie unschuldig.« In ihren Worten und ihrem Gesichtsausdruck erkannte er die authentische Stimme des Fanatismus. »Nur Tiere sind unschuldig. Schuld ist ein ausschließlich menschliches Attribut.« Sie klopfte mit der Faust auf seinen Schreibtisch. »Conrad hat nie einen Job gehabt«, sagte sie, als handelte es sich um eine spektakuläre Leistung und, wie um das eben Gesagte zu korrigieren, fügte sie hinzu: »Er ist nie einer bezahlten Arbeit nachgegangen. Aber er überlebt aus eigener Kraft.«

»Wie Gary Wilson und Quilla Rice.«

»Nein, wie die doch nicht. So wie die ist der *überhaupt* nicht.« Dann benutzte Christine Colville einen Ausdruck, den Burden für längst überholt gehalten hatte. »Das ist doch eine armselige Brut. Conrad ist erhaben über solche Gelegenheitsarbeiten. Seine Familie ist bitterarm, vornehm, aber arm. Seine Anhänger sorgen für ihn.«

»Was, die anderen Baumleute? Haben die denn überhaupt Geld?«

»Nicht viel«, erwiderte sie. »Aber wenn jeder etwas beiträgt, gibt es ein hübsches Sümmchen.«

»Na, das glaube ich.« Burden verkniff sich, was er gerade noch hatte sagen wollen: daß Tarling da keinen schlechten Verdienst aufgetan hatte. »Hat er Kontakte hier in der Gegend?«

Entweder verstand sie ihn nicht, oder sie tat so. »Jeder im Wald kennt den König.«

»Vielleicht komme ich und sehe mir Ihr Stück an«, sagte er und begleitete sie hinaus.

Eine Meute von Reportern und Fotografen drängelte sich um sie. Burden ging wieder in den ehemaligen Sportraum, wo Wexford zum Mittagessen etwas vom neuen Thai-Imbiß hatte kommen lassen. Er trank aus der Dose, die mit dem grünen Kokoscurry geliefert worden war, und verzog das Gesicht. Indem er es wegschob, sagte er: »Was ist das für ein Zeug?«

»Scheint eine Art alkoholisierte Limonade zu sein.«

»Himmel.« Burden las das Etikett. »Wer kam denn auf die Idee? Es gibt wahrscheinlich ein Gesetz oder eine Regel, die das Mitbringen von Alkohol in diese Räumlichkeiten untersagt. Jedenfals schmeckt es abscheulich. Wenn schon Alkohol, dann soll es auch wie Alkohol schmecken, ich will den gewissen Kick spüren, keine mysteriös aufgepeppte Limonade. Nächstens gibt es noch alkoholhaltige Milch.«

Wexford sah aus dem Fenster. Er traute es einem gerissenen Kameramann durchaus zu, dort draußen herumzuschleichen, um einen hinterhältigen Schnappschuß von ihm mit einer Getränkedose, *jeglicher* Art von Getränkedose, in der Hand, zu bekommen. Doch auf dem Parkplatz war niemand. »Mike«, sagte er mit einem Blick auf seine Armbanduhr, »es ist nach zwei. Wir haben seit gestern um vier kein Wort mehr von Sacred Globe gehört. Ich verstehe das nicht, es ergibt keinen Sinn. Denen muß es so vorkommen, so sehr ich das bedauere, als gäben wir ihren Forderungen einfach nach. Erstens, weil wir die Bauarbeiten an der Umgehungsstraße ausgesetzt haben, zweitens, weil wir die Geschichte wie verlangt für die Presse freigegeben haben. Die Tatsache, daß wir sie zu dem Zeitpunkt sowieso freigegeben hätten, ist dabei nebensächlich. Das wissen die ja nicht. Also, wenn offensichtlich alles so abläuft, wie sie wollen, warum nutzen sie ihre scheinbar so starke Position dann nicht aus und kommen gleich mit ihrer letzten Forderung daher?«

»Keine Ahnung. Ich verstehe es auch nicht.«

»Ich gehe jetzt mal rüber und schaue, wie es Dora unter der Hypnose ergangen ist.«

17

Sobald Burden ihn sah, erkannte er Brendan Royall wieder. Er wußte nicht, daß er ihn kannte, doch als Royall auf dem Revier in den Vernehmungsraum eins geführt wurde, erinnerte sich Burden wieder an ihn. Es war an einem Nachmittag vor sechs oder sieben Jahren gewesen, als er Jenny von der Gesamtschule in Kingsmarkham abgeholt hatte. Royall stand auf der Schultreppe oben direkt vor dem Eingang und hielt einer Gruppe Gleichaltriger, die ihn umringten, einen Vortrag.

Damals war er erst sechzehn gewesen, ein hochaufgeschossener, schlaksiger Junge mit goldblondem Harpo-Marx-Lockenkopf. Die Augen waren es, die Burden im Gedächtnis geblieben waren. Sie waren erstaunlich dunkel, was nahelegte, daß das Haar gefärbt war, und leuchteten hell – die Augen eines Fanatikers unter den dichten, fellartigen Augenbrauen. Auch die Stimme prägte sich einem ein, rauh, flammend, mit einem häßlichen, tonlosen Akzent, die Vokale hohl und die Wortendungen undeutlich.

Die dazwischenliegenden Jahre hatten seine Erscheinung wenig verändert. Sein Haar war um einiges dunkler und länger, als Burden es in Erinnerung hatte, doch die Augen leuchteten immer noch grimmig und irr, die Augenbrauen sahen immer noch aus wie ein Streifen Kaninchenfell. Wie er damals gekleidet war, hatte Burden vergessen, doch an diesem Montag nachmittag war Royall von Kopf bis Fuß in einen grünbraunen Tarnanzug gehüllt. Im Wald wäre er, was vielleicht der Zweck war, mit dem Hintergrund verschmolzen. Was die Stimme betraf, konnte

Burden nicht sagen, ob sie sich verändert hatte oder nicht, denn Royall weigerte sich, den Mund aufzumachen.

Er hatte seinen Rechtsbeistand gleich mitgebracht. Vielleicht war sein Anwalt, kein ortsansässiger Kollege, auch telefonisch aus dem Winnebago herbeigerufen worden und zeitgleich mit Royall auf der Treppe des Polizeireviers erschienen. Er hatte sehr wenig zu tun und hätte seinem Klienten keine besseren Verhaltensmaßregeln geben können als die, die Royall ohnehin schon befolgte.

Der Mann, der aussah, als ob er gleich an einem Dschungelkampfkurs teilnehmen wollte, saß ernst und schweigend an einer Seite des Tisches, der Anwalt neben ihm. Schon als Burden den Recorder einschaltete und angab, daß die zu vernehmende Person und ihr Anwalt anwesend waren, desgleichen Detective Inspector Burden und Detective Constable Fancourt, war ihm klar, daß das Ganze eine Farce war. Der Anwalt konnte sich kaum ein Lächeln verkneifen.

Nebenan im Vernehmungsraum zwei saßen Nicky Weaver und Ted Hennessy dem König des Waldes, Conrad Tarling, gegenüber. Dessen Anwältin hatte etwas länger gebraucht, um herzufinden, und Tarling hatte fast eine Stunde gewartet, bis die junge Frau namens India Walton aufgetaucht war.

Tarling saß in seinen Gewändern auf dem Stuhl, die langen, weiten Ärmel seines Obergewandes ostentativ aufgekrempelt, um seine bloßen, glatten Arme zur Schau zu stellen, die üppig mit ziselierten keltischen Silber- und Kupferarmreifen beladen waren. Zunächst schwieg er ebenfalls, blieb stumm wie ein Fisch, die Augen starr auf das kleine, hohe Fenster geheftet, als sähe er dort statt der Backsteinmauer des Magistratsgerichts eine faszinierende Szenerie.

Wexford war versucht, den Kopf kurz zur Tür hereinzustecken, doch die Verhaltensregeln der Polizei und das Gesetz über die Beweismittel im Strafverfahren untersagen die Störung einer Vernehmung außer unter außergewöhnlichen Umständen. Die Neugier eines Vorgesetzten fiele wohl kaum in diese Kategorie, und so mußte er sich mit einem Blick durch das Innenfensterchen begnügen. Was er sah, erinnerte ihn an eine Geschichte, die er zu seiner Schulzeit im Lateinunterricht gehört hatte, in der es um jene alten römischen Staatsmänner ging, die eine Senatssitzung einberiefen, als sie vom Herannahen der Goten erfuhren, und dann marmorgleich und reglos auf ihren Thronen sitzen blieben. Die Goten hielten sie für Statuen und schubsten und stießen sie umher, bis schließlich einer aufstand und zurückschlug, woraufhin alle abgeschlachtet wurden. Wexford, müde und frustriert, hätte Tarling gern angestoßen, damit er sich rührte und irgendwie reagierte, wußte jedoch, daß eine solche Vorgehensweise unhaltbar war.

DC Lowry hatte Wexford gerade mitgeteilt, daß der weiße Mercedes, dessen Nummer Nicky Weaver notiert hatte, auf dem Industriegelände in Stowerton gefunden worden war. Es handelte sich natürlich um einen gestohlenen Wagen, den man vor einem ungenutzten Fabrikgebäude, wo es keine Zeugen gab, mit zertrümmerter Windschutzscheibe und platten Reifen abgestellt hatte.

Lowry trat noch einmal auf ihn zu und sagte: »Haben Sie einen Augenblick Zeit, Sir?«

Der Mann sah tatsächlich aus wie ein schwarzer Marlon Brando, dachte Wexford, aber wie der Brando in *Endstation Sehnsucht.*

»Ja, was gibt es?«

»Ihre Frau erwähnte einen Mann, der immer Handschuhe trug. Da fiel mir ein, das tat er vielleicht, weil seine Hände so wie meine aussahen.« Lowry hielt seine schmalen Hände mit den langen Fingern hoch. Sie hatten die matte Farbe einer reifen Pflaume. »Was ich damit sagen will – vielleicht ist er schwarz.«

»Ein guter Gedanke«, sagte Wexford und ging wieder zu Dora, die im ehemaligen Sportraum saß und ihrer eigenen Stimme lauschte, als hätte sie sie noch nie gehört.

Tarling wurde so laut, wie Royall still blieb. Obwohl India Walton ihn diskret darauf hinwies, daß er dieses oder jenes nicht zu beantworten brauche, daß er nicht verpflichtet sei, auf diese Frage zu reagieren, und daß jene unter den gegebenen Umständen unangemessen sei, redete Tarling einfach drauflos und machte seine Ausführungen. Er beantwortete keine Fragen, schien sie nicht einmal zu hören, sondern redete, als handelte es sich um eine zündende politische Ansprache, ja als wäre gar kein Vernehmungsbeamter anwesend, sondern nur ein schweigendes, aufnahmebereites Publikum.

Er sprach über seinen Bruder Craig, seine hehren Prinzipien, seine Tierliebe und daß alle Tiere, vom niedrigsten bis zum höchsten, auf einer Stufe mit der Menschheit stehen. Wenn man Tierversuche durchführen konnte, dürfe man auch Menschen in die Luft jagen. In seinen Augen lag der einzige Unterschied darin, daß die menschlichen Wesen einen schnelleren Tod starben. Er sprach über die Ungerechtigkeit von Craig Tarlings Schicksal, seinen Mut und sein unerschrockenes Verhalten im Gefängnis. Als er mit der Biografie seines älteren Bruders fertig war, redete er über seinen jüngeren Bruder. Er war unter den Rädern eines Tiertransporters schwer verletzt worden war, der Schafe nach Brightlingsea brachte. Er machte eine höfliche Pause, damit Nicky ihn etwas fragen konnte, und redete als Antwort über sich selbst, über seine Geschichte, seine Aufopferung für die englische Landschaft und das, was er die »Wiederherstellung der Natur« nannte.

»Es ist besonders interessant«, sagte er, »daß wir alle drei als Kinder bourgeoiser konservativer Eltern, als Produkte renommierter Internatsschulen und der beiden bedeutenden Universitäten uns jeweils einem Bereich des Schutzes der Schöpfung verschrieben haben: mein Bruder Craig den mißbrauchten kleinen Säugetieren, mein Bruder Colum den Tieren des Feldes und ich mich der Gesamtheit der Natur. Sie werden sich vielleicht fragen, wie das gekommen ist…«

»Ich werde *Sie* vielleicht fragen, ob der Name Sacred Globe Ihre persönliche Erfindung war, Mr. Tarling«, sagte Nicky. »Er paßt sehr genau zu dem, was Sie uns da alles erzählt haben. Schließlich nennen Sie sich ja König des Heiligen Hains, des Sacred Grove.«

»… und welche Art von Inspiration uns unabhängig voneinander bewog, das, was in unserer Gesellschaft als ›normales‹ Leben gilt, von uns zu weisen und uns der Sache der Verwundbaren, der Zarten, der Zerbrechlichen anzunehmen, ohne die allerdings das Leben auf diesem Planeten, wie wir es kennen, der gräßlichsten Zerstörung anheimfallen wird…«

Ihr Gesicht war anders. Zweifellos würde es sich später wieder normalisieren, doch im Augenblick war ihr Ausdruck nicht nur verwirrt, sondern es kam ihm so vor, als sähe er ihr Gesicht leicht verschwommen und etwas unscharf, als hätte sie die Kontrolle darüber verloren und die Züge wären ungeordnet geworden. Sie wirkte wie eine Schlafende, deren Augen aber offenstanden, eine Schlafwandlerin, die nicht wandelte.

Karen hatte sie anscheinend einen Moment allein gelassen, vielleicht um Tee zu holen. Sie hatte ihn nicht gesehen. Die Stimme, die da sprach, ihre eigene Stimme, wurde schwächer und schwächer und verstummte schließlich. Er sah, wie sie die Hand ausstreckte, um das Gerät auszuschalten, aber nicht wußte, wie. Sie wandte sich achselzuckend ab und sah ihn.

»Dora«, sagte er.

Schon war sie wieder bei sich. Sie lächelte ihn strahlend an und sagte: »Es ist erstaunlich, Reg. Nicht nur, daß ich keine Ahnung hatte, was ich alles weiß, ich wußte auch nicht, daß ich es gesagt habe. Erst als ich es noch einmal abgespielt habe. Und doch klingt meine Stimme wie immer.«

»Ich bin froh, daß es dich nicht aufgeregt hat.«

»Überhaupt nicht, kein bißchen. Dr. Rowland war sehr nett. Er bat mich nur, es mir bequem zu machen und mich möglichst zu entspannen. Dann sagte er all das, was man über Hypnotiseure immer liest, nur daß es sich bei ihm sehr beruhigend und überhaupt nicht wie Hokuspokus anhörte. Ich dachte erst, es ist vielleicht wie beim Zahnarzt, wenn sie einem dieses Medikament geben, das einen nicht einschläfert, sondern in eine Art Dämmerzustand versetzt, und wenn der Zahn draußen oder der Wurzelkanal fertig ist, kommt es einem vor wie ein kurzer Augenblick. Aber so war es nicht. Es war wie ein Traum. Ja, wie ein Traum, bei dem man gar nicht weiß, daß man träumt. Und dann wurde mir das Band noch einmal vorgespielt, und ich stellte fest, daß ich so viel über das blaue Ding erzählt hatte...«

»Worüber?«

»Jetzt erinnere ich mich wieder, natürlich. Aber ich glaube, es wäre mir nicht eingefallen, wenn ich nicht hypnotisiert worden wäre. Ich könnte dir jetzt alles erzählen oder du hörst dir das Band an. Was möchtest du?«

»Beides«, erwiderte er, »aber jetzt kann ich nicht. Ich muß im Fernsehen auftreten.«

Die Kamerateams kamen bereits herein. In einer Ecke des Raums hatte man einen Klapptisch für sie aufgestellt. Der Chief Constable saß in der Mitte, Wexford links und Audrey Barker rechts von ihm, neben ihr Andrew Struther und links von Wexford Clare Cox mit Hassy Masood.

Die Angehörigen der Geiseln waren angewiesen, nichts zu äußern, was einem Appell an Sacred Globe gleichkam, wenn möglich überhaupt nichts zu sagen und nur einfach dazusein.

Wie sich herausstellte, antwortete Andrew Struther für alle, und da er vermutlich der redegewandteste war, war das wohl ganz gut so. Als Antwort auf die unvermeidliche Frage erwiderte er: »Wir überlassen die Sache der Polizei, was unter den gegebenen Umständen das beste und einzig mögliche ist. Es ist jetzt weder die Zeit noch der Ort, um den Kummer und die Angst zu artikulieren, die wir alle fühlen. Wir können nur warten und die Experten ihre Arbeit machen lassen.«

Audrey Barker fing an zu weinen. Das machte sich gut im Fernsehen, trug aber nicht zu der entschlossenen und sachlichen Atmosphäre bei, die Wexford hatte schaffen wollen. Jemand erkundigte sich, ob es stimme, daß Wexfords Frau ursprünglich unter den Geiseln gewesen war, und wenn ja, wieso sie freigelassen wurde. Die Szene wurde abgebrochen, bevor jemand antworten konnte.

Die Telefone, die während der letzten paar Stunden verstummt waren, fingen schlagartig wieder an zu klingeln, sobald die nächste Nachrichtenmeldung kam. Ein Mann in Liverpool hatte Roxane Masood mit einem dunklen Mann, vermutlich einem Inder, in ein Kino gehen sehen. Ein Mr. und eine Mrs. Struther hatten soeben ein Little-Chef-Restaurant an der A12 bei Chelmsford verlassen. War der Polizei eigentlich bekannt, daß ein riesiger Protestmarsch von Umweltschützern unter Führung von Sacred

Globe demnächst in der Nähe von Glencastle stattfinden sollte?

Zufällig war gerade ein weiteres Fax von Gwenlian Dean aus Wales gekommen. Gary Wilson und Quilla Rice waren bei dem Protestmarsch von SPECIES eingetroffen und ihr Campingplatz von Deans Beamten notiert worden. Ob Wexford sie vernehmen lassen wolle? Er schickte eine Nachricht des Inhalts zurück, ihn interessiere es, wohin sie sich begeben hatten, nachdem er sich in Framhurst mit ihnen getroffen hatte, wann sie nach Glencastle aufgebrochen waren und welche Verbindung zwischen ihnen und Conrad Tarling bestand.

Außerdem erwartete ihn ein Bericht über den weißen Mercedes mit dem Kennzeichen L570 LOO. Der Wagen gehörte einem gewissen William Pugh aus Swansea und war vor drei Wochen vor einem Haus in Ventnor auf der Isle of Wight gestohlen worden, wo die Pughs ihre Sommerferien verbrachten. Die forensischen Untersuchungen des Wageninnern waren bereits im Gang.

»Ich höre mir jetzt das Hypnoseband meiner Frau an«, sagte Wexford, »und dann gehe ich nach Hause, um das Ganze noch einmal aus ihrem eigenen Munde zu hören.«

Barry Vine, der blaß und müde aussah, sagte: »Glaube ich nicht, Sir. Glaube ich nicht, wenn Sie jetzt gleich hören, was ich sage.«

»Was denn?«

»Man hat eine Leiche gefunden. Auf dem Stück Brachland, wo die Taxis von Contemporary Cars parken. In einem Schlafsack, der neben dem Zaun abgeladen wurde …«

18

Das unbebaute Grundstück wo einst das Railway Arms gestanden hatte, war mit Maschendraht eingezäunt, an dem die Art von Bäumen und Büschen wuchsen, die man immer an solchen Plätzen findet – Holunder und Brombeergestrüpp und die unterirdischen Ausläufer gefällter Ahornbäume. Brennesseln wucherten zu dieser Jahreszeit hüfthoch. Dem Graffiti an der Wand des Busbahnhofs auf der rechten Seite standen die verblichenen Buchstaben auf dem Gebäude auf der anderen Seite gegenüber. Lange bevor die Aromatherapeutin, der Fotokopierladen und der Friseurladen eingezogen waren, aber nicht vor der Schuhreparatur, waren die Worte »Schuster« und »Stiefelmacher« in Druckbuchstaben auf die bleiche Backsteinmauer geschrieben worden. Das Graffiti bestand aus dem schlichten Schriftzug »Gazza«, und die dazu benutzte Farbe war in langen roten Schlieren vom Pinsel getropft.

Um den Wohnwagen von Contemporary Cars herum war die Grasnarbe zu einer staubigen, mit Müll übersäten Wiese geworden. Pubbesucher und Kunden des Discountladens warfen ihre Zigarettenschachteln und Chipstüten einfach über den Zaun. Der Schlafsack mit der Tarnmusterung lag in der äußersten Ecke zwischen den Brennesseln, halb unter dem Brombeergestrüpp verborgen. Der Reißverschluß, der rechts ganz hinunterreichte, war halb aufgezogen und offenbarte etwas, was auf den ersten Blick nur wie eine üppige Masse schwarzen, seidigen Haares aussah.

»Ich hab' den Reißverschluß aber nicht aufgemacht«,

beteuerte Peter Samuel in Erwartung einer Zurechtweisung, die jedoch ausblieb. »Ich werd' mich hüten. Ich konnte ja sehen, was es ist, ich konnte die Haare sehen, ohne sie anzufassen.«

»Ich habe ihn aufgezogen«, sagte Burden. »Man hat ihre Knie angewinkelt, um sie in den Sack zu bekommen. Wann haben Sie sie gefunden?«

»Vor einer halben Stunde. Es war kurz nach sechs. Ich war drinnen, hab' ein bißchen ferngesehen und kam dann raus zu meinem Wagen, schaute rüber und sah es. Ich weiß auch nicht, warum, ich hab' einfach hergesehen, und da war es: ein braungrüner Schlafsack. Ich dachte mir, na, den hat hier jemand einfach hingeworfen. Sie würden sich wundern über den Müll, den die Leute hier abladen. Ich sah die Haare und dachte erst, es wär ein Tier...«

»Schon gut, Mr. Samuel. Danke. Wenn Sie vielleicht im Wohnwagen warten wollen. Wir kommen gleich und unterhalten uns mit Ihnen.«

Kaum dort angekommen, überkam Wexford ein Gefühl der Beklommenheit, ein gewisses Grauen und eine Befürchtung, die er nicht bestätigt finden wollte, vor der er gern weggelaufen wäre. Nur gab es natürlich kein Weglaufen und keine Ausflucht. Ein kurzer Blick in Burdens Gesicht, in sein blasses, regloses Gesicht mit den zusammengepreßten Lippen hatte genügt. Vine sagte nichts, Karen auch nicht. Sie drehten sich um und sahen Peter Samuel über das struppige Gras davongehen, dann blickten sie Wexford fragend an. Er schritt schwerfällig über die Brennnesseln auf die andere Seite des Schlafsacks, schloß die Augen und sah dann hin.

Das Gesicht, nur im linken Profil zu sehen, war schlimm zugerichtet, und im Tod hatten sich die Blutergüsse fahl gelblich, grün und braun verfärbt. Doch die Gesichtszüge waren unverkennbar, und er mußte wieder an das Porträt von dem ruhigen, sanften, schönen Gesicht mit den klaren, dunklen Augen denken. »Es ist Roxane Masood«, sagte er.

Dr. Mawrikiew, der Pathologe, brauchte keine Viertelstunde, um herzukommen. Der Fotograf traf gleichzeitig mit Archbold ein, dem Kollegen von der Spurensicherung. Mawrikiew zog den Reißverschluß ganz auf und kniete sich vor die Leiche. Nun war deutlich sichtbar, was Burden bisher nur vermutet hatte, daß die Beine des Mädchens angewinkelt worden waren. Die Tote trug eine schwarze, auf den Hüften sitzende Hose, ein rotes T-Shirt und ein rotes Seidenjäckchen. Eine Hand, wächsern und doch so zart wie Elfenbein, glitt von ihrem Schenkel, als der Pathologe sie behutsam umdrehte.

Wexford empfand mittlerweile eine gewisse Sympathie, wenn nicht sogar Respekt für Mawrikiew. Er war ein junger Mann baltischer oder ukrainischer Herkunft, sehr hellhäutig mit blassen Augen wie Kristallquarz, ein schwer zu durchschauender Geselle, der je nach Laune grob oder charmant sein konnte. Im Gegensatz zu seinen älteren Dienstkollegen, insbesondere zu Sir Hilary Tremlett, riß er nie Witze auf Kosten der Leiche, sprach nie über das »tote Fleisch da« oder stellte boshafte Mutmaßungen darüber an, wie die Leiche wohl im lebenden Zustand ausgesehen haben mochte. Doch es war unmöglich, zu sehen, was er dachte, oder etwas an dem kühlen Gesicht abzulesen, das so unbeweglich war, daß es wie aus Birkenholz geschnitzt wirkte.

»Sie ist seit mindestens zwei Tagen tot«, sagte er. »Vielleicht schon länger. Das werde ich natürlich später präziser bestimmen können. Anhand einer altbewährten Methode zur Bestimmung der Todeszeit läßt es sich aber feststellen, denn die Totenstarre hat eingesetzt, ihre Wirkung getan und ist wieder abgeklungen. Achten Sie auf die

Schlaffheit dieser Hand. Wenn Sie damit jetzt schon etwas anfangen können« – er sah zu Wexford hoch –, »dann würde ich die Todeszeit mal annähernd auf Samstag am späten Nachmittag festsetzen.

Wann sie hierhergebracht wurde, kann ich Ihnen nicht sagen, allerdings muß sie recht bald nach ihrem Tod in diesen Schlafsack gesteckt worden sein, denn sobald die Totenstarre eingesetzt hatte, wäre es unmöglich gewesen, die Beine in diese Position zu biegen, ohne dabei die Knie zu brechen. Die Knie *sind* übrigens gebrochen, aber nicht, weil man versuchte, sie in den Schlafsack reinzukriegen. Sie können sich also ausrechnen, daß die Tote am Samstag abend in den Sack gesteckt wurde, auf jeden Fall aber vor Samstag Mitternacht.«

»Und die Todesursache?« fragte Wexford.

»Sie sind nie zufrieden, was? Sie wollen immer alles sofort. Wie gesagt, ich bin kein Zauberer. Sie war offensichtlich das Opfer eines gewaltsamen Angriffs oder mehrerer Angriffe. Sehen Sie sich Kopf und Gesicht an. Was die Todes*ursache* betrifft, so sehen Sie ja selbst: erschossen oder erstochen wurde sie nicht, und Spuren einer Abschnürung am Hals gibt es auch nicht.« Sir Hilary hätte daraufhin Witze über eine Vergiftung gemacht, doch Mawrikiew stand einfach wieder auf, sogar ohne den Kopf zu schütteln oder ein bekümmertes Lächeln aufzusetzen. »Jetzt können Sie machen, was zu tun ist, und sie mitnehmen. Die Autopsie mache ich morgen früh, pünktlich um neun.«

Fotos wurden geschossen, und Archbold ging umher, um alles mögliche abzumessen, und wurde von den Brennesseln schlimm gestochen. Wexford, der nun die Innenseite des Schlafsacks berühren durfte, begann ihn zu untersuchen, befühlte die ausgepolsterte Oberseite und schob seine Hand unter die Tote.

»Was suchen Sie?« fragte Burden.

»Einen Zettel. Eine Nachricht.« Wexford stand auf. »Da ist nichts. Ich begreife das nicht, Mike. Warum? Warum tut jemand so etwas, warum dieses Mädchen, warum gerade *jetzt*?«

»Ich weiß es nicht.«

Peter Samuel war gerade dabei, seine Geschichte von der Entdeckung der Leiche noch einmal zu erzählen, als Wexford in den Wohnwagen kam. »Woher wollen Sie wissen, daß sie nicht schon den ganzen Tag dort gelegen hatte?« fragte er.

»Was, den ganzen Tag seit dem frühen Morgen? Nein, das kann nicht sein, unmöglich.«

»Warum nicht? Sind Sie denn in diese Ecke gegangen? Haben Sie nachgesehen? Oder einer von den anderen vielleicht? Sie waren sicher mit Fahrgästen beschäftigt und sind rein- und rausgefahren. Haben Sie denn überhaupt hingeschaut?«

»Wenn Sie mich so fragen, äh, nein. Ich glaub', keiner von uns. Na ja, *ich* jedenfalls nicht. Für die anderen kann ich nicht sprechen.«

»Es hätte also sein können, daß sie schon in der Nacht zuvor dort hingelegt wurde? Vielleicht schon Sonntag nacht?«

»Nein. Unmöglich. Äh, wenn ich genau überlege, es hätte schon sein können, ich mein', ich glaub' eher nicht, aber es *könnte* sein.«

Wexford wurde schwindlig vor Wut. Nicht auf Samuel. Samuel war ein bedeutungsloser Niemand. Der Zorn, der ihm den Kopf füllte und in seinem Gehirn pochte, richtete sich gegen Sacred Globe. Er merkte, daß er vor allem bitteren Groll empfand. Ausgerechnet jetzt, wo es den Anschein hatte, als ginge alles nach ihrem Willen, als entwickelten sich die Ereignisse, so politisch und vorausgeplant sie sein mochten, in Übereinstimmung mit ihren Forderungen ...

Und nun auf einmal keine Forderungen mehr, keine »Verhandlungen«, wie versprochen, nicht einmal ein dreistes Dankeschön für das vermeintliche Einhalten eines Ultimatums. Statt dessen ein Mord. Angewidert mußte er daran denken, wie oft bei Entführungen genau dies geschah. Die Dinge bewegten sich anscheinend voran, sowohl aus der Sicht der Geiseln wie der Geiselnehmer – und dann wurde eine Geisel ermordet, ihre Leiche nach Hause geschickt und denen präsentiert, die nach ihr suchten.

Wenigstens hatten sie das arme Kind nicht zu ihrer Mutter gebracht. Es sagte viel über das Leben aus, das er führte, und über die Menschen, denen er begegnete, daß seine Vorstellungskraft so weit reichte, überlegte er. Doch es erinnerte ihn an das, was er zu tun hatte. Er würde es tun, und zwar persönlich.

Von Sacred Globe war im Polizeirevier keine Nachricht angekommen, allerdings eine Vielzahl von anderen Mitteilungen, von Leuten, die sich etwas einredeten, und von falschen Zeugen, die behaupteten, die Geiseln in allen möglichen, weit verstreuten Städten gesehen zu haben oder neben dem Haus zu wohnen, in dem sie festgehalten wurden. Die Bildschirme, auf die er im Vorbeigehen einen Blick warf, führten reihenweise Listen mit Namen, Adressen, Beschreibungen und Straftaten aller Personen, die direkt oder indirekt mit Natur, Wildfauna und -flora und Tierschutzprotesten in Verbindung standen.

Es gab jede Menge Querverweise, mögliche Verbindungen, Vernehmungsprotokolle. Kurzzeitig vergaß er seine Sympathie für viele von diesen Leuten, für ihre Ziele, ihr lobenswertes Streben, ihre ideale, verschwindende Welt, verlor alles in einer roten Zornesflut. Schwer atmend beruhigte er sein rasendes Herz und faßte sich wieder so weit, daß er einen Telefonanruf tätigen konnte: Posthotel – Mr. Hassan Masood, bitte.

»Mr. Masood ist im Speisesaal. Möchten Sie ihn ausrufen lassen?«

Der Ärger legte sich – wie so oft, wenn der Kontakt zu einer vernünftigen, höflichen Person aus einer vermeintlich anderen Welt hergestellt ist. Wexford dachte plötzlich, wie schrecklich es wäre, den armen Mann von seinem Abendessen wegzuholen, von Frau und Söhnen, die womöglich...

»Nein, danke.« Er würde selbst hingehen. Er rief zu Hause an, wo sich seine Tochter Sylvia meldete.

»Dad, um Himmels willen, was ist denn mit dir? Mutter wartet schon seit Stunden auf dich.«

Er sagte, er sei aufgehalten worden, wohlwissend, daß nicht Dora, sondern sie sich aufregte, und legte mitten in ihren Vorhaltungen leise den Hörer auf. Ach ja, die Medien. Die konnten bis morgen warten, eventuell sogar bis morgen abend. Er fuhr zum Posthotel und betrat das mit Fichtenholz, Glas und Tweedteppich ausgestattete Interieur, wo er als erstes Clare Cox zu sehen bekam. Er hatte überhaupt nicht damit gerechnet, sie dort anzutreffen. Es war ihm nicht in den Sinn gekommen. Sie trug wieder ihr bodenlanges Kleid, diesmal mit einem Schultertuch, und ihr ergrauendes, hellbraunes Haar wippte widerspenstig aus den Kämmen. Sie und Masood standen mit dem Rücken zu ihm an der Rezeption und bestellten, wie sich später herausstellte, gerade ein Taxi, das Clare nach Hause bringen sollte.

»Ich mußte sie hierher mitnehmen«, sagte Masood, als er sah, wen er vor sich hatte. »Reporter, Fotografen, im ganzen Haus und Garten wimmelte es von ihnen. Einer von ihnen folgte uns, aber ich schloß sie oben in meinem Zimmer ein, und das Hotel ließ ihn nicht rein. Es ist ein ausgezeichnetes Hotel, ich kann es nur empfehlen.« Er strahlte die Empfangsdame an, und die Empfangsdame lächelte geziert zurück. »Ich glaube, jetzt kann sie beruhigt wieder nach Hause fahren – was meinen Sie?«

Er schien überhaupt nicht auf die Idee zu kommen, Wexford in der Rolle des Todesengels zu sehen. Doch Clare Cox, mit ihrem zerzausten Haar und dem am Boden schleifenden Kleid ihrerseits einer Furie oder Schicksalsgöttin ziemlich ähnlich, wurde weiß im Gesicht und kam mit ausgestreckten Händen auf ihn zu. »Was ist los? Warum sind Sie hier?«

Nicht die Mutter, wenn es sich vermeiden ließ. Das hatte er sich zur Regel gemacht. »Ich möchte Sie bitten, mit mir noch einmal nach Kingsmarkham aufs Revier zu kommen, Mr. Masood, wenn Sie so freundlich wären.« Diese Euphemismen, diese Umständlichkeiten! Aber was blieb einem in einem solchen Moment anderes übrig? »Es gibt da eine ... Entwicklung.«

»Was denn für eine Entwicklung?« Sie packte ihn am Ärmel. »Was ist passiert?«

»Miss Cox, ich glaube, draußen ist gerade Ihr Taxi vorgefahren. Wenn Sie damit nun bitte nach Hause fahren, ich verspreche Ihnen, Mr. Masood und ich kommen wenn nötig sofort zu Ihnen.« Es hörte sich an, als könnte er Hoffnung und Erleichterung versprechen, doch seine Stimme war ernst gewesen. »Mehr kann ich Ihnen im Augenblick nicht sagen, Miss Cox. Bitte tun Sie, was ich sage.«

Das Taxi war nicht von Contemporary Cars, sondern von All The Sixes. Er verspürte eine merkwürdige Erleichterung. Kaum war es außer Sichtweite, wollte Masood wissen, was es mit dieser »Entwicklung« auf sich hatte. Sie stiegen in Wexfords Wagen, und Wexford hielt ihn eine Weile hin, doch als sie fast angekommen waren, sagte er es ihm. In einer bereinigten Version. Der Schlafsack, der Müllplatz und die angewinkelten Beine wurden nicht erwähnt. Die Blutergüsse würde er selbst sehen, da war nichts zu machen.

Es hatte eigentlich kein Zweifel bestanden. Masood betrachtete das schöne, entstellte Gesicht, stieß ein leises Geräusch aus, nickte und wandte sich ab.

Wexford dachte, wenn es eine seiner eigenen Töchter gewesen wäre, so abscheulich tot und vor ihrem Tod noch ins Gesicht geschlagen, würde er auf diesen Polizisten losgegangen sein, hätte ihn vor lauter Kummer und Elend angeschrien, ihn vielleicht an den Schultern gepackt und ihm ins Gesicht geschrien: Warum? Warum haben Sie das zugelassen?

Masood stand mit gesenktem Kopf nur demütig da. Barry Vine war dabei und bot ihm eine Tasse Tee an. Ob er sich vielleicht setzen wolle?

»Nein. Nein, danke.« Er hob den Blick und drehte den Kopf seltsam seitwärts, als täte ihm der Hals weh. »Ich verstehe das nicht.«

»Ich verstehe es auch nicht«, sagte Wexford.

Da fiel ihm wieder an, daß er zu Burden gesagt hatte, Sacred Globe bekäme anscheinend kalte Füße, Sacred Globe sei unschlüssig und ohne Konzept, was jetzt zu tun sei… Nun, sie hatten etwas getan.

»Ich habe meine Frau und meine Söhne wieder nach Hause nach London geschickt«, sagte Masood, ruhig, fast im Plauderton. »Jetzt bin ich froh darüber. Es war doch besser so.« Er räusperte sich. »Meine Aufgabe ist es jetzt, Roxanes Mutter beizustehen. Begleiten Sie mich?«

»Natürlich. Wenn Sie es wünschen.«

Im Wagen auf der Fahrt nach Pomfret sagte Masood: »Wenn mir jemand gesagt hätte, meine Tochter würde jung sterben, kann ich mir eine Menge Dinge vorstellen, die ich darauf erwidert hätte, aber nicht, wie mir jetzt *zumute* ist. Es ist der Verlust, die Verschwendung, die ich fühle. Soviel Schönheit, soviel Talent. So eine Verschwendung.«

Wexford erinnerte sich an Doras Worte und wollte schon

das sagen, was man manchmal den Eltern gefallener Soldaten sagt: Roxane sei bestimmt tapfer gestorben. Doch er brachte es nicht übers Herz, er konnte die Worte nicht aussprechen.

Seit sie nach Hause zurückgekehrt war, hatte Clare Cox getrunken. Sie verströmte einen üblen Geruch nach Whisky. Falls sie getrunken hatte, um sich zu schützen, sich fühllos zu machen gegen das, was sie nun fürchtete, so verfehlte der Whisky seine Wirkung. Dicht neben ihr stehend, hielt Masood ihre Hand und sagte es ihr. Und ohne darauf zu warten, daß die Nachricht ankam, daß der Schock vorbeiging und entsetztes Erstarren dem Kummer Platz machte, setzten ihre Schreie sofort ein, wie bei einer chemischen Reaktion, grell und beharrlich wie bei einem ausgehungerten Baby, das schreit, damit der nagende Hunger vergeht.

»Gehen Sie nach Hause«, sagte der Chief Constable ins Telefon. Er selbst war bereits im Bett. Auch er hatte einen anstrengenden Tag gehabt. »Gehen Sie nach Hause. Sie können jetzt nichts mehr tun. Es ist zehn nach elf.«

»Die Presse hat es erfahren, Sir.«

»So, so. Wie ist denn das passiert?«

»Wenn ich das wüßte«, erwiderte Wexford.

Dora schlief schon. Er war froh, denn es ersparte ihm eine Erklärung. Der Gedanke, ihr sagen zu müssen, daß Roxane tot war, war fast ebenso fürchterlich wie das Erlebnis bei Clare Cox. Die Schreie der Frau klangen ihm immer noch in den Ohren. Und doch hatte Hassy Masood die Nachricht vom Tod seiner Tochter an die Medien weitergeleitet. Ungeachtet seiner Bemerkung zum Chief Constable, war sich Wexford da sicher. Masood hatte Roxanes Mutter die Nachricht überbracht – hatte sich zweifellos alle Mühe gegeben, sie zu beruhigen – und dann die Medien darüber informiert, daß seine Tochter tot war. Nun, Masood hatte noch andere Kinder, eine zweite Familie, ein neues Leben. Für ihn war Roxane die dankbare Empfängerin seiner großzügigen Wohltaten gewesen und jemand, die er gelegentlich in teure Restaurants ausführte. Ihr Tod war nicht mehr als Verschwendung ihrer Schönheit, ihres Aussehens, das in ihrem Fall Kapital bedeutete. Weil Dora neben ihm lag, schlief er tief und fest. Der Wecker mußte laut rasseln, damit er überhaupt aufwachte, und sie hörte ihn zuerst.

»Ich gehe runter«, sagte er eilfertig, als er sah, daß sie schon aufgestanden und im Morgenmantel war.

Er mußte die Zeitungen unbedingt zuerst sehen. Da stand es, quer über alle Titelseiten: ENTFÜHRTES FOTOMODELL TOT AUFGEFUNDEN, ROXANE IST DIE ERSTE TOTE, ROXANE ERMORDET; EIN VATER TRAUERT... Er hatte also recht gehabt. Er ging wieder nach oben, um es Dora zu sagen.

Zunächst weigerte sie sich, ihm zu glauben. Es war zuviel. Es gab keinen *Grund*. Mit tränenüberströmtem Gesicht fragte sie: »Was haben sie ihr angetan?«

»Weiß ich noch nicht. Ich muß gleich weg. Tut mir leid, aber es geht nicht anders. Ich muß bei der Obduktion dabeisein.«

»Sie war zu tapfer«, sagte Dora.

»Wahrscheinlich.«

»Sie hat sich von mir verabschiedet, sie sagte: ›Alles Gute, Dora.‹«

Dora drückte ihr Gesicht ins Kissen und schluchzte bitterlich. Er küßte sie. Er wollte nicht weg, mußte aber.

Dienstag. Vor einer Woche waren die Geiseln entführt worden. Die Presseleute erinnerten ihn daran, als sie ihn auf dem Weg zum Leichenschauhaus bedrängten.

»Zwei sind weg, drei noch übrig«, sagte einer von ihnen.

»Wie haben Sie Ihre Frau rausgekriegt, Chief Inspector?« fragte ein Mädchen von einem TV-Nachrichtensender.

Mawrikiew war bereits dort. »Guten Morgen, guten Morgen. Wie geht's Ihnen denn heute? Mr. Vine ist auch schon irgendwo. Fangen wir an?«

Jeder zog sich eine grüne Gummischürze an und band sich eine Zellstoffmaske um. Für Barry Vine war es das erste Mal, und obwohl er beim Anblick einer Leiche nicht zimperlich war, war das hier, dachte Wexford, vielleicht etwas anderes. Das Geräusch der Säge ging einem ganz schön an die Nieren, das und der Geruch, mehr noch als der Anblick, wenn Organe entfernt wurden.

Als die Leiche unbedeckt vor ihm lag, sah Wexford etwas, was ihm am Vorabend entgangen war. Die rechte Kopfseite war flach eingedrückt und das Haar mit dunklem, geronnenem Blut verklebt. Allerdings kam es ihm so vor, als wären die Blutergüsse im Gesicht zurückgegangen, weniger stark verfärbt und nur noch wie gelblichgrüne Streifen und Flecke auf der wächsernen Haut.

Mawrikiew arbeitete zügig und wie immer schweigend. Während andere Pathologen ein Organ entnahmen, es hochhielten und eine strukturelle Besonderheit oder das Stadium der Verwesung kommentierten, ging er kühl, wortlos und ungerührt vor. Falls Barry Vine blaß geworden war, so merkte Wexford jedenfalls nichts davon. Unter der Maske und der grünen Kappe war nicht viel zu erkennen, doch nach ein paar Minuten und einem erstickten »Entschuldigung« verließ er den Raum und hielt sich dabei mit der einen Hand den Mund zu.

Gegen seine eigene Regel verstoßend, lachte Mawrikiew kurz leise auf und sagte: »In dem Fall waren wieder mal die Augen größer als der Magen.«

Er arbeitete weiter und zog mit der Pinzette etwas aus der Kopfwunde heraus. In Plastikbehältern lagen inzwischen Magen, Lungen, Teile des Gehirns und der Gegenstand, den er aus der Wunde gezogen hatte. Als er fertig war, streifte er sich die Handschuhe ab und gesellte sich zu Wexford, der sich in einen Winkel des Raumes zurückgezogen hatte. »Ich bleibe dabei, was ich über die Todeszeit gesagt habe. Samstagnachmittag.«

»Dann darf ich jetzt meine andere Frage stellen?«

»Woran sie gestorben ist? An dem Schlag auf den Kopf. Um das zu sehen, braucht man keinen Doktortitel. Schädelfraktur, das Gehirn ist schwer beschädigt. Ich spare mir die technischen Details, das steht dann alles in meinem Bericht.«

»Sie meinen, jemand hat ihr einen heftigen Schlag auf den Kopf versetzt? Womit? Läßt sich das sagen?«

Mawrikiew schüttelte bedächtig den Kopf. Er reichte Wexford einen der Behälter. Er enthielt etwa ein Dutzend kleiner Steine, einige davon schwarz von Blut. »Wenn sie jemand geschlagen hat, muß er's mit einem Kiesweg getan haben. Die Dinger hab' ich aus der Wunde gezogen. Ich glaube nicht, daß sie geschlagen wurde. Ich glaube, sie ist *gefallen*. Ich glaube, sie ist aus einiger Höhe auf einen Kiesweg gefallen.«

Barry Vine kam wieder herein und sah verlegen aus. Er hielt den Blick von dem Metalltisch abgewandt, auf dem die mittlerweile ordentlich mit einem Plastiktuch verdeckte Leiche lag. Wexford beachtete ihn nicht.

»Gefallen? Oder hinuntergestoßen oder geworfen?«

»Du meine Güte, fangen Sie schon wieder damit an! Ich bin kein Hellseher, wie oft muß ich Ihnen das eigentlich noch sagen? Ich weiß es nicht. Wenn Sie einen großen Handabdruck auf ihrem Rücken erwarten, kann ich Ihnen sagen, den gibt's nicht.«

»Sie könnten feststellen, ob sie sich gewehrt hat«, sagte Wexford kühl.

»Fleisch und Blut unter den Fingernägeln, was? Da war nichts. Wenn es jemand getan hätte, was nicht der Fall ist, wäre er wahrscheinlich Linkshänder. Ihr rechter Arm ist gebrochen, zwei Rippen sind gebrochen, ihr linkes Bein ist an zwei Stellen gebrochen und ihr rechtes an einer. Am ganzen Körper sind auf der rechten Seite Blutergüsse. Ich glaube, sie fiel aus einer gewissen Höhe, vielleicht aus bis zu zehn Metern, und zwar auf die rechte Seite.

Das war's dann fürs erste, Gentlemen, ich danke Ihnen für Ihre Aufmerksamkeit« – ein herablassender Blick zu Barry Vine hinüber – »und fahre jetzt nach Hause zum Mittagessen.« Vine nickte ihm zu.

»Na, fühlen Sie sich schon besser?« fragte Wexford beiläufig. »Mir fiel gerade ein, als wir Brendan Royall sahen, war er von Kopf bis Fuß in einen Tarnanzug gekleidet. Ob das Zufall ist?«

19

In Stowerton lag Stanley Trotter in der Zweizimmerwohnung in der Peacock Street noch im Bett, als Burden ihm am frühen Dienstag morgen einen Besuch abstattete. Einer der Sayem-Brüder, die den Gemüsemarkt im Erdgeschoß führten, ließ ihn herein, brachte ihn nach oben und trommelte mit den Fäusten an Trotters Tür. Vielleicht hegte er aus irgendeinem Grund einen Groll gegen den Mieter im Obergeschoß, denn als Trotter in Schlafanzughose und dreckigem Unterhemd an die Tür kam, lächelte Ghulam Sayem selbstgefällig vor sich hin. Sein Gesicht hatte ungefähr den gleichen Ausdruck gezeigt, als Burden sich als Polizeibeamter zu erkennen gegeben hatte.

Obgleich es ein recht warmer Tag war, schwül und windstill, waren Trotters Fenster fest geschlossen. Im Zimmer roch es unangenehm. Genau das hatte Burden erwartet und analysierte den Geruch als eine Mischung aus Schweiß, Urin, malaysischem Imbißessen und der Art von Moder, der sich auf feuchten, ungewaschenen herumliegenden Badetüchern bildet. Da er etwas eitel war und auf seine Kleidung achtete, schreckte er davor zurück, sich auf den fettigen Stuhl mit der Armlehne voller Brandflecken zu setzen, es blieb ihm jedoch gar nichts anderes übrig. Er wischte den Sitz mit einem Taschentuch ab, das er in der Tasche hatte.

Trotter beobachtete ihn. »Ich kann mir nicht denken, was Sie schon wieder wollen«, sagte er.

»Heute morgen vielleicht schon eine Zeitung gesehen? Oder ferngesehen? Radio gehört?«

»Nein, hab' ich nicht. Wieso auch? Ich hab' geschlafen.«

»Dann interessiert es Sie gar nicht? Wollen Sie nicht wissen, worum es geht?«

Trotter sagte nichts. Er wühlte in den Taschen eines Kleidungsstücks, das quer über dem Bett lag, bis er Zigaretten fand und sich eine anzündete, was zu einem feuchten, spritzenden Hustenanfall führte.

»Sie sollten sich schon mal für eine Herz-Lungen-Transplantation anmelden, Trotter«, sagte Burden. »Ich habe gehört, die Warteliste soll ellenlang sein.« Er mußte selbst husten. Es war ansteckend. »Wie lange wollten Sie die Leiche dort liegenlassen?« fuhr er ihn an.

»Welche Leiche?«

»Wie lange wollten Sie den Schlafsack da liegenlassen, Trotter? Oder hatten Sie ihn selber finden wollen? War das Ihr Plan?«

»Ohne meinen Anwalt sag' ich Ihnen überhaupt nichts«, meinte Trotter. Er legte die Zigarette auf einem Unterteller ab, ohne sie jedoch auszudrücken, legte sich ins Bett und zog die Decke über den Kopf.

Der Schlafsack war ans forensische Chemielabor in Myringham gegangen. Der Hersteller war eine Firma namens Outdoor, und dem Etikett nach war der Schlafsack aus einem Materialmix von Polyester, Baumwolle und Lycra gefertigt, mit Nylon gefüttert und mit einer Polyesterfaser gefüllt.

Inzwischen hatte die Untersuchung des gestohlenen Wagens eine Menge Katzenhaare zum Vorschein gebracht, dazu Kieselsteine von einem Strand an der englischen Südküste und Sand, der nach Meinung des Erd- und Bodenspezialisten von der Isle of Wight stammte. Fingerabdrücke waren nirgends zu finden, weder innen noch außen.

Der Wagen war in Ventnor auf der Isle of Wight gestohlen worden. Doch dort konnten die Geiseln nicht sein, dachte Wexford. Dora hätte es gemerkt, wenn sie ein Gewässer überquert hätte. Ihre Entführer wären nie das Risiko eingegangen, die Fähre zu benutzen, und das war die einzige Möglichkeit, auf die Insel zu gelangen.

William Pugh aus der Gwent Road in Swansea war der Besitzer des Wagens. Wexford ließ sich telefonisch mit ihm verbinden und fragte ihn, ob er eine Katze habe. Besser gesagt, zwei Katzen, denn die Haare stammten von einer Siamkatze und einer schwarzen. Pugh verneinte, sagte aber, er habe einen Labrador, der in einer Hundepension sei, während er und seine Frau Urlaub machten, als ob Wexford eine Umfrage für eine Haustierstatistik durchführte.

»Ich nehme an, Sie waren am Strand, Mr. Pugh?«

»Aber nein. Ich bin sechsundsiebzig, und meine Frau ist vierundsiebzig.«

»Dann konnte also gar kein Sand von Ihren Schuhen in den Wagen gelangen?«

»Der Wagen wurde drei Stunden nach unserer Ankunft gestohlen«, erwiderte Pugh.

Von Gwenlian Dean aus Neath war wieder ein Fax gekommen. Gary und Quilla waren von einem ihrer Beamten vernommen worden. Zunächst behaupteten sie, nichts von einem Treffen mit Wexford in Framhurst zu wissen, doch als ihrem Gedächtnis auf die Sprünge geholfen wurde, wußte Quilla auf einmal wieder, wer gemeint war, und beide redeten mit scheinbarer Offenheit über die Begegnung. Chief Inspector Dean schrieb, ihr Mitarbeiter habe keinen Grund, den Wahrheitsgehalt des Gesagten zu bezweifeln, und daß die beiden sich Wexfords Namen, selbst wenn sie ihn von ihm gehört hatten, kaum gemerkt und ihn bald wieder vergessen hatten.

Sie hatten vorab nicht die Absicht, nach Kingsmarkham

zurückzukehren, sondern wollten weiter in Richtung Norden nach Yorkshire fahren, wo eine Protestaktion gegen eine geplante Wohnsiedlung gestartet wurde. Bei alldem hatte sich Inspector Dean lediglich darüber gewundert, daß Gary und Quilla, entgegen ihren ursprünglichen Informationen, einen Wagen besaßen. Sie waren im Auto angekommen und wollten mit dem Auto, einem respektabel aussehenden, vier Jahre alten Ford Escort, nach Yorkshire weiterfahren. Ob sich Wexford weiterhin für sie interessierte?

Die amtliche Leichenschau von Roxane Masood war auf den folgenden Tag festgesetzt, und von Sacred Globe war immer noch keine Nachricht gekommen. Es war, als sei Sacred Globe gestorben oder verschwunden und habe die Geiseln mitgenommen. Wexford ertappte sich dabei, daß er ständig auf die Uhr sah und die Stunden zählte, seit sie sich das letzte Mal gemeldet hatten: vierzig, einundvierzig... Er rief Gwenlian Dean an, bedankte sich bei ihr für ihre Mühe und sagte, er würde sich mit Gary und Quilla nach ihrer Rückkehr in Verbindung setzen. Bis dahin, sagte er beherzt, wäre es dann aber hoffentlich nicht mehr *nötig*, sich mit ihnen zu treffen.

Inzwischen ließ er Brendan Royall von Karen Malahyde beobachten und Damon Slesar den König des Waldes beschatten.

Tanya Paine sagte zu Vine, sie habe nie in die Richtung gesehen, in der der Schlafsack gefunden wurde. Sie sähe nie da hin, sie habe keinen Grund dazu. Während sie im Wohnwagen saßen, schrillten ihre Telefone ununterbrochen. In den Pausen zwischen den Anrufen streckte und verdrehte sie den Hals, beugte sich nach vorn und verrückte ihren Stuhl in dem Bemühen, ihm zu beweisen, daß sie auch unter den größten Verrenkungen die Ecke nicht gesehen haben konnte, in der der Schlafsack gelegen hatte – ein Bereich, der nun mit blauweißem Tatortband abgesperrt war.

Vine hatte noch nie solche Fingernägel gesehen. Er konnte sich nicht vorstellen, wie man so etwas zustande brachte. Jeder Nagel war wie ein Stückchen blauer, grüner und violetter Paisleysatin gemustert. War es aufgedruckt, oder hatte ein Künstler es mit einem ganz feinen Pinsel aufgetragen? Oder konnte man die als Abziehbildchen kaufen, aufkleben und drüberlackieren? Nur mit Mühe konnte er den Blick von den Fingernägeln losreißen, während Tanya sich reckte und den Hals verrenkte. »Ich meine, nicht als Sie hier drinnen waren, Ms. Paine«, sagte er. »Sondern als Sie ankamen und als Sie abfuhren.« Sich an ihre Vorlieben erinnernd, fügte er hinzu: »Und als Sie rausgingen, um sich Ihren Schokoriegel und Ihren Cappuccino zu holen.«

»Da hätte ich es wohl sehen können, hab' ich aber nicht.« Sie warf ihm einen schrägen Blick zu, voller Abneigung, ausweichend. »Das Zeug eß ich doch gar nicht mehr. Ich will jetzt abnehmen. Es war ein Apfel und eine Diät-Cola.«

Keinerlei Trauer über den gewaltsamen und schockierenden Tod des anderen Mädchens zeigte sich in ihrer Haltung. Sie hatte es aus dem Frühstücksfernsehen erfahren und sich auf dem Weg zur Arbeit eine Zeitung gekauft, die Art Zeitung – sie lag zwischen ihren Telefonapparaten – mit möglichst vielen fetten Schlagzeilen und möglichst wenig Text. Bei dieser stand auf der ersten Seite nur MEIN SÜSSES MÄDCHEN über einem Agenturfoto von Roxane im Bikini.

»Sie waren mit Roxane befreundet, Sie gingen mit ihr zur Schule.«

»Ich bin mit einem Haufen Mädchen zur Schule gegangen.«

»Schon«, erwiderte Vine, »aber dieses Mädchen wurde entführt und ist jetzt tot. Bißchen komisch, nicht? Dann will ich es mal so sagen. Als erstes haben sich die Leute, die sie entführten, diese Sacred Globe, also eine Taxifirma ausgesucht, in der *Sie* arbeiten, und als eine der Geiseln tot ist, legen sie die Leiche da ab, wo *Sie* arbeiten. Die Leiche Ihrer Freundin. So ein Zufall, finden Sie nicht?«

Eins ihrer Telefone klingelte. Sie meldete sich und schrieb eine Uhrzeit und einen Ort auf ihren Notizblock. Eine ineffektive und altmodische Arbeitsweise, wie ihm schien. Das Muster auf ihrem Kugelschreiber paßte zu ihren Fingernägeln.

»So ein Zufall, was?« wiederholte Vine.

»Ich weiß nicht, was Sie meinen. Sie reden dauernd von ›meiner Freundin‹. Sie war nicht meine Freundin. Ich hab' sie bloß gekannt.«

»Sie hat sich ihr Taxi immer speziell hier bestellt, weil Sie hier gearbeitet haben. Sie unterhielt sich am Telefon gern mit Ihnen.«

»Jetzt machen Sie aber mal halblang«, sagte Tanya, »ich kann Ihnen schon sagen, warum die gern mit mir geredet hat: damit sie mir erzählen konnte, daß sie einen reichen Dad hat und daß sie mal Model wird – von wegen, dachte ich – und daß sie sich Taxis leisten konnte, wo andere mit dem Bus fahren müssen. Ich dachte, na warte, jetzt fehlt aber nicht mehr viel, und ich sag' dir, meine Mum und Dad sind wenigstens verheiratet und noch zusammen.«

Das zählte im Wertesystem der heutigen Jugend also als Pluspunkt? Wexford fände es bestimmt interessant. Niemand heiratete mehr, aber daß die eigenen Eltern verheiratet waren und *blieben*, galt als Statussymbol.

»Sie konnten sie also nicht leiden?«

Tanya schien allmählich zu dämmern, daß es vielleicht unklug sein könnte, einem Polizisten zu erzählen, daß das

Opfer eines Gewaltverbrechens einem persönlich unsympathisch war. »Das sag' ich ja gar nicht. Das legen Sie mir jetzt in den Mund.«

»Wieso, denken Sie, wurde ihre Leiche dort hingelegt?«

»Woher soll ich das wissen?« Nun schien es ihr offensichtlich an der Zeit, mit einer grundlegenden Wahrheit herauszurücken. »Ich bin keine Mörderin.«

»Haben Sie einen Freund, Miss Paine?«

Auf die Frage war sie nicht gefaßt. »Wieso wollen Sie denn das wissen?«

»Wenn Sie die Frage lieber nicht beantworten ...«

Sie sah ihn etwas aufschreiben und sagte: »Nein, ich hab' keinen, wenn Sie's wissen wollen. Im Moment jedenfalls nicht.« Es war ein Eingeständnis, das sie sehr viel lieber nicht gemacht hätte. Verlegen rutschte sie auf ihrem Sitz herum, verrenkte sich und zeigte ihm somit, daß sie tatsächlich abnehmen mußte. »Vorübergehend, also im Moment, hab' ich keinen, nein.«

Ihr Telefon klingelte.

Weder Leslie Cousins noch Robert Barrett konnten Lynn Fancourt auch nur annähernd sagen, wann der Schlafsack mit Roxane Masoods Leiche auf den Parkplatz gebracht worden war. Doch während Barrett immer nur monoton wiederholte, er habe keine fremden Autos herumfahren sehen, konnte Cousins mit Sicherheit bestätigen, daß der Sack nicht dort gelegen hatte, als er am Samstag um Mitternacht zurückgekommen war, nachdem er einen Fahrgast vom Bahnhof in Kingsmarkham nach Forby gebracht hatte.

»Wieso sind Sie sich da so sicher?«

»Ich bin hingegangen. Zu dem Zaun hinten.«

»Warum? Weil Sie was gesehen haben?«

Lynn merkte, daß er nicht recht damit herausrücken

wollte. Sein Gesicht war rot angelaufen. Da fiel ihr wieder ein, was ihr Vater und ihre Brüder manchmal getan hatten, und sie wunderte sich über das seltsame Gebaren von Männern, die auch dann, wenn Toiletten oder öffentliche Bedürfnisanstalten in der Nähe waren... »Sie gingen also zwecks eines menschlichen Bedürfnisses dorthin, Mr. Cousins, stimmt's? Um sich an der Hecke zu erleichtern?«

»Äh, ja, also...«

»Das war früher schon einfacher, nicht wahr, als Polizisten immer Männer waren? Weniger peinlich.« Lynn setzte jenes ziemlich harte, klare Lächeln auf, das sie bei Karen Malahyde gesehen hatte. »Sie gingen also an den Zaun hinten, um sich zu erleichtern, und zu dem Zeitpunkt, um Mitternacht, lag nichts in den Brennesseln unter den Bäumen – richtig?«

»Richtig«, sagte Cousins und seufzte erleichtert auf. Auch wenn der Busbahnhof statt nebenan eine Meile weiter weg gewesen wäre, hätte jemand, der dort arbeitete, nicht weniger sehen können. Die hohe, glatte Backsteinmauer schirmte alles ab. Der Schuster auf der anderen Seite hatte am Samstag nachmittag um fünf zugemacht und war nach Hause gegangen, die Friseuse um halb sechs und die Leute vom Fotokopierladen ebenfalls. Nur die Aromatherapeutin wohnte im Haus.

Die Fenster ihrer Wohnung im ersten Stock gingen vorne auf den Engine Driver hinaus – die hatte sie doppelt verglasen lassen – und hinten auf das relativ ruhige unbebaute Grundstück. Lynn wurde in ein stark duftendes Wohnzimmer gebeten, das offensichtlich gleichzeitig als Klientenberatungszimmer fungierte. Die Wände hingen voll Fotos und stilisierten Blumen- und Gräserzeichnungen. Ein besonders großes Foto zeigte die Aromatherapeutin persönlich, die ekstatisch an einem Riechflakon schnupperte, den sie sich an die Nase hielt.

Sie teilte Lynn mit, sie heiße Lucinda Lee, was zwar unwahrscheinlich klang, doch manche Leute hatten ja tatsächlich höchst unwahrscheinliche Namen.

»Meistens komme ich hier überhaupt nicht zum Schlafen«, jammerte sie. »Vorne das Pub und hintenraus die an- und abfahrenden Taxis. Jetzt drohen sie mir auch noch mit Mieterhöhung, aber wenn sie das machen, geh' ich.«

Ob sie zwischen Samstag um Mitternacht und Sonntagabend etwas Ungewöhnliches gesehen habe? Zu Lynns großem Erstaunen bejahte sie.

»Normalerweise hören die nicht erst so spät auf«, sagte Lucinda Lee. »Oder vielleicht sollte ich besser sagen, nicht so früh. Ich war gerade eingeschlafen, es war schon ein Uhr morgens, als plötzlich dieses Auto angefahren kam und einen unglaublichen Krach machte.«

»Was für einen Krach?«

»Ich halte ja nichts von Autos. Ich meine, das sind doch die schlimmsten Umweltverpester, stimmt's? Ich hab' selber keins, kommt gar nicht in Frage, ich kenn' mich auch nicht damit aus. Ich kann nicht einmal fahren. Aber das hörte sich an, als sei er reingefahren und könnte ihn dann nicht mehr ankriegen.«

»Sie meinen, der Motor ist abgestorben?«

»Wenn Sie das sagen. Jedenfalls bin ich aufgestanden und hab' aus dem Fenster gesehen. Ich wollte was rausschreien. Mitternacht wäre ja schon schlimm genug. Die benutzen die Ecke da draußen als Klo, diese Typen, ist doch eklig – ist so was überhaupt erlaubt?«

Lynn sagte sanft: »Sie sagten, Sie hätten aus dem Fenster gesehen.«

»Ja, also, geschrien hab' ich nicht. Das Auto stand da, und er hat in der Ecke was gemacht, sich über irgendwas gebückt – ist doch peinlich, oder? Schlimmer als die Hunde, bei einem Hund ist es wenigstens was Natürliches.«

Man mußte sie von ihren Lieblingsthemen Umweltverschmutzung, Contemporary Cars und Abtritt-Fehltritte ablenken. Lynn unterbrach sie erneut. »Könnten Sie ihn und das Auto beschreiben?«

Es stellte sich bald heraus, daß das besagte Auto klein und rot gewesen war. Zunächst hatte Lucinda Lee den Mann für Leslie Cousins gehalten, doch dazu war er zu groß und zu dünn gewesen. Sie sagte, er habe Jeans und eine Jacke mit Reißverschluß getragen.

Etwas später am Sonntag morgen, mitten am Vormittag war es gewesen, hatte sie wieder hinausgesehen und den tarnfarbenen Schlafsack bemerkt, doch mittlerweile war sie so daran gewöhnt, daß dort Müll abgeladen wurde, daß sie nicht weiter darauf achtete.

Brendan Royall hatte die Nacht in Marrowgrave Hall verbracht. Karen ließ ihren Wagen am Zufahrtstor stehen und machte sich zu Fuß auf den Weg durch das Grundstück; sie wünschte, es gäbe mehr Deckung als die wieder aufgeforsteten Bäume, die kaum größer als Schößlinge waren, und die allgegenwärtigen Brennesseln. Wexford hatte einmal zu ihr gesagt, sie hätten Glück, daß es in England auf dem Land nicht so gefährlich sei wie anderswo und man schlimmstenfalls Ottern und Nesseln zu befürchten habe, und wer bekomme heutzutage schon noch Ottern zu Gesicht? Glücklicherweise war sie gegen Brennnesselstiche nicht so empfindlich.

Überall wimmelte es von Kaninchen, ihrer Schätzung nach waren es Hunderte. Sie hatten die Grasnarbe so abgefressen, daß sie wie abrasiert aussah, und knabberten an dem, was übrig war, immer noch weiter. Sie war etwa eine Viertelstunde draußen gewesen, als Royall plötzlich mit einer Kamera in der Hand aus der Tür trat. Er stand da und fotografierte die Kaninchen, die bestimmt so weit entfernt waren, daß sie auf dem Bild kaum mehr als schwarze

Punkte abgeben würden. Als er damit fertig war, ging er langsam auf sie zu, und Karen hörte ihn einen seltsamen, hohen Pfeifton ausstoßen. Falls er damit bezweckte, die Kaninchen zu besänftigen oder gar anzulocken, so verfehlte er sein Ziel und bewirkte sogar das Gegenteil. Die Tiere schienen nacheinander zu erstarren und brachten sich schließlich Hals über Kopf im Gebüsch in Sicherheit.

Dann trat Freya heraus, drapiert wie eine Statue auf einem römischen Wandfries. Sie sagte etwas zu ihm und gab ihm etwas. Royall hängte sich den Fotoapparat um den Hals und stieg in den Winnebago. Das genügte, um Karen zu ihrem Auto rennen zu lassen. Bis der Winnebago auftauchte, hatte sie sich bereits wieder an den Rand des Straßengrabens und in den Schutz der überhängenden Äste zurückgezogen. Royall bog rechts in die Straße Richtung Forby ab. Schwerfällig rumpelte das Fahrzeug die schmalen Feldwege entlang. Er fuhr langsam, und Karen hielt möglichst weit Abstand.

Da es unmöglich war, Kingsmarkham aus dieser Richtung zu umfahren, steuerte Royall den Winnebago mitten durch die Stadt und verursachte in der York Street, wo die Autos bereits in zweiter Reihe parkten, einen gehörigen Verkehrsstau. Er wollte zum Bauplatz der neuen Umgehungsstraße, dachte Karen, oder jedenfalls in die Richtung. Sie fragte sich, wie es Damon Slesar wohl erging – Damon, der eigentlich eher zufällig mit der anderen Überwachung beauftragt war, nämlich Conrad Tarling zu beschatten. Falls sie den Abend freibekamen, falls es bei der Jagd nach Sacred Globe eine Verschnaufpause gab, war sie mit Damon um acht in Kingsmarkham zum Abendessen verabredet. Es wäre nicht das erste Mal, daß sie zusammen ausgingen, aber das erstemal, daß ein Treffen zwischen ihnen im voraus geplant war und nicht durch Zufall oder einfach aus praktischen Gründen zustande kam.

Brendan Royall, vermutete sie, wollte über Framhurst nach Myfleet fahren. Falls er in eins der Camps gewollt hätte, wäre er früher abgebogen, auf jeden Fall vor der Kreuzung in Framhurst. Die Ampel schaltete gerade auf Rot um, das konnte sie schon von weitem erkennen und fuhr langsamer, bis sie beinahe zum Halten kam. Er war auf die Straße in Richtung Myfleet abgebogen, bevor sie an die Kreuzung kam, und inzwischen hatte die Ampel auch wieder auf Rot geschaltet. Karen fand sich nicht gerade besonders begabt in diesen Dingen und überlegte, ob Damon seine Sache wohl besser machte.

Zahlreiche Baumleute saßen draußen an den Tischen vor der Konditorei in Framhurst. Aus dem Auto konnte sie sogar die kleinen Behälter mit lactosefreier Sojamilch erkennen. Die Ampel schaltete um, und sie gab Gas, um den Winnebago einzuholen, doch er war hinter einer oder mehreren Biegungen zwischen den dreieinhalb Meter hohen Böschungen aus ihrem Blickfeld verschwunden. Natürlich hatte sie Pech, und ihr kam ein anderer Wagen entgegen. Sie mußte fast fünfzig Meter rückwärts fahren, bevor sie zwar keine Parkbucht fand, aber eine Stelle, an der sich die Landstraße etwas verbreiterte. Sie fuhr ganz an den Straßenrand und sah gerade noch, wie der Winnebago, das unverkennbare große, weiße Wohnmobil, weit entfernt am Horizont seinen Weg über den Hügel nahm und nun im Tal verschwand.

Ihr blieb nichts anderes übrig, als in gleicher Richtung weiterzufahren, den Abhang hinunter, den Hügel hinauf – nichts als Kurven und Biegungen – wieder ins Tal hinunter, bis vor ihr ein Feld voller Autos auftauchte: Golands Farm. Der Abstellplatz für die Kombis und Klapperkisten der Baumleute. Der Winnebago in ihrer Mitte wirkte wie ein Schwan in einem Teich voller häßlicher Entchen. Sie blieb abwartend in ihrem Wagen sitzen und beobachtete ihn. Er mußte keine fünf Minuten vor ihr angekommen sein.

Vor dem Haus, das früher eine Kapelle gewesen war, standen ein paar Leute. Sie betrachtete sie durch ihr Fernglas. Eine Frau und zwei Männer, von denen keiner Brendan Royall war. Er saß sicher in der Fahrerkabine oder im Wohnbereich hinten. Schließlich war das doch – ein Gefährt, in dem man wohnen und fahren konnte, schlafen, essen, lesen und, soviel sie wußte, auch fernsehen. Sie fuhr ihren Wagen an eine Stelle, von der aus sie den Winnebago gut im Blick hatte. Durch das Fernglas sah sie eine leere Fahrerkabine.

Der Winnebago hatte Vorhänge, die jedoch alle seitlich festgezurrt waren. Durch ihr ausgezeichnetes Fernglas konnte sie mühelos den gesamten Innenraum einsehen. Falls Royall sich nicht gerade unter dem Bett versteckt hatte, war er nicht drin; und auch sonst niemand, er war leer. Plötzlich wußte sie genau, was passiert war. Was Freya ihm draußen vor der Tür von Marrowgrave Hall übergeben hatte, waren Autoschlüssel gewesen. Er war im Winnebago hergekommen und in Freyas Auto wieder weggefahren.

Vielleicht käme die Nachricht per Brief, wie beim ersten Mal. Wexford konnte sich etwa hundert Adressen, Behörden, Gesellschaften, Firmen oder öffentliche Organisationen denken, an die so ein Brief geschickt werden könnte. Er konnte in dem Fall nur darauf vertrauen, daß sie ihn weiterleiteten. Fax oder e-mail schieden aus, das hatte er vorher schon geklärt. Entweder ein Brief oder ein Telefonanruf oder gar nichts.

Nichts, bis die nächste Leiche...

Schließlich war Sacred Globe, obwohl von Verhandlungen die Rede gewesen war, nicht auf sie angewiesen. Die

Forderungen waren bekannt, besser gesagt, *eine* Forderung. Der Bau der Umgehungsstraße sollte nicht verschoben oder ausgesetzt, sondern ganz gestrichen werden, vermutlich für alle Ewigkeit. Es war eine lächerliche Bedingung, denn selbst wenn eine Regierung sich zu einem derartigen Versprechen bereit erklärte, wäre diese Garantie für ihre Nachfolgerin keineswegs bindend – oder doch? Angenommen, das Gebiet wurde unter Naturschutz gestellt und im gegenwärtigen Zustand belassen, wie er es von bestimmten königlichen Wäldern gehört hatte, oder wie Hampstead Heath? Angenommen, es wurde zum Beispiel vom National Trust erworben?

Er stellte fest, daß er die diesbezüglichen Gesetze nicht kannte. Aber Sacred Globe hatte sich sicherlich damit vertraut gemacht. Es war nicht auszuschließen, daß sie sich, was die Zukunft des Gebietes betraf, auf dem die Umgehungsstraße geplant war, vom National Trust eine Zusage holen würden.

Er bat den Chief Constable um Erlaubnis, sich über das Fernsehen an Sacred Globe wenden zu dürfen, an sie zu appellieren, sie um die Auslieferung der verbleibenden drei Geiseln zu bitten und sie aufzufordern, ihre Forderungen zu nennen. Die Erlaubnis wurde ihm verweigert.

»Diese Leute erfüllen vielleicht nicht unsere gängige Definition von Terroristen, Reg, trotzdem sind es Terroristen. Wir dürfen uns nicht auf Verhandlungen mit ihnen einlassen. Sie können sich an uns wenden, aber wir uns nicht an sie.«

»Nur daß sie eben das nicht tun«, entgegnete Wexford.

»Wie lange ist es jetzt her, Reg?«

»Achtundvierzig Stunden, Sir.«

»Und in der Zeit haben sie das getan, was man als das Schlimmste bezeichnen kann.«

»Das Schlimmste bis jetzt«, sagte Wexford.

Damon Slesar holte ihn ein, als er gerade auf dem Weg in den ehemaligen Sportraum war. Wexford drehte sich um und fand, daß Slesar müde aussah. Bei diesen dunklen, fast ausgemergelten Menschen zeigte sich die Müdigkeit in den dunklen Flecken um die Augen, und Damons Augen versanken geradezu in graue Höhlen. Wexford überlegte, wie sie sich bei ihm selbst äußerte – wahrscheinlich sah er allgemein alt aus.

»Tarling war nirgends außer im Camp bei Elder Ditches«, sagte Damon. »Seit Nachmittag ist er wieder zu Hause. Er hat sich die Umweltprüfung angesehen, dort Royall getroffen, und dann sind die beiden zusammen ins Camp zurückgefahren. Das ist alles.«

»Vielleicht sagen Sie das auch Karen«, meinte Wexford nicht besonders freundlich. »Es wird sie interessieren, was Royall getrieben hat, nachdem sie ihn aus den Augen verloren hat.«

So viel ließ sich bei einem Menschen an den Augen ablesen, dachte er, an den subtilen Veränderungen des ganzen Gesichts. Kritik an Lynn Fancourt oder Barry Vine hätte Slesar nicht besonders viel ausgemacht, doch wenn es um Karen ging, wurde er so empfindlich, als wäre die Kritik gegen ihn persönlich gerichtet. Trotzdem sagte er lediglich: »Ich werde es ihr ausrichten, Sir.«

Etwas in seinem Tonfall verriet Wexford, daß Slesar die Gelegenheit finden würde, mit ihr zu sprechen, daß dabei Brendan Royall aber höchst zufällig zur Sprache kommen würde.

»Okay. Nach der Besprechung können Sie dann für heute Schluß machen.«

Sie versammelten sich vor ihm mit ihren neuesten Erkenntnissen, ihren Erfolgen – nicht sehr vielen – und ihren Ideen – noch spärlicher. Er sah, daß Karen und Damon Blicke austauschten, und sagte sich, jetzt sei nicht der richtige Zeitpunkt, sich für zwischenmenschliche Beziehungen zu interessieren. Nur beiläufig wollte er es bemerken und sich darüber freuen, daß die anspruchsvolle Karen, die Feministin, scharfe Kritikerin und Perfektionistin vielleicht endlich jemanden gefunden hatte, der ihren Ansprüchen genügte.

Der Tag war vorbei. Die ruhige Stunde, die nun gekommen war, wollte er dazu nutzen, sich Doras Hypnoseband anzuhören. Endlich.

20

Er hatte die Stimme einer Schlafwandlerin erwartet, verwirrt, wie bei einem Medium in Trance. Er bereitete sich innerlich schon darauf vor, beunruhigt zu reagieren. Statt dessen hörte er Dora in gemessenem Ton sprechen, gleichmäßig, vernünftig, fast plaudernd. Sie klang vollkommen entspannt, gelegentlich etwas aufgeregt über das, was aus ihrem Unbewußten ans Licht gezerrt worden war und was sie offenbar sofort als Wahrheit erkannte.

»Es war der Junge«, sagte sie gerade. »Ryan. Er war so fixiert auf seinen Vater, ständig redete er von ihm. Sein Vater starb Monate vor seiner Geburt. Im Falklandkrieg. Habe ich das schon erzählt?«

Stille. Dr. Rowland sagte nichts.

»Komisch, nicht, soviel Liebe und Bewunderung für jemanden zu empfinden, den man gar nicht kannte und nie hätte kennenlernen können?«

Diesmal sagte der Hypnotiseur: »Manche Menschen idealisieren einen verlorenen oder weit entfernten Elternteil. Das ist schließlich der Elternteil, der einen nicht bestraft, nie nein sagt, nie ungehalten oder müde oder sauer wird.«

»Ja.« Dora schien es sich durch den Kopf gehen zu lassen. »Sein Vater vererbte ihm ein Buch mit Zeichnungen von... wildlebenden Tieren und Pflanzen, so heißt das ja wohl, die er selbst angefertigt hatte. Na ja, er vererbte es ihm nicht direkt, er hinterließ es, und Ryans Mutter gab es ihm, als er zwölf Jahre alt war. Es waren Zeichnungen von Teichtieren, Fröschen und Wassermolchen und Köcherfliegen, und all den Dingen, die er gesehen hatte, als er in Ryans Alter war, und die es inzwischen nicht mehr gibt, die verschwunden oder vom Aussterben bedroht sind. Ryan hütet das Buch wie einen Schatz. Es ist sein wertvollster Besitz.«

Der Hypnotiseur sagte: »Erzählen Sie von dem Raum.«

»Groß, dreißig mal zwanzig. Fuß, meine ich, nicht Meter. In Metern weiß ich es nicht. Weißgetünchte Wände. Fünf Betten. Drei auf der einen Seite, meins und Ryans und Roxanes, und zwei an der Fensterseite für die Struthers. Owen Struther schob ihre beiden Betten selbst dorthin. Um von uns anderen getrennt zu sein, vermute ich. Und als Owen und Kitty weg waren, nahmen sie die Betten nicht heraus.

Der Boden war aus Beton, kalt unter den Füßen. Er fühlte sich immer kalt an. Die Tür war sehr schwer, aus Eiche, glaube ich. Wenn sie sie aufmachten, konnte ich draußen Grün und Grau erkennen, und ein bißchen rote Backsteinmauer. Das Grüne war Gras. Das Graue war Stein.

Die andere Stimme sagte ganz sanft: »Was konnten Sie aus dem Fenster sehen?«

»Grün und Grau, eine Steinstufe, glaube ich. Ach ja, und Blau. Da waren blaue Stellen.«

»Blauer Himmel?«

Es entstand eine Pause. Dann sagte Dora: »Es war nicht der Himmel. Es war etwas anderes Blaues. Gegenüber vom Fenster. Manchmal war es hoch oben und manchmal weiter unten. Das heißt nicht, daß es sich bewegte, während ich es beobachtete. Also, an dem einen Tag, dem Mittwoch, glaube ich, da war es ein kleiner blauer Fleck hoch oben, in etwa acht Fuß Höhe, und am Donnerstag ein kleinerer Fleck, in drei Fuß Höhe.«

Wieder entstand eine Pause, die sich lange hinzog, bis Wexford merkte, daß es zu Ende war. Enttäuschung folgte der vorangegangenen Euphorie. War das etwa alles? *Dafür* hatte man Dora nun einer unfreiwilligen – sie hätte sich ja schlecht weigern und trotzdem ein verantwortungsvolles Mitglied der Gesellschaft bleiben können – Bewußtseinsveränderung und folglich einem Verlust ihrer Würde ausgesetzt?

Er hätte dem Recorder am liebsten einen Fußtritt gegeben, schaltete ihn aber nur ab und fuhr nach Hause. Sie schlief schon, was ihn nicht überraschte. Auf dem Anrufbeantworter war eine Nachricht von Sheila, in der sie mitteilte, sie würde jederzeit gern nach Kingsmarkham kommen, aber ob Mutter denn nicht ein Weilchen zu ihnen kommen wolle?

»Du siehst doch, was letztes Mal passiert ist, als sie es versucht hat«, sagte Wexford laut.

Er ging zu Bett und träumte. Es war das erste Mal, daß er seit ihrer Rückkehr einen Traum hatte. Er befand sich zwischen riesigen Gebäuden, Lagerhallen, Fabriken, Mühlen und alten Bahnhöfen, von denen er einige sogar wiedererkannte: das Molino Stucky in Venedig, das Musée d'Orsay in Paris. Er wanderte zwischen ihnen umher, von Ehrfurcht ergriffen angesichts ihrer Größe, angesichts John Martins *Pandämonium* und Piranesis *Imaginären Kerkern*. Ihm war, als hätte er sich auf mysteriöse Weise in ein Buch mit alten Illustrationen und gleichzeitig – etwas prosaischer – ins Industriegebiet von Stowerton verirrt. Daß es sich um einen Traum handelte, wußte er von Anfang an, er machte sich keinen Moment etwas vor. Er ging eine Straße mit Blakes dunklen, satanischen Mühlen entlang und gelangte, um eine Ecke biegend, zur Westminster Abbey. Plötzlich wußte er es: Er suchte den Ort, an dem die Geiseln festgehalten wurden.

Nachdem er weder sie noch ihr Gefängnis gefunden hatte, wachte er auf, und es war der Morgen des nächsten

Tages, des Tages, an dem die amtliche Leichenschau stattfand. Der Artikel im Innenteil seiner Zeitung stammte von einem bekannten Featureautor, der behauptete, weitere Zugeständnisse an Sacred Globe stellten einen »Freibrief für Terrorschützer statt Umweltschützer« dar.

Während sie Kaffee kochte und das Frühstück vorbereitete, sagte Dora: »Ich habe nicht besonders gut geschlafen. Ich mußte immerzu an die anderen denken. An die arme Roxane, die in die Toilette gesperrt wurde. Ich glaube, ihre panischen Schreie gehen mir nie mehr aus dem Kopf. Und die Struthers, wie erbärmlich die beiden doch waren. Sie klappte einfach zusammen, als wüßte sie sich überhaupt nicht zu helfen. Na ja, ich war ja auch nicht besonders tatkräftig, aber wenigstens habe ich nicht die ganze Zeit geflennt.«

«Beziehungsweise überhaupt nicht.«

»Manchmal war ich aber nahe dran, Reg.«

»Ich habe mir dein Band angehört«, sagte er. »Du bist bestimmt einmalig.«

»Wie meinst du das?«

»Du bist bestimmt der einzige Mensch auf der Welt ohne Unterbewußtsein. Es ist alles in deinem Bewußtsein. Du hast uns alles gesagt, nicht wahr? Nichts für dich behalten. Außer dem blauen Ding.«

Sie warf ihm einen Seitenblick zu und lächelte verhalten.

»Was für ein Blau war es?«

»Himmelblau«, sagte sie. »Ein richtiges, echtes Himmelblau. Das Blau des Himmels an einem schönen Sommertag.«

»Dann hast du doch den Himmel gesehen.«

»Nein.« Sie blieb hartnäckig. Mit den Zinken einer Gabel hob sie zwei Scheiben Toast aus dem Toaster, schnippte sie auf einen Teller und holte das Marmeladenglas aus dem Küchenschrank. »Nein. Es war nicht der Himmel. Willst du einen Kaffee? Nun setz dich doch hin, Reg. Eine halbe Stunde Zeit zum Frühstück kannst du dir doch genehmigen.«

»Zehn Minuten.«

»Es war nicht der Himmel, es hatte nur dieselbe Farbe. Übrigens – war eigentlich einmal wolkenlos blauer Himmel, während ich da drin war?«

»Ich glaube nicht.«

»Nein. Es war eher wie etwas, was aus einem Fenster hing oder aufgemalt war; das Problem ist, daß es sich bewegte. Am Mittwoch war es hoch oben und am Donnerstag tief unten. Und am Freitag um die Mittagszeit hat Handschuh noch ein paar Bretter über das Fenster genagelt. Damit ich das blaue Ding nicht mehr sehen konnte?«

»Ist dir inzwischen ein Grund eingefallen, weshalb sie dich freigelassen haben?«

»Wenn sie wußten, daß ich etwas gesehen hatte, hätten sie mich wahrscheinlich eher dabehalten, meinst du nicht? Oder mich getötet. Ach, mach nicht so ein Gesicht. Ich habe dir doch von den Struthers erzählt. Owen Struther war zu jung, als daß er in einem Krieg hätte gewesen sein können, und trotzdem führte er sich auf wie ein alter Kämpe, dieses ganze Mut-im-Angesicht-des-Feindes-Zeug, die Pflicht zu fliehen. Es war lächerlich.«

»Vielleicht ist er ja ein alter Soldat. Man kann auch Soldat sein, ohne in einem Krieg zu kämpfen.«

»Er aber nicht. Ich habe ihn gefragt. Die Frage paßte ihm nicht, er schien ziemlich pikiert. Ryan hat ihn bewundert. Ich glaube, er wäre Owen überallhin gefolgt. Der arme Junge ist wahrscheinlich immer auf der Suche nach einer Vaterfigur – oder klingt das zu psychologisch?«

»Das Problem bei der Psychologie«, sagte Wexford geistreich, »ist, daß sie die menschliche Natur nicht berücksichtigt.«

Mawrikiew sagte als Sachverständiger vor dem Coroner aus; das meiste klang technisch und obskur, eine Analyse der Beschaffenheit bestimmter Wunden und Frakturen. Als er gefragt wurde, ob Roxane Masood seiner Meinung nach aus einer gewissen Höhe heruntergestoßen oder geworfen worden sei, antwortete er, er habe dazu keine Meinung, das könne er nicht sagen. Die Verhandlung wurde vertagt, womit Wexford bereits gerechnet hatte.

Sacred Globes Schweigen hing wie ein Nebel über Kingsmarkham. Jedenfalls kam es ihm so vor. Dem Rest der Welt oder des Landes vielleicht nicht. Die Entführung, hatte ihm jemand erzählt, war sogar in die amerikanischen Zeitungen gekommen. Auf der Auslandsseite der *New York Times* stand ein winziger Absatz darüber. Wexford war, als seien die Geiseln genausoweit weg, Tausende von Meilen. Die Sonne schien, es war ein freundlicher Tag, und doch spürte er die ganze Zeit diesen alles verhüllenden Dunst.

»Achtundsechzig Stunden«, sagte er zu Burden. »So lange dauert es jetzt schon.«

Burden hatte die Morgenzeitungen mitgebracht. POLIZEI TAPPT IM DUNKELN. VERSCHWUNDEN: RYAN, OWEN UND KITTY. MEINE SCHÖNE TOCHTER – GESCHICHTE EINES VATERS.

»Ich tappe nicht im dunkeln darüber, wie sie gestorben ist«, sagte Wexford. »Ich glaube, ich weiß genau, wie es passiert ist. Letzten Donnerstag, als sie sie aus dem Kellerraum herausholten, brachten sie sie anderswohin, aber nicht zu Kitty und Owen Struther. Die Struthers waren zu dem Zeitpunkt womöglich gar nicht mehr zusammen. Sie brachten Roxane allein irgendwohin, und zwar irgendwo hoch oben.«

»In eins der Stockwerke über dem Kellerraum?«

»Vielleicht. Das Problem – eins der Probleme – ist, daß wir nicht wissen, mit welcher Art von Gebäude wir es hier zu tun haben. Ob es überhaupt nur ein einziges Gebäude ist. Es könnte ein Fabrikkomplex sein oder eine Scheune oder ein großes unterkellertes Haus oder ein Bauernhof mit Katzen. Irgendwo an der Küste, wo es einen Strand gibt. Jedenfalls wurde Roxane in ein Obergeschoß gebracht, vielleicht drei oder vier Stockwerke hoch, und eingesperrt. Ich glaube, es war ein kleiner Raum, Mike.«

»Das können Sie unmöglich wissen.«

»Doch, kann ich. Sie litt an Klaustrophobie, das wußten die. Sacred Globe wußte es. Dora hat gemerkt, wie die beiden sich ansahen, als sie vor der Toilette standen, während Roxane drinnen schrie und an die Tür schlug. Sie wußten es und handelten dementsprechend. Um sie zu bestrafen.

Ich dachte letzthin, Sacred Globe mag alles mögliche sein, aber nicht grausam oder dumm, doch ich mußte diese Ansicht revidieren. So viele Menschen sind grausam, wenn sich ihnen die Gelegenheit dazu bietet, meinen Sie nicht?«

Burden zuckte die Achseln. »Allerdings. Würde mich nicht wundern.«

»Sie brauchen bloß Macht und jemanden oder etwas, was schwächer ist als sie, das genügt anscheinend schon, damit sie diesen Jemand oder dieses Etwas quälen. Haben Psychiater das eigentlich schon einmal untersucht? Haben sie versucht herauszufinden, weshalb etwas Schwaches und Verletzliches bei manchen Menschen Mitgefühl auslöst und bei anderen Grausamkeit? Ich weiß es nicht, und Sie wohl auch nicht.« Wexford schüttelte sorgenvoll und zornig den Kopf. »Sie steckten sie in einen kleinen Raum, irgendwo weit oben. Und zwar irgendwann am Donnerstag. Sie hielt fast zwei Tage durch, und was sie dabei durchgemacht hat, werden wir nie erfahren.« Er schwieg einen Augenblick. Dann sagte er unvermittelt: »Haben Sie eigentlich eine Phobie?«

»Ich?« sagte Burden. »Auf Schlangen bin ich nicht gerade besonders scharf. Im Reptilienhaus werde ich gern ein bißchen schreckhaft.«

»Das ist nicht dasselbe. Wenn es eine Phobie wäre, könnten Sie nicht einmal in die *Nähe* eines Reptilienhauses gehen. Ich habe eine Phobie.«

Burden horchte auf. »Tatsächlich? Was denn?«

»Das werde ich Ihnen gerade verraten. Oh, ich sage es nicht nur Ihnen nicht, ich sage es keinem. Meine Frau weiß Bescheid. Das wesentliche Merkmal einer Phobie ist, daß man niemandem davon erzählt, man traut sich einfach nicht. *Phobos* bedeutet Furcht. Mal angenommen, irgendein Witzbold schickt ihnen das Ding, gegen das Sie eine Phobie haben, in einem Paket per Post? Deshalb hätte Roxane verhindern müssen, daß Sacred Globe von ihrer Phobie erfährt, aber das arme Mädchen konnte ja nicht anders. Sie konnten ihr das Ding, gegen das sie eine Phobie hatte, zwar nicht schicken, aber sie konnten sie in einem kleinen Raum einsperren.

Am Samstag nachmittag, als sie vor Entsetzen fast wahnsinnig war, versuchte sie zu fliehen. Vielleicht gab es dort ein Fallrohr an der Dachrinne, oder eine Kletterpflanze, auf der sie festen Tritt fassen konnte, vielleicht war da ein Dach, das sie erreichen konnte, oder ein Mauervorsprung. Oder sie dachte, sie könnte es erreichen. Aber das konnte sie nicht und fiel hinunter. Sie ist neun Meter tief zu Tode gefallen, Mike.

Durch den Fall brach sie sich die Arme, die Rippen, beide Beine und schlug schwer mit dem Kopf auf. Wäre sie nicht gefallen, wenn sie – wie soll ich sagen? – ihre fünf Sinne beisammen gehabt hätte? Aber das haben Menschen mit Phobien nicht, jedenfalls nicht, wenn sie zwei Tage und eine Nacht lang genau dem ausgeliefert sind, gegen das sie eine Phobie haben.«

Nachdem er eine Weile darüber nachgedacht hatte, sagte

Burden: »Damit hatte Sacred Globe aber bestimmt nicht gerechnet. Es ist doch möglich, daß sie entsetzt waren über das, was passiert ist.«

»Wenn es Amateure waren, die sich etwas zuviel zugemutet hatten, wären sie allerdings entsetzt gewesen. Aller Wahrscheinlichkeit nach hofften sie, das zu kriegen, was sie wollten, und alle Geiseln unversehrt freizulassen. Das geht jetzt nicht mehr. Nun hatten sie eine Tote am Hals, eine Tote, die sie gar nicht getötet hatten.«

»Man könnte sagen, sie brachten sie um, indem sie sie in den Raum sperrten«, sagte Burden

»Sie und ich sagen das, Mike. Vor Gericht käme man nicht damit durch.«

»Warum haben sie sie hierher zurückgebracht?«

Wexford überlegte. »Vielleicht weil sie keine Leiche wollten. Sie bedeutete doch nur eine zusätzliche Belastung. Was sollten sie denn mit ihr anfangen? Begraben, etwas anderes bleibt einem eigentlich gar nicht übrig, wenn man eine Leiche am Hals hat. Sie beschweren und im Wasser versenken können wir ausschließen, außer sie sind an der Küste. Und das ist nicht anzunehmen. Dann bräuchten sie Zugang zu einem Boot, absolute Abgeschiedenheit, Dunkelheit.

Sie haben sie aber nicht getötet, Mike, sie haben sie nur in eine Lage gebracht, in der sie sich durch einen Unfall selbst tötete. Es hätte die Sache nur verschlimmert, wenn sie den Leichnam vergraben hätten und er später gefunden worden wäre – was unvermeidlich war –, denn wer hätte ihnen dann noch abgenommen, daß sie nicht direkt für ihren Tod verantwortlich waren? Auf diese Weise würde ein Pathologe gleich erkennen, daß ihr Tod fast mit Sicherheit auf einen Unfall zurückzuführen war. Also haben sie sich der Leiche entledigt. Sie brachten sie Samstag nacht fort, wahrscheinlich am Sonntag in den frühen Morgenstunden, und vorher steckten sie sie in einen Schlafsack, den sie zufällig zur Hand hatten.

Ich glaube, sie brachten sie zu Contemporary Cars, weil sie denen eins draufgeben wollten. Auf diese Art schlugen sie zwei Fliegen mit einer Klappe. Vielleicht waren sie sauer auf Samuel, Trotter & Co., weil die uns nach dem Überfall so rasch kontaktiert haben. Ich glaube allmählich, es ist eine ganz schön rachsüchtige Bande.«

Ihr Gespräch wurde durch Pembertons Eintreten unterbrochen, der glaubte, die Herkunft des Schlafsacks herausgefunden zu haben.

»In London?« sagte Wexford. »Wo in London?«

»Outdoors beliefert nicht so viele Einzelhandelsgeschäfte«, sagte Pemberton, »und wenn, dann nur Sportgeschäfte, keine Kaufhäuser. Die meisten Artikel gehen nach Nordengland, allerdings beliefern sie auch ein Geschäft in Nord-London, im Bezirk NW1, und eins in Brixton.«

Brixton... woran erinnerte ihn das? Es war bestimmt irgendwo im Computer, sicher gab es darüber einen Eintrag.

»Und weiter?«

»Der Laden in Nord-London ist in der Marylebone Street. Da hatte ich ziemlich Glück, Sir. Die hatten von den Schlafsäcken sechs mit Tarnmusterung bestellt und sechs in Grün und Violett, aber während die bunten alle weggingen, konnten sie die mit Tarnmuster nicht loskriegen.«

»Also eher Pech, was?« bemerkte Burden.

»Dann fuhr ich nach Brixton. Der Laden im Geschäftszentrum von Brixton heißt Palm Springs. Die sagten mir, sie hätten nur vier von diesen Schlafsäcken gehabt und zwei seien noch da. Der Geschäftsführer selbst nahm sich einen, es gab nämlich gerade eine neue Lieferung, als er letztes Jahr im August auf Campingurlaub gehen wollte. Er hatte kein Problem damit, sich zu erinnern, aber das ist ja eigentlich klar. Ihm fiel sogar wieder ein, daß er den anderen verkauft hat, weil es am gleichen Tag war.«

»Ich nehme nicht an, daß er noch weiß, an wen er ihn verkauft hat?« sagte Burden.

»Äh, na ja, das wäre wohl zuviel verlangt, oder? Es war eine Frau, soviel wußte er noch. Und er erinnerte sich, daß sie nach Zaire fahren wollte. Na, zuerst sagte er Zimbabwe, hat sich dann aber korrigiert.«

»In Ordnung«, sagte Wexford. »Gut gemacht. Und jetzt setzen Sie sich vor Marys Computer und gehen eine halbe Million Kilobytes durch, um die Verbindung zu finden.«

»Gibt es eine Verbindung?«

»Oh, da bin ich sicher.«

Siebzig Stunden und kein Wort von Sacred Globe.

Nachdem sie mit Damon Slesar den Wagen getauscht hatte, saß Karen vor dem Eingangstor von Marrowgrave Hall und wartete darauf, daß sich etwas tat. Es schien ihr angebracht, heute in einem grauen Auto zu sitzen und Damon das blaue zu überlassen, obwohl sie bezweifelte, daß Brendan Royall am Vortag registriert hatte, daß sie ihm gefolgt war.

Sie hatte bei Golands Farm angefangen, wo sie zwischen den Autos der Baumleute geparkt hatte. Der Winnebago war noch dort, doch ob Brendan Royall drin war oder nicht, konnte sie nicht feststellen. Die Gardinen waren zugezogen, und das einzige, was sie durch ihr Fernglas erkennen konnte, war, daß die Fahrerkabine leer war. Heute war niemand auf dem Grundstück, und im Haus waren sämtliche Fenster geschlossen, als seien alle Bewohner ausgegangen.

Sie war müde. Am Abend zuvor hatte sie sich mit Damon in einem viel eleganteren Lokal als geplant zum Essen getroffen: La Méditerranée, das neueröffnete Restaurant im Olive and Dove. Sie hatten gegessen und sich unterhalten und dabei festgestellt, daß sie sich eine Menge zu erzählen hatten, daß sie sich für genau die gleichen Dinge interessierten – die allgemeine Weltlage, das Jahrtausend, die Veränderungen in ihrem eigenen Umfeld, Gleichberechtigung sowie Schuld und Sühne. Danach kamen ihnen die Gespräche bei ihren früheren Begegnungen wie Small talk vor, und als man ihnen im Restaurant zu verstehen gegeben hatte, daß man nun schließen wollte, waren sie in eine Bar in der High Street umgezogen, die bis in die frühen Morgenstunden geöffnet hatte.

Obwohl sie zu der Zeit nur noch Coke tranken, hätte sie längst zu Hause im Bett liegen sollen. Er wollte noch mit in ihre Wohnung kommen, doch sie lehnte bedauernd ab, und sie küßten sich zum Abschied leidenschaftlich, wie Stars in einem alten Hollywood-Film. Der Kuß führte aber zu nichts außer zu dem beiderseitigen Versprechen, sich bald wiederzusehen. Und jetzt war sie müde, ohne es sich leisten zu können, und saß hier in ihrem warmen Auto, und draußen schien die Sonne sanft vom Himmel, und sie fürchtete schon, sie könnte einschlafen.

Da hielt es sie nicht länger im Wagen, sie stieg aus, um sich ein wenig die Beine zu vertreten. Sie sah zwar nicht aus wie eine von den Baumleuten, hätte in ihren Jeans, dem schwarzen T-Shirt und der Baumwolljacke aber durchaus als eine von ihnen durchgehen können. Auf jeden Fall würde niemand groß Notiz von ihr nehmen in ihren flachen Schuhen, der neutralen Kleidung, dem langen, straff zurückgekämmten Haar und dem naturbelassenen Gesicht.

Irgendwo bellte ein Hund, oder es hörte sich an, als ob mehrere Hunde bellten, kläfften und jaulten. Das Geräusch kam aus dem Winnebago. Nun, von Royall hieß es ja, er sei ein Tierfreund. Zweifellos hatte er selbst Hunde, und daß sie dort waren, bedeutete, daß er zurückkommen würde, und zwar bald.

In der Nähe des Hauses waren als Sichtschutz zahlreiche Bäume und hohe Hecken gepflanzt. Sie nahm die Rückseite mit den Kirchenfenstern in Augenschein. Ob die Kirche oder Kapelle, die das Haus früher gewesen war, wohl eine Krypta hatte? Nichts deutete darauf hin, auch die Fenster waren nicht verkleidet oder die Bögen zugegipst. Sie war gerade wieder zu ihrem Wagen zurückgekehrt und kurbelte das Fenster herunter, um etwas frische Luft hereinzulassen, als ein gelber 2CV in rasendem Tempo auf das Feld geschossen kam und wie ein Rennwagen beim Großen Preis von Monaco durch die Reihen fegte.

Royall stieg aus, gefolgt von Freya. Sie öffnete eine der Hintertüren, und vier junge Beagles sprangen heraus. Es dauerte ein paar Minuten, bis sie sie mit Royall wieder eingefangen und in den Winnebago verfrachtet hatte. Freya, in ihre üblichen Mumiengewänder gehüllt, stolperte über ihren Rocksaum und fiel der Länge nach hin. Brendan bürstete ihr notdürftig den Schmutz ab, dann stieg sie wieder in ihr Auto, und er kletterte in die Fahrerkabine des Winnebago.

Karen rechnete damit, daß sie nach Marrowgrave Hall zurückkehren würden, und so war es. Bei ihrer Ankunft erschien Patsy Panick vor der Eingangstür und klatschte lachend in die Hände, als die Hunde herausgelassen wurden. Karen kannte zwar den Ausdruck, daß jemand wie Gelee wabbeln konnte, hatte dieses Phänomen aber nie mit eigenen Augen gesehen. Patsys Fett wabbelte, als hätte sie Luftballons unter den Kleidern.

Die Beagles rannten schwanzwedelnd im Kreis herum. Karen zählte nach und kam auf elf. Brendan und Freya gelang es, die Hunde einzufangen und ins Haus zu tragen oder sie irgendwie hineinzutreiben, und Patsy – die nun zweifellos alle, inklusive der Hunde, zum Essen animierte – zog die Tür hinter ihnen zu.

Wieder machte sich das Schlafproblem bemerkbar. Inzwischen war es auch heißer geworden, und Karen nickte tatsächlich ein, allerdings nur für den Bruchteil einer Sekunde. Sie wurde von Hundegebell geweckt. Die beiden Leute, die sie überwachen sollte, waren inmitten ihrer herumtollenden Meute wieder aus dem Haus getreten. Während sie die Tiere in den Winnebago verfrachteten und Brendan auch einen Koffer, einen Rucksack und einen großen Beutel dort verstaute, meldete sich Karen beim Revier in Kingsmarkham.

»Sie fahren ab«, sagte sie. »Ich bleibe bei ihnen, um zu sehen, wohin sie fahren, aber ich glaube, sie fahren eine größere Strecke.«

»Der Chief Inspector will Sie sprechen. Ich übergebe.«

Wexford sagte: »Wenn Sie damit fertig sind, brauche ich Sie hier. Erinnern Sie sich an die kranke Frau in London, die in Afrika war?«

»Ja, natürlich, Sir.«

»Die ist ein Fall für Sie. Wenn Sie mit Royall und seiner Freundin fertig sind.«

Der Winnebago war mittlerweile vollgestopft mit Hunden und Gepäck. Allem Anschein nach fuhr Freya nicht mit. Einen Augenblick dachte Karen, sie würden getrennt wegfahren, doch Freya stellte nur ihren Wagen in die große, leere Garage. Patsy und Bob standen jetzt beide vor dem Haus, Bob mit einer Schnitte in der Hand, einem Stück Pizza oder Kuchen oder womöglich einem Sandwich. Das einzige, was Freya von Brendan zum Abschied bekam, war ein ausgedehnter Blick in die Augen, während er sie an beiden Händen hielt, Patsy jedoch wurde umarmt und vielleicht auch geküßt – Karen war so weit weg, daß sie es nicht erkennen konnte. Brendan gab Bob einen Klaps auf den Rücken, winkte, wie es schien, dem Haus zum Abschied zu und sprang in die Fahrerkabine. Karen verzog sich unter die Bäume.

Er fuhr viel vorsichtiger als vorhin am Steuer des 2CV. Die Beagles bellten und kläfften lauthals. Karen folgte dem Winnebago durch Forby und auf der Landstraße in Richtung Stowerton. Sie hatte recht gehabt, er fuhr nicht einmal in die Nähe von Kingsmarkham oder der neuen Baustelle, sondern geradewegs auf die M23 zu und dann vielleicht zum Zubringer auf die M25. Sie hielt sich bis zur Autobahnauffahrt hinter ihm, sah ihn darauffahren und kehrte dann um auf die alte Umgehungsstraße und nach Kingsmarkham zurück.

Auf dem Revier fragte sie als erstes, ob Sacred Globe sich inzwischen gemeldet hatte. Damon berichtete, er sei Conrad Tarling den ganzen Tag zu Fuß hinterhergelaufen – es war tatsächlich so, daß der Kerl nie ein Auto benutzte –, und sagte, es sei noch nichts gekommen. Seit der Nachricht in Doras Koffer waren zweiundsiebzig Stunden vergangen, oder drei Tage, was sich nach noch mehr anhörte. Damon hatte Conrad Tarling auf einer Kastanie zurückgelassen, wo dieser sich in seinem Baumhaus verkrochen hatte. Er hatte die Vorhangplane zugezogen und sich zweifellos im Inneren wie ein Eichhörnchen zusammengerollt.

»Ich hoffe, wir können uns heute abend treffen.«

Karen, die sich schon wieder zu ihrem Computerbildschirm umgedreht hatte, sagte, das könnten sie sozusagen, natürlich könnten sie das.

»Was meinst du mit sozusagen?«

»Wir beide können nach London fahren und uns mit einer Frau namens Frenchie Collins unterhalten, die vielleicht ganz zufällig einen Schlafsack mit Tarnmuster gekauft hat. Fährst du?«

»Klar«, sagte er. »Gern.«

»Die Knochen, die die Kinder in dem Erdhügel bei Stowerton Dale gefunden haben«, sagte Wexford, während er die eben eingetroffenen Berichte aus dem Gerichtslabor durchblätterte, sich dann setzte und zu lesen anfing. »Rinder- und Schweinehachse, wie wir uns gedacht hatten. Und hier die Kleider, die Dora anhatte: braunes Leinenkostüm, bernsteinfarben-weißgepunktete Voilebluse – was zum Teufel ist Voile, Mike, oder müßte es ›wooahl‹ heißen? –, hellbraune Kalbslederpumps – das sind Schuhe –, Strumpfhosen in einem Farbton namens ›terra‹, Büstenhalter und Slip aus weißer Seide mit Lycra, weißes Seidenunterkleid mit mokkabrauner Spitzenbordüre. Klingt korrekt.

Ein kleiner Speisefleck auf der Bluse wurde identifiziert als Instantkaffee mit einer flüssigen Sojamischung. Das wird die lactosefreie Sojamilch sein. Dora hat sich peinlich sauber gehalten, muß ich sagen, ich hätte mich von oben bis unten mit Spaghetti und Marmelade bekleckert. Oh, das hier ist bei weitem aufmunternder. Ihrem Rock wurde eine Vielzahl interessanter Substanzen entnommen: ihre eigenen Haare und die von jemand anderem, einem jungen Menschen, lang und dunkel, also höchstwahrscheinlich von Roxane Masood; ein Cocktail aus Kreidestaub, Brotkrümeln, Spinnweben, pulverisiertem Kalk, Sand und Katzenhaaren. Und zwar eine ansehnliche Menge an Haaren, von einer Siamkatze und einer schwarzen Katze.«

»In Großbritannien gibt es sieben Millionen Katzen«, sagte Burden in neutralem Tonfall.

»Ach, tatsächlich? Allerdings gibt es keine sieben Millionen Fälle, in denen eine schwarze und eine Siamkatze zusammen gefunden werden.« Wexford wandte sich wieder dem Protokoll zu. »Eisenspäne, was eigentlich auf eine Art Fabrik oder Werkstatt hindeutet. Aber hören Sie sich mal das hier an. Sie haben auch eine besondere Art von

Staub gefunden, möglicherweise ist es die Substanz, die an den Flügeln von Schmetterlingen und Faltern haftet.«

»Was?«

»Offenbar – jetzt kommt die Erläuterung – haben die Flügel von Schmetterlingen und Faltern keine festen, sondern sozusagen wie aufgemalte Farben. Anders als bei der Färbung von Vogelfedern oder Tierfell entstehen die Muster aus einem Arrangement von Farbstaub. Wenn dieser abgetragen oder abgerieben wird, kann das Insekt nicht mehr fliegen. Es könnte also folgendes passiert sein: Dora streifte mit ihrem relativ langen Rock eine Spinnwebe, in der ein Schmetterling oder Falter sich gefangen hatte und gestorben war…«

»Was ist? Was haben Sie denn?«

Wexford war plötzlich still. Sein Blick schweifte wieder zur oberen Hälfte des Blattes. Er legte die Papiere hin und sah hoch. »Mike, der Staub war rosarot und braun.«

»Und? Viele Schmetterlinge sind rosa und braun.«

»Wirklich? Mir fällt keiner ein. Schwarz und rot, weiß, gelb und orange, aber rosa? Mir fällt nur ein Insekt ein, das vorherrschend blaßbraun mit rosa Flügeln ist, mit *rosaroten Hinterflügeln*, und das ist das Rosarote Ordensband. Man findet es in Europa und Japan, aber hierzulande nur in Teilen von Hampshire und Ost-Wiltshire.«

»Du liebe Güte, woher wissen Sie denn das?«

»Ich habe mich in letzter Zeit ein bißchen damit beschäftigt. Muß an der blödsinnigen Umgehungsstraße liegen. Jedenfalls habe ich einiges über den Landkärtchen-Schmetterling gelesen und kam dadurch auf eine Menge andere Sachen.«

Burden musterte ihn mit einem ungläubigen Lächeln. Der Chief Inspector versetzte ihn doch immer wieder in Erstaunen.

»Ich weiß nicht, warum ich mich an das Rosarote Ordensband erinnere, aber – nun ja. Natürlich werden wir das alles überprüfen. Vielleicht im Internet? Ich erinnere mich aber an eine Stelle, an der es um die wenigen Exemplare ging, die in Wiltshire noch heimisch sein sollen. Wen kennen wir, der in Wiltshire wohnt?«

Es dauerte nur ein paar Sekunden, bis es Burden wieder einfiel. »Conrad Tarlings Familie.«

»Genau. Haben wir da eine Adresse?«

»Im Computer.«

Zwanzig Minuten später hatten sie alles vor sich: britische und europäische Schmetterlinge und den Ausdruck über Conrad Tarling mit Biographie und Familiengeschichte. Die Anschrift der Eltern Tarling lautete Queringham House, Queringham, Wiltshire. Wexford hatte bereits den Straßenatlas studiert und Entfernungen ausgerechnet. Ein kleiner, erwartungsvoller Schauder durchfuhr ihn bei dem Gefühl, dies könnte die Lösung sein, dies könnte den Durchbruch bedeuten.

»Queringham liegt direkt an der Grenze zu Hampshire, Mike, auf halber Strecke zwischen Winchester und Salisbury.«

»Aber nicht am Meer, stimmt's? Außerdem ist es zu weit von hier. Vergessen Sie nicht, wir haben es auf einen Umkreis von sechzig Meilen eingeschränkt.«

»Es *sind* sechzig Meilen. Drei- bis vierundsechzig, schätze ich mal. Ihre Freundin, die Schauspielerin, hatte sich geirrt, als sie behauptete, Tarling sei achtzig Meilen zu Fuß gegangen, wieder mal ein typischer Fall von schwärmerischer Übertreibung. Hört sich an wie ein großes Landhaus, Mike, zweifellos mit einer Menge von Nebengebäuden, mittendrin im Land des Rosaroten Ordensbandes – und der Staub des Rosaroten Ordensbandes hat sich an Doras Rock abgerieben.«

»Wo bekannte Aktivisten und ein Terrorist wohnen«, ergänzte Burden. »Ein Mann, der sich bei einer Protestaktion gegen Tiertransporte beinahe selbst ins Jenseits befördert hätte.«

»Wir melden uns mit einem höflichen Anruf bei der Polizei von Wiltshire und machen uns mit deren Einverständnis auf den Weg nach Queringham Hall. Sofort. Jetzt gilt es.«

21

Ob sie Verstärkung brauchten?

Die Polizei Wiltshire hatte – ebenso wie Mid-Sussex – bewaffnete Streifenwagen auf den Straßen. Falls Wexford also derartige Unterstützung brauche...? Das ganze Land befand sich in Alarmbereitschaft wegen der Kingsmarkhamer Kindnapping-Affäre.

Wexford lehnte dankend ab. Er wollte sich die Sache lediglich einmal ansehen. Er hatte nicht einmal eine Durchsuchung im Sinn, außer die Tarlings erklärten sich damit einverstanden, denn in diesem Stadium wollte er sich noch keinen Durchsuchungsbefehl ausstellen lassen. Sie waren ja zu viert, er selbst und Burden sowie Vine und Lynn Fancourt. Es war sogar eine gewisse Erleichterung, vom Polizeirevier und der Ermittlungszentrale im ehemaligen Sportraum einmal wegzukommen. Von dort würde man ihn informieren, sobald eine Nachricht von Sacred Globe kam, aber so saß er wenigstens nicht nur wartend herum.

Über zweiundsiebzig Stunden seit dem letzten Zeichen. Die Fahrt verlief reibungslos, es war weniger Verkehr auf den Straßen, als er befürchtet hatte. Um halb sieben überquerten sie die Grenze zu Wiltshire und ein paar Minuten später den Flußlauf des Avon. Queringham lag zwischen Mownton und Blick in einer lieblichen ländlichen Gegend mit Hügeln und stillen Wiesen, umgeben von landschaftlich reizvollen Gebieten, die das Zeichen des National Trust trugen.

Diese alten Landbesitzer, bemerkte Wexford, wußten sehr wohl, wie man seine Besitztümer vor den neugierigen

Blicken der Bevölkerung versteckte. Von der Straße her waren sie nicht zu sehen. Erst bauten sie das Haus – vor ein paar hundert Jahren mochte es gewesen sein –, und dann pflanzten sie die Bäume, so daß man beim Näherkommen glaubte, einen Wald vor sich zu haben. Wenn man in die Zufahrt einbog, kam es einem so vor, als gäbe es kein Durchkommen, als hörte der Weg vor einer Mauer aus dichtem Laubwerk auf.

Plötzlich lichteten sich die Bäume, und eine offene Fläche mit dem dahinter liegenden Haus wurde sichtbar. Hier gab es keinen Garten mit seltenen Pflanzen und auch keine Aussicht. Es war eine richtige Lichtung, von der bis auf ein paar kümmerliche kleine Büsche und zwei große Steinvasen, in denen verdorrte Zypressen darbten, alles weggekratzt oder abgebrannt schien. Was die Nebengebäude betraf, hatte Wexford sich nicht geirrt. Es gab einen Anbau mit einer kleinen Turmuhr in der Mitte, in dem offenbar die Stallungen untergebracht waren, während sich links hinter dem Haus eine große Scheune und ein noch größeres, extrem häßliches zylinderförmiges Futtersilo befanden.

Als erstes fiel ihm auf, daß ihr Besuch – immerhin der Überraschungsbesuch von vier Polizeibeamten, zwei davon höheren Dienstgrads – Charles und Pamela Tarling kaum in Erstaunen versetzte. Wie die Royalls waren sie derartiges bereits gewohnt. So unauffällig und gesetzestreu sie selbst auch sein mochten, ihre Kinder zogen ständig die Aufmerksamkeit der Polizei auf sich. Zweifellos waren vor ihnen schon oft Beamte anderer Abteilungen, möglicherweise aus ganz England, diesen Weg heraufgekommen, hatten an der Tür geläutet und dieselben Fragen gestellt.

Allerdings wohl nicht genau diese Fragen.

Sie wurden hereingebeten und in ein geräumiges Wohnzimmer im englischen Landhausstil geführt. Es war schäbig und düster und abgenutzt, wie wohl nur solche Räume sein können. Der breite, blaugelbe Teppich war abgetreten und zu Grau und Strohfarben ausgeblichen, die Polstermöbel waren zerschlissen und die langen, gelben Vorhänge, Hunderte von Stoffmetern, mit der Zeit ganz durchscheinend geworden. In der Mitte eines Tisches stand eine riesige, angeschlagene Schale mit vertrockneten Blumen – vertrocknete Blumen, keine Trockenblumen –, die ihren grauen Blütenstaub auf die mit weißen Ringen verunstaltete Mahagoni-Tischplatte streuten.

Das Haus paßte zu seinen Besitzern. Auch sie sahen aus, als hätten sie ihr Leben einst farbenfroh begonnen, kraftvoll, schmuck und mit einem gewissen Schliff, und als hätten dann die Zeit und die Unterhaltskosten für das Haus und die Strapazen mit ihren Kindern und das Zusammenleben mit ihnen alles fleckig und ausgebleicht und abgenutzt werden lassen. Sie sahen sich sogar ähnlich – dünne, hochgewachsene Leute mit abfallenden Schultern und kleinen Köpfen, faltigen Gesichtern und unordentlichem, grauem Haar.

»Wir interessieren uns vor allem für Ihren Sohn Conrad Tarling«, sagte Wexford.

Der Vater nickte bekümmert. Es war, als hätte er das alles schon gehört. Vielleicht hatte er auch die Fragen alle schon einmal beantwortet, die nach Conrads gegenwärtigem Aufenthaltsort, wann er ihn zuletzt gesehen hatte und ob Conrad häufig nach Queringham Hall kam. Dann erwähnte Burden einen der beiden anderen Söhne, Craig, den Bombenleger.

Pamela Tarling errötete. Eine dunkle, schmerzerfüllte Röte strömte über das verwelkte, faltige Gesicht. Sie legte die Finger auf ihre Wangen, wie um sie zu kühlen. Irgendwie wußte man, daß diese Finger eiskalt waren.

»Es *sind* unsere Kinder«, sagte sie sanft. Es klang wie

etwas, was sie schon oft gesagt hatte. »Wir haben uns immer bemüht, zu unseren Kindern zu stehen. Und... und es sind mutige, engagierte Menschen mit den richtigen Zielen und Grundsätzen, es ist nur... nur, daß sie...«

»Ist ja gut, Pam«, sagte ihr Mann. »Dem würde ich übrigens zustimmen. Darf ich fragen, was Sie jetzt tun wollen?«

»Uns da draußen ein bißchen umsehen, Mr. Tarling, wenn Sie gestatten. Sie können es auch verweigern, wenn Sie möchten. Ich würde gern einen Blick in einige Ihrer Nebengebäude werfen.«

»Ach, ich verweigere es nie«, erwiderte Charles Tarling. »Ich schlage der Polizei nie etwas ab. Es hat doch keinen Sinn. Sie kommen ja doch mit einem Durchsuchungsbefehl wieder.«

Er hätte natürlich auch ein ausgezeichneter Schauspieler sein können, dachte sich Wexford, schwer zu sagen. Er ging mit den anderen nach draußen, während die Tarlings einander auf den beiden altersschwachen Sofas gegenübersaßen und sich über einen arg lädierten spätviktorianischen Tisch hinweg verzweifelte Blicke zuwarfen.

Wozu wurde das Silo eigentlich heute verwendet? Hatte das Anwesen früher als Bauernhof gedient? Auf den Stalldächern fehlte die Hälfte der Dachziegel, und die Türen an den Pferdeboxen waren teilweise aus den Angeln gehoben. Die Turmuhr funktionierte zwar, doch hatte niemand die Zeiger umgestellt, als die Uhr im März um eine Stunde vorgestellt wurde, und inzwischen war es bald wieder Zeit, sie zurückzustellen.

Wexford warf einen Blick in den Stall, Burden tat es ihm nach. Vine stieß die Tür zu einem Raum auf, der einmal als Milchkammer oder Holzschuppen oder vielleicht sogar als Getreidespeicher genutzt worden war. Ein dicker, blinder Falter taumelte benommen hinaus, und Wexford sah ihn sich genau an. Doch es war kein Rosarotes Ordensband, eher einer von diesen riesigen Nachtschwärmern.

Es war offenkundig, daß der Raum seit fünfzig Jahren oder noch länger nicht benutzt worden war. Er hatte einen Steinfußboden, an einer Wand Regale, hoch oben ein Fenster und darunter einen großen Spülstein. Doch keine nachträglich eingebaute Toilette und keine darüber liegenden Stockwerke. Wexford sah aus dem Fenster, und anstatt eines Ausblicks auf Grün und Grau – und einen gelegentlich auftauchenden blauen Fleck – war eine mit Backsteinen gefüllte Fachwerkmauer zu sehen.

»Es ist eine Milchkammer«, sagte er. »Wo sie eingesperrt sind, der Kellerraum – es ist eine Milchkammer.«

»Aber nicht diese hier«, erwiderte Vine.

»Nein, nicht diese hier.«

Beim Geräusch von eilig rumpelnden Rädern wandte Wexford sich um. Der Mann, der seinen Rollstuhl so schnell wie ein Fahrrad vorantrieb, war über den mit Gerümpel vollgestellten Hof gekommen. Es hätte Conrad Tarling selbst sein können, so groß war die Ähnlichkeit. Waren sie Zwillinge? Wenn man ihn sich ohne diese salbungsvolle Würde vorstellte, reduziert auf das Wesen, das nun vor ihnen im Stuhl saß, des goldenen Umhangs entledigt, seiner Kraft verlustig, dann hätte es der König des Waldes sein können.

Wie Conrad trug er den Kopf kahlrasiert. Womöglich war er so groß wie Conrad, doch sein Körper war verkümmert und gekrümmt. Unter der Decke hatte er die Knie angezogen. Große Hände mit dicken Fingern lagen auf diesen Knien. Das Gesicht war das von Conrad, doch mehr noch vom letzten Mohikaner, scharfgeschnitten, dunkel, wie aus Bronze gegossen, und es war schmerzverzerrt.

»Was suchen Sie denn?« Eine schöne, tiefe, verächtliche Stimme.

Burdens Antwort brachte Colum Tarling zum Lachen. »Nur eine Routineüberprüfung, Mr. Tarling.«

Colum lachte verbittert, ohne Heiterkeit, es war überhaupt kein echtes Lachen, sondern aufgesetzt, gekünstelt.

Sich zum Lachen zu zwingen ist viel leichter, als echte Tränen zu weinen. »Die haben wir hier ganz schön oft«, sagte er. »Lassen Sie sich von mir nicht aufhalten. Aber das kann ich ja sowieso nicht, oder? Man kann nicht viel machen, wenn einem das Rückgrat zerstört wurde.«

Falls es für Leute wie ihn irgendeine Genugtuung gibt, dachte Wexford, dann die, daß sie über die einzigartige Fähigkeit verfügen, andere in Verlegenheit zu bringen. Falls man daran Spaß hatte und es wollte.

Colum Tarling hatte offensichtlich Spaß daran, denn er fuhr fort: »Da liebt man alles Gute und Schöne und arbeitet für diese Dinge, bewahrt sie und erhält sie am Leben, Zivilisation und alle Lebewesen, anständiges Verhalten und die ganze Menschheit, und dann bestrafen sie einen dafür, indem sie einem unter Lastwagenrädern das Rückgrat zerquetschen. Haben Sie dazu eine Meinung?«

Wexford hatte eine. Eine halbe Stunde lang hätte er ohne Pause und Zögern darüber reden können. »Sie sagten freundlicherweise, wir sollten weitermachen, Mr. Tarling, wenn Sie uns nun also entschuldigen, tun wir das.«

Mit so viel Höflichkeit hatte er nicht gerechnet. »Ach je, ach je«, sagte er, »ein Gentleman, ein richtiger Gentleman. Sie haben wohl Ihren Beruf verfehlt, was?«

Sein Vater war herausgekommen und stand hinter ihm. Wexford hatte ein schmerzliches Zucken über Charles Tarlings Gesicht huschen sehen, als sein Sohn so drastisch über seine zerstörte Wirbelsäule gesprochen hatte. Er legte ihm eine Hand auf die Schulter und flüsterte ihm etwas zu. Mit etwas lauterer Stimme sagte er dann: »Komm jetzt herein, Colum, komm jetzt ins Haus.«

»Sie tun nur ihre Arbeit«, sagte Colum. »Hast du mir das gerade zugeflüstert? Ich hab's nicht richtig gehört.«

Doch er machte mit dem Rollstuhl kehrt und fuhr langsamer als vorher ins Haus zurück. Dieser Vater hatte bestimmt täglich solche Szenen zu ertragen, überlegte Wexford, und noch mehr, wenn der König des Waldes zu Besuch kam, seine sechzig Meilen über Land wanderte, unter Hecken schlief, und noch einmal mehr, wenn er seinen anderen Sohn im Gefängnis besuchte. Und die Mutter hörte sicher von morgens bis abends alle Einzelheiten über den Horror unter den Lastwagenrädern, dessen präzise psychologische Auswirkungen, die klinischen Details, die Schmerzen. Bestimmt gingen die Gespräche in diesem Haus, vor der Kulisse verarmter Eleganz, nur um diese Themen. Man mochte gar nicht daran denken. Und doch ...

Tarling, der Vater, stand immer noch da. Mit leiser Stimme sagte er zu Wexford: »Sein Verstand ist ziemlich durcheinander. Sie dürfen nicht denken ...«

»Ich denke überhaupt nichts Bestimmtes, Mr. Tarling.«

»Ich meine, sein Rückgrat, also, ›zerstört‹ ist nicht der richtige Ausdruck. Überhaupt nicht. Sein Rücken war zwar kaputt, aber so etwas können sie heute ja wieder in Ordnung bringen, und natürlich ist er nicht mehr so stattlich wie früher. Aber das ist alles ... soviel davon ist in seinem armen Kopf ...«

Wexford nickte. »Ich würde gern einen Blick in die Schuppen dort werfen«, sagte er, »und dann gehen wir nach oben, wenn Sie gestatten.«

Nach dieser Abfuhr sagte Tarling nur gleichgültig: »Äh, selbstverständlich.«

Sein Sohn Colum schien anzunehmen, sie suchten nach Sprengstoff; jedenfalls tat er so. Er saß am Fuß der Treppe in seinem Rollstuhl und hielt lauthals vor allen, seinen Eltern und den vier Polizeibeamten, einen Vortrag über

Tierversuche, bedrohte Arten, Wildtierjagd und – etwas undurchsichtiger – die Ausrottung der im übrigen bereits ausgestorbenen Riesentaube.

Da weder Charles noch Pamela Tarling Einwände erhoben, inspizierten sie die beiden oberen Stockwerke. Auch hier ähnelte Queringham Hall auf eine seltsame, fast übernatürlich anmutende Weise dem Ort, an dem Wexford die Geiseln gefangengehalten sah. Nein, »ähneln« war nicht der richtige Ausdruck. Vielleicht »spiegeln«? Bot es eine Art spiegelbildliche Darstellung? Es war eher so, daß Queringham Hall sich in einer Dimension befand und die Behausung der Geiseln in einem parallelen Universum, in dem die Dinge ähnlich, aber leicht verschieden waren, weil Ereignisse und Strukturen sich in einer vergangenen Zeit auf unterschiedliche Weise und auf verschiedenen Wegen entwickelt hatten.

Genau wie sich der Kelleraum hier als unbenutzte Milchkammer herausstellte, fanden sie im Dachstuhl eine Stelle, die Roxane Masoods Gefängnis hätte sein können: eng, verwinkelt, niedrig. Aber das Fenster war so klein, daß selbst eine sehr dünne Frau sich dort nicht hätte hinausquetschen können; außerdem stand zwei Meter weiter unten das flache Dach eines Badezimmeranbaus weit genug hervor, um einen Fall abzufangen.

Das Dumme war, daß englische Landhäuser einander oft so ähnlich sahen, dachte Wexford. Eins hatte er jedoch begriffen. Was er suchte, war ein Landhaus, keine Fabrik und keine Werkstatt und keine Scheune.

Falls sie sich bei ihrem vorangegangenen Besuch hatte anmerken lassen, daß sie dieses Zimmer und vielleicht auch seine Bewohnerin mißbilligte, so war Karen sich dessen nicht bewußt. Sie bemühte sich immer, in Miene und Verhalten neutral zu bleiben, unabhängig davon, wie schmutzig oder ärmlich oder aber auch pompös und protzig es irgendwo war. Und doch mußte sie unbewußt irgendeinen Hinweis auf ihre wahren Gefühle gegeben, mußte eine Spur von Mißfallen in ihrem Ton mitgeschwungen oder Abneigung in ihrem kühlen Blick gelegen haben, denn Frenchie Collins lehnte es rundheraus ab, mit ihr zu reden.

»Zu so einer knallärschigen Type wie Ihnen sag' ich kein Wort.« Sie wandte sich herausfordernd an Damon. »Schauen Sie sich der ihr Gesicht an, wie ein saurer Apfel, wie wenn ihr unter der gerümpften Nase was stinkt.«

»Entschuldigen Sie, Ms. Collins«, sagte Karen etwas steif, »aber so empfinde ich es wirklich nicht.«

Das war natürlich eine glatte Lüge, denn sie war mehr noch als beim letztenmal entsetzt über den verwahrlosten Zustand dieses winzigen Hinterzimmers, die Aussicht auf eine graue Mauer und den hier herrschenden Geruch, der sie an etwas erinnerte, was sie seit dem Chemieunterricht in der Schule nicht mehr gerochen hatte: nach verdorbenem Kohl stinkendes Kalziumkarbid.

»Wir wollten Ihnen einfach ein paar Fragen stellen.«

»Das wollten Sie vorher auch einfach«, erwiderte Frenchie Collins. »Und dann haben Sie sich aber aufgeführt, wie wenn ich was wäre, was der Hund von draußen reingebracht hat – nein, gestrichen, wie etwas, was der Hund auf den Boden gemacht hat.«

Man sah, daß sie jung war, obwohl schwer zu sagen war, wie jung. Trotzdem hatte sie sämtliche Merkmale des Alters: trockenes, ergrauendes Haar, rauhe, faltige Haut, zwei Zahnlücken, wo ihr die Schneidezähne ausgefallen waren, zitternde, runzlige Hände. Ihr zum Skelett abgemagerter Körper war in einen ehemals weißen Frotteebademantel gehüllt, und ihre Füße steckten verloren in geräumigen, grauen Wollsocken.

»Ms. Collins …«

»Ich sag' doch, mit Ihnen red' ich nicht. Mit ihm schon, da hab' ich nichts dagegen. Scheint ein recht netter Typ zu sein.«

Karen und Damon wechselten einen Blick.

»Na gut«, sagte Karen, »wie Sie wollen. Ich werde kein Wort sagen.«

»Ich will Sie auch nicht *hier* haben«, sagte Frenchie Collins. »Okay? Kapiert? Mit ihm allein red' ich, obwohl, was weiß ich, was ich ihm sagen soll, ich weiß doch überhaupt nichts über diese Sacred-Globe-Typen. Sie da«, wandte sie sich an Karen, »Sie können sich ja solang ins Auto setzen. Das haben Sie doch, ein Auto?«

Karen ging nach unten und tat genau das. Sie wurde das Gefühl nicht los, daß Frenchie Collins etwas wußte, was sie aus ihr herauskriegen könnte und Damon nicht. Es war natürlich absurd, so von einer Person zu denken, die sich weigerte, mit einem zu reden. Weil sie eine vernünftige und noch dazu ehrgeizige Frau war, die bei der Polizei Karriere machen wollte, verbrachte sie die Zeit, in der sie auf Damon wartete, mit einer ehrlichen Analyse ihres eigenen Verhaltens. Dabei unterzog sie die Haltung, die sie in letzter Zeit gegenüber jenen Leuten an den Tag gelegt hatte, die Wexford »unsere Kunden« nannte, einer kritischen Prüfung. Wenn man sehr hohe Maßstäbe an Hygiene und Planmäßigkeit und Ordnung anlegte, war es schwer, sie nicht auf andere zu übertragen, doch sie würde es versuchen. Es war doch gut, sich der eigenen Unzulänglichkeiten bewußt zu werden, denn das war der erste Schritt zur Besserung.

Bin ich etwa blasiert, fragte sie sich, bin ich überheblich? Die ehrliche Antwort – ja, das bin ich, ja, das bin ich, und intolerant und ziemlich selbstgefällig dazu – rang sie sich ab, als Damon schließlich zurückkam.

Es war alles umsonst gewesen. Frenchie Collins hatte

den Schlafsack zwar gekauft, wie sie sich schon gedacht hatten, hatte ihn mit nach Zaire genommen, ihn aber dort mit dem Großteil ihrer anderen Habseligkeiten zurückgelassen. Sie war damals schon so krank und schwach gewesen, daß sie nicht mehr als das absolut Nötige schleppen konnte.

»Behauptet sie jedenfalls«, meinte Karen.

»›Afrika hat mich umgebracht‹, sagte sie. Das waren ihre Worte. Und du mußt zugeben, sie sieht schlimm aus. Es könnte doch Aids sein.«

»Nein, ausgeschlossen. Dazu ist es noch nicht lang genug her. Ich glaube nicht, daß sie den Schlafsack weggeworfen hätte oder zurückgelassen oder was sie behauptet. Leute wie sie haben nie genug Geld, die lassen solche Sachen nicht liegen. Sie wäre wahrscheinlich am Flughafen eher hineingeschlüpft und hätte sich ins Flugzeug tragen lassen.«

»Der Schlafsack hätte doch auch in Nordengland gekauft werden können, bei einem der anderen Abnehmer von Outdoor.«

Karen erinnerte sich daran, daß sie ja nett und tolerant sein sollte, nicht vorurteilsbeladen und überheblich. Besonders zu diesem Mann wollte sie nett sein. Sie hatte schon lange keinen Mann mehr kennengelernt, von dem sie sich so gewünscht hatte, daß er sie nett finde. »Der Rest des Abends gehört uns«, sagte sie und lächelte dabei. »Wir können ihn hier verbringen, ich fände es aber schöner, wieder nach Hause zu fahren, du nicht?«

Es war bereits nach neun, als Wexford zurückkam. Keine Nachricht von Sacred Globe. Er hatte es sich schon gedacht, denn sonst hätten sie ihn angerufen, war aber trotzdem enttäuscht. Mehr als enttäuscht. Ein Gefühl, das er in letzter Zeit selten und seit seiner Jugend nicht oft verspürt hatte, überkam ihn: Panik. Er verkrampfte die Hände ineinander, um es zu unterdrücken, und atmete tief durch.

Seit zehn Minuten war er in seinem Büro. Er wußte selbst nicht, weshalb er hergekommen war, denn heute abend gab es nichts zu tun. Er konnte nur nach Hause gehen und Dora von all den Dingen erzählen, über die er allmählich Zweifel bekam. Ach was, sie werden sie schon nicht umbringen, natürlich nicht. Wir werden sie schon finden. Wir finden Sacred Globe schon noch. Wir finden den Mann mit der Tätowierung auf dem linken Unterarm und den anderen, der nach Aceton riecht. Was für eine Krankheit war es eigentlich, die einen nach Nagellackentferner riechen ließ? Wenn etwas mit der Niere nicht stimmte? Oder mit der Bauchspeicheldrüse? Wenn der Körper zu viele Ketone bildete?

Aber wir finden sie schon noch. Den Mann, der Handschuhe tragen muß, weil seine Hände verunstaltet sind. Durch ein Ekzem vielleicht oder Narben. Oder vielleicht, weil er schwarz ist. Die Frau, die schwere Stiefel trägt, damit sie wie ein Mann aussieht. Das Haus mit einer schwarzen und einer Siamkatze, mit einer Milchkammer, aus deren Fenster man einen sich verschiebenden blauen Fleck sieht, der so blau ist wie der Himmel, aber nicht der Himmel ist.

Er fuhr mit dem Aufzug hinunter und durchquerte gerade die Eingangshalle, als Audrey Barker durch die Drehtür hereinstürzte.

Der wachhabende Sergeant rief: »Moment mal!«

Sie sah aus, merkte Wexford, wie er sie noch nie gesehen hatte. Sie sah glücklich aus. Mehr noch – in Hochstimmung, fast verrückt vor Glück. Normalerweise stehen einem die Haare bei Schock oder vor Entsetzen zu Berge, doch bei ihr flogen sie vor Freude wild in die Höhe. Sie lächelte, lachte, als könnte sie überhaupt nicht mehr aufhören. »Er hat mich angerufen«, rief sie. »Mein Sohn hat mich angerufen!«

Wexford sagte: »Mrs. Barker, einen Moment mal… was sagen Sie da genau?«

»Ich wollte Sie nicht anrufen, man weiß ja nicht, mit wem man am Telefon spricht, aber mein Sohn Ryan, vor einer halben Stunde hat er mich angerufen. Ich dachte mir, Sie sind hier, Sie sind bestimmt noch hier. Unter solchen Umständen… ich konnte einfach nicht stillsitzen, ich mußte loslaufen, also kam ich direkt hierher, um es Ihnen selbst zu sagen.«

Wexford nickte. Um sie zu beruhigen, sagte er sehr nüchtern und fest: »Ja, sagen Sie es mir. Erzählen Sie mir alles. Gehen wir hinauf in mein Büro.«

»Es war seine Stimme, ich konnte es nicht glauben, ich dachte, ich träume, aber ich wußte, es war echt, und es geht ihm gut, es ist alles in Ordnung…«

»Gehen wir doch nach oben, Mrs. Barker. Der Aufzug ist schon unterwegs.«

Sie stiegen ein. Sie sprang förmlich hinein und packte ihn mit zitternder Hand am Arm.

»Es geht ihm gut. Es geht ihm wirklich gut. Er mag sie, und sie mögen ihn. Er hat sich ihnen *angeschlossen*, und jetzt werden sie ihm nichts mehr tun!«

22

Audrey Barker saß ihm auf der anderen Seite des Schreibtischs gegenüber, vor sich eine Tasse Tee. Inzwischen hatte sie sich etwas beruhigt, und die wilde Freude war teilweise aus ihrem Gesicht gewichen. Der ängstliche Blick war wieder da, der geschürzte Mund, der ihre Oberlippe vorzeitig faltig gemacht hatte. Er ließ sie den starken, süßen Tee nippen und bemerkte, wie ihre Hand, die die Tasse festhielt, zitterte, wie ihre Zähne gegen das Porzellan klapperten. Sie sollte sich Zeit lassen. Inzwischen war es sowieso längst zu spät, um den Anruf zurückzuverfolgen.

Schweiß brach auf ihrer Oberlippe aus. »Ich hätte Sie anrufen sollen, nicht wahr?«

»Ich bin mir nicht sicher, ob es etwas genützt hätte, Mrs. Barker. Erzählen Sie mir jetzt, was Ryan gesagt hat?«

»Ich bin fast ohnmächtig geworden, als ich seine Stimme hörte. Ich war wie vor den Kopf geschlagen. Ich dachte, ich träume oder werde allmählich verrückt. Er sagte: ›Mum, ich bin's‹, aber natürlich wußte ich, daß er es war, trotzdem sagte ich: ›Wer ist da? Wer spricht denn?‹ und er sagte: ›Mum, hier ist Ryan, beruhige dich, hier ist Ryan‹ und dann: ›Hör mal zu‹, sagte er, ›hier ist eine Nachricht von uns‹, also sagte ich: ›Was heißt uns? Was meinst du damit?‹ Und er sagte: ›Sacred Globe. Ich bin jetzt einer von ihnen.‹ Ja, so ähnlich hat er es gesagt, ich weiß vielleicht seine genauen Worte nicht mehr.«

»Aber Sie sind sich sicher, daß er es so gesagt hat. Er sagte: ›Ich bin jetzt einer von ihnen‹?«

»Ja, da bin ich mir sicher. ›Ich bin jetzt einer von ihnen.‹ Ich wußte nicht, was er meinte, ich hab' ihn gefragt.« Sie hatte den Blick gesenkt und hielt die Hände im Schoß verschränkt, während sie sich bemühte, sich genau zu erinnern, doch nun hob sie den Kopf und sah Wexford in die Augen. »Er sagte, er meinte es eben so, wie er es gesagt hätte. Er hätte sich ihnen angeschlossen. Sie hätten ihn gefragt, ob er mitmachen wollte. Er fühlte sich geschmeichelt, ist doch klar, er war *stolz*. Er ist doch noch ein *Kind*. Er kann solche Entscheidungen nicht treffen. Ich war glücklich, und jetzt bin ich es nicht mehr. Es war dumm von mir, nicht wahr? Ich war glücklich, weil mit ihm alles in Ordnung ist, weil er lebt, aber jetzt, wo ich begreife, daß er einer von *ihnen* ist, bin ich ...«

»Was hat er noch gesagt?«

»Er sagte – und das klang überhaupt nicht so, wie er sonst redet – er sagte: ›Es ist für eine gerechte Sache. Das wußte ich vorher nicht, aber jetzt weiß ich es. Wir wollen nur das Beste für die Welt. *Wir* hab' ich gesagt, Mum, hast du das verstanden?‹«

»Haben Sie ihn gefragt, wo er ist?«

Sie faßte sich mit einer Hand an den Kopf. »Ach Gott, daran hab' ich gar nicht gedacht. Er hätte es mir sowieso nicht gesagt, oder? Er sagte – so genau kann ich mich nicht mehr erinnern –, er sagte: ›Wir wollen, daß die Umgehungsstraße verlegt wird‹, vielleicht sagte er auch was anderes mit ver–, ich weiß es nicht mehr. Aber so hat er es gemeint. ›Ich melde mich morgen wieder bei dir‹, sagte er, und ich wußte nicht, ich *weiß* nicht, was das zu bedeuten hat. Wollte er damit vielleicht sagen, er kommt *nach Hause*?«

»Es klingt eher so, als ob wieder eine Nachricht kommt. Mrs. Barker, ich möchte, daß Sie das wiederholen, was Sie mir eben gesagt haben, damit wir es auf Kassette aufnehmen. Würden Sie das tun?«

Zunächst hatte sich Wexford darüber gewundert, daß Ryan Barker sich mit Sacred Globe verbündet hatte. Doch war es natürlich nichts Neues, es war sogar nicht unüblich, daß eine Geisel zu ihren Entführern überlief und sich deren Sache zu eigen machte. Und diese Sache besaß für junge Leute ja eine enorme Anziehungskraft. Die jungen Leute waren es, die von der Empörung über die Zerstörung der Umwelt – ihrer zukünftigen Umwelt – und der brennenden Leidenschaft getrieben wurden, den »Fortschritt« umzukehren und ein nicht näher definiertes natürliches Paradies wiederherzustellen.

Zu Audrey Barker sagte er, nachdem sie die Aufnahme ihres Gesprächs mit Ryan beendet hatte: »Er idealisiert seinen Vater, nicht wahr? Ich frage mich, ob er Sacred Globe als etwas sieht, was sein Vater gutgeheißen hätte, oder von dem er meint, er hätte es gutgeheißen. Ich habe gehört, daß sein Vater sich besonders für Naturkunde interessiert hat.«

Sie sah ihn an, als hätte er soeben unerklärlicherweise angefangen, in einer Fremdsprache mit ihr zu sprechen. Eine enorme Erschöpfung hatte sich ihrer bemächtigt, ihr Gesicht erschlaffte, und ihre Schultern sackten nach vorn. Er wiederholte, was er gesagt hatte, wobei er es ausschmückte und anders formulierte.

»Ich weiß, daß Ihr Mann im Falklandkrieg umgekommen ist. Ich weiß Bescheid über die Mappe mit den Zeichnungen. Mein Eindruck ist, daß Ryan etwas getan hat, was viele Kinder tun, die einen Elternteil verloren haben: Sie schaffen sich ein Bild von ihm, idealisieren ihn und eifern ihm nach. Irrtümlicherweise sieht Ryan natürlich Sacred Globe als Organisation, die sein Vater bewundert und gern unterstützt hätte. Also unterstützt er sie an seiner Stelle.«

Sie zuckte die Schultern, hob sie so übertrieben hoch, als wollte sie es strikt abstreiten. Ihre Stimme klang verbittert. »Er war nicht mein Mann. Ich war gar nie verheiratet. Ich erzählte Ryan, sein Vater sei im Falklandkrieg umgekommen – na ja, er wurde während des Falklandkrieges umgebracht, das stimmt.«

Wexford sah sie fragend an.

»Dennis Barker wurde bei einer Messerstecherei getötet. In Deptford. Sie haben den Kerl nie erwischt. Haben sich nicht groß bemüht, würde ich sagen, die wußten ja, was für einer er war. Ich mußte Ryan irgend etwas sagen, also hab' ich das alles erfunden, und meine Mutter hat zu mir gehalten und ihm die gleiche Geschichte erzählt.«

»Und was ist mit der Naturkunde?« sagte Wexford. »Und den Zeichnungen? Der Mappe?«

»Die waren von meinem Vater, John Peabody. Hören Sie, ich hab' ihm nie etwas anderes erzählt, aber Kinder... machen sich manchmal was vor, damit es irgendwie besser aussieht.«

Erwachsene auch, dachte Wexford. »Hier geht es nicht darum«, sagte er, »was Tatsache ist, sondern was er sich selbst als Tatsache eingeredet hat. Dadurch versetzt er sich in seinen Vater hinein, dadurch *ist* er sein Vater.«

»Sein Vater, du lieber Gott! Ein Schlägertyp aus der Gosse. Na, dann fängt er es ja gut an, wenn er sich mit einer Bande von Terroristen einläßt, nicht?«

»Ich lasse Sie jetzt nach Hause fahren, Mrs. Barker. Und im Telefon Ihrer Mutter lasse ich eine Fangschaltung einrichten. Ich lasse alle Ihre Gespräche aufzeichnen und werde vorsichtshalber anordnen, mit Ihrem Einverständnis, daß einer meiner Beamten morgen bei Ihnen ist, wenn Ryan wieder anruft.«

Falls er anrief. Falls sie keinen Brief schickten oder wieder eine Leiche... Er mußte es Dora erzählen.

Sie überraschte ihn dadurch, daß sie nicht überrascht war. »Auf so etwas hat er gewartet«, sagte sie. »Den Eindruck hatte ich, als wir uns unterhalten haben. Ich dachte mir, in einem Menschen, nämlich Owen Struther, hätte er einen väterlichen Helden gefunden. Aber Owen enttäuschte ihn, jedenfalls muß es auf ihn so gewirkt haben, als er und Kitty in Handschellen weggebracht wurden. Jetzt begreife ich, daß Ryan auf etwas gewartet hat, auf ein Ziel, eine gute Sache, einen Sinn des Lebens. Er ist natürlich noch ein Kind...«

»Das hat seine Mutter auch gesagt.«

»Die arme Frau.«

Er erzählte ihr von dem echten Vater und dem Phantasievater und rechnete damit, daß sie zumindest ein wenig pikiert reagierte. Niemand sieht sich gern getäuscht, selbst wenn der Täuschende sich kaum bewußt ist, daß er lügt, und sein Zuhörer, daß er betrogen wird. Doch sie schüttelte nur den Kopf und streckte die Hände wie zu einer schicksalsergebenen Geste aus.

»Was geschieht nun mit ihm?«

»Wenn wir sie schnappen, meinst du? Vermutlich gar nichts. Wie ja alle sagen: Er ist noch ein Kind.«

»Ich möchte wissen, wie das passiert ist«, sagte sie.

»Was meinst du damit, wie das passiert ist?«

»Ich sagte dir ja, daß sie nie mit uns gesprochen haben. Es gab keinerlei Kommunikation. Wieso haben sie das geändert und mit ihm gesprochen, nachdem ich weg und er allein war? Haben sie ihn angesprochen oder er sie? Ich glaube letzteres, du nicht? Er war bestimmt einsam und sehnte sich verzweifelt nach einer menschlichen Stimme, also sprach er sie an, fragte sie vielleicht, wieso sie das denn machten, was sie eigentlich wollten. Und da sahen sie ihre Chance. Es war ja zu ihrem Vorteil, nicht, einen gefügigen Gast zu haben statt einer Geisel? Darauf müssen es Geiselnehmer mit einem politischen Ziel doch abgesehen haben.«

»Nur bis zu einem gewissen Grad«, entgegnete Wexford. »Wenn alle Geiseln umschwenken, ist doch das Druckmittel weg.«

»Die Struthers würden nie umschwenken. Nie. Damit sind bloß noch sie übrig, nicht? Owen und Kitty, nur noch die beiden.«

»Für Sacred Globe sind zwei Geiseln fast genausoviel wert wie fünf«, sagte Wexford.

Am nächsten Morgen wachten sie beide früh auf, und Dora begann ihm von den beiden Leuten zu erzählen, über die sie bisher noch am wenigsten gesprochen hatte. Es war, als hätte sie nachts in langen Wachphasen über sie nachgedacht, als hätten sich, während sie schlief, Gedanken und Analysen herauskristallisiert. Sie brachte ihm Tee und setzte sich zu ihm ans Bett. Es war noch nicht einmal sieben.

»Kitty ist zwar erst Anfang Fünfzig, ich würde aber trotzdem sagen, sie gehört zu einer aussterbenden Gattung. Solche Frauen werden ihr ganzes Leben von Männern beschützt, tun nichts Eigenständiges, treffen keine eigenen Entscheidungen, zeigen keine Initiative. Ach, ich weiß, ich bin selbst nur Hausfrau, aber keine von der hilflosen Sorte, die nichts tut außer ein bißchen kochen, ein bißchen im Garten werkeln, ein bißchen der Putzfrau sagen, was sie machen soll. Meistens haben sie nur ein Kind, diese Frauen, komischerweise gewöhnlich einen Jungen, und den schicken sie, sobald es geht, ins Internat.

So war Kitty Struther. Sie sagte zwar kaum etwas, doch irgendwie war mir das alles klar. Als sie mit einer anderen Situation konfrontiert war, einer bedrohlichen Situation, brach sie zusammen, wie Pudding fiel sie in sich zusammen. Das einzige, was sie dauernd sagen konnte, war: ›Owen, du mußt etwas tun‹ und ›Owen, *tu* doch was.‹ Und er reagierte, indem er sich aufführte wie ein Kriegsgefangener, der sich in den Kopf gesetzt hat, aus dem Gefängnis von Colditz zu fliehen. Man konnte sich schon denken, wie die Ehe der beiden aussieht: sie total abhängig von ihm, und er hält die Illusion aufrecht, tapfer und bewundernswert zu sein, und meint, er müßte sie die ganze Zeit beeindrucken.«

»Das kleine Frauchen? So nannten es die Erbauer des British Empire.«

»Der große Mann und sein kleines Frauchen ... Erinnerst du dich, als Sheila mit Andrew verheiratet war und seine Mutter sie sein ›kleines Frauchen‹ nannte?«

»Ich muß aufstehen«, sagte Wexford, »sonst werde ich heute gar niemanden beeindrucken.«

»Sie bringen sie doch nicht um, Reg?«

Es war die einzige von all den Fragen, die er vorausgeahnt hatte, die sie nun tatsächlich gestellt hatte. »Hoffentlich nicht«, sagte er, »wenn ich es verhindern kann.«

Savesbury House und eine Fangschaltung in Andrew Struthers Telefon, eine Fangschaltung auch bei Clare Cox, wenngleich Wexford es für unwahrscheinlich hielt, daß Ryan sie anrufen würde. Ihre Tochter war tot und ihre Beteiligung, was Sacred Globe betraf, beendet. Höchstwahrscheinlich kam der Anruf wieder bei Audrey Barker an. Wenigstens trafen nun wieder Nachrichten ein. Alles war besser als diese Stille.

Burden war zusammen mit Karen Malahyde in die Rhombus Road gefahren. Dort wollten sie in Mrs. Peabodys Wohnzimmer sitzen und warten, bis der Anruf kam. Falls er kam. Die Computer im ehemaligen Sportraum speicherten weiterhin Hunderttausende von Bytes an Informationen, denen nun Dora Wexfords Bemerkungen über die Struthers hinzugefügt wurden, dazu der Inhalt von Audrey Barkers Kassette und Karen Malahydes und Damon Slesars negative Ergebnisse der Unterredung mit Frenchie Collins. Wexford saß vor Mary Jefferies Bildschirm und las das Dokument, das ihn, wie er hoffte, endlich zu Sacred Globe führen würde.

Ein Kellerraum, rechteckig, zwanzig mal dreißig Fuß beziehungsweise sechs mal neun Meter, eine schwere Eingangstür, eine leichtere Tür zu einer Toilette. Ein erhöht angebrachtes Fenster mit einem Becken darunter. Das Fenster mit einer über Kreuz gefertigten Holzkonstruktion davor. Etwas Grünes und eine graue Steinstufe sichtbar. Fußboden aus Steinfliesen, getünchte Wände. Eine Milchkammer, das wußte er jetzt – nutzte ihm diese Erkenntnis überhaupt etwas?

Die lactosefreie Sojamilch, die zunächst so vielversprechend schien, war im ganzen Lande erhältlich. Das verdammte Rosarote Ordensband hatte sich als fruchtloses Unterfangen *entpuppt* und sie auf eine wilde Schmetterlingsjagd durch halb Südengland geschickt.

Übrigblieb das blaue Ding, das vor dem Fenster auftauchte und wieder verschwand. Zum Trocknen aufgehängte Wäsche? Hängte man überhaupt noch Wäsche zum Trocknen auf? Ein Auto? Es könnte ein blaues Auto sein, das hin- und hergefahren wurde, und Blau war doch immer eine beliebte Autofarbe. Ja schon, aber zweieinhalb Meter hoch in der Luft? Ein Fenster, das beim Öffnen einen blauen Lampenschirm oder eine blaue Gardine zum Vorschein brachte? Keine dieser Ideen gefiel ihm sonderlich. Verwirrend war die Art, in der das blaue Ding sich bewegte.

Gerade war die Meldung hereingekommen, daß aus einem Forschungslabor bei Tunbridge Wells zwanzig Beagles gestohlen worden waren. Die Hunde hatte man mitgenommen und dann das Gebäude in Brand gesteckt. Das war aber in Kent, lag also nicht in seiner oder in Montague Ryders Zuständigkeit.

Jemand, stellte er fest, hatte bereits die Verbindung zu den Ereignissen in Mid-Sussex hergestellt. Karen Malahyde lag sämtliches Belastungsmaterial gegen Brendan Royall vor. Hieß das, daß Brendan Royall am Ende doch nichts mit Sacred Globe zu tun hatte? Wahrscheinlich. Und Damon Slesar hatte bei Conrad Tarling nichts ausgerichtet, der zwar gelegentlich ausgedehnte Spaziergänge machte, um die anderen Abschnitte der Trasse zu inspizieren, sich ansonsten aber meistens in seinem Baumhaus verschanzte.

Auf der Fahrt nach Savesbury kam Wexford am Camp vorbei. Stille lag über dem gesamten Bauabschnitt der Umgehungsstraße. An dieser Stelle, ungefähr dem Zentrum der geplanten Baumaßnahmen, hatten noch keine Arbeiten stattgefunden. Noch waren keine Bäume gefällt worden. Es war immer noch die unverdorbene Landschaft mit ausgetretenen Feldwegen, üppigen Wiesen, sanften Kuppen und in der Ferne Hügelland. Der Bauer, der seine Schafe schon von den Feldern entfernt hatte, hatte sie wieder hergetrieben. Savesbury Hill lag immer noch unversehrt, ein einzeln aufragender Berg, gekrönt von einem Ring von Bäumen, am Fuß das Futtergebiet des Landkärtchen-Schmetterlings. Noch … Obwohl er eigentlich keine Zeit zu vergeuden hatte, machte er einen kleinen Umweg, um zu sehen, ob die Umweltprüfung vielleicht Spuren hinterlassen hatte, doch es gab keinerlei Anzeichen dafür, falls er die Stelle nicht doch verwechselt hatte.

Als er das letzte Mal hier gewesen war, hatte sporadisch die Sonne geschienen. Der Wind hatte so stark geweht, daß er die Wolken ständig über das Antlitz der Sonne blies, so daß das helle Licht kam und ging und Wolkenschatten wie große, dunkle Vogelschwärme über die grünen Hänge fegten. Doch heute war es trübe, und am bedeckten, grauen Himmel hingen bedrohliche Regenwolken. In den Wäldern mußte es von Baumleuten wimmeln, die geduldig darauf warteten, welche Schritte als nächstes unternommen werden sollten, doch es war niemand zu sehen. Jemand hatte ihm erzählt, auf der Stowerton zugewandten Seite der Baustelle, wo die Kinder die Knochen gefunden hatten, wüchsen auf den aufgeschütteten Erdhügeln bereits Gras und Unkraut.

An den Tischen vor der Konditorei in Framhurst saßen Baumleute, oder vielleicht waren es auch nur Rucksackwanderer. Kein Conrad Tarling, kein Gary mit Quilla, keine Freya. Vielleicht waren sie alle irgendwo und bewachten die Struthers, doch das glaubte er nicht. Irgendwie wußte er, daß es überhaupt nicht so war, daß es sich ganz anders verhielt und er die ganze Sache aus dem falschen Blickwinkel betrachtete. Doch was nützte das schon, wenn man nicht wußte, wie und wo es nicht stimmte?

Bibi machte ihm auf. Sie war auf sein Kommen offensichtlich vorbereitet und teilte ihm mit, Andrew sei auch irgendwo und Wexford könne ihn »hinten« finden. Er ging durch einen gemauerten Torbogen in einen Innenhof mit einem Boden aus schachbrettartig angeordneten Steinplatten und Rasenstücken. Holzkübel mit gestreiften Petunien und Maßliebchen standen umher, sichtbare Beweise von Kitty Struthers gärtnerischen Künsten. Manfred, der Hund, war gerade dabei, an einer blattreichen Kletterpflanze, die sich quer über eine Hauswand rankte, das Bein zu heben. Wexford wandte sich um, als Andrew Struther an der Seite des Gebäudes im georgianischen Stil auftauchte, und folgte ihm ins Haus zurück.

Drinnen sah es wesentlich ordentlicher und aufgeräumter aus, eher so, wie die arme Kitty Struther bei ihrer Rückkehr ihr Heim vorzufinden wünschte. In ihrem geschmackvollen Wohnzimmer mit den Chintzbezügen und Teppichen in gedämpften Farben, dem Silber und dem chinesischen Porzellan sitzend, betrachtete Wexford erneut das gerahmte Foto der beiden noch verbliebenen Geiseln, von dem Andrew ihm einen Abzug gebracht hatte. Man sollte kaum glauben, dachte er, daß Kitty Struther unter Druck so schnell zusammenklappte und zerbrach und ihr Mann sich in einen eitel daherstolzierenden Colonel Blimp verwandelte. Auf dem Bild wirkte sie viel unternehmungslustiger als er, eine gut erhaltene, beinahe sportliche Skifahrerin, die die Anfängerpisten längst hinter sich gelassen hatte. Owen Struther erinnerte ihn an Fotos des verstorbenen Sir Edmund Hillary aus seiner Jugendzeit und sah aus, als sei er ebenso fähig, den höchsten Berg der Welt zu erklimmen.

»Gibt es etwas Neues?« fragte Andrew Struther.

»Nichts, was Sie sehr trösten könnte, fürchte ich. Ich bin hier, um Ihnen zu sagen, daß Ihre Eltern inzwischen die einzigen Geiseln in der Hand von Sacred Globe sind.«

»Was ist mit dem Jungen?«

Wexford sagte es ihm. Struther preßte die Hände zusammen, und nach ein, zwei Augenblicken senkte er den Kopf und hielt sich die Fäuste an die Stirn. Er schien gewaltig um Fassung zu ringen, atmete tief und spannte die Schultermuskeln an. Der arrogante, herablassende Mann, der Burden und Karen vor einer Woche noch die Tür gewiesen hatte, hatte sich sehr verändert. Die Belastung hatte ihn gebrochen.

»Es kann sein, daß hier ein Anruf ankommt. Wir haben in Ihrem Telefon eine Fangschaltung einrichten lassen, ich möchte aber trotzdem um Ihre Mitarbeit bitten.«

»Wenn Sie damit meinen, ich kann dem kleinen Scheißkerl sagen, was ich von ihm halte, arbeite ich gern mit.«

»Ich meine genau das Gegenteil davon, Mr. Struther, und möchte Sie bitten, ihn reden zu lassen, solange Sie können. Machen Sie ihn nicht wütend. Sprechen Sie über

Ihre Eltern, wenn Sie möchten. Es wäre doch ganz natürlich, wenn Sie sich nach ihrem Befinden erkundigen, und je mehr Sie fragen und mit ihm reden, desto eher wird er Ihnen einen Hinweis darauf geben, wo sie sind.«

»Glauben Sie, er ruft *hier* an?«

»Nein, das glaube ich nicht. Ich will nur vorbereitet sein.«

Wenn sich königlicher Besuch angesagt hätte, hätte Mrs. Peabody ihr Haus kaum gründlicher geputzt und sorgfältiger geschmückt haben können. Sie war seit dem Vorabend auf das Kommen der beiden Polizeibeamten vorbereitet gewesen, und das hatte genügt. Zwischen diesem Zeitpunkt und neun Uhr morgens, als Burden und Karen eintrafen, mußte sich der Frühjahrsputz abgespielt haben. Mrs. Peabody war wahrscheinlich um fünf Uhr aufgestanden. Einer der Schoner auf der Rückenlehne eines Polstersessels war immer noch etwas feucht vom Waschen, wenn auch sorgfältig gestärkt und gebügelt. Karen berührte ihn mit der Fingerspitze und lächelte. Dann sagte sie sich, wenn sie nicht aufpaßte, würde sie selbst auch so werden. In etwa fünfunddreißig Jahren könnte aus ihr eine zweite Mrs. Peabody werden, die vor der Ankunft der Gäste die Kissen aufschüttelte und einen, wer immer es sein mochte – Damon Slesar? –, aufforderte, die Schuhe auszuziehen, sobald er zur Haustür hereinkam.

»Ich gäb' was drum, wenn ich jetzt wüßte, woran Sie denken, Sergeant Malahyde«, sagte Burden, weil sie ziemlich rosa angelaufen war.

»Ich dachte nur gerade, daß aus mir auch so ein pingeliges altes Hausmütterchen wie Mrs. P. werden könnte, wenn ich nicht achtgebe.«

»Aus mir auch«, gestand Burden, »beziehungsweise das männliche Gegenstück.«

Audrey Barker sollte selbst ans Telefon gehen. Wenn es klingelte, falls es klingelte. Sie ging unruhig auf und ab, half dann ihrer Mutter bei den kleinen Verrichtungen, die noch zu tun waren, und kam mit zerknittertem Gesicht und ängstlichen Augen wieder. Als sie mit Karen einen Augenblick allein in der Küche war, teilte sie ihr ungefragt mit, bei ihrer Operation sei es um Gallensteine gegangen. Soviel also zu Ryans etwas sensationslustigerer Version dieses Eingriffs, die Dora Wexford auf Kassette wiederholt hatte. Karen staunte über die Ideen, um nicht zu sagen, die Einbildungskraft eines Vierzehnjährigen, der seiner Mutter eine Cervix-Biopsie verpaßt hatte.

Als das Telefon zum erstenmal klingelte, war es zwanzig nach zehn. Mrs. Peabody hatte eben die Tassen mit Kaffee und aufgeschäumter Milch hereingebracht, die Rhombus-Road-Version von Cappuccino. Auf dem Tablett lag ein spitzengesäumtes Tüchlein und auf der Kuchenplatte ein Zierdeckchen, den Zucker gab es in kleinen Brocken, und auf jeder Untertasse lag ein silberner Tauflöffel. Audrey Barker betrachtete das Ganze mit dem verächtlichen Blick einer Frau, die sich herzlich wenig aus rein äußerlichen häuslichen Attributen machte, ihr Leben lang jedoch unter den Vorhaltungen einer vom Putzteufel besessenen Mutter zu leiden gehabt hatte. Beim Klingeln des Telefons schreckte sie hoch und hielt sich die Hände an den Kopf. Burden nickte ihr aufmunternd zu, und sie nahm den Hörer ab.

Sofort war klar, daß es sich nicht um Ryan handelte. Burden hatte sich – wie Wexford – schon gefragt, wer wohl der Mann war, von dem Ryan Dora erzählt hatte, er sei mit seiner Mutter verlobt. War dies etwa eine weitere Ausgeburt seiner unersättlichen Phantasie? Offensichtlich nicht, wie Audrey Barker erklärte, nachdem sie ein paar Minuten später wieder aufgelegt hatte. »Mein Freund«, wie sie ihn nannte, »ruft mich jeden Tag an. Na ja, so zwei- bis dreimal am Tag.«

Die Zeit verging. Burden schien sie sehr langsam zu vergehen. Mrs. Peabody räumte die Kaffeetassen ab und hob zwei unsichtbare Kuchenkrümel vom Teppich zwischen seinen Füßen auf. Zum Zeitvertreib fragte er Audrey Barker nach ihrem Sohn, seinen Vorlieben, seinen Interessen, seinen schulischen Fortschritten, und sie antwortete und wurde dabei sichtlich entspannter. Ryan glänzte anscheinend in Biologie und Geographie, was eigentlich kaum überraschte. Er besaß eine beachtliche Sammlung an Büchern über Naturkunde. Zu Weihnachten hatte sie ihm ein Handbuch über britische Vögel geschenkt und schon eine Serie von Videofilmen über Wildtiere und -pflanzen für seinen Geburtstag gekauft ...

Mittags klingelte das Telefon wieder, und weil es genau zwölf Uhr war, irgendwie eine passende Zeit für einen Anruf von Sacred Globe, stand Karen auf und stellte sich dicht neben sie, um die Stimme des Anrufers hören zu können. Es mochte eine passende Zeit gewesen sein, doch es war nicht die richtige Zeit. Der Anrufer war Hassy Masood.

»Der ruft auch jeden Tag an«, sagte Audrey, als das kurze Gespräch beendet war. »Er sei meine Selbsthilfegruppe, behauptet er. Ist ja sehr nett von ihm, obwohl ich, ehrlich gesagt, darauf verzichten könnte. Sie ist außerstande zu reden, was mich nicht wundert. Er erklärt mir immer, daß sie sich nicht dazu aufraffen kann.«

Als es das nächste Mal klingelte, hatte sich jemand verwählt. Während sie Audrey beobachtete, dachte Karen, daß sie erst jetzt die Bedeutung der Redewendung »vor Aufregung fast aus der Haut fahren« begriff.

Das forensische Chemielabor konnte Wexford natürlich keinen Hinweis dazu geben, woher der Schlafsack stammte.

Nicky Weaver hatte es übernommen, seiner Herkunft nachzuspüren, nachdem inzwischen klar war, daß sie sich in der Annahme geirrt hatte, er sei mit dem in Brixton gekauften und an Frenchie Collins verkauften identisch. Die nordenglische Herkunft hatte sie ebenfalls verworfen und gemeinsam mit Hennessy ihre Suche auf die Midlands ausgedehnt, während Damon Slesar weiterhin Conrad Tarling beschattete.

In dem Laborbericht stand zwar nichts von der Herkunft des Schlafsacks, doch war eine Menge Beweismaterial darüber zusammengetragen worden, wo er gewesen war, nachdem er in den Besitz von Sacred Globe gelangt war.

Er bestand aus waschbarem Material und war mindestens einmal gewaschen worden. Und zwar, nachdem die Collins ihn aus Afrika zurückgebracht hatte, überlegte Wexford, nur daß sie ihn gar nicht zurückgebracht hatte, weil es gar nicht ihrer war. Das hatte sie Slesar gesagt, und weshalb sollte sie ihn anlügen?

Von den Substanzen auf Doras Kleidern waren innen oder außen auf dem Schlafsack kaum welche gefunden worden, mit Ausnahme der Katzenhaare. Davon jedoch reichlich. Kleine Flecken auf der Außenseite des Schlafsacks stammten in einem Fall von Kaffee, schwarzem Kaffee ohne Milch, und im anderen von Rotwein. Ebenfalls im Schlafsack waren drei kleine, unregelmäßige Steinchen, Kies mit winzigen Einlassungen von Feuerstein, doch der vielleicht interessanteste Fund war ein vertrocknetes Blatt. Es hatte am Fußende des Schlafsacks gelegen und nach Meinung des forensischen Spezialisten vermutlich an einem von Roxanes Schuhen geklebt. Das Blatt stammte nicht von einer wilden, sondern von einer Kulturpflanze, einer Kletterpflanze namens Ipomoea rubrocaerulea oder auch Purpurwinde.

Wexford las sich diesen Teil des Berichts ein zweites Mal

durch. Er hatte selbst schon einmal den Versuch gemacht, die Purpurwinde in seinem Garten zu ziehen, doch der Sommer war so kalt gewesen, daß die ersten Blüten an der kränklichen, schwächlichen Pflanze erst im Oktober aufgegangen waren, nur um anschließend gleich vom Frost beschädigt zu werden. Bestimmte Teile der Pflanze – die Samen? Wurzeln? Blätter? – riefen angeblich Halluzinationen hervor. Das hatte ihm Sheila erzählt; sie kannte anscheinend Leute, die die Blätter kauten, doch als er in einem Kräuterfachbuch unter Winden nachschlug, fand er dort nur die Jalape oder Purglerwinde, aus der ein Abführmittel gewonnen wurde.

Auf Roxanes Kleidern waren verschiedene Flecken gefunden worden: von ihrem eigenen Blut, von Körperlotion – vermutlich vor ihrer Entführung dort hingelangt –, von lactosefreier Sojamilch und Tomatensoße. Er blätterte wieder an den Anfang zurück und starrte blicklos aus dem Fenster.

Ryan Barker rief seine Mutter genau in dem Moment an, als Burden die Hoffnung schon aufgeben wollte und glaubte, ihnen stünde wieder eine lange Warterei bevor. Womöglich, Gott behüte, wieder eine tagelange Warterei.

Mrs. Peabody servierte ihnen jene Art Sandwiches, die man »appetitlich« nennt, kleine Dreiecke aus Weißbrotscheiben ohne Rinde mit hauchdünnem Schinken oder Kresse dazwischen. Sie saß da und sah ihnen beim Essen zu. Eine Stunde später machte sie Tee. Sie trug auch einen Kuchen auf, dessen Machart sicherlich Patsy Panicks höchste Bewunderung gefunden hätte: Schokoladenkuchen mit einer Schokoladenglasur und mit Schokoladensplittern verziert. Zu Burdens Verwunderung wurde ihm bei dem Anblick und Geruch etwas schlecht, doch die dünne, nervöse Karen nahm sich ein Stück.

Als Mrs. Peabodys Blick dann auf einen Flecken auf dem Kaminsims fiel, der dort nichts verloren hatte, rückte sie mit einem Staubtuch an und machte sich ans Werk. Fieberhaft rieb und polierte sie Nippes. Sie erinnerte Karen an eine Katze, die plötzlich einen Anflug von Geruch oder Schmutz auf ihrer offensichtlich makellosen Pfote bemerkt und wie wild zu lecken beginnt.

Aus dem Telefon war ein vorbereitendes Klicken zu hören. Das hatte es vorher nicht getan, oder aber sie hatten es nicht bemerkt. Es klingelte unverhältnismäßig laut, ein schrilles, aufrüttelndes Geräusch. Wie man es ihr eingeschärft hatte, nannte Audrey im monotonen Tonfall eines Roboters die Nummer.

Wieder der Verlobte. Burden ärgerte sich, daß er Audrey nicht gebeten hatte, ihm zu sagen, er solle an dem Tag nicht mehr anrufen. Er holte es jetzt nach. Sie nickte, sagte dann aber doch nichts. Kaum hatte sie aufgelegt, klingelte es wieder.

Karen war sofort an Audrey Barkers Seite, als diese hastig nach dem Telefonhörer griff und wieder mit monotoner Stimme die Nummer sagte.

Es war eine Jungenstimme, die den Stimmbruch bereits hinter sich hatte, aber unsicher und vielleicht aus Nervosität etwas hoch klang.

»Mum? Ich bin's.«

23

»Hast du die Nachricht weitergegeben, Mum?«

»Aber natürlich, Ryan. Ich hab' gemacht, was du gesagt hast.« Audrey war keine Schauspielerin. Ihre Stimme klang gekünstelt, als hätte sie den Text für eine Aufführung des Dramaklubs auswendig gelernt.

»Sie müssen die Umgehungsstraße verlegen, hast du das begriffen?«

»Hab' ich, Ryan, und ich hab' es weitergegeben. Wie du gesagt hast, Ryan.«

Die gekünstelte Stimme machte ihn mißtrauisch. »Ist bei dir jemand?«

Sie schrie fast: »Aber nein, natürlich nicht!«

»Es muß bekanntgemacht werden. Offiziell. Von der Regierung. Wenn nicht, stirbt Mrs. Struther. Hast du das begriffen? Bevor es morgen dunkel wird, sonst ist Mrs. Struther tot.«

»Ach, Ryan ...«

»Ich glaub', bei dir ist jemand. Ich leg' jetzt auf. Ich ruf' nicht noch mal an. Denk dran, es ist für eine gerechte Sache. Es geht nicht anders, Mum, es ist die einzige Möglichkeit, unseren Planeten zu retten. Und wenn es drum geht, den Planeten zu retten, kommt es auf das Leben einer Frau nicht an. Ich muß jetzt aufhören. Also, dann.«

Dies war das Gespräch, das Karen Malahyde direkt mithörte. Später sollte Wexford sich die Tonbandaufzeichnung anhören, doch zuvor war der Anruf bereits zurückverfolgt worden. Zum Brigadier, dem Pub an der alten Umgehungsstraße von Kingsmarkham.

Es hatte angefangen zu regnen. Der Regen, düster vorhergesagt und seit Tagen erwartet, fiel aus rasch zusammengezogenen schwarzen Wolken, steigerte sich zum sturzbachartigen Platzregen. Durch ihn wurden sie aufgehalten. Sie hätten in einer Viertelstunde dort sein können, der kürzesten Fahrzeit, doch bei diesem Regen wurde der Verkehr nicht nur langsamer, sondern verflüchtigte sich sicherheitshalber gleich ganz von der Straße.

Pemberton, der Burden und Karen chauffierte, war gezwungen, in eine Parkbucht zu fahren. Man komme sich vor wie unter einem riesigen Wasserfall, sagte er, wie unter den Niagarafällen. Barry Vine und Lynn Fancourt, die ihnen im nächsten Wagen folgten, holten sie ein und fuhren hinter ihnen ebenfalls heraus. Bis der Regen abgeklungen war und sich zu einem normalen schweren Schauer reduziert hatte, waren zwanzig Minuten vergangen, und eine halbe Stunde, als sie endlich beim Brigadier eintrafen. Wie Cops bei einer amerikanischen Autojagd donnerten sie über den knirschenden Kies.

Es war fünf nach halb sechs, und William Dickson hatte vor fünfunddreißig Minuten für den abendlichen Schankbetrieb aufgemacht. Er servierte dem Paar in der Bar gerade ein Pint Guinness und einen Gin mit Johannisbeersaft, als die fünf Polizisten hereinkamen – hereinplatzten wie der Regen – und Vine, mit Pemberton im Gefolge, quer durch den Raum auf die Tür zum Schankraum zustrebte.

Burden raunzte: »Wer ist sonst noch im Haus?«

»Na, meine Frau. Und ich«, sagte Dickson. »Was soll denn das? Was ist los?«

Vine kam zurück. »Im Schankraum ist niemand.«

»Natürlich nicht. Sag' ich doch. Die Herrschaften hier und ich, und oben meine Frau. Was soll das Ganze?«

»Wir sehen uns mal um«, sagte Burden.

»Tun Sie sich keinen Zwang an. Aber fragen könnten Sie

ja. Höflichkeit hat noch nie jemand geschadet. Sie haben Glück, daß ich Ihren Durchsuchungsbefehl nicht sehen will.«

Das Paar in der Bar – die Frau saß an einem Tisch, ihr Gefährte schickte sich am Tresen gerade an, die Getränke zu bezahlen – starrte mit verhaltener Belustigung herüber. Der Mann hielt den Blick auf Burden geheftet, während er Dickson eine Fünfpfundnote hinschob.

Vine ging zum Hintereingang, wo sich das Münztelefon befand. Es war der Apparat, den Ulrike Ranke damals im April benutzt hatte, als sie zum letztenmal im Leben telefoniert hatte. Er sah in mehrere Räume, ein Büro mit einem weiteren Telefon und einen kleinen Nebenraum – das für ein Pub typische Séparée. Dort war aber niemand. Karen folgte ihm. Pemberton und Lynn Fancourt gingen nach oben.

Der Regen prasselte nun wieder heftig herab. In dichten Strömen fiel er auf den leeren Parkplatz und verwischte fast die Umrisse des trostlosen Gebäudes, das Dickson als Ballsaal bezeichnete. Burden sagte dem Mann und der Frau, er sei Polizeibeamter, zeigte ihnen seinen Dienstausweis und fragte, wie lange sie schon im Pub gesessen hätten.

»Jetzt aber Moment mal«, sagte Dickson.

Burden schnauzte ihn an: »Ihre Frau wird gerade geholt, damit sie hier übernehmen kann. Und Sie gehen jetzt nach nebenan und warten dort auf mich. Ich will mit Ihnen reden.«

»Über was denn, um Himmels willen?«

»Ich bedaure, vor Ihren Gästen so mit Ihnen reden zu müssen, Mr. Dickson, aber wenn Sie jetzt nicht *sofort* hinübergehen, verhafte ich Sie, weil Sie mich in der Ausübung meiner Dienstpflicht behindern.«

Dickson trollte sich. Bockig wie ein Schulkind stieß er mit dem Fuß an den Türstopper, aber er ging. Pemberton kehrte mit Dicksons Frau zurück, einer etwa vierzigjährigen vollbusigen Blondine in schwarzen Leggings und hochhackigen Sandaletten. Vine begrüßte sie mit einem Nicken und fragte das Paar mit den Drinks, ob sie etwas dagegen hätten, daß er sich zu ihnen setzte. Der Mann schüttelte etwas verwirrt den Kopf. Er sagte, er heiße Roger Gardiner und seine Freundin Sandra Cole.

Barry Vine sagte: »Ich würde Sie gern ein paar Sachen fragen« und wiederholte die Frage, die Burden den beiden bereits gestellt hatte.

»Wir kamen gleich herein, als sie aufgemacht hatten«, sagte Gardiner. »Wir waren ein bißchen früh dran und haben im Wagen draußen noch gewartet.«

»Es waren auch andere Leute hier. Ein Junge von etwa fünfzehn? Und ein paar andere?«

»Er war aber älter«, wandte Sandra Cole ein. »Er war größer als Rodge.«

»Wir waren inzwischen hier in der Bar«, sagte Gardiner. »Waren vielleicht ein paar Minuten hier, als ein Mann und eine Frau – oder eher ein Mädchen – reinkamen und mit dem Jungen in die Bar rannten. Das Mädchen fragte den Geschäftsführer, den Besitzer, was weiß ich, ob sie mal telefonieren könnten.«

»Sie sagte, der Junge hätte einen Schock, so einen ana– wie heißt das? – Schock, und sie müßten einen Krankenwagen rufen.«

»Einen anaphylaktischen Schock?«

»Genau. Es sei dringend, meinte sie, und der Besitzer sagte ihnen, wo das Telefon steht…«

»Ich sagte ihnen, wo das Telefon ist«, sagte Dickson drinnen zu Burden. »Nicht das Münztelefon, sondern das in meinem Büro. Es war dringend, verstehen Sie, sie sagte, der Junge müßte vielleicht sterben, wenn er nicht schnell ins Krankenhaus käme. Also dachte ich mir, die wollen bestimmt nicht erst lang mit dem Münztelefon rummachen ...«

»Ihnen schlägt wohl seit der Geschichte mit Ulrike Ranke das Gewissen, was?«

»Was soll das jetzt wieder heißen? Sie gingen ins Büro rüber, und danach hab' ich sie nicht mehr gesehen.«

»Na, na, Dickson, überlegen Sie sich was Schlaueres. Sie haben sie Ihr Telefon benutzen lassen, Sie haben befürchtet, der Junge könnte sterben, und sobald sie Ihnen aus den Augen waren, haben Sie die ganze Sache vergessen?«

»Ich bin ja dann rein«, sagte Dickson, »aber da waren sie schon weg. Ich hab' dann meine Frau gefragt, ob sie einen Krankenwagen gehört hat, ich nämlich nicht, aber sie wußte gar nicht, wovon ich rede.«

»Zeigen Sie mir das Telefon.«

Es stand auf dem Schreibtisch mitten in einem Wust von Papieren und Zeitschriften, ein brauner Apparat aus einem glänzenden Material.

»Hat es seither jemand berührt?«

Dickson schüttelte den Kopf. Seine Mundwinkel hatten angefangen, nervös zu zucken.

»Fassen Sie es nicht an. Und machen Sie den Laden zu. Höchstwahrscheinlich können Sie morgen wieder aufmachen.«

»Worum geht's hier eigentlich? Ich kann doch jetzt nicht einfach schließen!«

»Es bleibt Ihnen gar nichts anderes übrig«, sagte Burden. Er hatte einen Wagen heranfahren hören. Auf dem Kies war alles zu hören. Wenn ein Spatz darübergehüpft wäre, hätte man es deutlich hören können. Er hatte einen Wagen gehört und dachte, es seien Gäste für den Brigadier, doch es war Wexford, den Donaldson hergefahren hatte. Er war in der Bar und redete mit Linda Dickson, die inzwischen einen winzigen Yorkshire-Terrier auf den Armen hielt, der sein Gesichtchen an ihre grellgeschminkte Wange drückte. Gardiner und seine Freundin gaben sich alle Mühe, Karen Malahyde das Aussehen des Mannes und der Frau zu beschreiben, die Ryan Barker begleitet hatten.

»Ich hab' sie gar nicht gesehen«, sagte Linda Dickson. Sie sah sich nach ihrem Mann um, der jedoch damit beschäftigt war, die Eingangstüren abzuschließen und zu verriegeln. »Ich dachte, ich hätte ein Auto gehört, aber das müssen die beiden Herrschaften gewesen sein.«

»Warum ›müssen gewesen sein‹?«

»Auf dem Kies draußen hört man alles. Wenn das hier ein unabhängiger Gastbetrieb wäre, würde ich es zubetonieren lassen, aber die Brauerei will ja kein Geld dafür ausgeben.«

»Man muß aber nicht über den Kies, um auf den hinteren Parkplatz zu kommen, oder?«

»So sind die wahrscheinlich gefahren.«

»Ich bin ja eigentlich keine große Leuchte, wenn's drum geht, Leute zu beschreiben«, sagte ihr Mann. »Hab' wohl schon zu viele gesehen. Der Junge war groß, wirklich ein sehr großer Bursche, so groß wie ich...«

»Wir wissen, wie der Junge aussieht, Mr. Dickson«, erwiderte Wexford, den Blick auf die Tätowierung am linken Unterarm des Mannes geheftet. Schmetterling? Vogel? Abstrakte Zeichnung? »Der Junge heißt Ryan Barker, er ist eine von den Geiseln. Sie fragen die ganze Zeit, worum es hier eigentlich geht – nun, es geht um Sacred Globe. Vielleicht hilft das Ihrem Gedächtnis auf die Sprünge und Sie können uns diese Leute beschreiben?«

Dickson fiel die Kinnlade herunter. »Sie machen wohl Witze.«

»Nein, das ist kein Witz. Wenn ich in Stimmung wäre, könnte ich mir einen besseren ausdenken.«

»Sacred Globe! Meine Fresse! Sie meinen tatsächlich

diese Irren, die die Leute entführt und das Mädchen umgebracht haben?«

»Versuchen Sie mal, diese Irren zu beschreiben, ja?«

Seine Beschreibung, als er endlich damit herausrückte, deckte sich mit der von Roger Gardiner und Sandra Cole. Sie waren alle drei nicht sonderlich aufmerksam gewesen – offenbar interessierten sie sich nicht besonders für ihre Mitmenschen. Die einleuchtende Geschichte mit dem anaphylaktischen Schock, die, wie sich nun herausstellte, lediglich von der Frau erzählt worden war, hätte vielleicht Interesse wecken können, war aber nur als etwas Fremdartiges, Unaussprechliches hängengeblieben. Sie überlegten. Roger Gardiner hatte sich sogar tatsächlich am Kopf gekratzt. Nachdem Dickson heftig die mächtigen Schultern gezuckt hatte, bemühte er sich schließlich ebenfalls nach Kräften.

Die Frau war klein, sah aber drahtig und sportlich aus. Sie trug kein Make-up, und ihr Haar war unter einer Baseballkappe versteckt. Sie war jung, aber keiner der drei konnte ihr Alter genauer eingrenzen als irgendwo zwischen zwanzig und dreißig. Ihr Gefährte war ein hochgewachsener, dünner Mensch, der ebenfalls eine Baseballkappe trug und dazu eine dunkle Brille. Ihre Kleidung war so unauffällig, daß keiner der drei genau sagen konnte, was sie anhatten. Jeans vielleicht, und Jacken in dunklen oder neutralen Farben. Niemand hatte auf Augenfarbe oder besondere Merkmale geachtet. Der Mann hatte etwas gesagt. Die Stimme der Frau war … einfach eine ganz gewöhnliche Stimme.

»Wie die *EastEnders*«, sagte Roger Gardiner.

Wexford glaubte zu wissen, was er damit meinte. Londoner Arbeiterklasse, nur daß es heutzutage politisch nicht korrekt war, solche Ausdrücke zu benutzen. Cockney – benutzte eigentlich noch jemand dieses Wort? Oder wollte er damit sagen, wie ein Schauspieler in der Fernsehserie *East-Enders*? Danach gefragt, konnte Gardiner keine Antwort geben und nur wiederholen, was er gesagt hatte. Wie die *EastEnders*.

»Ich würde mich gern mal draußen umsehen«, wandte sich Wexford an Dickson.

»Nur zu, Chef. Ich bin ja ein vernünftiger Mensch, ich kann kooperieren. Bloß gibt es da gewisse Leute, und die stehen nicht weit entfernt von mir, die keine Ahnung haben, was das Wörtchen Manieren bedeutet.«

Der Parkplatz stand unter Wasser. Die Pfützen sahen eher aus wie seichte Seen, und der Regen tropfte von der Traufe des barackenähnlichen Gebäudes, das sich über der glatten Wasserfläche erhob. Inzwischen hatte der Regen aufgehört, drohte vom dunkelgrauen Himmel jedoch mit weiteren Güssen. Wind war aufgekommen und riß an den Zweigen der Kastanien auf der Wiese hinter dem Zaun.

Wexford versprach sich nicht viel davon. In Wahrheit versprach er sich überhaupt nichts davon, wollte sich das Gebäude aber trotzdem von innen ansehen. Ein Tanzsaal – nun ja, wenn man außen ein paar Neonlichter aufsteckte, die zweiflügelige Feuerschutztür aufriß, ein paar fröhliche Leute Karten verkaufen ließ... Nein, es würde immer ein trostloses Loch bleiben, eine höhlenartige Scheune, die man am besten abriß.

Höhlenartig war der richtige Ausdruck. Die Gesamtfläche betrug vielleicht achtzehn mal zwölf Meter, und die Decke – beziehungsweise das Dach aus Holzbalken und Gipsplatten – war vielleicht neun Meter hoch. An den Seitenwänden zogen sich Fenster mit Metallrahmen entlang, und am unteren Ende des Raumes befand sich eine Art Bühne. Vine öffnete die Tür, die offensichtlich hinter die Bühne führte, und sie marschierten durch. Doch dort war nichts zu sehen außer zwei Toiletten, die eine mit dem Bild eines radschlagenden Pfaus an der Tür, die andere mit einem unscheinbaren Pfauenweibchen – das Frauenfeindlichste, was sie seit Jahren gesehen habe, meinte Karen wütend –, sodann ein Durchgang und ein großer, unmöblierter Raum, der vielleicht einmal zum Teekochen oder auch zur Speisenvorbereitung benutzt worden war. Überall war es staubig und ungepflegt, und als Dickson sagte, die Räumlichkeiten seien schon jahrelang nicht mehr benutzt worden, glaubten es ihm die anderen gern.

Doch warum hatten die beiden Ryan hergebracht? Was bezweckten sie damit? Auf dem Rückweg ins Hauptgebäude des Brigadier überlegte Wexford, ob es vielleicht daran lag, daß sie Angst hatten, wieder das gleiche Telefon oder die gleiche Telefonzelle zu benutzen, von denen sie vorher schon dreimal angerufen hatten, während sie offensichtlich kein Telefon benutzen konnten, das in der Nähe der Geiseln war. Wußten sie, daß das Pub zu dieser Tageszeit kaum frequentiert war? Daß Dickson und seine Frau keine besonders aufmerksamen Beobachter waren?

»Sie haben dichtgemacht, Mr. Dickson«, sagte er, »und wissen jetzt sicher nicht so recht, was Sie heute abend mit sich anfangen sollen, also denke ich, wenn Sie erlauben, nutzen wir die Zeit und unterhalten uns ein bißchen über Ihre Gäste. Wer alles so kommt, wer Stammgast ist, und so weiter.«

Ihren Yorkshire-Terrier immer noch fest im Griff, fragte Linda Dickson schrill: »Nehmen Sie ihn etwa mit aufs Revier?«

Wexford sah sie gelassen an. »Wäre das ein Problem, Mrs. Dickson? Aber nein, das tun wir nicht. Wir unterhalten uns hier, dachte ich. In Ihrem Büro.«

Hennessy zog mit behandschuhten Händen gerade den Telefonstecker heraus und ließ den Apparat in einer Plastiktüte verschwinden.

»Mein Telefon darf er aber nicht mitnehmen!«

»Es gehört British Telecom, Mr. Dickson, nebenbei bemerkt. Wir klären das mit denen. Sie bekommen es bald wieder.«

Wexford nahm unaufgefordert Platz. Er war sich ziemlich sicher, daß er nicht dazu aufgefordert werden würde. »Also, Sie haben diese Leute noch nie gesehen, nehme ich an?«

»Noch nie. Keinen davon.«

»Kommen viele Einheimische in den Brigadier, oder sind Sie auf den Durchgangsverkehr angewiesen, auf Leute auf dem Weg zur Küste?«

Sobald Dickson klar war, daß Wexfords Fragen ihn nicht direkt betrafen und nicht darauf abzielten, sein Auskommen zu gefährden oder seine Kundschaft abzuschrecken, begann es ihm Spaß zu machen. So war es bei den meisten Leuten, hatte Wexford schon festgestellt. Alle Menschen erteilen gern Auskünfte, und je unwissender und unaufmerksamer einer war, desto mehr Spaß machte es ihm.

»Na ja, wir kriegen hier alles mögliche rein, nicht?« sagte Dickson. »'ne Menge junge Leute. Nicht so viele Senioren, weil, man braucht ja irgendwie eine Möglichkeit, hier rauszukommen, und die haben sie meistens nicht. Mr. Canning aus Framhurst, der ist viel hier.«

»Er meint Ron Canning von Golands Farm«, erläuterte Linda Dickson und setzte den Yorkshire-Terrier auf dem Boden ab, wo er zitternd stehenblieb. »Sie wissen schon, der die Baumleute ihre Autos auf seinem Acker abstellen läßt. Wenn man«, fügte sie hinzu, »so was überhaupt Autos nennen kann.«

Der Hund beschnüffelte Wexfords Schuhe und leckte neugierig an seiner linken Schuhspitze. Wexford wechselte die Position seiner Füße, er fühlte sich in dem engen Raum etwas unwohl.

»Was ist das eigentlich für eine Tätowierung da auf Ihrem Arm, Mr. Dickson? Eine Art Insekt, nicht, oder ein Vogel oder was?«

»Eine Schwalbe soll das sein.« Zu Wexfords Verwunderung lief Dickson rot an. »Ich laß es mir wegmachen, meine Frau ist nicht so scharf drauf. Bin einfach noch nicht dazu gekommen, das ist alles.« Er nahm den Hund hoch, drückte dessen Gesicht an seine rote Backe und kehrte hastig zum ursprünglichen Thema zurück. »Vom Weir-Theater kommen manchmal welche her. Aus Pomfret. Freunde des Weir-Theaters nennen die sich, und der Obermacher ist ein Typ namens Jeffrey Godwin. Er ist äh, Schauspieler.«

»War schon in *Bramwell*«, ergänzte Linda. »Nein, stimmt ja gar nicht, es war *Casualty*.«

»Da hab' ich nichts dagegen, wissen Sie«, sagte Dickson, während er den Hund an seine Schulter drückte und ihm über das Rückgrat strich, als wollte er ihn dazu bringen, ein Bäuerchen zu machen. »Ich mein', gegen so Leute wie ihn. So was bringt Kundschaft, kann man nicht anders sagen. Ein Haufen Gäste kommen bloß, um ihn zu sehen, und ich weise auch immer auf ihn hin, das ist ja das Mindeste, was man tun kann. Ich sag' immer, da sitzt Jeffrey Godwin, der Schauspieler. Wirklich ein feiner Kerl, muß man sagen.«

Dickson hörte sich an wie der Besitzer eines Restaurants im Zentrum von Manhattan, in dem an einem ganz bestimmten Tisch häufig Paul Newman gesehen wird. Er lächelte erinnerungsselig vor sich hin und ließ den Hund auf seinen Schoß sinken, wo dieser sofort einschlief.

»Sehen Sie ihn sich an«, sagte Linda zärtlich. »Man sieht gleich, daß er seinen Daddy liebhat. Kann ich Ihnen was anbieten, Mr. Wexford? Also, ich weiß auch nicht, was aus meinen Manieren geworden ist. Muß an der ganzen Aufregung liegen.«

Wexford lehnte ab.

»Ein Schlückchen für dich, Bill?«

Während Dickson das Angebot erwog, fragte ihn Wexford, ob ihm in letzter Zeit irgendwelche Neuankömmlinge aufgefallen seien, die zu Stammgästen geworden waren. Ob zum Beispiel einige der Demonstranten den Brigadier besuchten?

Dickson machte keinen Hehl aus seiner Verachtung für Leute, die – auf welche Art auch immer – gegen die total orthodoxen Konventionen protestierten oder diese auch nur ablehnten. Ohne daß er auch nur ein Wort zu sagen brauchte, merkte Wexford an seinem Gesichtsausdruck, an den verächtlich geschürzten Lippen sofort, welche Meinung Dickson von Leuten hatte, die sich für die Rettung der Wale einsetzten, für ein Verbot der Fuchsjagd und chemischer Düngemittel kämpften, biodynamische Lebensmittel bevorzugten, sparsam mit Wasser umgingen, bleifrei tankten oder alles mögliche wiederverwerteten.

»Selbstredend«, sagte Dickson, »hab' ich für diese Herrschaften nicht viel übrig. Verstehen Sie mich nicht falsch, das liegt nicht daran, daß sie nichts *trinken*, ich mein', keinen Alkohol. Diese Leute konsumieren schon eine ganze Menge, also, Mineralwasser und Britvics-Limonade, wo ein Pächter ja seinen Profit macht – nein, nein, das ist es nicht. Es liegt nicht daran, daß die kein Geld hätten für ihr Perrier oder Coke oder so. Ich werd' Ihnen sagen, was mich stört: Die mischen sich so ins Leben ein, in unser Leben, in Ihrs und meins, Chef. In unser Leben, das doch weitergehen muß. Verstehen Sie, wie ich's meine? *Es muß doch weitergehen.* Stimmt's?«

Mit einem tiefen Atemzug griff er nach dem Krug Bier, den seine Frau ihm gebracht hatte. »Dank dir, Schätzchen, das ist lieb von dir. Also, von wem kann ich Ihnen noch was erzählen? Hm, ach ja, da ist noch die Lady, die Stan manchmal rauffährt. Keine Ahnung, wie die heißt – weißt du, wie die heißt, Lin?«

»Nein, Bill. Ist schon eine ältere Dame, aus Kingsmarkham, die kommt hier regelmäßig dienstags und donnerstags her, um sich mit einem Herrn zu treffen. Ich sagte zu Bill, ist doch süß, sag' ich, ist doch rührend, wo die beiden doch schon über siebzig sind. Aber ihren Namen weiß ich nicht, und seinen auch nicht. Stan weiß es bestimmt.«

Wexford fragte sich, wie die Dicksons darauf kamen, ein betagtes Liebespärchen, das sich für seine Stelldicheins ausgerechnet den Brigadier ausgesucht hatte – war einer von beiden verheiratet? oder alle beide? – könnte mit Sacred Globe in Verbindung stehen. »Stan?« fragte er.

»Stan Trotter«, sagte Linda. »Na ja, Stanley mit ausgeschriebenem Namen. Er fährt sie immer her, nachdem sie ja selber nicht fahren kann, weil sie keinen Führerschein hat, glaub' ich. Ich sage, ›fahrt sie immer her‹, obwohl das noch nicht so lange geht, erst seit – was würdest du sagen, Bill? – einem Monat.

Das erste Mal, ein Dienstag, war es, kam Stan mit ihr in die Bar rein. Es war übrigens das erste Mal, daß ich ihn seit April gesehen hab, seit dem Abend, an dem das deutsche Mädchen umgekommen ist.«

Wexford sah sie an und sah, wie ihr Gesicht sich langsam verfärbte.

24

Zum zweiten Mal innerhalb von drei Monaten war Stanley Trotter verhaftet worden, doch diesmal mußte er am darauffolgenden Morgen vor dem Magistratsgericht in Kingsmarkham erscheinen und sich wegen des Mordes an Ulrike Ranke verantworten.

»Ich muß mich bei Ihnen entschuldigen, Mike«, sagte Wexford. »Sie hatten von vornherein recht. Ich war ganz schön grob zu Ihnen – ich kann mich nicht mehr erinnern, was ich gesagt habe, aber ich glaube, es war ziemlich ekelhaft.«

»Ich *wußte* es ja nicht direkt, verstehen Sie. Es war eher Intuition, nach Ihrem Vorbild. Es war einfach ein sehr starkes Gefühl. Ich wußte ja nicht, daß Trotters zweite Frau Linda Dicksons Schwester war. Den Familienstammbaum habe ich mir nicht angesehen, obwohl das wahrscheinlich eine gute Idee gewesen wäre.«

»Er war bloß etwa fünf Minuten mit ihr verheiratet«, sagte Wexford.

»Das Erstaunliche dran ist, daß die Frau anscheinend denkt, sie schuldet ihm so etwas wie Loyalität. Es kam ganz unfreiwillig heraus. ›Na ja, er ist doch mein Schwager, oder?‹ sagte sie. Sie scheint der seltsamen Vorstellung anzuhängen, einmal Schwager immer Schwager, egal wie viele Scheidungen und neue Heiraten dazwischen liegen. Auf die Art haben manche Leute heutzutage wohl eine recht zahlreiche Verwandtschaft.«

»Dickson hat aber nichts davon verlauten lassen, oder?«

»Dickson wußte nicht, daß seine Frau Trotter gesehen

hat. Oder vielleicht wollte er es auch einfach nicht wissen. Als sie vernommen wurde, sagte sie, sie sei schlafen gegangen. Nur daß sie in Wirklichkeit aus dem Fenster geschaut hat. Das Pärchen ist ja nicht besonders gesegnet mit Nächstenliebe, oder? Oder besonders einfühlsam? Kann es denn überhaupt sein, daß sie sich *Gedanken* über Ulrike machte?«

Burden schüttelte den Kopf, aber auf eine Art, die eher Zweifel als Verneinung ausdrückte. »Sie ist eine Frau, und Ulrike war ein junges Mädchen. In solchen Fällen spielt sich immer so viel ab, was wir nicht wissen, was wir nie erfahren werden.«

»Wollen Sie damit sagen, es war schlichtweg Sorge um Ulrikes letztendliches Wohlergehen?«

»Keine Ahnung. Sie?«

»Vielleicht. Vorab ist nur festzustellen, daß sie tatsächlich aus dem Fenster schaute. Sie saß wartend am Fenster und sah Trotter etwa um elf Uhr kommen. Trotter klingelte nicht an der Haustür und klopfte auch nicht, denn das war nicht nötig. Ulrike wartete ja schon draußen, und er brauchte nicht einmal über den Kies zu fahren und auf diese Weise Dickson auf sich aufmerksam zu machen, der in der Bar aufräumte.«

»Und als Dickson schließlich nach oben ging, verlor Linda kein Wort darüber, daß sie Trotter das Mädchen abholen sah? Damals nicht und auch nicht, als das Mädchen vermißt wurde, und auch nicht, als ihre Leiche gefunden wurde?«

»Sehen Sie es doch einmal so, Mike. Linda war erleichtert, als Trotter kam, ihr fiel ein Stein vom Herzen, also ging sie zu Bett und schlief ein. Wir dürfen nicht vergessen, sie hatte einen schweren Tag gehabt. Am nächsten Morgen hatte sie keinen Grund, sich um Ulrike Sorgen zu machen. Trotter hatte sie ja abgeholt und dahin gefahren, wo sie hin mußte. Aber als Ulrike vermißt wurde, als die Zeitungen voll davon waren, was dachte sie dann?

Wir sind der Frage nie genauer nachgegangen, weshalb Dickson so herzlos war, Ulrike wegzuschicken, so daß sie draußen auf ihr Taxi warten mußte. Er hat keinen Grund dafür angegeben, nur gesagt, sie hätten zugemacht und es sei an dem Abend ja nicht kalt gewesen. Aber angenommen, es war Linda, die dafür sorgte, daß er sie hinausschickte? Daß Linda sie sogar zur Tür brachte, zumachte, abschloß und den Riegel vorschob? Die arme Ulrike, die es uns sagen könnte, lebt ja nicht mehr.

Meiner Meinung nach ist Linda eine eifersüchtige Ehefrau, die schon früher Grund zur Eifersucht hatte. Sie war nicht bereit, Dickson mitten in der Nacht mit einer jungen Frau allein zu lassen, aber erschöpft, wie sie war, sehnte sie sich nach ihrem Bett...«

»Ja, aber Reg, Ulrike war neunzehn, eine junge Frau von angenehmem Äußeren, und Dickson – äh, der ist ja nicht gerade der Liebe junger Traum, oder?«

»Für Sie und mich nicht und für Ulrike wohl auch nicht, aber vielleicht für Linda.« Wexford lächelte. »Als James Thurber einmal gefragt wurde, weshalb die Frauen in seinen Karikaturen nicht attraktiv seien, antwortete er: ›Auf meine Männer wirken sie attraktiv.‹ Dickson wirkt auf Linda attraktiv, und deshalb, meint sie, müßte es für alle anderen auch so sein. Also schickte sie Ulrike nach draußen und sah von oben zu, bis das Taxi kam. Denn wenn es nicht gekommen wäre, wäre Ulrike womöglich wieder hereingekommen, wäre von Dickson *wieder hereingelassen worden.*«

Burden nickte. »Und später?«

»Nachdem die Leiche gefunden wurde, meinen Sie? Dann wußte Linda ja, daß Dickson nichts damit zu tun hatte. Aber sie empfand Loyalität ihrem Exschwager gegenüber. Fairerweise muß man sagen, daß sie vermutlich einfach nicht der Tatsache ins Gesicht sehen konnte, daß ein Mitglied ihrer Familie, wenn auch nur ein kurzzeitiges, flüchtiges Mitglied, ein Mörder ist. Dazu sind die wenigsten Menschen fähig. Er holte Ulrike zwar ab, er fuhr auch das Taxi, aber jemand anderes brachte sie um.«

»Ich werde die Menschen nie begreifen.«

»Da sind wir zu zweit«, sagte Wexford. »Trotter fuhr Ulrike in das Wäldchen von Framhurst, vergewaltigte sie und erdrosselte sie. Vielleicht bot sie ihm eine große Geldsumme an, damit er sie bis nach Aylesbury fuhr, und er sah, wieviel Geld sie bei sich hatte. Er nahm es und die Perlenkette dazu. Sie hatte ihm vielleicht das Geld und die Perlen angeboten, damit er sie verschonte, und so war er bestimmt enttäuscht, als er bloß ein paar schäbige Pennys für eine Halskette bekam, deren Wert er auf über tausend geschätzt hatte.« Er schüttelte den Kopf. »Und was Sacred Globe betrifft, die haben uns nur zum Spaß dorthin gelockt. Um sich zu amüsieren.«

Ryan Barkers letzte Nachricht mit der Forderung war noch nicht zu den Medien gedrungen. Eine Hülle nicht so sehr des Schweigens als der Ereignislosigkeit hatte sich auf Betreiben von Wexford über Sacred Globe und die Ermittlungen gebreitet, als hätte dieser an einer Schnur gezogen und einen schweren Vorhang heruntergelassen. Die Zeitungen berichteten von Mißerfolgen, polizeilicher Inkompetenz, der erhöhten Lebensgefahr der Geiseln, brachten aber nichts *Neues*, keine einzige neue Entwicklung. Darüber, daß Ryan übergelaufen war, war kein Wort an die Medien freigegeben worden.

Sacred Globe und die drei Gefangenen – die zwei Gefangenen? – schienen in die Nähe von geiselnehmenden Terroristen abgedriftet zu sein, die sonst mit der politischen

Szene des Nahen Ostens in Zusammenhang gebracht werden. Es gab eine Geiselnahme, ein internationaler Aufschrei erscholl, Forderungen wurden gestellt, alle Verhandlungen wurden abgelehnt, weitere Forderungen gestellt, weitere Drohungen ausgestoßen, bis die ganze Situation allmählich schal wurde, um schließlich von neuen aufregenden Geschichten abgelöst zu werden. Und zurück blieben die Geiseln und schmachteten halb vergessen dahin, während die Zeit verging, während Wochen, Monate, Jahre vergingen.

Die neue aufregende Geschichte in Kingsmarkham war Stanley Trotters Auftritt vor Gericht. Man wollte es kurz machen und den Fall gleich an eine höhere Instanz verweisen, doch die Presse war pünktlich vor Ort. Es waren die gleichen Gesichter und die gleichen Kameras wie an dem Morgen, als die Geschichte von Sacred Globe bekanntgegeben wurde.

Die Sache war groß aufgemacht gewesen – Ulrike Rankes Verschwinden und die Entdeckung ihrer Leiche. Sie war weiblich, jung, blond und gutaussehend. Und als ob das noch nicht reichte, war sie auch noch nachts in einem ihr fremden Land herumspaziert, hatte Drogen bei sich gehabt, Geld, Juwelen – der Stoff, aus dem Sensationen sind.

Nun hatte man es darauf abgesehen, eine Verbindung zwischen ihrem Tod und Sacred Globe, zwischen ihrem Tod und dem von Roxane Masood herzustellen. Zum Leidwesen dieser Meute waren die Spekulationen über Trotters Beziehungen zu Sacred Globe noch rechtshängig, daher durfte davon nichts veröffentlicht werden, bis in einigen Monaten der Schuldspruch gefällt werden würde. Leider lag auch die Zelle auf dem Revier in Kingsmarkham, in der Trotter über Nacht festgehalten worden war, kaum fünfzig Meter vom Eingang zum Magistratsgericht entfernt.

Ein Mantel wurde ihm über den Kopf geworfen, und er

wurde über den Bürgersteig bugsiert, während die Kamera-crews ihre Aufnahmen für die frühen Abendnachrichtensendungen und das Nachrichtenstudio Südost schossen. Eine kleine Gruppe von Zuschauern, von denen niemand Ulrike oder Trotter gekannt hatte oder irgendein persönliches Interesse an dem Mordfall hatte, stand wartend draußen herum, um nun Buhrufe und Beschimpfungen auszustoßen, während die vermummte Gestalt den kurzen Weg zurücklegte. Sie kamen ebenfalls ins Fernsehen, worauf sie es wohl hauptsächlich abgesehen hatten.

Nicky Weaver sagte, sie könne es nicht begreifen. So lange sie lebe, wolle sie die beiden Wörter »Schlaf« und »Sack« nie wieder zusammengesetzt hören. Inzwischen wußte sie so sicher, wie man so etwas überhaupt nur wissen konnte, daß jedem auf den Britischen Inseln verkauften Outdoors-Schlafsack mit Tarnmuster nachgespürt worden war. Es waren nur sechsunddreißig an der Zahl gewesen, da sich die grünviolette Version weitaus besser verkaufte.

»Ein Segen, daß wir nicht die bunten finden mußten«, sagte sie zu Wexford. »Davon gab es nämlich sechsundneunzig. Von denen mit Tarnmuster haben entweder Ted oder ich jeden einzelnen gesehen, das heißt, tatsächlich in Augenschein genommen. Die meisten sind nicht verkauft worden, ich sagte ja schon, die gehen nicht so gut, weil die Leute finden, sie sehen aus wie Armeerestbestände. Aber ein paar haben wir auch bis zu den Leuten nach Hause verfolgt, einen in Leicester und einen in einem Dorf in Shropshire.«

»Was wollen Sie also damit sagen?«

»Ich will damit sagen, daß es der Sack sein muß, den Frenchie Collins in Brixton gekauft und, wie sie behauptet, auf dem Flughafen in Zaire zurückgelassen hat.«

»Wieso sollte sie lügen, Nicky?«

»Weil sie ihn einem Freund geschenkt oder verkauft hat, der etwas mit Sacred Globe zu tun hat, und sie das weiß. Wahrscheinlich ist sie selbst Sympathisantin – oder mehr.«

Burden würde vor Gericht aussagen, aber Wexford nicht. Dora war wieder mitgekommen und saß im ehemaligen Sportraum. Sie witzelte, sie käme außer aufs Polizeirevier nirgendwo mehr hin. Ob ihm überhaupt aufgefallen sei, daß sie seit ihrer Freilassung außer hier und einmal bei Sylvia nirgends gewesen sei?

»Bitte um Erlaubnis, morgen abend ausgehen zu dürfen«, sagte sie.

Wie die Art Ehemann, die er nie gewesen war und nie sein würde, fragte er: »Wohin willst du denn gehen?«

»Ach, Reg. Die werden mich nicht noch mal schnappen. Sei doch vernünftig. Ich will ins Weir-Theater, um mir Jeffrey Godwins Stück anzusehen. Jenny sagt, sie geht mit.«

»Weil ich sage, du brauchst Begleitschutz?«

Ihm war klar, daß er sie nicht zu Hause einschließen konnte wie eine Frau im Harem, wie eine von Blaubarts Frauen. Sie war ihm wieder so kostbar geworden, wie sie es seit ihrem ersten Ehejahr nicht mehr gewesen war. Inzwischen wußte er, daß er sie nicht genug gewürdigt hatte, und wünschte sich noch viele gemeinsame Jahre, um ihr beständig zeigen zu können, wie sehr er sie schätzte.

»Ich werde dich nie von etwas abhalten«, sagte er.

Nicky Weaver kam herein, und er schaltete den Recorder ein.

»Die Entfernung interessiert uns, Dora«, begann er. »Es geht darum, wie lange du in dem Auto warst. Also, nach dem, was du uns bereits erzählt hast, hast du nur etwa eine Stunde im Wagen verbracht, als sie dich dorthin brachten.«

»Das ist richtig.«

»Aber als sie dich wieder nach Hause fuhren, sagst du, wurdest du ungefähr um zehn aus dem Kellerraum geholt, kamst aber trotzdem erst um halb ein Uhr nachts nach Kingsmarkham zurück, etwa eine Viertelmeile von unserem Haus entfernt. Sogar eher noch später. Denn du kamst kurz vor eins zur Haustür herein.«

»Ja. Auf der Rückfahrt war ich, glaube ich, fast drei Stunden im Auto. Ich nehme an, er fuhr einfach im Kreis herum. Ich habe mir da so eine Theorie zurechtgelegt.« Sie blickte fast verlegen zwischen den beiden anderen hin und her. »Entschuldigung, das hätte ich nicht tun sollen, oder? Aber wollt ihr es hören?«

»Natürlich«, meinte Nicky.

»Na dann«, Dora holte tief Luft. »Auf dem Hinweg war es ihnen ziemlich egal, die Entfernung, meine ich. Damals wußten sie ja nicht, daß ich wieder zurückkommen würde. Vielleicht dachten sie sich, sie würden mich umbringen, was weiß ich. Aber auf der Rückfahrt nach Kingsmarkham war ihnen klar, daß ich als erstes mit Reg sprechen würde, und dann mit den anderen. Das würde ich ganz bestimmt tun, und es wäre mir ja auch noch ganz frisch im Kopf. Weil sie mich also unbedingt täuschen mußten, zogen sie die Fahrt so sehr in die Länge, wie sie nur konnten.«

»Klingt plausibel«, sagte Wexford. »Aber haben sie dich auf der Hinfahrt auch getäuscht? Du hast gesagt, sie hätten dich im Umkreis von sechzig Meilen überallhin fahren können – hätte es aber auch viel weniger sein können?«

»Vermutlich schon.«

»Hätte es auch innerhalb von dreißig Meilen sein können? Oder zwanzig? Oder zehn?«

Sie hielt sich die Hand an den Mund, als hätte ihr diese Möglichkeit einen Schreck versetzt. »Du meinst, die sind im Kreis herumgefahren? Also auf die alte Umgehungsstraße und um den Kreisverkehr und wieder zurück und nach Myringham hinaus und wieder zurück und noch einmal über die alte Umgehungsstraße?«

Er lächelte sie an. »Ja, so ungefähr.«

»Darauf bin ich gar nicht gekommen«, sagte sie. »Aber warum eigentlich nicht? Ja, warum eigentlich nicht? Ich hätte es nicht gemerkt. Ich konnte ja nichts sehen. Wir fuhren tatsächlich um einige Ecken, und ich glaube, auch mehrmals in einen Kreisverkehr. Jetzt, wo du es sagst, glaube ich, wir fuhren um einen Kreisverkehr einmal ganz herum. Es schien mir nicht wichtig, als ich es das erste Mal erzählte, aber jetzt – glaube ich, wir fuhren doch einmal ganz herum.«

Mit zufriedenem Gesichtsausdruck kam Burden nach einer knappen Stunde aus dem Gerichtssaal zurück. Das Verfahren war zügig abgelaufen, nachdem Stanley Trotters Prozeßtermin festgelegt und er wieder in die Untersuchungshaft zurückgeschickt worden war. Er fand Wexford mit Nicky Weaver ins Gespräch vertieft im ehemaligen Sportraum.

»Was machen wir dann jetzt, sie zur Vernehmung aufs Revier bestellen? Für Brixton ist zwar die Londoner Polizei zuständig, aber ich glaube nicht, daß die etwas dagegen haben. Ich frage mich, ob sie mal hier in der Gegend gewohnt hat, ob sie hier nachbarschaftliche Beziehungen hat.«

Burden fragte: »Um wen geht es?«

»Um diese Frenchie Collins. Ich frage mich, ob sie ein paar von den Baumleuten kennt. Ob sie beispielsweise mit dem König des Waldes bekannt ist.«

»Warum fragen Sie?«

Wexford sagte bedächtig: »Weil wir, was den Aufenthaltsort der Geiseln angeht, von einem Umkreis von sechzig Meilen ausgegangen sind, aber das war viel zu weit, das war zu großzügig. Sie sind nicht in London, nicht in Kent und nicht unten an der Südküste. Sie sind hier, ganz in der Nähe, womöglich im Umkreis von fünf Meilen.«

»Das ist reine Vermutung.«

»Wirklich, Mike? Die lactosefreie Sojamilch ist kein Beweismittel, aber ein Anhaltspunkt. Sie stammte vielleicht nicht aus der Konditorei in Framhurst, aber höchstwahrscheinlich doch. Ryan Barker machte seinen zweiten Anruf vom Brigadier aus, und obwohl das auch wieder nichts beweist, ist es ein deutlicher Hinweis.«

Wexford setzte sich. Er zögerte erst und sagte dann: »Wem läge denn am meisten daran, daß die Arbeiten an dieser Umgehungsstraße eingestellt werden? Den Umweltaktivisten, ja, den Berufsdemonstranten, vielleicht. Jeder grünen Gruppierung gegen die Zerstörung Englands, ganz sicher. Aber mehr noch denjenigen, die von dem Bau der Umgehungsstraße persönlich betroffen wären.«

»Sie meinen Leute, deren Lebensunterhalt dadurch gefährdet wird?« fragte Nicky.

»Das natürlich auch. Aber ich meine es viel einfacher. Leute, deren Aussicht auf die Landschaft dadurch zerstört würde. Die bei einem Blick aus dem Fenster die Umgehungsstraße sehen oder sie beim Spaziergang durch ihren Garten hören würden. Hätten die nicht ein viel stärkeres, emotionaleres Interesse als ein Berufsdemonstrant, dem es egal ist, *wo* etwas passiert, ob es ein Kraftwerk in Cumbria oder eine Überführung in Dorset ist?

Stellen Sie sich vor, eine Gruppe von Leuten – hauptsächlich *Amateure* – tun sich aus … äh, aus Verzweiflung zusammen und beschließen, daß verzweifelte Situationen verzweifelte Maßnahmen erfordern. Alle oder die meisten davon besitzen ein Haus oder eine Wohnung, und nun droht diese Umgehungsstraße ihre Aussicht, ja sogar ihre Ruhe und ihren häuslichen Frieden zu zerstören. Vielleicht lernt einer von ihnen einen Eingeweihten kennen, jemanden, der in solchen Dingen versiert ist, der kein Amateur ist, und sie fangen an, die Sache zu organisieren.«

»Wie soll er den denn kennengelernt haben?«

»Na, über KABAL oder bei einem Besuch in diesem selbstverwalteten Theater, dem Weir-Theater – dem unsere beiden Gattinnen übrigens morgen abend zusammen einen Besuch abstatten – oder vielleicht auf einer Demonstration. Oder auf dem großen Protestmarsch im Juli.

Einer aus der Gruppe ist bereits Besitzer eines großen, geeigneten Hauses, vielleicht eines schönen Landhauses. Darum geht es ja schließlich, nicht? Wenn die Umgehungsstraße erst einmal gebaut ist, wird es nicht mehr schön sein und seine Umgebung auch nicht. In den Nebengebäuden befindet sich eine alte Milchkammer, nicht direkt unterirdisch, aber halb unter der Erde, wie man sie früher zur Kühlhaltung hatte, als der Raum *wirklich* als Milchkammer diente. Sie lassen eine Toilette einbauen und ein Schutzgitter, mit dem das Fenster halb verdeckt wird. Nehmen wir mal an, sie sind etwa zu sechst, es gibt also reichlich Wachen. Viel mehr ist doch nicht zu organisieren – sie brauchen es nur noch zu tun.«

Handwerker sind schwer zu finden. Bei den regulären, etablierten, anerkannten Firmen ist es etwas anderes. Sie inserieren, sie stehen im Telefonbuch. Was die anderen betrifft, die Bargeld-auf-die-Hand-Brigaden und Schwarzarbeiter, die Cowboys, die heute hier, morgen dort sind – deren Können oder wohl eher deren niedrige Preise werden durch Mundpropaganda weiterempfohlen, und manchmal klopfen sie auch einfach ungebeten an der Tür.

Einer davon hatte im Keller die Toilette eingebaut, und zwar zu dem ausschließlichen Zweck, die Bedürfnisse einer Gruppe von Geiseln zu erfüllen, also vermutlich eher einer von den Cowboys, den Pfuschern & Co., als von einer Gesellschaft mit beschränkter Haftung und Geschäftsräumen in der High Street. Irgendwann hatte man bei ihnen angerufen und um einen Kostenvoranschlag gebeten. Oder kein Kostenvoranschlag, sondern einfach die Aufforderung zu bauen. Machen Sie es, sobald Sie können, der Preis spielt keine Rolle.

Interessant, dachte Wexford, daß die Toilette überhaupt eingebaut worden war. Es konnte viel bedeuten, es konnte viel daraus gefolgert werden.

»Es sind Terroristen, Mike«, sagte er zu Burden. »So sehr wir uns vor diesem Wort auch scheuen, das sind sie. In meinem Wörterbuch wird Terrorismus als organisiertes System von Gewalt und Einschüchterung zur Erreichung politischer Ziele definiert. Aber sehen Sie doch, was wir über die speziellen Exemplare dieser Gattung wissen. Kaum irgendwo auf der Welt würden Terroristen sich Gedanken über hygienische Einrichtungen für ihre Geiseln machen. Ein Eimer in der Ecke würde genügen. Aber diese Leute machten sich die Mühe, neben dem Gefängnis einen Raum mit Waschbecken und Toilette einbauen zu lassen. Das ist zivilisiert, vor allem aber typisch Mittelschicht, was meinen Sie?«

Burden war nicht sonderlich interessiert. Er hörte ungern zu, wenn Wexford sich über die sozialen Wechselfälle des Lebens und deren psychologische Symptome ausließ. Wozu das Ganze? Es lenkte einen doch nur ab. Er hatte Fancourt, Hennessy und Lowry schon auf die Suche nach Handwerkern in Kingsmarkham, Stowerton und Pomfret geschickt. Bei denen im Telefonbuch war es einfach, aber die anderen, die solche Jobs nach ihrem offiziellen Feierabend ausführten, waren schwer zu finden. Schulabgänger, die ihren Müttern das Wohnzimmer gestrichen haben, überlegen, ob sie nicht Handwerker werden sollen, hatte Wexford einmal gesagt, genauso wie jeder, der tippen kann, meint, an ihm sei ein Autor verlorengegangen.

»Ich werde Ihnen sagen, was ich meine. Sie haben es selber gemacht. Sacred Globe. Einer von denen ist Amateurklempner, von denen wimmelt es doch nur so. Ein Stammkunde im Heimwerkermarkt an der alten Umgehungsstraße.«

Wexfords Miene hellte sich auf. »Dann sollten wir dort auch jemanden hinschicken. Fragen, ob sie einen Stammkunden haben oder hatten, der bei ihnen eine Kloschüssel und ein Waschbecken und Rohre gekauft hat, und zwar, sagen wir, im Juni.«

»Reg«, sagte Burden.

Wexford sah ihn durchdringend an und schwieg.

»Die Toilette kann doch schon vor zehn Jahren eingebaut worden sein. Sie kann als Anbau an diesen Keller …«

»Dora behauptete, sie war neu«, unterbrach ihn Wexford. »Und es ist auch kein Keller, sondern eine Milchkammer.«

»Wie Sie meinen. Ich wollte bloß sagen, die Toilette hätte im Rahmen einer Umwandlung in eine Wohnung eingebaut worden sein können, die dann aber nie fertiggestellt wurde. Sie muß ja nicht in den letzten paar Wochen eingebaut worden sein, genausowenig wie die lactosefreie Sojamilch aus Framhurst oder der verdammte Nachtfalter aus Wiltshire kommen muß. So hat Sherlock Holmes gearbeitet, hat riesige, gewagte Vermutungen angestellt, aber das können wir uns doch nicht leisten.«

»Sie sind in einem Haus hier in der Nähe«, sagte Wexford hartnäckig. »In einem Haus mit Aussicht auf die Umgehungsstraße oder einem, das von der Umgehungsstraße ernsthaft bedroht ist.«

»Ich bringe dich ins Theater«, sagte er. »Ich weiß, es ist albern, aber ich will nicht, daß du allein aus dem Haus gehst. Noch nicht. Jenny kann allein hinkommen, aber dich fahre ich hin.«

Statt zu antworten, dann würde sie gar nicht gehen, sagte Dora: »Du hast doch keine Zeit, Reg.«

»Doch.«

Am Samstag nachmittag, nachdem die meisten Handwerker in Kingsmarkham und Stowerton von der Ermittlungsliste gestrichen worden waren, konnte Nicky Weaver eine konkrete Spur präsentieren. A. & J. Murray Sisters, eine ausschließlich von Frauen geführte Firma mit Sitz in Pomfret, die sich auf kleine Aufträge spezialisierte, gab bereitwillig Auskunft, daß sie im Rahmen eines Umbaus auf einer Farm in Pomfret Monachorum einen Duschraum eingebaut hatte. Der Auftrag sei letzten Juni ausgeführt worden.

Ann Murray, Elektrikerin und die ältere der beiden Schwestern, erzählte Nicky, sie seien froh um die Arbeit gewesen, hätten sich sozusagen darauf gestürzt. Obwohl die Rezession vorbei war, fanden sie es im allgemeinen nicht leicht, die Einheimischen davon zu überzeugen, daß Frauen im Bauhandwerk genauso tüchtig waren wie Männer, daß sie sämtliche Gesellen- und Handwerksprüfungen abgelegt hatten und bei Kostenvoranschlägen immer günstig kalkulierten. Die Holgates in Paddocks, einem ehemaligen Bauernhof an der Cambery Ashes Road nicht weit von Tancred, waren laut Ann vermutlich deswegen auf sie zugegangen, weil Gillian Holgate ebenfalls einen normalerweise auf Männer beschränkten Beruf ausübte. Sie war Automechanikerin.

Der Auftrag bestand darin, eine alte Speisekammer in einem Cottage neben dem Hauptgebäude in einen Duschraum umzuwandeln. Das Cottage, damals bestehend aus einem Raum im Obergeschoß und einem unten neben der Küche, war für die Tochter der Holgates gedacht. A. & J. Murray Sisters hatten mit der Arbeit am 10. Juni begonnen und sie am 15. Juni fertiggestellt. Die Klempnerarbeiten waren von Maureen Sheridan und die Elektroinstallation und das Streichen von Ann selbst ausgeführt worden. Den Zeitraum und den Ort betreffend, paßte es. Anscheinend jedenfalls.

Wexford fuhr hin und nahm Nicky und Damon Slesar mit. Vor dem Tor zu Paddocks stieg er aus und blickte über das Tal. Von hier aus war schwer zu sagen, ob die Umgehungsstraße zu sehen wäre oder nicht. Zwischen diesem Ort und dem fernen Fluß lagen die Wälder von Tancred, die den Verkehrslärm auf jeden Fall dämpfen würden. Wenn die Umgehungsstraße gebaut wurde, konnte man vielleicht ein Teilstück davon sehen, ein Dreieck der weißen mehrspurigen Schnellstraße zwischen den dunklen Bäumen und dem grünen Abhang.

Slesar öffnete das Tor, und sie fuhren hinein, einen langen, geraden Auffahrtsweg mit Asphaltbelag – kein Kies – hoch. Das Farmhaus hatte eine rote Schindelfassade und ein tiefgezogenes rotes Ziegeldach. Auf der harten, dunkelgrauen Plattform vor dem Haus lagen in einem Fleckchen Sonnenlicht zwei Katzen, eine schlafend, die andere auf dem Rücken, die Augen weit geöffnet, die weißen Pfoten anmutig hin und her wedelnd. Das eine war eine Siamkatze, das andere eine schwarze.

Das Gebäude nebenan, offensichtlich das Cottage, bekam gerade einen Außenanstrich. Eine Frau auf einer Trittleiter trug mit einer Farbrolle cremefarbene Dispersionsfarbe auf den Putz auf.

Wexford und Nicky stiegen aus, und die etwa vierzigjährige Frau, die groß und dünn war und farbbespritzte Latzhosen trug, kam zögernd auf sie zu.

»Mrs. Holgate?«

Sie nickte.

Slesar sagte: »Wir sind von der Polizei.«

Verblüfft fragte sie: »Was ist los? Was ist passiert?«

»Überhaupt nichts, Mrs. Holgate. Nichts, worüber Sie sich Sorgen machen müßten.«

Inzwischen war sich Wexford dessen fast sicher – trotz der Katzen. Das Cottage war so klein, daß es wohl kaum einen Kellerraum hatte. Schon von hier aus war zu erkennen, daß die Grundfläche nicht einmal sechs mal vier Meter maß. Doch er mußte sich umsehen. Ob sie sich mal umsehen dürften?

Nachdem sie sich von ihrem anfänglichen Schock etwas erholt hatte, wollte Gillian Holgate wissen, was dies zu bedeuten habe. Nicky sagte, sie hätten Hinweise darauf, daß einer der Räume im Cottage vor drei Monaten in ein Badezimmer umgewandelt worden sei.

»Ich hatte aber eine Baugenehmigung«, erwiderte Mrs. Holgate. »Es war alles korrekt.«

Wexford fand es recht amüsant, für einen Mitarbeiter der örtlichen Bauaufsichtsbehörde gehalten zu werden. Doch Mrs. Holgate schien sich ohne weitere Erklärungen zufriedenzugeben und führte sie durch die Eingangstür in das Gebäude, das sie gerade gestrichen hatte. Es war offensichtlich bewohnt, wenngleich die Bewohnerin im Moment nicht anwesend war. Das untere Zimmer war möbliert, ziemlich unaufgeräumt und konnte großzügig auf drei mal vier Meter geschätzt werden.

Schon als er gehört hatte, daß es sich um einen Duschraum handelte, hatte Wexford bei diesem An- oder Umbau ein ungutes Gefühl bekommen, nachdem Dora ausdrücklich betont hatte, der Raum, den sie benutzt habe, sei lediglich mit Klo und Waschbecken ausgestattet gewesen. Es war natürlich möglich, daß die Dusche entfernt oder eingemauert worden war, bevor man die Geiseln herbrachte – möglich, aber unwahrscheinlich.

Und nun erwies sich, daß auch dies eine Sackgasse war. Der Raum, den die Murray Sisters umgebaut hatten, war groß, hatte geflieste Wände und eine Duschkabine von stattlicher Größe. Das Fenster hatte Milchglasscheiben und Vorhänge. Aus dem großen Panoramafenster im Wohnraum hatte man eine gute Aussicht auf die Wälder von Tancred.

»Es hat bestimmt was mit diesen Geiseln zu tun«, rätselte Mrs. Holgate. »Die Kingsmarkhamer Kidnapping-Affäre.«

Es wurde weder bestätigt noch geleugnet. Wexford nickte nur vielsagend. Er trat wieder in den nachmittäglichen Sonnenschein hinaus, als plötzlich eine junge Frau aus dem Haupthaus gerannt kam und fast mit ihm zusammengeprallt wäre.

Atemlos fragte sie: »Sind Sie Chief Inspector Wexford?«

»Ja.«

»Da ist ein Anruf für Sie.«

»Für mich? Sind Sie sicher?«

Er hatte doch sein eigenes Telefon. Wer konnte wissen, daß er hier war? Das wußte doch niemand.

Er folgte ihr ins Haupthaus hinüber. Der Hörer lag neben der Gabel auf einem Tischchen im Hausflur. Er nahm ihn und meldete sich: »Wexford.«

»Hier spricht Sacred Globe.«

»Ryan Barker«, sagte Wexford.

»Wir haben nichts mehr von Ihnen gehört. Sie sind unserer Forderung nicht nachgekommen. Wenn in den Abendnachrichten nicht die komplette Überarbeitung des Plans für die Umgehungsstraße von Kingsmarkham angekündigt wird, stirbt Mrs. Struther.«

Jemand hatte es für ihn aufgeschrieben. Es war offensichtlich, daß er es ablas, daß er es nervös ablas, während seine Stimme zunehmend piepsiger wurde.

Insgeheim verwünschte Wexford diese Leute, die imstande waren, ein Kind dermaßen auszunützen. »Was meinst du mit Abendnachrichten, Ryan?«

»Einen Augenblick, bitte.«

Wexford konnte hören, wie er sich mit einer anderen Person besprach. »Bis sieben. Wenn nicht, stirbt Mrs. Struther, und wir liefern ihre Leiche heute abend in Kingsmarkham ab.«

»Ryan, warte. Bleib, wo du bist. Bist du im Brigadier an der alten Umgehungsstraße?«

Keine Antwort, nur tiefes Luftholen.

»Was ihr verlangt«, sagte Wexford, »ist nicht möglich. Das weißt du.«

»Dann müssen Sie es möglich machen«, sagte Ryan Barkers Stimme, die nun kalt und distanziert klang. »Sie müssen es der Presse mitteilen und der Regierung. Sagen Sie ihnen, daß sie sterben wird. Wir sind bereit, sie zu töten.«

Offenbar hatte ihm jemand souffliert, denn er fügte steif hinzu: »Hier spricht Sacred Globe, zur Rettung der Welt.«

25

Nachdem er den Chief Constable angerufen und ihm von Sacred Globes neuester Botschaft berichtet hatte, verließ er das Haus der Holgates, fuhr die Auffahrt wieder hinunter und stellte sich an die Straße, um mit dem Fernglas über das Tal zu blicken.

Irgendwo in einem Haus, einem großen Haus, einem von denen da draußen zwischen den Hügeln und Wäldern... Davon gab es Hunderte. Und wenn er innerhalb der nächsten vier Stunden nicht herausfand, welches es war, würde eine Frau sterben. Die zweite. Nur daß es diesmal vorsätzlicher Mord wäre. Und doch würde es geschehen, denn die Regierung würde niemals – unter keinen Umständen, nicht unter diesen und nicht unter ähnlichen, unter keinen Androhungen – das Bauvorhaben für die Umgehungsstraße aufgeben. Deshalb würde es geschehen, wenn er in den nächsten vier Stunden nicht herausfand, in welchem von den vielen Häusern die Geiseln festgehalten wurden.

»Kein Wort an die Medien«, ordnete Montague Ryder an, als Wexford die Suite im Polizeihauptquartier betrat. »Wir müssen es so lange wie möglich geheimhalten.«

»So lange wie möglich«, hörte sich unheimlich an. Es bedeutete soviel wie: bis Kitty Struthers Leiche gefunden wird.

»Ich weiß, sie sind hier ganz in der Nähe, Sir«, sagte Wexford.

Er sah auf die Landkarte an der Wand. Es handelte sich um eine vergrößerte Aufnahme des amtlichen Meßtischblattes und stellte das Kerngebiet von Mid-Sussex dar. Als

Ryder ihm zunickte, beschrieb er mit dem rechten Zeigefinger eine ovale Markierung um Kingsmarkham, Stowerton, Pomfret und Sewingbury sowie die Dörfer Framhurst, Savesbury, Stringfield, Cambery Ashes und Pomfret Monachorum. Südlich der Stadt gelegene Orte wurden ausgeschlossen. Von denen war keiner durch die neue Umgehungsstraße bedroht, und kein Haus in der Nähe hätte einen Ausblick darauf.

»Ist das Ihr Kriterium?«

»Eins«, sagte Wexford. »Womöglich das wichtigste.«

Wußte sie, daß sie vorhatten, sie umzubringen? Die Frage stellte er Montague Ryder nicht, weil Ryder wie er selbst auch nur mutmaßen konnte. Bisher, und wahrscheinlich immer noch, war sie die ängstlichste der Geiseln gewesen, die verletzlichste, die mit der geringsten Selbstbeherrschung, die sich am wenigsten zu helfen wußte. War sie bei ihrem Mann oder hatte man die beiden ebenfalls getrennt?

Und jetzt, an diesem entscheidenden Punkt, befand er sich in der entsetzlichen Lage, nichts tun zu können. Zehn Tage lang hatten sie alle hart gearbeitet, gearbeitet bis an den Rand der Belastbarkeit, mit dem schlichten Ergebnis, daß sie die Stelle, nach der sie Ausschau hielten, auf etwa fünfzig Quadratmeilen eingrenzen konnten. Nun blieb nichts mehr zu tun, als die Nadel aus dem Heuhaufen zu fischen oder die Entdeckung eines weiteren Schlafsacks abzuwarten, der die Leiche einer weiteren Frau enthielt.

»Wir behalten das Grundstück von Contemporary Cars weiter unter Beobachtung«, sagte er zu Burden. »Ich bezweifle zwar, daß sie zweimal an den gleichen Ort kommen, traue mich aber kein Risiko einzugehen.«

»Das Polizeirevier ist auch noch eine Möglichkeit. Und die Häuser von Ms. Cox und Mrs. Peabody. Und das Bürogebäude von Concreation. Und der Brigadier.«

»Und Ihr Haus. Und meins.«

Da saßen sie nun in Burdens Wohnzimmer. Besser gesagt, Burden saß. Wexford ging nervös auf und ab.

»Das Büro des *Courier*«, sagte er. »Die Stowertoner Seite der geplanten Umgehungsstraße. Die Pomfreter Seite.«

»Sie sagten doch, der Junge hat Kingsmarkham gesagt.«

»Stimmt. Das hat er auch. Wir können jedenfalls nicht alles polizeilich überwachen. Dazu haben wir nicht genügend Leute.«

»Hat jemand schon an einen Hubschrauber gedacht? Um herauszufinden, wo sie sind, meine ich. Wir wissen ja, daß sie hier im Umkreis von fünfzig Quadratmeilen sind.«

»Was könnte man aus einem Hubschrauber schon erkennen, Mike? Ein Haus mit Nebengebäuden? Davon gibt es Hunderte. Die Geiseln werden ja nicht gerade auf dem Dach stehen und SOS-Fahnen schwenken.«

Burden zuckte die Achseln. »Sacred Globe wird sich die frühen Abendnachrichten auf der BBC anschauen, die samstags immer um fünf oder Viertel nach fünf kommen, und auf ITN dann eine halbe Stunde später. Wenn nichts bekanntgegeben wird, und das wird es natürlich nicht, dann bringen sie Kitty Struther wie geplant um. Wird es so kommen?«

»Ich weiß nicht, ob es so kommen *wird*, Mike«, sagte Wexford bekümmert. »Es ist jetzt zwanzig vor sechs. Es passiert vielleicht in diesem Augenblick, und wir können überhaupt nichts dagegen tun.«

Etwas weiter stromaufwärts von Watersmeet, wo der Fluß, der unter der High Street von Kingsmarkham durchfloß, in den größeren Wasserlauf mündete, fließt die Brede an ausgedehnten Wiesen vorbei und schlängelt sich zwischen Erlenhainen und Grüppchen von Weiden hindurch. An einer bestimmten Stelle sind die Steine im Flußbett so groß und ebenmäßig, daß sie einen Damm bilden, über den das Wasser zielstrebig schäumt und sich in das darunter liegende, tiefe Becken ergießt. Dies ist Stringfield Weir, das Wehr, über dem die Stringfield Mill thront, die vor langer Zeit erbaut wurde, als das Ackerland teilweise noch urbar war und die Mühle zum Kornmahlen gebraucht wurde.

Das Mühlrad war längst verschwunden. Flügel hatte sie nie gehabt. Das rote Backsteingebäude mit der weißen Holzverschalung, eine riesige, reizvolle Konstruktion, war vor ungefähr zehn Jahren zu einem Theater umgebaut worden und wurde inzwischen von den Ensembles der Repertoiretheater als reguläre Spielstätte genutzt. Das Sträßchen, das von Pomfret Monachorum dorthin führte, war recht breit und gut befahrbar. Einmal angekommen, standen dem Theaterbesucher alle Annehmlichkeiten zur Verfügung, die ein zivilisierter, kulturbeflissener Mensch sich wünschen konnte: ein großer, hinter hohen Bäumen versteckter Parkplatz, ein Restaurant mit Vorderfront zum Fluß, ein prächtiger Ausblick über die Stringfield Bridge auf die Wälder, Wiesen und Hügel dahinter und natürlich der Theatersaal, der gut und gern vierhundert Leute aufnehmen konnte.

Einer der Nachteile war, daß die Schauspieler auf der Bühne von fliegenden Insekten gepiesackt wurden, die vom Licht angezogen wurden, von Nachtfaltern, Netzflüglern und Schnaken. Man erzählte sich, daß sich eine Fledermaus einmal in den Haaren einer Schauspielerin verfangen hatte, als diese gerade die Julia spielte. Wexford, der noch nie dort gewesen war, rechnete mit Stechmücken und riet Dora und Jenny, die Flußterrasse zu meiden und ihr Glas Wein vor der Vorstellung lieber drinnen zu genießen.

»Ich hole euch dann wieder ab«, sagte er. »Paßt es euch um Viertel vor elf?«

»Reg, wir können uns doch ein Taxi rufen«, sagte Jenny. »Ich weiß gar nicht, warum ich nicht mit meinem eigenen Wagen gekommen bin. Es ist ja nicht so, daß wir uns betrinken wollen.«

»Na, das könnt ihr jetzt ja. Ein bißchen. Ich hole euch ab, macht euch also keine Gedanken.«

Ausrottung, mit Christine Colville und Richard Paton, dauerte drei Stunden, die Pausen nicht eingerechnet. So stand es im Programmaushang im Foyer. Dieses Stück, von Jeffrey Godwin selbst verfaßt, wechselte ab mit einer Inszenierung in heutigen Kostümen von *Was ihr wollt* und Strindbergs *Gespenstersonate*. Ein ehrgeiziges Ensemble, das sich hohe Ziele steckte.

Eine Stimme hinter ihm sagte: »Wie geht's Sheila?«

Er drehte sich um und sah dicht neben seiner Schulter einen großen, freundlich aussehenden Mann mit braungelockten Haaren und Bart.

»Sie sind bestimmt Jeffrey Godwin«, sagte er. »Wexford – aber das wissen Sie ja. Sheila geht es gut, sie hat eine kleine Tochter bekommen.«

»Ich hab's in der Zeitung gelesen«, sagte Godwin. »Wie schön. Ich hoffe, Mutter und Kind in nicht allzu ferner Zukunft besuchen zu können. Kommen Sie heute abend in die Vorstellung?«

Wexford verneinte und erklärte, er sei im Moment außerordentlich beschäftigt. Doch seine Frau sei hier mit ihrer Freundin. Er verabschiedete sich von Godwin und ging um den immer noch sonnenbeschienen Mühlengarten, aus dem der schwere Duft spätblühender Rosen herüberströmte, zum Parkplatz zurück.

In Kingsmarkham angelangt, begab er sich gleich aufs Revier und in den ehemaligen Sportraum. Dort saßen Damon Slesar, Karen Malahyde und drei andere Mitarbeiter am Computer und arbeiteten. Zu den beiden Sergeanten sagte Wexford, es sei schon nach halb acht und die Geisterstunde mithin vorbei. Sacred Globe hätte noch ein paar Stunden, und dann wäre es Zeit für sie, Kitty Struthers Leiche abzuliefern.

»Es ist vielleicht nur eine leere Drohung«, meinte Damon.

Karen sah ihn kopfschüttelnd an. »Das glaub' ich nicht. Wieso sollten sie sich nun auf einmal barmherzig und zivilisiert zeigen? Die werden vermutlich aus Verzweiflung eher brutal.«

Interessant, fand Wexford, daß sie den Ausdruck »barmherzig« benutzte. Er fragte sie, welche Aufgaben ihr und Slesar für den heutigen Abend zugeteilt waren.

»Ich kümmere mich um Contemporary Cars, Sir, und Damon ist bei Mrs. Peabody.«

Schade, daß sie nicht zusammensein konnten, dachte er. Es war offenkundig, daß sie es gern täten. Doch er hatte nicht genügend Kräfte zur Verstärkung. Alle, auch er selbst, wurden für Überwachungsaufgaben gebraucht. Auf der Lauer liegend, bestand eine Aussicht, Sacred Globe zu schnappen, dachte er optimistisch. Doch um welchen Preis? Kitty Struthers Tod. Er stellte sich die Montagszeitungen vor. Und überhaupt – das morgige Fernsehen. Er schaltete ab, denn solche Gedanken waren negativ und sinnlos, und sah gerade noch, wie Slesar seine Hände zärtlich auf Karens legte und dann aus dem ehemaligen Sportraum ging.

Nachdem auch Karen gegangen war, setzte er sich ans Fenster und spähte hinaus auf den Hof des Polizeireviers und die vorderen und hinteren Parkplätze, deren Zufahrten von hier aus einzusehen waren. Falls sie heute abend jemanden schnappten und ihm – oder ihr – dorthin folgten, woher er gekommen war, wie viele Leute bräuchte er dann zur Unterstützung?

Er dachte an die Waffe, die Gummigesicht im Auto bei sich gehabt hatte, als Dora entführt worden war. Gummigesicht hatte auch eine Waffe gehabt, als er den Geiseln das Essen in den Kellerraum gebracht hatte, und bei der Gelegenheit hatte er sie abgefeuert, vermutlich nur, um sie zu erschrecken, aber konnten sie sich da so sicher sein?

Da Gummigesicht sie beide Male gehabt hatte, existierte höchstwahrscheinlich nur eine Waffe. Vielleicht war Gummigesicht der einzige, der schießen konnte. Möglicherweise war es eine Nachbildung, sehr wahrscheinlich, oder eine Kinderpistole aus einem Spielwarenladen. Wenn Kitty erschossen wurde, wüßten sie es, dachte er verbissen, auf diese Weise wüßten sie es mit Sicherheit.

Und wenn sie es wußten, wenn sie dem Fahrer gefolgt waren, der Kitty Struthers Leiche gebracht hatte, brauchte er – Wexford – dann auch Waffen?

Mit Waffen ausgerüstete Streifenwagen fuhren sechzehn Stunden am Tag auf den Straßen herum. In Mid-Sussex gab es zwei solcher Wagen, die bewaffnet Streife fuhren. Die Genehmigung, waffentragende Polizeibeamte abzuordnen und einzusetzen, konnte außer unter ganz besonderen Umständen nur von einem Superintendent oder einem noch höhergestellten Beamten erteilt werden. Die Umstände waren nun allerdings entsprechend, doch durften bewaffnete Polizisten bei einem Einsatz nie zusammen mit unbewaffneten Kollegen eingesetzt werden. Falls ein erhöhtes Risiko bestand, mußten alle am Einsatz beteiligten Beamten komplett bewaffnet sein und in einer Teamstärke von mindestens vier, eher acht Leuten zusammenarbeiten.

Wexford und seine eigenen Leute würden sich in etwa hundert Metern Entfernung aufhalten und die Operation mit dem Fernglas verfolgen. Und der Preis des Ganzen war Kitty Struthers Leben.

Um halb neun übergab er seine Wachposition an Lynn Fancourt und fuhr nach Pomfret zu Clare Cox. Ted Hennessy saß auf der gegenüberliegenden Straßenseite in seinem Wagen, doch Wexford ließ ihn in Ruhe und ging direkt an die Haustür und klopfte.

Sie kam an die Tür, nachdem er zum zweitenmal geklopft und außerdem geklingelt hatte. Hassy Masood war wieder nach London zu seiner zweiten Familie gefahren – welches Interesse hatte er an der Sache denn noch, nachdem seine Tochter ja tot war? Sie war allein. Ihre Trauer hatte sie um zwanzig Jahre altern lassen, und nun sah sie ein bißchen aus wie eine Irre: ihr Gesicht hager und grau, das Haar eine wirre, verfilzte Matte von der Farbe und Konsistenz trockener Gräser. Tief aus dunklen Höhlen starrten ihn ihre Augen wild an. Unmöglich, ihr jetzt zu sagen, daß er mit ihr über die verbleibenden zwei Geiseln sprechen wollte, daß er die starke Vermutung hatte – weshalb, wußte er auch nicht recht –, daß hier in den nächsten paar Stunden eine weibliche Leiche abgeliefert werden würde.

»Ich wollte mal sehen, wie es Ihnen geht.«

Sie trat beiseite, um ihn hereinzulassen. »Sie sehen ja«, und dann fügte sie hinzu: »Nicht gut.«

Es gibt manchmal Situationen, in denen nichts zu sagen ist. Er setzte sich, und sie tat es ihm nach.

»Ich tue den ganzen Tag überhaupt nichts«, sagte sie. »Ich bin allein und tue nichts. Die Nachbarn gehen für mich einkaufen.«

»Und Ihre Malerei?« wagte er sich hervor und dachte dabei an den Allgemeinplatz, Arbeit sei das beste Mittel gegen Kummer.

»Ich kann nicht malen.« Sie lächelte, ein gespenstisches, schattenhaftes Lächeln. »Ich werde nie wieder malen.« Die Tränen in ihren Augen begannen ihr übers Gesicht zu laufen. »Wenn ich überhaupt an etwas denke, dann an sie, wie sie in diesem Raum war und Angst hatte. So große Angst, daß sie beim Versuch, davor zu fliehen, ums Leben kam.« Sie hob die Hand und wischte sich mit dem Handrücken über die Augen. Er fand es unheimlich, wie sie seine Gedanken las. »Die andere Frau, die sie haben, die bringen sie um, nicht wahr? Glauben Sie, die würden an ihrer Stelle mich nehmen? Wenn ich es anbiete? Wenn ich es irgendwie in die Zeitung setze, daß sie mich haben können? Ich möchte, daß sie mich töten.«

Verzweiflung hatte er schon in allen Spielarten gesehen. Dies war nur ein weiteres Beispiel. Dieser Frau vorzuschlagen, eine Therapie zu machen, eine Art Trauerhilfe, käme einem Affront gleich. Das einzige, was er tun konnte, war, sie anzusehen und – obwohl es sich schrecklich dürftig anhörte – zu sagen: »Es tut mir sehr, sehr leid. Sie haben mein tiefstes Mitgefühl.«

Als er ging, fing sein Telefon zu klingeln an. Er setzte sich ins Auto und lauschte Burdens Bericht über einen Wagen mit zwei Männern, der gerade bei Concreation auf den Firmenparkplatz gefahren war. Sie waren ausgestiegen, hatten den Kofferraum geöffnet und einen schwarzen Plastiksack herausgenommen, der an beiden Enden zugeschnürt war und ungefähr die Länge eines durchschnittlich großen menschlichen Körpers hatte.

»Ich dachte wirklich, das wär's jetzt, Reg. Seltsam war nur, daß ihn einer von ihnen leicht herausheben konnte. Aber er hielt ihn so, wie man eine Leiche tragen würde – oder von mir aus auch eine lebende Person.«

»Was war es?«

»Sie hatten einen Dachboden entrümpelt«, sagte Burden. »Der übliche Dachbodenplunder, alte Zeitungen, alte Kleider, das meiste wiederverwertbar.«

»Warum haben sie es dann nicht zur Müllverwertung gebracht?«

»Das haben sie mir alles erklärt. Die sind zu Tode erschrocken. Ursprünglich hatten sie alles in die Mülltonnen stecken wollen – es sind übrigens zwei Schwager –, aber sie haben umweltbewußte Nachbarn, die nicht sehen sollten, wie sie Papier und Altkleider im Hausmüll entsorgen. Und die Müllverwertung mit den Recyclingtonnen ist drei Meilen entfernt, wogegen es bis zum Hof von Concreation mit dem Gemeindemüllschlucker, der gestern leer hereingebracht wurde, von zu Hause nur ein paar Minuten sind.«

Wexford blieb eine Weile in seinem Auto sitzen, doch es stand zu dicht neben dem von Hennessy und würde Aufsehen erregen. Er fuhr nach Kingsmarkham zurück und die menschenleere, kalt beleuchtete Hauptgeschäftsstraße entlang. Alle diese Läden, dachte er – hell erleuchtete Schaufenster, und keine Menschenseele unterwegs, die hineinschaut. Aber jede Menge Autos, geparkte Autos, deren Besitzer im Olive and Dove, im Green Dragon oder in der York Wine Bar saßen und dann zum Scarlet Angel, dem einzigen Nachtklub von Kingsmarkham, weiterziehen würden, wenn er um zehn öffnete.

Der Himmel war inzwischen dunkel, und die verstreuten Sterne leuchteten hell. Es war eine mondlose Nacht, oder aber der Mond war noch nicht aufgegangen. Er versuchte sich zu erinnern, ob letzte Nacht der Mond geschienen hatte, und wenn ja, ob es Vollmond oder nur eine schmale, helle Sichel gewesen war. Sein Telefon klingelte erneut, als er in der Queen Street stehengeblieben war.

Es war Barry Vine. Er war am Bahnhof. Ein Taxi aus dem Fuhrpark von Contemporary Cars hatte gerade einen Fahrgast an der Bahnhofszufahrt abgesetzt. Der Fahrgast hatte einen großen Koffer dabei und ein langes Bündel, das so schwer war, daß der Fahrer es nicht allein aus dem Kofferraum hatte heben können. Ein Gepäckträger wurde gesucht, aber natürlich gab es am Bahnhof von Kingsmarkham schon seit zwanzig Jahren keine Gepäckträger mehr.

»Der Kerl verschwand einfach«, sagte Vine. »Jedenfalls dachte ich das. Da lag nun dieses Bündel auf dem Gehweg, das Taxi war weg und der Kerl im Bahnhof verschwunden. Ich war gerade dabei, es mir anzusehen, als er zurückkam.«

»Was war es?« fragte Wexford zum zweitenmal an diesem Abend.

»Golfschläger.«

»Ich nehme an, sie sind inzwischen nicht mehr da.«

»Jemand hat an der ehemaligen Gepäckaufbewahrung ein Wägelchen für ihn aufgetrieben.«

Er sah auf seine Uhr. Es war neun. Er wollte nach Stowerton in die Rhombus Road fahren und auf dem Weg zum Weir-Theater vorher noch nach Savesbury House. Vielleicht in beiden Fällen gar nicht hineingehen, sondern die Häuser nur in Augenschein nehmen, sie überprüfen, wobei er eigentlich auch nicht wußte, wonach er suchte. Schließlich hatte Sacred Globe Kingsmarkham gesagt, nicht Stowerton oder Framhurst.

Nicky Weaver hatte offensichtlich dieselbe Idee gehabt, denn sie saß bei Mrs. Peabody ein paar Häuser weiter in ihrem Wagen. Diesmal unterbrach Wexford die Überwachung. Er trat an ihren Wagen, tippte ans Fenster und setzte sich auf den Beifahrersitz. Sie wandte ihm ihr hübsches Gesicht zu, die aufmerksamen Augen mit dem Ausdruck scharfer Intelligenz. Das alles sah er im flüchtigen Licht, als die Wagentür aufging. Ihr geometrisch geschnittenes schwarzes Haar, an den Spitzen eingedreht, erinnerte ihn daran, daß diese Frisur in seiner Jugend Pagenkopf geheißen hatte. Er bemerkte auch ihre Müdigkeit, die ständige, angestrengte Blässe einer Frau, die einen anspruchsvollen Beruf hat und dazu noch Hausfrau und Mutter ist.

»Hat sich irgend etwas getan?« erkundigte er sich.

»Ein Mann ist zu Besuch gekommen. Ungefähr um sieben. Es ist bestimmt Audrey Barkers Verlobter. Jedenfalls umarmte er sie an der Haustür und ist seither da drinnen. Mrs. Peabody ging aus dem Haus. Ich dachte erst, aus Taktgefühl, damit die beiden für sich sein können, doch sie war nur im Laden an der Ecke, um einen halben Liter Milch zu kaufen.«

»In dem bengalischen Laden, über dem Trotter gewohnt hat?«

»Die Welt ist klein, nicht?« sagte Nicky.

»Hierher werden sie Kittys Leiche nicht bringen. Die tun bestimmt etwas völlig Unerwartetes.«

Auf der Fahrt in Richtung Framhurst fuhr er an der Baustelle der Umgehungsstraße vorbei. Falls sie nie gebaut wurde und die inzwischen grasbewachsenen Erdhügel nie abgetragen wurden, würden die Gelehrten künftiger Zeiten sie als alte Grabhügel oder altsächsische Heldengräber deuten. Aber sie wurde bestimmt gebaut. Es war weder eine Frage von Protesten noch von Umweltprüfungen, sondern nur eine Frage der Zeit.

In Framhurst war es so menschenleer wie in der Stadt, abgesehen von drei Jungen, die vor der Bushaltestelle neben ihren Motorrädern standen und rauchten. Grelles Neonlicht im Ladenfenster des Fleischers beleuchtete nur die leeren, weißen Tabletts und ein paar Petersiliensträußchen aus Plastik. Die Konditorei war geschlossen und die Markise eingerollt. Die Nacht verhüllte den Blick auf das Tal, den man von der aufwärts führenden Fahrbahn aus hatte, so daß es nur eine dunkle Fläche war, punktiert von zahlreichen Lichtern, ein Spiegelbild des sternenerleuchteten Himmels. Der gewundene Fluß war verschwunden, doch das Weir-Theater leuchtete hell wie eine Fackel am unsichtbaren Flußufer.

DC Pemberton saß vor den Toren von Savesbury House in seinem Wagen.

»Das hier ist der einzige Zugang, Sir. Ich hab' nachgesehen. Aber das Grundstück ist groß, und außenherum sind nur Zäune und Hecken. Man käme fast überall über die Felder herein.«

»Bleiben Sie, wo Sie sind. Aber hierher werden sie nicht kommen. Es ist zu abgelegen. Es ist nicht Kingsmarkham.«

Viertel nach zehn. Das Theaterstück war zwar noch nicht zu Ende, doch er würde in aller Ruhe nach Stringfield Mill hinunterfahren. Wie angenehm und erquickend es sein mußte, nicht mit Vorstellungskraft ausgestattet zu sein! Er hätte auf seine gern verzichtet, er hatte jetzt genug davon. Aber Vorstellungskraft war etwas, was man nicht einfach loswerden konnte, ebensowenig wie man beschließen konnte, nicht zu lieben. Oder keine Angst zu haben.

Am schlimmsten war der Gedanke an ihre Angst. Ihr ganzes Leben hatte ein anderer für sie die Last der Verantwortung übernommen, sie – wie hieß der Text bei einer Trauung? – geliebet, geehret, getröstet und erhalten. Buchstäblich all das war für Kitty Struther, wie es schien, immer getan worden. Erst von ihren Eltern, dann natürlich von ihrem Ehemann, und auch von ihrem Sohn. Sie hatte nie allein gelebt, ihren Lebensunterhalt verdient, Entbehrungen oder auch nur beschränkte Verhältnisse kennengelernt, war vermutlich auch nie allein verreist. Aber jetzt war sie allein. Und seit zehn Tagen ernährte sie sich von Dingen, die sie vorher nicht einmal gekannt hatte, schlief – falls sie es überhaupt konnte – in einer Art Bett, das sie noch nie gesehen hatte, fror und hatte Hunger, mußte all die kleinen Annehmlichkeiten des Lebens missen, konnte kein Bad nehmen und die Kleidung nicht wechseln. Und jetzt hatten sie ihr auch noch den Mann weggenommen und würden sie umbringen.

Die Vorstellungskraft, der Fluch des denkenden Polizisten. Er lachte gequält vor sich hin. Die Lichter des Weir-Theaters leuchteten hell vor ihm und überstrahlten sogar die Sterne. Er stellte den Wagen auf dem Parkplatz ab und schlenderte den Weg entlang zum Fluß. Noch zehn Minuten, bis der Vorhang fiel. Es gab doch immer wieder etwas Tröstliches im Leben, etwas, worüber man sich freuen konnte – zum Beispiel, daß er nicht gerade drei Stunden *Ausrottung* hatte über sich ergehen lassen müssen.

Ein Törchen in der Steinmauer führte in den Mühlengarten. Der Weg bot eine Abkürzung, noch dazu eine angenehme. Er drückte die Klinke herunter und stieß das Törchen auf. Die Lichter waren alle vom Garten abgewandt, so daß dieser in bleichen Schatten lag, doch als er den Blick nach Süden wandte, sah er den makellosen, orangefarbenen Halbmond aufgehen. Es war abnehmender Mond, und jetzt fiel es ihm wieder ein. Vor acht Tagen, als Dora nach Hause gekommen war, war Vollmond gewesen.

Die meisten Blumen schließen sich nachts. Er sah sich plötzlich von Blumen umgeben, deren Blüten wieder zu Knospen geworden waren, die sich in der Dämmerung geschlossen hatten, aber immer noch ihre verschiedenen Aromen verströmten. Doch die Rosen, deren Duft ihm bei seinem Besuch vorhin entgegengeweht war, blieben offen: zahllose rosiggoldene Köpfchen auf langen Stengeln und flache, gelbe Gesichter, die sich an die bemooste, graue Mauer preßten.

War es ein Privatgarten? Vielleicht Godwins eigener Garten? Nichts wies darauf hin, daß die Theaterbesucher manchmal hier herauskamen. Hinter einer Wegbiegung sah er Godwin selbst auf der obersten der halbkreisförmigen Stufen sitzen, die von der Verandatür nach unten führte. Die Wand hinter ihm war mit weißen und roten

Hängerosen und anderen Kletterpflanzen bedeckt, deren Blüten sich über Nacht geschlossen hatten.

»Verzeihung«, sagte er, »daß ich die Abkürzung durch Ihren Privatgarten nehme. Ich wußte nicht, daß ein Teil des Mühlengrundstücks für die Öffentlichkeit unzugänglich ist.«

Godwin lächelte und winkte lässig ab. »Die Öffentlichkeit wird ihn auch nicht wollen, wenn die Umgehungsstraße gebaut wird.«

»Führt sie hier in der Nähe vorbei?«

»An der nächsten Stelle knapp hundert Meter am unteren Ende des Gartens vorbei. Ich bin hier geboren – na ja, nicht direkt *hier*, sondern in Framhurst – und habe hier gelebt, bis ich achtzehn war. Vor zwölf Jahren bin ich zurückgekommen. In diesen zwölf Jahren hat sich mehr verändert als in all den Jahren – ich werde Ihnen gar nicht sagen, wie viel. Zu viel jedenfalls.«

»Und alles zum Schlechteren?«

»Ich glaube schon. Es ist viel zerstört und vernichtet, aber auch viel Neues gebaut worden. Mehr Tankstellen, mehr weiße und gelbe Straßenmarkierungen, mehr Verkehrsschilder, mehr Reklametafeln, mehr dumme, unnütze Hinweisschilder überall. Daß Framhurst eine Partnerstadt in Deutschland und eine in Frankreich hat, zum Beispiel. Daß Sewingbury die Blumenkapitale von Sussex ist. Daß Savesbury Deeps zum Picknickplatz erklärt wurde. Und dann die neuen Häuser alle. Und daß sie den Dragon Pub in Kingsmarkham in Tipples umbenannt und aus Groves Weinstube einen Nachtklub gemacht haben, der jetzt Scarlet Angel heißt …«

Wexford nickte. Er wollte gerade etwas über Fortschritt und Unvermeidlichkeit sagen, was er selbst nicht glaubte, schwieg dann aber für einen Augenblick, um sich die Kletterpflanze anzusehen, die sich zwischen dem Rot und dem

Weiß bis auf eine Höhe von etwa drei Metern an der Mauer hochrankte.

Es war eine zartbelaubte Pflanze mit feinen, spitz zulaufenden Blättern und gekräuselten Ranken. Blüten hatte sie auch gehabt, die tagsüber sicher eindrucksvoll aussahen, nun aber alle geschlossen waren, manche schirmförmig zusammengerollt, andere bereits verblüht.

Dann sagte er etwas. Er fragte Godwin: »Was ist das? Diese Pflanze, was ist das?«

»Also, jetzt hören Sie mal.« Godwin stand auf. Seine Stimme, eben noch sanft und versonnen, veränderte sich schlagartig und wurde säuerlich. »Also, wenn Sie in diesem Garten jetzt nach Rauschmitteln oder so suchen wollen, haben Sie hier alle Hände voll zu tun. Davon gibt es nämlich Hunderte. Ganz gewöhnlichen Klatschmohn zum Beispiel. Aber das ist kein Cannabis, wissen Sie. Das ist eine Purpurwinde, sehr schwer zu ziehen und gibt nicht viel her, mit den Samen könnte man kaum einen Eierbecher füllen, Sie ...«

»Mr. Godwin. Bitte. Ich bin nicht vom Rauschgiftdezernat. Ich suche zwei Geiseln, die gegenwärtig in den Händen derer sind, die sie vor zehn Tagen entführt haben. Diese Pflanze –« Wexford fand, er könnte eine allzu detaillierte Erklärung auf später verschieben – »diese oder eine ähnliche Pflanze ist eventuell von dort aus zu sehen, wo sie gefangengehalten werden.«

»Ach, zum Donnerwetter, hier sind sie jedenfalls nicht.«

Wexford sah sich um, betrachtete den Garten, den aufgehenden Mond, die blumenbehangene Rückseite der Mühle. Es waren keine Nebengebäude, keine Schuppen oder Garagen zu sehen. Das Mondlicht – ein seltsam weißes Leuchten von so einem goldenen Halbrund – erhellte nun alles, zeigte jeden Winkel des Gartens. »Das weiß ich doch«, sagte er. »Bitte seien Sie doch nicht so defensiv, Mr.

Godwin. Ich werfe Ihnen doch kein Verbrechen vor. Ich möchte nur, daß Sie mir helfen.«

Der Blick, den er erntete, war etwas freundlicher. Wer sich in diesen Dingen auskannte, konnte kaum daran zweifeln, daß Godwin ein schlechtes Gewissen hatte und mißtrauisch war, da er selbst nicht wenige dieser Gartendrogen genossen hatte, vermutlich irgendwo Cannabis angepflanzt, Katalpaschoten geraucht und Magic Mushrooms gekaut hatte. Die Liste war, wie er selbst angedeutet hatte, endlos. Doch jetzt war nicht der richtige Zeitpunkt, um sich dafür zu interessieren.

»Erzählen Sie mir bitte über diese Pflanze! Ist sie blau?«

»Sehen Sie mal hier.« Godwin pflückte eine geschlossene Blüte vom Stengel. Er drehte die spiralförmigen Blütenblätter auf und brachte ein Inneres von leuchtendstem und üppigstem Himmelblau zum Vorschein. »Hübsche Farbe, finden Sie nicht? Die wilde Sorte, die hier als Unkraut blüht, ist natürlich weiß, und ihre kleine Cousine ist die Rosa Prunkwinde.«

»Blüht sie jedes Jahr?« Wexford suchte nach dem ihm unvertrauten Ausdruck. »Ist sie mehrjährig?«

»Ich habe sie aus Samen gezogen.« Godwins Freundlichkeit war wieder da. »Kommen Sie mit ins Theater. Ich spendiere Ihnen was zu trinken, solange Sie auf Ihre Damen warten. Eins kann ich Ihnen sagen«, fügte er in herausforderndem Tonfall hinzu, »ich würde selbst ein paar Leute kidnappen, wenn ich dadurch den Bau der verdammten Umgehungsstraße verhindern könnte.«

Wexford folgte ihm die Treppe hinauf seitlich um die Mühle herum, weg von den mondbeschienenen Schatten in das helle, künstliche Licht. In der Hand hielt er die Blütenknospe und das Blatt, die Godwin ihm gegeben hatte. Wo hatte er solche Knospen und Blätter schon einmal gesehen? Wo hatte er sie erst kürzlich gesehen?

»Bewegt sie sich eigentlich?«

Mittlerweile saßen sie in der menschenleeren Bar. Wexford beschränkte sich auf Mineralwasser, Godwin hatte ein Pint Lager vor sich. Er sagte: »Wie meinen Sie das?«

»Könnte es sein, daß die Blüten an einem Tag an einer Stelle sind und am nächsten Tag an einer anderen?«

»Jede blüht nur einen Tag, also kann man das wohl bejahen. Es kommt oft vor, daß auf einer Fläche alle Blüten aufgehen und dann welche auf einer Fläche weiter oben. Ich weiß nicht, ob ich mich verständlich ausdrücke? Allerdings – an einem richtig trüben Tag gehen sie gar nicht auf.«

An einem trüben Tag, wie sie letzthin einen gehabt hatten… Wo hatte er diese Pflanze nur schon gesehen?

26

Sein Mobiltelefon schwieg. Auf dem Anrufbeantworter zu Hause waren keine Nachrichten. Nachdem er Dora und Jenny nach Hause gefahren hatte, nachdem Dora zu Bett gegangen und sofort eingeschlafen war, telefonierte er mit allen Mitarbeitern auf Wachtposten. Nichts Neues. In der Stadt war es still, es war weniger los als sonst, weniger Verkehr, wie ihm schien. Nur zwei Zwischenfälle waren gemeldet worden: ein Einbruchsversuch in einem Geschäft in der Queen Street und ein Verstoß gegen die Geschwindigkeitsbeschränkung.

Es war zehn vor zwölf. Seit Sacred Globes Ultimatum waren fast fünf Stunden verstrichen. Bei diesem ganzen Fall, stellte er fest, hatte er die Zeit in Minuten gerechnet. Zeit, Zeit, es war alles eine Frage der Zeit. Hatten sie sie umgebracht? Würden sie sie umbringen? Ihre Leiche war jetzt womöglich schon weniger als eine halbe Meile von ihm entfernt, während er still in der Dunkelheit seines eigenen Hauses saß.

Eine andere Mitternachtsstunde fiel ihm wieder ein, die Nacht, in der Dora zurückgekommen war. Das Mondlicht, das ihm ins Gesicht gefallen war, hatte ihn geweckt, vielleicht war es auch das Geräusch ihrer Schritte auf dem Kies gewesen. Kies war auch in dem Schlafsack mit Roxane Masoods Leiche gewesen. Das war festzuhalten. Und auf Doras Kleidern war der Staub von den Flügeln eines Falters gewesen, der nur in Wiltshire zu finden war. Katzenhaar und der Geruch von Aceton. Ein tätowierter Schmetterling. Er öffnete die Terrassentür und trat in den Garten hinaus. Eine furchtbare Ahnung hatte ihn erfaßt.

Als Dora zurückgekommen war, hatte er sie für einen Boten von Sacred Globe gehalten. Er hatte gedacht, sie hätten ihn persönlich im Visier. Einmal angenommen, sie brächten Kitty Struthers Leichnam nun hierher? Das hätten sie tun können, während er und Dora außer Haus gewesen waren.

Der Halbmond stand jetzt über ihm, segelte silbrigweiß in den dahinziehenden Wolkenmassen, nicht voll und nicht hell genug, um viel Licht zu spenden. Er holte eine Taschenlampe und suchte den Garten ab. Mit klopfendem Herzen öffnete er das Garagentor und leuchtete mit der Lampe hinein. Nichts. Gott sei Dank. Blieb noch der Geräteschuppen. Fünfzehn Sekunden lang wußte er, was er beim Aufklinken der Tür vorfinden würde, und hielt doch den Atem an, machte auf und fand, was schon immer dort war: einen Rasenmäher, Werkzeuge, alte Plastiktüten und anderes Gerümpel.

Es bewies gar nichts. Natürlich nicht, doch sein Verstand sah es anders. Er begann alle möglichen unsinnigen Dinge zu sehen und setzte sich im Dunkeln in seinen Sessel, um nachzudenken.

Das blaue Ding. Er wußte jetzt, was es war, und plötzlich wußte er auch, wo es war. Es fiel ihm deutlich ein, eine Erleuchtung, ein Bild in Grün und Grau. Aber das war doch nicht möglich, es konnte nicht sein. Schließlich holte er das Telefonbuch von London, die Buchstaben S–Z. Er suchte die Nummer heraus, wählte sie, doch es meldete sich niemand. Dann rief er Burden an.

Obwohl es schon nach Mitternacht war, hatte Burden noch nicht geschlafen. Er war nicht einmal im Bett. Als er Wexfords Stimme hörte, fragte er: »Hat man sie gefunden?«

»Nein«, konnte Wexford kategorisch und absolut zuversichtlich behaupten. »Und das wird man auch nicht.«

»Wie meinen Sie das?«

Statt einer Antwort fragte er: »Wann möchten Sie nach London fahren? Jetzt oder morgen früh um sechs?«

Kurzes Schweigen, dann sagte Burden: »Kann ich es mir aussuchen?«

»Aber sicher.«

»Ich kann sowieso nicht schlafen. Ich bin viel zu aufgedreht. Also los, fahren wir.«

So mußte Autofahren früher gewesen sein. Ausgestorbene Landstraßen, leergefegte Straßen, in der Luft ein Duft nach üppigen Kamillefeldern, nicht nach Benzin oder Dieselöl. Während der ersten zehn Minuten war sogar die Autobahn leer, bis ein Jaguar sie überholte und mit zwanzig Meilen über der zulässigen Geschwindigkeit vorbeidröhnte. Die hellen, kalten Lichter ertränkten den Mond in ihrem weißen Dunst. In den Vororten von London sahen sie auf einer Telefonleitung eine Eule sitzen, und in Norbury kreuzte vor ihnen ein Fuchs über die Straße.

»Es ist zwar Sonntag«, sagte Wexford, »ich habe aber trotzdem Vine angerufen, um ihm zu sagen, daß er morgen früh jemanden auftreiben soll, der ihm einen Durchsuchungsbefehl ausstellt.«

Burden, der am Steuer saß, sagte: »Soll ich die Ausfahrt nach Balham nehmen und über die Battersea Bridge fahren?«

»Es ist eigentlich egal, ob Sie links abbiegen oder geradeaus fahren, solange wir den Fluß etwa im Zentrum überqueren.«

Keiner der beiden kannte sich in London gut aus. Doch jetzt um zwei, zu dieser Nachtzeit, war es einfacher, obwohl sich der Verkehr inzwischen verstärkt hatte und sie aufhielt. Die Fahrt vom Fluß herauf durch Kensington und Notting Hill kam ihnen schier endlos vor. Burden, der gehofft hatte, sie könnten durch den Park fahren, fand ihn geschlossen und nahm statt dessen die Kensington Church Street. Dann kam das Gewirr an der Bayswater und Edgware Road.

»Ich sehe schon, Sie haben nie den Straßenkundekurs mitgemacht«, murmelte Wexford.

»Den was?«

»Den die Taxifahrer machen, bevor sie Taxi fahren dürfen. Auf dem Fahrrad und mit Stadtplänen in der Hand müssen sie herumfahren und sich die Einbahnstraßen merken.«

»Ich bin Polizist«, sagte Burden streng, »herzlichen Dank auch.«

Fünf Minuten später mußte er allerdings nachfragen, ob es erlaubt war, auf einer durchgezogenen gelben Linie zu parken.

»Nach halb sieben ist es eigentlich okay«, sagte Wexford und hörte sich zuversichtlicher an, als er war.

Sie waren in der Fitzhardinge Street in der Nähe des Manchester Square. Niemand war unterwegs, und es war so still, wie es im Zentrum von London eben je sein kann. Ein dünner Verkehrsstrom dröhnte unaufhörlich die nicht allzuweit entfernte Baker Street hinunter und verursachte ein stetes Hintergrundgeräusch. Sie stiegen aus, überquerten die Straße und standen am Eingang zu einem Komplex von Luxushäuschen, den umgebauten Remisen.

Diese hier waren durch einen Torbogen zwischen den stattlichen Reihenhäusern auf der Südweite der Fitzhardinge Street zugänglich. Die Straße war so gut beleuchtet, daß es fast taghell war, doch innen, auf der anderen Seite des Torbogens aus braunem Sandstein, brannte nur eine einzige Lampe und warf ihren gelben Schein über das Kopfsteinpflaster. Die Gebäude hier im Inneren bestanden teilweise aus einem Stockwerk über einer Garage, andere waren schmale Häuser im viktorianischen Stil mit flachem Dach oder mit einem Giebel, in denen früher die Kutscher in Diensten der Bewohner von Manchester Square oder Seymour Street gewohnt hatten. Alles ärmliche kleine Handwerkerhäuser, die jetzt jedoch verschönert wurden durch Dachgärten und Blumenkästen an den Fenstern, Veranden und neue Eingangstüren und mittlerweile sündhaft teuer waren.

»Wenn Sie hier leben würden«, sagte Wexford leise, »ich meine, in London, bräuchten Sie sich nicht um Feuchtwiesen und Gelbe Köcherfliegen und das Habitat von Schmetterlingen zu scheren. Die gibt es hier nicht zu verlieren.«

Burden sah ihn erstaunt an. »Ich schere mich nicht um diese Dinge und wohne gern auf dem Land.«

»Ja«, sagte Wexford. »Ich weiß.« Und um nicht herablassend und bissig zu klingen: »Gut, daß Sie sich die Adresse gemerkt haben. Ich weiß nicht, ob ich wieder darauf gekommen wäre.«

»Meine Mutter hieß mit Mädchennamen Fitzharding«, sagte Burden schlicht, »nur eben ohne e.«

Sie gingen durch den Torbogen auf die Luxushäuschen zu. Vor dem Haus, das sie nun erreichten, Nummer vier, standen zwei grüne Holzkübel, in denen die üblichen Lorbeerbäumchen wuchsen, die Kronen kugelförmige Gebilde aus dunklen Blättern. Die Eingangstür lag auf der linken Seite, rechts daneben und darüber befanden sich je zwei Schiebefenster. Es war kein Licht zu sehen. Abgesehen von der einzelnen Straßenlampe, brannte nur in einem Fenster Licht, im abgelegensten Häuschen direkt an der Mauer zur Seymour Street.

Wexford klingelte bei Nummer vier an der Tür. Obwohl

das Haus nicht in Wohnungen unterteilt war, gab es eine Sprechanlage mit einem Messinggitter zum Durchsprechen. Auf sein Klingeln erwartete er keine Antwort und bekam auch keine, weder diesmal, noch als er erneut klingelte. Er klopfte an die Tür und stieß an den Briefschlitz, so daß es laut klapperte.

Alles lag im Dunkeln, alles war still, kein Fenster stand offen. Doch er wußte, daß das Haus nicht leer war. Er konnte die Gegenwart seiner Bewohner spüren, wie, wußte er selbst nicht, vielleicht durch eine seltsame, von menschlichen Wesen längst als unwahrscheinlich abgetane Sinneswahrnehmung, die Tiere jedoch verstanden. Eine gewisse Atemlosigkeit, eine immer unerträglicher werdende Spannung teilte sich ihm durch die bleichen Mauern des Hauses und die hermetisch verschlossenen Fenster hindurch mit. Es war fast, als pochte es, als ob dort drinnen statt menschlicher Wesen ein Ungeheuer wartete und, rhythmisch atmend, die stummelartigen Klauen spielen ließ.

Das Gefühl übertrug sich sogar auf Burden, der sagte: »Und ob da jemand ist. Die sind dort drin.«

»Oben«, sagte Wexford. »Im Dunkeln, hinter den Vorhängen.«

Er klingelte wieder und hielt ein Ohr an das Gitter der Sprechanlage. Und diesmal geschah etwas Merkwürdiges. Am anderen Ende wurde ein Hörer abgehoben, und es hörte sich an wie ein Seufzen oder das Öffnen einer Tür, die einen Windstoß hereinläßt. Dem Seufzgeräusch oder dem Windstoß hätte eine Stimme folgen müssen, doch es kam keine. Dort oben kauerte jemand mit dem Hörer am Ohr, ohne zu sprechen.

Wexford sagte: »Chief Inspector Wexford und Inspector Burden, Kriminalpolizei Kingsmarkham.« Zu spät fiel ihm ein, daß er Kriminaldezernat hätte sagen sollen. »Öffnen Sie bitte die Tür und lassen Sie uns herein.«

Der Hörer wurde aufgelegt, bevor er zu Ende gesprochen hatte.

»Erinnern Sie sich, was Dora gesagt hat?« fragte Burden. »Als es darum ging, die Tür zu der Toilette einzutreten, und sie wissen wollte, ob wir so etwas schon einmal gemacht hätten? Und alle bejahten.«

Mit einem Grinsen drückte Burden noch einmal auf die Klingel. Wieder wurde der Hörer abgehoben. Barsch sagte er: »Machen Sie auf, sonst treten wir die Tür ein.«

Er hatte bereits den nötigen Anlauf genommen und rannte gerade auf die Tür zu, um ihr einen gewaltigen Tritt zu versetzen, als sie aufging. Ein Mann in einem dunkelblauen Morgenmantel aus bedrucktem Seidenstoff über cremefarbenen Pyjamahosen stand da. Er war groß und sehnig, und im V-Ausschnitt des Morgenmantels zeigte sich dichtes, weißblondes Brusthaar. Sein Haupthaar war schwarzgrau meliert, und auch wenn man ihn nach dem Foto nicht so gut erkannt hätte, war die Ähnlichkeit mit seinem Sohn sowohl in den Gesichtszügen wie in der Teintfarbe unverkennbar.

Er sagte nichts. Er stand einfach da. Hinter ihm kam eine Frau langsam die schmale Treppe herunter. Ihre Füße in roten Hauspantoffeln kamen zuerst ins Blickfeld, dann ihre nackten Beine und die steifen Schöße eines roten, gesteppten wadenlangen Hausmantels, dann der Rest von ihr sowie das weiße Gesicht, grimmig entschlossen und bereit für das, was nun kommen mußte.

»Owen Kinglake Struther?« sagte Wexford fragend.

Der Mann nickte.

»Sie brauchen nichts zu sagen. Doch es kann Ihre Verteidigung erschweren, wenn Sie bei der Vernehmung etwas verschweigen, worauf Sie sich später vor Gericht berufen. Alles, was Sie sagen ...«

27

Der Morgen hatte neblig und kühl begonnen, ein dunstiger Herbstmorgen, von bleichen Sonnenstrahlen durchdrungen. Doch inzwischen hatte sich der Dunst gelichtet, und die Sonne war nicht mehr bleich, sondern schien hell und stark. Wexford sah in das glänzende Blau hinauf und freute sich, daß die Sonne schien, wenn er es sich wünschte. Sie würde ihm und den anderen zeigen, was er sehen wollte.

Vine hatte den Durchsuchungsbefehl in der Tasche. Sie hatten vor, in zwei Autos zu fahren, und Wexford würde gegebenenfalls Verstärkung anfordern, falls es nötig wurde. Eigentlich hätte er müde sein müssen. Schließlich hatten er und Burden kaum zwei Stunden geschlafen. Doch er war in Hochstimmung, sein Adrenalin strömte, jeder Nerv in seinem Körper war wach und bereit.

Gestern nacht hatte es geklappt. Nach dem Betreten des Hauses in den Fitzhardinge Mews war alles ganz einfach gegangen. Die Struthers hatten wirklich typisch mittelschichtmäßig kapituliert: aufrecht, offen und konsequent. Das Merkwürdige daran war, daß sich anscheinend keiner der beiden bewußt war, eine Straftat begangen zu haben.

»Mein Mann hat alles geplant«, sagte Kitty Struther stolz. »Es war seine Idee, es war ganz und gar seine Erfindung. Die anderen – na ja, die mußten wir eben dabeihaben. Der Anzahl wegen, verstehen Sie?«

»Kitty«, ermahnte sie Owen Struther.

»Ach, es ist doch alles vorbei, oder? Ist doch egal, was wir jetzt sagen.«

Sie hatte Wexford fragend angesehen. »Das war doch Ihre Frau, nicht wahr? Und der Junge und das... äh, die junge Farbige. Sie ist aus dem Fenster gesprungen, sie wurde nicht gestoßen. Ich würde gern wissen, was Ihre Frau über uns gesagt hat. Wir haben einfach prächtig gespielt, wissen Sie. So gut wie Berufsschauspieler. Owen war Colonel Blimp und ich das verschreckte kleine Frauchen.«

»Kitty!«

Sie fing an zu lachen. Das Gelächter verfing sich in ihrem Hals, wurde zu einem Schluchzen, bis sie zu weinen begann und sich dabei hin und her wiegte. Wexford fiel wieder ein, daß Dora gesagt hatte, sie habe viel geweint. Was war gespielt gewesen und was echt?

»Sie haben noch nicht gefragt, warum«, sagte Owen Struther.

»Ich persönlich finde, wir hatten allen Grund dazu. Mein Leben lang habe ich mich nach diesem Haus gesehnt, und vor zehn Jahren konnte ich es dann kaufen. Und dann sollte uns alles genommen werden, ruiniert von einer scheußlichen Straße, die besser nach Los Angeles oder Birmingham gepaßt hätte.« Er berührte seine Frau beruhigend am Arm. »Kitty!«

»Ich kann doch nichts dafür«, schluchzte sie. »Es ist alles so traurig.«

»Du solltest diskreter sein.«

»Was spielt das denn jetzt noch für eine Rolle? Wenn sie die Straße bauen, was spielt denn dann überhaupt noch eine Rolle? Die können mich von mir aus gleich erschießen.«

»Ziehen Sie sich jetzt an«, sagte Wexford, »und dann fahren wir.«

Um zwanzig nach vier waren sie wieder in Kingsmarkham. Er hatte ein bißchen geschlafen, war pünktlich aufgewacht und hatte sich bei Barry Vine vergewissert, daß dieser den Durchsuchungsbefehl bekommen hatte. Jetzt saß er im ersten Wagen und gab Pemberton Anweisungen, wohin er fahren sollte.

Pemberton erhob keine Einwände. Er kannte die Gegend und hatte seine Karte dabei, und falls er sich wunderte, sagte er es jedenfalls nicht. In einer Stunde sei alles vorbei, hatte Wexford versprochen, und nachmittags wollte er, James Pemberton, dann mit seinem Schwager Golf spielen gehen. Der Chief Inspector saß mit Burden im Fond, und DS Malahyde leistete ihm vorn Schützenhilfe.

Als er diesen Ausdruck benutzt hatte, hatte Wexford es gehört und gesagt: »Ich glaube nicht, daß Sacred Globe eine Waffe hat. Jedenfalls keine Handfeuerwaffe.«

»Dora sagte aber, eine Handfeuerwaffe«, meinte Burden.

»Ich weiß, und deshalb glaube ich nicht, daß sie echt ist. Lassen Sie es mich anders ausdrücken. Wenn sie gesagt hätte, sie hätten eine Schrotflinte oder gar ein Gewehr, würde ich schon eher an die Möglichkeit glauben, daß sie echt ist, denn hier in der Gegend haben Dutzende von Leuten einen Waffenschein für Gewehre.«

Sie nahmen den Weg über Pomfret. Es ginge ein bißchen schneller, behauptete Pemberton. Es würde allerdings um einiges langsamer gehen, falls die Umgehungsstraße gebaut wurde. Außer man konstruierte Unterführungen oder Brücken. Burden sagte, seine Frau habe ihm erzählt, es sei ein Gerücht von einem neuen Bauvorhaben im Umlauf, man wolle zur Rettung der Gelben Köcherfliege die Brede bei Watersmeet untertunneln.

Framhurst war an diesem Morgen noch stiller als am letzten Abend, doch als sie über die Kreuzung fuhren, begannen die Kirchenglocken zum Frühgottesdienst zu läuten. Zum erstenmal nahm Wexford den Wagen wahr, der ihnen folgte, den Wagen, den Hennessy chauffierte. Er sah nach hinten und reckte dabei den Hals. Auf dem Beifahrersitz saß Vine, und Wexfords Herz setzte eine Sekunde aus, als er sah, wer hinten neben Nicky Weaver saß.

Bestimmt irrte er sich. Er wußte im Grunde bereits, daß er sich irrte. Es lag nur an seiner schrecklichen mißtrauischen Einstellung, einer Art Antenne, die Scheußlichkeiten und Entsetzliches ortete, das anderen Leuten überhaupt nicht in den Sinn käme. Doch wenn Brendan Royall Sacred Globe nicht Burdens Namen und Telefonnummer beschafft hatte, wer dann? Er mußte sich einfach irren. Er *irrte* sich, und da er es nie einem verraten würde, erfuhr keine Menschenseele von dem Zweifel in seinem Herzen, von seinem Spürsinn für den Ruch des Verrats.

Frenchie Collins hatte nicht mit Karen Malahyde sprechen wollen, nur mit ihrem Begleiter. Und bevor er zu den Holgates gefahren war, hatte er nur denjenigen, die neben ihm standen, erzählt, daß er sich dort ein paar kürzlich fertiggestellte Bauarbeiten anschauen wollte. Und doch hatte Ryan Barker ihn angerufen, während er sich gerade dort aufgehalten hatte. Und was Tarlings Schritte betraf...

»Ich denke, es wird alles ruhig vonstatten gehen«, war das einzige, was er laut sagte.

Sie fuhren den Markinch Hill hinauf. Die strahlende Sonne schien hell über das ganze Tal, über Grünes und Schwarzgrünes, die dunklen, mächtigen Wälder, den silbern glitzernden Fluß, die weißen und roten Häuser, kieselgraues und braunes Kalksteingeröll auf den abfallenden Hängen. Darüber schwebte leicht der Schatten einer dünnen Streifenwolke.

»Das Haus hier oben, Sir?« fragte Pemberton.

»Jetzt links von uns«, sagte Wexford.

Pemberton stieg aus, um das Tor zu öffnen.

»Lassen Sie offen«, sagte Wexford. »Lassen Sie den Wagen hier stehen. Wir gehen zu Fuß hinauf. Wir gehen ganz leise.«

Der andere Wagen war dicht hinter ihnen gefolgt. Er ging hinüber, wiederholte für Vine, was er gerade gesagt hatte, und bat Nicky und Damon Slesar: »Ich möchte, daß Sie im Wagen bleiben. Warten Sie hier, bis Sie gerufen werden. Ich habe Verstärkung angefordert.«

Die sechs, die nicht sitzen bleiben sollten, gingen langsam auf das Haus zu. Nicht auf der Auffahrt, damit es auf dem Kies nicht knirschte, sondern durch das Gebüsch und zwischen den Bäumen hindurch. Hier auf dem Hügelkamm tat sich zwischen dem Geäst der Bäume das Panorama des Tales auf und breitete sich vor ihnen wie ein riesiger grüner Wandteppich aus. Die Sonne warf gesprenkelte Muster auf das feine, bleiche Erdreich und das braune Laub vom letzten Herbst. Auf einer Insel in einem Meer von Bäumen stand das Haus mit seinen Nebengebäuden – das Doppelhaus, Jacobean Style auf der einen, georgianisch auf der anderen Seite. Die Bäume wurden lichter, und das Haus tauchte auf. Die unteren Etagen der georgianischen Seite wurden von einem zweistöckigen Gebäude aus gehauenem Flintstein mit Schieferdach verdeckt.

»Sacred Globe schläft wahrscheinlich noch«, sagte Wexford.

»Warum auch nicht? Sie haben nichts zu befürchten. Glauben sie jedenfalls.«

Burden war hinter ihm und jetzt auch Karen. Sie gelangten längsseits an eine Mauer, in die ein Tor eingelassen war. Sie öffneten es und gingen durch, bis sie auf einen fast völlig abgeschlossenen Hof mit einem schachbrettartig gemusterten Boden aus Steinquadraten und kurzgeschorenen Grasquadraten kamen. Mit rosaweißgestreiften Petunien und gelben Maßliebchen bepflanzte Holzkübel standen herum. Vor ihnen lag ein bogenförmiger Durchgang zwischen der Haushälfte im Jacobean Style und der Mauer, ein Torbogen, den er selbst durchschritten und dann einen

Hund und einen Mann gesehen hatte und etwas Grünes und etwas Graues...

Er deutete schweigend auf das Gebäude mit den Flintsteinwänden. Dessen einziges Fenster zeigte auf den rückwärtigen Teil der georgianischen Hausseite hinaus, auf eine Wand, überwachsen von einer Kletterpflanze, die sie auf einer Breite von einem Meter zwanzig und einer Höhe von etwa zweieinhalb Metern bedeckte. Wie erwartet, hatte die Sonne, die bereits hoch am Himmel stand, ihre Blüten aufgehen lassen, und oben auf der linken und auf halber Höhe auf der rechten Seite hatten sich etwa zwanzig blaue Trompeten geöffnet.

Mit halbgeschlossenen Augen konnte er einen Fleck Blau sehen und noch einen etwas kleineren Fleck. Die einzelnen Blüten verschwammen ineinander und tauchten wieder klar umrissen auf, als er die Augen aufmachte. Blau wie der Mittagshimmel an einem Sommertag.

»Ob die Tür wohl abgeschlossen ist?« sagte er leise.

Eine stabile, schwere Tür, vermutlich aus Eichenholz, oben und unten mit Schlössern versehen. Er probierte am Griff, und die Tür ging auf. Es war ein seltsames Gefühl, den Ort nun endlich zu sehen. Den Kellerraum. Das Gefängnis. Er war ziemlich genauso, wie Dora ihn beschrieben hatte, etwa sechs mal neun Meter, mit dem steinernen Becken unter dem Fenster, den Regalen und der Tür zur Toilette. Die fünf Feldbetten standen immer noch da, und darauf lagen die säuberlich zusammengefalteten Decken.

Zwei Steinstufen zum steingefliesten Fußboden hinunter. Ein kühler Ort, einst kühl genug, um Milchprodukte frischzuhalten, mit Wandregalen und einer Menge herunterhängender Spinnweben. Er trat ans Fenster, sah knapp zwei Meter weiter oben einen himmelblauen Fleck, sah ihn, weil der Kaninchenverhau entfernt worden war, viel deutlicher, als ihn Dora gesehen haben konnte. Das Holz des Fensterrahmens war abgesplittert, und wo die Kugel eingeschlagen hatte, war ein Loch zu sehen.

Wieder draußen, rechnete er fast damit, daß nun gleich eine Siamkatze aus einem der Nebengebäude gestreift kam oder er, wenn er den Blick hob, eine schwarze Katze sehen würde, die sich auf einer Mauer sonnte. Doch, nein. Er war sich inzwischen fast sicher, daß er sie nicht sehen würde, ebensowenig wie er den Sand von der Isle of Wight finden würde.

Er hatte ausgerechnet, daß sich aller Wahrscheinlichkeit nach vier Leute in dem Haus aufhielten, wenn er Glück hatte, sechs. Wer wohl an die Eingangstür kam?

Andrew Struther. Es war normalerweise Andrew Struther, so auch diesmal. Wahrscheinlich hatten sie vereinbart, daß immer er an die Haustür ging. Um auf Nummer Sicher zu gehen. Aber doch nicht sicher genug. Andrew war noch nicht lange auf den Beinen gewesen, das sah man, er war vielleicht gerade erst aufgestanden. Er trug Khaki-Shorts und ein schmutziges weißes T-Shirt, Turnschuhe an den Füßen und keine Socken.

»Sie dachten vermutlich, Polizisten nehmen sich sonntags frei, hab' ich recht, Mr. Struther?« sagte Wexford.

»Müßte ich jetzt wissen, wovon Sie reden?«

»Die Erklärungen gibt's, wenn wir drinnen sind.«

Sie drängten sich an ihm vorbei in die Eingangshalle. Dort stand schon Bibi in Jeans und den schweren Stiefeln, die Dora beschrieben hatte, und hielt Manfred, den Hund, am Halsband.

Wexford sagte zu ihr: »Schließen Sie den Hund weg. Egal wohin. Aber sofort.«

»Was?«

»Wenn er einem von uns zu nahe kommt, wird er getötet, also ihm zuliebe, schließen Sie ihn weg.«

»Der Hermaphrodit«, flüsterte Karen.

»Genau. Wo sind die anderen, Andrew?«

Burden erinnerte sich, wie sehr der Mann auf seinem Nachnamen und der förmlichen Anrede bestanden hatte. Struther war anzusehen, daß er sich ebenfalls daran erinnerte. Er ging jedoch nicht darauf ein, sondern wiederholte nur, diesmal etwas verdrossener: »Müßte ich jetzt wissen, worum es geht?«

»Wir haben Ihre Eltern in Gewahrsam genommen. Sie wurden heute in den frühen Morgenstunden verhaftet«, sagte Burden.

»Also, wo ist Ryan Barker?«

»Sie machen einen Fehler.«

Das Mädchen kam ohne den Hund wieder, trat zu Andrew Struther und sah ihn fragend an. »Andy?«

»Laß jetzt.« Struther wandte sich an Wexford: »Er ist nicht hier. Er wurde entführt, erinnern Sie sich?«

»Durchsucht das Haus.«

»Das dürfen Sie nicht!«

»Zeigen Sie ihm den Durchsuchungsbefehl, Mike«, sagte Wexford und, an Vine gewandt: »Wenn Sie hintenherum gehen, müßten Sie links in den hohen Teil des Hauses gelangen. Im obersten Stockwerk finden Sie den Raum, in dem Roxane Masood gefangengehalten wurde. Das Fenster ist in der Wand, an der die blaue Kletterpflanze blüht.« Andrew Struther fragte er: »Wo ist Tarling?«

Andrew sagte nichts. Er packte Bibi und hielt ihr mit der Hand den Mund zu. Sie zitterte vor Angst und sank in sich zusammen.

»Lassen Sie sie los!« befahl Wexford und fragte Burden: »Sind sie über ihre Rechte belehrt worden?«

»Jawohl. Ich habe auch telefonisch Verstärkung angefordert.«

Die Tür ging auf, und Vine kam mit einem schlaksigen

Jungen in Jeans und Sweatshirt herein. Er trug einen verdatterten Ausdruck im Gesicht, und der Mund stand ihm offen. Beim Anblick von Andrew und Bibi schrie er leise auf.

»Setz dich«, sagte Wexford. »Da drüben. Sie auch.« Er nickte in die Richtung von Andrew und Bibi, die nun zitternd dastand und ihren Arm an der Stelle rieb, an der Andrew sie gepackt hatte. »Sie setzen sich da drüben hin und warten. Wo ist Tarling?« fragte er noch einmal.

»Hat sich in das Zimmer eingeschlossen, neben dem der Junge war«, antwortet Vine.

Andrew lachte. »Der hat eine Flinte, wissen Sie.«

»Nein, das weiß ich nicht.« Wexford sah ihn kopfschüttelnd an. »Es fällt mir schwer, Ihnen auch nur ein Wort zu glauben.«

»Pemberton ist los, um Nicky und Slesar zu holen«, murmelte Burden Wexford zu. »Wir drei können ihn rausholen, und bis dahin ist auch Verstärkung hier.«

Andrew erhob sich ein wenig von seinem Stuhl. Er ballte die Fäuste: »Was haben Sie da gesagt?«

Er bekam keine Antwort. Bibi trat auf ihn zu, nahm seinen Arm und sagte: »Ich will meinen Hund. Sag ihnen, sie sollen ihn rauslassen.«

Er ignorierte sie und wiederholte: »Sie sagten Slesar. Und was haben Sie noch gesagt?«

Wexford hörte Polizeisirenen. Sie kamen den Markinch Hill herauf. Er ging aus dem Zimmer, durchquerte die Eingangshalle und trat vor die Haustür. Auf der schattigen Allee tauchten Pemberton und Slesar auf und traten auf die breite Kiesauffahrt, Slesar ein Stück voraus. Tarling sah er erst, als es zu spät war, doch er hörte den Aufschrei, der hinter ihm aus einem Fenster kam, ein verzweifeltes Heulen: »Du hast uns verraten!«

Die Kugel mußte ganz dicht an seinem eigenen Kopf vorbeigekommen sein. Doch er duckte sich erst bei dem Geräusch, instinktiv, bei dem ohrenbetäubenden Knall. Selbst dann dachte er noch, ein Gewehr, keine Schrotflinte. Damon Slesar blieb wie angewurzelt stehen, streckte langsam die Hände in die Höhe, und sogar aus der Entfernung war das Loch, das die Kugel geschlagen hatte, auf seinem weißen Hemd dicht am Herzen deutlich zu sehen.

Er sagte etwas. Vielleicht war es »nein«, doch Wexford konnte es nicht hören, niemand hätte es hören können. Slesars Knie knickten ein, er fiel seitlich vornüber, und Blut strömte aus seinem Mund.

Die beiden Autos und der Kombiwagen kamen die Auffahrt herauf, und das erste, mit immer noch heulender Sirene, mußte scharf ausschwenken, um dem Toten auf dem Kies und den beiden über ihn gebeugten Gestalten auszuweichen. Die Wagentüren flogen auf, und die Männer sprangen heraus. Wexford ging zum Haus zurück, als Karen Malahyde vom Eingang herüberkam, ruhig, kalt und mit starrem Blick, doch sie stieß den gleichen leisen Protestschrei aus wie kurz zuvor Ryan Barker.

Sie stand da und sah auf Slesars Leiche hinunter, doch im Gegensatz zu den anderen widerstand sie dem Drang, sich neben ihm hinzuknien.

28

»Kitty Struther nannte es die ›clevere Idee‹ ihres Mannes«, begann Wexford, »doch es sieht ganz so aus, als stammte der ursprüngliche Plan von Conrad Tarling. Er war mit Andrew Struther auf der Schule. Und obwohl die beiden scheinbar keine Gemeinsamkeiten hatten, teilten sie mit Andrews Vater Owen doch den Haß auf die Autoritäten, die sich in ihr Leben einmischten, beziehungsweise ihrem Leben Zwang auferlegten und es dadurch negativ veränderten.«

Er erstattete Montague Ryder über die Einzelheiten ausführlich Bericht. Burden war bei dem Treffen in der Suite des Chief Constable in Myringham ebenfalls anwesend. An diesem Montag morgen waren fünf Leute vor dem Magistratsgericht in Kingsmarkham erschienen, angeklagt der Entführung und Freiheitsberaubung, und einer von ihnen außerdem des Mordes an Detective Sergeant Damon John Slesar. Sie alle hatte man, entgegen Wexfords Vermutungen und seiner festen Überzeugung, des gemeinschaftlichen Mordes an Roxane Masood angeklagt.

»Tarling«, sagte Wexford, »engagierte sich natürlich auch sehr für den Umwelt- und Tierschutz. Er und Andrew Struther sind sich in Kingsmarkham zufällig begegnet, und zwar diesen Frühling, als es so aussah, als würde der Bau der Umgehungsstraße Wirklichkeit werden und die ersten Aktivisten hierherkamen. Wie das Treffen sich abspielte, weiß ich noch nicht, aber vielleicht ist das auch nebensächlich. Jedenfalls erkannten sie sich wieder – Struther war gerade hier auf Besuch bei seinen Eltern – und fingen an, über die Umgehungsstraße zu diskutieren.

Nun wären die Bewohner von Savesbury House durch die Umgehungsstraße ja weit weniger betroffen als jemand in einer Reihenhaushälfte am Ortsrand von Stowerton oder in einem Cottage in der Umgebung von Pomfret, doch die Bedrohung erschien ihnen entsetzlich. Verheerend. Mit diesem Ausdruck wird heutzutage um sich geworfen, ich mag ihn auch nicht, aber hier paßt er. Das Tal, das man von ihren Fenstern überblickt, das sie von ihrem Garten aus sehen können, würde in der Tat zerstört – verheert, sozusagen. Und dann der Verkehrslärm. Ihre Ruhe wäre dahin, ihr Frieden, bis dahin nur von Vogelgesang unterbrochen, wäre dahin, verloren im zwar gedämpften, aber ziemlich unablässigen Dröhnen des Autoverkehrs auf der Umgehungsstraße.«

Burden fiel ihm ins Wort. »Aber wieso macht sich Andrew Struther so viel daraus, daß er sich dafür engagiert? Er wohnt doch gar nicht in Savesbury House. Er ist jung, und junge Männer haben normalerweise nicht viel übrig für Vogelgesang und Ruhe und Frieden. Trotzdem war er bereit, seine Freiheit aufs Spiel zu setzen …«

»Geld, Mike. Geld und Erbschaft. Savesbury House sollte eines Tages ihm gehören. Vielleicht wollte er gar nicht selbst darin wohnen, er hat ja seine Londoner Luxuswohnung, doch er würde es verkaufen wollen. Die Immobilienmakler in Kingsmarkham behaupten, daß der Wert von Grundstücken in dieser Gegend wegen der Umgehungsstraße sinken wird, manche sagen sogar, bis um fünfzig Prozent. Das würde in dem Fall bedeuten, daß sich der Wert von Savesbury House von einer Dreiviertelmillion auf knapp vierhunderttausend verringert, ganz zu schweigen davon, daß es überhaupt unverkäuflich wird.«

Der Chief Constable warf Burden einen verständnisvollen Blick zu. »Das sind ganz andere Dimensionen, Mike, aber so was gibt es.«

»Kann schon sein, Sir.«

»Geld war ja vorhanden«, fuhr Wexford fort. »Zum Beispiel für den Einbau und die Installation der Toilette. Ich bin mir ziemlich sicher, daß Gary Wilson das gemacht hat. Er ist ja Handwerker von Beruf. Das hat er mir erzählt, nur habe ich damals nicht darauf geachtet. Er wußte ja nicht, wofür es gedacht war. Aber er war froh um den Auftrag und das Geld, und besonders glücklich, wenn auch verblüfft, war er, als er und Quilla ein Auto zur Verfügung gestellt bekamen, mit dem sie nach Wales und dann weiter nach Nord-Yorkshire rauffahren konnten, unter der Voraussetzung, daß er ein paar Monate lang von der Bildfläche verschwand.

Das alles ließ sich mit Geld bewerkstelligen. Owen und Kitty Struther hatten Geld und waren genauso versessen auf den Plan wie Tarling und ihr Sohn. Und es war Owen Struthers Idee, ihn unter Zuhilfenahme von Contemporary Cars durchzuführen. Er hatte sich schon ein paarmal von ihnen zum Bahnhof nach Kingsmarkham fahren lassen und wußte, daß sie alles andere als modern waren, er kannte ihre schludrige Organisation. Doch bevor der Plan ausgeführt werden konnte, brauchten sie Platz zur Unterbringung der Geiseln und sozusagen eine Crew zu ihrer Bewachung.

Drei davon waren natürlich Tarling, Andrew und Andrews Freundin Bettina Martin, genannt Bibi. Das reichte aber nicht – für die Bewachung zwar schon, wobei nicht zu vergessen ist, daß es bei Owen und Kitty nur so *aussehen* mußte, als würden sie bewacht. Der Entführungsplan mit dem Auto machte allerdings den Einsatz zusätzlicher Kräfte nötig. Also brachte Tarling einen Mann herein, den wir den Fahrer genannt haben, so wie Tarling Gummigesicht war – der Strumpf, den er sich übers Gesicht gezogen hatte, ließ seine scharfen Züge gummiartig wirken –, Andrew Struther Tattoo und Bibi Martin der Hermaphrodit. Und dann gab es noch einen.«

Wexford zögerte. Er stand auf und ging ans Fenster, wo er einen Augenblick verweilte und nun auf einen anderen Garten, eine andere Aussicht hinaussah. Vor seinem geistigen Auge spielte es sich wieder ab, er hörte den Schuß, sah das erschrockene, erbleichende Gesicht und das Blut auf dem Hemd, unter dem das Herz schlug. Und dann nicht mehr schlug.

Er wandte sich um und sagte: »Der Verdacht kam mir erst in der Nacht, bevor wir nach Savesbury House aufbrachen. Und auch dann war ich mir nicht ganz ... Ehrlich gesagt dachte ich, es muß an mir liegen, ich sehe überall Schurken, glaube nichts und niemand. Ich hätte nicht zulassen sollen, daß er mitkommt. Ich wußte erst, daß er *doch* mitgekommen war, als ich mich umdrehte und ihn im hinteren Wagen entdeckte. Und weil ich, wie gesagt, nichts und niemand glaubte, glaubte ich auch nicht, daß Tarling eine Waffe hatte. Oder falls er eine hatte, daß er sie unter diesen Umständen benutzen würde.«

»Sie brauchen sich nichts vorzuwerfen, Reg«, sagte Montague Ryder.

Wexford schüttelte den Kopf, nicht verneinend, sondern zornig über sich selbst. Er warf Burden einen Blick zu und wußte, woran dieser dachte: an irgendeine monströse Version des Inhalts, es sei doch nun am besten so. Was für eine Zukunft, was für ein Leben hätte Damon Slesar denn noch erwarten können?

»Er ging nicht mit ihnen zur Schule, oder?« fragte der Chief Constable.

»Soviel ich weiß, nein, Sir. Er war auf der Gesamtschule

in Myringham, glaube ich. Aber er war Mitglied von KABAL, die absolut respektabel sind, und von SPECIES, von denen man das vielleicht nicht ganz behaupten kann. Strenggenommen hätte er sich der letztgenannten Organisation lieber nicht anschließen sollen, allerdings bestand sein Leben im letzten halben Jahr sowieso aus einer Ansammlung von Dingen, die er nicht hätte tun sollen.

Wir müssen davon ausgehen, daß alle diese Leute damit rechneten, ihr Plan würde funktionieren. Sie dachten, eine Geiselnahme würde den Bau der Umgehungsstraße verhindern, weil sie dachten, die Regierung würde einlenken. Sie dachten, wir sind nicht im Nahen Osten oder in Thailand, sondern in England. Und die Tatsache, daß es Engländer waren, die Engländer gefangenhielten, eine abscheuliche Tat, würde das gewünschte Ergebnis zeitigen. Das dachten sie wirklich. Das dachte auch Slesar.«

»Hatte er einen besonderen Grund, gegen die Umgehungsstraße zu sein?«

»Das kann man wohl sagen«, erwiderte Wexford nachdenklich.

»Wie Andrew Struther war er um seine Eltern besorgt, obwohl es in seinem Fall um ihr Auskommen ging, nicht um die Frage einer zukünftigen Erbschaft. Das einzige, was er erben konnte, war ein kleiner Landbesitz an der alten Umgehungsstraße, nicht weit vom Brigadier.«

»Das Anwesen, auf dem sie Gemüse verkaufen und Erdbeeren zum Selbstpflücken?« fragte Burden. »Das wußte ich gar nicht.«

»Die meisten Geschäfte an der alten Umgehungsstraße sind von der neuen bedroht«, sagte Wexford. »Die alte wird dann nicht mehr viel befahren werden, heißt es zumindest theoretisch, und es werden auch nicht mehr viele Leute anhalten, um ihre Erdbeeren selbst zu pflücken. Slesar war gegen die Umgehungsstraße, weil dann seine Eltern pleite gehen würden. Sein Vater ist Obstbauer. Seine Mutter verdient sich mit Wollespinnen und dem Weben von Kleidung aus Tierhaar ein kleines Zubrot.«

»Aber wie ist er denn in das alles hineingeraten?«

»Durch SPECIES, glaube ich. Vermutlich bei einem der Protestmärsche. Vor der Demo in Wales, die gerade zu Ende gegangen ist, fand im Frühjahr eine in Kent statt. Höchstwahrscheinlich traf er dort Tarling, und alles übrige ergab sich dann. Sie haben ihn wohl ganz schön bearbeitet, besonders die Struthers, denn sie brauchten ja unbedingt einen wie ihn, einen Insider.«

»Warum sagen Sie, *besonders* die Struthers, Reg?«

Wexford erwiderte bitter: »Struther ist ein reicher Mann. Da fehlt nicht viel bis zum Millionär.« Er zuckte die Achseln. »Zu unser aller Glück gibt es in diesem Lande immer noch ein paar Dinge, für die man dankbar sein kann, und es gibt keinen, der sich von einem reichen Mann dazu erpressen ließe, so etwas wie den Bau einer Umgehungsstraße aufzuhalten. Doch die Damon Slesars dieser Welt sind bestechlich. Ich bin mir noch nicht ganz sicher, aber meine Theorie ist, daß Struther Slesar massiv bestochen hat, indem er den Preis wahrscheinlich immer mehr in die Höhe trieb, bis Slesar schließlich nachgab. Bestimmt hat er genug bekommen, um für seine Eltern irgendwo anders etwas aufzubauen, falls sie ihr Auskommen doch verlieren sollten.

Als Maulwurf innerhalb der Polizei«, sprach Wexford weiter, »kannte Slesar Mike Burdens Adresse und Telefonnummer, so daß Tarling mit der zweiten Nachricht dort anrufen konnte – die Stimmen, die wir hörten, waren normalerweise die von Tarling und Andrew Struther –, und er wußte, daß ich an dem Samstag nachmittag bei den Holgates sein würde und dort eine weitere Nachricht entgegennehmen konnte. Natürlich war der Schlafsack, den

Frenchie Collins in Brixton gekauft hatte, derselbe, in dem Roxane Masoods Leiche gefunden wurde, wie sie Slesar verriet, als sie endlich mit ihm allein war.«

»Sie wußte Bescheid?« fragte Burden.

»Keine Ahnung. Vielleicht nicht. Vielleicht konnte sie Karen Malahyde nur nicht ausstehen. Auf jeden Fall wäre das, was sie Slesar erzählte, nicht bis zu mir gedrungen.«

»Die arme Karen«, sagte Burden.

»Ja. Aber ich glaube nicht, daß es sehr tief geht. Und zu wissen, was sie jetzt weiß, wird ebenfalls seine Wirkung tun. Während sie Brendan Royall beschattete, hätte er Conrad Tarling beschatten sollen. Das hat er natürlich nicht getan. Tarling konnte sich zwischen dem Camp und Savesbury House beliebig hin- und herbewegen. Sicher war er auch in Wiltshire, wenn es ihm paßte. Einmal muß er von Queringham Hall den Flügelstaub von dem Falter zurückgebracht und zufällig auf den Raum übertragen haben, in dem die Geiseln gefangengehalten wurden.«

Wexford schwieg einen Augenblick. Bestimmt dachten jetzt alle das gleiche: Wie entsetzlich es war, wenn ein Polizeibeamter auf diese Weise kapitulierte und sich zur Erpressung auch noch Verrat gesellte. Und dann fragte er sich, was Slesar wohl durch den Kopf gegangen sein mochte, als er Tarling mit der Waffe am Fenster sah, mit fanatischem Gesicht und angelegter Schrotflinte. Er hatte mit blutleerem Gesicht hingestarrt und die Hände im wirkungslosen Versuch, den Tod abzuwehren, langsam erhoben.

»Sie sagten etwas über den Raum, in dem die Geiseln gefangengehalten wurden«, sagte der Chief Constable – ein willkommener Themenwechsel.

Wexford nickte. »Viele dieser alten Häuser, die früher Bauernhäuser oder auch Landhäuser waren, haben eine Milchkammer, die meist nur noch als Abstellkammer benutzt wird, zum Aufbewahren von Gerümpel. So wohl auch hier. Meine Frau bezeichnete es als Kellerraum, doch das traf es nicht ganz, es war nur einfach recht dunkel und hatte ein etwas erhöht gelegenes, kleines Fenster. Ich nehme an, die Tür hatten sie inzwischen erneuert, neue Schlösser einbauen lassen, und so weiter. Sie trauten sich natürlich nicht, eine Firma damit zu beauftragen, eine Kammer zur Toilette umzubauen, aber Tarling kannte jemanden, der es machte und den Mund hielt, der nirgendwo wohnte und höchstwahrscheinlich nach einigen Wochen verschwinden würde.

Sie führten also die Geiselnahme durch, und ich glaube, wir wissen bereits, wie sie dabei vorgingen. Was die Struthers betrifft, so spazierten Owen und Kitty natürlich ganz einfach aus dem Haupthaus herüber und stülpten sich vor der Tür zur Milchkammer die Kapuzen über. Dann machten sie sich ihren Spaß und spielten die Hysterische und den tapferen Soldaten. Ich nehme an, für sie war es bloß ein Zeitvertreib, bis Owen seine scheinbare Flucht inszenierte und sie weggebracht wurden, zunächst zurück in die Behaglichkeit von Savesbury House und dann nach London, wo sie sich in Andrews Haus versteckten. Übrigens frage ich mich, was Tarling davon hielt, als sie in ihrer Schau so weit ging, ihn anzuspucken. Wie auch immer, man versetzt seiner Chefin ja schließlich keinen Schlag ins Gesicht.

Es muß für sie ein Schock gewesen sein, als sie entdeckten, daß sie meine Frau erwischt hatten, und sie merkten es wohl viel früher, als ich zunächst angenommen hatte. Sie brauchten den Namen gar nicht zu wissen oder zu erfahren, wer ich bin. Slesar wußte es bereits an dem Tag, an dem er mit den anderen vom regionalen Kriminaldezernat zu uns kam. Bestimmt hängte er sich umgehend an die Strippe, um Sacred Globe zu informieren.«

»Sie haben Ihre Sache gut gemacht, Reg«, sagte der Chief Constable.

»Nein«, entgegnete Wexford. »Ich hätte einem Mann das Leben retten können und habe es nicht getan.«

Dora meinte, sie hätte es merken müssen. Sie hätte das mit den Struthers erraten müssen. Schließlich waren sie keine Schauspieler, oder?

»Heutzutage sind alle Schauspieler«, sagte Wexford. »Sie lernen es aus dem Fernsehen. Sieh dir doch die Leute an, die nach Katastrophen interviewt werden. Sie haben keine Scheu, die benehmen sich, als hätten sie ihren Text auswendig gelernt oder einen Monitor vor sich.«

»Warum haben sie mich gehen lassen, Reg?«

»Zuerst dachte ich, weil sie durch Gary und Quilla erfahren hatten, wer du bist. Aber so war es nicht. Sie wußten, wer du bist. Sie wußten es, weil Slesar es wußte. Die Handschuhe trug er übrigens nicht, weil etwas mit seinen Händen nicht stimmte, sondern damit du dachtest, es würde etwas nicht mit ihnen stimmen. Und auch nicht, weil sie glaubten, du hättest die Purpurwinde gesehen …«

Dora fiel ihm ins Wort. »Ich begreife nicht, warum sie das Ding nicht einfach abgeschnitten haben.«

»Wahrscheinlich hat Kitty Struther es ihnen nicht erlaubt. Du weißt doch, sie hat sie aus Samen gezogen. Bestimmt hing sie sehr daran. Ihr dürft aber auf keinen Fall meine Ipomoea abschneiden, hatte sie wohl gesagt, und mit der Chefin streitet man nicht. Nein, sie haben dich gehen lassen, weil sie dir irreführende Spuren untergeschoben hatten.«

»Was haben sie?«

»Da du meine Frau bist, wußten sie, daß du sofort nach deiner Rückkehr ausführlich befragt werden würdest und man deine Kleider forensischen Tests unterziehen würde.

Hätten sie Roxane oder, meinetwegen, Ryan freigelassen, wer weiß, was mit ihren Kleidern geschehen wäre, bevor wir sie bekommen hätten. Womöglich wären sie in der Waschmaschine gelandet oder zumindest von Mutter sorgfältig ausgebürstet worden.« Wexford hielt inne und mußte an Clare Cox denken, die sich nie mehr um die Kleider ihres Kindes kümmern würde. Er seufzte.

»Sie wußten, das würde in diesem Fall nicht geschehen. Sie wußten, was geschehen würde und was dann auch geschah, nämlich daß ich deine Sachen in eine sterile Tüte stecken würde, sobald du sie ausgezogen hättest. Sie hatten deinen Rock mit Spuren präpariert. Mit Eisenspänen. Katzenhaaren, die Slesar leicht von seiner Mutter beschaffen konnte, die Hunde- und Katzenhaar spinnt und webt. Außerdem sorgten sie dafür, daß du dir die Tätowierung auf dem Arm des Mannes gemerkt hast und bei einem anderen den Geruch wie von einer Nierenkrankheit, wobei die Tätowierung durch ein Abziehbild leicht zu bewerkstelligen ist und der Geruch durch ein in Nagellackentferner getränktes Papiertaschentuch in der Hosentasche.

Vieles davon stammte aus Slesars Ideenwerkstatt. Und einiges davon – hoffentlich bin ich nicht paranoid – war wohl von Slesar als Vergeltungsschlag gegen mich gedacht. Er hegte einen Groll gegen mich, weißt du, weil ich ihn, so sah er es, einmal öffentlich bloßgestellt hatte.«

»Hast du das?«

»Sagen wir mal, er sah es so.«

Sie schüttelte verwundert den Kopf. »Reg, jetzt hast du alle erklärt bis auf den Fahrer. Du weißt immer noch nicht, wer der Fahrer war.«

»Doch. Der wird morgen verhaftet. Und dann sind die Tarlings vielleicht die einzigen Eltern in Großbritannien mit drei Söhnen, die eine lebenslängliche Haftstrafe verbüßen. Der Fahrer war Conrads Bruder Colum.«

»Sitzt der nicht im Rollstuhl?«

»Im Rollstuhl kann jeder sitzen, Dora. So viel davon, erklärte mir sein Vater, sei ›in seinem armen Kopf‹. Du sagtest doch, er hatte einen seltsam steifen Gang, aber keiner von uns nahm davon richtig Notiz.«

»Es ist also alles vorbei?«

»Alles vorbei. Und für nichts. Eine junge Frau, die ihr ganzes Leben vor sich hatte, ist tot, ein fehlgeleiteter junger Mann ist tot, ein Junge, der Wahrheit und Phantasie nicht voneinander unterscheiden kann, wird die Seelenklempner und Sozialarbeiter noch auf Jahre hin vor Probleme stellen, und sechs Leute wandern ins Gefängnis. Und die Umgehungsstraße wird trotzdem gebaut.«

»Nicht, wenn wir es verhindern können«, versetzte Dora energisch. »Heute abend findet ein KABAL-Treffen statt, zur Vorbereitung der Demonstration am nächsten Samstag. Wenn wir aus dem allen etwas gelernt haben, dann das: das Tal der Brede und Savesbury Hill sind es wert, daß man für sie kämpft. Zwanzigtausend Menschen werden am Wochenende nach Kingsmarkham kommen.«

Er nickte seufzend. Dies war wahrscheinlich nicht der erste Fall, in dem ein Ermittlungsbeamter mit den Zielen von Geiselnehmern völlig einverstanden war, während er die Methode, mit der sie diese Ziele erreichen wollten, verachtete. Wahrscheinlich nicht – falls das überhaupt etwas zur Sache tat. Er lächelte seine Frau an.

»Und, Reg, danach würde ich gern zu Sheila fahren und sie und das Baby ein paar Tage besuchen.« Sie sah ihn mit einem verstohlenen Lächeln an. »Wenn du mich zum Bahnhof fährst.«